BASTEI
LÜBBE

BASTEI LÜBBE VONDA N. McINTYRE
TASCHENBUCH-PROGRAMM:

STARFARERS

24 227 Band 1: Starfarers
24 228 Band 2: Kontakt
24 229 Band 3: Metaphase

In Vorbereitung:
24 230 Band 4 Nautilus

Vonda N. McIntyre

METAPHASE

Science Fiction Roman

Ins Deutsche übertragen
von Dietmar Schmidt

BASTEI
LÜBBE

BASTEI-LÜBBE-TASCHENBUCH
Band 24229

Erste Auflage: September 1997

Deutsche Lizenzausgabe 1997 by
Bastei-Verlag Gustav H. Lübbe GmbH & Co.,
Bergisch Gladbach
Originaltitel: Metaphase
Lektorat: Dietmar Schmidt/Stefan Bauer
Titelbild: Arndt Drechsler
Umschlaggestaltung: Quadro Grafik, Bensberg
Satz: Fotosatz Schell, Hagen a.T.W.
Druck und Verarbeitung:
Brodard & Taupin, La Flèche, Frankreich
Printed in France
ISBN 3-404-24229-7

Widmung

Für die Leute in der Wallingford-Wilmot-Bibliothek, die mir, meinem Laptop und all dem anderen Zeug Asyl auf der Flucht vor den Marsianern gewährt haben, die neben meinem Büro einen Ufo-Hangar errichten wollten.
Zehn Monate lang.

Kapitel 1

Die Kontaktspezialistin J.D. Sauvage schritt vorsichtig über den rauhen Fils der Planetoidenoberfläche.

Ein Spinnfaden, der im strahlenden Licht des Sirius blauweiß schimmerte, lief über den Boden unter ihren Füßen. J.D. folgte ihm, während ein wesentlich gröberes Band sich hinter ihr entrollte: ihre Rettungsleine.

Der Planetoid war mehr oder weniger kugelförmig. Er war so klein, daß die Krümmung seiner zerklüfteten Oberfläche am Horizont deutlich zu erkennen war. Auf den ersten Blick wirkte der Planetoid kahl und leblos, verwittert durch unzählige Meteoriteneinschläge in unzähligen Jahren. Ließ man es bei diesem ersten Blick bewenden, so konnte man den Planetoiden leicht übersehen, und J.D. und ihre Kollegen im Fremdkontaktteam *hätten* ihn auch beinahe übersehen.

Der seidene Faden wurde dicker, teilte sich in mehrere Stränge auf und lief wieder zusammen. Nach und nach formte er sich zu einem filigranen Geflecht. J.D. war bemüht, das Gewebe nicht zu beschädigen. Sie folgte ihm, ohne es zu berühren, als ginge sie am Ufer eines Stroms entlang. Doch dieser Strom floß einen steilen Berghang hinauf. J.D. kletterte ihm mühelos hinterher.

Obwohl die Schwerkraft sehr niedrig war, so war sie dennoch höher, als sie auf einem natürlich entstandenen Planetoiden dieser Größe sein konnte, und das war noch die geringste Anomalie auf dieser kleinen Welt. Aufgrund der ungewöhnlich hohen Gravitation konnte man auf ein komplexes Inneres schließen, vielleicht sogar auf einen Kern aus Neutronium.

Der Planetoid war einen zweiten Blick wert. Viele der größeren Krater bedeckte ein feines Netz. J.D. wanderte über einen außergewöhnlichen Himmelskörper. Die kleine Welt war das Sternenschiff einer fremden Rasse.

Schillernde Fasern formten sich zu einem festen Band,

das durch eine Spalte im Steilhang führte. J.D. trat vorsichtig auf die Fasern. Sie gaben etwas nach, wie ein Trampolin.

Das Seidenband führte J.D. an den Rand eines der netzüberspannten Krater. Irgendwo dort drinnen warteten die fremden Wesen.

Die Botschaft der Krakenschwärmer war kurz und eindeutig gewesen.

»Wir werden euch willkommen heißen.«

J.D. brachte das letzte Stück des Steilhangs hinter sich und erreichte schließlich den Rand des Kraters. Das Ziel lag zu ihren Füßen.

Der seidene Pfad verschmolz mit den komplizierten Mustern der Krateroberfläche. Täler und Höhenzüge zerknitterten das Gewebe. Von J.D.s Standort aus führten ein halbes Dutzend Wege in den Krater hinab. Wenn sie weitergehen wollte, mußte sie darauf vertrauen, daß das Netz stark genug war, um ihr Gewicht zu tragen.

J.D. zögerte einen Augenblick und lauschte. Sie hoffte auf eine weitere Nachricht der Krakenschwärmer.

»Ich bin hier«, sagte sie leise, und der Sender des Raumanzugs übertrug ihre Worte.

Stille.

Während J.D. auf eine Antwort wartete, kniete sie nieder und strich über das glatte Gewebe. Durch die Handschuhe hindurch konnte sie das leise Geräusch spüren, das ihre Berührung verursachte. J.D. wollte die Seide mit bloßen Händen berühren, doch aufgrund der dünnen Atmosphäre war es unmöglich, den Raumanzug abzulegen.

Eine einzelne Faser, dunkler als der Rest, lief über die Krateroberfläche und verschwand in der Ferne.

J.D. stand auf und nahm den auffallenden Faden vorsichtig in die Hand. Auf seiner ganzen Länge spiegelte sich das Sternenlicht.

Behutsam setzte J.D. einen Fuß auf das alles bedekkende Netz. Der Boden gab zunächst nach, doch dann spannte er sich wieder und vibrierte leicht aufgrund der geringen Schwerkraft. J.D. fühlte sich wie ein Schlittschuhläufer, der über viel zu dünnes Eis gleitet. Sie fürchtete, ihre Berührung könne die Seide zerreißen, oder ein finsterer Abgrund würde sich unter ihr auftun und sie in die Tiefe stürzen lassen.

Am meisten fürchtete sie jedoch, daß ihre Anwesenheit die Struktur dazu veranlassen könnte, sich selbst zu vernichten. J.D. hatte mit ansehen müssen, wie sich das Museum auf Tau Ceti IIs Mond lieber selbst zerstört hatte, als einem Menschen Zutritt zu gewähren.

Aber die Krakenschwärmer hatten J.D. eingeladen. Der Faden in ihrer Hand war Beweis genug für die Existenz der Fremdwesen.

J.D. ging weiter über das seidene Netz. Sie folgte dem auffallenden Faden ins Innere eines Labyrinths. Ihre Stiefel hinterließen keine Abdrücke.

Der Pfad führte in ein gewundenes Tal. J.D. stieg hinab, durch eine enge Spalte hindurch und vorbei an feinsten Kaskaden. Die empfindliche Substanz reagierte auf jeden ihrer Schritte mit Vibrationen. Hoch oben flossen die Kaskaden ineinander. J.D. ging mittlerweile über eine durchsichtige, geschlossene Fläche, und über ihr befanden sich weitere papierdünne Lagen des seidenen Gewebes. Sie wirkten wie gigantische Fallschirme, doch sie waren stark genug, um das grelle Licht von Sirius zu filtern. Die einzelnen Schichten formten sich bald zu Tunneln und Kammern, verbunden durch Kabel und Fäden aus dem gleichen seidenen Material. Wenn J.D. durch einen solchen Raum ging, erzitterten die Wände.

Würde man eine Hängebrücke mit einer gotischen Kathedrale kreuzen, so wäre dies das Ergebnis.

Ohne den dunklen Faden hätte J.D. bereits jede Orientierung verloren. Falls er reißen sollte, wäre die Rettungsleine ihre einzige Chance, einen Weg zurück an die Oberfläche zu finden.

Silbergraues Licht umgab J.D. und erhellte den Raum mit sanftem Glühen. Jeder einzelne Faden des seidenen Gewebes war von diesem Leuchten erfüllt.

Tief im Inneren des Kraters blieb J.D. an einem steil abfallenden Hang stehen, der nach wenigen Metern in grellem Licht verschwand. Sie hatte Angst auszurutschen und hinabzustürzen in ... wo auch immer der Hang hinführen mochte. Vorsichtig umklammerte sie einen Strang, der in die Tiefe führte und überprüfte seine Festigkeit. Zunächst gab das Gewebe nach, doch dann zog es sich wieder zusammen, als wolle es seinerseits J.D.s Hand ergreifen. Wie der Boden, so war auch diese Faser elastisch und stark. J.D. packte einen weiteren Strang, etwa eine Armeslänge von dem ersten entfernt, und wagte sich tiefer ins Netz hinab.

»Keine weitere Kommunikation«, meldete J.D., obwohl ihre Kollegen im Fremdkontaktteam und an Bord der *Starfarer* alles sehen und hören konnten, was geschah.

Red' nicht einfach irgendwas, nur weil du nervös bist, machte sie sich selbst Mut. *Man erwartet professionelles Verhalten von dir. Tapferkeit im Angesicht des Unbekannten.*

Aber was für ein Profi bist du überhaupt? Schließlich weißt du erst seit einer Woche, daß deine Profession überhaupt existiert.

J.D. fühlte sich überhaupt nicht tapfer, und die Tatsache, daß jede ihrer Bewegungen überwacht und aufgezeichnet wurde, machte alles noch viel schlimmer.

Sie konzentrierte sich darauf, den glatten, seidenen Abhang hinunterzuklettern. Eine mühselige Arbeit – selbst bei niedriger Schwerkraft. J.D.s Stoffwechselbeschleuniger schaltete sich ein überflutete ihren Körper mit einer Extraportion Adrenalin und löste die Ausschüttung von zusätzulichem Adenosintriphosphat aus. Es war nicht das erste Mal seit Beginn der Expedition, daß sie sich darüber freute, die künstliche Drüse behalten zu haben. Als J.D. die Taucher und Orcas verlassen und das Schwimmen in eiskaltem Meerwasser aufgegeben hatte, war sie zunächst der festen Überzeugung gewesen, ihr Metabolismus bedürfe in Zukunft keiner Verstärkung mehr.

Dreißig Meter tiefer lief der Hang erneut in eine horizontale Fläche aus, und J.D. konnte wieder aufrecht über die federnde Oberfläche gehen, ohne sich an etwas festzuhalten. Schweiß hatte sich auf ihrer Stirn gebildet, aber die Systeme ihres Raumanzugs ließen ihn sofort verdunsten.

Im Innern des Netzes glühten dicke Seidenstränge, die alles in ein pinkfarbenes Licht tauchten – die Imitation einer weit entfernten Sonne jenseits des Sirius. J.D. hatte aus ihren bisherigen Erkenntnissen die Schlußfolgerung gezogen, daß die Krakenschwärmer sich nicht in diesem Sonnensystem entwickelt hatten. Aber das war auch schon fast alles, was sie über die fremden Wesen wußte. Es handelte sich um äußerst zurückhaltende, intelligente Kreaturen, die in ihren massiven Sternenschiffen durch die Galaxis zogen – ignoriert und offensichtlich auch verachtet von der interstellaren Zivilisation.

Vielleicht sind sie Ausgestoßene, genau wie wir, dachte J.D.

Zumindest hatten die Krakenschwärmer die Menschen eingeladen, sie zu besuchen. Der Rest der interstellaren Zivilisation hatte der *Starfarer* befohlen, zur Erde zurückzukehren, damit die menschliche Rasse die nächsten fünfhundert Jahre nutzen konnte, um erwachsen zu werden.

Das hatten sie abgelehnt. Als Antwort darauf – oder besser als Vergeltung – zogen sich die Kosmischen Strings zurück, die die *Starfarer* zur Reise zwischen den Sternen nutzte. Falls die *Starfarer* zu lange an ein- und demselben Ort bleiben würde, wäre sie dort für alle Ewigkeit gestrandet.

Der Weg wand sich um mehrere Kurven und spaltete sich schließlich auf. Der Führungsfaden folgte dem mittleren Tunnel, und J.D. ging hinterher. Hinter ihr kroch die Rettungsleine über den Boden und preßte sich gegen die konvexen Wände. Die Leine knitterte die Seide, ein dunkler, grober, deplazierter Strang.

J.D. glaubte, der Führungsfaden habe sich weiter vorne bewegt. Sie stürmte voran, doch die Kurve lief bald wieder in einen geraden Tunnel aus, und J.D. sah nichts weiter als den Faden, der regungslos auf dem Boden lag und an einem weiteren Abhang verschwand.

Aber die entsprechende Aufzeichnung ihres Raumanzugs bestätigte, was J.D. gesehen hatte. Der Faden *hatte* sich bewegt.

J.D. hielt an und preßte den Helm gegen die Tunnelwand. War das wirklich ein fernes Schlurfen oder nur Einbildung? J.D. ließ es von ihren Systemen wiederholen und verstärken, aber das geisterhafte Geräusch war nicht auszumachen.

J.D. beschleunigte den Schritt und versuchte, den- oder dasjenige einzuholen, was auch immer die Führungsleine auslegen mochte. Doch der feine Faden wurde nur immer dünner, gefährlich dünn, als würde er im selben Augenblick auseinandergezogen, in dem er geschaffen wurde. Aus Angst, der Faden könne reißen, ging J.D. wieder langsamer.

Hinter der nächsten Kurve wurde der Tunnel derart zusammengeschnürt, daß nur noch ein enger Durchgang offenblieb. J.D. blieb stehen. Das Ende der Führungsleine lag auf einem Haufen zu ihren Füßen.

»Verdammt«, murmelte sie.

J.D. verlangte eine visuelle Darstellung der Radarsignale des sie umgebenden Tunnels. Der Raumanzug gehorchte. Noch vor wenigen Minuten hatte der Tunnel immer tiefer ins Netz hineingeführt.

»Victoria?« sagte J.D.

»Hier«, erwiderte Victoria leise. »Soll ich dir nachkommen?« Victoria war J.D.s Reserve. Sie wartete außerhalb der *Chi*, des Scoutschiffes, am heimatlichen Ende der Rettungsleine.

»Noch nicht. Es gibt keinerlei Anzeichen für Gefahr.« J.D. lächelte traurig. Sie war verwirrt und enttäuscht. »Vielleicht habe ich einfach nicht richtig verstanden, was ich tun soll.« In letzter Zeit hatten sie des öfteren etwas mißverstanden ... oder waren mißverstanden worden.

»J.D.!« rief Zev.

Die Winzigkleine Maschine, die zwischen J.D.s Schulterblättern angebracht worden war, um ihren Rücken zu überwachen, sandte ein Bild an die *Chi* und auf J.D.s Display.

Zev pfiff eine Warnung in der Wahren Sprache, der Sprache der Orcas und Taucher. Der schrille Ton ließ J.D. die Haare zu Berge stehen. Sie wirbelte herum.

Hinter ihr zog sich der Tunnel immer mehr zusammen. J.D. trat einen Schritt auf die Stelle zu.

Auf der anderen Seite der transparenten Wände bewegten sich mehrere Kreaturen.

J.D. blieb stehen. Ihr Herz raste. Sie warf einen Blick auf ihr Display, doch die WKM konnte die Wesen auch nicht deutlicher erkennen als sie selbst.

Ringsherum waren undefinierbare Gestalten damit beschäftigt, den Tunnel mit Beinen, Fühlern oder Werkzeugen zu verengen. Langsam aber sicher zogen sie die Wände mit einer Art Gurt zusammen, bis fast gar nichts mehr von der Öffnung zu sehen war.

Die Tunnelwände legten sich in Falten. J.D.s Rettungsleine und der Führungsfaden wurden vom Boden hochgehoben und hingen schließlich in der Luft.

»J.D.! Mach, daß du da raus kommst!« brüllte Victoria.

J.D. war in einem seidenen Kokon gefangen, eingewikkelt wie ein Bonbon.

»Nein«, erwiderte J.D. »Noch nicht. Victoria, Zev, ich bin okay.«

J.D. hatte Angst. Trotzdem gelang es ihr, sich wieder zu beruhigen. Die Wesen, die sie eingesperrt hatten, kamen keinen Schritt näher.

»Ich komme dir hinterher«, sagte Victoria.

»Nein. Bleib, wo du bist.«

»Aber ...«

J.D. preßte ihre Hand gegen die Wand. Sie gab nach. Im Gegensatz zu dem Boden weiter oben blieb sie geschmeidig. Auch das Band, das den Tunnel zusammenhielt, dehnte sich. J.D. errötete, als sie darüber nachdachte, wie solche Aktionen auf ihre Kollegen wirken mußten, und stellte ihre Bemühungen sofort wieder ein. Sie wollte kein Opfer von Stephen Thomas' bissigen Bemerkungen werden.

Aber als er nichts von sich hören ließ, war J.D. noch mehr beunruhigt. Seit Ferals Tod war Stephen Thomas immer schweigsamer geworden.

»Ich denke, ich könnte mir den Weg nach draußen erzwingen«, erklärte J.D. »Aber ich bin noch nicht bereit dazu. Ich glaube nicht, daß ich in Gefahr schwebe ...«

»Du bist ja nur mitten im größten Spinnennetz der Welt, weiter nichts! Und die Spinnen kommen immer näher!«

»Noch fühle ich mich nicht wie eine Fliege. Das ergibt auch keinen Sinn. Man würde nur unglaublichen Hunger bekommen, während man um einen Stern kreist und darauf wartet, daß jemand zum Abendessen vorbeikommt. Das geschieht wahrscheinlich ... nun, sagen wir, alle paar Millionen Jahre einmal.«

»Besonders, wenn man den Ruf hat, nicht an Besuch interessiert zu sein«, ergänzte Satoshi.

»Satoshi hat vollkommen recht. Außerdem hat Europa gesagt, daß die ...« Plötzlich fiel J.D. ein, daß ihre Gastgeber sich selbst *nicht* als ›Krakenschwärmer‹ bezeichnet hatten. Europa, die Vertreterin der interstellaren Zivilisation, hatte ihnen diesen Namen gegeben, und sie hatte nur mit Verachtung von den Lebewesen auf diesem Planetoiden gesprochen. Soweit J.D. es beurteilen konnte, war ›Krakenschwärmer‹ eine Art rassistische Beleidigung. Sie beschloß, das Wort nicht mehr in den Mund zu nehmen. »Sie sagte, die Wesen hier würden nicht mit uns reden ... aber nicht, daß sie gefährlich seien.«

»Stimmt«, erwiderte Victoria trocken. »Aber mit ihrer ersten Behauptung hat sie sich ja auch geirrt, oder?«

»Hmmm ... ja.« *Die außerirdische Frau hat sich in vielem geirrt,* dachte J.D. Trotzdem wollte die Kontaktspezialistin warten und sehen, was als nächstes geschehen würde.

»Ich will nicht, daß du unnötige Risiken eingehst«, sagte Victoria.

J.D. lachte leise vor sich hin. »Aber Victoria ... das ist mein Job ...«

J.D. wurde von einem leisen Zischen unterbrochen. Zunächst war sie über die Störung einfach nur verärgert, dann erschrak sie.

O nein, dachte sie, *ein Loch in meinem Raumanzug* ...?

Anstatt aufzuhören, wurde das Geräusch immer lauter.

Er sollte sich doch eigentlich selbst versiegeln ...!

»Sie sind wieder hinter dir«, sagte Victoria. Diesmal klang ihre Stimme ruhiger als zuvor.

Mehrere Kreaturen versammelten sich auf der anderen Seite der Blase, in der J.D. gefangen war und lösten das Band. J.D. hatte den Eindruck, daß sie sich äußerlich stark von den Wesen unterschieden, die sie hier eingesperrt hatten. Die Öffnung war mittlerweile weit genug, daß Gas in den Kokon strömen konnte.

J.D. mußte unwillkürlich kichern.

»Was ist?« fragte Victoria.

»Nichts«, antwortete J.D. rasch. Sie wollte den ersten Gedanken, der ihr durch den Kopf geschossen war, lieber für sich behalten, anstatt ihn gegenüber ihren Kollegen auszusprechen – und nicht nur gegenüber ihren Kollegen. Mit Arachnes Hilfe wurde jedes ihrer Worte zur *Starfarer* übertragen und für spätere Generationen festgehalten. Es war einfach zu peinlich.

Dieses eine Mal bewies auch Stephen Thomas genug Anstand und hielt den Mund.

J.D. hörte auf zu kichern.

»Es ist eine Luftschleuse!« erklärte sie. »Ich bin in einer *Luftschleuse*!«

»Könnte sein ...«, bemerkte Victoria noch immer zweifelnd.

»Aber das macht Sinn ... Satoshi, du hast doch gesagt, es müsse hier irgendwo ein großes Reservoir an Sauerstoff und Stickstoff geben. Ich hab's gerade gefunden.«

»Aus den Kratern strömt tatsächlich eine Menge Gas«, erwiderte Satoshi. »Genug um dem Planetoiden eine dünne Atmosphäre zu geben. Aber kein Vergleich zu Europas Schiff.«

Europas Sternenschiff – hinsichtlich seiner Größe und Schwerkraft mit dem der Krakenschwärmer nahezu identisch – war eine Art ›Mini-Erde‹. Es besaß Kontinente, ausgedehnte Wasserflächen, eine erdähnliche Atmosphäre sowie Pflanzen und Tiere.

Vor J.D. hatte sich der Tunnel wieder zu seiner vollen Breite entfaltet. Die Kreaturen zogen sich immer weiter hinter die durchsichtigen Wände zurück und verschwanden schließlich ganz. Der Rückweg war J.D. noch immer versperrt.

Sie blieb zunächst stehen in der Hoffnung, eines der außerirdischen Wesen würde Kontakt mit ihr aufnehmen, doch ihr Funkgerät empfing nur Stille.

Zu ihren Füßen lag ein neuer Führungsfaden, genau an der Stelle, wo der erste geendet hatte. Der zweite Faden war noch dunkler und dicker. Er sah aus wie eine glänzende, schwarze Haarsträhne.

J.D. folgte ihm tiefer in den Planetoiden hinein.

Der seidene Boden verschluckte das Geräusch ihrer Schritte. J.D. schlug die Handschuhe gegeneinander und vernahm ein dumpfes ›*Patsch*‹. Jedes andere Geräusch wurde von den gesponnenen Wänden absorbiert, aber es *gab* zumindest Geräusche. Kurz zuvor war J.D. noch durch ein Vakuum gelaufen, jetzt nicht mehr. Sie rief die entsprechende Analyse einer ihrer WKMs ab: Hauptbestandteil Stickstoff, Nebenbestandteil Sauerstoff, ein paar Prozent mehr als auf der Erde. Außerdem zeigten die Messungen noch das Vorhandensein von Kohlendioxid, Ozon, Schwefelwasserstoff und Spuren von Kohlenwasserstoffen und Fluorkohlenwasserstoffen.

»Wenn du den Helm abnehmen würdest, könntest du atmen«, sagte Victoria. »Das soll aber nicht heißen, daß ich dir dazu rate.«

J.D. warf einen weiteren Blick auf die Meßergebnisse. »Ich frage mich, ob das dazu dienen soll, damit ich mich wie zu Hause fühle.«

Die Luft auf Europas Schiff war vollkommen rein gewesen. Satoshi hatte es als ›die Erde vor der Industriellen Revolution‹ bezeichnet. Es war eine Kopie der Erde zur Zeit von Europas Geburt, der Erde vor fast viertausend Jahren. Europa und Androgeos waren aus Knossos gerettet worden, als der Vulkanausbruch auf Santorin die minoische Kultur zerstört hatte. Sie waren gerettet worden, um die Menschheit in der interstellaren Zivilisation willkommen zu heißen.

Was für ein Empfang, dachte J.D.

Die Luft im Sternenschiff der Krakenschwärmer ähnelte eher der Luft auf der heutigen Erde – einschließlich der Umweltverschmutzung.

Aber vielleicht mögen die fremden Wesen das ja, grübelte J.D.

»Ich würde hier kein Streichholz anzünden«, sagte sie.

Während J.D. immer tiefer in das Netz vordrang, fragte sie sich, ob die Seide wohl brennen würde. Sie hoffte nicht. Aufgrund der hohen Konzentration an Sauerstoff würde sich ein Feuer rasend schnell ausbreiten.

Soweit J.D. wußte, trug sie nichts bei sich, was eine offene Flamme oder auch nur einen Funken verursachen konnte. Sie war froh, daß die *Chi* in einiger Entfernung gelandet war. Angenommen, sie wären zu nahe herangeflogen, und die Triebwerke des Schiffes hätten die komplexe Struktur in Brand gesetzt ... Das wäre noch schlimmer gewesen, als ihre Erlebnisse im Tau-Ceti-System, denn hier lebten außerirdische Lebensformen. Das Feuer hätte intelligente Wesen vernichtet – die einzigen Mitglieder der interstellaren Zivilisation, die bereit waren, mit den Menschen zu reden.

J.D. ging weiter. Plötzlich begann der Führungsfaden zu zittern, und J.D. glaubte, in der Ferne das Scharren kleiner Füße zu hören. Trotz ihrer Erregung zwang sie sich, ihr bedächtiges Tempo beizubehalten. Wem auch immer sie folgen mochte, sie wollte ihm keine Angst einjagen.

Warum nehmen die Krakenschwärmer das Risiko auf sich, mit uns zu sprechen? fragte sich J.D. *Wir sind Ausgestoßene, und unsere Einladung in die interstellare Zivilisation ist zurückgenommen worden. Europa ist geflohen, damit sie und Androgeos nicht zusammen mit uns abgeschnitten werden. Vielleicht erwartet die Krakenschwärmer das gleiche Schicksal.*

Europa hat nur mit Verachtung über die Krakenschwärmer gesprochen. Sind sie wirklich so verzweifelt, daß sie ein solches Risiko auf sich nehmen ... nur, um mit jemandem zu reden?

Das Licht wurde immer heller und die Tunneloberfläche immer verschlungener. Dicke Fäden und ganze Bögen des seidenen Gewebes zogen sich in mehreren Lagen über die Wände.

Der Tunnel endete einige Meter oberhalb einer gigantischen Kammer. J.D. blieb stehen und blickte auf eine visuelle Kakophonie aus Licht und sich überlappenden, gewundenen Membranen hinab. Sie hatte das Gefühl, das Innere einer Skulptur betreten zu haben – einer Skulptur aus Licht.

Hier liefen die leuchtenden Fäden zusammen. Das seidene Gewebe transportierte das Licht des Sirius von der Oberfläche des Planetoiden bis hin zu diesem Ort – dem Herz des Netzes. Auf dem Weg in die Tiefe hatte das Licht seine Grelle verloren und seinen Glanz behalten. J.D. hatte eine Art Brennpunkt erreicht.

»Das ist phantastisch.« Satoshis Stimme klang sanft und trotzdem aufgeregt. Er war Geograph. Es war Teil seiner Arbeit, sich mit den Zusammenhängen zwischen Mensch und Umwelt zu beschäftigen. J.D. nahm an, daß Satoshi es kaum erwarten konnte, außerirdische Lebensformen zu studieren, die jedes noch so kleine Detail ihrer Umgebung selbst geschaffen hatten.

Das Gefälle war wesentlich steiler als die Abhänge, die J.D. bisher bewältigt hatte. Sie hielt sich an der weichen, zerknitterten Seide fest und wagte den Abstieg. Der Führungsfaden verschwand an der Stelle, wo all das Licht sich zu konzentrieren schien.

J.D. verschaffte sich mehr Halt, indem sie ein glühendes, armdickes Band packte. Ihr Raumanzug registrierte Wärme, doch sie selbst konnte sie durch ihre Handschuhe hindurch nicht spüren. *Das ist das gleiche Gefühl wie neben den Orcas in einem Taucheranzug*, dachte J.D., *mitten unter ihnen, doch kein Teil ihrer Welt*.

Rings um das Zentrum des Netzes, jenen Ort, in dem sich all das Licht bündelte, waren unzählige seidene Vorhänge drapiert. J.D. bewegte sich vorsichtig durch das leuchtende Gewebe. Sie hoffte, kein Labyrinth betreten zu haben. Die Labyrinthe von Europa und Androgeos hatten ihr gereicht.

Der Leitfaden führte J.D. wie auf einer Achterbahn über mehrere Bögen in die lichtüberflutete Halle. Dann ging es zwischen zwei Vorhängen hindurch, an einem anderen vorbei, und nach einer weiteren Kurve lief der Weg hinab in Richtung Zentrum. Hinter J.D. rollte sich ihre Rettungsleine weiter ab, drückte sich gegen die Wände und zerknitterte das seidene Gewebe.

Nachdem J.D. den letzten Vorhang passiert hatte, betrat sie ein unregelmäßig geformtes Areal, das von sich überlappenden Wandbehängen begrenzt wurde.

Eine winzige Kreatur, die einen glänzenden schwarzen Faden hinter sich herzog, huschte über den Boden und verschwand unter einer hauchdünnen Membran. Die Membran flatterte kurz, glättete sich wieder und sank gegen eine wuchtige Gestalt.

J.D. sah einen Krakenschwärmer.

»Mein Gott!« stieß Satoshi verwundert hervor.

Victorias Antwort war eher zu spüren als zu hören. Eine tiefempfundene Freude strahlte von ihr aus, die von Arachne empfangen und weiterverarbeitet wurde, und schließlich J.D.s Netzlink erreichte.

»J.D.! Das ist wundervoll!« rief Zev.

Stephen Thomas schwieg.

Merkwürdigerweise zweifelte J.D. keinen Augenblick

daran, daß sie einem jener intelligenten Lebewesen gegenüberstand, die dieses Sternenschiff erbaut hatten.

Auf Europas Sternenschiff, in einer erdähnlichen Umgebung, hatte J.D. sich gefragt, ob sie versuchen sollte, mit allem und jedem zu reden: mit der Erde rings um den Landeplatz, dem Auerochsen, der sie den Hügel hinaufgejagt hatte oder den Meerkatzen, die ihre Flucht beobachteten. Als sie schließlich Europa und Androgeos begegnet war – zwei fast normalen Menschen –, hatte sie das über alle Maßen erschreckt.

»Hallo«, grüßte J.D. den Krakenschwärmer. Sie blieb stehen und wartete.

Der Krakenschwärmer sagte kein Wort.

Das Wesen lag im Brennpunkt der lichtführenden Vorhänge, und war in helles, sanftes Licht getaucht. Es ließ seine Haut in allen Regenbogenfarben schillern. Jeder Meeresbewohner hätte bei dieser Beleuchtung sofort die Flucht ergriffen. Trotzdem deutete die Gestalt des Wesens auf einen maritimen Ursprung hin.

Der Außerirdische war mindestens drei Meter lang – wahrscheinlich länger. Er lag zusammengekauert auf dem Boden. Ein Teil von ihm war durch mehrere Lagen des seidenen Gewebes verdeckt. Sein glänzender, lederartiger Körper lief auf beiden Seiten in hauchdünne, transparente Flossen aus. Dort war auch das winzige Wesen verschwunden, das den Führungsfaden ausgelegt hatte. Die Flossen kräuselten sich leicht an den Ecken, und gaben so den Blick auf eine gefiederte Unterseite und mehrgelenkige Gliedmaßen frei. Waren das rudimentäre Beine, die nur bei niedriger Schwerkraft oder unter Wasser ihre Aufgabe erfüllen konnten? J.D. widerstand der Versuchung, sich in wilden Spekulationen zu verlieren. Der Krakenschwärmer machte nicht den Eindruck, als würde er jemals irgendwohin gehen. Sein spitz zulaufendes Hinterteil verschwand in dem faltigen Boden. Es sah so aus, als wäre das Wesen aus der Kammer *gewachsen*, als wäre es nur der sichtbare Teil einer weitaus größeren und komplizierteren Lebensform.

J.D. trat einen vorsichtigen Schritt auf die Kreatur zu. Sie bewegte sich langsam und streckte ihre Hände gut sichtbar aus.

J.D. fragte sich, ob das Wesen überhaupt wußte, was Hände waren. Der Krakenschwärmer besaß nur Tentakel – mehrere kurze, dicke und drei lange, dünne. Die langen Tentakel lagen zusammengerollt vor der Kreatur. Ein kleines Wesen huschte über einen der Vorhänge, die den Krakenschwärmer umgaben. Seine Beine wurden von einem Schuppenpanzer verhüllt und sein Rücken war mit Federn bedeckt.

Die Spitze eines der drei längeren Tentakel löste sich aus dem Knäuel, richtete sich auf wie eine Kobra und glitt suchend durch die Luft. Es fand die kleine Kreatur, streichelte zärtlich über ihren gefiederten Rücken und geleitete sie zu einem seidenen Beutel, der zerknüllt auf dem Boden lag. Dann öffnete das winzige Wesen den Beutel und glitt hinein.

»Vielen Dank für die Einladung«, sagte J.D.

Die lederne, in allen Regenbogenfarben schillernde Haut oberhalb der Tentakel legte sich in Falten. Sie brach auf – J.D. sprang einen Schritt zurück – und öffnete sich. Der Krakenschwärmer blickte seinen Gast aus einer Reihe von Facettenaugen an. J.D. versuchte, die einzelnen Körperteile des Wesens nicht mit irdischen Begriffen zu belegen, da sie nach einem völlig unbekannten Bauplan entstanden waren. Vielleicht hatte J.D. sich der Kreatur von hinten genähert. Vielleicht waren die Tentakel Füße, die rudimentären Beine Hände, und vielleicht dienten die funkelnden Augen als Riech- oder Hörorgan ... oder einem Zweck, der J.D. vollkommen unbekannt war.

Trotzdem viel es ihr *sehr schwer,* den wuchtigen Leib nicht als Kopf und die Tentakel nicht als Arme zu betrachten.

Immer mit der Ruhe, sagte sie sich selbst. Ihr war es vor

Aufregung schwindelig. *Immer mit der Ruhe. Erinnere dich, wie peinlich es dir war, als du zum ersten Mal das Bild einer Königskrabbe in einem Naturführer gesehen hast. Du hast die Scheren für den Schwanz gehalten und die Fühler für Schnurrhaare.*

J.D. trat einen weiteren, zögernden Schritt auf das außerirdische Wesen zu.

»Hallo«, sagte sie erneut.

Aus dem eingebauten Funkgerät ihres Raumanzugs drang ein Flüstern.

»Du brauchst keine Angst vor mir zu haben.« Es war dieselbe, monotone Stimme, die die Einladung an die *Starfarer* ausgesprochen hatte.

»Ich habe keine Angst«, erwiderte J.D. »Na ja, habe ich doch. Jedenfalls ein wenig. Kannst du mich hören?« Sie sprach ins Mikrophon des Raumanzugs, doch vielleicht war das gar nicht notwendig. Vielleicht konnte der Krakenschwärmer ihre Stimme durch den Helm hindurch hören.

Haben Kraken Ohren? überlegte sie. J.D. hatte keine Ahnung. Und selbst wenn sie Ohren besaßen, hieß das noch lange nicht, daß das auch auf einen außerirdischen zutraf.

»Ich bin in der Lage, niederfrequente Schwingungen wahrzunehmen.«

»Dann kannst du mich gar nicht hören ... aber du empfängst meine Funksprüche.«

»Ich empfange deine Funksprüche.«

Fasziniert trat J.D. näher an den Krakenschwärmer heran. Hunderte von Fragen schossen ihr durch den Kopf, die sie dem Außerirdischen stellen wollte. Doch sie erinnerte sich daran, mit welcher Vehemenz es Europa und Androgeos abgelehnt hatten, irgendwelche Fragen zu beantworten. Also beschloß J.D., es diesmal ruhiger angehen zu lassen.

J.D. konnte nachvollziehen, warum Europa das Wesen als Krake bezeichnet hatte ... aber Kraken*schwärmer*? Vielleicht aufgrund seiner mehrgliedrigen Beine? Doch warum hatte sie dann den zweiten Teil des Namens nicht von einem Meeresarthropoden abgeleitet – zum Beispiel ›Krabbe‹ oder ›Hummer‹?

Die Augenlider der Kreatur öffneten sich auf der J.D. zugewandten Seite etwas weiter. Der Krakenschwärmer starrte seinen Gast aus mehreren kleinen Facettenaugen heraus an. J.D. konnte erkennen, daß sich unter dem Rand der Öffnung weitere Augen befanden. Während sie sich dem Wesen näherte, trat sie ein paar Schritte zur Seite. Anstatt den Kopf zu drehen, um J.D. im Blick zu behalten, vergrößerte der Krakenschwärmer den Spalt und noch mehr funkelnde Facettenaugen erschienen. Der Außerirdische schien eine Art ›Rundumsicht‹ zu besitzen.

»Wie kommunizierst du mit anderen Kra …« Gerade noch rechtzeitig erkannte J.D. ihren Fehler. » … mit anderen deiner Art?«

»Ich kommuniziere mit allen intelligenten Lebensformen so wie mit dir.«

Die Spitzen der kurzen Tentakel erzitterten. Es sah aus, als trüge der Krakenschwärmer einen Gummischnurrbart.

Die drei längeren Tentakel erhoben sich wie die Köpfe von Schlangen. Eines von ihnen bewegte sich beiläufig zu dem kleinen Beutel, um eine der winzigen, seidenspinnenden Kreaturen in einem festgelegten Muster über den Boden zu dirigieren.

J.D. stand ungefähr zehn Meter von dem Krakenschwärmer entfernt. Seine Tentakel entrollten sich, glitten durch die Luft und über den Boden und rollten sich wieder zusammen.

J.D. dachte, sie befände sich außerhalb der Reichweite des Wesens.

Das war falsch.

Plötzlich schnellten die Tentakel auf sie zu. J.D. schnappte entsetzt nach Luft, und sprang verängstigt einen Schritt zurück. Die Tentakel hielten sofort an. Sie waren noch nicht zu ihrer vollen Länge ausgestreckt. Sie konnten J.D. noch immer erreichen. Zitternd zwang sie sich dazu stehenzubleiben.

Noch vor einem Monat, ja, noch vor einer Woche wäre J.D. nur überrascht gewesen, aber nicht verängstigt. Das Treffen mit Europa und Androgeos hatte ihre Vorstellungen über die Mitglieder einer interstellaren Zivilisation grundlegend verändert.

Hast du wirklich erwartet, daß sie perfekt sind? fragte sie sich mit einem Hauch von Sarkasmus und beantwortete ihre Frage mit einem klaren: *Ja, das habe ich.*

J.D. atmete tief durch und trat wieder einen Schritt auf den Krakenschwärmer zu.

»Es tut mir leid«, sagte sie. »Aber du hast mir Angst gemacht.«

Die Tentakel richteten sich auf und schwankten hin und her. J.D. blieb stehen. Offenbar besaßen sie keinerlei Sinnesorgane: keine Augen, keine Nasenlöcher, weder Hände noch Finger. Statt dessen waren die Spitzen von einem weichen purpurnen Pelz bedeckt.

Flimmerhärchen?

»Ich habe dir Angst gemacht, weil ich mich dir genähert habe.«

Die Stimme des Krakenschwärmers klang so monoton und unbeeindruckt wie zuvor.

J.D. faßte die Aussage des Wesens als Frage auf. »Du hast mir Angst gemacht, weil du dich mir genähert hast, ohne mich vorher zu warnen«, erwiderte sie. »Du hast mir Angst gemacht, weil du dich mir *so schnell* genähert hast.«

Die Tentakel zogen sich zurück.

Großartig, dachte J.D. *Jetzt habe ich ihn auch noch beleidigt.*

»Du ziehst es vor, Abstand zu wahren.«

»Ich ziehe es vor, gewarnt zu werden. Welchem Zweck dienen deine Tentakel?«

»Sie berühren.«

»Meine Hände erfüllen diese Aufgabe für mich.« J.D. streckte die Arme aus.

»Das weiß ich.«

»Weißt du alles über uns?« *Warum haben wir diese Expedition überhaupt unternommen,* dachte J.D., *wenn die Zivilisation sowieso schon mehr über uns weiß als ihnen lieb ist?*

J.D. hatte sich ihr ganzes Leben lang darauf vorbereitet, der erste Mensch zu sein, der Kontakt zu außerirdischen Lebewesen aufnimmt. Aber sie war nicht die Erste gewesen. Europa und Androgeos waren ihr um siebenunddreißig Jahrhunderte zuvorgekommen, und das hatte J.D. tiefer getroffen, als sie sich eingestehen wollte.

»Nein, aber das würde ich gerne«, antwortete der Krakenschwärmer.

J.D. lächelte. Sie besaß also doch etwas, das sie dem fremdartigen Wesen anbieten konnte.

»Dann haben wir die gleichen Interessen.«

»Du willst auch alles über euch wissen.«

»Das auch. Aber ich habe gemeint, ich will alles über *dich* wissen.«

J.D. zögerte einen Augenblick, und dachte darüber nach, wie offen sie gegenüber dem Krakenschwärmer sein durfte. In all den Jahren, in denen sie sich auf ihre erste Begegnung mit einer außerirdischen Intelligenz vorbereitet hatte, hatte sie nie damit gerechnet, sich in ihrer eigenen Sprache verständigen zu können. An Bord der *Starfarer* bewahrte J.D. verschiedene Diagramme und Programme auf, in denen die menschliche Rasse auf physikalische, biologische und künstlerische Art beschrieben wurde. Sie hatte Verfahren entwickelt, um mit Wesen zu kommunizieren, die sich durch Farben oder Geruch verständigten. Ihre Kollegen hatten an ähnlichen Projekten gearbeitet, und gemeinsam hatten sie über die verschiedenen Theorien spekuliert. Einige waren sogar der Ansicht gewesen, außerirdische Lebensformen würden sich so stark von den Menschen unterscheiden, daß *überhaupt keine* Verständigung möglich sei.

J.D. konnte sich zwar mit dem Krakenschwärmer unterhalten, aber verstand sie auch den Sinn seiner

Worte? Es war nur allzu leicht, den anderen mißzuverstehen.

»Androgeos sagte, du seist ... einsiedlerisch.«

»Androgeos hat mich niemals besucht«, erwiderte der Krakenschwärmer.

J.D. konnte in der Stimme des Wesens weder Bedauern noch Verärgerung erkennen. Der Außerirdische sprach mit der Nüchternheit eines Nachrichtensprechers.

J.D. war vollkommen ruhig. Ihre Angst war verflogen. Dennoch floß noch immer genug Adrenalin durch ihren Körper, um all ihre Sinne zu schärfen.

»Ich bin dir sehr dankbar für deine Einladung, und ich freue mich, hier zu sein«, erklärte sie. »Aber ich habe mich noch nicht vorgestellt. Mein Name ist J.D. Sauvage.«

»Ich habe keinen Namen«, entgegnete der Krakenschwärmer.

»Nenn ihn Nemo«, flüsterte Zev durch das Funkgerät.

»Pssst, Zev«, ermahnte ihn Victoria.

»Sag mir, was das bedeutet«, forderte der Krakenschwärmer.

»Einer meiner Kollegen hat vorgeschlagen, daß ich dir ... daß ich dir einen Namen gebe«, antwortete J.D. »Den Namen einer berühmten Romanfigur.«

»Ich werde Nemo sein.«

»Ich freue mich, dich kennenzulernen, Nemo. Darf ich näher treten?«

Als Antwort zog der Krakenschwärmer seine Tentakel zurück. Sie schlangen sich ineinander, und ihre Spitzen berührten sich und trieben wieder auseinander. J.D. folgte ihnen, bis sie nur noch zwei Schritte von dem Außerirdischen entfernt war. Selbst aus dieser Entfernung konnte sie keinen Grund erkennen, warum man das Wesen als ›Schwärmer‹ bezeichnen sollte. Aus der Nähe betrachtet, sah es noch weniger wie eine Krake aus.

Die Kreatur war auf eine fremdartige Art und Weise wunderschön. Ihre Haut war von irisierenden Flecken in allen Farben des Regenbogens übersät. Die schlanken Beine liefen in winzige, spitze Füße aus, die immer wieder von bebenden Kiemen verdeckt wurden.

Mittlerweile hatte J.D. ihre guten Vorsätze über Bord geworfen und begonnen, das Wesen mit einer ihr geläufigen Terminologie zu analysieren.

»Ich würde dich sehr gerne berühren«, sagte der Krakenschwärmer. Seine Tentakel lösten sich wieder voneinander, und rollten sich ordentlich auf dem Boden zusammen. Nur ihre Spitzen waren noch immer aufgerichtet und schwankten sanft hin und her.

J.D. zögerte erneut. Wieder mußte sie erkennen, wie stark die Falschheit der außerirdischen Menschen sie verändert hatte.

Verdammt noch mal, dachte sie. *Vielleicht kannst du nicht jedem vertrauen, den du hier draußen triffst. Vielleicht wirst du nie so offen sein können, wie du gehofft hast. Aber du kannst dich auch nicht die ganze Zeit über fürchten.*

»Nun gut«, erwiderte sie kühl.

Das Wesen bewegte eines der langen Tentakel in J.D.s Richtung. Als die Spitze ihre Füße erreichte, zögerte sie einen Augenblick. Dann glitt das Tentakel über J.D.s Zehen, fuhr am Spann hinunter und berührte den Boden, wo die schweren Stiefel des Raumanzugs das seidene Gewebe eindrückten. Ein zweites Tentakel kam auf J.D. zu. Es erhob sich, bis es auf der Höhe ihres Gesichts war. Der feine Pelz an der Spitze strich über ihren Helm ... ein weiches, sanftes Geräusch.

»Das ist nicht dein Körper.«

»Das ist mein Raumanzug«, erklärte J.D. »Er bereitet meine Luft auf.«

»Du kannst diese Luft hier atmen.«

»Ich weiß. Aber der Raumanzug schützt mich auch vor unbekannten Viren ... und bewahrt auch dich vor Kontamination.«

»Es gibt hier nichts, was dich infizieren könnte.«

»Androgeos hat das gleiche gesagt; aber er hat mir nicht gesagt, warum er davon so überzeugt war. Ich hoffe, du vergibst mir meine Furcht. Ich habe Androgeos vertraut, doch meine Begegnung mit ihm war … unglücklich, in vielerlei Hinsicht.« Androgeos hatte versucht, Victorias neuartige Berechnungen über den Kosmischen String zu stehlen. Er hatte versucht, das einzige zu nehmen, was die Erde der interstellaren Zivilisation anbieten konnte, um ihren Respekt zu erlangen.

»Androgeos ist jung und übereifrig.«

»Jung! Er ist siebenunddreißig Jahrhunderte alt!«

Der Tentakel des Krakenschwärmers strich noch immer über J.D.s Helmvisier. Das Zittern der kurzen Tentakel, die wie Schnurrhaare aussahen, hatte sich verändert. Es floß nicht mehr von einer Seite zur anderen, sondern jetzt lief von jeder Seite eine Welle auf die Mitte zu, wo sie zusammenstießen und sich auflösten.

Könnte ich ihn beunruhigt haben? fragte sich J.D. Aber die Frage der Kontamination war die erste und wichtigste, die beantwortet werden mußte. Die Wesen der interstellaren Zivilisation hatten die Antwort darauf wahrscheinlich schon vor langer Zeit gefunden. Schließlich verkehrten sie bereits seit Jahrtausenden miteinander.

Vielleicht habe ich ihn ja verärgert, weil ich mich weigere, mein Leben ganz und gar in seine Hände zu legen.

»Androgeos ist jung«, wiederholte der Krakenschwärmer.

J.D. glaubte einen Hauch von Amüsement und Ironie in der Stimme des Außerirdischen gehört zu haben, doch bestimmt hatte sie sich das nur eingebildet.

Es war allerdings merkwürdig, daß ihr Androgeos in der Tat *jung* erschienen war. Er war zumindest physisch jung, während Europa ein eher reiferes Aussehen gewählt hatte.

»Androgeos verhält sich manchmal *jung*«, sagte J.D.

»Es gibt keinen Grund, die symbiotischen Mikroben des anderen zu fürchten«, erklärte der Krakenschwärmer und wartete.

J.D. zögerte. Das Risiko war sehr gering. Sie und Nemo besaßen einen vollkommen unterschiedlichen evolutionären Hintergrund. Wahrscheinlich konnte J.D. sich eher von einem Baum das Waldsterben einfangen.

Sie griff nach dem Verschluß ihres Helms.

»J.D. ...« rief Victoria besorgt, schwieg aber sofort wieder.

J.D. hatte Europas Planetoiden völlig ungeschützt betreten. Auch damals hatte sie zunächst gezögert, doch dann hatte sie sich doch dazu entschlossen, den außerirdischen Menschen zu vertrauen. Als Europa und Androgeos J.D. versichert hatten, daß keine Kontaminationsgefahr bestand, hatten sie ausnahmsweise die Wahrheit gesagt. Wahrscheinlich hatten sie ihre Umwelt von allen Krankheiten befreit. Die *Starfarer* hatte für die außerirdischen Menschen wahrscheinlich eine größere Bedrohung dargestellt als umgekehrt. Auch Stephen Thomas' Tests waren ergebnislos verlaufen.

Es hätte auch keinen Sinn ergeben, der Erde einen Rettungsanker in Form des Kosmischen Strings zuzuwerfen, und dann einen biologischen Krieg zu beginnen. Die interstellare Gemeinschaft hatte die Erde bereits seit Generationen beobachtet. Wenn sie die Vernichtung der Menschheit gewollt hätten, so wäre dies schon längst geschehen, und die Menschen hätten noch nicht einmal gemerkt, wer oder was für ihren Untergang verantwortlich war.

Der einzige Unterschied zwischen Europas Planetoiden und dem des Krakenschwärmers war der, daß J.D. sich hier in einer fremdartigen Umgebung befand ... und vielleicht, daß sie damals nicht gewußt hatte, wie ihre Gastgeber aussahen, während sie hier einem unvergleichlich fremdartigen Wesen gegenüberstand.

Der einzige Grund für J.D.s Weigerung war Angst: Xenophobie.

Diese Erkenntnis beunruhigte J.D.

Zu viele Böse-Männchen-vom-Mars-Filme, sagte sie zu sich selbst. *Schlechter Witz.*

J.D. öffnete ihren Helm und setzte ihn ab.

Dann atmete sie tief durch ...

… und begann sofort zu husten. Die Luft war ätzend, muffig und stank nach Kohlenwasserstoffen. J.D.s Augen brannten. Ihr Atem ging flach, und sie war versucht, sich wieder in die saubere Luft ihres Raumanzugs zu flüchten. Der hohe Sauerstoffgehalt von Nemos Atmosphäre machte sie schwindlig.

Doch nachdem J.D. sich daran gewöhnt hatte, war es nicht viel anders wie in den heimischen Großstädten. J.D. hatte zu lange in der Wildnis gelebt. Ihr Körper besaß gegen verschmutzte Luft keine Widerstandskraft mehr.

J.D. öffnete ihren Raumanzug, kletterte hinaus und legte ihn sorgfältig auf dem Boden ab. Die WKMs krabbelten überall herum, so daß sie weiterhin alles aufzeichnen und übertragen konnten. J.D. hoffte nur, die Bildqualität sei schlecht genug, um das Zittern ihrer Hände zu verbergen.

Nemos metallische Stimme dröhnte undeutlich aus dem Helm. Um das Gespräch fortzusetzen, mußte J.D. ihn entweder ohne den Raumanzug tragen – was ihr lächerlich erschien – oder mit Nemo über ihren Netzlink kommunizieren. Normalerweise verwendete sie ihren Netzlink nur zur Kommunikation mit Arachne.

Vorsichtig und zaghaft griff J.D. nach ihrem Link. Sie konnte sich auch mit ihren Kollegen auf diese Art und Weise verständigen, doch für gewöhnlich vermied sie es. Viele Leute empfanden eine derartige Verbindung als unangenehm. J.D. mochte das Gefühl nicht, fremde Stimmen in ihrem Kopf zu hören. Es kostete sie viel Überwindung, über ihren eigenen Schatten zu springen und direkt mit Nemo zu sprechen.

»Kannst du mich hören?« fragte sie.

»Ich kann dich hören«, flüsterte Nemos Stimme in ihrem Kopf.

Die Tentakel des Krakenschwärmers schwebten nicht weit von J.D. entfernt in der Luft und warteten. J.D. wandte sich wieder dem Wesen zu, trat einen Schritt näher und streckte die Hand aus.

Ein Tentakel strich sanft über J.D.s Handteller. Die weichen Flimmerhärchen glitten über ihre Finger.

J.D. schloß ihre Hand vorsichtig um die Spitze des Tentakels. Es hörte sofort auf, sich zu bewegen. Nemo wartete und schwieg. J.D. öffnete ihre Hand wieder.

Das Tentakel glitt J.D.s Arm hinauf und wand sich um ihr Handgelenk wie eine Schlange. Die Haut unter dem Pelz fühlte sich wie Wildleder an und war überraschend warm. Wenn schon die Gliedmaßen so warm waren, mußte der Krakenschwärmer eine wesentlich höhere Körpertemperatur besitzen als ein Mensch. J.D. hatte unbewußt damit gerechnet, die feuchte Kälte eines irdischen Kraken zu spüren.

Nemo berührte ihren Ärmel und drang tastend unter die Manschette vor.

»Das ist Kleidung«, erklärte J.D. und deutete auf ihr Hemd und ihre Hose. »Es ist Sitte bei den Menschen, sie die meiste Zeit zu tragen.«

Vielleicht sollte ich mich ausziehen, dachte sie, *aber dazu bin ich noch nicht bereit*.

Nemo strich über J.D.s Hand, ihren Ärmel und wieder über die Hand, um die Unterschiede zwischen Haut und Gewebe festzustellen.

Die Spitze eines Tentakels glitt über J.D.s Hals und ihre Lippen. J.D. schloß die Augen. Fell streichelte ihre Lider. Ein zweites Tentakel schlang sich sanft um ihre Hüften. Seine Spitze folgte dem Muster ihres Hemdes, berührte jeden Knopf, strich über ihre schweren Brüste und ihren Arm. Das dritte Tentakel schlang sich um J.D.s Bein, fuhr ihre Wirbelsäule hinauf und tippte auf jeden einzelnen Wirbel.

Als J.D. wieder die Augen öffnete, berührten ihre Wimpern die Flimmerhärchen des Krakenschwärmers.

»Sie dienen der Sinneswahrnehmung«, sagte Nemo.

»Nein.« J.D. lächelte. Der Krakenschwärmer stellte die gleiche Art von Vermutungen über sie an, wie sie über ihn. »Ich kann zwar dein Tentakel spüren, aber meine Wimpern dienen in erster Linie dem Schutz meiner

Augen. Hmmm ... bezeichnest du das als Tentakel?« Sie strich mit ihren Fingern über die weiche, regenbogenfarbene Haut.

»Auf Englisch nenne ich es ein Tentakel.«

Diesmal war J.D. fest davon überzeugt, einen Anflug von Humor in Nemos Stimme gehört zu haben. Trotzdem sagte sie sich erneut, daß sie sich das alles nur eingebildet hatte.

»Ich meine ... ist ›Tentakel‹ eine korrekte Übersetzung aus deiner Sprache? Wie *nennst* du es in deiner Sprache?«

»Ich habe keine Sprache.«

»Das verstehe ich nicht«, entgegnete J.D.

»Unsere Art der Kommunikation beruht nicht auf Klängen.«

»Ich weiß. Das hast du mir bereits erklärt. Du verwendest elektronische Übertragungen. Aber *was* überträgst du? Worte? Bilder? Gefühle?«

»Eine Palette von Bedeutungen und Wahrnehmungen.«

J.D. runzelte die Stirn. »Ein neurales Bild?«

»Position und Positionswechsel innerhalb einer multidimensionalen Palette von Bedeutungen, Intensität und der Beziehung zwischen den Sprechern.«

»Multidimensional? Mehr als drei Dimensionen?«

»Sehr viel mehr.«

J.D. versuchte, sich mehr als drei Dimensionen vorzustellen; sie versuchte sich vorzustellen, wie eine multidimensionale Palette in ihrem Kopf aussehen würde. Ihr Unterbewußtsein behauptete, sich eine Sphäre vorstellen zu können, die um eine Ebene kreist, doch ihr Verstand konnte so etwas nicht erklären.

»Das klingt wunderbar«, sagte J.D.

Die Tentakel des Krakenschwärmers tanzten vor J.D.s Augen. Die Spitzen berührten abwechselnd ihre Wange, ihre Brust und ihre Hand.

»Es ist wunderbar«, stellte das Wesen fest.

»Besitzt du eine künstlerische Ausdrucksform, die mit

deiner Art der Kommunikation in Verbindung steht? Ähnlich dem menschlichen Gesang oder der Literatur?«

»Es ist eine Kunstform in sich selbst ... wann immer einer die Grenzen überschreitet und neue Regionen formt, der das Talent dazu besitzt.«

»Darf ich ... würdest du es mir zeigen?«

Ohne Warnung wurde J.D.s Verstand plötzlich von Reizen überflutet. Sie hörte Zucker, der sich auflöste, roch die pinkfarbenen Wolken eines Sonnenuntergangs und spürte jeden einzelnen Tropfen eines Wolkenbruchs. Sie sah die Melodie von Nemos Sinnen. Jedes Gefühl besaß seinen eigenen Platz und seine eigenen Verbindungen mit allen anderen. Weitere Informationen strömten durch J.D. hindurch. Doch ihr Netzlink funktionierte wie ein Trichter, und Nemos Übertragung war zuviel für ihn. Nur ein Bruchteil kam durch. Der Rest verschwand im Nichts.

J.D. atmete tief durch. Sie begann erneut zu niesen und zu husten. Nemos Übertragung endete, und J.D. fand sich ausgestreckt auf dem Boden wieder. Sie legte ihren Arm vor den Mund und versuchte, so flach wie möglich zu atmen, bis das Husten aufhörte. Dann wischte sie sich die Tränen aus den Augen.

Nemo lag gelassen vor J.D. Seine kurzen Tentakel zitterten und die drei langen dirigierten eine der winzigen Kreaturen über den Boden, die Seide in konzentrischen Kreisen spann.

Aus dem Funkgerät ihres Raumanzugs drang ein fernes, dumpfes Grollen. J.D. sendete ein ›Mir geht's gut‹ zurück an Victoria und die *Chi*. Das Grollen verschwand. J.D. riß sich wieder zusammen und hockte sich im Schneidersitz vor Nemo hin.

»Ich habe nicht verstanden, was du mir gesandt hast«, sagte sie. »Aber du hast recht. Es *war* wunderbar.«

»Du kannst nicht genug Informationen verarbeiten, um die gesamte Palette meiner Kommunikation aufzunehmen.«

»Ein Netzlink ist kein natürlicher Sinn«, bemerkte J.D. traurig. »Er ist ziemlich beschränkt.«

»Das ist schade.«

»Aber jeder von uns kann auf diese Art und Weise mit dir reden«, fügte J.D. rasch hinzu. »Meine Kollegen würden dich gerne kennenlernen. Wäre das möglich?«

»Ich möchte zunächst nur einen Menschen kennenlernen«, antwortete Nemo. »Meine Begleiter sollen sich zuerst an dich gewöhnen.«

»Deine ... Begleiter?«

Nemos zerbrechliche Beine trommelten auf den Boden. J.D. konnte die Vibration spüren.

Das Trommeln wurde von einem Geräusch beantwortet, das J.D. schon auf ihrem Weg ins Innere des Planetoiden gehört hatte – dem Scharren kleiner Füße. Mehrere der winzigen, seidenspinnenden Kreaturen huschten unter den Vorhängen hervor und krabbelten auf unzähligen Beinen über den Boden. Sie sammelten sich um Nemo und kletterten auf seinen glänzenden Panzer. Ihre matten Farben veränderten sich und begannen zu strahlen. Die Wesen paßten sich ihrer Umgebung an wie ein Chamäleon. Wenn J.D. genau hinsah, so konnte sie undeutliche Gestalten erkennen, die mit zangenbewehrten Beinen Nemos Haut striegelten. Eines der Wesen verschwand unter einer der beiden großen Flossen.

»Meine Begleiter sind fremde Wesen nicht gewöhnt.«

»Oh«, bemerkte J.D. Sie gab ihr Bestes, so diplomatisch wie möglich zu sein. »Wie lange wird das dauern?« Sie war nicht sicher, ob sie mit einer Antwort etwas anfangen konnte. Schließlich wußte sie nicht, ob Nemo überhaupt die Zeit maß ... und wenn ja, in was für Abständen.

»Ich weiß es nicht. Ich habe nie zuvor Besuch gehabt«, erwiderte Nemo.

»*Nie?*«

»Wir sind Einzelgänger.«

»Macht es dir ... hmmm ... macht es dir etwas aus, mich in deinem Krater zu haben?«

»Ich genieße ungewöhnliche Erfahrungen.« Nemo dirigierte einen seiner kleinen Begleiter um eine seidene Scheibe herum.

»Würdest du gerne einmal die *Starfarer* besuchen? Ich weiß allerdings nicht, ob du mobil bist ...« *Und ich weiß auch nicht, auf was du empfindlich reagierst*, fügte J.D. im Stillen hinzu und zweifelte am Sinn ihres eigenen Vorschlags. »Du ... oder auch jeder andere deiner Rasse ... wäre an Bord der *Starfarer* herzlich willkommen. Das heißt, wenn es dich überhaupt interessieren würde.«

Ein Zittern lief von rechts nach links durch die Schnurrhaare des Krakenschwärmers.

»Ihr bewohnt das Innere der *Starfarer*?« fragte Nemo.

»Ja.«

»Ich würde nicht hineinpassen.«

»Oh.« J.D. blickte auf Nemos funkelnden Rücken und den Schwanz, der im Boden verschwand. »Wieviel von dir ist nicht zu sehen?« Alles, was ins Innere des Kraters paßte, würde auch im Inneren der *Starfarer* Platz finden – auch wenn die Logistik etwas schwierig wäre.

»Du siehst alles von mir.«

»Ich verstehe nicht.«

Nemo strich mit seinen Tentakeln über die seidenen Wände.

»Alles, was du siehst, bin ich«, erklärte der Krakenschwärmer.

»Der ganze Krater?«

»Alles«, wiederholte Nemo.

»Das ganze *Schiff*?«

»Alles, was du Schiff nennst.«

Die letzte Äußerung des Außerirdischen hatte J.D. kalt erwischt. Sie strich sofort den nächsten Vorschlag aus ihrem Gedächtnis und änderte ihre Perzeption des Krakenschwärmers. Bis jetzt war J.D. davon ausgegangen, Nemo sei ihr außerirdisches Gegenstück, derjenige seiner Rasse, der sich freiwillig gemeldet hatte, um ein fremdes Lebewesen zu treffen. Sie hatte angenommen, daß in jedem der seidenen Krater ein Wesen wie Nemo leben würde.

»Du bist hier ganz allein?«

»Ich bin ich selbst«, antwortete Nemo mit seiner tonlosen Stimme.

Tolle Frage, dachte J.D. *Was würdest du wohl antworten, wenn dich einer fragen würde, ob du in deinem eigenen Körper allein bist?* »Nein, ich teile mir die Wohnung mit ein paar Blutkörperchen und einer Leber.« Kein Wunder, daß Europa und Androgeos die Krakenschwärmer als einsiedlerisch bezeichnet hatten!

J.D. sah sich erneut in der großen Kammer um. Sie betrachtete den Planetoiden und seine Bewohner nun aus einem anderen Blickwinkel. All die Wesen, die Reparaturen durchführten und ständig neue Strukturen errichteten ... ihre perfekte Interaktion ...

Handelte es sich um Symbionten, oder konnte man sie mit Blutkörperchen oder Organen vergleichen? J.D. versuchte noch immer, alles mit ihrer eigenen beschränkten Terminologie zu belegen, obwohl sie genau wußte, daß dieses System nur mit Nemos Form der multidimensionalen Kommunikation zu beschreiben war.

»Mit wem kommunizierst du?« fragte sie plötzlich.

»Ich kommuniziere mit jedem, der mit mir redet.«

»Ich meine ... wenn du der Einzige deiner Art im Sirius-System bist, wie kommunizierst du dann mit den anderen? Wir haben noch keine Möglichkeit entdeckt, ein elektronisches Signal durch eine Transition zu senden. Kannst du ...?«

J.D. unterbrach ihren Redefluß und wartete ungeduldig auf Nemos Antwort. Sie konnte die Erregung ihrer Kollegen durch Arachne förmlich spüren.

Falls Nemo wußte, wie man ein Funksignal durch die Transition schicken konnte, wäre die Expedition in der Lage, den Menschen auf der Erde von der Entdeckung fremder Lebewesen zu berichten. Das könnte alles verändern.

Wenn wir ihnen doch nur erzählen könnten, dachte J.D.,

daß hier draußen wirklich *eine interstellare Zivilisation existiert …*

J.D. wußte, daß es utopisch war zu glauben, die Menschheit würde zur Vernunft kommen, und ihre ständigen Machtspielchen beenden, wenn sie von der Existenz einer interstellaren Zivilisation wüßte. Sie *wußte*, daß es utopisch war … aber sie glaubte trotzdem daran.

Und wenn die *Starfarer* eine Erfolgsmeldung zurücksenden könnte, würde man ihnen vielleicht verzeihen, daß sie den Anweisungen von EarthSpace zuwidergehandelt und das Sternenschiff gestohlen hatten.

Wenn sie eine Botschaft zurücksenden könnten, würden ihre Freunde und Verwandten zumindest erfahren, daß sie den Raketenangriff überlebt hatten.

»Ich *bin* mobil«, sagte Nemo, »wie alle meiner Art.«

»Oh«, erwiderte J.D. genauso enttäuscht wie sie vorher erfreut gewesen war. »Dann kannst du also keine Signale durch eine Transition senden?«

»Nein.«

»Kann das überhaupt irgend jemand?«

»Niemand, den ich kenne.«

»Du machst Besuche?«

»Ich mache Besuche«, bestätigte Nemo.

J.D. seufzte. Es war sowieso nur eine vage Hoffnung gewesen. Die Theorie der Kosmischen Strings erlaubte es nur einer großen Masse, in die Transition einzutreten. Niemand – nicht ein einziger Mensch – hatte je herausgefunden, wie man durch eine Transition hindurch, kommunizieren konnte. Und offensichtlich hatte auch kein Außerirdischer dieses Problem je gelöst.

Das Gespräch über den Kosmischen String erinnerte J.D. an etwas, daß sie schon viel zu lange vor sich hergeschoben hatte.

»Ich verstehe dein Bedürfnis, andere Wesen zu treffen«, wandte sie sich an Nemo. »Aber wenn du wirklich weitere Menschen kennenlernen willst, dann mußt du es bald tun. Die *Starfarer* muß das Sonnensystem verlassen haben, bevor der Kosmische String sich ganz zurückgezogen hat. Und wenn er sich zurückzieht, wirst auch du weiterziehen müssen ... oder du wirst hier stranden.«

»Ich werde nicht zulassen, daß ich strande«, erwiderte Nemo.

»Gut ... Ich hatte schon Angst ...« J.D. zuckte mit den Schultern. Sie war sich noch nicht im Klaren darüber, wie sie selbst zu dem Thema stand. »Es hat mich überrascht, daß du dich bereit erklärt hast, mit uns zu sprechen. Hast du keine Angst, durch uns ... kontaminiert zu werden? Du hast bereits mehr mit mir gesprochen als Europa und Androgeos zusammen. Jedenfalls glaube ich das.«

»Sie waren enttäuscht darüber, daß ihr den Test nicht bestanden habt.«

»Aber das war ein Fehler! Wir *waren nicht* mit Atomwaffen ausgerüstet. Oder mit irgendeiner anderen Waffe. Nemo, wir sind in unserem eigenen Sonnensystem angegriffen worden. Wir haben die Rakete durch die Transition gebracht, weil sie uns *getroffen* hat.«

»Das ist schade«, sagte Nemo.

»Und die einzige Möglichkeit, wie wir einen weiteren Angriff vermeiden können, besteht darin, daß wir Beweise für die Existenz einer interstellaren Zivilisation mit nach Hause bringen.«

»Eure eigenen Leute würden euch töten, weil ihr versagt habt«, sagte Nemo.

Ein weiterer Seidenspinner kroch unter den Vorhängen hervor und gesellte sich zu dem anderen, der bereits mit an dem seidenen Kreis arbeitete. Der zweite Spinner lief über die Scheibe und hinterließ einen feinen Faden, der die filigrane Spirale am Boden befestigte.

»Sie würden uns zwar nicht töten, aber sie würden uns ins Gefängnis werfen.« Nemos Gelassenheit, mit der er sich der Arbeit der kleinen Kreaturen widmete, brachte J.D. zur Verzweiflung.

Gibt es irgendeinen *Weg, um die Zivilisation dazu zu bewegen, mit uns zu reden?* überlegte sie.

»Vielleicht solltet ihr weder nach Hause gehen noch

irgendwo anders hin. Vielleicht solltet ihr einfach stranden«, bemerkte Nemo.

»Darüber haben wir auch schon nachgedacht«, entgegnete J.D. Das Ökosystem der *Starfarer* konnte viel mehr Menschen versorgen als sich an Bord befanden – und zwar unbegrenzt. »Wir könnten die *Starfarer* in ein Generationenschiff verwandeln, und unsere eigene, kleine, isolierte Welt errichten ...« Die Vorstellung deprimierte J.D. Das würde bedeuten, die Erde aufzugeben. Sie konnte sich nichts Egoistischeres vorstellen. »Ich würde lieber zurückgehen und ins Gefängnis wandern!« kreischte sie, und ihre Stimme versagte. J.D. hatte Mühe, sich wieder zusammenzureißen.

»Das habe ich nicht verstanden«, sagte Nemo.

J.D. wiederholte, was sie gesagt hatte. Ihre elektronische Stimme klang so kühl, so rational.

»Gefangenschaft ist der Freiheit vorzuziehen.« Nemos Lider öffneten sich rund um seinen Körper, und seine Tentakel legten sich sanft auf J.D.s Wange und ihre Schultern. Die Seidenspinner, die ihrer Führung beraubt worden waren, liefen verwirrt umher, und hinterließen ein chaotisches Muster auf dem Boden.

Nemos Tentakel zogen sich wieder zurück und kümmerten sich um die orientierungslosen Spinner.

»Nein! Aber wir sind nicht hierhergekommen, um eine Kolonie zu gründen. Das widerspricht allem, auf das wir uns geeinigt haben, allem, wovon wir geträumt haben! Wir sind hierhergekommen in der Hoffnung, einer interstellaren Gemeinschaft beizutreten. Wir sind hierhergekommen, um *dich* zu treffen! Und jetzt sagst du uns, wir müßten entweder zurückkehren oder die Erde aufgeben ... aufgrund eines Fehlers!«

»Fünfhundert Jahre ist nicht sehr lange«, sagte Nemo.

»Nicht für dich! Du und Androgeos und Europa, ihr werdet auch in fünfhundert Jahren noch hier sein. Aber ich werde *gestorben* sein. Jeder an Bord der *Starfarer* wird gestorben sein. Und wenn wir zur Erde zurückkehren und nur die Nachricht von unserem Mißerfolg mitbringen ... dann befürchte ich, wird die Menschheit das nicht überleben.«

»Viele Zivilisationen haben sich selbst vernichtet.«

J.D. wandte sich von Nemos leuchtender und farbenfroher Gestalt ab.

»Ich hatte gehofft ...« J.D. wollte tief durchatmen, doch als sie den beißenden Geschmack der verunreinigten Luft in ihrem Rachen spürte, stieß sie statt dessen frustriert die Luft aus. »Ich hatte gehofft, du würdest mir sagen, es gehe niemals eine Zivilisation verloren. Daß es irgendwie immer gelingen würde, die Katastrophe noch im allerletzten Augenblick abzuwenden.«

»Es gehen immer Zivilisationen verloren, J.D.«

»Ich meinte ... die Zivilisation einer ganzen Welt.« J.D.s eigene Kultur hatte nach den Sternen gegriffen und sie erreicht – wenn auch nur vorübergehend. Warum sollte das ein Argument gegen das Aussterben sein?

Nemos freies Tentakel glitt über J.D.s Zehen und ihre Schultern.

»Das habe ich auch gemeint«, sagte der Krakenschwärmer.

Kapitel 2

J.D. hockte im Schneidersitz neben Nemo. Die Seide unter ihr war warm und weich. Es wäre ihr nicht schwergefallen, die ganze nächste Woche bei dem Krakenschwärmer zu verbringen und einfach nur zu reden. Sie veränderte ihre Sitzposition, stützte die Ellbogen auf die Knie und legte das Kinn auf die Hand. Der Anblick des fremdartigen Wesens erstaunte sie noch immer. J.D. beobachtete schweigend, wie Nemo die Seidenspinner dirigierte. Die kleine Scheibe war mittlerweile zu einem glitzernden Beutel geworden.

»Erzähl mir von der Zivilisation«, sagte J.D.

»Verschiedene Wesen tauschen ihr Wissen aus«, erwiderte Nemo.

Zwei Spinner – der eine mit der Gestalt eines Wurms und der andere eine Mischung aus Seestern und Rüschentuch – stießen mit den Nasen gegeneinander.

»Aber es muß doch noch mehr geben!« beharrte J.D. »Wieviele bewohnte Planeten gibt es? Wieviele Wesen? Wieviele *Arten* von Wesen? Wie sehen sie aus? Welche Staatsform haben sie? Ich will alles wissen, Nemo, über die Zivilisation und wie sie funktioniert, über die Bewegungen der Kosmischen Strings ...«

Der Wurm bäumte sich auf, und der Seestern verrenkte sich. Als sie sich berührten, spritzte aus jedem ein Seidenfaden heraus.

»Die Wesen der Zivilisation werden sich selbst beschreiben wollen.«

»Wie verhalten sie sich, wenn sie aufeinandertreffen? Wie legen sie ihre Streitigkeiten bei?«

Die beiden Fäden flossen ineinander. Während die beiden Kreaturen miteinander tanzten, geleitete Nemo sie mühelos um den Beutel herum.

»Entweder schließen sie Frieden, oder der Kosmische String zieht sich zurück.«

»Das ist ja sehr einfach«, bemerkte J.D. trocken. »Vielleicht etwas drastisch, aber effektiv.«

Nachdem der Wurm und der Seestern wieder ihre Ausgangsposition erreicht hatten, trieb Nemo sie in den Beutel hinein.

»Sag mir, was ihr sucht«, forderte Nemo.

»Wir suchen nach Antworten«, erwiderte J.D. »Nach Antworten ... und nach weiteren Fragen.«

»Sag mir, nach was für Antworten ihr sucht.«

»Eine haben wir bereits gefunden ... und zwar eine verdammt große. Dich. Wir haben die *Starfarer* gebaut, um herauszufinden, ob außer uns noch andere Zivilisationen existieren. Diese Frage ist jetzt beantwortet.«

»Die Antwort auf diese Frage ist offenkundig«, stellte Nemo fest.

»Nicht für alle. Jedenfalls nicht für alle Menschen. Unsere Philosophie beruht darauf, daß wir allein im Universum sind.«

»Die Erde hat sich zurückentwickelt.«

»Ich ... was soll das heißen?«

»Europa und Androgeos haben von der Existenz anderer Wesen gewußt.«

»Aber erst nachdem sie die Erde verlassen hatten und der Zivilisation beigetreten sind ...«

»Als sie noch auf der Erde lebten, haben sie mit anderen gesprochen.«

»Das waren Mythen. Sie glaubten an Götter, Halbgötter und Fabelwesen. Das hat nichts mit dem Wissen über außerirdische Lebensformen zu tun.«

»Dennoch waren ihre alten Mythen präziser als die heutigen irdischen Mythen der Einsamkeit.«

»Auf der Erde gibt es im Augenblick eine ganze Menge verschiedener Mythen. Aber ... du hast recht. Europa und Androgeos stammten aus einer hochentwickelten Kultur. Vielleicht paßten sie deshalb so gut in die Zivilisation.«

Nemos Füße trommelten einen komplizierten Rhythmus auf den Boden. J.D. konnte den Takt nicht identifizieren.

»Wenn wir zur Erde zurückkehren sollten – wohlgemerkt, das soll nicht heißen, daß wir das Exil akzeptieren; ich sage nur, *wenn* wir zurückkehren sollten – dann werden viele Menschen nicht glauben, daß wir fremden, intelligenten Lebewesen begegnet sind.«

»Du wirst ihnen sagen, daß ihr fremde Wesen getroffen habt«, entgegnete Nemo.

»Ja, ich werde es ihnen sagen, aber sie werden mir nicht glauben. Sie werden sagen, wir hätten die Aufzeichnungen gefälscht. Sie werden es für einen gigantischen Schwindel halten.«

»Du würdest die Aufzeichnungen nicht fälschen.«

J.D. glaubte, Entsetzen in Nemos Stimme erkannt zu haben.

»Trotzdem würden sie das behaupten. Sie würden behaupten, wir hätten alles gefälscht, um den Erfolg unserer Mission zu beweisen, und um auf diese Art und Weise dem Gefängnis zu entgehen. Sie werden Beweise verlangen.«

J.D. wartete auf eine Reaktion von Nemo. Doch anstatt zu antworten, hob der Krakenschwärmer den filigranen Seidenbeutel vom Boden auf und preßte ihn gegen die Wand, wo er hängenblieb.

»Du könntest ihnen beweisen, daß wir recht gehabt haben, Nemo.«

»Wenn sie mich sehen, werden sie glauben, daß außerirdische Lebewesen existieren.«

»Mit Sicherheit.«

»Wenn sie mich sehen, werden sie uns nicht ins Gefängnis werfen.«

J.D. lachte. »Dich werden sie sicher nicht ins Gefängnis werfen.« Sie streckte die Hände aus. »Ich weiß, ich verlange viel, aber fünfhundert Jahre sind für Wesen wie dich oder Europa und Androgeos keine lange Zeit. Würdest du wenigstens in Erwägung ziehen, unser Sonnensystem zu besuchen? Dort könntest du alles über die menschliche Rasse erfahren, was du wissen willst.«

»Deine Einladung ist sehr verführerisch«, erwiderte Nemo.

»Dann wirst du es also tun?« rief J.D. verblüfft.

»Tut mir leid, aber ich habe andere Verpflichtungen.«

»Ich verstehe.« J.D.s Erregung verwandelte sich in Enttäuschung. Es war schon komisch ... überall die gleichen Entschuldigungen. »Fünfhundert Jahre sind zu lang.«

»Es tut mir leid.«

J.D. stand auf und streckte sich.

»Ich bin schon seit Stunden hier«, sagte sie. »Ich muß zurück zur *Chi*.«

»Du verläßt mich.«

»Ich muß mich ausruhen und etwas essen ...« J.D.

zuckte mit den Schultern. »Das geht besser an Bord der *Chi.*«

»Ich kann dir Nahrung geben«, bot Nemo an.

Eines der langen Tentakel glitt zur gegenüberliegenden Seite der Kammer. Der Vorhang dort schien aus irisierenden Perlen zu bestehen. Nemos Tentakel strich gleichmäßig über das Gewebe.

Der Vorhang bewegte sich. Er begann zu flattern. Ein Spalt erschien, und das perlenübersäte Gewebe öffnete sich wie eine Blume.

Darunter kamen Kreaturen zum Vorschein, die sich mit drei schlanken Beinen an die Seide klammerten. Sie besaßen weder Köpfe noch irgendwelche anderen Anhängsel, nur einen Ring aus Flecken.

Augen, dachte J.D., obwohl sie genau wußte, daß sie auch für diese Vermutung keinerlei Beweise hatte.

Nemo wählte eines der Wesen aus und streichelte es. Die Kreatur löste sich von der Seide und klammerte sich an das Tentakel.

Nemo bot das Wesen J.D. an.

»Schmucknahrung«, sagte er.

Aus J.D.s Funkgerät drang ein Geräusch. Es war nicht Nemos Stimme, sondern Victorias. Ein scharfer Protest, der jedoch genauso schnell wieder verstummte, wie er gekommen war. J.D.s Freunde sorgten sich jedesmal, wenn sie glaubten, sie sei in Gefahr. Doch inzwischen akzeptierten sie, daß es zu J.D.s Aufgabenbereich gehörte, Gefahren ins Auge zu sehen. Stephen Thomas hatte J.D. einmal angeboten, ihren Platz einzunehmen ... aber eben nur einmal. J.D.s Reaktion hatte jeden weiteren Versuch seinerseits unterbunden. Die anderen Mitglieder des Fremdkontaktteams hielten J.D. für ausgesprochen beherrscht und gutmütig, und normalerweise war sie das auch. Aber als Stephen Thomas vorgeschlagen hatte, daß er an ihrer Stelle hinausgehen sollte, hatte sie die Beherrschung verloren.

»Die Nahrung wird dir nicht schaden.«

J.D. nahm Nemos Angebot an.

Das Wesen berührte J.D.s Lippen. Die dünnen Beine kitzelten auf ihrer Zunge. Der Bauch glitt ihren Rachen wie Zuckerwatte hinab, und Wellen eines merkwürdigen Geschmacks trafen J.D.s Sinne – süß und scharf zugleich. Sie rang verblüfft nach Atem. Die eindringende Luft verwandelte den Geschmack. J.D. hatte das Gefühl, Parfüm getrunken zu haben. Sie kaute eine Zeit auf den zarten Beinen herum, dann lösten auch sie sich auf.

Die Nahrung ging J.D. sofort ins Blut und erreichte kurz darauf ihr Gehirn.

Sie brach in Schweiß aus, lief rot an, und ihr Herz begann zu rasen. Sie schnappte nach Luft – und begann sofort zu husten. Victorias Stimme drang immer lauter aus den Kopfhörern. Eine Hitzewelle trieb durch J.D.s Hinterkopf – ein Signal von Victoria. J.D. ließ es durch.

»J.D., ich komme runter!« dröhnte ihr Victorias Stimme durchs Gehirn.

»Nemo, was geschieht mit mir?« krächzte J.D.

Sie bemühte sich, ihre Panik zu verbergen und sandte eine Nachricht an Victoria und die *Chi*: »Nein, bleib, wo du bist. Ich bin okay ... jedenfalls glaube ich das.«

»Das ist der Effekt von Schmucknahrung«, erklärte Nemo.

Die langen Tentakel des Krakenschwärmers manipulierten eine weitere Kreatur und schoben sie unter den Schnurrbart aus kurzen Tentakeln. Das Wesen verschwand mit einem leisen Knirschen.

Nemos transparente Flossen wurden dunkel und kräuselten sich. Die langen Tentakel schlangen sich umeinander und beraubten so die Seidenspinner ihrer Führung. Die dünnen Beine hämmerten unregelmäßig auf den Boden. Nemos Augenlid öffnete sich vollständig, schloß sich wieder und öffnete sich erneut in J.D.s Richtung.

Das Gefühl verging, und J.D.s Puls verlangsamte sich wieder. Es blieb nur ein Rest von sexueller Erregung, angenehm und beruhigend zugleich.

»Was für eine Wirkung«, hauchte J.D.

»Das ist der Schmuckeffekt.« Nemos Flossen nahmen wieder ihre ursprüngliche Farbe an und kehrten zu ihrem normalen Bewegungsmuster zurück. Anstatt sich um die umherirrenden Seidenspinner zu kümmern, ließ Nemo die kleinen Wesen einfach über den Boden wandern.

»Hast du gewußt, wie ich darauf reagieren würde?« fragte J.D.

»Sag mir, wie es sich angefühlt hat.«

»Wie neunzigprozentiger Champagner. Erregend.«

»Stimmt«, erwiderte Nemo.

»Woher hast du das gewußt?«

»Menschliche Biochemie.«

»Fühlt es sich für dich genauso an?«

»Wenn Erregung für mich dasselbe bedeutet wie für dich.«

»Lebst du davon?«

»Niemand kann von Schmucknahrung leben.«

»Wovon ernährst du dich dann?«

»Sternenlicht«, antwortete Nemo. »Strahlung.«

»Photosynthese ...?«

Die Wissenschaft war immer davon ausgegangen, daß der Metabolismus von Tieren zu hoch entwickelt sei, um vom Sonnenlicht allein existieren zu können. Wesen wie zum Beispiel gigantische, laufende Bäume wurden ins Reich der Phantasie verwiesen – oder zumindest könnten sie nicht sehr weit und sehr schnell gehen. Von ihrer Intelligenz ganz zu schweigen.

»Das Licht des Sirius hält mich am Leben.«

Das würde die anderen Kraternester erklären, die mit seidenen Parabolspiegeln überzogen waren. Dann handelt es sich dabei um Sonnenkollektoren, die das Sternenlicht aufnahmen, filterten und an den Endverbraucher weiterleiteten.

Nemo berührte die Seidenspinner und dirigierte sie wieder zurück in den Beutel. Inzwischen hatten sie den Boden mit einem unregelmäßigen Muster aus roter und blauer Seide überzogen.

J.D. wischte sich über die Stirn. Ihr Haar war naß vor Schweiß. Obwohl der Effekt der Schmucknahrung verflogen war, zitterten ihre Hände noch immer. J.D. fragte sich, ob sie einen Flashback erleiden würde.

Ich bin hungrig, dachte sie. *Ich bin hungrig, erschöpft und meine Sinne sind hoffnungslos überlastet. Es ist, wie Nemo gesagt hat ... niemand kann von Schmucknahrung allein leben.*

»Nemo, ich muß für eine Weile zur *Chi* zurückkehren. Ich habe über vieles nachzudenken, und ich bin hundemüde ... Wie steht es mit dir?«

»Ich werde nie müde.«

»Dann kannst du von Glück reden. Möchtest du dich mit jemand anderem unterhalten, während ich weg bin?«

»Ich werde bis zu deiner Rückkehr nachdenken.«

J.D. verstand Nemos Antwort als höfliche Ablehnung.

Während sie ihren Raumanzug überstreifte, überlegte J.D., wie man Nemo dazu überreden könnte, ihren Kollegen Zutritt zu seinem Nest zu gewähren. Sie würden unheimlich enttäuscht sein, wenn es ihnen verwehrt bliebe.

Mehrere von Nemos Begleitern huschten auf winzigen, unsichtbaren Füßen an J.D. vorbei und sammelten sich an dem hauchdünnen Faden, der den Gast hereingeführt hatte. Als sie ihn berührten, zerfiel die Seide, und die kleinen Wesen begannen, die Fragmente einzusaugen.

»Darf ich ein Stück deiner Seide mitnehmen?« fragte J.D. und deutete auf den zerlegten Führungsfaden.

»Sag mir, was du damit machen willst.«

»Ich werde es einem meiner Kollegen zur Analyse übergeben. Er studiert Genetik.«

»Du darfst es mitnehmen.«

J.D. zog einen Probenbehälter aus der Hüfttasche ihres Raumanzugs und nahm den Faden mit einer sterilen Zange auf. Einer der Begleiter stürzte sich auf den vermeintlichen Dieb und schnappte nach der Probe. Erschrocken wich J.D. zurück.

»Es will nicht, daß ich mir etwas nehme«, sagte sie. »Es mag keine Veränderungen.«

Der Begleiter fiel wieder zu Boden, vergaß den Menschen und steuerte auf ein anderes Stück Seide zu.

J.D. verstaute ihre Beute im Probenbehälter und versiegelte ihn.

»Danke, Nemo«, sagte sie. »Ich werde zurückkehren, sobald ich kann.«

»Ich werde warten.«

»Soll ich meine Rettungsleine zurücklassen? Dann könnte ich ihr folgen, um wieder zu dir zurückzufinden.«

»Einer meiner Begleiter wird dich zu mir spinnen«, entgegnete Nemo.

»Das ist nicht der Mühe wert. Die Leine reicht vollkommen aus.«

»Die Leine ist lebenswichtig für dich.«

»Eigentlich nicht. Sie dient nur meiner Sicherheit. Für den Notfall.«

»J.D.«, sagte Nemo, und die Kontaktspezialistin glaubte, ein Zögern in der Stimme des Krakenschwärmers zu hören, »die Leine ist unangenehm.«

»Sie ist ... was?«

J.D. stellte sich die Leine vor, wie sie durch Nemos Körper lief, gegen sein Gewebe und seine Organe drückte und ihn vielleicht sogar verletzte.

»Es tut mir ja so leid!« rief sie. »Warum hast du nicht schon längst etwas gesagt?« Sie errötete vor Scham über die Schmerzen, die sie Nemo durch ihre Gedankenlosigkeit zugefügt hatte.

»Ich wollte dir das Gefühl geben, willkommen zu sein«, antwortete der Krakenschwärmer.

J.D. ergriff sanft die Spitze eines der Tentakel. »Es tut mir wirklich sehr leid«, wiederholte sie. »Ich werde die Leine bei meinem nächsten Besuch nicht wieder mitbringen.«

»Danke«, entgegnete Nemo.

Als J.D. die strahlende Sphäre in der Mitte des Netzes verließ, glitten die langen Tentakel hinter ihr her und berührten ihre Ferse. An den inneren Vorhängen hielt J.D. kurz an, wandte sich um und winkte Nemo zum Abschied zu. Der Schnauzbart des Krakenschwärmers erzitterte.

»Auf Wiedersehen«, sagte sie.

»J.D.«

Sie warf erneut einen Blick zurück. »Ja, Nemo?«

»Erzähl mir von den Fragen, nach denen ihr sucht.«

J.D. lächelte. »Wir werden sie erst kennen«, antwortete sie, »wenn wir sie gefunden haben.«

J.D. begann, die Rettungsleine einzuholen, verließ Nemos Kammer und betrat das Labyrinth. Bereits an der ersten Biegung hatte sich die Leine gegen einen der Vorhänge gepreßt. Als J.D. die Leine löste, bemerkte sie einen Striemen in dem seidenen Gewebe. Sanft strich sie über die verwundete Stelle und schämte sich erneut für die Schmerzen, die sie Nemo zugefügt hatte.

J.D. spürte eine plötzliche Bewegung und zog erschrocken die Hand zurück. Mehrere handtellergroße Kreaturen, die sich in Farbe und Gestalt an den Vorhang angepaßt hatten, liefen auf die Stelle zu, an der die Leine gelegen hatte. Sie glitten über den Striemen, bis schließlich nichts mehr von der Verletzung zu sehen war und preßten sich fest gegen das Gewebe. Als die Wesen sich wieder entfernten, war anstelle des Striemens nur eine Narbe zurückgeblieben.

J.D. verließ das Labyrinth und stieg durch die gotisch anmutenden Korridore in den Krater hinauf. Auf ihrem Rückweg sah sie viele der Wesen, deren Aufgabe es war, das komplizierte Lebewesen instand zu halten, das die Menschen Nemo genannt hatten. Sie krochen über jede Wand, webten Netze oder lösten sie wieder auf. Hinter jedem Vorhang lugten Augen oder Fühler hervor. Viele ergriffen sofort die Flucht, sobald sie bemerkten, daß ein Fremder sich näherte. Lediglich das Geräusch ihrer kleinen Füße verriet ihre Anwesenheit. Nur die größeren Kreaturen waren ein ständiger Begleiter. Ihre schattenhaften Gestalten bewegten sich an der Außenseite der Wände entlang, und von Zeit zu Zeit reckten sie ihre Gliedmaßen über den Tunnel hinweg.

Vielleicht sollte ich Nemo als Ökosystem betrachten, dachte J.D. *Oder vielleicht sollte ich einen vollkommen neuen Begriff erfinden*.

J.D. erreichte jenen Abschnitt des Tunnels, der als Nemos Luftschleuse fungierte; doch diesmal fürchtete sie sich nicht mehr vor den monströsen Kreaturen, die herbeieilten, um die Form der Wände zu verändern.

Anschließend kletterte J.D. über die großen, seidenen Matten an die Oberfläche.

Je näher J.D. dem Ausgang kam, desto tiefer waren die Wunden, die ihre Rettungsleine in Nemos Gewebe geschnitten hatte. An manchen Stellen mußte sie die Leine vorsichtig unter den kleinen Wesen hervorziehen, die mit der Heilung beschäftigt waren.

An der letzten Stelle, wo die Leine sich in die Seide gepreßt hatte, hielt eine der Kreaturen die Wunde fest umklammert. J.D. zog sanft daran, doch offensichtlich nicht sanft genug. Der Körper des Wesens wurde auseinandergerissen, und eine helle Flüssigkeit quoll hervor. Die Ränder der kleinen Gestalt waren bereits mit dem umliegenden Gewebe verschmolzen.

Die Rettungsleine fiel zu Boden.

J.D. starrte auf die tropfende Seide. Es dauerte nicht lange, bis die Flüssigkeit sich verfestigte. Die Wand absorbierte die beiden Hälften der unglücklichen Kreatur, und weitere Helfer eilten herbei, um die Arbeit zu vollenden. J.D. war froh, auch den letzten Teil ihres Weges hinter sich zu haben.

Victoria wartete am Rand des Kraters. Ihr schlanker, kompakter Körper war angespannt vor Erregung. Sie half J.D. den letzten Abhang hinauf und drückte ihre Hand. Freude, Erstaunen und Erleichterung standen ihr ins Gesicht geschrieben.

Eine Flut von Fragen, Kommentaren und Glückwünschen dröhnte aus J.D.s Kopfhörer. Alle schienen sie nur darauf gewartet zu haben, bis J.D. das Heim des Außerirdischen verlassen hatte; doch jetzt konnten sie ihre Neugier nicht mehr zügeln. Panik ergriff J.D. Victoria schien es bemerkt zu haben, denn sie ergriff erneut die Hand ihrer Freundin und sandte einen Funkspruch an die *Starfarer*.

»Immer mit der Ruhe, Leute. J.D. hat einen langen Tag hinter sich. Ihr habt doch alles gesehen, was geschehen ist.«

Die Kakophonie ebbte ab. Jemand murmelte, »'tschuldigung«, und ein anderer, »aber das ist nicht dasselbe«. Die letzte Bemerkung schien von Chandra zu stammen, der Sinneskünstlerin.

»Egal«, erwiderte Victoria. »Ich werde die Verbindung für einige Zeit unterbrechen. Alle können mit J.D. reden – nachdem sie Gelegenheit hatte, ihre Gedanken zu ordnen.«

Die Übertragungen hörten auf.

»Danke«, seufzte J.D. »Du hättest genauso gut sagen können: ›Nachdem J.D. Gelegenheit hatte, zu pinkeln‹. Aber ich bin froh, daß du das nicht getan hast.«

Victoria lachte leise vor sich hin.

»Du bist unglaublich, J.D.«, sagte sie. »Ich hätte nicht die Nerven gehabt, das zu tun, was du gerade getan hast.«

J.D. lächelte ein erschöpftes, aber glückliches Lächeln. Egal, was jetzt noch geschehen würde ... Sie hatte sich mit einem außerirdischen Wesen angefreundet.

Bis jetzt war auf dieser Expedition schon viel zu viel schiefgegangen. J.D. brauchte den Erfolg. Sie brauchten ihn alle.

»Laß uns hineingehen«, sagte Victoria.

»Okay.«

Die beiden Frauen folgten den eigenen Fußspuren auf der rauhen Oberfläche des Planetoiden und kehrten schließlich zu ihrem plumpen Scoutschiff zurück, der *Chi*.

J.D. klinkte ihre Rettungsleine aus der *Chi* aus und ließ sie in die Halterung zurückschnellen. Dann löste sie den ganzen Mechanismus von ihrem Raumanzug und übergab ihn Victoria.

»Von jetzt an«, erklärte sie, »werde ich ohne Netz arbeiten.«

Hinter der Luftschleuse warteten Zev und Satoshi auf J.D. und Victoria.

»Du hast verdammt viel Mut«, sagte Satoshi.

J.D. wußte, daß er ihr ein Kompliment machen wollte; trotzdem bemerkte sie einen warnenden Unterton in seiner Stimme.

»Mehr Mut als Verstand?« fragte sie.

»Vielleicht«, entgegnete er. »Aber vielleicht ... ist es genau das, was eine Kontaktspezialistin braucht.« Satoshi grinste in J.D.s Richtung, und sie lächelte zurück.

»Danke.«

Satoshi war das verschlossenste Mitglied der Familienpartnerschaft. Im Gegensatz zu Stephen Thomas, der *immer* sagte, was er dachte, behielt Satoshi seine Meinung meist für sich. J.D. schätzte Satoshis seltene Kommentare und seine noch viel selteneren Komplimente.

Satoshi ging zu Victoria hinüber und strich über ihr kurzgeschorenes, schwarzes Haar, um jene Stellen wieder zu glätten, die durch den Helm durcheinandergebracht worden waren.

J.D. rollte die Schultern und reckte sich. Zev trat heran und drückte sie fest an sich. J.D. streichelte über sein feines, bleiches Haar und legte ihm die Hand auf die Wange.

Die weiche, mahagonifarbene Haut des Tauchers war warm wie immer. Zev trug lediglich kurze Hosen und ein ärmelloses Hemd. Beide Kleidungsstücke waren ihm zu groß, denn sie gehörten Stephen Thomas, der Zev um wenigstens dreißig Zentimeter überragte. Zev selbst besaß fast überhaupt keine Kleidung, nur einen schweren Wollanzug, der ihm als Verkleidung gedient hatte, um an Bord der *Starfarer* zu gelangen. Wenn J.D. ihm nicht gesagt hätte, es sei gesellschaftlich inakzeptabel, hätte Zev Hemd und Hose ebenso rasch wieder aufgegeben wie seine falsche Identität. Daheim im Puget-Sund benötigte er keine Kleidung.

Zev ergriff J.D.s Hand, und ihre Finger verschwanden unter seinen transparenten Schwimmhäuten. Dann blickte er zu ihr hoch. Seine dunklen Augen leuchteten vor Erregung.

»Wenn du wieder zurückgehst, will ich mitkommen«, sagte Zev. »Ich will Nemo kennenlernen.«

»Das wollen wir alle«, erklärte Victoria mit fester Stimme. »Ich hoffe, daß wir Gelegenheit dazu bekommen.«

»Das hoffe ich auch«, entgegnete J.D.

Ihre Kollegen waren mehr als enttäuscht gewesen, als Europa ihnen untersagt hatte, das Sternenschiff der außerirdischen Menschen zu erkunden. J.D. hoffte, daß ihnen nicht das gleiche auf Nemos Planetoiden widerfahren würde.

»Wo ist Stephen Thomas?« fragte sie.

»In seinem Labor.« Satoshi klang besorgt. Er fuhr mit der Hand durch sein kurzes, schwarzes Haar. »Ich habe ihn den ganzen Tag kaum gesehen.«

»Ich muß mit ihm reden, bevor ich wieder rausgehe.« J.D. war enttäuscht, daß Stephen Thomas sie nicht zusammen mit den anderen erwartet hatte. Sie holte den Probenbehälter hervor. »Ich habe hier etwas für ihn. Hat er nicht gesehen, wie ich es aufgenommen habe?«

»Vielleicht dachte er, es sei für mich?« erwiderte Victoria grinsend. »Jedenfalls hätte ich gerne ein Stück davon. Es scheint einige interessante optische Eigenschaften zu besitzen.«

J.D. reichte Victoria den Probenbehälter. Sie schämte

sich einzugestehen, wie sehr sie sich darauf gefreut hatte, ihn Stephen Thomas persönlich zu übergeben.

»Richte ihm aus, er soll den Faden auf seiner Jagd nach Mikroben nicht *vollständig* in Stücke hacken«, bat Victoria. »Warum machst du dich nicht etwas frisch und bringst die Probe selbst ins Labor, während wir eine Konferenz vorbereiten? Wir warten auf dich im Panoramaring.«

»Okay«, erwiderte J.D.

Einige Minuten später eilte J.D. von ihrer kleinen Kabine in Richtung der Laboratorien. Die Labors waren zwar größer als die Kabinen, aber noch immer winzig. Sie blieb in der Tür des Genetik-Labors stehen. Stephen Thomas hockte an der Arbeitsplatte und starrte in das rotierende Bild des holographischen Mikroskops.

Eine weitere holographische Projektion, ein Bild von Nemos Krater, schwebte über dem Tisch in der Luft.

»Stephen Thomas«, sagte J.D.

»Hi, J.D.« Stephen Thomas richtete sich auf und wandte sich seiner Besucherin zu. »Was für eine Expedition.«

Er lächelte sie an.

»Danke«, erwiderte J.D. und vergaß alles, was sie ihm hatte sagen wollen.

Stephen Thomas wirkte ausgelaugt und geistig abwesend. Seit das Fremdkontaktteam von der *Starfarer* aufgebrochen war, war er ungewöhnlich still gewesen. Von allen hatte Ferals Tod ihn am härtesten getroffen. Es brach J.D. das Herz, Stephen Thomas so in sich gekehrt und zutiefst schockiert zu sehen, doch die Trauer unterstrich noch seine Schönheit, anstatt sie verblassen zu lassen. Das tiefe Blau seiner Augen und seine antiken Gesichtszüge traten noch stärker hervor. Stephen Thomas hatte sein langes, blondes Haar zu einem Pferdeschwanz zusammengebunden. Seine einstmals blasse Haut verdunkelte sich zusehends. Abgesehen von der hellen Narbe auf seiner Stirn besaß er einen Teint wie Milchkaffee. Irgendwann würde Stephen Thomas die gleiche Hautfarbe bekommen wie Zev, ein dunkles Braun mit einem leichten Rotstich.

»Ich habe dir eine Probe mitgebracht.« J.D. streckte Stephen Thomas den Behälter entgegen. »Es ist zwar nicht viel, aber sie ist wenigstens nicht so mißhandelt worden wie die letzte.«

J.D. hatte versehentlich eine Blume von Europas Schiff mitgenommen. Wäre sie nicht gerade vor einem Auerochsen geflohen, hätte sie die Pflanze wahrscheinlich wieder in den Boden gesteckt und nicht in ihre Tasche. Aber andererseits ... wenn sie nicht vor dem Auerochsen geflohen wäre, hätte sie den Grashalm erst gar nicht ausgerissen.

Stephen Thomas nahm den Probenbehälter an. J.D. erwartete eine Reaktion – freudige Erregung, Vorwürfe, weil sie nur dieses kleine Stück mitgebracht hatte, oder irgendeine andere Gefühlsregung, wie sie für Stephen Thomas Gregory typisch war. Als sie ihm die zerknitterte Blume von Europas Schiff gegeben hatte, da hatte er sie auf die Stirn geküßt.

Doch diesmal hielt Stephen Thomas einfach nur den Probenbehälter ins Licht. Die Spitzen des seidenen Fadens strahlten blauweiß, während das Mittelstück dunkelblau gefärbt war. Zwischen Stephen Thomas' Fingern schimmerten die neugewachsenen Schwimmhäute wie Bernstein.

»Ich frage mich, ob Nemos Mikroflora genauso vielfältig ist wie die Fauna seines Netzes«, sagte Stephen Thomas. »Das hier ist bestimmt kontaminiert ... Schade, daß du sie nicht aufsammeln konntest, bevor du deinen Raumanzug ausgezogen hast. Menschen verbreiten Bakterien wie verrückt. Trotzdem dürfte es nicht allzu schwierig sein, die außerirdischen Tierchen zu identifizieren ...«

»Tut mir wirklich leid.« J.D. errötete. Die verdeckte Kritik in Stephen Thomas' Worten hatte sie sowohl verärgert als auch beschämt. »Ich konnte wohl kaum hineinspazieren und einfach Stücke herausreißen ...«

Stephen Thomas zuckte mit den Schultern. »Ist wohl nicht zu ändern.« Er wandte sich wieder seiner Kollegin zu. »Versteh' mich bitte nicht falsch. Ich bin wirklich froh, wenigstens das hier zu haben.«

»Wie du meinst«, erwiderte J.D. und beeilte sich, das Thema zu wechseln. »Ich will meinen Netzlink verstärken. Ist das möglich?«

»Sicher. Aber warum zum Teufel solltest du das wollen?«

»Hast du überhaupt nicht zugesehen? Oder *zugehört*?«

»Natürlich habe ich zugesehen. Warum regst du dich so auf? Ist hier eigentlich *jeder* sauer auf mich?«

»Nein, natürlich nicht. Entschuldige.« J.D. deutete auf das Hologramm von Nemos Krater. »Ich will mit Nemo auf seine eigene Art und Weise kommunizieren. Aber dazu brauche ich einen verstärkten Netzlink. Können wir sofort damit anfangen?«

»Nein. Ich habe kein entsprechendes Material hier.« Stephen Thomas runzelte die Stirn. »Du wirst Professor Thanthavong fragen müssen, ob sie dir was in der Biochemie zusammenbrauen kann. Das ganze fertige Zeug war im Genetischen Institut, und das liegt unter vierzig Tonnen Schutt.«

»Oh«, sagte J.D. enttäuscht. »Na gut, ich werde mit ihr reden.« *Sobald ich eine Mütze voll Schlaf bekommen habe,* fügte sie in Gedanken hinzu. *Sobald ich wieder in zusammenhängenden Sätzen sprechen kann.* Professor Thanthavong war ein äußerst angenehmer Mensch und stets höflich. Dennoch fühlte sich J.D. noch immer unwohl bei dem Gedanken, eine Nobelpreisträgerin wie einen durchschnittlichen, normalen Menschen zu behandeln. Miensaem Thanthavong war nicht durchschnittlich.

»Um wieviel willst du deinen Netzlink verstärken?« fragte Stephen Thomas.

»Um soviel wie möglich.«

Stephen Thomas runzelte erneut die Stirn. »Das wird dir nicht gefallen. Du würdest jedesmal zu einem Zombie werden, wenn du ihn benutzt. Die Synapsen müssen sich *irgendwo* Nahrung holen. Das würde all deine Sinne beanspruchen.«

»Das ist mir egal«, entgegnete J.D. »Es ist wichtig.« Ihr Netzlink regte sich in ihrem Hinterkopf und machte sie auf eine eingehende Nachricht aufmerksam. »Entschuldige mich bitte einen Augenblick.« Ihre Augenlider begannen zu flattern. Während J.D. in die Kommunikationsroutine eintrat, dachte sie: *Die meisten von uns lassen die Welt außen vor, wenn sie ihren Netzlink benutzen. Was macht es also aus ...?*

J.D. nahm den Ruf an. Nemos eigentümliche Stimme erklang in ihrem Kopf.

»Nemo! Ist alles in Ordnung?«

»Meine Begleiter sind bereit«, erklärte Nemo.

»Heißt das ... Bist du bereit, dich mit meinen Kollegen zu treffen? Dürfen wir dich besuchen?«

»Ja, ihr dürft mich besuchen.«

J.D. öffnete die Augen. »Das war Nemo! Komm mit!«

Ohne eine Erklärung abzugeben, rannte sie aus dem Labor.

Kapitel 3

J.D. schaltete den Stoffwechselbeschleuniger ein. Er überschüttete ihren Körper mit Adrenalin und bewahrte sie so vor Erschöpfung. J.D. führte die kleine Gruppe zum Kraterrand.

»Er sieht irgendwie anders aus«, sagte Victoria.

»Das ist er auch«, bestätigte J.D.

Die Oberfläche und der Eingang zu Nemos Labyrinth hatten sich verändert. Die Tunnel waren komplett neu gestaltet worden. Hätte J.D. ihre Rettungsleine zurückgelassen, dann hätte sie sich nicht einfach in Nemos Vorhänge gedrückt. Sie wäre mittlerweile fest mit dem

Gewebe des Nests verwachsen gewesen, wie Dreck in einer Wunde.

Satoshi kniete am Rand des Kraters und blickte den neugeschaffenen Abgang hinunter.

»Dort ist unser Führer«, sagte er. »Einer der Seidenspinner.«

Die fünf Menschen folgten dem Führungsfaden in den Krater hinab. Der Seidenspinner versuchte nicht mehr, sich zu verstecken, sondern schlenderte gemütlich vor ihnen her.

»Der neue Weg ist einfacher«, bemerkte J.D. verwundert. »Nemo hat sein komplettes Tunnelsystem neu gestaltet.« Die Decken waren höher, so daß die Besucher sich nicht mehr bücken mußten, und die Abhänge waren weniger steil als zuvor. J.D. schloß kurz die Augen, aktivierte ihren Netzlink und sandte Nemo ihren Dank.

»Ich verändere mich immer«, entgegnete Nemo.

J.D. eilte zwischen den grauen Vorhängen hindurch. Ohne den Seidenspinner und seinen Faden wäre sie in diesem Labyrinth verloren gewesen.

»Sie sehen wundervoll aus«, sagte Zev. »Wie Anemonen.«

»Anemonen?« fragte J.D. »Wie meinst du das?«

»Na ... die Vorhänge.«

»Ihr müßt sie im ultravioletten Spektrum betrachten«, erklärte Stephen Thomas, »dann wirken sie wie Blumen. Wie ein Dschungel.«

J.D. schaltete die Darstellung ihres Raumanzugs auf Ultraviolett um ...

... und das Netz schien zu explodieren.

Komplizierte Muster waren zu fremdartigen Blumen mit gigantischen Blüten verschlungen. Vielfarbige Lichter tanzten in Spiralen über die Wände, liefen in der Mitte zusammen und verschwanden.

J.D. war überwältigt. Sie trat einen Schritt nach vorne ... und rannte in eine seidene Wand. Victoria packte J.D.s Arm und bewahrte sie so vor einem Sturz.

»Sei vorsichtig.«

J.D. blieb stehen und schaltete ihr Helmdisplay wieder auf Normalsicht. Der Sturm aus Farben verschwand, und der Weg war wieder deutlich zu sehen.

»Oh Mann«, seufzte sie. »Das war was!«

»Allerdings«, bestätigte Victoria.

»Kannst du es sehen?« fragte Satoshi Stephen Thomas. »Ich meine, kannst du es so wie Zev sehen? Ohne den Raumanzug?«

»Ja«, antwortete Stephen Thomas. »Ich kann es sehen.«

Der Pfad wand sich immer tiefer in den Krater hinab. Schließlich erreichte die kleine Gruppe die Luftschleuse. Als sich die riesigen Kreaturen näherten, um den Tunnel zu versiegeln, trat Satoshi an die Wand und versuchte hindurchzusehen.

»Verdammt. Ich wünschte, ich könnte mehr erkennen.«

Die Kammer füllte sich schnell mit Luft.

Das innere Ende der Luftschleuse wurde wieder geöffnet, und die fünf Menschen setzten ihren Weg in die Mitte des Netzes fort. Nemo war noch immer hinter einem Labyrinth aus Vorhängen verborgen, doch die Kammer schien gewachsen zu sein, und die Vorhänge reichten jetzt bis zur Decke. Die Mitglieder des Fremdkontaktteams folgten einer nach dem anderen dem Führungsfaden durch Nemos Labyrinth.

Der Spinnfaden hörte auf. J.D. betrat den inneren Bereich von Nemos Kammer, gefolgt von Victoria, Satoshi, Stephen Thomas und Zev.

»Hallo Nemo.« J.D. öffnete ihren Helm. Die geschmacklose Luft im Raumanzug wurde durch die dicke, stinkende Atmosphäre der Krakenschwärmerhöhle ersetzt.

Nemo hob sein Augenlid. Die Facettenaugen glitzerten. Das mittlere der drei langen Tentakel kroch auf J.D. zu und schlang sich um ihr Handgelenk. J.D. schloß ihre Finger um den seidigen Pelz. Das Tentakel fühlte sich warm an, wie der Schwanz einer Katze, die in der Sonne badet.

»Dies sind meine Freunde und Kollegen«, erklärte J.D.

»Willkommen«, sagte Nemo.

»Danke«, erwiderte J.D.

Die anderen legten ebenfalls ihre Helme ab. J.D. hatte sie vor der verschmutzten Luft gewarnt, und sie hatten die Analysen der WKMs gesehen. Stephen Thomas rümpfte die Nase, und Zev mußte niesen.

»Sag mir, ob du über neue Dinge nachgedacht hast«, sagte Nemo.

»Das habe ich«, antwortete J.D. »Das haben wir alle.« Die fünf Menschen legten die Raumanzüge ab und deponierten sie am Rand der inneren Kammer. J.D. näherte sich dem Krakenschwärmer. »Wie geht es dir? Hast du auch über neue Dinge nachgedacht?«

»Ich habe über einige alte Dinge nachgedacht.«

»Darf ich dir meine Freunde vorstellen«, sagte J.D. »Das hier ist Victoria Fraser MacKenzie, Chef in des Fremdkontaktteams und Physikerin. Sie hat herausgefunden, wie man den Kosmischen String nutzt, um Transitionsenergie zu erreichen.«

»Ich freue mich, dich kennenzulernen, Victoria«, sagte Nemo.

Das lange Tentakel kroch auf Victoria zu und schwebte in der Luft. Victoria streckte die Hand aus, und Nemo legte die weiche Spitze seines Tentakels in ihre Handfläche. Die Chefin des Fremdkontaktteams erzitterte.

»Ich freue mich ebenfalls, dich kennenzulernen«, erwiderte Victoria durch den Netzlink.

»Das hier ist Satoshi Lono. Er ist Geograph. Er studiert das Verhältnis zwischen Lebewesen und ihrer Umgebung. Und dann haben wir noch Stephen Thomas Gregory, einen Genetiker, und schließlich meinen Freund Zev. Zev ist ein Taucher.«

Nemo vollzog mit jedem der Anwesenden das für ihn neue Begrüßungsritual.

»Du bist der Ichthyocentaurier«, sagte er zu Zev.

»So hat mich Europa auch genannt«, entgegnete Zev. »Aber das Wort bedeutet Fisch, und ich bin kein Fisch.«

»Du bist anders als J.D.«

»Natürlich bin ich anders. Ich bin ein Taucher, und J.D. ist immer noch ein ganz normaler Mensch.«

J.D. war gerührt, daß Zev die Worte ›immer noch‹ benutzt hatte. Wahrscheinlich würde sie ihr ganzes Leben lang bereuen, den Vorschlag von Zevs Mutter abgelehnt zu haben, eine Taucherin zu werden.

»Und Stephen Thomas Gregory unterscheidet sich von euch allen«, fuhr Nemo fort.

»Ich verwandle mich gerade in einen Taucher«, erklärte Stephen Thomas. »Im Augenblick bin ich eine Mischung aus normalem Mensch und Taucher.«

»Vielleicht wird sich J.D. eines Tages auch dafür entscheiden, ein Taucher zu werden«, bemerkte Zev.

Ein Seidenspinner kroch unter einem Vorhang hervor. Nemos Tentakel packte das Wesen und dirigierte es in eine enge Kreisbahn, wo es sofort mit der Arbeit an einem neuen Seidenbeutel begann.

»Dürfen wir uns umsehen?« fragte Stephen Thomas.

»Es würde euch gefallen, andere Teile von mir zu sehen.«

»Ja.«

»Meine Begleiter werden euch an jene Orte bringen, die ihr zu sehen wünscht.«

Mehrere Seidenspinner krabbelten in die Kammer.

Die Seidenspinner führten Victoria, Satoshi und Stephen Thomas auf demselben Weg aus der Kammer hinaus, auf dem sie hineingekommen waren. An der ersten Abzweigung nahmen zwei den linken und einer den rechten Weg.

»Bis später«, sagte Stephen Thomas, trottete seinem Führer hinterher und verschwand zwischen zwei Vorhängen.

Victoria wollte ihm etwas hinterherrufen.

»Es wird ihm schon nichts passieren«, kam Satoshi ihr zuvor.

Victoria trat einen Schritt zurück, nahm einen tiefen Zug der übelriechenden Luft und stieß sie sofort wieder aus.

»Ich weiß«, sagte sie. »Aber ich würde mich wohler fühlen, wenn unsere Führer nicht wie Skorpione aussähen.«

Zwar sagte ihr der Verstand, daß sie bei Nemo vollkommen sicher waren, doch ihre Gefühle waren anderer Meinung. Victoria war zumindest erleichtert, daß der Krakenschwärmer ihnen nichts von seiner Schmucknahrung angeboten hatte.

Ich frage mich, wie und ob man es ablehnen kann, wenn er sie einem anbietet, dachte sie. *Vielleicht sagt man einfach. ›Nein danke, ich habe nicht das Bedürfnis* geschmückt *zu werden‹.*

Die beiden verbliebenen Seidenspinner huschten über den anderen Pfad. An der nächsten Weggabelung trennten auch sie sich.

Satoshi umarmte Victoria und eilte seinem Führer hinterher.

Victoria stieg den kurvenreichen Tunnel hinab, durch sich windende Röhren, die steil nach unten führten. Das farbenfrohe Muster bebte unter ihren Schritten, und der Seidenspinner lief wie ein Betrunkener über den schwankenden Untergrund.

Victoria sprang aus Neugierde in die Luft. Vorsichtig aufgrund der niedrigen Schwerkraft. Sie stieß an die Decke und hinterließ in der feuchten Seide einen Abdruck. Dann löste sie sich wieder mit einem leisen Geräusch, fiel zu Boden und wurde erneut in die Luft gehoben. Als Victoria endlich wieder zum Stillstand gekommen war, lag sie flach auf dem Boden und lachte über sich selbst und ihre Furcht.

Über ihr hatte sich die Decke an der Stelle verdunkelt, wo sie angeschlagen war. Eine Gestalt glitt über die Druckstelle. Die Seide wurde leicht eingedrückt, als einer von Nemos Begleitern leichtfüßig über die Außenseite des Tunnels eilte. Victoria hatte das Gefühl, unter Wasser zu sein, während es an der Oberfläche regnete. Der vorüberziehende Schatten einer Wolke, die schnelle Berührung der Regentropfen, die behutsam über das Wasser trieben. Der Schatten verblaßte, und die Druckstelle war verschwunden.

Victoria setzte ihren Weg nach unten fort.

Die Luft wurde immer unangenehmer. Sie war voller Ozon. Wenn Victoria ihre Haare berührte, knisterten sie vor statischer Energie.

Und die Schwerkraft nahm zu.

Zunächst dachte Victoria, sie würde sich den sanften Anstieg der Gravitation nur einbilden, doch er war real.

Das macht Sinn, dachte sie. *Grundschulphysik. Ich* wußte *doch, daß es irgendwo in Nemos Schiff etwas geben muß, das mindestens so massiv wie Neutronium ist. Und ich komme diesem Etwas immer näher.*

Die Sensoren der WKMs registrierten eine leichte Zunahme der Umgebungsstrahlung. Aber sie lag nach wie vor innerhalb der Toleranzgrenzen. Victoria wußte, daß sie sich hier unten nicht allzu lange aufhalten durfte, doch ihre Neugier trieb sie voran.

Der Seidenspinner hastete immer tiefer ins Netz hinab und führte Victoria auf ein merkwürdiges Glühen zu.

Victoria folgte dem Wesen um die nächste Biegung.

Der Seidenspinner hielt an. Der Tunnel endete hier und fiel unvermittelt steil ab.

Victoria warf einen Blick zurück. Ihr Fluchtweg war offen. Sie ging an ihrem Führer vorbei und trat an den Abhang heran.

Dicke Paneele transparenten Gewebes bedeckten den Boden. Victoria kniete nieder und sah hindurch. Es war, als blickte man durch eine Scheibe alten, milchigen Glases in einen tiefen Brunnen, einen Brunnen, der von unten her erleuchtet war.

Eine strahlende Sphäre befand sich in der Mitte von Nemos Planetoid. Ein Gewirr aus bleichen Kabeln hielt sie an Ort und Stelle – hielt das ganze Schiff im richtigen

Verhältnis zu der Sphäre. Überall wimmelte es von Nemos Kreaturen. Sie ähnelten Victorias Führer, doch ihre Rückenpanzer waren kürzer und ihre Beine beinahe unsichtbar. Die Kabel kompensierten die Bewegungen der Wesen und die gelegentlichen Vibrationen der Sphäre. Die Spinner in dem Schacht hinterließen dunkle, metallische Seile.

Victoria ignorierte das leise, kratzende Geräusch hinter ihr. Sie wünschte, sie könnte in die Sphäre hineinblikken, aber sie wußte, daß die Hülle nur ihrem Schutz diente. Die Strahlung würde sie und ihre Kollegen sofort töten, und Nemo wahrscheinlich auch. Die Sphäre verbarg den Antrieb des Schiffes.

Der Seidenspinner, der Victoria hergeführt hatte, scharrte ungeduldig auf dem Boden herum. Schließlich bemerkte Victoria das Geräusch und warf einen Blick über die Schulter zurück.

Das Wesen kauerte über einem komplizierten Seidenmuster. Es scharrte erneut mit seinen kleinen Beinen, lief ein Stück den Tunnel hinauf und kehrte wieder zurück. Dabei drehte es sich nicht um. Es konnte mit derselben Leichtigkeit in beide Richtungen rennen. Egal wohin sich die Kreatur auch bewegte, sie hinterließ einen schimmernden Seidenfaden und wedelte mit ihrem Skorpionschwanz.

»Okay«, seufzte Victoria. »Du hast ja recht. Zeit, hier zu verschwinden.«

Sie stand auf, warf einen letzten sehnsüchtigen Blick auf Nemos Antrieb und folgte dem Seidenspinner nach oben.

»Danke, daß du mir das gezeigt hast«, sagte Victoria laut zu ihrem Führer und leise zu Nemo durch ihren Netzlink.

»Gern geschehen«, erwiderte Nemo.

Satoshi folgte der kleinen, quirligen Kreatur, die vor ihm über die schwarze Seide huschte. Er wollte das Wesen aufnehmen, es untersuchen und es den elektronischen Augen der WKM an seinem Gürtel aussetzen. J.D. hatte ihn gebeten, vorsichtig zu sein, und Satoshi teilte ihre Einschätzung. Dennoch verlangte es ihn danach, jede Facette seiner Umgebung zu verstehen.

Der breite Korridor verengte sich, und die durchfurchten Wände wurden glatter. Der feste, elastische Untergrund fiel steil nach unten ab. Satoshi kletterte hinunter. Das Licht wurde schwächer. Der Hang endete in einer hohen, zylindrischen Kammer mit schweren, faserigen Vorhängen. Zwei weitere Tunnel führten aus dem Raum hinaus. Sie glichen demjenigen, durch den Satoshi gekommen war, wie ein Ei dem anderen.

Der Seidenspinner hielt an und kauerte sich an die Wand.

Satoshi hockte sich neben die Kreatur. Der Seidenspinner scheuerte sich an einem Vorhang und riß kleine Stücke heraus.

»Sind wir am Ziel?« fragte Satoshi mit sanfter Stimme.

Satoshi erhob sich wieder, ging im Raum herum und berührte die langen Bahnen hellen Seidengewebes.

Sie öffnen sich, dachte er.

Er blickte nach oben.

Glitzernde Augen starrten zurück.

Satoshi erschrak und wirbelte herum.

Oberhalb jedes Vorhanges hing eine Kreatur unter der gewölbten Decke. Hätte Satoshi Nemo nicht getroffen, dann hätte er die Gestalten wahrscheinlich gar nicht als Lebewesen erkannt und die kreisförmigen Risse nicht als ihre Augen. Die Wesen preßten sich dicht an die Wand und streckten ihre langen Beine an der Decke entlang, bis sie sich in der Mitte der Kammer trafen. Die Beine formten eine Art Gewölbe und schienen die Kreaturen an ihrem Platz zu halten.

Die Mundpartie der Wesen war überproportional groß. Ihre geöffneten Mäuler bildeten die Vorhänge.

Eine Gruppe dieser Vorhänge blähte sich plötzlich auf. Eine Welle öliger, ätzender Luft schoß über Satoshi hinweg und warf ihn zu Boden. Der Luftdruck trieb ihm heißen Dampf in die Nase. Satoshi nieste krampfhaft – dreimal, viermal.

Die Vorhänge sackten wieder in sich zusammen, und der Sturm hörte auf.

Satoshi lag flach auf dem Boden und versuchte, wieder zu Atem zu kommen. Seine Augen und seine Kehle brannten. Eine weitere Gruppe von Vorhängen begann zu zittern. Satoshi blickte sie lange genug an, um zu sehen, wie sie in der Mitte auseinanderdrifteten und den Blick auf den nackten Fels freigaben. Säure floß an dem Gestein herab und löste es unter Gasentwicklung auf.

Diesmal ging Satoshi in Deckung, als die Kammer plötzlich von heißer, verschmutzter Luft erfüllt wurde, die ihren Weg durch die Tunnel nach oben nahm. Die Vorhänge fielen mit einem lauten Klatschen wieder in sich zusammen.

Er rappelte sich vorsichtig wieder auf. Er war durchnäßt und verdreckt. Die Vorhänge rührten sich nicht mehr.

»Nemo!« rief er durch seinen Netzlink. »Was geschieht hier unten?«

»Frische Luft«, antwortete Nemo.

Satoshi lachte laut auf. »Das ist mehr frische Luft, als ich vertragen kann«, sagte er. »Dieser Ort ist erstaunlich ... aber macht es dir etwas aus, wenn ich ihn verlasse, bevor der nächste Sturm losbricht?«

»Ich werde warten, bis du in sicherer Entfernung bist.«

»Wieviel Zeit habe ich? Kann ich mich noch umsehen?«

»Ich muß den Atem anhalten.«

»Oh. Okay. Ich werde mich beeilen.«

Während Satoshi dem Führungsfaden folgte und auf den Ausgangstunnel zuhielt, warf er einen letzten Blick auf Nemos Lungen – auf jene Symbionten, die nicht nur Luft durch Nemos Körper pumpten, sondern sie sogar *erzeugten*.

Stephen Thomas trottete hinter dem Seidenspinner her. Als er weit genug von seinen Partnern entfernt war, blieb er an einer Kreuzung stehen. Die Kreatur krabbelte weiter und verschwand hinter der nächsten Kurve.

Stephen Thomas nahm absichtlich einen anderen Weg.

Er war ungefähr einhundert Meter weit gekommen, als er das kratzende Geräusch des gepanzerten Seidenspinners hinter sich bemerkte. Stephen Thomas drehte sich um und erspähte die kleine Kreatur, die noch immer ihren seidenen Faden hinter sich her zog.

»Du glaubst wohl, du könntest mich aufhalten, was?« sagte Stephen Thomas. »Und wie gedenkst du, das zu bewerkstelligen?«

Der Seidenspinner holte den Menschen ein. Sein Faden wurde immer dünner.

»Stephen Thomas«, erscholl Nemos Stimme durch den Netzlink.

Stephen Thomas hielt an. J.D. hatte sich sehr schnell an diese direkte Art der Kommunikation gewöhnt, doch Stephen Thomas wünschte, er hätte ein tragbares Funkgerät mitgebracht.

»Ich höre dich«, antwortete er.

»Es ist sehr schwierig, dir zu folgen, wenn du so schnell gehst.«

»Ist schon gut«, entgegnete Stephen Thomas. »Ich werde mich schon nicht verlaufen. Ich brauche keinen Babysitter.«

»Du willst keine Genetik studieren.«

»Ich ... was?«

»Mein Begleiter wird dich an einen Ort führen, wo du Genetik studieren kannst.«

»Darf ich Proben nehmen?«

»Du hast bereits eine Probe bekommen.«

Na toll, dachte Stephen Thomas. *Ein paar außerirdische Bakterien an einem Seidenfetzen. Sie sind wahrscheinlich mit Nemo genauso eng verwandt wie Colibakterien mit einem Menschen.*

»Vielen Dank auch.«

»Gern geschehen.«

»Oh, leck mich doch am Arsch«, murmelte Stephen Thomas.

Der Seidenspinner legte den Rückwärtsgang ein und machte sich wieder auf den Weg zurück. Stephen Thomas zuckte mit den Schultern und folgte der Kreatur – wohin auch immer sie ihn führen mochte.

»Nehmen wir einmal an, ich wäre einfach weitergegangen«, wandte sich Stephen Thomas an Nemo.

»Dann nehme ich an, wärst du einfach weitergegangen«, entgegnete Nemo.

Stephen Thomas wartete. Schließlich begriff er, daß Nemo ihm bereits geantwortet hatte.

»*Wenn* ich weitergegangen wäre«, präzisierte Stehen Thomas, »was hättest du unternommen?«

»Nichts.«

»Du hättest mir erlaubt, überall hinzugehen?«

»Ich hätte dich vor gefährlichen Orten gewarnt.«

Der Seidenspinner blieb in einem Spalt zwischen zwei Vorhängen stehen. Licht schimmerte durch die Öffnung, das heller war als das Licht der optischen Fäden in den Wänden, ein gleißendes Licht wie die Reflexion von Sonnenstrahlen auf einem Teich.

Der Seidenspinner sprang in den Spalt, hinterließ einen Faden und verschwand.

Stephen Thomas trat neugierig näher und wurde von einem Schwall warmer, beißender Luft empfangen. Die Atmosphäre stank nach Schwefel, Schwefelwasserstoff und anderen, komplexeren Chemikalien, so daß Stephen Thomas kaum atmen konnte. Wenn die Luft sich noch weiter verschlechtern würde, müßte er umkehren. Stephen Thomas schaltete die WKM in seiner Tasche ein und analysierte die Chemikalien. Sie würden ihn in ihrer augenblicklichen Konzentration nicht töten – jedenfalls nicht sofort.

Die Vorhänge umschlossen einen runden Raum und hielten Hitze und Gestank in seinem Inneren. In der

Mitte der Kammer befand sich eine Vertiefung, die mit Wasser gefüllt war. Stephen Thomas trat an das Ufer des kleinen Teichs und blickte sich neugierig um. Schweiß stand ihm auf der Stirn und lief ihm den Nacken hinab.

Der Faden des Seidenspinners verschwand unter der öligen, organischen Membran, die den kleinen Teich bedeckte. Das Licht war so hell, daß die Wasseroberfläche in allen Regenbogenfarben schillerte; dadurch konnte Stephen Thomas nicht bis zum Grund sehen.

Nemo mag sein Wasser so verdreckt wie die Luft, dachte Stephen Thomas. *Wenn er glaubt, ich würde dem Seidenspinner hinterherspringen ... vergiß es!*

Stephen Thomas zog den Führungsfaden aus dem Wasser heraus. Er war abgerissen.

Abgerissen oder aufgelöst, dachte Stephen Thomas.

»He, Viech!« rief er.

Kleine Wellen tanzten über die Wasseroberfläche. Stephen Thomas beugte sich hinunter. Er erwartete, daß der Seidenspinner auf seinen Ruf reagieren würde.

Eine Fontäne schoß aus dem kleinen Teich heraus und spritzte Stephen Thomas von oben bis unten mit der ekligen Brühe voll. Der Genetiker des Fremdkontaktteams schrie erschrocken auf und sprang zurück. Er verlor den Halt, und seine Füße rutschten ins Wasser.

»Scheiße!« Stephen Thomas riß seine Füße zurück und kroch auf den Ausgang zu. Als er schließlich in Sicherheit war, zog er sein Hemd aus. Die gesamte Vorderseite und die Ärmel waren vollkommen durchnäßt. Lediglich die Rückseite war noch trocken. Stephen Thomas war froh, daß er ausnahmsweise ein langärmliges Hemd und lange Hosen angezogen hatte. Er benutzte die trockene Rückseite seines Hemds, um die ekelhafte Flüssigkeit von seinen Händen und aus seinem Gesicht zu wischen.

Das hellblaue Seidenhemd verfärbte sich braun.

»Jesus! Nemo, was zum ... oh, Scheiße!«

Die Sandalen qualmten. Stephen Thomas riß sie herunter, schleuderte sie in den Korridor und rieb sich die nackten Füße mit seinem Hemd.

»Was geht hier unten vor?«

»Genetik.«

»Überleben des Stärkeren?« *Ich hatte schon gute Gründe, Molekulargenetik zu studieren*, dachte Stephen Thomas. »Du hast doch gesagt, du würdest mich vor gefährlichen Orten warnen.«

»Aber du hast nur darum gebeten, beobachten zu dürfen. Du wolltest nicht interagieren«, erwiderte Nemo.

»Ich bin nicht absichtlich in deinen verdammten Pool gefallen.«

Stephen Thomas hatte den Eindruck, daß ihn der Krakenschwärmer auslachte. Er hockte sich mit mürrischem Gesicht im Schneidersitz neben den Teich, stemmte die Ellbogen auf die Beine und legte das Kinn in die Hände.

Die ätzende Flüssigkeit hatte weder Stephen Thomas' Füße noch seine Hände oder seine neugewachsenen Schwimmhäute angegriffen. Daher nahm Stephen Thomas an, daß auch sein Gesicht noch in Ordnung war.

Die Kreatur, die die Fontäne verursacht hatte, war wieder untergetaucht. Trotzdem wurde die Wasseroberfläche noch immer aufgewühlt, wie ein Whirlpool.

Vom Eingang aus konnte Stephen Thomas nicht erkennen, was vor sich ging. Also stand er wieder auf und näherte sich vorsichtig dem Ufer. Er beugte sich gerade weit genug vor, um in den Teich blicken zu können.

Der Seidenspinner hatte sich in den Boden gegraben. Nur seine Skorpionschwänze lugten noch hervor. Dunkelblaue Fasern, schlank an den Wurzeln und breit und flach in der Mitte, bedeckten wie Algen den Grund. Kurz über den Wurzeln besaßen sie violette Blüten.

Eine rätselhafte Vielfalt von Lebewesen krabbelte, schwamm und grub über- und unterhalb der Algen. Stephen Thomas wünschte, er hätte seinen Schutzanzug mitgebracht. Ungeschützt wollte er auf gar keinen Fall in Nemos Pool klettern. Allerdings bezweifelte er, daß selbst sein Raumanzug ihm ausreichend Schutz gewähren würde. Wahrscheinlich würde der Anzug die giftigen Flüssigkeiten und Gase des Teichs abhalten ... nur um dann im Vakuum zu versagen.

Eine unbekannte Kreatur näherte sich dem Seidenspinner. Sie besaß die Gestalt eines Borkenkäfers und die Größe einer menschlichen Hand. Über ihren Rücken liefen mehrere Reihen spitzer Dornen. Sie schwankten hin und her und wurden nach hinten gepreßt, als der ›Käfer‹ durch das Wasser glitt.

Der dornenbewehrte Borkenkäfer stürzte nach vorne und landete genau zwischen den beiden Skorpionschwänzen des Seidenspinners. Seide strömte aus den Schwanzspitzen, und die Schwänze selbst schlugen nach dem Angreifer. Trotzdem hielt der Borkenkäfer an seiner Beute fest. Schlamm wurde aufgewirbelt und erschwerte den Blick auf den Kampf. Gelbes Blut vermischte sich mit dem Wasser. Der Seidenspinner kroch aus seiner Grube. Sein Körper wurde von Krämpfen geschüttelt. Es gelang dem Opfer, eine Lücke in die Dornenreihe auf dem Rücken des Angreifers zu schlagen. Der Borkenkäfer erzitterte und packte noch fester zu.

Der Seidenspinner hörte auf, sich zu bewegen. Während Stephen Thomas zusah, beendete der Borkenkäfer den Kampf. Der Körper des Opfers zerbarst in tausend Stücke, und Eingeweide und Blut strömten hervor.

Stephen Thomas trat vom Ufer weg. Ihm war übel. Sein Blick war verschwommen. Er stolperte in den Korridor hinaus und versuchte, wieder zu Atem zu kommen.

Nur nicht kotzen, sagte er zu sich selbst, *nicht hier und nicht jetzt. Was immer es auch bedeuten mag, was du gerade gesehen hast ... laß es dich nicht beeinflussen.*

Stephen Thomas nahm sein Hemd und seine Sandalen und entfernte sich von den brutalen Geräuschen des Kampfes.

J.D. und Zev waren bei Nemo geblieben.

Eine der gepanzerten Kreaturen krabbelte zu Zevs nackten Füßen und berührte ihn. Zev beobachte sie neugierig. Dann hob er das Wesen furchtlos hoch und drehte es auf den Rücken, um es genauer zu untersuchen. Das

Wesen wedelte wild mit seinen federartigen Gliedmaßen, und eine Flüssigkeit spritzte aus seinem Bauch. Zev lachte laut auf. Er hatte Erfahrung mit Tieren, die sich mit Tinte oder sogar mit kleinen Giftpfeilen verteidigten, und so hatte er die Kreatur in einem ungefährlichen Winkel gehalten. Die Flüssigkeit verfehlte ihr Ziel und hinterließ statt dessen eine schmierige Spur auf dem Boden. Zev setzte die Kreatur wieder ab. Das Wesen verschwand blitzschnell unter einem der Vorhänge.

Anschließend ging Zev auf Nemo zu und berührte seine glatte, irisierende Haut. Nemo zwinkerte. In diesem Augenblick erinnerte der Krakenschwärmer J.D. an eine riesige, mutierte Katze, die gestreichelt wurde. Die langen Tentakel glitten verträumt über den Boden, die Seidenspinner und Zevs Bein.

Nemo pflückte eine der Honigameisen, die er als ›Schmucknahrung‹ bezeichnet hatte, und gab sie Zev. Dann pflückte er eine weitere und reichte sie J.D. Mit äußerster Vorsicht aß J.D. sie. Diesmal war sie auf das Gefühl vorbereitet. Zev stopfte seine in den Mund und kaute genüßlich darauf herum.

»Das gefällt mir«, rief der junge Taucher und atmete tief durch. Dann erinnerte er sich wieder daran, den Netzlink zu benutzen. »Danke, Nemo! Ich frage mich, ob dir wohl Bier schmecken würde.«

Nemos Facettenaugen glitzerten. Seine langen Tentakel umschlangen Zev und streichelten ihn.

»Ich esse nur wenig substantielle Nahrung.«

Zev hockte reglos und interessiert auf dem Boden, während er von Nemos Tentakeln abgetastet wurde.

Die Tentakel erforschten den Körper des jungen Tauchers unter dem dünnen Stoff seiner Kleidung. Zev war das nicht im geringsten unangenehm. Er streichelte über Nemos Rücken und spielte mit den kurzen Tentakeln, die den Schnauzbart des Krakenschwärmers bildeten.

Nemo berührte Zevs Gesicht mit der Spitze eines der langen Tentakel.

»Du hast Kinder gehabt.«

»Ich?« erwiderte Zev überrascht und geschmeichelt zugleich. »Nein, bis jetzt hat mich noch niemand gebeten, ein Kind zu zeugen. Noch nicht.«

Nemos kurze Tentakel erzitterten in einem komplexen Muster.

»Du bist juvenil.«

»Ich bin erwachsen!«

Nemo zog sein Tentakel unvermittelt zurück. Zev beugte sich zu dem Krakenschwärmer und berührte den purpurnen Pelz.

»Ich wollte dir keine Angst einjagen«, sagte er.

»Zev ist ein Erwachsener«, erklärte J.D. »Aber normalerweise warten Taucher, bis sie älter sind, bevor sie sich fortpflanzen.«

»Menschen verwandeln sich in Taucher«, sagte Nemo.

J.D. hatte Schwierigkeiten, Nemos Argumentation zu folgen. Doch die Schmucknahrung machte sie nicht nur benommen, sondern schärfte auch ihre Sinne, so daß sie zu großen Gedankensprüngen fähig war. Leider war der Sinn von Nemos Worten noch immer ein zu großer Gedankensprung für J.D.

»Taucher haben einmal als Menschen begonnen. Aber sie haben sich selbst verändert. Meine Großeltern haben sich verändert«, sagte Zev.

»Taucher sind nicht die adulte Form von Menschen.«

»Nein«, bestätigte J.D. »Ich wollte sagen, das stimmt. Menschen können sich in Taucher verwandeln und Taucher in Menschen, aber normalerweise tun wir das nicht.«

»Ich war nie ein normaler Mensch«, bemerkte Zev. »Wir pflanzen uns eigenständig fort. Die Gene eines Tauchers sind dominant. Wenn J.D. und ich Kinder hätten, wären sie Taucher.«

»Es gibt noch einen weiteren Unterschied zwischen Zev und mir«, ergänzte J.D. »Zev ist männlich, und ich bin weiblich.«

J.D. war froh, auf diese neutrale Art und Weise zu dem etwas heiklen Thema ›Sex‹ überleiten zu können.

Obwohl Nemo bis jetzt keine ihrer Fragen abgeblockt hatte, war J.D. dennoch zu schüchtern gewesen, um ihn nach der Reproduktionsstrategie der Krakenschwärmer zu fragen. Und obwohl J.D. fest davon überzeugt war, daß ein Krakenschwärmer andere Themen als delikat empfinden würde als ein Mensch, machte es die Situation für sie nicht angenehmer.

»Europa ist weiblich, und Androgeos ist männlich«, sagte Nemo.

»Ja. Genau.«

»Das ist von großer Bedeutung für eure Reproduktion.«

»Ja. Für uns und die meisten der höheren Pflanzen und Tiere auf der Erde. Wir benötigen einen männlichen und einen weiblichen Teil, um uns zu reproduzieren. Wie funktioniert es bei dir?«

»Wir tauschen genetisches Material aus und bewahren es bis zu unserer reproduktiven Phase auf.«

Zuerst Mann, dann Frau, dachte J.D. *Oder Hermaphroditen ...*

Und dann ... Du tust es ja schon wieder. Du versucht schon wieder, Nemo mit deiner eigenen Terminologie zu erklären. Nur weil du denkst, du hättest etwas entdeckt und dem Ding einen Namen gegeben, heißt das noch lange nicht, daß es in die Schublade paßt, die du mit diesem Namen belegt hast.

»Wie oft reproduzierst du?« fragte J.D.

»Einmal.«

»Hast du Kinder? Junge? Eine Nachkommenschaft?« Nemo war unglaublich alt. J.D. betrachtete Nemo als einen der Ältesten unter den Krakenschwärmern.

»Ich habe noch keine Nachkommenschaft.«

»Wie entscheidest du, wann der richtige Zeitpunkt dafür gekommen ist?«

»Ich werde mich entscheiden, sobald die juvenile Phase meines Lebens beendet ist.«

J.D. wollte etwas darauf erwidern ... doch dann hielt sie inne. Sie war so mit ihren eigenen Gedanken beschäftigt gewesen, daß sie die Bedeutung von Nemos Antwort beinahe übersehen hätte.

»Soll das heißen, du selbst entscheidest, wann es an der Zeit ist, erwachsen zu werden ... wann du zur sexuellen Reife gelangst?«

»Ich entscheide, wann ich in meine reproduktive Phase eintrete.«

»Und das ist der Zeitpunkt, an dem du erwachsen wirst?«

»Ja.«

»Du bist immer noch ... juvenil?«

»Ich bin immer noch juvenil.«

»Ich dachte, du seist alt«, sagte Zev. »Sogar älter als Europa.«

»Ich bin älter als Europa«, erwiderte Nemo.

»Und immer noch *juvenil*!« rief J.D. verwundert.

Vielleicht ist das der Grund, warum Nemo mit uns redet, dachte sie. *Er ist nur ein verrücktes, kleines Kind.*

»Nemo, wie hoch ist deine Lebenserwartung?«

Nemo zögerte.

Ob Nemo wohl befürchtet, ich würde nach seiner Mutter verlangen, grübelte J.D.

»Ich bin ungefähr eine Million subjektive Jahre alt«, sagte er schließlich.

Was für ein Kind! Wenn Nemo noch ein Kind ist, wie alt und weise müssen dann die Erwachsenen sein!

»Hat die Zivilisation auch deine Lebensspanne verlängert? So wie die von Europa?« fragte J.D. »Oder ist das deine natürliche Lebenserwartung?«

Nemo legte erneut eine Pause ein, bevor er antwortete. Würde sich der Krakenschwärmer genauso wie Europa und Androgeos verhalten und Information zurückhalten, weil die Menschheit so wenig als Gegenleistung zu bieten hatte? J.D. konnte den Gedanken nicht ertragen, daß Nemo sie einfach wegschicken könnte.

Wenn jedes Mitglied der Zivilisation viertausend oder sogar eine Million Jahre alt ist, dachte J.D., *dann ist es kein Wunder, daß sie uns für unreif halten. Aber ... haben sie Kinder? Europa hat mir den Eindruck vermittelt, es gäbe hier draußen eine unendliche Zahl verschiedener Lebewesen. Wo bringen sie ihre Bevölkerung unter?* J.D. fragte sich frustriert, ob die Wesen der Zivilisation auf ebenso engem Raum zusammenlebten wie die Menschen in ihren Großstädten. Vielleicht trösteten sie sich mit Berechnungen, wieviele Wesen an einem bestimmten Ort untergebracht werden konnten, ohne sich gegenseitig auf den Füßen zu stehen.

»Die Zivilisation hat meiner Rasse geholfen, auf natürliche Art und Weise so lange zu leben«, erklärte Nemo.

»Dann wird euch die lange Lebenserwartung quasi eingebaut, und nicht durch Medikamente oder ähnliches verursacht?«

»Mehr oder weniger.«

»Wer entscheidet darüber, bei wem diese Veränderungen vorgenommen werden?«

»Wenn du das Wissen besitzt, kannst du es selbst tun.«

J.D. seufzte. »Dann werden wir uns dieses Wissen also wohl oder übel selbst aneignen müssen.«

»Wenn ihr wieder zurückkehrt, wird euch die Zivilisation eine weitere Gelegenheit geben, danach zu fragen«, sagte Nemo.

»Wir wollen keine Almosen!« erwiderte J.D. beleidigt. »Nicht jetzt, und nicht in fünfhundert Jahren! Wir wollen Partnerschaft. Wir wollen Freundschaft und Kommunikation.« Sie stand auf. J.D. war zu erregt, um still auf dem seidenen Boden zu hocken. »Ich weiß, es ist nicht sonderlich langfristig gedacht, wenn ich mich darüber aufrege, daß ich persönlich in fünfhundert Jahren tot sein werde. Aber ich rege mich *trotzdem* auf! Ich möchte die interstellare Zivilisation mit meinen eigenen Augen sehen. Kann das denn niemand verstehen?«

»Ich verstehe es.«

Europa hatte mit Verachtung von den Krakenschwärmern gesprochen. J.D. hielt Europas Einschätzung für falsch. J.D. war der festen Überzeugung, daß Nemo mehr über die inneren Verhältnisse der Zivilisation wußte als Europa, mehr über ihre Struktur, mehr über den Kosmischen String.

Doch andererseits konnte J.D. sich auch nicht vorstellen, daß Europa irgendwo viertausend Jahre lang leben konnte – oder auch nur ein Jahr –, ohne die Machtstruktur der entsprechenden Gesellschaft zu ergründen.

»Und ... ich bin egoistisch«, fuhr J.D. fort. »Jetzt, wo ich dich getroffen habe, wie kann ich dann in dem Wissen nach Hause fahren, niemals wieder mit dir reden zu können?«

»Es wird mir auch leid tun, wenn unsere Gespräche enden«, entgegnete Nemo.

»Aber so sollte es nicht sein! Das ist der Punkt. Die Atombombe war ein Fehler. Pech. Ein Mißverständnis. Ein Irrtum. Das würde in hundert Jahren nicht noch einmal geschehen. Geschweige denn in fünfhundert! Besonders dann nicht, wenn die Menschen auf der Erde von der Zivilisation wüßten.«

»Die Atombombe war Pech«, sagte Nemo.

J.D. beschloß, den ausdruckslosen Kommentar als Zustimmung zu interpretieren und nicht als Frage oder Skeptizismus.

»Ich muß noch andere Wesen finden, Nemo. Jene, die vor allen gekommen sind. Ich muß ihnen erklären, was geschehen ist, damit sie den Kosmischen String nicht weiter zurückziehen.«

»Es gibt keine anderen mehr, J.D.«

J.D. sackte frustriert zu Boden. Androgeos hatte das auch gesagt; doch J.D. glaubte ihm nicht mehr, seit er versucht hatte, Victorias Algorithmus zu stehlen. Als sie das gleiche Statement aus Nemos Mund vernahm, war sie zutiefst schockiert. J.D. vertraute Nemo.

»*Woher* weißt du das? *Woher* willst du wissen, daß die anderen gegangen sind?«

»Seit einer Million Jahren hat es keine mehr gegeben.«

»Vielleicht hast du nur keinen von ihnen getroffen«, sagte J.D. »Die Galaxis ist verdammt groß.«

»Bist du schon überall gewesen?« fragte Zev. Mehrere von Nemos Begleitern hatten sich um Zevs Füße versammelt und schnüffelten an seinen Zehen und seinen Krallen. Der junge Taucher streichelte sie wie kleine Kätzchen oder wie die Oktopusse, die die Taucher als Haustiere hielten.

»Ich bin noch nicht überall gewesen«, antwortete Nemo.

»Also könnte es doch jemanden geben, von dem du nichts weißt.« J.D. lächelte verkrampft. Neue Hoffnung keimte in ihr auf.

»Das glaube ich nicht.«

»Wir müssen weitersuchen. Es mag vielleicht arrogant klingen, aber ich glaube, die Menschen wären eine Bereicherung für die Zivilisation. Und vielleicht bin ich andererseits nicht arrogant genug, wenn ich behaupte, unsere Nuklearraketen könnten wohl kaum einen von euch bedrohen. Selbst unsere Militärs halten einen interstellaren Krieg für dumm und unkalkulierbar.«

»Dummheit ist nicht äquivalent mit dem Fehlen eines zerstörerischen Potentials«, sagte Nemo.

J.D. sackte zusammen. Ihre Hände hingen leblos auf ihren Knien. Es war ihr mehr als wichtig, daß die Expedition erfolgreich zur Erde zurückkehrte – egal wie selbstsüchtig und engstirnig das auch klingen mochte. Sie hatte Angst vor dem, was geschehen würde, wenn die Mission der *Starfarer* scheitern sollte – nicht nur mit ihr selbst oder ihren abtrünnigen Kollegen, sondern auch mit der Erde insgesamt.

Das Hochgefühl, das die Schmucknahrung hervorgerufen hatte, war mittlerweile verflogen und hatte J.D. ausgelaugt und zitternd zurückgelassen. Sie war zu müde, um zu denken, zu müde, um zu reden. J.D. konnte sich nicht mehr daran erinnern, wann sie zum letzten Mal ausgeschlafen hatte. Sie beanspruchte ihren Stoffwechselbeschleuniger ein weiteres Mal, doch auch er war inzwischen erschöpft.

»Wo kommst du her?« fragte Zev.

Nemo antwortete nicht.

»Falsche Frage?« hakte Zev nach.

Nemos lange Tentakel wickelten sich behäbig um den neugeformten Beutel.

»Es gibt keine falschen Fragen«, erwiderte Nemo.

»Aber du hast nicht darauf geantwortet.«

»Ich komme von hier«, erklärte Nemo.

»Du meinst aus dem Sirius-System.«

»Ja.«

»Es ist sehr einsam hier«, sagte Zev. »Es gibt keine anderen Leute und kein Leben auf den Planeten.«

»Mein Volk hat sich nicht hier entwickelt.«

»Wo dann?«

Nemos Tentakel zitterten und entspannten sich wieder.

»Das kann ich euch nicht sagen.«

»Warum nicht?«

»Ich weiß nicht, wie.«

J.D. sah in ihrem Kopf das verschwommene Bild einer Sternenkarte. Zev hatte es aus dem Computer der *Chi* mitgebracht und sandte es nun durch seinen Netzlink an den Krakenschwärmer. Die Sonne wurde durch einen hellen Punkt in der Mitte dargestellt, und die benachbarten Systeme scharten sich ringsherum. J.D. schloß die Augen und betrachtete die Karte mit ihrem Verstand.

»Kannst du das gut genug sehen?« fragte Zev.

»Mach sie größer.«

Der Maßstab veränderte sich. Aus einer kleinen Gruppe heller Punkte wurde eine große Sternenwolke.

»Wie ist das?«

»Mach sie größer.«

Zev vergrößerte die Karte, bis sie die Milchstraße und ihre benachbarten Galaxien zeigte, leuchtende, vielfarbige Spiralen und Elipsen und dunkle Staubwolken.

»Groß genug?«

»Nicht so groß.«

»Kannst du zwischen den Galaxien reisen?« fragte J.D.

»So fortgeschritten sind wir nicht.«

Zev zeigte Nemo ein Bild der Milchstraße.

»Auf der anderen Seite«, sagte Nemo.

Die Galaxie drehte sich. Doch auf der anderen Seite

war es leer und dunkel, denn kein Mensch wußte, was sich hinter dem galaktischen Kern verbarg.

»Wir besitzen keine Informationen darüber«, erklärte J.D.

»Ich könnte euch zeigen ...«, begann Nemo. »Nein, es geht nicht. Euer Link ist ungeeignet.«

Zev ließ die Karte verschwinden. J.D. seufzte und öffnete die Augen. Sie war entschlossener denn je, ihren Netzlink verstärken zu lassen.

»Du hast einen weiten Weg zurückgelegt«, sagte J.D.

»Mein Volk hat einen weiten Weg zurückgelegt«, korrigierte Nemo.

Ein Seidenspinner huschte in die Kammer. Kurz darauf erschien Victoria hinter einem der Vorhänge und eilte ekstatisch auf Nemo zu.

»Nemo, dein Kern ... ich will alles über ihn wissen! Besteht er aus Neutronium? Wie hast du ihn konstruiert? Wie funktioniert er?« Sie wechselte von der Kommunikation über den Netzlink zu normaler Sprache. »J.D., bist du okay?« Victoria kniete neben ihrer Freundin nieder und nahm sie in den Arm. J.D. lehnte sich dankbar an Victorias Schulter.

»Ich bin nur müde«, entgegnete sie.

»Mein Kern ist sehr schwer zu erklären«, sagte Nemo.

»Kommt auf einen Versuch an.«

J.D. bemerkte eine gewisse Kühle in Victorias Stimme. Sie fragte sich, ob Nemo es auch gehört hatte.

»Ich meine, es ist physisch schwer zu erklären.«

»Warum?«

»Dein Link ist genau wie der von J.D.«, sagte Nemo.

»Er ist zu eng«, ergänzte J.D. »Keiner von uns kann all das aufnehmen, was Nemo uns zeigen könnte.«

»Ich könnte mit Arachne Informationen austauschen«, schlug Nemo vor, »sowohl meinen Kern betreffend, als auch die Galaxis.«

J.D. blickte zu Nemo und dann zu Victoria.

»Nein«, erwiderte Victoria. »Nein, tut mir leid. Ich glaube nicht, daß das möglich ist.«

»Es ist sehr angenehm, sich mit euch zu unterhalten, aber auch sehr langsam, sehr ungenau und nicht ausreichend«, sagte Nemo.

»Vielleicht ... ein begrenzter Zugang zu Arachne?« fragte J.D. ihre Freundin.

Victoria zuckte mit dem Kopf, ein schnelles, eindeutiges Nein. Kompletter Zugang zu Arachne bedeutete Zugang zu Victorias Algorithmus. Beschränkter Zugang ... wer konnte vorhersagen, wie tief Nemo in das System eindringen würde? Der Algorithmus war das einzige an Bord der *Starfarer*, das einzige auf der Erde, an dem die Zivilisation Interesse gezeigt hatte. Wenn er in die Hände der Zivilisation fallen sollte, würden die Menschen nichts mehr besitzen, mit dem sie verhandeln konnten.

»Tut mir leid, Nemo«, erklärte Victoria. »Diese Entscheidung kann ich nicht allein treffen. Ich muß sie zunächst mit meinen Kollegen besprechen. Verstehst du das?«

»Nein«, antwortete Nemo.

Wie soll Nemo das auch verstehen? dachte J.D. *Einsam und allein, ausgestattet mit der Macht, überall hin zu gehen und alles zu tun ...*

»Menschen und Taucher diskutieren über ihre Handlungen«, mischte sich Zev ein. »Und über ihre vergangenen und zukünftigen Handlungen. Manchmal ist es langweilig, aber es ist immer sehr ernst.«

Nemo berührte zunächst Zevs Stirn mit seinem weichen Tentakel, dann J.D.s Wange. Die beiden anderen Tentakel waren wieder damit beschäftigt, mehrere Seidenspinner bei der Konstruktion eines neuen Beutels zu dirigieren.

»Ich muß nachdenken, und ihr müßt diskutieren.«

»Ja«, sagte J.D. »Sobald Satoshi und Stephen Thomas zurückkehren ...«

»Sie werden euch an der Luftschleuse treffen.«

Nemo war J.D. zum ersten Mal ins Wort gefallen. J.D.

und Victoria blickten sich an. Victoria machte einen nachdenklichen Eindruck. J.D. fühlte sich niedergeschlagen. Sie war entlassen.

Kapitel 4

Der Panoramaring war eine abgeflachte, transparente Blase an der Außenhaut des Scoutschiffs. Man konnte von dort aus in jede beliebige Richtung blicken. Lediglich die Aussicht auf die *Chi* war versperrt. Es war J.D.s Lieblingsplatz an Bord des Schiffes. Manchmal saß sie hier ganz allein, während sie durchs All trieben, nur um die Sterne zu beobachten.

J.D. nahm ihren Platz auf der Andruckliege ein. Von hier aus konnte sie direkt zu Nemos Krater sehen. Einige hundert Meter entfernt sammelte sich das strahlende Licht des Sirius auf der mehrfarbigen, seidenen Oberfläche und wurde wieder ins All reflektiert.

J.D. war zu erschöpft, um zu reden, sogar zu erschöpft, um zu denken. Aber ihre Kollegen an Bord der *Starfarer* warteten bereits seit Stunden auf diese Konferenz. Es wäre nicht fair gewesen, sie noch länger warten zu lassen.

Zev und Victoria waren bereits an Ort und Stelle. Victoria stand an der Scheibe, hatte die Hände in die Taschen ihrer Jeans gesteckt und blickte gedankenverloren auf Nemos Krater.

Zev lag auf der Notliege neben J.D. und grinste seine Freundin an.

»Nemo erinnert mich an zu Hause«, sagte er.

J.D. streichelte liebevoll über den Arm des jungen Tauchers. Sein nahezu unsichtbarer Pelz fühlte sich weich und warm an.

»Nemo ist mit nichts im Puget-Sund zu vergleichen«, erwiderte J.D. »Mit gar nichts.«

»Ich weiß. Aber dennoch erinnert er mich an daheim. Er ist wahrscheinlich schon eine ganze Weile nicht mehr schwimmen gegangen.«

»Nemo kann nicht schwimmen gehen«, erklärte J.D. Langsam verlor sie die Geduld. Welch eine Vorstellung – ein Wesen von Nemos Größe, ein ganzer Planetoid, der im Wasser planscht!

»*Im Augenblick* kann er das nicht«, beharrte Zev. »Viecher wie Nemo sehen nicht immer gleich aus.«

Zev hatte recht. Nemo könnte mehrere Metamorphosen durchlaufen haben. Vielleicht war das der Grund, warum Europa ihn als Krakenschwärmer bezeichnet hatte. J.D. notierte Zevs Bemerkung auf der Liste mit Fragen, die sie Nemo bei ihrem nächsten Besuch stellen wollte.

Sie versuchte, Nemo über den Netzlink zu kontaktieren.

»Nemo?« fragte sie. »Ich werde mit jedem an Bord der *Starfarer* reden. Wenn du willst, kannst du dich in das Gespräch einschalten.«

J.D. wartete ... und erhielt keine Antwort.

Ich weiß, wie Nemo sich fühlt, dachte sie. *Ich würde es auch vorziehen, wenn ich mich für eine Weile zurückziehen könnte, um über das Geschehene nachzudenken. Nein. Zuerst würde ich etwas schlafen.*

Das Bild von Gerald Hemminge erschien neben J.D. Der Geschäftsführende Kanzler der *Starfarer* fungierte gleichzeitig als Verbindungsmann zwischen Mutterschiff und Fremdkontaktteam.

»Sind Sie bereit?« fragte er. »Alle sind begierig zu beginnen.«

»Eine Minute noch, Gerald. Vielen Dank«, antwortete J.D. »Wir müssen nur noch ein paar Dinge auf die Reihe bekommen.«

»Nun gut.« Der Geschäftsführende Kanzler drehte sich um, und sein Bild verschwand.

Stephen Thomas betrat den Panoramaring. Er trug ein *Starfarer*-T-Shirt und saubere Hosen mit dem *Starfarer*-Emblem auf der Hüfte – ungewöhnlich unauffällige Kleidung für Stephen Thomas. Doch er sah lange nicht mehr so verdreckt aus wie noch vor wenigen Minuten, als das Fremdkontaktteam zur *Chi* zurückgekehrt war.

Stephen Thomas stellte sich neben Victoria, sagte kein Wort und berührte seine Partnerin auch nicht. Statt dessen starrte er aus dem großen Panoramafenster in Richtung Krater. Stephen Thomas' langes Haar war zu einem Pferdeschwanz zusammengebunden, was seiner ganzen Erscheinung einen strengen und reservierten Ausdruck verlieh.

J.D. fragte sich, worüber er wohl nachdenken mochte. Über das außerirdische Museum, das auf einem kargen Mond gestanden und sich vor seinen Augen selbst zerstört hatte? Den Einsturz des Genetiklabors, bei dem er beinahe umgekommen wäre? Das Virus, das ihn langsam, aber sicher in einen Taucher verwandelte? Nein ... nichts von alledem. Stephen Thomas dachte an Feral. Er fragte sich, wie der lebenslustige, junge Journalist auf Nemo reagiert hätte. Er trauerte um den Enthusiasmus, den Feral niemals empfinden würde. Er trauerte um Feral.

Victoria berührte kurz die Hand ihres jüngeren Partners, und beide setzten sich in den Kreis. Stephen Thomas blickte J.D. mit ausdruckslosen Augen an, und J.D. hatte keine Ahnung, was ihm dabei durch den Kopf gehen mochte.

Beschämt wandte sie sich von ihm ab und zwinkerte, um ihre Tränen zurückzuhalten.

Victoria nahm auf der J.D. gegenüberliegenden Seite Platz, und Stephen Thomas setzte sich zu ihrer Rechten.

Einen Augenblick später betrat auch Satoshi in seiner typischen eleganten Art den Raum. Er hielt zwei randvolle Teetassen in der Hand, von denen er eine J.D. reichte.

»Sei vorsichtig. Er ist heiß.«

»Danke«, erwiderte J.D. Sie versuchte die Tasse so ruhig wie möglich zu halten. J.D. beugte sich vornüber und nippte vorsichtig an dem heißen Getränk, um nichts zu verschütten. Und es war *wirklich* heiß. J.D. konnte nur kleine Schlucke zu sich nehmen, wenn sie sich nicht die Zunge verbrennen wollte.

»Du hast den Eindruck erweckt, als könntest du etwas Heißes vertragen«, sagte Satoshi. Er setzte sich neben Zev.

Jetzt hatten alle Mitglieder des Fremdkontaktteams ihre Plätze eingenommen. Sie saßen im Kreis wie die vier Himmelsrichtungen auf einem Kompaß. Zev paßte zwar nicht in dieses symmetrische Bild, doch J.D. war froh, daß er sie auf dieser Expedition begleitete, und war Victoria äußerst dankbar, daß sie die Gegenwart des jungen Tauchers an Bord der *Chi* duldete.

Zev umschloß J.D.s Hand mit seinen langen Fingern. Unter Wasser hätte er sie viel intimer berührt, doch inzwischen hatte er die Landsitten gelernt. J.D. wiederum hatte mittlerweile gelernt, daß Landsitten auch an Land nicht immer die geeignete Wahl waren – selbst wenn sie angebracht schienen.

J.D. war fest davon überzeugt, daß Zev sich mehr um ihre Person sorgte als um ihren Erfolg bei Nemo. Seine Neugier hatte ihn der Expedition beitreten lassen – das und die Tatsache, daß er J.D. vermißt hatte. Vielleicht war Letzteres der ausschlaggebende Faktor gewesen. Zev bereitete es Freude, an der Expedition teilzunehmen, aber den größten Raum im Gefühlsleben eines Tauchers nahm seine Beziehung zu Familie, Freunden und Geliebten ein. J.D. und Zev waren alles drei füreinander.

J.D. drückte dankbar Zevs Hand, nippte erneut an ihrem Tee und sammelte sich für die bevorstehende Konferenz. Sie fühlte sich wie nach einem Marathon. Nicht nur physische Erschöpfung, sondern auch emotionaler Streß forderten ihren Tribut.

Im Prinzip hatte J.D. den Gedanken, ihre Kollegen sollten an den Außenmissionen teilnehmen, leidenschaftlich unterstützt. J.D. schätzte ihre Meinungen und fachlichen Kommentare. Doch in der Praxis haßte sie es, von Kameras und anderen elektronischen Aufzeichnungsgeräten beobachtet zu werden.

»Hattest du Gelegenheit, dir die Aufzeichnungen meiner WKM anzusehen?« fragte Stephen Thomas.

»Nein«, erwiderte J.D. »Tut mir leid.« Sie waren erst seit wenigen Minuten wieder an Bord der *Chi*. J.D. hatte noch keine Gelegenheit bekommen, *irgendeine* Aufzeichnung ihrer Kollegen zu begutachten, die sie während ihrer Exkursionen durch Nemos Inneres gemacht hatten.

»Das solltest du aber. Es war vollkommen verrückt. Es ist extrem schwer herauszufinden, was es bedeuten sollte ... oder was Nemo mir dadurch sagen wollte.«

»Ich werde sie mir ansehen, sobald ich die Zeit dafür finde. Dann können wir mit Nemo darüber reden, wenn er wieder Kontakt zu uns aufnimmt.«

»Okay.«

J.D. legte die Hände um ihre Teetasse. Eine angenehme Wärme ging von dem Gefäß aus.

»Ich bin soweit fertig. Sollen wir anfangen?«

»Gut.« Victoria klimperte kurz mit den Augen und benachrichtigte Gerald. »Los geht's.«

Alle Kollegen an Bord der *Starfarer* konnten nun jedermann an Bord der *Chi* sehen und mit ihnen reden.

»J.D.«, sagte Victoria plötzlich. »Vielleicht hört Nemo unserer Konferenz zu.«

»Natürlich«, entgegnete J.D. »Das hoffe ich doch. Vielleicht entschließt er sich sogar, an der Konversation teilzunehmen.«

»Das werden wir im Hinterkopf behalten«, erklärte Gerald Hemminge. »Senatorin Orazio wird die Befragung beginnen. Senatorin?«

Victoria setzte sich auf. *Sie will protestieren,* dachte J.D. Die beiden US-Senatoren waren keine Mitglieder der Expedition. Sie hatten sich auf einer Inspektionstour auf der *Starfarer* befunden, als das Sternenschiff in die Transition gegangen war, um seine Charta zu erfüllen und sich den Befehlen von EarthSpace und des amerikanischen Militärs zu widersetzen.

Doch anstatt zu sprechen, saß Victoria nur steif da. J.D. blickte mitfühlend zu ihr hinüber.

Das holographische Bild von Ruth Orazio, der Senatorin von Washington State, erschien in der Mitte des Panoramarings.

»J.D., Sie *müssen* erneut versuchen, Nemo davon zu überzeugen, daß er uns begleitet.«

»Senatorin ... meine Frage an Nemo war rein hypothetischer Natur. Wir sind nicht auf dem Weg zurück zur Erde.«

Orazio war immer eine große Befürworterin des *Starfarer*-Programms gewesen und war es – entgegen aller Wahrscheinlichkeit – noch immer. Aber wie lange ihre Unterstützung noch anhalten würde, war eine andere Frage. J.D. konnte ihr keinen Vorwurf machen, wenn sie ihre Meinung ändern würde. Orazio hatte sich nie dafür entschieden, ihre Familie, ihre Freunde, ihren Beruf und ihren Planeten zu verlassen.

»Wir müssen nach Hause zurückkehren«, beharrte Orazio. »Wir haben weder genügend Vorräte noch ausreichend Personal. Außerdem ist das Computernetz unzuverlässig. Wenn wir so weitermachen, ist das Risiko unkalkulierbar.«

»Und wenn wir zurückkehren, ist das Risiko noch viel größer«, bemerkte Stephen Thomas sarkastisch.

»Die Mitglieder der Expedition haben diese Frage bereits entscheiden.« Victoria veränderte nicht ihren kalten Ton zugunsten jenes typisch kanadischen Akzents, der das Ende eines Satzes wie eine Frage erscheinen ließ, und den Zuhörer um Zustimmung bat. »Es steht Ihnen nicht zu, diese Frage erneut aufzuwerfen.«

»Dr. MacKenzie, wir wissen alle, daß Sie niemals einem Plan zustimmen würden, der den Interessen der Vereinigten Staaten entgegenkäme«, mischte sich Senator William Derjaguin ein. »Aber lassen Sie uns doch wenigstens über das Problem *diskutieren*!«

Derjaguin hatte die Expedition seit jeher aufs Schärfste bekämpft. Die Tatsache, daß er sich auf einem entführten Sternenschiff befand, trug nicht gerade zu seiner Beruhigung bei.

»Wir haben es bereits in allen Einzelheiten diskutiert«, entgegnete Victoria.

»Es war von vornherein falsch, Nemo zu fragen, ob er mit uns zur Erde zurückkehren wolle«, unterbrach J.D. »Der Kosmische String hat sich aus unserem Sonnensystem zurückgezogen. Wir können zwar immer noch nach Hause zurück, aber wir können erst dann wieder hinaus, wenn der Kosmische String zurückkehrt.«

»*Falls* er jemals zurückkehrt«, ergänzte Victoria.

»Europa hat gesagt, Kraken ... Nemos Leute würden einen Stern nur umkreisen, beobachten und zuhören«, sagte Orazio. »Und Europa hat auch gesagt, es würde uns nicht gelingen, mit ihnen zu kommunizieren.«

Europa hatte behauptet, die interstellare Gemeinschaft habe der Erde nie besondere Aufmerksamkeit geschenkt. Die Zivilisation mische sich nicht in die Angelegenheiten von Welten, die keine Raumfahrt kannten. Irdische UFO-Berichte hatten Europa nur amüsiert. Eine interessante Reaktion, wenn man bedachte, daß sie selbst von einem UFO entführt worden war. Doch die Zivilisation beschränkte sich auf die Rettung von Wesen, die dem Tode geweiht waren, wie Europa und Androgeos. Sie rettete sie vor Naturkatastrophen, um sie auf den Empfang der ersten interstellaren Expedition ihrer Rasse vorzubereiten.

Außer dieser Höflichkeit – wenn es denn eine Höflichkeit *war* bei all der fragwürdigen Arroganz, die die Außerirdischen an den Tag legten – ignorierte die interstellare Zivilisation intelligente Spezies so lange, bis sie weit genug entwickelt waren, daß sich die Beschäftigung mit ihnen lohnte. Im Augenblick erfüllte die Menschheit diese Kriterien noch nicht. Jedenfalls laut Androgeos und Europa.

»Nemo hätte selbst keine Möglichkeit, in den nächsten

Jahrhunderten in unser Sonnensystem vorzudringen«, sagte Ruth Orazio. »Also welcher Stern wäre besser geeignet für einen längeren Aufenthalt, wenn nicht der unsere?«

»Welchen Stern sollte Nemo am besten vermeiden«, erwiderte Stephen Thomas, »wenn nicht die Heimat kriegerischer Barbaren?«

J.D. lachte leise vor sich hin. »Gutes Argument.«

Ruth lächelte. »Aber wer könnte schon der Versuchung widerstehen, eine Horde von Barbaren zu bekehren? Victoria, ich werde in diesem Punkt nicht locker lassen. Wenn wir Nemo davon überzeugen können, uns zu begleiten, hätte die *Starfarer* ihre Charta erfüllt. Sie hätten die Existenz einer interstellaren Zivilisation bewiesen.«

»Die Argumente der Senatorin sind unwiderlegbar«, mischte sich Gerald Hemminge ein. »Unter diesen Umständen bleibt uns keine andere, ethisch gerechtfertigte Wahl, als nach Hause zurückzukehren. Ob wir unser Sonnensystem je wieder verlassen können, wäre dann vollkommen ohne Bedeutung.«

Gerald Hemminge war eines der wenigen Expeditionsmitglieder, das die Rückkehr der *Starfarer* befürwortete. Er hatte sogar dafür gestimmt, den Befehlen von Earth Space zu gehorchen und das Sternenschiff in einen riesigen Spionagesatelliten zu verwandeln.

Aber seine Äußerungen besaßen Hand und Fuß.

»Nemo hat bereits abgelehnt«, wandte J.D. ein.

»Aber manchmal ändern intelligente Lebewesen ihre Meinung«, widersprach Ruth lächelnd. »Wenn ich die Gelegenheit bekomme, werde ich persönlich versuchen, Nemo davon zu überzeugen, mit uns zurückzufliegen.«

J.D. erwiderte das Lächeln. Sie hatte Senatorin Orazio bereits bewundert, bevor sie sie kennengelernt hatte. Und als sie sie kennen lernte, hatte sie sie auf Anhieb gemocht.

»Falls wir jemals nach Hause zurückkehren sollten«,

erklärte J.D., »würde mich nichts mehr freuen, als von Nemo begleitet zu werden.«

»Ich habe eine Frage ...«, mischte sich Gerald Hemminge erneut mit seinem affektierten, britischen Akzent ein. » ... wenn ich für einen Augenblick meine Rolle als Verbindungsmann ablegen darf?«

»Bitte sehr«, sagte J.D.

»Es hat mich sehr überrascht ... daß Sie ein *lebendes* Tier gegessen haben.«

J.D. grinste spitzbübisch. »Es war sehr schmackhaft, Gerald. Wie Krabben in Orangensauce. Und erst die Nachwirkungen. Alles in allem war es nicht viel merkwürdiger als eine Auster.«

»Wenn Sie meinen«, entgegnete Gerald. »Die nächste Frage kommt aus der Astronomie. Avvaiyar?«

Das Bild der großen, schlanken Chefastronomin erschien in der Mitte des Panoramarings. Sie hob die Hand mit der Eleganz einer Tänzerin, und das Bild der Milchstraße erschien neben ihr. Das Hologramm drehte sich, bis nur noch der schwarze Fleck auf seiner Rückseite zu sehen war.

»Wir haben eine wichtige Entscheidung zu treffen«, sagte sie. »Können wir es uns leisten, Nemos Angebot zum Informationsaustausch abzulehnen?«

»Können wir es uns leisten, das Angebot anzunehmen?« konterte Stephen Thomas grimmig. J.D. wünschte, sie hätte Gelegenheit gehabt, seine Aufzeichnungen aus dem Krater anzusehen. Im Augenblick fehlte ihr die Zeit, sich mit ihnen zu beschäftigen. Aber irgend etwas dort unten hatte Stephen Thomas eine Heidenangst eingejagt. J.D. hatte stets den Eindruck gehabt, daß sich Stephen Thomas nicht so leicht einschüchtern ließ.

»Was meinst du dazu, J.D.?« fragte Victoria.

»Ich ...« J.D. atmete tief durch. »Ich bin versucht, ja zu sagen. Vertraut Nemo ...«

»Das ist doch offensichtlich«, unterbrach Gerald.

»Aber wir reden hier nicht nur über mich. Ich denke ... Ich denke, uns bleibt noch genügend Zeit, darüber nachzudenken und zu einer Entscheidung zu kommen.«

»Uns bleiben nur noch ein paar Tage, bevor wir wieder in die Transition eintreten«, entgegnete Avvaiyar.

»Ich weiß.« J.D. versuchte, Nemo über den Netzlink zu erreichen. *Das ist deine Chance, meine Kollegen zu überzeugen*, dachte sie.

Doch Nemo schwieg.

»Ich halte es für viel zu gefährlich, Nemo Zugang zu Arachne zu gewähren«, erklärte Victoria.

»Sie schlagen also vor, wir sollten alles aufgeben, nur um ihren Algorithmus zu schützen«, sagte Gerald.

»Genau«, erwiderte Victoria.

»Mit anderen Worten: Sie glauben, ihr Algorithmus sei das Einzige, was die Menschheit *jemals* besitzen wird, um mit der interstellaren Gemeinschaft zu verhandeln.«

»Was soll das?« fragte Stephen Thomas erregt.

Gerald ignorierte den Zwischenruf. »Ist das nicht vielleicht ein wenig ... arrogant, Victoria?«

»Ist es«, erwiderte Victoria unbeeindruckt.

»Es gibt keinen Grund, persönlich zu werden«, mischte sich Professor Thanthavong ein.

»Das lag nicht in meiner Absicht. Ich habe nur zu bedenken gegeben, daß wir mit dieser Information nach Hause gehen und die Expedition als Erfolg darstellen könnten – egal ob Nemo uns begleitet oder nicht. Und selbst wenn Nemo den Algorithmus stähle, was soll's? Uns bleiben fünfhundert Jahre, um etwas ähnlich Beeindruckendes zu entwickeln.«

»Ich kann nicht glauben, wie eilig Sie es haben, aufzugeben und nach Hause zurückzukehren!« brüllte Victoria.

J.D. sank in ihren Sessel zurück. Diese Konferenz war von großer Bedeutung, und J.D.s Meinung war mit entscheidend für das Ergebnis. Es war ihre Pflicht, aufmerksam zuzuhören.

J.D. schloß die Augen. Nur für einen Augenblick.

Satoshi erwachte. Victoria schmiegte sich an seine Brust, einen Arm unter seiner Wange, den anderen um seine Hüfte geschlungen. Die beiden hatten nur gedöst, während sie auf Stephen Thomas warteten. Das Bett wirkte ohne das jüngste Mitglied der Familienpartnerschaft irgendwie leer.

Als J.D. im Panoramaring eingeschlafen war, hatte Victoria entschieden, sie nicht zu wecken. Niemand war bereit gewesen, zum gegenwärtigen Zeitpunkt eine Entscheidung in Bezug auf Nemo und Arachne zu treffen; deshalb hatten sie die Konferenz vertagt. Jeder – egal ob er sich an Bord der *Starfarer* oder auf der *Chi* befand – war dankbar für ein paar Stunden Ruhe.

Jeder ... mit Ausnahme von Stephen Thomas.

Wo mag er wohl stecken? fragte sich Satoshi. *Schläft er wieder allein in seiner Kabine?*

Unwahrscheinlich.

Satoshi liebte es, mit seinen Partnern zu schlafen. Er kuschelte sich immer in die Mitte – genau wie Merry es immer getan hatte.

Natürlich konnte – und wollte – Stephen Thomas Merry nicht ersetzen. Niemand konnte das. Aber nach Merrys tragischem Unfall, kurz nachdem Stephen Thomas der Familienpartnerschaft beigetreten war, hatten Victoria und Satoshi Trost in Stephen Thomas' Anwesenheit gefunden.

Ob unsere Familie diese Katastrophe ohne Stephen Thomas überlebt hätte? dachte Satoshi. *Ich glaube nicht. Sie wäre zerbrochen ... genau wie Victoria ohne ihn zerbrochen wäre.*

Der alte Schmerz kehrte zurück. Satoshi nahm Victoria in den Arm und drückte sie fest an sich. Seit Merrys Tod hatte der Schmerz nicht nachgelassen. Er kehrte zwar immer seltener zurück, aber *wenn* er kam, war er so stark wie zuvor.

Victoria erwachte. Sie erwiderte Satoshis Umarmung, streichelte zärtlich über das kurzgeschorene Haar ihres Partners und flüsterte ihm beruhigende Worte ins Ohr.

»Ich liebe dich«, sagte Satoshi. »Ich weiß nicht, was ich ohne dich und Stephen Thomas tun würde.«

»Ich liebe dich auch«, entgegnete Victoria. »Und wenn es nach mir geht, wirst du nie herausfinden, was du ohne mich und Stephen Thomas anfangen sollst. Apropos Stephen Thomas ... Wo ist er?«

»Vielleicht glaubte er, wir würden heute Nacht in seiner Kabine schlafen.«

Victoria sah Satoshi verwirrt an. Sie schliefen selten in Stephen Thomas Kabine. Er besaß eine Reihe guter Eigenschaften, Ordnungsliebe gehörte allerdings nicht dazu. Stephen Thomas' Zimmer an Bord der *Starfarer* war schlimm genug, aber die Schwerelosigkeit auf einer Reise mit der *Chi* verwandelte seine Kabine in ein Katastrophengebiet.

»Ich werde mal nach ihm sehen«, sagte Satoshi.

Satoshi durchquerte Victorias Kabine und schob die Verbindungstür zum Flur beiseite, um einen durchgehenden Raum zu schaffen. Die Tür zu Stephen Thomas' Kabine stand offen, und Satoshi trat ein. Stephen Thomas war nicht da. Seine Flickendecke, ein Hochzeitsgeschenk von Merrys Familie, lag zerknittert auf dem Bett.

Er ist doch wohl nicht immer noch im Labor, dachte Satoshi. *Oder doch? Vielleicht ist er dort eingeschlafen?*

Satoshi nahm seinen alten Bademantel aus dem Schrank, zog ihn über und machte sich auf den Weg zu den Laboratorien der *Chi*.

Am Eingang zu Stephen Thomas' Labor blieb er stehen. Satoshis Partner hatte sich in einem Stuhl zurückgelehnt, die Hände hinter dem Kopf verschränkt und die Beine auf den Tisch gelegt. Stephen Thomas starrte stirnrunzelnd auf das Bild einer Zellkultur.

»Hi, Satoshi«, sagte Stephen Thomas, ohne sich umzudrehen, und nahm die Füße vom Tisch.

Satoshi legte die Hände auf die Schultern seines Partners.

»Kommst du ins Bett?«

Stephen Thomas zuckte die Schultern.

Wenn er Satoshi aufgefordert hätte zu gehen, hätte dieser ihm ohne Umstände gehorcht. Stephen Thomas war oft sehr launisch und sagte fast immer, was er gerade dachte. Aber in letzter Zeit war Stephen Thomas ungewöhnlich still gewesen, und Satoshi machte sich langsam Sorgen. Sie alle hatten eine Menge hinter sich. Vielleicht hatten die Ereignisse der letzten Zeit bei Stephen Thomas den nachhaltigsten Eindruck hinterlassen. Vielleicht stand er noch immer unter dem Schock von Ferals Tod.

Oder vielleicht war die Verwandlung in einen Taucher nicht so angenehm, wie Zev dachte.

Daß Stephen Thomas sich dafür entschieden hatte, die Veränderungen geschehen zu lassen, war für Satoshi unverständlich. Der Prozeß war durch einen Zufall in Gang gesetzt worden, einen Unfall. Satoshi wünschte, es wäre nie geschehen.

Du hast kein Recht, ihm vorzuschreiben, was er mit seinem Körper zu tun und zu lassen hat, ermahnte sich Satoshi.

Aber habe ich das wirklich nicht? Ich liebe ihn, und ich mache mir Sorgen.

Und ich halte es für Wahnsinn.

»Ich verstehe nicht, was mit diesen Zellen los ist«, sagte Stephen Thomas.

»Was sind das für Zellen?«

»Sie stammen von dem Grashalm von Europas Schiff. Es sind ganz gewöhnliche Bakterien. Europa hat behauptet, sie seien mit denen auf der Erde identisch.«

»Aber?«

»Aber ... das stimmt nicht ganz. Sie vermehren sich nur in der Erde der *Starfarer*, wenn ich den Mutterboden vorher sterilisiere. Sonst nicht. Irgend etwas muß mir entgangen sein.«

»Es ist spät, und du bist müde. Du arbeitest zu hart.«

»Im Gegenteil, ich arbeite nicht hart genug.« Stephen Thomas schlug mit der flachen Hand auf die Tischplatte. »Sonst hätte ich bereits eine Antwort gefunden. Seit wir von zu Hause gestartet sind, habe ich nur Müll produziert.«

»Komm ins Bett.«

»Ich wäre keine gute Gesellschaft.«

»Bist du okay?«

»Es juckt und schmerzt überall. Wahrscheinlich würde ich sowieso nur die ganze Nacht wie wild um mich schlagen, so daß ihr beide nicht schlafen könntet.«

»Ist mir egal«, entgegnete Satoshi.

Er blickte Stephen Thomas für einige Augenblicke eindringlich an. Satoshi war genauso empfänglich für die außergewöhnliche Schönheit seines Partners wie jeder andere auch. Er glitt mit den Fingern durch Stephen Thomas' langes, blondes Haar, das inzwischen wieder offen auf den Schultern lag.

»Wird sich auch deine Haarfarbe verändern?«

»Wahrscheinlich nicht«, antwortete Stephen Thomas. »Es gibt keinen Grund dafür. Zev meint, ich sollte mein Haar abschneiden, um ein richtiger Taucher zu werden.«

»Du hast es noch nicht einmal geschnitten, um besser in der Schwerelosigkeit arbeiten zu können. Warum solltest du es dann ausgerechnet jetzt tun?«

»Werde ich auch nicht. Es gibt keinen richtigen Ozean an Bord der *Starfarer*; also kann ich sowieso kein richtiger Taucher sein.«

Die meisten Taucher besaßen dunkle Augen. Bis jetzt hatten Stephen Thomas' Augen ihre hellblaue Farbe behalten. Satoshi hoffte, daß es auch dabei bleiben würde. Er wollte schon danach fragen, doch dann besann er sich eines Besseren. Satoshi wollte es gar nicht wissen.

Er streichelte über den Nacken seines Partners, um ihn zu erregen. Seine Finger glitten über den typischen, weichen Pelz eines Tauchers.

Satoshi hielt erschrocken inne. Es kostete ihn viel Mühe, seine Hand zu lassen, wo sie war. Er wußte nicht, ob Stephen Thomas seine Reaktion bemerkt hatte.

Stephen Thomas legte seine Hand auf die Satoshis. Die Schwimmhäute fühlten sich warm an. Satoshi schauderte. Stephen Thomas verkrampfte sich und schloß die Augen.

»Was ist?« fragte Satoshi.

»Mein Körper ist in den letzten Tagen ganz schön durch die Mangel gedreht worden«, erwiderte Stephen Thomas.

»Aber Zev sagte doch ...«

»Ich hatte eine kleine Auseinandersetzung mit einer Silberschnecke, okay?« unterbrach Stephen Thomas verärgert.

»Was? Wie? Wann?«

»Als ich versuchte, in das Haus des Kanzlers zu gelangen.«

»Warum?«

»Was glaubst du wohl? Er hat Feral umgebracht! Ich wollte ... Ich weiß nicht, was ich wollte. Ich weiß nicht, ob ich ihn getötet hätte. Aber die Silberschnecken sind verdammt gute Wachhunde. Eine hätte mich fast zu Brei zerquetscht. Eine Zeitlang dachte ich, sie hätte mir das Becken gebrochen.«

»Bist du sicher ...«

»Nur ein paar Schrammen.«

»Mein Gott«, rief Satoshi. Die KDs, die Blades bewachten, besaßen die Größe von Nashörnern. »Du hättest getötet werden können.«

»Ich weiß. Ich werde es auch nie wieder tun.« Stephen Thomas schob Satoshis Hand beiseite, zärtlich, aber bestimmt. »Ich möchte heute nacht alleine schlafen.« Seine Stimme klang vollkommen ausdruckslos.

Satoshi zögerte. »Okay«, sagte er schließlich. Satoshi war verärgert, verwirrt, und er wußte nicht, ob er enttäuscht oder erfreut darüber sein sollte, daß Stephen Thomas nicht ins Bett kam. »Dann bis morgen.«

Satoshi wandte sich dem Ausgang zu.

Er spürte noch immer das Fell an seinen Fingern.

»Satoshi!«

»Ja?« Er drehte sich wieder um.

»Sag' Victoria nichts davon«, bat Stephen Thomas. »Von der Schnecke, meine ich.«

Satoshi runzelte die Stirn. »Ich hasse es, wenn du von mir verlangst, etwas vor Victoria zu verheimlichen.«

»Ich hätte keinem von euch etwas davon erzählen sollen, verdammt noch mal! Ich wußte, daß ihr euch darüber aufregen würdet ...«

»Schon gut! Schon gut! Ich werde ihr nichts davon erzählen.«

Satoshi verließ seinen Partner und kehrte zu Victoria zurück.

Victoria lag auf dem Futon in ihrer Kabine, hatte ein Bein angezogen und die Hände hinter dem Kopf verschränkt. Ihre Augen waren nur halb geschlossen.

»Er will heute nacht alleine schlafen.«

Victorias Gesichtsausdruck war Frage genug.

»Er sagt, er hätte Schmerzen. Er sagt, er sei ... er fühle sich, als sei er durch die Mangel gedreht worden.« Satoshi hatte nicht gelogen. Jedenfalls technisch gesehen.

»Das ist wieder eine seiner Launen«, sagte Victoria. »Morgen früh hat er sich bestimmt wieder beruhigt.«

»Victoria, er bekommt ein *Fell*.«

»Ich weiß. Ich habe es gesehen.« Sie grinste. »Ich find's irgendwie sexy. Was meinst du?«

Victoria streckte ihm die Hand entgegen. Satoshi ergriff sie, legte sich neben Victoria und zog die Decke über ihre Köpfe. Victoria klammerte sich mit einem Bein an Satoshis Hüfte, zog ihn näher zu sich heran und küßte ihn leidenschaftlich. Satoshi öffnete den Mund, um ihrer Zunge Einlaß zu gewähren, und drehte sich auf den Rükken, damit Victoria auf ihn steigen konnte. Er gab sich ihr hin und vergaß seine Sorgen und seine Ängste.

Und dennoch ... selbst während er hier – unter dem strahlenden Licht des Sirius – mit Victoria Liebe machte, vermißte er Stephen Thomas, seinen Körper, die Berührung seiner Hände, seine Stimme.

Nachdem Satoshi gegangen war, starrte Stephen Thomas noch ein paar Minuten auf die Zellkulturen. Er vermied jede überflüssige Bewegung, denn sein ganzer Körper schmerzte.

Ignoriere es einfach, sagte er sich. *Nach einem harten Fußballspiel würde es dir noch viel schlechter gehen.*

Stephen Thomas hatte sich wie immer sehr schnell erholt. Noch vor wenigen Tagen zierten zwei blaue Augen sein Gesicht, und ein tiefer Schnitt hatte seine Stirn geschmückt. Die Blutergüsse an den Augen waren mittlerweile verschwunden, und auch von der Fleischwunde war nur noch eine kleine Narbe übriggeblieben.

Doch geblieben war der Schmerz, der durch das Tauchervirus hervorgerufen wurde. Von Zeit zu Zeit und völlig unerwartet plagten schmerzhafte Krämpfe Stephen Thomas. Bis er erkannte, wie sehr die Silberschnecke ihm zugesetzt hatte, dachte Stephen Thomas, irgend etwas mit der Verwandlung würde schieflaufen.

Stephen Thomas wünschte, er könnte sich einfach hinlegen, und seine Partner brächten ihm Hühnersuppe ans Bett. Das würden sie auch tun ... Allerdings müßte Stephen Thomas dann Victoria erzählen, was geschehen war. Es war schon schlimm genug, daß er gegenüber Satoshi eingestanden hatte, welch ein Idiot er war. Stephen Thomas war fest davon überzeugt, daß er ein Geständnis vor Victoria nicht überleben würde.

Er fluchte laut, schloß das Labor ab und ging durch die Korridore der Chi zu seinem Quartier. Als er an Victorias Kabine vorbeikam, hörte er, wie seine Partner miteinander flüsterten. Ein Schmerz ging von Stephen Thomas' Becken aus und lief in Wellen durch seinen ganzen Körper. Er schloß leise die Tür, die seine Kabine von denen der anderen trennte.

Stephen Thomas zog sich aus, entwirrte seine Flickendecke und legte sich auf den Futon. Dann kuschelte er sich in die Decke. Früher einmal hatte sie nach Merry gerochen, aber jetzt nicht mehr – noch nicht einmal einreden konnte er sich das.

Er war hellwach. Er warf die Decke beiseite, streckte sich und blickte an sich herunter.

Seine Proportionen ähnelten denen Zevs. Allerdings war der junge Taucher schlanker und besaß schmalere Hüften. Zev war wie die meisten Taucher ziemlich klein. Stephen Thomas mochte es, hochgewachsen zu sein. Er hoffte, daß er es auch bleiben würde.

Bis jetzt hatten sich seine Zehennägel noch nicht in Krallen verwandelt. Stephen Thomas krümmte die Zehen. Die Füße waren der einzige Teil seines Körpers, der nicht schmerzte.

Seine Haut veränderte sich von Tag zu Tag. Nicht nur in der Farbe. Der starke Juckreiz war verschwunden, der die Bildung der Schwimmhäute begleitet hatte. Statt dessen juckte inzwischen Stephen Thomas' ganzer Körper, weil ihm ein feiner Pelz wuchs.

Stephen Thomas mochte das Fell. An einer anderen Person hätte er es als sexy empfunden. Er rieb sich mit der Hand über den Unterarm und die Brust. Hoffentlich gefiel es auch Victoria und Satoshi.

Ich frage mich, was Merry davon gehalten hätte. Wahrscheinlich hätte das Fell ihr gefallen. Sie war immer für exotische Experimente zu haben.

Die Partnerschaft hatte nie das komplexe erotische Chaos gemeistert, das vier Leute hervorriefen, die in ein und demselben Bett Liebe machten. Dazu hatten sie nicht genug Zeit gehabt. Sie hatten sich schon darauf gefreut, Sex in der Schwerelosigkeit zu erleben; doch es war nie dazu gekommen. Merry starb noch vor ihrer ersten Reise ins All.

Stephen Thomas fühlte sich plötzlich unendlich einsam. Er wünschte, er hätte sich doch dazu entschlossen, mit seinen Partnern zu schlafen. Doch dieser Wunsch änderte nichts an den Gründen, die Stephen Thomas dazu bewogen hatten, die Nacht allein zu verbringen. Normalerweise genoß er es, Victoria und Satoshi zu befriedigen, aber in den letzten Tagen hatte er kaum noch Interesse an Sex gezeigt.

Das ärgerte ihn. Stephen Thomas erklärte sich dieses mangelnde Interesse mit seinen Verletzungen und seinen chronischen Schmerzen.

Stephen Thomas befahl dem Licht, auszugehen, rollte sich in die Decke und zog die Knie an. Der Schmerz ließ nach.

Seine Gedanken kreisten noch immer um das merkwürdige Verhalten der Zellkulturen und das beunruhigende Erlebnis an Nemos Teich.

Um sich von der Arbeit abzulenken, dachte Stephen Thomas an Feral.

Feral hatte Veränderungen gemacht, genau wie Merry. Das war einer der Gründe gewesen, warum Stephen Thomas sich zu ihm hingezogen gefühlt hatte. Feral hatte sich der rebellischen Besatzung ohne Zögern angeschlossen. Der junge Reporter hatte sich gefreut, als Stephen Thomas erklärte, er wolle die Verwandlung in einen Taucher nicht wieder umkehren. Feral war sogar ein wenig neidisch gewesen.

Stephen Thomas verzog das Gesicht zu einem schiefen Lächeln.

Um einige Nebeneffekte der Metamorphose würdest du mich bestimmt nicht beneiden, mein Freund, dachte er. *Aber ich wette, mein neuer Pelz würde dir gefallen.*

Stephen Thomas öffnete einen Kanal zur *Starfarer*. Kurz darauf erschien das Bild eines zerzausten Gerald Hemminge. Das Muster des Kopfkissens hatte seine Spuren auf Geralds Wange hinterlassen.

»Habe ich Sie geweckt?«

Gerald blickte zur Seite und bemerkte, daß sein Bild übertragen wurde. Er gab Arachne einen scharfen Befehl, und das Gesicht verschwand.

»Was gibt's? Irgendeine neue Entwicklung?«

»Nein«, antwortete Stephen Thomas. »Nemo verhält sich immer noch ruhig.«

»Warum haben Sie mich dann kontaktiert? Schlafen Sie denn niemals?«

»Ich habe Sie kontaktiert, weil ich kurz mit Ihnen sprechen will. Warum haben Sie überhaupt geantwortet, wenn Sie doch bereits geschlafen haben?«

»Weil ich Ihr verdammter Verbindungsmann bin!«

»Aber ich habe die Nachricht als privat gekennzeichnet ...«

Stephen Thomas unterbrach seine Tirade. Es hatte keinen Sinn, einen Streit mit Gerald zu provozieren. Sie stritten sich ohnehin schon genug.

»Es geht um Feral.«

»Was ist mit ihm?«

Geralds Bild erschien wieder. Er hatte sein Haar gekämmt und ein Hemd übergezogen. Abgesehen von dem Abdruck auf seiner Wange wirkte er hellwach und professionell.

»Seine Beerdigung. Wir sollten etwas arrangieren ...«

Gerald starrte Stephen Thomas verwirrt an. »Sie hören nie auf, mich zu überraschen. Sie haben gerade den ersten Kontakt mit einer außerirdischen Lebensform hinter sich und ...«

»Es ist nur der erste, wenn Sie Europa nicht mitrechnen« widersprach Stephen Thomas.

»Europa ist keine Außerirdische.«

»Aber Europa ist der erste Mensch, der Kontakt mit außerirdischen Lebewesen hatte ... Vergessen Sie Europa, Gerald. Ich will über Feral reden.«

»Hier und jetzt können wir nichts deswegen unternehmen.«

»Ich weiß, aber wenn ich wieder zurück an Bord bin ...«

»Wenn wir wieder zur Erde zurückgekehrt sind, werden wir die Leiche seinen Verwandten übergeben.«

»*Was*? Das kann ja noch Jahre dauern!«

»Das will ich doch nicht hoffen.«

»Außerdem hat er keine Familie.«

»Dann eben an die zuständigen Behörden.«

»Aber ...«

»Tut mir leid. Ich kann nichts für Sie tun. Ich besitze

nicht die entsprechende Autorität. Die Sache wird warten müssen, bis wir wieder zu Hause sind.«

Stephen Thomas wollte widersprechen, doch Gerald ließ ihn nicht zu Wort kommen.

»Und nun ... Wenn es Ihnen nichts ausmacht ... Einige von uns ziehen es vor, für die nächste Begegnung mit Nemo frisch und ausgeruht zu sein.«

Die Verbindung brach ab.

»Scheiße«, murmelte Stephen Thomas.

Als J.D. aufwachte, war sie vollkommen desorientiert.

Es war fast Morgen, und sie befand sich noch immer in ihrem Sessel im Panoramaring. Doch der Sessel war zu einer Liege umfunktioniert worden, und irgend jemand hatte sie zugedeckt.

Oh nein, dachte J.D. *Ich bin während der Konferenz eingeschlafen. Dabei wollte ich doch nur für ein paar Sekunden die Augen schließen ...*

Zev hatte es sich auf der Couch neben J.D. bequem gemacht. Er erwachte und atmete tief durch. Taucher schliefen wie Orcas. Sie dösten, bis sie Atem holen mußten, dann erwachten sie, atmeten und schliefen wieder ein. Zev wandte sich J.D. zu. Seine dunklen Augen glänzten wie die einer Katze, und sein feiner Pelz glitzerte im Sternenlicht. Er wirkte wie eine goldene Statue mit unheimlichen Smaragdaugen.

»Hi, Zev.«

Schweigend verließ Zev seinen Schlafplatz, kroch neben J.D. und kuschelte sich an sie. Seine Hand glitt unter ihr Hemd und über ihren großen Busen. Zunächst war J.D. peinlich berührt und zog sich instinktiv zurück. Doch dann bemerkte sie, daß die Sensoren und Kameras abgeschaltet waren. Niemand konnte sie beobachten. Es war vollkommen ruhig an Bord der *Chi.* Stephen Thomas, Satoshi und Victoria schliefen tief und fest in ihrer Kabine.

J.D. drückte Zev an ihre Brust und küßte ihn. Ihre

Zunge berührte seine scharfen, gefährlichen Zähne. Zev knabberte an J.D.s Lippen, ihrem Nacken und öffnete gleichzeitig mit seiner freien Hand ihr Hemd. J.D. ließ ihre Hände an Zevs Rücken hinab in seine Hose gleiten. Sein Körper strahlte eine ungewöhnliche Hitze aus, eine drängende, fordernde Sexualität.

Zev spreizte J.D.s Beine, öffnete ihre Hose und zog sie herunter. J.D. warf das überflüssige Kleidungsstück beiseite, und ihr Liebhaber kroch zwischen ihre Beine. Taucher – sowohl männliche als auch weibliche – produzierten eine Art sexuelles Schmiermittel. Während die beiden Liebenden miteinander spielten und sich gegenseitig streichelten, wurde Zev immer schlüpfriger.

J.D. küßte Zevs Schulter. Das Fell war weich und warm. J.D. stieß einen Seufzer aus, als Zev sie zwischen den Beinen streichelte.

Sie bewegten sich im langsamen Rhythmus der See. Dann beschleunigten sie das Tempo. Der Rhythmus wurde ekstatisch, und sie liebten sich unter den fremden Sternen.

Kapitel 5

J.D. fühlte sich körperlich fit, doch emotional stand sie noch ganz unter dem Eindruck ihrer Begegnung mit Nemo. Sie und Zev hatten zunächst im Panoramaring geschlafen. Anschließend hatten sie sich in J.D.s Kabine zurückgezogen und dort den Rest der Nacht eng aneinander geschmiegt verbracht. Zev hatte sich jedesmal an J.D.s Hals gekuschelt oder ihre Brüste geküßt, wenn er kurz aufgewacht war, um Atem zu holen.

J.D. stand auf und ließ Zev schlafend zurück. Während sie badete und sich anzog, rief sie die Aufzeichnung der Konferenz ab – einschließlich jener Minuten, in denen sie geschlafen hatte.

Ich kann einfach nicht glauben, daß mir das passiert ist, dachte sie.

J.D. befahl dem Computer die Aufzeichnungen ihrer Kollegen einzuspielen, die sie bei ihrem Besuch in Nemos Krater gemacht hatten.

Nemo hatte Victoria mit der Funktionsweise seines Sternenschiffes in Versuchung geführt und Satoshi mit der Komplexität seines Ökosystems gereizt.

Stephen Thomas' Erlebnisse verstand J.D. ebenso wenig wie dieser Thomas selbst. Die Bilder der Gewalt schockierten sie nur.

Wir haben ein fremdartiges Wesen besucht, überlegte sie. *Also müssen wir mit Begegnungen rechnen, die ... fremdartig sind.*

Und ... wenn ich ins Innere meines Körpers blicken könnte, würde mich der Anblick von Leukozyten, die eine Horde von Pathogenen attackieren, wahrscheinlich genauso abstoßen wie Stephen Thomas' Erlebnisse in Nemos Innern.

J.D. wartete noch immer auf eine Nachricht von dem Kraterschwärmer. Mittlerweile bereitete ihr sein Schweigen ernsthafte Sorgen.

Du denkst verdammt lange nach, Nemo, mein Freund, sagte sie zu sich selbst. *Ich frage mich, was das zu bedeuten hat?*

Der Computer beendete die Übertragung. J.D. ging in die Galerie, um etwas Eßbares zu organisieren.

Satoshi hockte über einer Tasse Kaffee und starrte in den Dampf.

»Guten Morgen«, sagte J.D. Sie war überrascht, Satoshi hier zu sehen. Er war nicht gerade ein Frühaufsteher.

»Hi«, erwiderte Satoshi.

»Tut mir leid, wegen gestern«, sagte J.D.

Satoshi hob geistesabwesend den Kopf.

»Hmmm?«

»Daß ich eingeschlafen bin.«

»Oh Gott, du mußt dich nicht entschuldigen. Du hast

dich schließlich die letzten Tage vollkommen verausgabt.«

J.D. rührte etwas Milch an und erhitzte sie. An Bord der *Starfarer* gab es keine Kühe, und J.D. hatte sich noch nicht an Kaffee mit Ziegenmilch gewöhnt; also nahm sie Milchpulver.

»Satoshi ... meinst *du*, wir sollten Nemo Zugang zu Arachne gewähren?«

Satoshi nippte an seinem Kaffee. Seine Bewegungen waren langsam und bedächtig.

»Ja«, antwortete er. »Wenn ich ehrlich bin ... ja.«

»Wirklich?«

»Ich glaube, daß es das Risiko wert ist.«

»Das war auch meine erste gefühlsmäßige Reaktion«, sagte J.D. »Aber mein Verstand hält es trotzdem für eine schlechte Idee.«

»Ich verstehe Victorias Standpunkt«, erklärte Satoshi. »Aber der Gewinn ... eine Million Jahre Himmelsbeobachtung ...«

»Was denkt Stephen Thomas darüber?«

»Ich weiß weder, was Stephen Thomas *denkt*, noch was er *fühlt* oder *will*!«

Satoshis plötzlicher Wutausbruch verblüffte J.D.

Der Geograph hob seinen Becher, aber anstatt zu trinken, setzte er ihn mit einem lauten Knall wieder auf dem Tisch ab.

»Er verbringt die meiste Zeit allein in seinem Labor oder ...« Satoshi packte seinen Becher so fest, daß die Knöchel weiß hervortraten. »Er hat sich so sehr verändert.«

J.D. setzte sich an die andere Seite des Tisches.

»Wegen Feral? Oder wegen seiner Verwandlung in einen Taucher?«

»Ich weiß es nicht«, entgegnete Satoshi traurig. »Feral, ein Gestaltwechsler zu sein, Blades ... von allem etwas, schätze ich. Wahrscheinlich gibt es auch noch andere Gründe.« Er hörte auf zu sprechen und lehnte sich beschämt zurück. »Aber das soll dich nicht belasten.«

»Ist schon gut«, sagte J.D.

Victorias Stimme erklang aus dem Intercom.

»He, Leute. Ist schon jemand auf? Kommt! Seht euch das mal an!«

J.D. und Satoshi liefen in den Panoramaring, wo Victoria auf einer Andruckliege saß und hinausblickte.

J.D. bemerkte sofort, worauf Victoria so fasziniert starrte. Sie pfiff durch die Zähne, schnappte sich eine zweite Liege und drehte sie in die entsprechende Richtung.

Ein seidener Vorsprung erstreckte sich vom Rand des Kraters über die zerklüftete Oberfläche des Planetoiden bis fast zur *Chi*. Er sah aus wie ein dicker, zerknitterter Teppich. Während J.D. zusah, wuchs er eine weitere Handbreit. Das äußerste Ende bebte jedesmal, wenn Seidenspinner auf dem Gewebe herumkrabbelten, um den Teppich zu verlängern.

»Zunächst habe ich mir Sorgen gemacht«, sagte Victoria, »doch Nemo versucht nicht, seine Aktivitäten zu verschleiern. Ich habe die Seide analysiert. Sie ist stark, aber sie könnte den Triebwerken der *Chi* nicht widerstehen, wenn wir starten würden. Ich glaube nicht, daß wir uns in Gefahr befinden.«

»Ich wünschte, Nemo würde auf meine Nachrichten antworten«, seufzte J.D. »Dann könnte ich ihn danach fragen. Und nach dem, was Stephen Thomas gesehen hat. Ich mache mir Sorgen ... Ich weiß nicht, was ich von Nemos Schweigen halten soll. Ich würde auch gerne wissen, warum er uns gestern so sang- und klanglos weggeschickt hat.«

»Nemo hat uns nicht aufgegeben«, erwiderte Victoria. »Der Planetoid folgt der *Starfarer* auf ihrem Weg zur Transition.«

»Nemo kommt uns hinterher?« rief J.D. erfreut.

»Hm-mmm. Er folgt uns, aber er kommt uns nicht näher. Das ist vielleicht auch ganz gut so. Die *Starfarer* kann keine weiteren gravitatorischen Störungen vertragen.«

»Ich würde das Netz gerne noch einmal besuchen«, sagte Satoshi. »Meine Analysen haben bereits erste Ergebnisse gebracht. Aber das ist eben nur ein Anfang.«

»Falls Nemo uns durch die Transition folgt, haben wir alle Zeit der Welt ...«

»Er kann am selben Punkt wie wir in die Transition eintreten, und er kann am selben Punkt wieder herauskommen; aber ohne meinen Algorithmus nimmt er eine andere Route.«

»Könnte er Europas Spur folgen?«

»Vielleicht. Aber vielleicht besitzt Nemo auch einen anderen Algorithmus.«

»Europa hat mir den Eindruck vermittelt, jeder in der Zivilisation würde denselben Algorithmus verwenden ... den besten, den sie bis jetzt gefunden haben.«

»Stimmt. Diesen Eindruck hatte ich auch. Wenn das stimmt, dann benötigt Nemo genausoviel Zeit wie Europa, um irgendwohin zu gelangen. Wir sind schneller; aber ich weiß nicht, *wieviel* schneller. Ob wir die außerirdischen Menschen einholen oder nicht ...«

»Einen Augenblick mal«, unterbrach J.D. »Du weißt nicht, wohin es geht?«

»Noch nicht. Es ist ziemlich kompliziert. Arachne hat noch keine Lösung für dieses Problem gefunden.«

J.D. blickte Victoria erstaunt an.

Victoria lächelte zufrieden.

»Ist doch halb so schlimm. Der Algorithmus garantiert uns, daß es überall, wo wir hingehen werden, nur so von Kosmischen Strings wimmelt. Also können wir immer weiter reisen, egal ob wir Europa verlieren oder nicht.«

J.D. sah aus dem Fenster. Nemos Teppich hatte sich inzwischen in einen seidenen Schlauch verwandelt und reichte bis an die *Chi* heran.

»Was machen wir, wenn wir Europas Spur verlieren?«

»Ich weiß es nicht«, erwiderte Victoria. »Ich weiß es nicht.«

Victoria, Satoshi und J.D. saßen schweigend nebeneinander und blickten auf das merkwürdige Ding aus Nemos Krater.

J.D. fragte sich, was das wohl für ein Gebilde sein mochte.

»Wollt ihr, daß ich Nemo Zugang zu Arachne gewähre?« fragte Victoria.

»Ja«, antwortete Satoshi.

Victoria sah ihn verblüfft an.

»Könntest du deinen Algorithmus vorher herausholen?« fragte J.D.

»Nein. Jetzt nicht mehr. Arachne ist bereits mit den Berechnungen beschäftigt, die wir für die Transition benötigen. Der Algorithmus ist ein wesentlicher Bestandteil dieser Berechnungen. Er ist nun fest ins Netz integriert.«

»Dann ... ist es wohl besser, wenn wir Nemo vorläufig von Arachne fernhalten.«

»Ja. Das glaube ich auch.«

Plötzlich richtete sich Nemos Röhre auf wie der Kopf einer Schlange. Satoshi beugte sich fasziniert vor.

Victoria sprang auf. Ihre Augenlider flatterten, als sie mit dem Bordcomputer der *Chi* Kontakt aufnahm, um das Schiff auf einen Notstart vorzubereiten.

»Warte, Victoria!«

Victoria öffnete die Augen und runzelte die Stirn.

»Das ist eine Luftschleuse«, erklärte J.D.

Während die drei Menschen hinausblickten, glitt der seidene Schlauch auf die Außenluke der *Chi* zu. Das faltige Ende öffnete sich, und die Ecken krallten sich an der Luke fest. Das ganze Gebilde zitterte von den Aktivitäten der kleinen Wesen, die in seinem Inneren ihrer Arbeit nachgingen.

Wärme breitete sich in J.D.s Hinterkopf aus. Sie schloß die Augen und bereitete sich auf den Empfang der Nachricht vor.

»Nemo? Bist du das?«

»J.D., bitte komm zu mir.«

J.D. rannte allein durch die Luftschleuse und in den neu geschaffenen Tunnel. Sie nahm sich noch nicht einmal die Zeit, den Raumanzug anzuziehen. Statt dessen hatte J.D. sich eine Handvoll WKMs geschnappt und war in Richtung Krater geeilt.

Am Rand des Kraters legte J.D. eine Pause ein. Ein ausgefranstes Stück Seide markierte den Weg in Nemos Nest. Es war derselbe Faden, dem J.D. bereits gestern gefolgt war. Kein Seidenspinner wartete auf sie, um einen neuen Faden auszulegen.

Während des Abstiegs erwartete J.D., daß der Faden jeden Augenblick unter einem Vorhang verschwinden würde, der bei ihrem letzten Besuch noch nicht dagewesen war, und hinter jeder Kurve suchte sie nach einem Seidenspinner, der sie auf ihrem weiteren Weg begleiten würde. Doch das Nest hatte sich nicht verändert. Es herrschte eine unheimliche Stille. J.D. sah weder einen Seidenspinner noch einen der Tunnelbauer oder eines der anderen Wesen, die Nemos Krater noch gestern bevölkert hatten. Die Vorhänge waren zerfetzt und verstaubt. J.D. schaltete eine WKM auf Ultraviolettsicht. Anstatt in einem Farbinferno zu explodieren, zeigte sich ihre Umgebung in einem hellen Grau. Die schimmernden Blüten waren zu dunklen Flecken verkommen.

Die größeren Begleiter spukten nicht länger durch die Korridore und warfen unheimliche Schatten auf die Tunnelwände. Das Nest wirkte verlassen. Selbst die lichtführenden Seidenstränge hatten ihren Glanz und ihre optischen Fähigkeiten verloren.

J.D. folgte dem Weg einen steilen Abhang hinauf und wieder hinunter. Am Fuß des Hügels versuchte ein tapferer, kleiner Begleiter mit gebrochenem Rückgrat, einen herabgefallenen Vorhang wegzuziehen. Durch die Bewegung fransten die Ecken des Wandbehangs noch mehr aus.

Der Begleiter gab den Versuch auf, das sich auflösende Gewebe zu transportieren. Statt dessen kroch er über die

Falten auf die Mitte des Vorhangs zu und kaute an der Seide.

J.D. hockte sich nieder und sah zu. Bereits nach wenigen Augenblicken hatte das kleine Wesen ein faustgroßes Loch in das Gewebe gefressen. J.D. erhob sich wieder und setzte ihren Weg fort.

Schließlich erreichte sie Nemos Kammer. Der Krakenschwärmer lag bewegungslos und mit geschlossenen Augenlidern neben einer Reihe seidener Beutel. Ein weiterer, halbfertiger Beutel lag unter Nemos erschlafften Tentakeln. Seidenspinner krabbelten über das Gebilde, rannten ineinander und versuchten, das fast fertige Werk zu vollenden.

»Nemo?«

Das Augenlid des Krakenschwärmers öffnete sich langsam. Die langen Tentakel bewegten sich lethargisch, während die kurzen nach wie vor schlaff herabhingen. Eine dünne Seidenschicht bedeckte Nemos untere Körperhälfte und band das hinterste Paar der spinnenähnlichen Beine zusammen.

»Geht es dir gut? Hast du geschlafen? ... Aber du schläfst doch nicht.«

»In dieser Form schlafe ich nicht.« Nemo reckte die langen Tentakel J.D. entgegen. J.D. nahm eines von ihnen in die Hand, während sich die anderen beiden um ihren Körper schlangen.

»Ich freue mich, daß du immer noch mit mir redest«, sagte sie. »Ich hatte schon Angst, du hättest uns aufgegeben.«

»Ihr habt euch dazu entschlossen, keine Informationen mit mir auszutauschen.«

Hier in Nemos Krater war J.D.s Instinkt, Nemo Zugang zu Arachne zu gewähren, wesentlich stärker ausgeprägt als ihre rationale Entscheidung, das Computernetz der *Starfarer* zu schützen.

»Tut mir leid«, erwiderte sie. »Europa und Androgeos ... vor allem Androgeos ... haben uns Angst eingejagt. Wir brauchen noch etwas Zeit.«

»Du bist anders«, sagte Nemo.

»Wie anders?« J.D. befürchtete, Nemo würde sagen: *Ich habe mich in dir getäuscht. Mach, daß du wegkommst. Ich rede nicht mehr mit dir und deinesgleichen.*

Nemos kurze Tentakel nahmen wieder ihre normale Aktivität auf. Der Schnurrbart begann zu vibrieren.

»Dein Geruch ist anders.«

J.D. hatte kein Parfüm aufgetragen – was sie überhaupt sehr selten tat –, und sie hatte dieselbe Seife verwendet wie immer.

J.D. ging davon aus, daß sie für Nemo genauso seltsam riechen mußte wie er für sie. Aber ... Nemo hatte nicht gesagt ›seltsam‹ oder ›unangenehm‹. Er hatte ›anders‹ gesagt.

J.D. errötete. Sie roch heute in der Tat anders. Die Kontaktspezialistin besaß jenen erregenden Moschusduft, der sie jedesmal umgab, wenn sie mit Zev geschlafen hatte.

»Ich nehme an, das stimmt«, sagte sie. »Menschen riechen immer anders. Je nachdem, was sie gerade tun, was sie gegessen haben oder wie sie sich körperlich fühlen.« J.D. hoffte, daß damit das Thema erledigt wäre. Wahrscheinlich hätte sie Nemo ohne weiteres erklären können, warum sie heute anders roch ... wenn sie allein gewesen wären. Aber sie waren nicht allein. Mit Hilfe der WKMs konnte jedermann an Bord der *Starfarer* die Ereignisse verfolgen.

Warum ist es ungleich schwieriger, in der Gegenwart anderer Menschen über unser Intimleben zu sprechen, dachte sie, *als vor einem Fremdwesen? Schließlich ist Sex etwas, das wir alle gemeinsam haben. Weil ein Außerirdischer die Sache von einem objektiven Standpunkt aus betrachten würde? Weil die Worte ›Wie merkwürdig‹ aus dem Mund eines Alien weniger verletzend klingen als von einem Menschen?*

»Macht es dir etwas aus, daß ich heute anders rieche?« fragte J.D.

»Dein neuer Geruch erzeugt ein anderes Bild in meinem Kopf.«

J.D. lächelte. Hoffentlich war das neue Bild nicht ganz so würdelos wie das, das sie vergangene Nacht abgegeben hatte, als sie mit Zev zusammen gewesen war. Wenigstens hatten sie sich in einem Gravitationsfeld geliebt. Sex in der Schwerelosigkeit wirkte auf den Betrachter urkomisch.

»Du bist heute auch anders«, sagte J.D. »Trägst du ... Kleider?«

»Nein«, erwiderte Nemo.

Der Krakenschwärmer pflückte eine der Honigameisen, von denen nur noch sehr wenige übrig waren. J.D. lief das Wasser im Mund zusammen. Sie schmeckte bereits die typische Süße und spürte den Rausch. Aber anstatt seinem Gast die Honigameise anzubieten, streichelte Nemo die Kreatur, bis sie ihre Beine anzog. Dann stopfte er das schmackhafte Wesen in einen der Beutel. J.D. beobachtete enttäuscht, wie die Schmucknahrung unter der Seide verschwand.

Ein Seidenspinner erschien zwischen Nemos Beinen. Er krabbelte an der großen Flosse hoch, lief über den Rücken des Krakenschwärmers und legte einen feinen Faden aus. J.D. schaltete eine WKM wieder auf Ultraviolettsicht. Die Seidendecke an Nemos Schwanzende bewegte sich in kleinen Wellen. Licht wurde von ihrer Oberfläche reflektiert wie das der Sonne, wenn es durch die Blätter der Bäume fällt und helle Flecken auf dem Waldboden hinterläßt.

Weitere Spinner stiegen auf Nemos Rücken und halfen dem ersten bei der Arbeit.

»Du bist wunderschön«, sagte J.D.

»Ich verwandele mich«, erklärte Nemo.

»Aber wie? Warum?«

»Ich verwandele mich in meine adulte Form, denn ich bin sehr alt.«

»Aber du hast doch gesagt, du seist nur ein Kind.«

»Nein, ich habe gesagt, ich sei noch in meiner juvenilen Phase.«

»Aber als du mir erzählt hast, du habest bereits eine

Million Jahre gelebt ... Ich dachte, du seist erst am Anfang deines Lebens!«

»Du hast nach meiner Lebenserwartung gefragt.«

J.D. ergriff Nemos Tentakel. Sie ließ sich neben dem Krakenschwärmer nieder und streichelte seine weiche, schimmernde Haut. J.D. hatte *tatsächlich* nach Nemos Lebenserwartung gefragt. Und Nemo lebte schon seit einer Million Jahren.

»Wie lange lebst du noch in deiner adulten Form?«

»Bis ich reproduziere.«

»In hundert Jahren?« J.D. fürchtete sich vor der Antwort; also hatte sie sich selbst eine zurechtgelegt, die ihr gefiel. »Fünfhundert?«

»Ein paar Stunden.«

»Oh nein ...!«

Ich stelle schon wieder Vermutungen an! ärgerte J.D. sich über sich selbst. *Vermutungen!*

»Du protestierst gegen meine Entscheidung«, sagte Nemo.

»Nicht gegen deine Entscheidung, nur gegen dein Timing. Ich habe dich gerade erst kennengelernt! Ich mag dich, und ich will dich nicht verlieren!«

»Wenn ich gewußt hätte, daß du kommst, hätte ich mit der Verwandlung gewartet.«

»Kannst du *jetzt* nicht mehr warten?«

»Nein. Ich habe mich schon seit langem darauf vorbereitet.«

»Kannst du es nicht wieder rückgängig machen?«

Einer der Begleiter huschte über den Boden, nachdem er seine Arbeit auf Nemos Rücken erledigt hatte.

Nemo riß sein Tentakel aus J.D.s Hand und hinderte die Kreatur an der Flucht. Das Wesen wehrte sich, während Nemo es in einem grauen Seidenbeutel verstaute. Zitternd hielt der Krakenschwärmer den Beutel mit allen drei Tentakeln, und befestigte ihn an einem Vorhang.

»Meine Begleiter sind alle aufgeteilt.« Nemo deutete auf die vollgestopften Beutel.

»Aufgeteilt? Warum? Was *sind* das für Dinger?«

»Das sind Eiersäcke für meine Kinder.«

»Kannst du deine Meinung nicht doch noch ändern?«

»Du wünschst, daß ich meine Meinung ändere.«

J.D. wollte ›Ja‹ sagen. *Verwandele dich nicht. Stirb nicht.*

»Was würde geschehen, wenn du deine juvenile Form beibehalten würdest?« fragte sie.

»Meine Begleiter würden sterben.«

»Und deine Kinder?«

»Sie würden niemals geboren werden.«

»Was ist mit dir?«

»Ich würde nichts zurücklassen.«

»Erzähl mir von deinem Lebenszyklus«, bat J.D.

»Ich erwachte, erinnerte mich meiner Eltern und dankte ihnen, und ich hörte zu und lernte und wuchs in meinen Körper.«

J.D. klammerte sich an eine neue Hoffnung. »Du hast deinen Eltern zugehört? Du hast von ihnen gelernt? Sie waren bei dir, um dich zu unterrichten?«

»Sie waren nicht hier, aber ich habe mich dessen erinnert, was sie mir hinterlassen haben und meine eigenen Erfahrungen hinzugefügt.«

»Waren sie tot?«

»Mein juveniles Elternteil könnte noch irgendwo leben, doch mein adultes ist selbstverständlich tot.«

»Wenn du mit anderen deiner Art genetisches Material austauschst ... das bedeutet, ein juveniles Elternteil zu sein?«

»Ja, wir sind die juvenilen Eltern der Kinder des anderen.«

»Aber du trägst die Kinder erst aus, wenn du deine adulte Form annimmst«, sagte J.D. Langsam begann sie zu verstehen.

»Das stimmt.«

»Und dann stirbst du.«

»Dann werde ich sterben.«

»Und du kannst die Verwandlung nicht hinauszögern.«

Nemo streichelte behutsam über die Seidenbeutel, um

die schlafenden Begleiter nicht zu stören. Sein Erbe war auf diese Säckchen verteilt, für jeden Nachkommen eines.

»Ich könnte die Verwandlung aufhalten.«

»Was würde dann geschehen?«

»Ich würde mich niemals verwandeln.«

»Niemals? Du würdest ewig leben?«

»Bis ich mich zu Tode langweile.«

»Das wäre eine verdammt lange Zeit, Nemo.«

»Und ich hätte keine Nachkommen, und niemand würde sich meiner erinnern.«

Nemos Tentakel zogen sich von den Beuteln zurück. Sie glitten um J.D.s Körper und berührten ihn mit schnellen, sanften Bewegungen.

»*Ich* würde mich an dich erinnern«, sagte J.D. traurig.

»Du bist nicht unsterblich.«

»Nein«, erwiderte J.D.

»Es ist wichtig für meine Kinder, sich meiner zu erinnern.«

»Werden deine Kinder mit dir identisch sein? Werden sie deine Erinnerungen haben ...? Nein, das werden sie nicht. Sie haben noch ein anderes, juveniles Elternteil.«

»Sie werden alles wissen, was ich weiß, aber sie werden nicht mit mir identisch sein.«

»Ich verstehe.« J.D. beobachtete Nemos Tentakel, wie es sich an ihre Hand kuschelte, eine warme, bepelzte Schlange. »Ich wünschte, wir hätten uns früher getroffen. Dann hätte ich mehr Zeit gehabt, dich näher kennenzulernen.« Sie versuchte zu lächeln. »Vielleicht sogar ein ganzes Jahrhundert.«

»Vielleicht wirst du meine Kinder kennenlernen.«

»Das hoffe ich.«

Die Seidenspinner krochen weiter auf Nemo herum. Von Zeit zu Zeit wurden sie von einem der langen Tentakel in die richtige Richtung gelenkt und in ihrer Arbeit ermuntert.

»Was wird nun geschehen?« fragte J.D.

»Bald werde ich einschlafen, und du wirst nach Hause

zurückkehren. Und wenn ich wieder aufwache, werde ich mich verändert haben.«

»Wie wirst du dich verändern?«

»Du kannst es dir ansehen, wenn du willst.«

»Das wäre schön. Danke. Wie soll ich wissen, wann es soweit ist?«

»Das hängt davon ab.«

»Ich werde warten.«

»Nein. Geh nach Hause. Ich werde dich rufen, wenn es soweit ist.«

»Nun gut«, stimmte J.D. zögernd zu.

Sie beobachtete, wie die Seidenspinner über Nemos Körper krabbelten.

Wir hätten Ferals Körper am Leben erhalten können, erinnerte sie sich. *Wir hätten seine geplatzten Arterien und sein zerstörtes Gehirn wiederherstellen können, aber er wäre nicht mehr Feral gewesen. Er wäre ein Kind im Körper eines Erwachsenen gewesen. Ein Kind, das bereits einen Teil seines Lebens hinter sich gehabt hätte.*

Der Versuch, Nemo dazu zu bewegen, seine Verwandlung abzubrechen, war genauso unsinnig wie der Versuch, Ferals Körper wiederzubeleben, nachdem Feral selbst gegangen war. J.D. dachte über den Rhythmus des Lebens nach. Nemos Rhythmus unterschied sich gewaltig von dem der Menschen, dennoch war er nicht weniger fordernd. Trotz ihrer Enttäuschung respektierte J.D. Nemos Entscheidung.

Die Augenlider des Krakenschwärmers schlossen sich, bis fast nichts mehr von dem großen Spalt in der regenbogenfarbenen Haut des Wesens zu erkennen war.

»Nemo!« rief J.D. Sie hatte Angst, der Krakenschwärmer wäre eingeschlafen, ohne ihr Lebewohl zu sagen. »Nemo?« Sie sandte ein elektronisches Flüstern durch ihren Netzlink.

Das Augenlid öffnete sich langsam.

»Tut mir leid ... Ich dachte, du wärst schon eingeschlafen.«

»Ich bin neugierig auf den Schlaf.« Das war das Letzte, was Nemo sagte.

J.D. saß so lange neben dem Krakenschwärmer, bis die Seidenspinner den Kokon fertiggestellt hatten. Die WKMs beobachteten die Szene. Sie würden alles aufzeichnen, selbst Vorgänge, die zu schnell, zu langsam oder zu unauffällig für das menschliche Auge abliefen. J.D. setzte die Maschinen auf den Boden und drehte sie von sich weg, um wenigstens ein wenig Privatsphäre zu haben.

Mittlerweile war Nemo vollkommen von Seide bedeckt – mit Ausnahme der Spitze eines der langen Tentakel.

»J.D.«

»Ich bin hier, Victoria.«

»Sollen wir nicht langsam nach Hause fliegen?«

J.D. zitterte. Das Licht wurde schwächer, und die Temperatur sank. Es schien, als würden sich die optischen Fasern zusammen mit ihrem Schöpfer verwandeln.

Zögernd antwortete J.D. »Sicher. Ich komme.«

Die Außenluke der *Chi* wurde wieder geschlossen. Nemos Schlauch löste seinen Griff und zog sich wieder in Richtung Krater zurück. J.D. fragte sich, ob Nemo die Ereignisse in seiner Umgebung überhaupt noch wahrnahm.

Sie sandte eine letzte Nachricht an den Krakenschwärmer … erhielt aber keine Antwort.

Die *Chi* kehrte zur *Starfarer* zurück. Zunächst erschien das Sternenschiff nur als winziger Punkt im Vergleich zu dem gigantischen, silbernen Stellarsegel. Erst als die *Chi* sich dem Schiff näherte, erkannten die Insassen die beiden riesigen, rotierenden Zylinder, die den Rumpf der *Starfarer* bildeten. Die *Chi* orientierte sich zum Zentrum des Campuszylinders und bereitete sich auf das Andockmanöver vor.

Langsam und mit routinierter Perfektion legte sie an.

J.D. atmete tief durch. Zev drückte kurz ihre Hand, bevor er sich von der Wand abstieß und auf die Ausstiegsluke zutrieb, um in den Warteraum der *Starfarer* zu gelangen. J.D. wünschte, sie hätte einen Rucksack wie Satoshi, denn ihr Seesack schlug in der Schwerelosigkeit immer wieder gegen ihr Bein. J.D. und ihre Freunde hatten einen KD angefordert, um das Gepäck in die *Starfarer* zu transportieren, doch keiner der künstlichen Helfer war erschienen. Victoria besaß eine kleine Umhängetasche. Stephen Thomas trug ein Kästchen, das an einem Band baumelte, und seinen Flickenteppich, den er sich unter den Arm gestopft hatte. Er wirkte lange nicht mehr so unbeholfen in der Schwerelosigkeit wie damals, als J.D. ihn zum ersten Mal getroffen hatte.

J.D. trieb mitten in eine Menschenmenge: fast das komplette Kollegium und die Angestellten der *Starfarer*. Professor Thanthavong, Senatorin Orazio, die J.D. erwartet hatte, und Senator Derjaguin, den sie nicht erwartet hatte. Gerald Hemminge, der versuchte, des Lärms Herr zu werden. Die Segelmeisterin, Iphigenie Dupre, die das Segelhaus ausnahmsweise verlassen hatte. Avvaiyar Prakesh, die Astronomin, deren Arbeit sich häufig mit Victorias überschnitt. Crimson Ng, die Bildhauerin, und Chandra, die Sinneskünstlerin. Nikolaj Petrowitsch Tscherenkow, Kosmonaut, Held seiner Heimat und Flüchtling. Griffith, der noch immer behauptete, ein Mitarbeiter des GAO zu sein, obwohl ihm niemand Glauben schenkte, war wie gewöhnlich nicht weit. Infinity Mendez, dessen Geistesgegenwart wahrscheinlich vielen nach Ferals Tod das Leben gerettet hatte. Esther Klein, die Pilotin des Transportshuttles. Floris Brown, das erste Mitglied des *Großeltern-im-Weltraum*-Programms. Ein Schwarm von Studenten ... J.D. erkannte Lehua, Mitch und Fox. Sie selbst besaß keine studentischen Mitarbeiter. Die Berufsaussichten eines Kontaktspezialisten waren nicht besonders gut.

Sie alle trieben in der kaum wahrnehmbaren Mikrogravitation des Warteraums an der Nabe des Campuszylinders und umringten die Mitglieder des Fremdkontaktteams. Der Lärmpegel näherte sich der Schmerzgrenze, als alle gleichzeitig zu reden begannen, Fragen stellten und Kommentare abgaben.

»Tut mir leid«, sagte J.D., »aber ich kann euch nicht allen gleichzeitig zuhören.«

Chandra, die Sinneskünstlerin, drängelte sich in die vorderste Reihe und ignorierte Geralds Versuche, Ordnung in das Chaos zu bringen. Sie blickte J.D. mit ihren undurchsichtigen, grauen Augen an. Chandra schien blind zu sein, doch ihre Sehkraft war weitaus schärfer als die eines normalen Menschen, und sie konnte jedes Bild abspeichern und wiedergeben, das sie einmal gesehen hatte.

»Hatten Sie keine Angst?« fragte sie.

»Dann und wann«, antwortete J.D. »Aber Nemo hat auf mich einen sehr gutmütigen Eindruck gemacht.«

»Gutmütig! Haben Sie nicht gesehen, was mit Stephen Thomas geschehen ist?«

»Nichts ist mit Stephen Thomas geschehen«, entgegnete Stephen Thomas, der zwischen Floris Brown und Fox schwebte. »Ich weiß nicht, was mit diesen Viechern geschehen ist, aber mir ist nichts passiert.«

»Aber es *hätte* etwas passieren können. Wir wissen nicht, welche Absichten Nemo verfolgt. Vielleicht braucht er einen schönen, warmen Körper, um seine Eier hineinzulegen.«

»Das glaube ich kaum«, widersprach J.D.

»Warum nicht?«

»Weil Nemo ein zivilisiertes Wesen ist.«

Chandra zuckte die Schultern. »Und wir sind unterentwickelte Exilanten. Warum sollte sich Nemo darum kümmern, was mit uns geschieht? Europa war es vollkommen egal, ob wir im Orbit des Sirius stranden und niemals nach Hause zurückkehren können.«

»Nemo ißt nur substanzlose Nahrung«, sagte J.D.

»Wer hat vom Fressen gesprochen? Außerdem verwandelt sich Nemo gegenwärtig. Viele Tiere fressen während einer bestimmten Phase ihres Lebens ... was weiß ich, Gras, Blätter oder Nektar ... und während einer anderen fressen sie eben etwas anderes.«

»Darüber werden wir noch diskutieren«, unterbrach Victoria. »Aber im Augenblick sollten wir uns nicht mit derart morbiden Gedanken beschäftigen.«

»Ich bin nicht morbid.«

Stephen Thomas sah Chandra verblüfft an. »Haben Sie sich in letzter Zeit mal Ihre eigene Arbeit angesehen?«

»Lecken Sie mich am Arsch, Stephen Thomas Gregory. Wie würden Sie sich fühlen, wenn J.D. eines Tages mit einem Bauch voll Maden zurückkehren sollte?«

»Das ist ihr Job«, erwiderte Stephen Thomas seelenruhig.

»Stephen Thomas!« schrie Professor Thanthavong entsetzt.

J.D. lachte laut auf. »Das habe ich mir selbst eingebrockt, Professor. Stephen Thomas hat mich nur zitiert. Aber, Chandra ... es gibt einen astronomischen Grundsatz, der besagt, daß man nie zur rechten Zeit am rechten Ort ist, um etwas von Bedeutung zu beobachten. Wenn man Nemos Alter in Betracht zieht, so gilt dieses Prinzip auch hier. Es wäre schon mehr als Zufall, wenn ich genau im richtigen Augenblick auftauchen sollte, um Nemos Nachkommenschaft zu versorgen.«

»Es sei denn, es ist überhaupt kein Zufall.«

»Was ...? Oh ... Ich verstehe, was Sie meinen.«

»Nemo *entscheidet selbst*, wann er sich in seine adulte Form verwandelt. Vielleicht warten Krakenschwärmer nur darauf, bis ein geeigneter Wirt vorbeikommt und dann ...«

»Ich glaube«, unterbrach J.D., »Sie haben zu viele alte Monsterfilme gesehen.«

»Und Sie haben vielleicht zu viele sentimentale SF-Geschichten geschrieben.«

»Sentimental!« rief J.D. beleidigt.

»Ja. Geschichten nach dem Motto ›Ende gut, alles gut‹.« Chandra stieß einen verächtlichen Laut aus.

J.D. wußte nicht, ob sie weinen oder lachen sollte.

Ich bin wohl zu erschöpft für diese Art von Konversation, dachte sie.

»Äh«, unterbrach Gerald, der offensichtlich die Kontrolle über die Situation verloren hatte. »Vielleicht wäre es besser, diese literarische Diskussion auf später zu verschieben. Jetzt sollten wir uns in kleine Gruppen aufteilen und dort alles weitere besprechen. Auf diese Art und Weise haben unsere Kollegen mehr Ruhe, Ihre Fragen zu beantworten.«

Überall erhob sich beifälliges Gemurmel. J.D. warf Gerald einen dankbaren Blick zu.

Die Menschenmenge spaltete sich in kleinere Gruppen auf, die in etwa den verschiedenen Berufsgruppen entsprachen: Physik bei Victoria, Sozialwissenschaften bei Satoshi und Biologie bei Stephen Thomas. Die Gruppe um Stephen Thomas schloß Florrie Brown mit ein. Als die alte Dame sich zu ihm gesellte, ergriff Stephen Thomas Florries zerbrechliche Hand und küßte sie galant. Florrie lächelte, und J.D. erkannte, daß sich unter dem kuriosen, schwarzen Augen-Make-up der alten Dame, und unter den pinkfarbenen, grünen und weißen Strähnen auf ihrem fast kahlen Kopf eine attraktive Frau verbarg.

Professor Thanthavong trat zu J.D.

»Sind Sie sicher, was Ihren Link betrifft?« fragte sie.

»Ja«, antwortete J.D. »Ich will ihn verstärken. Vielleicht haben wir noch Zeit, ihn einzusetzen.«

»Nun gut«, entgegnete Thanthavong. »Ich habe alles vorbereitet. Kommen Sie einfach vorbei, wenn es Ihnen paßt.«

»Vielen Dank«, sagte J.D. Thanthavong stieß sich von der Wand ab und trieb auf Stephen Thomas zu.

Stephen Thomas führte seine Gruppe aus dem Warteraum hinab ins Innere der *Starfarer,* heraus aus der Schwerelosigkeit.

Die Gruppe war wesentlich kleiner, als sie hätte sein sollen. Viele Wissenschaftler des multinationalen Kollegiums waren von ihren Regierungen zurückgerufen worden, um gegen die Zweckentfremdung der *Starfarer* zu protestieren. Daher waren sie nicht mehr an Bord gewesen, als das Sternenschiff das Sonnensystem verlassen hatte.

Stephen Thomas freute sich, daß Florrie Brown sich seiner Gruppe angeschlossen hatte. Er mochte sie. Leider war die erste Begegnung zwischen ihr und Victoria nicht sonderlich glücklich verlaufen.

Außer Stephen Thomas und einigen Wissenschaftlern einschließlich Professor Thanthavong bestand die Gruppe noch aus mehreren Studenten: Lehua, Bay, Mitch, Fox …

»Fox! Was, zum Teufel, machen Sie hier?«

Fox war eine von Satoshis Studenten.

»Satoshi redet nicht mehr mit mir.«

»*Was?*« fragte Stephen Thomas ungläubig.

Sowohl Satoshi als auch Stephen Thomas hatten Grund genug, sich über Fox zu ärgern. Sie war erst zwanzig, zu jung, um sich auf einen Platz in der Expedition zu bewerben, doch sie hatte sich geweigert, zur Erde zurückzukehren. Stephen Thomas und Satoshi waren in Genetics Hill gewesen und hatten versucht, Fox zum Verlassen der *Starfarer* zu bewegen, als die Rakete das Schiff getroffen hatte und den Hügel um sie herum zum Einsturz brachte. Aber die Rakete hätte auch an einem anderen Ort einschlagen können. Stephen Thomas konnte dafür unmöglich Fox verantwortlich machen, und er hatte gedacht, Satoshi wäre in diesem Punkt mit ihm einer Meinung. Aber was, wenn sie bei ihrer Rückkehr des Kidnappings angeklagt würden? Wahrscheinlich hätte die Entführung des Sternenschiffes Vorrang gegenüber allen anderen Vorwürfen …

… es sei denn, die Entführung der Nichte des Präsidenten der Vereinigten Staaten würde als noch schwerwiegender eingestuft werden.

»Satoshi sagt, es sei meine Schuld, daß Sie sich in einen Taucher verwandeln«, erklärte Fox.

»So ein Scheiß!«

»Schicken Sie mich nicht weg«, bettelte sie.

Stephen Thomas zuckte die Schultern. »Mir soll's egal sein.«

Er war müde und nicht richtig bei der Sache. Sein Körper hatte zwar aufgehört zu schmerzen, doch jetzt taten ihm die Füße weh. Stephen Thomas wollte ein heißes Bad. Vielleicht würde das ja helfen.

Thanthavong betrachtete ihn sorgenvoll. »Kommen Sie, Stephen Thomas. Die Fragen können warten, bis wir wieder festen Boden unter den Füßen haben.«

»Das macht mir nichts«, erwiderte er. Jeder kannte Stephen Thomas' Aversion gegen die Schwerelosigkeit, doch er war in letzter Zeit so oft in Null-G gewesen, daß er seine Abneigung überwunden hatte. Oder ... sein Körper bereitete sich auf ein Leben unter Wasser vor.

Stephen Thomas folgte Thanthavong widerspruchslos. Er war gewohnt, ihren Befehlen zu gehorchen. Wie jedermann, so bewunderte auch er Professor Thanthavong bis hin zur Ehrfurcht. Als er begonnen hatte, sich in einen Taucher zu verwandeln, hatte er Thanthavongs Vorschlag abgelehnt, die Metamorphose umzukehren. Das war eine der härtesten Entscheidungen seines Lebens gewesen.

Die Gruppe erreichte den großen Hügel, der das eine Ende des Campuszylinders bildete. Der Hügel mit seinen gewundenen Pfaden reichte bis zur Achse des Zylinders. Die Luft war feucht. Über ihren Köpfen dämpften kleine Wolken das Licht der Sonnenrohre, und jenseits der Rohre konnten sie das Schimmern ferner Seen und Flüsse auf der gegenüberliegenden Seite des Zylinders erkennen. Von ihrem Standpunkt aus konnten sie auf *Starfarers* kleinen, flachen Ozean blicken. Stephen Thomas wartete auf einen urzeitlichen Instinkt, der ihn ins Wasser rief, doch nichts geschah.

Du verwandelst dich nicht in einen Fisch, sagte er zu sich selbst, und wiederholte damit Zevs vehementen Protest gegen einen Scherz, den irgend jemand über Stephen Thomas' Verwandlung gemacht hatte. *Du mußt nicht zur Eiablage ins Meer zurückkehren.*

An einer Haarnadelkurve, auf halbem Weg zum Fuß des Hügels, standen mehrere Bänke. Hier hatte die künstliche Gravitation der *Starfarer* schon fast ihre vollen 0,7 g erreicht. Man konnte sich hinsetzen, ohne gleich wieder in die Luft zu hüpfen.

Thanthavong nahm auf einer Bank Platz und gab den anderen ein Zeichen, sich zu ihr zu gesellen. Stephen Thomas humpelte neben Thanthavong, setzte sich und streckte die langen Beine aus. Er spielte mit seinen Zehen, preßte sie gegen die Sohlen seiner Sandalen ... und ließ sofort wieder locker, als der Schmerz unerträglich wurde.

Die anderen kamen herbei und warteten gespannt, während Stephen Thomas sein Kästchen von der Schulter nahm und es auf den Schoß legte. Die Studenten erwarteten etwas Neues, mit dem sie arbeiten konnten. J.D. hatte Stephen Thomas eine zerdrückte Pflanze von Europas Schiff mitgebracht, doch die außerirdische Frau hatte behauptet, der Grashalm sei irdischen Ursprungs. Trotz des merkwürdigen Verhaltens der Bakterien, die die Biologen an der Pflanze gefunden hatten, entsprachen sie doch bekannten, irdischen Spezies. Stephen Thomas freute sich, daß er endlich etwas Interessantes für seine Studenten gefunden hatte.

»Stephen Thomas?«

Er öffnete den Probenbehälter. Stephen Thomas hatte weder Daten über seine Experimente an Bord der *Chi* ins Netz übertragen noch über irgend etwas in der Öffentlichkeit diskutiert. Seit seinem Treffen mit Europa und Androgeos war Stephen Thomas vorsichtiger geworden – hinterhältiger, als er je zuvor gewesen war.

»Die optische Faser, die uns J.D. mitgebracht hat, ist ein Polymer. Ähnlich wie Seide, allerdings stärker.« Stephen Thomas zuckte mit den Schultern. »Das Interessanteste daran sind ihre optischen Fähigkeiten. Aber sie war Bestandteil eines lebendigen Ökosystems. Also ist sie nicht steril. Die Partikel, die ich auf der Faser entdeckt habe, reichen von Viren bis Amöben. Ich habe einige Objektträger präpariert und ...«

Stephen Thomas zog die versiegelte Petrischale aus dem Kästchen und hielt sie gegen das Licht.

Winzige Zellkolonien zeichneten sich auf dem Nährboden ab.

Stephen Thomas hatte nicht erwartet – oder gehofft –, daß sie so schnell wachsen würden. Er hatte keine Ahnung – noch nicht –, wie er eine außerirdische Zelle ernähren sollte.

Aber irgend etwas war autotroph. Vielleicht das außerirdische Äquivalent zu einem irdischen Bakterium: ein Organismus, der sich nur von Zucker, Sauerstoff und Wasser ernähren konnte ...

Stephen Thomas reichte die Petrischale Professor Thanthavong.

»Nein«, sagte sie. »Nein. Nehmen Sie ihn. Ich fürchte, meine Hand ... ist nicht ruhig genug.«

Sie hatten außerirdische Menschen getroffen. Sie waren einer intelligenten, außerirdischen Lebensform begegnet. Aber diese mikroskopische Menge Lebens war die erste außerirdische Zelle, die sie studieren konnten.

»Vielleicht ernähren sich einige der anderen Mikroben von dem Autotroph«, schlug Lehua vor.

»Vielleicht.« Mit ein wenig Glück konnte Stephen Thomas eine autarke Kolonie außerirdischer Mikroben heranzüchten.

»Haben Sie genug davon, um Ihre Tests durchzuführen?« fragte Thanthavong.

»Nur diese eine«, erwiderte Stephen Thomas. »Was auch immer Nemos Ökosystem zur Reproduktion verwendet ... es ist keine DNS.«

J.D. und Zev fanden sich inmitten einer gemischten Gruppe wieder, die unter anderem die meisten Künstler, Jenny Dupre und Senatorin Orazio mit einschloß.

J.D. wünschte, sie müßte sich nicht mit allen gleichzeitig so kurz nach ihrer Rückkehr abgeben. Sie war müde und traurig. Trotzdem brachte sie Verständnis dafür auf, daß ihre Kollegen so begierig darauf waren, mit ihr zu reden. J.D. wäre auch dabei gewesen, wenn sie nicht zum Fremdkontaktteam gehört hätte.

»Es kommt auf gar keinen Fall in Frage, den Außerirdischen an Arachne heranzulassen«, sagte Jenny Dupre.

»Ich bin anderer Meinung«, erwiderte J.D. »Ich glaube inzwischen, daß wir einen großen Fehler begehen.«

»Das Netz ist noch zu schwach, um dieses Risiko einzugehen!«

J.D. machte Jenny keine Vorwürfe. Die Segelmeisterin wäre beinahe bei Arachnes letztem Absturz gestorben, bei jenem Absturz, der Feral das Leben gekostet hatte. Falls Ferals Tod wirklich Mord gewesen war und kein Unfall – wie Jenny glaubte –, dann hatte der Anschlag ihr gegolten.

Trotzdem ... je mehr J.D. darüber nachdachte, desto unsinniger fand sie es, Nemo von Arachne fernzuhalten.

Sie wollte wieder bei Nemo sein.

J.D. bewegte sich noch immer in Mikroschwerkraft, und so hielt sie die Augen offen, während sie sich ins Netz einklinkte. J.D. wollte nicht gegen eine Wand treiben.

Sie nahm Kontakt zu Arachne auf und sandte eine Nachricht an den Krakenschwärmer. Nemo antwortete nicht.

J.D. wandte sich wieder der kleinen Gruppe zu, die sie begleitete, ihren Fragen und ihrer Neugier.

Jetzt konnte sie nur noch warten.

Kapitel 6

Stephen Thomas lehnte den Kopf gegen die Glovebox und nahm die Hände von den Steuerungen. Für den Augenblick hatte er alles getan, was getan werden konnte. Er hatte einige der außerirdischen Zellen in eine Nährlösung gegeben und den Rest der wertvollen Organismen für das Mikroskop präpariert. Wenn die außerirdischen Bakterien ihre bisherige Wachstumsrate beibehalten sollten, so konnte Stephen Thomas bereits morgen Proben an seine Kollegen verteilen.

Stephen Thomas reckte sich, um die Steifheit aus seinen Gliedern zu vertreiben. Er wünschte, er wäre zu Hause in seinem Bett. Als er von der Glovebox zurücktrat, breitete sich ein stechender Schmerz von seinem Fuß bis in die Hüfte aus.

»Verdammte Scheiße«, knurrte er. »Jetzt reicht's aber.«

Stephen Thomas schaltete die Geräte ab. Das Labor war ruhig und leer. Nach der Besprechung hatte Stephen Thomas alle anderen weggeschickt. Seine Studenten sollten ausgeruht sein, wenn sie mit der Arbeit an den Proben begannen.

Stephen Thomas schnappte sich einen Objektträger und ein beimpftes Isolationsröhrchen, das mit einer außerirdischen Zellkultur gefüllt war, und machte sich auf den Weg zu Professor Thanthavongs Büro.

Im Korridor traf er auf J.D. und Zev. Zev stützte J.D. und blickte seine Freundin sorgenvoll an. Ein kleines holographisches Bild folgte den beiden, das eine WKM-Aufzeichnung aus Nemos Kammer abspielte.

»Hi, Stephen Thomas.« J.D.s Stimme klang eine Oktave höher als sonst. Ihre dunklen Augen leuchteten. Die Pupillen waren derart vergrößert, daß die Iris nicht mehr zu erkennen war.

»Hi«, antwortete Stephen Thomas. »Bist du besoffen?«

»Ich habe dir doch gesagt, ich trinke *niemals*!«

»Du hast ja recht.« J.D. hatte selbst einen Schluck Champagner verweigert, als das Stellarsegel zum ersten Mal gesetzt worden war. Oh Gott, das war so lange her ...

»Es sind die Vorbereitungen für die Verstärkung des Netzlinks«, erklärte Zev. »Sie hat etwas einatmen müssen, und seitdem ist sie so merkwürdig.«

»Vielleicht solltest du sie besser nach Hause bringen, damit sie sich etwas hinlegen kann.«

»Das *versuche* ich ja«, erwiderte Zev. »Komm schon, J.D. Geht's?«

»Ja, ja.« J.D. folgte Zev gehorsam den Korridor entlang. Als sie an Stephen Thomas vorbeikam, sagte sie: »Du trägst dein Haar ja offen.« Inzwischen war J.D.s Stimme tiefer als gewöhnlich.

Stephen Thomas blickte den beiden stirnrunzelnd hinterher und steckte eine lose Haarsträhne hinters Ohr.

Zev legte J.D.s Arm um seine Schulter, redete beruhigend auf sie ein und führte sie aus dem biochemischen Institut hinaus.

Stephen Thomas zuckte mit den Schultern. Die beiden würden schon ohne seine Hilfe zurechtkommen. Stephen Thomas humpelte in Richtung von Professor Thanthavongs Büro. *Ich kann selbst etwas Hilfe gebrauchen*, dachte er.

»Professor Thanthavong?«

Thanthavong öffnete gerade den Müllschlucker und warf den Inhalator hinein, mit dessen Hilfe sie J.D. den Linkverstärker verabreicht hatte.

»Hallo, Stephen Thomas.« Nicht weit von Professor Thanthavong entfernt schwebten zwei Hologramme regungslos im Raum. Jedesmal wenn Thanthavong ihre Aufmerksamkeit auf eines der beiden Bilder richtete, wurde der Bericht fortgesetzt.

Stephen Thomas legte den Objektträger und das Proberöhrchen auf den Tisch. »Bald werde ich genug Proben haben, um jeden damit zu versorgen. Die hier ist für Sie, damit Sie bereits mit der Arbeit anfangen können.«

»Vielen Dank«, erwiderte Professor Thanthavong. Sie deutete auf einen Stuhl. »Setzen Sie sich. Sie scheinen fußkrank zu sein.«

›Fußkrank‹ war wohl kaum das richtige Wort dafür, aber Stephen Thomas hatte nicht die Absicht, sich bei Professor Thanthavong über seine Schmerzen zu beklagen. Sie würde zwar nicht sagen ›Ich hab's ja gleich gesagt‹, aber sie würde ihm auch kein Mitleid entgegenbringen. Thanthavong war von Anfang an gegen Stephen Thomas' Verwandlung in einen Taucher gewesen.

Stephen Thomas setzte sich und dachte darüber nach, ob er jemals wieder hochkommen würde. Professor Thanthavong war nicht sehr groß, und ihre Möbel waren zu klein für Stephen Thomas. Als er sich hinsetzte, ließ das Stechen in seinen Füßen nach, doch dafür schmerzte nun der Rest seines Körpers. Auch das verschwieg er Professor Thanthavong. Sie war es gewesen, die Stephen Thomas von der Silberschnecke befreit hatte. Wahrscheinlich hatte sie damit sein Leben gerettet ... und anschließend hatte sie ihm die Leviten gelesen.

Professor Thanthavong deutete auf eins der Hologramme. Es war Stephen Thomas' Bericht über die Mikroben.

»Das ist gute Arbeit«, sagte sie.

»Mehr Fragen als Antworten«, erwiderte Stephen Thomas.

»Genau deshalb ist es ja gute Arbeit. Sie haben eine Menge erreicht seit Ihrer Rückkehr.« Thanthavong legte eine kurze Pause ein. »Sie waren nicht in der Lage, weitere Proben zu entnehmen.« Es klang mehr nach einer Frage als nach einem Kommentar.

»Ich war in Versuchung«, antwortete Stephen Thomas, »aber ich wollte J.D. nicht bei ihren Gesprächen mit Nemo in die Quere kommen.«

»Aha.«

»Aber vielleicht ...«

»Heraus damit, Stephen Thomas.«

»Ich habe eine Probe von dem Zeug genommen, das auf mein Hemd gekommen ist, als ich es zum Abtrocknen verwendet habe. Aber es wächst nicht. *Noch nicht*. Vielleicht später.«

»Lassen Sie uns darauf hoffen.«

»Hmmm, ja.«

»Was ist mit den anderen Experimenten, an denen Sie arbeiten?« fragte Professor Thanthavong. »Die mit den Bakterien von Europas Schiff?«

»Bis jetzt habe ich noch keine Ergebnisse. Haben Sie eine Idee?«

»Ihre DNS gleicht der ihrer irdischen Vettern. Die kleinen Unterschiede, die wir bisher feststellen konnten, lassen sich mit dem zeitlichen Abstand von vier Jahrtausenden erklären.«

»Sie sehen in der Tat ganz normal aus«, stimmte Stephen Thomas zu. »Aber die Scheißdinger *verhalten* sich anders.«

»Haben Sie sie sequenziert?«

»Noch nicht. Ich habe mich zunächst um jene Bakterien gekümmert, die J.D. eingeschleppt hat ... die das komplette Fremdkontaktteam eingeschleppt hat.«

»Rechnen Sie mit der Gefahr einer Kontamination?« fragte Professor Thanthavong scharf.

»Nein, aber ich will trotzdem alles doppelt und dreifach überprüfen. Es *muß* zwischen uns und den außerirdischen Menschen irgendeine Art von Austausch gegeben haben. Keine Krankheitserreger, nur die üblichen Mikroben.«

»Aber Sie haben keine gefunden.«

»Nein. Europa scheint wenigstens einmal die Wahrheit gesagt zu haben.«

»Oder wir sind mit einer ungewöhnlich robusten Flora gesegnet«, erwiderte Professor Thanthavong trocken. »Ihre Studenten hätten das Sequenzieren doch übernehmen können.«

»Ich habe es einfach nicht über mich gebracht, die Kinder von den Berichten wegzureißen.«

»Von Studenten der höheren Semester erwartet man, daß sie ohne Aufsicht arbeiten«, entgegnete Thanthavong. »Sie sind vielleicht etwas zu nachsichtig mit ihnen. Das Sequenzieren muß bald erledigt werden.«

»Haben wir ein Gerät dafür?«

»Das biochemische Institut steht zu Ihrer Verfügung.«

»Gut. Vielen Dank.« Stephen Thomas hatte schon befürchtet, er müßte zwischen Campus und *Chi* hin und her pendeln, um die Geräte an Bord des Scoutschiffes zu benutzen. »Ich werde gehen und ...«

»Sie werden schlafen gehen, Stephen Thomas! Ich habe ›bald‹ gesagt, nicht ›sofort‹. Sie sehen erschöpft aus. Hinterlassen Sie Ihren Studenten Anweisungen, was zu tun ist.«

»Nun gut. Ich seh' Sie dann morgen. Heute. Später.« Stephen Thomas' Zeitgefühl war vollkommen durcheinander geraten.

Stephen Thomas verließ das Gebäude. Er genoß die erfrischende Kühle der Morgenluft. Die Tagestemperaturen an Bord der *Starfarer* waren in letzter Zeit für den Frühling ungewöhnlich warm gewesen. Stephen Thomas nahm Kontakt zu Arachne auf und hinterließ eine Nachricht für seine Studenten. Jedenfalls in diesem Punkt gehorchte er Professor Thanthavongs Anweisungen.

Aber Stephen Thomas ging nicht nach Hause, um sich ins Bett zu legen. Er hatte noch etwas zu erledigen. Wenn er es jetzt tat, wo jedermann noch mit den Berichten der Nemo-Expedition beschäftigt war, konnte ihn niemand aufhalten. Aber wenn er noch länger warten würde, bekäme er nie wieder die Gelegenheit, sein Vorhaben durchzuführen.

Infinity Mendez döste auf seinem Futon. Er konnte nicht richtig einschlafen. Ständig sagte er sich, er müsse aufstehen und zur Arbeit gehen. Neben Infinity lag Esther Klein und schnarchte leise.

Um diese Uhrzeit war Infinity Mendez für gewöhnlich schon mehrere Stunden auf den Beinen. Er genoß den Morgennebel und die langsam zunehmende Strahlung der Sonnenrohre. Doch vergangene Nacht waren er und Esther lange aufgeblieben, um mit J.D. Sauvage zu reden.

Von Zeit zu Zeit sagte Infinity zu sich selbst: *Wir haben ein außerirdisches Lebewesen getroffen. Egal, was jetzt noch geschehen mag, wir haben erreicht, weswegen wir hergekommen sind.*

Ebenso wie jeder andere an Bord hätte Infinity nur allzu gerne länger mit J.D. gesprochen. Doch im Augenblick wünschte er sich nur, den ganzen Tag im Bett zu bleiben. Infinity würde mit seiner Geliebten kuscheln, sich die Aufzeichnungen der *Chi* ansehen und warten, was als nächstes geschehen würde.

Doch auf kommende Ereignisse zu warten, bedeutete, auf Nemos Tod zu warten.

Komm schon, ermahnte Infinity sich selbst. *Steh auf. Du hast einiges zu erledigen.*

Esther rollte sich herum, schob ihre Knie zwischen Infinitys Beine und legte ihm die Hand auf die Hüfte.

Licht strömte ins Zimmer. An Bord der *Starfarer* kam das Licht immer direkt von oben, von den Sonnenrohren in der Achse des Schiffes.

Infinity hatte sich an dieses Phänomen bereits gewöhnt, bevor der Campus fertiggestellt worden war. Er hatte dem Team angehört, das das Sternenschiff gebaut hatte. Infinity kannte die *Starfarer* in- und auswendig. Zunächst hatte er bei der Konstruktion der Außenhülle geholfen, und nun war er für das Ökosystem verantwortlich.

Infinity legte seine Hand auf die Esthers. Sie schmiegte sich an ihn und schlief weiter. Infinity entfernte sich vorsichtig von Esthers warmem Körper und kroch aus dem Bett heraus. Anschließend zog er das Bettlaken über Esthers Schulter und hielt nach seinen Kleidern Ausschau.

Es ist verdammt schwer, ohne die Künstlichen Deppen den Überblick zu behalten, dachte Infinity. *Mittlerweile sollten sie doch wieder zur Verfügung stehen ...*

Kanzler Blades hatte die KDs beschlagnahmt, aber inzwischen hatte er sie nicht mehr unter Kontrolle.

Vielleicht war Gerald zu beschäftigt, um sich darum zu kümmern. Infinity lächelte. *Toller Job. Geschäftsführender Kanzler einer Bande von Revolutionären.*

Wahrscheinlich war Gerald wirklich noch nicht dazu gekommen. Als Kanzler Blades die Maschinen beschlagnahmt hatte, erregte das die Aufmerksamkeit des gesamten Schiffes. Die KDs verrichteten jene Art von Arbeit, die einem erst auffiel, wenn sie nicht mehr erledigt wurde. Es war sehr unangenehm, wenn man ein Abendessen bestellte und nichts bekam; oder wenn die Kleider morgens noch genauso unordentlich herumlagen, wie man sie tags zuvor hinterlassen hatte, anstatt gewaschen, gebügelt und in den Schrank geräumt worden zu sein.

Den meisten Leuten an Bord war nicht bewußt, wie wichtig die KDs für das Funktionieren der *Starfarer* waren. Das Kollegium nahm die KDs und KIs als reine Annehmlichkeit wahr. Doch die Maschinen waren auch für die Instandhaltung der komplexen Struktur der *Starfarer* verantwortlich.

Infinity zog seine Jeans, die Sandalen und eine Lederweste an, kämmte sein langes, schwarzes Haar und trat aus der Kühle des Hauses ins Freie.

Draußen summten die Bienen durch den Garten. Vögel zwitscherten vergnügt und raschelten in den Büschen. Es war sehr warm für einen Frühlingsmorgen. Am Nachmittag würde es unerträglich heiß sein.

Die Lichtqualität beunruhigte Infinity. Arachne filterte die Strahlen des Sirius, um das Licht Sols zu simulieren. Trotzdem gelangte noch genug vom harten Weiß des fremden Sterns ins Innere des Schiffes. Infinity gehörte zu den einfachen Angestellten der *Starfarer* und nicht zum Kollegium. Daher hatte er unter normalen Umständen so gut wie keine Verantwortung, und seine Autorität war nicht der Rede wert. Alzena Dadkha, die Direktorin des ökologischen Instituts, hätte die Leitung übernehmen müssen.

Aber Alzena war nicht mehr da. Es war ihr nicht möglich gewesen, den Respekt vor den Traditionen ihrer Familie mit ihrer Verantwortung gegenüber der Expedition zu vereinbaren. Also war Alzena mit Europa und Androgeos geflohen, nachdem Europa Mitleid mit ihr gezeigt hatte.

Infinity klinkte sich in Arachne ein und verlangte Zugang zum inneren Spektrum. Der Computer entsprach der Anfrage, ohne zu zögern.

Eine Biene flog mit wütendem Summen an Infinity vorbei.

Es war egal, ob Arachne ihm erlaubte, die Stellung der Lichtfilter zu ändern oder nicht. Die Filter hatten bereits ihr Limit erreicht. Infinity konnte nur die Helligkeit bestimmen, aber er konnte das Spektrum nicht mehr weiter beeinflussen, so daß es dem Licht der Sonne näherkam.

Die Biene flog wild im Kreis. Plötzlich hörte das Summen auf. Infinity runzelte die Stirn. Die fetten Honigbienen waren für gewöhnlich so gelassen wie eine Kuh. Infinity arbeitete oft mit ihnen, sammelte den Honig und transportierte die Bienenstöcke. Und er war noch niemals gestochen worden.

Infinity näherte sich vorsichtig der Stelle, an der er die Biene zum letzten Mal gehört hatte. Er erwartete, sie auf einer Blüte zu finden, wo sie genüßlich Nektar schlürfte. Aber die Blumen standen reglos und verlassen in der stillen Morgenluft.

Ein schwaches Geräusch, noch nicht einmal ein Summen, erregte Infinitys Aufmerksamkeit. Er blickte zu Boden und sah die Biene. Sie lag auf dem Rücken und schlug hilflos mit den nutzlosen Flügeln. Ihr kurzes Leben endete in einem letzten, wütenden Aufbäumen. Dann hörte sie auf, sich zu bewegen.

Ich würde wahrscheinlich auch wild schreiend umhergelaufen, dachte Infinity, *wenn ich wüßte, daß ich bald sterben würde. Aber Bienen verhalten sich normalerweise nicht so ...*

In der trockensten Ecke des Gartens beugte Infinity sich nieder, um einen Faßkaktus zu betrachten. Eine Zeitlang war die Pflanze in dem Mikroklima gut gediehen. Aber jetzt beunruhigte Infinity etwas: Die Haut der Kaktee fühlte sich schwammig an.

Infinitys Mutter stammte aus dem Südwesten der USA, doch sie war bereits vor seiner Geburt nach Brasilien geflohen. Infinity hatte noch nie einen Kaktus aufgezogen oder an einem Ort gelebt, wo Kakteen in der freien Natur wuchsen. Seine Kindheitserinnerungen – bevor er ins All gegangen war – waren nur bruchstückhaft und unzusammenhängend. Es waren Erinnerungen an ein verwittertes Land, das darum kämpfte, wieder zu Wald zu werden; Erinnerungen an Menschen, die aus ihrer geliebten Heimat vertrieben worden waren und keine Beziehung zu der Erde aufbauen konnten, die sie nun bearbeiteten.

Die Informationen über Kakteen, die Infinity zur Verfügung standen, waren nur ein Bruchteil der Daten, die Arachne bei ihrem Absturz verloren hatte. Infinity fragte sich, ob jemand vielleicht eine Kopie dieser Daten besaß, oder ob Alzena etwas in ihrem Büro hinterlassen hatte. Wenn man sich mit Pflanzen beschäftigte, war praktische Erfahrung zwar unersetzlich, doch Handbücher waren besser als nichts.

Infinity erinnerte sich daran, wie Esther ihm von ihrem Kaktus erzählt hatte. Sie hatte erst bemerkt, daß er gestorben war, als er von ihrer Katze umgestoßen worden war und die Wurzeln gefehlt hatten. Infinity versetzte dem Faßkaktus einen leichten Stoß. Verlor er seinen Halt oder war der Boden nur zu locker? Infinity wußte es nicht.

Es war besser, ihn in Ruhe zu lassen und zu beobachten. Wenn Infinity sich zu sehr sorgte, würde er ihn nur beschädigen.

Während er sich auf den Weg zum Verwaltungsgebäude machte, versuchte Infinity erneut, von Arachne etwas über die KDs zu erfahren.

Arachne antwortete ihm, aber die Antwort enthielt keine Information.

Es ist, als würden die KDs überhaupt nicht existieren, dachte Infinity. *Was ist, wenn Blades sie zerstört oder in den Weltraum hinausgeworfen hat? Das wäre verrückt ... aber in letzter Zeit sind hier eine Menge verrückter Dinge passiert.*

Ein holographisches Triptychon, das J.D.s Begegnung mit dem Außerirdischen wiedergab, schwebte inmitten von Chandras Zimmer über dem Berberteppich.

Im Gegensatz zu den meisten Leuten an Bord der *Starfarer,* die eher schlicht lebten, wohnte Chandra in einem Haus voller unnützem Zeugs. Als sie den Ruf der Kunstabteilung der *Starfarer* angenommen hatte, bestellte Chandra eine Menge exklusiver Möbel und sandte sie voraus. Andere Besatzungsmitglieder bauten ihr Mobiliar aus Bambus oder Steinschaum und bedeckten den Fußboden mit einfachen Matten. Chandra sah keinen Sinn darin, sich auf die lokalen Ressourcen und Amateurarbeit zu beschränken. Sie war reich. Sie konnte es sich leisten, im Luxus zu schwelgen. Auf der Erde war allein ihr Name ein Garant für Aufmerksamkeit, positive Kritiken und mehr Tantiemen, als sie jemals ausgeben konnte.

Crimson Ng saß neben Chandra. Die Bildhauerin betrachtete die Aufzeichnungen aus Nemos Nest und spielte mit dem künstlichen Knochen, den sie für ihre jüngste Kreation angefertigt hatte. Crimson hob den Knochen zwischen sich und das Hologramm. Als sie den Knochen bewegte, konnte Chandra in ihren Gedanken die Muskeln, die Haut und den samtweichen Pelz des

Wesens erkennen, das sich in Crimsons Phantasie gebildet hatte.

Die Überreste des Mittagessens waren über den wertvollen Mosaiktisch verteilt. Chandra hatte auch einen großen Vorrat an exotischer Nahrung importiert, da sie befürchtet hatte, die Mahlzeiten an Bord der *Starfarer* seien zu primitiv. Sie hatte recht gehabt. Und nun war der Campus in einem derart desolaten Zustand, daß die Cafeteria noch nicht einmal dieses primitive Essen produzieren konnte.

»Sind Sie satt?« fragte Chandra.

»Ja, sicher. Es war großartig.«

Eins der Hologramme gab J.D.s erste Begegnung mit dem Krakenschwärmer wieder.

Chandra lag nackt auf der Couch. Sie konnte ihre Umgebung mit dem gesamten Körper aufnehmen, wenn sie wollte. Aber es gab keinen Grund, J.D.s Erlebnisse aus zweiter Hand zu erfahren.

Chandra war eifersüchtig auf J.D. – nicht nur neidisch, weil sie nicht dabei gewesen war, sondern im wahrsten Sinne des Wortes eifersüchtig.

Ich *hätte an ihrer Stelle sein müssen,* dachte Chandra. *Hologramme. Na, toll!*

Audiovisuelle Aufzeichnungen konnten J.D.s Erfahrungen niemals so wiedergeben, wie es eine Sinneskünstlerin gekonnt hätte.

Ich *hätte dort sein sollen,* wiederholte Chandra in ihren Gedanken. *Ich kann alles sehen, fühlen, schmecken und hören, und jeder hätte es durch mich am eigenen Körper erfahren können.*

Niemand sonst an Bord mißgönnte der Kontaktspezialistin ihr Erlebnis. Die anderen waren damit zufrieden, J.D. zu unterstützen, ein gutes, gehorsames Team.

Das war gut für sie, doch Chandra arbeitete allein. Sie hatte kaum etwas aufgezeichnet, seit sie ihr bisheriges Leben gegen die ländliche Idylle an Bord der *Starfarer* eingetauscht hatte. Der Campus war genauso langweilig wie ein irdisches Bauerndorf, nur daß der Zylinder aus

Mondgestein bestand und daß das Schiff neun Lichtjahre von der Erde entfernt war. Erst nachdem es zu spät gewesen war, hatte sie ihren Fehler erkannt.

Auch die andere Erfahrung, die Chandra gerne aufgezeichnet hätte, hatte sie versäumt: die Transition. Während der Flucht der *Starfarer* war Chandra über einen Hardlink mit dem Computer verbunden gewesen, um eine Unmenge von Sinnesaufzeichnungen abzuspeichern. Wäre Arachne funktionsfähig gewesen, hätte Chandra ihre Aufzeichnungen abspeichern können und wäre damit rechtzeitig fertig geworden, um die Transition und die Ankunft des Schiffes im Tau-Ceti-System mitzuerleben. Aber sie hatte dieses Ereignis verpaßt. Die Transition von Tau Ceti nach Sirius war ebenfalls schlecht verlaufen. Arachne war erneut abgestürzt, Feral war gestorben, und J.D. und Stephen Thomas hatten Blades als Saboteur entlarvt.

Ich hätte auch an der Jagd teilnehmen müssen, dachte Chandra, *aber J.D. hat noch nicht einmal in Erwägung gezogen, mir zu vertrauen.*

Chandras Körper war bis jetzt nicht in der Lage gewesen, eine Transition aufzuzeichnen. Sie benötigte eine ruhige, kontrollierte Annäherung an den Transitionspunkt, nicht jene chaotischen Manöver, die die bisherige Reise der *Starfarer* geprägt hatten – ganz abgesehen von den ständigen Abstürzen des Netzes.

Auf dem holographischen Display war gerade zu sehen, wie J.D. ihren Raumanzug auszog, damit Nemo sie mit seinen langen Tentakeln berühren konnte. Chandra knurrte verärgert. Die geschwollenen Nervenknoten in ihrem Körper pulsierten vor Erregung.

»Warum hast du dich nicht ganz ausgezogen, du blöde Kuh?« kreischte Chandra und warf sich gegen die Couch.

»Chandra!« rief Crimson entsetzt, und wandte ihre Aufmerksamkeit von dem Hologramm und ihrem künstlichen Knochen ab.

»Sie hätte es tun sollen«, erklärte Chandra gereizt. »Sie

hat zu viele von diesen alten SF-Filmen gesehen. Wahrscheinlich hatte sie Angst davor, der Außerirdische wollte sie sexuell mißbrauchen.«

»Das ist doch Unsinn. Hätten *Sie* Ihre Kleider ausgezogen?«

»Darauf können Sie wetten.«

»Wäre Ihnen das nicht peinlich gewesen?«

»Nein. Warum? Ich gestatte den Menschen, meinen ganzen Körper zu erfahren. Verdammt noch mal, sie hätten mir erlauben sollen, mitzugehen! Oder zumindest hätten sie *ihr* befehlen sollen, eine Sinnesaufzeichnung zu machen.«

»Jetzt verstehe ich«, sagte Crimson.

»Was?«

»Warum Sie versucht haben, J.D. von einem weiteren Besuch abzuhalten.«

Chandra zuckte mit den Schultern. »Es war einen Versuch wert.«

»Nein, war es nicht. Wenn Sie dem Fremdkontaktteam beitreten wollten, warum haben Sie sich dann für die Kunstabteilung beworben?«

»Ich habe mich der *Starfarer* erst in letzter Sekunde angeschlossen. Es war zu spät«, erwiderte Chandra streitlustig.

Crimson blickte Chandra skeptisch an.

»Ich habe nicht geglaubt, sie würden ... okay? Aber ich wußte, daß man mich in die Kunstabteilung aufnehmen würde. Würden Sie bitte aufhören, mit diesem Ding herumzuspielen?«

»Ich spiele nicht herum.« Crimson nahm das neue Thema auf. »Ich versuche herauszufinden, wie er aussehen muß. Ich behalte ihn so lange bei mir und verändere ihn, bis er seine endgültige Form erreicht hat. Vorher kann ich ihn nicht fossilieren.«

Unverwandt legte Crimson den künstlichen Knochen beiseite, setzte sich neben Chandra auf die Couch und betrachtete sie besorgt.

»Es wäre sinnvoller gewesen, mich mitzunehmen als

Zev«, sagte Chandra. »Das ist nicht fair! Er wäre noch nicht einmal an Bord des Schiffes gelangt, wenn ich ihn nicht hereingeschmuggelt hätte.«

»Ich wäre auch gerne an Bord der *Chi* gewesen«, erwiderte Crimson. »Jeder wäre das. Aber J.D. ist die Kontaktspezialistin.«

»Also hat sie das Recht, die Erste zu sein.«

»Sie haben eine Menge Dinge als Erste getan und sie für uns aufgezeichnet.«

»Ich habe eine Menge Dinge *am besten* aufgezeichnet«, korrigierte Chandra, »aber nicht als Erste. Ich glaube nicht, daß es auf der Erde noch etwas wirklich Neues zu tun gibt. Deshalb bin ich ja hier!«

»Mir ist egal, ob Sie die Erste sind oder nicht.«

»Ich freue mich, daß Ihnen meine Arbeit gefällt«, sagte Chandra. »Sonst scheint sie niemanden hier zu interessieren. Nur drei Leute haben sie sich in den letzten vierzehn Tagen angesehen.«

»Sie sind *wirklich* mies gelaunt«, bemerkte Crimson ungeduldig und lachte.

»Was ist so komisch daran?«

»Chandra, wer hatte in den letzten beiden Wochen schon die Zeit, um ...?«

Chandra dachte, Crimson würde hinzufügen ›... um herumzuspielen‹, und bereitete sich auf eine entsprechende Antwort vor.

» ... um sich auf irgend etwas anderes zu konzentrieren als die Realität?«

Chandra schluckte die giftigen Worte herunter, die sie sich zurechtgelegt hatte. Es dauerte einen Augenblick, bis sie die passende Antwort gefunden hatte.

»Hmmm, ja«, erwiderte sie zögernd. Chandra wollte sich einfach nicht besänftigen lassen. »Ich nehme an, Sie haben recht.«

Das holographische Display zeigte gerade, wie J.D. über einen steilen Abhang wieder aus dem Krater hinauskletterte. Die WKMs hatten Nemos Begleiter nicht richtig erfassen können. Der Blickwinkel der Kameras veränderte sich ständig, so daß Chandra irritiert die Augen schließen mußte.

»Das macht mich seekrank! Sie werden das völlig umschneiden müssen!«

»Pssst. Da ist wieder eins von diesen Spinnendingern. Ich will es mir in Ruhe ansehen.«

Die Kreatur hinterließ ein schimmerndes, weißes Gewebe und huschte auf einem Dutzend kleiner Beine davon. Das Wesen sah aus wie ein Seestern mit peitschenähnlichen Tentakeln, die ihm als Beine dienten, und einem Kopf, der an einen Krebs erinnerte.

Crimson strich erneut über den künstlichen Knochen. Sie untersuchte ihn aufmerksam, legte ihn auf den Tisch und blickte wieder auf das Bild von Nemos Begleiter.

»Es ist zu konventionell«, sagte sie.

»Bitte? Sprechen Sie von meiner Arbeit?«

»Nein, von meiner. Die Fossilien. Sie entsprechen alle dem typischen Bauplan eines Wirbeltiers.«

»Ja, klar. Sechs Beine, Flügel, Reißzähne und zwölf Augen. Das typische Wirbeltier.«

»Selbst wenn ich das wirklich alles einbauen würde, wären sie uns immer noch zu ähnlich.«

Chandra saß mit gekreuzten Beinen auf der Couch und genoß den Körperkontakt mit dem warmen Leder.

»Sie haben Gerald ganz schön verärgert, als Sie sich Europa als Paläontologin vorstellten«, sagte sie. »Ich glaube, sie hat ihnen wirklich abgenommen, wir hätten außerirdische Fossilien auf dem Mond gefunden.«

»Gerald versteht es einfach nicht«, erwiderte Crimson. »Ich *bin* Paläontologin«

Chandra lachte laut auf. »Mir gefällt Ihre Sturheit.«

»Nein, im Ernst. Ich habe einen akademischen Grad in Paläontologie. Aber es hat sich irgendwie ergeben, daß ich nie Gelegenheit bekam, ihn in der Praxis einzusetzen. Das war, als die Vorderasiatische Allianz weiter expandierte.«

Chandra wurde wieder ernst, legte nachdenklich den

Kopf auf die Seite und blickte Crimson an. Sie war nicht sicher, ob Crimson sie auf den Arm nahm oder nicht.

»Androgeos hat eins meiner Fossilien mitgenommen«, sagte Crimson.

»*Wie bitte?* Warum haben Sie das zugelassen?«

»Weil ich sie genau zu diesem Zweck geschaffen habe.« Crimson lachte fröhlich. »Ich hoffe, ich werde erfahren, was er davon hält.«

»Wahrscheinlich hat er die Überreste eines der zwölfäugigen Biester mit Reißzähnen eingesteckt. Er wird es für einen unserer Vorfahren halten.«

Crimson lachte erneut – und verstummte plötzlich.

Sie blickte Chandra tief in die Augen – die meisten Leute wichen dem unheimlichen silbergrauen Blick der Sinneskünstlerin aus – und streichelte ihre Hand. Eine dicke, dunkelblaue Vene war deutlich unter der fast durchsichtigen Haut zu erkennen. Crimsons Hände waren rauh von der Arbeit im grobem Untergrund der *Starfarer,* um die künstlichen Fossilien in einer möglichst günstigen Gesteinsschicht zu plazieren. Ihre Finger kreisten zärtlich über Chandras empfindliche Handflächen.

Die Nervenknoten begannen zu pulsieren.

Chandra wich zurück.

Crimson legte ihre Hände in den Schoß. Sie runzelte die Stirn, verwirrt und enttäuscht zugleich.

»Was ist los?«

»Ich mache *das* nicht.« Chandra war versucht, das Angebot anzunehmen, aber sie hatte ihre ganze Karriere darauf aufgebaut, Versuchungen zu widerstehen.

»Was meinst du? Ist es wegen mir? Weil ich eine Frau bin?«

»Ich mache es überhaupt nicht.«

»Warum nicht?« fragte Crimson schockiert.

»Jeder Sinneskünstler des Universums beschäftigt sich mit Sex«, antwortete Chandra.

»Du mußt es doch nicht aufzeichnen«, erwiderte Crimson. »Das würde ich auch gar nicht wollen.«

Chandra blinzelte. Sie wollte Crimson auf eine neue

Art sehen; sie wollte sie *deutlicher* sehen. Crimson meinte es ernst.

»Du gehst jetzt besser«, sagte Chandra.

Crimson lehnte sich zurück und packte den künstlichen Knochen. Chandra fragte sich, ob Crimson beabsichtigte, ihr mit dem Modell einen Schlag auf den Kopf zu verpassen. Das wäre bestimmt eine interessante Erfahrung.

Doch Crimson stand langsam auf, drehte sich um, zog die Schuhe an und ging hinaus, ohne einen Blick zurückzuwerfen.

Stephen Thomas zögerte, als er das medizinische Zentrum erreichte. Er wollte den verlassenen, stillen Ort nicht betreten.

Stephen Thomas wünschte, er könnte sich an den Silberschnecken vor Blades Haus vorbeischleichen, den Saboteur herauszerren und ihn hierher schleppen, damit er mit eigenen Augen sehen konnte, was er angerichtet hatte. Kümmerte es ihn überhaupt, das er einen unschuldigen Menschen auf dem Gewissen hatte?

Ich habe Blades wirklich *gemocht*, dachte Stephen Thomas. *Wie konnte ich mich nur so in einem Menschen irren? Seine Aura war hell und klar und ohne Arg. Jedenfalls habe ich das geglaubt. Ich habe mich für ihn eingesetzt, selbst vor Satoshi und Victoria.*

Stephen Thomas erinnerte sich an die Begrüßungsfeier für den neuen Kanzler …

Sie lag mehrere Wochen zurück. Victoria war zu diesem Zeitpunkt auf der Erde gewesen, hatte eine Rede vor dem Parlament von British Columbia gehalten und sich anschließend mit der kanadischen Premierministerin getroffen. Alle hatten Victoria beneidet, da sie auf diese Weise der Party entkommen war. Die meisten Mitglieder des Kollegiums glaubten, Blades sei nur an Bord gebracht worden, um die Auflösung der Expedition zu beschleunigen. Auch Stephen Thomas hatte das geglaubt. Gerald Hemminge hatte geschworen, dies entspräche nicht der Wahrheit ... was Grund genug für Stephen Thomas war, an dem Vorurteil festzuhalten. Im Gegensatz zu ihm kümmerte sich Satoshi niemals um Gerüchte.

Stephen Thomas und Satoshi waren verpflichtet, zu der Party zu erscheinen. Ihre Abwesenheit wäre als eine unverzeihliche Verletzung der akademischen Anstandsregeln angesehen worden, als persönliche Beleidigung.

Natürlich hatte Gerald den Privilegien eines stellvertretenden Kanzlers gefrönt und war als Gastgeber aufgetreten. Er hatte sogar weder Kosten noch Mühe gescheut, um teuren Wein von den O'Neill-Kolonien zu importieren. In ein paar Jahren würden vielleicht auch die Weinstöcke an Bord der *Starfarer* eine akzeptable Traube produzieren, doch im Augenblick gab es nichts anderes als selbstgebrautes Bier.

Stephen Thomas war mit der festen Absicht auf die Feier gegangen, Kanzler Blades zu verachten. Satoshi hatte sich in dieser Beziehung nicht festgelegt. Zu seiner Überraschung empfand Stephen Thomas den neuen Kanzler als angenehm, interessant und ein wenig schüchtern. Es war Satoshi, der eine ungewöhnlich ablehnende Haltung gegenüber Blades annahm. Normalerweise kam er mit jedem zurecht, sogar mit Gerald.

Als sie spät in der Nacht nach Hause gingen, war Stephen Thomas fröhlich und betrunken. Doch selbst in diesem Zustand hatte er Satoshis Irritation bemerkt. Sie war auch kaum zu übersehen.

Später lagen sie gemeinsam im Bett. Mondlicht reflektierte in den geöffneten französischen Türen, und der Duft von Nelken drang herein.

»Du magst den Kanzler nicht besonders«, sagte Stephen Thomas. »Und du warst der einzige, der sich nicht vorgenommen hatte, ihn zu hassen.«

»Er ist ein Snob«, erwiderte Satoshi. »Er stand in der Ecke und hat uns wie Versuchskaninchen begutachtet.«

»Nicht, als er mit mir gesprochen hat.«

»Er hat aber nicht den ganzen Abend mit dir geredet.« Satoshi streichelte über Stephen Thomas' Hüfte. »Nur die meiste Zeit.«

»Machst du dir deswegen Sorgen?« fragte Stephen Thomas verblüfft. »Glaubst du, er hat sich an mich rangemacht?«

Satoshi lächelte. »Das hat er.«

»Stimmt, aber er tat es auf eine angenehme Art. Er ist jemand, der ein ›Nein‹ als Antwort akzeptiert.«

»Wenn ich mich jedesmal sorgen würde, wenn du mit jemandem etwas anfängst«, erklärte Satoshi, »würde ich nicht mehr damit aufhören. Und wenn ich mich jedesmal darüber aufregen würde, wenn jemand an dir vorbeigeht, wäre ich mittlerweile verrückt. Warum sollte ich also ausgerechnet auf Blades eifersüchtig sein?«

»Woher soll ich das wissen? Du sagst mir ja nicht, warum du ihn nicht magst. Also stelle ich wilde Vermutungen an.«

»Ich war nicht eifersüchtig«, antwortete Satoshi. »Im Gegensatz zu Gerald.«

»Weil er sich an mich rangemacht hat?« fragte Stephen Thomas skeptisch.

»Weil er so viel Zeit mit dir verbracht hat.«

Das machte Sinn. Es gehörte zu Geralds Pflichten, um Würdenträger herum zu scharwänzeln – eine Pflicht, die er nur allzu gerne erfüllte. Er freute sich darauf, den neuen Kanzler durch die *Starfarer* führen zu dürfen.

»Großartig«, sagte Stephen Thomas. »Ein Grund mehr für Gerald, mich zu verabscheuen.«

»Vergessen wir Gerald.«

Satoshi küßte Stephen Thomas' Lippen, seine Wangen, seinen Hals, und nibbelte an der dünnen Goldkette, die Stephen Thomas um den Nacken trug. Der kleine Kristall rutschte an der Kette entlang, bis er schließlich an Stephen Thomas' Schlüsselbein hängenblieb. Er war kalt wie Eis. Stephen Thomas zog Satoshi zu sich heran und massierte ihm den Rücken. Er liebte es, Satoshis Muskeln unter seinen Fingern zu spüren.

»Du hast mir immer noch nicht gesagt, warum du Blades nicht leiden kannst.«

»Ich *weiß* nicht warum. Ich mag ihn einfach nicht. Vielleicht liegt es an seiner Aura.«

»Sehr komisch«, erwiderte Stephen Thomas. Satoshi glaubte nicht an Auren. »Seine Aura ist sehr gut.«

»Hmmm«, brummte Satoshi in einem neutralen Tonfall. Er wußte, wann er Stephen Thomas genug geärgert hatte. Weder Satoshi noch Victoria würden je versuchen, nach einer Aura Ausschau zu halten.

Die blauen Funken der Wut verschwanden aus Satoshis Aura, und statt dessen erschienen ein goldenes Glühen der Erregung und ein violetter Schimmer der Zufriedenheit.

Satoshi strich Stephen Thomas das Haar aus der Stirn, nahm das Gesicht seines Partners in beide Hände und küßte ihn. Zunächst nur flüchtig, dann intensiver. Satoshis Knie glitt Stephen Thomas Hüfte entlang. Stephen Thomas ließ seine Finger Satoshis Bauch hinuntergleiten und spielte im dunklen Schamhaar seines Partners. Satoshis Körper war wie ein Hochofen. Er strahlte eine ungewöhnliche Hitze aus, wenn er sexuell erregt war.

»Blades ...«

»Ich habe keine Lust mehr, über Kanzler Blades zu diskutieren«, unterbrach Satoshi. Er biß die Zähne zusammen, krümmte sich und sog zitternd die Luft ein. Dann ergriff er Stephen Thomas' Hand, um ihn zu führen. Stephen Thomas vergaß alles andere und konzentrierte sich auf den Genuß seines Partners ...

... jetzt stand Stephen Thomas vor dem medizinischen Zentrum und schloß die Augen, um sich wieder auf die Gegenwart zu konzentrieren. Er lehnte sich gegen die Tür und stellte sich vor, wie es gewesen wäre, Sex mit Feral zu haben.

Obwohl Stephen Thomas und Feral niemals Gelegenheit gehabt hatten, miteinander zu schlafen, so hatten sie doch eine Beziehung aufgebaut. Früher oder später wäre es sowieso geschehen. Sie waren auf dem Weg zu einer engen und festen Freundschaft gewesen. Stephen Thomas hatte daran gedacht, mit Feral zu schlafen und ihn in die Partnerschaft einzuladen. Satoshi und Victoria hatten den jungen Reporter auch gemocht. Die Familie benötigte ein neues Mitglied, und Feral hätte sehr gut zu ihnen gepaßt. Irgendwann mußten sie aufhören, um Merry zu trauern.

Aber statt dessen hatte Stephen Thomas Feral durch seine Freundschaft in Gefahr gebracht.

Es war angenehm warm in dem verlassenen medizinischen Zentrum. Diejenigen, die während des ersten Systemabsturzes verletzt worden waren, hatten sich inzwischen wieder erholt und waren nach Hause gegangen. Während des zweiten Systemabsturzes war nur eine einzige Person verletzt worden – Feral.

Stephen Thomas ging durch die menschenleeren Räume. Es war niemand hier, der ihn nach seinen Absichten hätte fragen können oder der ihm geholfen hätte. Die mobilen, medizinischen KIs waren ebenso abgeschaltet worden wie die KDs.

Stephen Thomas hatte damit gerechnet, daß es in der Leichenhalle eiskalt sein würde, doch es war hier genauso warm wie im Rest des Zentrums. Als Stephen Thomas die Schublade mit Ferals Leiche herauszog, wurde er von einem Strom kalter Luft überflutet.

Stephen Thomas warf das Leichentuch zurück, und Feral starrte ihn aus leblosen Augen an. Sein Gesicht war mit Blut verschmiert, daß ihm aus der Nase gelaufen war, und das walnußbraune Haar war von Blut aus den Ohren verklebt.

Stephen Thomas trat einen Schritt zurück. Trauer und Verzweiflung drohten ihn zu überwältigen.

Jeder hatte zu viel zu tun, als Feral starb, dachte Stephen Thomas. *Zu viel zu tun, um an einen toten Mann zu denken. Zu viel zu tun, um sich darum zu kümmern, was der Tod seinen wunderbaren braunen Augen antun würde.*

Und was habe ich getan? Ich bin an Bord der Chi *gegangen und weggeflogen.*

Stephen Thomas atmete tief durch und trat wieder an Ferals Seite. Er berührte die kalte Wange seines Freundes. Stephen Thomas' Hände glitten über Ferals Augen. Die Leichenstarre war inzwischen vergangen, und die Augen ließen sich leicht schließen.

Stephen Thomas holte einen Waschlappen und säuberte Ferals Haut und Haare von dem getrockneten Blut. Ferals Gesicht besaß einen ernsten Ausdruck, doch Stephen Thomas stellte sich vor, der junge Mann würde jeden Augenblick lächeln. Das Gesicht wurde von dem dunklen, lockigen Haar eingerahmt.

Stephen Thomas hatte sich auf dem Weg hierher eingeredet, er wolle Feral nur Lebewohl sagen. Aber das war eine Lüge.

»Gerald kann mich am Arsch lecken«, knurrte er. »Ich will verflucht sein, wenn ich dich hier so liegen lasse.«

Ferals Kleidung war zerrissen worden, als man versucht hatte, ihn wiederzubeleben. Seine Brust war von mehreren Blutergüssen verunstaltet. Stephen Thomas fand ein sauberes Laken und wickelte Ferals Körper darin ein. Das medizinische Zentrum lag am äußeren Ende des Campuszylinders, wo die Schwerkraft wesentlich niedriger war. Als Stephen Thomas Feral hochhob, war der Körper ungewöhnlich leicht – als wäre er all seiner Substanz beraubt worden.

Stephen Thomas trug die Leiche zur Nabe der *Starfarer*. Die Schwerkraft wurde immer geringer, bis sie kaum noch wahrnehmbar war. Stephen Thomas ließ sich und seine Last bis zur Anlegestelle der Fähre gleiten, stieg in die Kapsel und schnallte Ferals Körper hinter sich fest.

Stephen Thomas war seit letztem Frühling nicht mehr im Wildniszylinder gewesen. Frühling in der Wildnis bedeutete Herbst auf dem Campus, und Sommer Winter. Eine kurze Reise würde Stephen Thomas vom Frühling in den Herbst bringen.

Infinity schritt über den Rasen vor dem Haus des Kanzlers. Drei Silberschnecken lagen wie glänzende, knochenlose Nashörner vor dem Gebäude und bewachten den Eingang. Alle anderen Öffnungen – Türen, Fenster und Balkone – waren mit unregelmäßigen, häßlichen Massen aus Steinschaum verschlossen worden. Steinschaum verstopfte auch die Geheimgänge unter der Oberfläche, die von hier in jeden anderen Teil des Schiffes führten.

Die Silberschnecken, deren Aufgabe in der Instandhaltung der Außenhülle der *Starfarer* bestand, waren die einzigen KDs, die nicht von der Abschaltung betroffen waren. Der Kanzler hatte den Campus ins Chaos gestürzt, als er die KDs eingezogen hatte. Vielleicht hatte er geglaubt, dies sei nur eine kleine Unannehmlichkeit verglichen mit dem Zusammenbruch des Netzes; oder Blades hatte sie abgeschaltet, um den ›Rebellen‹ auch noch den letzten Rückhalt zu nehmen.

Wie auch immer: Diese ›kleine Unannehmlichkeit‹ hatte sich als Eigentor erwiesen. Blades hatte nicht damit gerechnet, daß die Silberschnecken im Inneren genauso effektiv arbeiten würden wie außen – in Wahrheit konnten sie überall arbeiten –, und so hatte der Saboteur die Schnecken in Ruhe gelassen, damit sie die Außenhülle reparieren konnten.

Dieser Fehler hatte seinen Untergang besiegelt. Nachdem J.D. und Stephen Thomas Blades als Saboteur entlarvt hatten, vertrieben ihn die Silberschnecken aus dem Verwaltungsgebäude, jagten ihn durch die unterirdischen Tunnel und setzten ihn schließlich in seinem eigenen Haus gefangen. Inzwischen hatte Blades keinen Kontakt mehr zu Arachne. Der Computer hatte ein Schutzprogramm aktiviert und Blades Neuralverbindung zerstört, während die Silberschnecken sich um die Hardlinks in seinem Haus gekümmert hatten.

Infinity wünschte nur, man hätte Blades gestoppt, *bevor* jemand zu Tode gekommen wäre.

Blades konnte noch immer durch Briefe mit der

Außenwelt Verbindung aufnehmen. Er konnte nach allem verlangen, was sein Herz begehrte, und die Silberschnecken würden es ihm bringen. Nach allem ... außer nach elektronischen Kommunikationseinrichtungen und menschlicher Gesellschaft. Die Schnecken bewachten die Tür des Kanzlers, um sowohl die Expedition als auch ihn selbst zu beschützen. Niemand kam hinein oder hinaus.

Infinity näherte sich dem Haus und passierte dabei eine Statue, die aus mehreren Brocken Mondgesteins angefertigt worden war.

Genau wie der gut gepflegte Rasen vor dem Verwaltungsgebäude zeigte auch das Gras vor dem Haus des Kanzlers die Narben einer wütenden Menschenmenge. Die Silberschnecken hatten ebenfalls ihre Spuren in der Form von tiefen Furchen in der Erde hinterlassen.

Infinity blieb am Rande einer solchen Furche stehen. Alle drei Silberschnecken blickte in die gleiche Richtung, eine merkwürdige Formation.

Der junge Gärtner bewegte sich vorsichtig und neugierig weiter. Eine der Silberschnecken, ein Lithoklast, richtete sich auf, um ihn zu erfassen. Die Schnecken kannten Infinity. Er war es gewesen, der sie von den Reparaturen an der Außenhülle abberufen und zum Wachdienst eingeteilt hatte. Dennoch würden sie ihn nicht hineinlassen, selbst wenn er das gewollt hätte.

Der Lithoklast legte sich wieder hin. Sein mächtiger Körper entspannte sich. Die Silberschnecke wartete, die Sinne auf eine Gruppe von Felsen vor ihr gerichtet. Die Luft war erfüllt vom Geruch zerdrückten Grases.

Iphigenie Dupre saß in einer Nische inmitten der umgestürzten Felsbrocken und starrte an den Silberschnecken vorbei in den offenen Eingang. Infinity beobachtete sie beunruhigt. Er zögerte, Jennys Einsamkeit zu stören, aber gleichzeitig widerstrebte es ihm auch, sie allein zu lassen.

Normalerweise traf man die Segelmeisterin nicht im Inneren des Schiffes an. Iphigenie bevorzugte die Schwerelosigkeit des Segelhauses. Wenn sie doch einmal ins Schiff kam, bemühte sie sich, so nah wie möglich an der Achse zu bleiben, wo die Gravitation relativ niedrig war. Arachne befahl Jenny von Zeit zu Zeit, die Schwerelosigkeit zu verlassen, und sie kam diesen Aufforderungen – wenn auch zögerlich – meistens nach.

Infinity war nicht überrascht gewesen, als er Jenny Dupre im Warteraum antraf, kurz bevor die *Chi* andockte. Aber es hatte ihn überrascht, daß sie sich einer Gesprächsgruppe angeschlossen hatte. Und daß er sie hier vorfand, überraschte ihn noch viel mehr.

Iphigenie hatte sich gegen den Fels gelehnt. Jenny trug ihr schwarzes Haar in kleinen Zöpfen, die an ihrem Hinterkopf zusammengebunden waren. Das ungleichmäßig geschnittene Haar reichte ihr bis zur Schulter. In der Schwerelosigkeit des Segelhauses drifteten die einzelnen Zöpfe auseinander, und die kleinen Perlen, die Jenny hineingeflochten hatte, klickten dann ständig gegeneinander.

Infinity trat neben die Segelmeisterin, setzte sich und betrachtete Blades Haus. Der Kanzler war nirgends zu sehen. Die Schnecken würden Infinity erlauben, an die Tür zu treten, aber nicht weiter.

Auch bevor man Blades eingesperrt hatte, war er sehr einsiedlerisch gewesen.

»Wir müssen irgend etwas tun«, sagte Iphigenie unvermittelt.

Die Segelmeisterin haßte den Kanzler aus tiefstem Herzen. Sie glaubte – aus gutem Grund –, daß er versucht hatte, sie zu töten. Blades Angriff auf Arachne hatte den ersten Systemabsturz verursacht, bei dem Jenny schwer verletzt worden war. Und sein zweiter Angriff hatte Feral getötet.

Infinity dachte über Jennys Äußerung nach. Er wollte nicht zu voreilig antworten.

»Ist das nicht genug?« fragte er schließlich und deutete mit dem Kinn auf das mit Steinschaum versiegelte Haus.

»Nein«, erwiderte Jenny. »Nein, es ist nicht genug. Er

hat Feral ermordet. Und er wollte auch mich töten. Er ist gefährlich.«

»Nicht mehr.«

»Was ist, wenn er wieder Zugang zum Netz erhält?«

»Arachne ist immun gegen ihn.«

»Und es war auch unmöglich, das Netz zum Absturz zu bringen.« Iphigenie schnaufte verächtlich. »Er hat mit Gerald gesprochen. Und mit den beiden amerikanischen Senatoren. Ich habe sie vom Hügel aus beobachtet.« Sie deutete zum Ende des Campuszylinders. »Aber als ich hinunterstieg, sind sie gegangen.«

Die beiden Senatoren waren an Bord von Esthers Shuttle gewesen. Sie befanden sich auf dem Rückflug von einer Inspektionstour zur *Starfarer*. Jetzt gehörten sie zur Expedition ... und waren nicht gerade glücklich darüber.

»Was denken Sie, sollten wir tun?« fragte Infinity. Blades in seinem Haus zu isolieren, war Infinity damals als gute Idee erschienen. Zumindest hatte es den Aufstand beendet, den Iphigenie angezettelt hatte, und es waren keine weiteren Opfer zu beklagen gewesen.

»Ich denke«, antwortete Iphigenie, »Sie wollen gar nicht wissen, was ich vorzuschlagen habe. Ich nehme an, eine Gerichtsverhandlung ist das beste, auf das ich hoffen kann.«

»Allerdings sind wir nicht darauf vorbereitet, jemanden vor Gericht zu stellen. Haben wir überhaupt einen Rechtsanwalt an Bord?«

Iphigenie zuckte mit den Schultern.

Die *Starfarer* hatte die Erdumlaufbahn übereilt verlassen, sechs Monate zu früh, ohne die lange Vorbereitungszeit, die das Kollegium und die übrigen Angestellten einkalkuliert hatten. Vielleicht hätten sie während jener sechs Monate gelernt, mit unsozialem oder gar kriminellem Verhalten umzugehen. Vielleicht wären sie dann auf solche Ereignisse vorbereitet gewesen. Aber in ihrer optimistischen und idealistischen Naivität hatten sie geglaubt, alle Schwierigkeiten auf dem Diskussionsweg lösen zu können. Ihre regelmäßigen Versammlungen waren das Patentrezept zur Lösung aller anstehenden Probleme.

Kollegium und Angestellte hatten auf einer solchen Versammlung beschlossen, sich den Befehlen von EarthSpace zu widersetzen und die Expedition anzutreten. Auf einer weiteren Versammlung hatten sie entschieden, Europa und Androgeos zu folgen.

»Ich mache mir Sorgen um Sie«, sagte Infinity.

Jenny blickte ihm tief in die Augen. Früher hatte sie Infinity meist übersehen ... bis zu dem Tag, an dem er den Mob zerstreut hatte, der von ihr geschaffen worden war. Die meisten Leute behaupteten, an Bord der *Starfarer* gäbe es keine Hierarchie, aber es gab eine. Und diese Hierarchie trennte eine millionenschwere Designerin von Solarsegeln von einem Gärtner um Welten.

»Sie sind ein bemerkenswerter Mensch«, sagte Iphigenie.

Infinity blickte peinlich berührt zur Seite. Er stand nicht gerne im Vordergrund. Der Gärtner war nicht sicher, ob er wirklich wissen wollte, was die Segelmeisterin mit ihrer Äußerung gemeint hatte. Vielleicht war es ja gar nicht als Kompliment gedacht gewesen.

»Feral hätte nicht sterben dürfen«, erklärte Jenny.

»Niemand hätte sterben dürfen.«

»Ich wollte damit sagen ... wenn jemand hätte sterben sollen, dann ich. Ein Opfer für Artemis, ein Opfer für den Wind. Vielleicht war das der Grund, warum Blades seinen Angriff gegen mich gerichtet hat.«

»Ein *Opfer*?« fragte Infinity verblüfft.

»Ja. Meine Namensschwester entkam, doch im Endeffekt bekommen die Götter immer, was sie wollen. Kennen Sie Ihre eigene Mythologie nicht?«

»Das ist nicht *meine* Mythologie«, erwiderte Infinity.

»Oh«, sagte Jenny. »Wahrscheinlich nicht. Tut mir leid.«

»Wenn Sie etwas über Amaterasu erfahren wollen oder den großen Kojoten ...« Infinity zuckte mit den Schultern. »Aber *Iphigenie*?«

»Ihr Vater sollte sie der Artemis opfern, um einen günstigen Wind zu erhalten. Sie entkam. Artemis wartete. Auch ich entkam. Und Artemis ist des Wartens müde. So hat sie statt meiner meinen wilden, jungen Freund genommen.«

»Jeder fühlt sich mies wegen Ferals Tod«, entgegnete Infinity. »Aber wenn auch nur einer von einem Dutzend Zufällen anders verlaufen wäre, wäre er noch unter uns.«

»Blades trägt die Verantwortung für seinen Tod.« Jennys Augenlider flatterten, als sie das Gespräch mit Infinity unterbrach und Kontakt zu Arachne aufnahm.

Eine plötzlich aufkommende Wärme in seinem Hinterkopf sagte Infinity, daß auch auf ihn eine neue Nachricht wartete. Es war Jennys Versammlungsaufruf, der gleichzeitig an jeden auf dem Schiff übertragen wurde.

Infinity verzichtete auf weitere Kommentare. Die Dinge würden sich schon von selbst zum Guten hin entwickeln, solange die *Starfarer* die Möglichkeit besaß, zur Erde zurückzukehren. Dann würde sich das staatliche Justizsystem des Kanzlers annehmen.

Andererseits war es mehr als wahrscheinlich, daß die Vereinigten Staaten Blades einen Orden verleihen und alle anderen als Entführer und Terroristen einsperren würden. Vielleicht wollte Jenny einfach nur sichergehen, daß der Gerechtigkeit genüge getan wurde.

Trotzdem war Infinity dagegen, Kanzler Blades an Ort und Stelle zu verurteilen. Er hatte den wildgewordenen Mob noch allzu gut in Erinnerung. Die Gesichter seiner Freunde und Bekannten waren vor Haß verzerrt gewesen. Das wollte er nicht noch einmal erleben.

Infinity stand auf.

»Sind Sie okay? Brauchen Sie Hilfe?«

»Nein«, antwortete Jenny.

»Dann also: Auf Wiedersehen.«

Infinity kehrte der Segelmeisterin den Rücken zu und ging in Richtung Verwaltungsgebäude.

Sobald J.D. die Diskussionsrunde aufgelöst hatte, löste sich Nikolaj Petrowitsch Tscherenkow von der unangenehmen Menschenmasse und floh zur nächsten Ausstiegsluke. Er hatte der Versuchung nicht widerstehen können, J.D. zuzuhören, als sie über Nemo berichtet hatte. Aber inmitten einer so großen Gruppe zu sein, machte ihn nervös.

Kolja kletterte eine Leiter hinab in die Haut der *Starfarer*. Er wanderte durch die dämmrigen, kalten Korridore bis zu einem Aufzug.

Bevor Kolja sich nicht in der Sicherheit des Lifts befand, rechnete er jeden Augenblick damit, von einem keuchenden Griffith eingeholt zu werden. Griffiths penetrante Verehrung kotzte ihn langsam an.

Kolja war überrascht, daß es ihm diesmal gelungen war, den Kerl abzuhängen. Hätte er sich nicht so elend gefühlt, wäre er mit sich zufrieden gewesen.

Vor zwei Tagen waren ihm die Zigaretten ausgegangen, und Kolja hatte mittlerweile den Höhepunkt des Nikotinentzugs erreicht.

Der Lift wurde langsamer und hielt schließlich an. Kolja spürte, wie die Schwerkraft an ihm zog, bevor sie wieder nachließ und auf ein normales Level herabsank.

Ob man sich jemals an das Gefühl gewöhnt, im Inneren einer rotierenden Raumstation mit einem Aufzug zu fahren? dachte Kolja. *Ich lebe länger im Weltraum als je ein Mensch zuvor, und ich habe mich immer noch nicht daran gewöhnt.*

Kolja zog seinen Raumanzug an, betrat die Luftschleuse und kletterte durch die Außenhülle des Campuszylinders. Eine weitere Luftschleuse öffnete sich, und Kolja stieg durch einen Wartungstunnel aus.

Die *Starfarer* erhob sich über ihm und die Sterne leuchteten zu seinen Füßen. Die Bewegung des Zylinders trug Kolja ins grelle Licht des Sirius und wieder hinab in den dunklen Spalt zwischen Campus und Wildreservat. Am anderen Ende wurde der alte Russe in das gleißende Licht des Solarsegels getaucht. Wenn er am richtigen Ort zur richtigen Zeit den Blick schweifen ließ, konnte er

Nemos Schiff erkennen, das der *Starfarer* zum Transitionspunkt folgte. Kolja packte die Sicherheitskabel des Inspektionsnetzes. Er war froh, wieder im All zu sein. In in letzter Zeit war er viel zu viel mit Menschen zusammen gewesen und hatte versucht, sie zu verstehen. Sie bewunderten ihn aus Gründen, die nichts mit ihm selbst zu tun hatten, sondern mit den außergewöhnlichen Umständen, die sein Leben bestimmt hatten.

Eigentlich sind es immer eher unglückliche Umstände gewesen, sagte Kolja zu sich selbst.

Es war gut, allein zu sein. Kolja freute sich darauf, sein Eremitenleben wiederaufnehmen zu können … jetzt, da die *Starfarer* in den Händen von Menschen war, die das Schiff seiner wahren Bestimmung zuführten.

Infinity zog den Kopf ein, um ins Verwaltungsgebäude zu gelangen. Die Tür war noch nicht repariert worden. Als Kanzler Blades sich hier verschanzt hatte, hatten die Silberschnecken sich durch die Türen gefressen, um zu ihm zu gelangen.

Die Spur der Schnecken führte durch das weitläufige Foyer, die gewundene Treppe hinauf, zu Blades Büro. Sie hatten die Tür einfach weggefressen und den Saboteur durch die Geheimgänge in sein Haus getrieben.

Die KDs und die mobilen KIs konnten sich nicht in einem der oberen Stockwerke befinden. Der einzige Ort, der groß genug war, um sie alle unterzubringen, war der Keller.

Infinity durchquerte das Gebäude bis zur Hintertreppe. Die Hallen waren kalt und menschenleer.

»Licht an«, sagte er, und die Treppe wurde in ein sanftes Licht getaucht.

Im Keller kauerten Hunderte von Robotern dicht beieinander. Regungslos und still wirkten sie, wie paralysiert.

Infinity atmete erleichtert auf. Der Kanzler hätte ohne weiteres Gelegenheit gehabt, die mobilen Einheiten zu zerstören, während er mit ihnen eingeschlossen war. Sie waren zwar sehr stabil, aber sie waren nicht unzerstörbar.

Als Infinity durch die Reihen der regungslosen Haushälter, Klempner, Kellner und so weiter schritt, hatte er das Gefühl, zwischen toten Körpern umherzuwandern. Es fehlte das typische leise, elektronische Summen und der elektromechanische Geruch.

Infinity hockte sich neben einen der Haushälter. Aus Gewohnheit versuchte er, über Arachne Kontakt zu dem KD aufzunehmen. Er erhielt keine Antwort. Nach kurzem Suchen fand er den Ein- und Ausschalter. Er stand auf ›aus‹. Infinity schaltete ihn ein. *Niemand* hatte *jemals* einen Haushaltsroboter ausgeschaltet. Niemand hatte einem Haushaltsroboter je genug Beachtung geschenkt, um in Erwägung zu ziehen, ihn auszuschalten. Die KDs verrichteten einfach ihre Arbeit und erneuerten von Zeit zu Zeit ihre Energievorräte, wenn sie nichts anderes zu tun hatten. Sie waren praktisch unsichtbar.

Dieser Haushälter war fast komplett aufgeladen, dennoch erhielt Infinity keine Antwort.

Auch als Infinity versuchte, den Selbsttest des Roboters zu aktivieren, geschah nichts. Überhaupt nichts. Keine Bewegung, kein Zeichen an Arachne. Noch nicht einmal eine Fehlermeldung.

Infinity stand auf.

Das war schlimm.

Griffith hielt vor General Tscherenkows Eingangstür an. Er war noch nie im Haus des Kosmonauten gewesen. Kolja hatte ihn noch nie eingeladen. Griffith klopfte an und wartete.

Keine Antwort.

Griffith hatte während J.D. Sauvages Vortrag neben dem General gesessen. Er hatte nicht herausgefunden, wohin Nikolaj Petrowitsch anschließend verschwunden war. Griffith war dafür ausgebildet worden, Leute zu beschatten.

Griffith klopfte erneut an. Nichts. Dann trug Griffith' Ungeduld den Sieg über seine oberflächliche Höflichkeit davon. Er kletterte auf den Balkon, der an der Vorderseite des Hauses entlang lief. Oben angekommen, versuchte Griffith durch die großen Fenster zu blicken, indem er seine Augen mit den Händen vor den Reflexionen abschirmte, die das Licht der Sonnenrohre auf dem Glas verursachte.

Der vordere Teil des Hauses war menschenleer. Wahrscheinlich entsprach der Grundriß von Koljas Wohnung dem Floris Browns. Es gab drei Wohnräume an der Vorderseite, die sich durch eine breite Fensterfront auszeichneten, einen Flur, ein Bad und einen Abstellraum. Die beiden Häuser waren wahrscheinlich identisch, da Floris Browns Domizil im selben Stil unter dem Nikolaj Petrowitschs erbaut worden war. Wie die meisten Häuser an Bord der *Starfarer* hatte man sie in einen Hügel hineingebaut. Griffith war während Floris Browns Begrüßungsfeier in ihrem Haus gewesen, und er hatte die Gelegenheit genutzt, um etwas herumzuschnüffeln. Außerdem hatte er noch einige der verlassenen Häuser besucht.

Griffith wartete … doch Kolja erschien nicht.

Griffith kehrte zur Eingangstür zurück, zögerte und dachte nach. Er war sehr gut in seinem Job. Gut genug, um sich vor einem ehemaligen Guerillakämpfer in acht zu nehmen. Oder vor einem Terroristen, wie Kolja von jener Regierung genannt wurde, die einen Preis auf seinen Kopf ausgesetzt hatte.

Griffith erwartete nicht, daß Kolja sein Haus mit Fallen gesichert hatte. Kolja lebte im Weltraum, weil er seinen Frieden haben wollte. Der Kosmonaut hatte gegenüber Griffith erwähnt, er sei das einzige menschliche Wesen, das auf dieser Expedition sicherer sei als auf der Erde. Die Vorderasiatische Allianz kontrollierte noch immer Koljas Heimat, und sie besaß ein langes Gedächtnis.

Obwohl Griffith keine Fallen erwartete, so rechnete er

doch damit, daß der alte Russe Vorrichtungen eingebaut hatte, die ihm mitteilten, ob jemand unbefugt sein Haus betreten hatte. Griffith wollte die zerbrechliche Freundschaft mit dem Mann, den er seit seiner Kindheit als Helden verehrt hatte, nicht aufs Spiel setzen.

Wenn wir wirklich *Freunde sind,* dachte Griffith verbittert. *Merkwürdige Freunde. Er redet mit mir. Er gibt mir Ratschläge. Er fragt mich um meine Meinung. Dann droht er, mich aus eben diesen Gründen umzubringen, entschuldigt sich wieder, und schließlich ist er einfach verschwunden.*

Immerhin hat er zugegeben, daß ich recht gehabt habe.

Scheiß drauf. Warum versuchst du immer wieder, dich mit diesen Leuten anzufreunden? Die meisten glauben immer noch, du seist für den Absturz des Netzes verantwortlich … obwohl sie wissen, daß Blades die Schuld dafür trägt. Niemanden kümmert es, daß du deine Karriere und deine Ehe für die Expedition geopfert hast. Niemanden kümmert es, daß du der erste sein wirst, wenn … ja, wenn *wir zur Erde zurückkehren.*

Griffith kehrte Koljas leerem und wahrscheinlich unverschlossenen Haus den Rücken zu – niemand an Bord schloß seine Türen ab, außer Griffith –, und stieg die Treppe hinab.

Als Griffith an Floris Browns Haus vorbeikam, wieherte eine winzige Apfelschimmelstute, trat kräftig aus und galoppierte von Floris' Veranda. Der Jährling lief zu seiner Herde und schlug Alarm. Die ganze Gruppe galoppierte mit wehenden Mähnen davon.

Floris Brown saß im Schatten auf ihrer Veranda. Die Karottenstücke auf ihrer Tunika bildeten einen starken Kontrast zu ihrer typischen dunklen Kleidung. Die alte Dame funkelte Griffith an wie eine prähistorische Echse. Ihr dunkles Make-up betonte ihren wachsamen Blick. Fox, eine der Studenten, saß zu ihren Füßen und lehnte sich gegen das Bein der alten Frau.

»Sie jagen allem und jedem Angst ein«, sagte Floris Brown vorwurfsvoll, »Menschen und Tieren. Warum sind Sie nicht nach Hause gegangen, als Sie noch Gelegenheit dazu hatten?«

Griffith war versucht zu antworten: *Weil ich nach einem Weg gesucht habe, um zu verhindern, daß man euch bescheuerte Anarchisten vom Himmel pustet.*

Doch statt dessen verzichtete er auf eine Antwort. Griffith drehte sich einfach um und ging zum Gästehaus zurück.

Selbst wenn er der alten Dame die Wahrheit gesagt hätte – sie würde ihm sowieso nicht glauben.

Diese Leute treiben mich noch in den Wahnsinn, dachte Griffith.

Infinity verließ das Verwaltungsgebäude und schritt über einen Pfad, der sich über den gesamten Innendurchmesser der *Starfarer* zog. Die Anomalien im Wachstum der Pflanzen lasteten schwer auf ihm. Die meisten Blumen waren darauf gezüchtet worden, möglichst lange zu blühen. Selbst Schneeglöckchen und Krokusse blühten bis weit in den Herbst hinein. Die ersten Blüten erschienen bereits, wenn daheim auf der Erde noch Schnee lag. An Bord der *Starfarer* schneite es höchstens aus ästhetischen Gründen.

Infinity hatte sich bereits an die lange Blütezeit gewöhnt, bevor die Arbeiten an der *Starfarer* beendet gewesen waren.

Viele Pflanzen besaßen einen unterschiedlichen Lebensrhythmus. Infinity kam in ein wärmeres Mikroklima und erreichte schließlich die Orangenbäume. Sie waren voller Früchte. Obwohl in der Cafeteria aufgrund der fehlenden KDs kein frisches Obst mehr vorhanden war, hatte niemand daran gedacht, Orangen zu pflükken. Infinity roch nicht nur den scharfen Duft der reifen Früchte, sondern auch die typische Süße der Orangenblüten.

Die Orangenbäume machten einen gesunden Eindruck, doch die Überfülle an Blüten bereitete Infinity Sorgen. Gestreßte Pflanzen zeigten ein solches Verhalten: übermäßige Reproduktion.

Einige Honigbienen sammelten Nektar, aber die meisten Bienen lagen tot auf dem Boden.

Etwas weiter, in einem kühleren Mikroklima, durchquerte Infinity ein Spinatfeld. Die Pflanzen hatten vorzeitig mit der Samenproduktion begonnen.

Infinity sorgte sich um vieles, als er den verwüsteten Hügel erreichte, der einmal das genetische Institut gewesen war.

Lithoklasten krochen durch das zerstörte Gebäude und fraßen die Trümmer. Der Ort war desinfiziert worden. Man hatte alles geborgen, was noch zu gebrauchen war. Sie hatten viel verloren. Nicht nur Daten und Material laufender Experimente, sondern auch embryonisches Gewebe, das als Rückversicherung für die biologische Vielfalt der *Starfarer* gedacht gewesen war.

Miensaem Thanthavong, die Direktorin des genetischen Instituts, stand mit hängenden Schultern am Rand des Trümmerfeldes.

Infinity blickte erneut zu den Lithoklasten, um den Fortschritt ihrer Arbeit zu begutachten. Es würde noch eine Weile dauern, doch dann würden die Genetiker die Lithoblasten, die Steinmacher, anfordern, um ihr Institut wieder aufzubauen.

Jede Silberschnecke, die aus irgendeinem Grund ins Innere des Schiffes beordert wurde, fehlte bei der Instandhaltung der beiden Zylinder. Infinity fragte sich, ob dies den Akademikern bewußt war.

Professor Thanthavong bemerkte Infinity und grüßte freundlich.

Infinity sah die Professorin normalerweise nur auf einem Bildschirm oder einer holographischen Projektion. Dadurch vergaß er immer wieder, wie klein und zierlich sie in Wirklichkeit war. An Bord der *Starfarer* ging es so zwanglos zu, daß Infinity nie so recht wußte, wie er Thanthavong anreden sollte. Allerdings sprachen nur wenige Leute die Nobelpreisträgerin mit ihrem Namen an.

»Ich habe die KDs und KIs gefunden«, sagte Infinity.

»Oh, gut. Wir können einige von ihnen gut gebrauchen. Sind sie …« Thanthavongs Augenlider flackerten, als sie versuchte, mit Arachne in Kontakt zu treten.

»Ich bekomme immer noch keine …« Sie machte eine Pause und blickte zu Infinity. »Was ist los?«

»Ich glaube, ihre Gehirne sind durchgebrannt.«

Stephen Thomas glättete die Erde auf Ferals Grab. Er lehnte sich auf die Schaufel und legte den Kopf in die Hände. Schweiß lief ihm über die Stirn und über seine empfindlichen Schwimmhäute.

Stephen Thomas hatte einen Ort auf einem Hügel ausgewählt, inmitten eines Hains junger Eichen. Dieser Platz gefiel ihm besonders gut. Feral hätte ihn auch gemocht. Stephen Thomas hatte Feral lange genug gekannt, um über seine Vorlieben Bescheid zu wissen. Feral hatte keine Anweisungen für den Fall seines Todes hinterlassen. Arachne hatte jedoch seine Verzichtserklärung gespeichert, die Feral kurz vor seinem Abflug bei EarthSpace unterschrieben hatte – wohl ohne darüber nachzudenken. An der Stelle, wo das Formular nach den nächsten Verwandten fragte, hatte Feral eingetragen: »Keine«.

Stephen Thomas setzte sich auf den Boden und lehnte sich gegen eine der jungen Eichen. Die junge Pflanze würde in zwanzig bis fünfzig Jahren zu einem mächtigen Baum heranwachsen. Sollte die *Starfarer* überleben, wären die Eichen noch hier, wenn das Exil endete.

Sonnenlicht drang durch die leuchtenden roten und gelben Blätter. Der Herbst in der Wildnis war genauso heiß wie der Frühling auf dem Campus.

»Ich wünschte, ich hätte einen Grabstein für dich, Feral«, sagte Stephen Thomas laut. »Ich werde jemanden finden, der einen anfertigen kann, sobald ich die Zeit dafür finde. Ich konnte es einfach nicht mehr länger ertragen, dich in der Leichenhalle zu wissen …«

Stephen Thomas packte seine goldene Halskette. Die

feinen Glieder preßten sich kalt gegen seinen Nacken, und der Kristallanhänger baumelte gegen seinen Daumen. In einem bestimmten Licht schimmerte der Stein rot, in einem anderen blau und manchmal zeigte das Schmuckstück ein tiefes Schwarz. Stephen Thomas starrte auf den Kristall, spielte mit ihm herum und beobachtete das Farbenspiel.

Er dachte an Feral und seine Aura. Sie war einmalig gewesen. Der junge Journalist hatte in allen Farben des Regenbogens geleuchtet.

Vielleicht hat Victoria doch recht gehabt, sann Stephen Thomas. *Es gibt keine Auren. Ich erfinde sie nur, um mit meinen eigenen Gefühlen zurechtzukommen. Vielleicht, um sie besser zu verstehen.*

Stephen Thomas packte den Kristall und zog daran, zunächst sanft, dann stärker.

Als ich dich getroffen habe, hatte ich das gleiche Gefühl wie bei meiner ersten Begegnung mit Merry. Ich liebe Victoria und Satoshi, aber das ist etwas anderes. Es hat sich erst langsam entwickelt. Verdammt schwere Arbeit. Doch bei Merry ... da hat's gefunkt ... wie in diesen billigen Liebesromanen.

Aber Merry ist tot, und du bist tot. Verdammt noch mal, Feral, es tut mir so leid ...

Die Kette riß. Stephen Thomas starrte auf das zerstörte Schmuckstück. An der Bruchstelle war ein dünner Blutfilm zu sehen. Stephen Thomas strich sich über den Nakken und fand die Stelle, an der die Kette seine Haut aufgeschürft hatte. Schweiß brannte in der offenen Wunde.

Die blutige Goldkette lag in Stephen Thomas' Hand.

Er legte sie auf Ferals Grab.

In der Nähe raschelte eine Silberschnecke über den mit Laub bedeckten Boden. Stephen Thomas hatte sie hereingerufen, um ihm beim Transport von Ferals Leiche zu helfen. In der Mikrogravitation entlang der Achse hatte Stephen Thomas das Gewicht des Körpers kaum bemerkt. Erst als er wieder die üblichen 0,7 wg erreicht hatte, benötigte er Hilfe.

Der Lithoklast schwankte ungeduldig hin und her und wartete auf weitere Anweisungen von Stephen Thomas.

Stephen Thomas hatte keine weitere Verwendung für den KD. Er entließ die Schnecke, und sie kroch fort. Leider konnte Stephen Thomas die Schnecken vor Blades Haus nicht genauso einfach herumkommandieren wie diese hier.

Wie konnte ich mich nur so in einem Menschen irren? fragte er sich erneut.

Die Hitze ging ihm auf die Nerven. Stephen Thomas fragte Arachne nach den Gründen für eine derartige Hitze im Wildniszylinder. Normalerweise herrschte in beiden Zylindern ein mildes Klima. Es fror nur äußerst selten, und die Luft erreichte maximal Körpertemperatur. Manchmal beschwerten sich sogar einige Leute über das langweilige Wetter.

Arachne antwortete, daß bereits Maßnahmen eingeleitet worden seien, um das Problem zu beheben.

Satoshi würde das Wetter hier gefallen, dachte Stephen Thomas. Satoshi stammte von Hawaii und klagte oft über die kühlen Temperaturen. Im Gegensatz dazu hatte Victoria den größten Teil ihrer Kindheit in Nova Scotia verbracht. Sie hielt das Wetter an Bord der *Starfarer* für nicht erwähnenswert. Für sie war es nur Klima.

Am Fuß des Hügels öffnete sich ein Wartungstunnel. Die Silberschnecke kroch hinein und verschwand, um ihrer normalen Aufgabe an der Außenhülle des Schiffes nachzugehen. Der Tunnel schloß sich wieder. Der Eingang war außen mit Dreck und Gras bedeckt, so daß er in geschlossenem Zustand nicht von der ihn umgebenden Landschaft zu unterscheiden war. Der Schrei eines Vogels veranlaßte Stephen Thomas, nach oben zu blikken. Als er den Kopf wieder senkte, konnte er kaum noch erkennen, wo sich die Tunnelöffnung befand.

Stephen Thomas sollte wohl besser nach Hause gehen. Er sollte ins Labor zurückkehren, wo außerirdische Zellen auf seiner Nährlösung gediehen. Inzwischen hatten sie sich vielleicht ausreichend vermehrt, so daß er mit der Analyse beginnen konnte. Stephen Thomas hätte eigentlich aufgeregt sein müssen, doch für ein derartiges Gefühl war im Augenblick kein Platz. Um wieder Freude verspüren zu können, mußte er erst mit seiner Trauer fertig werden, Trauer um Feral, Trauer um Merry.

Stephen Thomas war nicht zusammengebrochen, als Merry gestorben war, und er würde auch jetzt nicht zusammenbrechen. Die Partnerschaft konnte sich keine weitere Katastrophe leisten.

Kapitel 7

Stephen Thomas erwachte. Ein kalter, erfrischender Wind blies durch die feuchte Luft und raschelte in den goldenen Blättern der Bäume. Weißes Licht fiel durch die Äste und hinterließ leuchtende Flecken auf dem trockenen Gras.

Daheim auf der Erde hätte Stephen Thomas nach Gewitterwolken Ausschau gehalten, aber an Bord der *Starfarer* war ein leichter Nieselregen das extremste Wetter.

Stephen Thomas streckte sich – und rührte sich nicht mehr. Er versuchte sich zu entspannen, bis der Schmerz nachließ. Dann setzte er sich so vorsichtig auf wie ein alter Mann.

»Ich bin verdammt froh, wenn diese Scheiße endlich vorbei ist«, knurrte er.

Es war durchaus möglich, sich von einem Taucher wieder zurück in einen normalen Menschen zu verwandeln. Seit über einem Jahrzehnt unterhielt die Regierung der Vereinigten Staaten eine beeindruckende Propagandamaschinerie, um die Taucher davon zu überzeugen, sich wieder zurückzuverwandeln.

Kein Taucher war jemals auf diesen Vorschlag eingegangen.

Stephen Thomas konnte seine Gestalt jederzeit wieder verändern, doch die Viren-Depolymerase würde ihn für Wochen auf die Krankenstation schicken.

Es gab noch einen weiteren Grund, der Stephen Thomas davon abhielt, die Rückverwandlung durchführen zu lassen: Arachnes Absturz hatte seine medizinischen Akten und sein genetisches Profil zerstört, und beim Einsturz des genetischen Instituts war sein Backup vernichtet worden. Ohne diese Daten war es unmöglich, die Tauchergene von seinen eigenen zu unterscheiden.

Ein Windteufel aus vertrockneten Blättern wehte über Ferals Grab und löste sich auf. Die trockenen Blätter sanken langsam zu Boden.

Stephen Thomas steckte sein Haar hinter den Ohren fest, rappelte sich auf und blieb eine Weile neben dem frisch aufgeworfenen Grab stehen.

»Ich werde Crimson um einen Grabstein bitten«, sagte er. »Und Infinity wird irgendeine Blume finden, die wir auf deinem Grab anpflanzen können.«

Der Kristall schimmerte schwarz auf der trockenen Erde.

»Leb wohl, Feral.«

Nemos Kokon pulsierte sanft für mehrere Stunden. Dann zitterte er heftig. J.D. beugte sich vor, vergrößerte das Bild und blickte konzentriert auf die Übertragung der WKM. Der Kokon verhärtete sich und schimmerte in blauem und grünem Perlmutt.

Es wurde vollkommen still in Nemos Nest.

J.D. saß am Fenster ihres Hauses, sah sich die Übertragungen an und wartete darauf, daß Nemo sie wieder zu sich bestellen würde. Das Nest zog sie magisch an. Aber wenn J.D. dorthin zurückkehrte, würde Nemo sterben.

J.D. fühlte sich merkwürdig. Seit sie den Netzverstärker inhaliert hatte, lebte sie losgelöst von ihrem eigenen

Körper – als wäre sie betrunken. Arachne informierte J.D. darüber, daß ihre Reaktion noch innerhalb der Toleranzgrenzen lag.

»Vielleicht ist das für dich tolerierbar«, sagte J.D. laut. Natürlich antwortete Arachne nicht. Der Computer der *Starfarer* ließ sich nicht auf rhetorische Diskussionen ein.

Als ich damals den Stoffwechselbeschleuniger bekommen habe, lief alles so glatt, dachte sie. *Bereits nach ein paar Tagen und ein paar Sitzungen in der Biochemie stand mir die zusätzliche Energie zur Verfügung. Ich dachte, mit der Verstärkung des Netzlinks würde es ähnlich laufen.*

J.D. veränderte ihre Sitzposition.

In ihrem Kopf drehte sich alles. Das Licht war zu hell. Es war früher schon zu hell gewesen, doch damals hatte es sie nicht gestört.

Eine leichte Brise drang durch das geöffnete Fenster hinein. Das tat gut, denn es war viel zu warm.

Zev schritt über den Hof. Er kam vom Fluß und trug in der einen Hand einen Fisch und in der anderen J.D.s Einkaufsnetz. Er sah seine Freundin, grinste und wedelte mit dem Fisch. J.D. winkte zurück.

Zev nahm die Stufen zur Veranda mit einem Satz.

»Hast du Hunger?«

»Habe ich«, erwiderte J.D. Das war anders, als volltrunken zu sein. Hätte sie zuviel getrunken, wäre sie nicht hungrig.

Zev trat ins Wohnzimmer, setzte sich J.D. gegenüber und bot ihr den Fisch an.

»Zev ... ich würde ihn gerne kochen, wenn es dir nichts ausmacht.«

Als J.D. versuchte aufzustehen, rannte sie beinahe in die Projektion der WKM.

Ups, dachte sie. *Schlechte Manieren.*

J.D. kicherte, blinzelte kurz und das Hologramm vergrößerte den Abstand.

J.D.s Knie zitterten. Eine Hitzewelle strömte über ihr Gesicht, und sie begann zu schwitzen. J.D. setzte sich wieder hin.

Zev sah seine Freundin besorgt an.
»Vielleicht werde ich ihn doch nicht kochen«, erklärte sie.
»Ich werde ihn kochen«, erwiderte Zev.
»*Du* wirst ihn kochen?«
»Klar. Manchmal machen wir das auch.«
»Ihr habt es nie getan, wenn ich bei euch war.«
»Das war ja auch im Sommer.«
»Oh.« *Das erklärt alles,* dachte J.D. und wünschte, sie könnte wieder klar denken.
Zev nahm eine Orange aus dem Einkaufsnetz und reichte sie J.D.
»Iß das, während ich koche. Die meisten Früchte sind um diese Zeit noch nicht reif. Aber es gibt bereits eine Menge Orangen.«
»Du mußtest nicht auf Nahrungssuche gehen«, sagte J.D. »Ich bin sicher, daß die Cafeteria genug Vorräte hat.«
»Kann sein«, entgegnete Zev skeptisch, »aber als ich dort vorbeiging, war niemand da, den ich fragen konnte. Also bin ich fischen gegangen.«
Zev ging mit dem Fisch in die Kochnische, und J.D. lehnte sich entspannt in ihrem Sessel zurück. Sie genoß das seltene Ereignis, daß jemand für sie das Essen zubereitete.
»Das riecht phantastisch, Zev.«
J.D. schälte die Orange und aß ein Stück. Süßsaurer Saft floß über ihre Zunge, als sie das Fruchtfleisch gegen ihren Gaumen preßte.
Zu J.D.s Erleichterung waren die Schwindelgefühle mittlerweile verschwunden. J.D. haßte es, wenn die ganze Welt sich im Kreis drehte. Sie haßte es, betrunken zu sein.
Plötzlich stöhnte J.D.
»Habe ich das wirklich zu Stephen Thomas gesagt?« stieß sie verzweifelt aus.
»Was gesagt?«
»Das sein Haar fürchterlich aussehe.«
»Ja, das hast du gesagt.« Zev trug zwei Teller mit

gekochter Forelle herein und gesellte sich zu seiner Freundin.

»O nein!«

»Aber sein Haar *sah* fürchterlich aus. Was ist falsch daran, ihn darauf aufmerksam zu machen? Du solltest ihm raten, es abzuschneiden.«

J.D. strich zärtlich über Zevs bleiches Haar. Es war kurz genug, um beim Schwimmen nicht in die Augen zu geraten, und lang genug, um sich unter Wasser aufzufächern.

»Ich glaube, er mag es lang«, sagte sie.

Zev legte seinen Kopf in J.D.s Hand und gab ihr einen schnellen Kuß.

»Ich glaube, du magst ihn«, bemerkte Zev. Er reichte J.D. einen der Teller, und sie gab Zev ein Stück von der Orange.

»Natürlich mag ich ihn. Ich mag auch Victoria und Satoshi.«

J.D. glaubte, sie hätte ihre Gefühle in Bezug auf Stephen Thomas unter Kontrolle. Sie wollte nicht darüber sprechen. In ihrem gegenwärtigen Zustand würde sie wahrscheinlich mehr preisgeben, als ihr lieb war.

J.D. hätte Zev ohne weiteres von ihren Gefühlen erzählen können. Für ihn wäre das vollkommen normal gewesen – wenn da nicht J.D.s Widerwille gewesen wäre, sie sich selbst gegenüber einzugestehen. Zev würde sie als derart normal empfinden, daß er Stephen Thomas davon erzählen würde, und das wäre J.D. mehr als peinlich.

J.D. aß ein Stück von dem Fisch. Er war perfekt zubereitet. Das Fleisch war butterweich.

»Das ist wunderbar«, lobte sie Zev. »Was würde ich nur ohne dich anfangen?«

Zev grinste. »Bevor du mich getroffen hast, warst du ein ganz normaler Mensch, und ich war ein ganz normaler Taucher.«

Infinity zeigte Professor Thanthavong, was er im Verwaltungsgebäude gefunden hatte. Die Nobelpreisträgerin rief den Geschäftsführenden Kanzler.

Gerald Hemminge traf einige Minuten später im Verwaltungsgebäude ein. Er blieb kurz in der Mitte der Treppe stehen und schritt dann zielstrebig durch den Keller.

Infinity berichtete, was geschehen war. Gerald hörte aufmerksam zu und trat aufgeregt von einem Fuß auf den anderen.

»Wie können wir das Problem beheben?« fragte Thanthavong in einem scharfen Ton. »Wie konnte der Kanzler nur etwas so … so Dummes tun, etwas so …?«

»Schreien Sie mich bitte nicht an«, unterbrach Gerald Hemminge. Er sah genauso unglücklich aus wie die Nobelpreisträgerin. Sein Blick schweifte durch den Keller und über die Köpfe der reglosen mobilen Einheiten. »Ich habe nicht gewußt, daß Kanzler Blades etwas derartiges tun würde. Ich hätte ihn aufgehalten, wenn ich gekonnt hätte.«

»Wir werden ohne sie auskommen müssen«, sagte Professor Thanthavong. »Wenn wir ihre Zentraleinheiten wieder aufbauen würden … das würde Ressourcen beanspruchen, die wir nicht entbehren können. Wir werden wohl oder übel ihre Arbeit selbst erledigen müssen.«

Gerald stieß einen erleichterten Seufzer aus, und ein Grinsen zeichnete sich auf seinem Gesicht ab.

»Es wird sehr amüsant sein zu sehen, wie Stephen Thomas seine Hemden auf einem Stein am Fluß wäscht.«

»Sie und Stephen Thomas sollten Ihren Streit vergessen«, sagte Thanthavong. »Die Expedition kann keine weiteren Probleme gebrauchen.«

»Von mir aus sofort … wenn er es auch tut. Das bißchen Wäschewaschen wird ihn schon nicht umbringen. Er ist zu eingebildet, und er hat eine provokante Art …«

»Er hat das Recht, eingebildet zu sein«, widersprach Thanthavong. »Er ist ein talentierter junger Mann, und meiner Meinung nach provozieren Sie sich gegenseitig.«

»Es geht nicht nur um *dreckige Wäsche*«, mischte sich Infinity ein. Er fühlte sich ebenfalls provoziert.

Gerald und Thanthavong unterbrachen ihre Diskussion und blickten zu Infinity. Gerald neigte seinen Kopf auf eine Art zur Seite, als wisse er bereits alles, was man ihm sagen wollte, und als würde er nur darauf warten, jeden Vorschlag zu verwerfen.

»Eine der Aufgaben der KDs besteht in der Haushaltsführung, sicher«, erklärte Infinity, »aber das ist nur *eine* ihrer Aufgaben. Sie *reparieren* Dinge. Sie bepflanzen die Gärten, sorgen für das Gemüse und kochen für uns ... Wann hatten Sie zum letzten Mal eine warme Mahlzeit?«

»Ich habe mich in letzter Zeit von Keksen und Käse ernährt«, antwortete Gerald. »Ich hatte es meist sehr eilig, und deshalb bin ich nicht mehr in die Cafeteria gegangen. Wollen Sie etwa behaupten, es könne nichts mehr gekocht werden?«

»Ich will damit sagen, wir müssen viel mehr Aufgaben übernehmen, als Sie glauben.«

Thanthavong rieb sich nachdenklich das Kinn.

»Irgend jemand muß den Gemüseanbau übernehmen«, sagte Infinity.

»*Im Dreck wühlen?*« fragte Gerald entsetzt.

»Wenn Sie länger hier draußen bleiben wollen, als wir Vorräte haben ... ja.«

»Und wie lange werden die Vorräte halten?«

»Das weiß ich nicht. Arachne hat keine Informationen darüber, mit wieviel wir losgeflogen sind oder wieviel wir zurückgelassen haben ...«

»Um Himmels willen ...«

»Infinity trifft keine Schuld«, unterbrach Thanthavong barsch. »Ich habe Ihnen bereits erklärt, daß Arachne aufgrund der Systemabstürze einige Daten verloren hat. Einige dieser Daten waren vielleicht nie vorhanden. Wir müssen eine Inventur durchführen. Wir müssen ...« Ihre Stimme wurde leiser, während sie nachdachte, doch dann fuhr sie entschlossen fort: »Zum Glück gibt es wenigstens einen an Bord, der über seinen Tellerrand hinaussieht.«

»Wahrscheinlich haben Sie recht.« Gerald starrte erneut auf die leblosen KDs. Sein Blick wanderte immer wieder zu den dunklen Ecken des Raums. Gerald atmete tief durch, aber er verbarg diese Reaktion hinter einem Husten. »*Können* Sie die KDs reparieren? Oder muß die *Starfarer* in die Steinzeit zurück, in die primitive Kultur der Jäger und Sammler?« Er sah zu Infinity. »Bitte fassen Sie das nicht als Beleidigung auf.«

»Was?« Infinity unterdrückte ein Lachen. Was sollte er darauf antworten? Daß die Familie seiner Mutter seit Jahrhunderten als Farmer gelebt hatte? Daß die Kultur nomadisch lebender Stämme alles Mögliche war, nur nicht ›primitiv‹? Daß er sich darauf freute, Gerald im Wildniszylinder zu sehen, wie er einem Hirsch hinterherjagte?

Als Sammler konnten sie gut leben. Die meisten Pflanzen an Bord der *Starfarer* waren eßbar. Infinity fragte sich, ob Gerald das wußte.

Der junge Gärtner zuckte mit den Schultern. »Ich würde ein Leben als Jäger und Sammler dem Reisanbau vorziehen.«

Der andere Teil von Infinitys Erbe war brasilianisch und japanisch. Gerald hatte offensichtlich keine Ahnung, wovon Infinity redete, denn er starrte ihn nur verwirrt an.

»Können Sie die KDs reparieren?« Jetzt wandte Gerald sich an Professor Thanthavong. Er schwitzte.

Er fühlt sich hier unten nicht wohl, dachte Infinity. *Er fühlt sich überhaupt nicht wohl.*

»Theoretisch weiß ich selbstverständlich, wie man die Zentraleinheiten der Roboter wiederherstellt«, erwiderte Professor Thanthavong, »aber technisch gesehen ... Offensichtlich hat Infinity recht. Wir müßten etliche Ressourcen freimachen, um die Maschinen zu reparieren. Falls Arachnes Daten über ihre Programmierung vollständig sind, sollte das kein Problem darstellen. Aber falls wir alles von Grund auf neu entwickeln müßten ...« Sie hob die Hände mit einer Geste der Resignation.

Gerald blickte sich erneut in dem dunklen Keller um. Die schattenhaften Gestalten der KDs umringten die drei wie Geister. Gerald zog die Schultern hoch.

»Ich werde eine Möglichkeit finden müssen, wie wir sie wieder in Betrieb nehmen können«, sagte er. »Wenn Sie mich jetzt entschuldigen wollen.« Gerald eilte die Treppe hinauf und verschwand.

»Wir wären in ziemlichen Schwierigkeiten«, erklärte Thanthavong, »wenn Sie das hier nicht rechtzeitig entdeckt hätten.«

»Früher oder später wäre schon irgend jemand darüber gestolpert.«

»Wir waren alle so mit J.D.s Abenteuern beschäftigt, daß wir uns wahrscheinlich irgendwann verblüfft umgesehen hätten, nur um festzustellen, daß es zu spät ist.«

Thanthavong hatte das als Kompliment gemeint, doch Infinity fragte sich, ob er nicht seine Grenzen überschritten hatte. Er fragte sich, ob Thanthavong glaubte, er habe kein Interesse an Nemo.

Ob Aristokraten immer diesen Effekt bei ihren Mitmenschen hervorriefen ...?

»War Ihre Mutter Japanerin?« fragte Thanthavong.

»Mein Vater.«

»Wie sind Sie dann zu dem Namen Mendez gekommen?«

»Mein vollständiger Name lautet Infinity Kenjiro Yanagihara y Mendoza. Mendez ist einfacher. Die meisten Leute würden sich bei dem Versuch, meinen richtigen Namen auszusprechen, die Zunge brechen.«

»Warum benutzen Sie den Namen Ihrer Mutter?«

Infinity zuckte mit den Schultern. »Es ist nicht so verwirrend. Ich sehe nicht gerade wie ein Japaner aus. In Brasilien war das egal. Dort gab es eine Menge Mischlinge. Meistens nannte man mich Kenny Yanagihara.«

»War Ihr Vater Reisbauer?«

»Nein, Ma'am«, antwortete Infinity. »Er war ... er war Verschiedenes, aber nie Farmer. Das Wort *Ronin* würde eher zu ihm passen. Er hat nie Reis angebaut, und seine Vorfahren wahrscheinlich auch nicht.«

»Mein Vater hat Reis angebaut«, erzählte Thanthavong. »In Kambodscha. Vor hundert Jahren. Mit einem Wasserbüffel.«

Sie strich über den Rücken einer KD, ein Zeichen der Trauer und des Abschieds, und ging die Treppe hinauf.

Infinity folgte ihr. Thanthavongs Geschichte hatte ihn verwirrt. Vor einhundert Jahren? Mit einem Wasserbüffel?

Infinity kannte das wahre Alter der Nobelpreisträgerin nicht, aber sie *war* alt. Vielleicht achtzig.

Es war durchaus möglich, daß Thanthavongs Vater vor einhundert Jahren in Kambodscha Reis angebaut hatte.

Mit einem Wasserbüffel.

Stephen Thomas ging mit der Schaufel in der Hand in Richtung Campuszylinder. Er hatte nicht beabsichtigt, so lange fortzubleiben. Was wohl mittlerweile am Institut geschehen war? Stephen Thomas nahm Kontakt zu Arachne auf, doch weder seine Studenten noch seine Chefin hatten ihm eine Nachricht hinterlassen.

Während Stephen Thomas in Arachne eingeklinkt war, stolperte er auf dem rauhen Pfad. Er löste sich aus dem Netz und konzentrierte sich wieder auf den Weg. Stephen Thomas hatte vergessen, wie schnell die Dunkelheit im Spätherbst an Bord der *Starfarer* hereinbrach. Im Campuszylinder, wo der Frühling seinem Ende zustrebte, wurden die Tage immer länger.

Stephen Thomas konnte sich nicht verirren. Die Sonnenrohre reflektierten das Sternenlicht in der Nacht, und Arachne konnte ihm jederzeit den Weg zum Ausgang weisen, wenn der Himmel bewölkt sein sollte – und genau das geschah im Augenblick. Die Wolken waren dicker und dunkler als alles, was Stephen Thomas bis jetzt im Schiff gesehen hatte. Die Temperatur war stark gefallen.

Stephen Thomas folgte dem Pfad, so gut er konnte. Von Zeit zu Zeit klinkte er sich in Arachne ein, um sich zu vergewissern, daß er sich noch immer auf dem richtigen Weg befand; doch er konnte nicht ständig mit dem Netz in Kontakt bleiben. Stephen Thomas mußte sich auf den Weg konzentrieren.

Es begann zu regnen. Ein paar vereinzelte Tropfen fielen auf die vertrockneten Blätter der Bäume. Dann ertönte ein tiefes Grollen.

Donner.

Stephen Thomas blickte in den Himmel und war erstaunt, Blitze am anderen Ende des Wildniszylinders zu sehen.

Durch eine Wolkenlücke hindurch waren die von Sternenlicht erfüllten Sonnenrohre zu erkennen.

Überall in der Wildnis gingen nun Blitze nieder.

Als erneut Donner den Zylinder erfüllte, verfluchte Stephen Thomas die Blitze, den Regen und Arachne. Der Pfad führte einen kleinen Hügel hinauf. Stephen Thomas blieb stehen und hielt nach einem Weg um die Anhöhe herum Ausschau. Er hatte nicht die Absicht, ein menschlicher Blitzableiter zu werden, also fragte er nach dem nächstgelegenen Wartungstunnel, um dort Unterschlupf zu suchen. Er erhielt keine Antwort. Der Sturm hatte Stephen Thomas vom Netz und damit von jeder Hilfe abgeschnitten. Der Wind wurde stärker und trieb das Laub über den Boden. Regentropfen fielen auf die Erde, prallten ab, klatschten gegen Stephen Thomas' Beine, fielen erneut zu Boden und verwandelten den trockenen Untergrund allmählich in Schlamm.

Die Wolken öffneten sich, und es goß wie aus Eimern. Die großen, schweren Tropfen fielen so schnell, daß Stephen Thomas den Eindruck hatte, zu schwimmen.

Ganz in der Nähe schlug ein Blitz in die Erde. Die Luft roch nach Ozon, Zedernholz und Rauch. Zischend platschte Regen in die Flammen. Das Feuer erstarb und hinterließ den Geruch feuchter Asche.

Kleine Bäche rannen den Hügel hinab und vereinigten sich zu einem Strom. Stephen Thomas folgte dem Wasser auf der Suche nach einem Unterstand. Er war durch und durch naß, ihm war eiskalt, und sein langes Haar klebte am Kopf. Erschöpft wischte Stephen Thomas sich das Regenwasser aus den Augen.

Ein Blitz erhellte die Umgebung, und Stephen Thomas sah sich aufmerksam um. Der kleine Strom führte ihn in eine Schlucht. Anstatt von einem Blitz verbrannt zu werden, würde Stephen Thomas ertrinken. Selbst ein Taucher könnte eine Springflut nicht überleben. Er ließ die Schaufel fallen und kletterte fluchend einen nahegelegenen Abhang hoch.

Nachdem Stephen Thomas außer Reichweite der drohenden Flut war, hockte er sich unter einen Ginsterstrauch. Er schützte Stephen Thomas zwar vor dem Wind, doch nicht vor dem Regen. Das gefallene Laub hatte sich inzwischen in eine glitschige, braune Masse verwandelt, die den gesamten Boden wie ein einziger großer Teppich bedeckte.

Der Regen endete, wie er begonnen hatte: Die Sintflut wurde plötzlich von ein paar vereinzelten Tropfen abgelöst, und dann … nichts. Stephen Thomas blickte in den Himmel. Die Regenwolken hatten sich verzogen, und die Sterne strahlten hell entlang der Sonnenrohre.

Ein reißender Strom braunen Wassers floß durch die Schlucht zu seinen Füßen.

Als Stephen Thomas sich erhob, überschüttete ihn der Ginster mit einem weiteren Schauer. Fluchend versuchte Stephen Thomas, sich zu orientieren und ging wieder zu dem Pfad, den er vorhin verlassen hatte. Die elektromagnetischen Entladungen des Gewitters beeinflußten den Netzlink nicht mehr – was immer das jetzt auch nutzen mochte. Stephen Thomas sandte eine allgemeine Anfrage an Arachne in Bezug auf das Wetter. Arachne erwiderte, es bestehe keine Brandgefahr mehr.

Stephen Thomas wanderte durch ein kleines Wäldchen junger Bäume, die ihn mit Wasser und abgestorbenen, nassen Blättern übergossen. Das Wäldchen endete abrupt am Rand einer Wiese, die sich bis zu dem steilen Hügel erstreckte, der das Ende des Zylinders markierte. Auf dem Gipfel wartete die Fähre zurück zum Campus.

Als Stephen Thomas das Ende der sumpfigen Wiese erreicht hatte, bemerkte er jemanden, der mit großen Schritten den Hügel hinabkam.

Stephen Thomas blieb im Schatten eines der großen Bäume stehen. Der Neuankömmling konnte ihn vermutlich nicht sehen.

Es war Griffith.

Griffith machte ihn nervös. Stephen Thomas ermahnte sich, daß Auren nur seiner Phantasie entsprangen. Daß er keine Aura bei Griffith entdeckt hatte, bedeutete also absolut gar nichts. Victoria hatte ihn darauf hingewiesen, daß Floris Brown Griffith als Spitzel bezeichnet hatte, bevor Stephen Thomas bei ihm nach einer Aura gesucht hatte.

Griffith machte Stephen Thomas nervös, weil Griffith jeden nervös machte. Er war der Hauptverdächtige im Zusammenhang mit dem Systemabsturz gewesen. Allerdings hatte er sich als unschuldig erwiesen.

Griffith behauptete, ein Buchhalter des Obersten Rechnungshofes zu sein. Nur wenige glaubten, daß er für das GAO arbeitete, und niemand hielt ihn für einen Buchhalter. Wie jeder andere, so glaubte auch Stephen Thomas, Griffith habe gegen die Expedition gearbeitet.

Stephen Thomas zog sich weiter in den Schatten des großen Baumes zurück.

Griffith überquerte die Wiese. Er trug einen Notschlafsack. Stephen Thomas fragte sich, warum Griffith kein Zelt aus dem Lagerraum geholt hatte. Es war allgemeines Eigentum – aber Griffith verstand ›allgemeines Eigentum‹ wahrscheinlich genauso wenig wie ›Entscheidungsfindung durch Konsens‹.

Was kümmert's mich, wenn er beim Camping naß wird? dachte Stephen Thomas.

Er verhielt sich vollkommen still, als Griffith näherkam. Der Regierungsagent war nur wenige Schritte von dem Genetiker entfernt. Stephen Thomas genoß es, den Mann unbemerkt aus nächster Nähe zu beobachten.

Griffith blieb stehen.

»Zeigen Sie sich«, sagte er und blickte in Stephen Thomas Richtung.

Stephen Thomas zögerte einen Augenblick, dann zuckte er mit den Schultern und trat aus dem Schatten des Baumes. Was konnte Griffith ihm schon anhaben? Arachne wußte, wo er war. Und Stephen Thomas stellte sicher, daß der Computer auch von Griffith' Aufenthaltsort erfuhr.

»Sie sehen fürchterlich aus.« Griffith klang beleidigt. »Was tun Sie hier draußen?«

»Ihnen aus dem Weg gehen«, erwiderte Stephen Thomas.

Griffith' Gesichtsausdruck wurde härter.

»Und was machen Sie hier draußen?« fragte Stephen Thomas zurück.

»Das geht Sie einen Scheißdreck an«, antwortete Griffith und wandte sich wütend ab.

»Hey!« rief Stephen Thomas.

Griffith stockte kurz und ging weiter.

»Woher haben Sie gewußt, wo ich bin?« rief ihm Stephen Thomas hinterher.

Griffith drehte sich um. Er blickte verächtlich an Stephen Thomas herab.

»Sie hätten *noch* auffälliger sein können«, erklärte er, »aber nur, wenn Sie lauthals geschrien hätten.«

Victoria zögerte auf dem Weg durch J.D.s Vorgarten. Es war später, als sie gedacht hatte. Sie hatte den ganzen Tag in Physics Hill verbracht und ihre Reise in Nemos Inneres analysiert. Victoria hatte wahrlich merkwürdige Informationen mitgebracht. Weder sie noch Avvaiyar konnten etwas damit anfangen.

Ein weiches Licht strömte aus den großen Wohnzimmerfenstern und beleuchtete den Garten. Die Heidelbeersträucher raschelten, und irgend etwas – eine Eule oder eine Fledermaus? – flog leise vorbei.

Victoria klopfte an J.D.s Tür. Wie die meisten Häuser an Bord der *Starfarer,* war auch dieses in einen Hügel hineingebaut worden. Die ganze Vorderseite bestand aus Fenstern mit Ausnahme der Tür. Es galt als unanständig, bei fremden Leuten durch die Fenster zu sehen.

Zev öffnete die Tür.

»Hi, Victoria.«

»Hi, Zev. Wo habt ihr den ganzen Tag gesteckt?«

»Professor Thanthavong hat J.D. befohlen, sich auszuruhen.«

»Ist das Victoria?« fragte J.D. aus dem Hintergrund.

»Hi«, rief Victoria.

Zev trat beiseite und ließ Victoria hinein. Victoria zog die Schuhe aus.

Ein überlebensgroßes Hologramm von Nemos Kokon nahm den größten Teil des Raumes ein und erleuchtete ihn. Victoria hatte dasselbe Bild, nur wesentlich kleiner, den ganzen Tag neben ihrem Schreibtisch gehabt.

Nichts hatte sich verändert.

Das Hologramm überlagerte einige der Kisten, die im ganzen Raum verteilt standen. J.D. war noch nicht lange genug an Bord, um alles ausgepackt zu haben.

Victoria genoß J.D.s Gesellschaft. Sie mochte sie. Das überraschte Victoria, da die Kontaktspezialistin erst vor kurzem auf das Sternenschiff gekommen war und Victoria nicht schnell Freundschaft schloß.

J.D. saß am Fenster und hatte sich so positioniert, daß sie entweder hinaussehen oder auf Nemos Bild blicken konnte. Sie hatte einige Dinge um sich herum arrangiert: ein paar Bücher, eine Leselampe und die selbstgemachte Decke, die ihr Stephen Thomas zur Begrüßung geschenkt hatte. Das Licht war aus. J.D.s ganze Aufmerksamkeit galt dem Hologramm.

Zev trat zu seiner Freundin und setzte sich neben sie.

Victoria lächelte. »Du scheinst es dir ja bequem gemacht zu haben?«

»Ich fühle mich so merkwürdig«, sagte J.D. »Es ist, als hätte ich zuviel getrunken. Ich habe jedem, den ich getroffen habe, die dümmsten Sachen erzählt. Ich halte es für besser, mich zu verstecken, bis ich wieder bei Verstand bin.«

»Das muß ein Schock für deinen Körper sein«, erwiderte Victoria. »Ich war so mit meinen Analysen beschäftigt ... Ich hätte schon früher vorbeikommen sollen.«

»Mir geht's gut. Komm, setz dich.«

Victoria setzte sich J.D. gegenüber, zog die Beine an und schlang ihre Arme um die Knie. Zevs Körper strahlte eine ungewöhnliche Hitze aus.

Bald wird Stephen Thomas auch so sein, dachte Victoria.

Zev legte seine Füße auf J.D.s. Die Krallen des jungen Tauchers drückten gegen die Haut auf dem Spann.

»Ich weiß, daß das Präparat bereits wirkt«, sagte J.D., »aber ich spüre noch keine Veränderung in meinem Netzlink.«

»Arachne ist darauf programmiert, niemandem mehr Informationen zu geben, als ein durchschnittlicher Mensch verdauen kann«, erklärte Victoria. »Jedenfalls ... jedenfalls nicht unter normalen Umständen.«

Diese Sicherung hatte bei Feral versagt. Es hätte eigentlich unmöglich sein sollen, doch trotzdem hatte Arachne ihn im wahrsten Sinne des Wortes überladen. Ferals Blutdruck war so schnell angestiegen, daß seine Adern geplatzt waren. Im gleichen Augenblick hatte er eine Gehirnblutung erlitten und war gestorben.

J.D. ging ein *sehr großes* Risiko ein.

»Bitte sag Nemo, er soll vorsichtig sein, bevor du deinen Link ausprobierst«, bat Victoria. Sie wußte, es würde wenig Sinn ergeben, wenn sie versuchen würde, J.D. zu einer Meinungsänderung zu bewegen.

»Das werde ich. Keine Angst.« J.D.s Blick wanderte wieder zu dem Hologramm. »Es ist so *ruhig*«, sagte sie. »Ich habe mich so an das Huschen der Begleiter gewöhnt. Hast du bemerkt, daß man sie immer hören konnte ... selbst wenn man sie nicht sah?«

»Nein«, antwortete Victoria. »Wahrscheinlich war ich nicht lange genug im Nest.«

Eine Zeitlang unterhielten die beiden Frauen sich über Victorias Analysen, während Zev schweigend zwischen ihnen saß. Trotz seiner Jugend und seiner Lebhaftigkeit war er damit zufrieden, zuzuhören. Zev versuchte nicht, die Aufmerksamkeit auf sich zu lenken. Er beeindruckte Victoria immer mehr, je länger sie ihn kannte.

»Ist es, was du gedacht hast?« fragte J.D. »Neutronium?« Irgend etwas *mußte* für die hohe Masse des Planetoiden verantwortlich sein. Ein normaler Planetoid von dieser Größe besäße eine kaum wahrnehmbare Schwerkraft. Ein Mensch könnte sich von seiner Oberfläche abstoßen und ihn ewig umkreisen.

»Ich glaube nicht«, antwortete Victoria. »Ich glaube, daß die Quelle der Gravitation ... die Quelle der Energie ... noch wesentlich dichter ist.«

»Ein schwarzes Loch?« rief J.D. aufgeregt.

»Von der Größe eines Quants.«

»Das gibt es doch in jedem besseren Elektrogeschäft«, erwiderte J.D. trocken.

»Klar. Einschließlich einer entsprechenden Hülle und eines elektrostatischen Feldgenerators ... aber wie, zum Teufel, bringst du es dazu, dich durch die Galaxie zu transportieren?«

»Kleinigkeit«, antwortete J.D.

Sie schwiegen. Eine angenehme Spannung baute sich zwischen den beiden Frauen auf. Victoria spürte, wie die Zuneigung zu ihrer Kollegin mit jeder Sekunde wuchs. Sie streckte ihre Hand zu J.D. aus. J.D. starrte sie an und ergriff mit ihrer starken Hand Victorias lange, dunkle Finger.

»Ist alles in Ordnung?« fragte J.D. »Ich meine …« Sie hob ihre Hand zu einer Geste, die das gesamte Schiff mit einschloß.

»Alles hätte perfekt sein sollen«, entgegnete Victoria leise. »Es hätten Fanfaren erklingen müssen, wenn die großen Entdecker die Erde verlassen. Und bei unserer Rückkehr … Ich weiß nicht, ein Schatz vielleicht. Kein Gold oder so was … etwas Intellektuelles.« Sie legte die Stirn auf die Knie. »Was für eine Fanfare. Was für ein Schatz.« Victoria hob den Kopf und blickte zu ihrer Freundin. Wenn sie ihr Gesicht nicht versteckte, würde das vielleicht ihre Tränen zurückhalten. »Und ich mache mir Sorgen um meine Familie, besonders um meine Urgroßmutter. Schade, daß du sie nicht kennengelernt hast. Schade, daß sie uns nicht begleitet hat.«

»Es geht ihr bestimmt gut«, sagte J.D., um ihre Freundin zu beruhigen. »Sie werden unseren Familien nicht die Schuld für unser Verhalten geben. Da bin ich mir ganz sicher.«

»Grangrana hat keine Möglichkeit zu erfahren, ob wir noch leben«, fuhr Victoria fort. »Sie wird sich zu Tode sorgen … Und erst Satoshis Eltern. Sie sind wunderbar. Sie stehen hinter uns, aber sie werden sich auch um uns ängstigen.«

»Was ist mit Stephen Thomas? Hat er keine Familie?«

»Nur seinen Vater. Wahrscheinlich könnte er seine Mutter finden, wenn er sich die Mühe machen würde, aber er hat keine Lust dazu. Und Greg ist … recht egoistisch. Er weiß genau, welchen Knopf er wann drücken muß.« Victoria seufzte. »Ich versuche wirklich, ihn zu mögen. Glaub mir. Aber manchmal ist es schon ganz schön hart, sich ständig um ihn sorgen zu müssen.«

J.D. drückte Victorias Hand.

»Und ich vermisse meine Katze!« sagte Victoria plötzlich. »Ich konnte auf Alzena einreden, wie ich wollte. Sie war einfach nicht davon zu überzeugen, mir zu erlauben,

Halley mitzubringen.« Manchmal träumte Victoria davon, die schlanke, schwarze Katze zu streicheln, und wenn sie aufwachte, erinnerte sie sich an Halleys sanftes Schnurren. Victoria lachte. »Ist das nicht lächerlich? Nach allem, was in letzter Zeit geschehen ist, denke ich nur an meine Katze!«

»Ist schon gut«, erwiderte J.D. »Das ist nur allzu verständlich.«

»Du brauchst dir diesen Mist nicht anzuhören!« sagte Victoria. »Ich bin gekommen, um nach dir zu sehen, nicht um mich auszuheulen.« Sie ließ J.D.s Hand los und lehnte sich wieder zurück. In wenigen Augenblicken würde sie gehen und J.D. und Zev alleine lassen.

»J.D. und ich gehen morgen früh schwimmen«, mischte sich Zev unvermittelt ein. »Im Meer.«

Victoria hob verblüfft den Kopf. Zunächst dachte sie, Zevs Äußerung sei absolut unlogisch, doch dann bemerkte sie, wie J.D. und Zev einen verstehenden und glücklichen Blick austauschten.

»Möchtest du uns nicht begleiten?« fragte J.D.

»Gerne«, erwiderte Victoria, überrascht und erfreut zugleich.

»Wir holen dich um fünf Uhr morgens ab.«

»Um fünf!« rief Victoria.

J.D. grinste. »Hast du es dir wieder anders überlegt?«

»Nicht im geringsten. Wenn ihr mich wirklich dabeihaben wollt ...?«

»Klar«, sagte J.D.

Esther Klein war allein im Keller des Verwaltungsgebäudes. Sie stellte eine Kiste mit Sonden und Regeneratoren auf den Boden und legte ihre grüne Baseball-Jacke daneben. Die heiße Nachmittagsluft war sogar bis in den Keller vorgedrungen. Esther war von Ersatzteilen und toten Robotern umgeben. Über dem feuchten Geruch des Kellers lag der Duft von Schimmelpilzen, Ozon und Verfall.

»Ich werde Infinity umbringen«, fluchte Esther. »Ich schneide ihm die Kehle durch.«

Esther hätte eigentlich außerhalb der Zylinder sein *müssen*, um die Instandsetzungsarbeiten an der Außenhülle zu überwachen. Statt dessen hockte sie in diesem Loch und spielte die Krankenschwester für einen Haufen Künstlicher Dummköpfe. Das war alles Infinitys Schuld. Er war der einzige an Bord, der wußte, daß sie früher einmal als Robotertechnikerin gearbeitet hatte.

Aber irgend jemand mußte diese Arbeit erledigen, und Esther war die einzige, die über genügend Erfahrung dafür verfügte. Warum hatte die Verwaltung nur zugelassen, daß man alle Techniker abberief, ohne für Ersatz zu sorgen ... Esther hielt es für einen Teil von Blades Plan. Es paßte ihm gut in den Kram, die Techniker ersatzlos verschwinden zu lassen. Wären sie an Bord der Starfarer geblieben, hätte er sich ein anderes Subsystem für seine Sabotage ausgesucht. Esther war nur hiergeblieben, weil sie die Pilotin des Shuttles war, das zum Zeitpunkt der überstürzten Transition im Dock der *Starfarer* gefangen gewesen war.

Die Reparatur der KDs und mobilen KIs ist das mindeste, was ich für diese Leute tun kann, dachte sie. *Wenn man bedenkt, wieviel Ärger ich ihnen bereitet habe, nur weil ich mich an meine Befehle hielt*. Befehle! *Zum Glück hat mich noch keiner der beiden Senatoren oder Gerald K.O. geschlagen, weil ich sie mit hineingezogen habe.*

Doch andererseits ... wenn ich mich von dem Schiff gelöst hätte, *wäre ich zwar nicht hier, aber dafür im Gefängnis.*

Esther rieb die Hände an der Hose trocken, durchwühlte ihre Werkzeugkiste nach einer Sonde und begann mit der Arbeit an dem ersten KD.

Esther öffnete das Siegel des Gehäuses. Nichts. Sie atmete erleichtert auf und arbeitete sich weiter durch das bioelektronische Gehirn. Gar nicht übel. Vertrocknet wie Algen in der Wüste. Wenn alle KDs so aussahen, konnte sie sie in kürzester Zeit wieder zum Leben erwekken. Esther schloß einen Rehydrationsschlauch an und wartete einige Minuten. Die verschrumpelte Oberfläche blähte sich auf unter dem Einfluß von physiologischer Kochsalzlösung, Fructose und Salicylsäure, reagierte auf die konzentrierte Mixtur aus Hormonen und Wachstumsmitteln. Die Risse vertieften sich.

Esther tätschelte den KD.

»Du wirst dich an alles erinnern, nicht wahr?« fragte sie hoffnungsvoll. »Arachne ist keine große Hilfe, also wäre es ganz nett, wenn du mit einem intakten Gedächtnis aufwachen würdest. Du wirst mir nicht viel nützen, falls du jetzt noch blöder sein solltest als vorher.«

Esther ging zum nächsten KD und brach das Siegel.

Der Deckel zischte und sprang auf. Esther schreckte zurück. Verfaulte Teile eines bioelektronischen Leiters spritzten auf ihre Brust. Esther würgte und zog das Hemd aus. Es war durch und durch naß. Wenn bioelektronische Komponenten verrotteten, verbanden sie den süßen, Übelkeit erregenden Geruch von verfaultem Fleisch mit der schleimigen Konsistenz verrottender Pflanzen.

Esther spritzte zunächst sich selbst ab, dann ihr Hemd und schließlich den KD. Die ekligen Überreste des bioelektronischen Gehirns entsorgte sie in einem Müllschlukker. Der Gestank war überall. Er war zwar nicht besonders giftig, aber unerträglich.

Esther war vollkommen durchnäßt. Jetzt freute sie sich über die ungewöhnliche Hitze. Wenn sie in ihrer Baseball-Jacke gearbeitet hätte – der inoffiziellen Uniform der Shuttlepiloten –, wäre sie ruiniert gewesen.

Ich wette, es gibt keine fluoreszierenden Baseball-Jacken in den Lagern der Starfarer, dachte sie.

Esther machte sich an die mühselige Arbeit, das Gehäuse zu reinigen. Sie sterilisierte es, säte es ein und schloß es an den Strom an. Dieser Roboter würde mehr als eine Woche zum Wachstum benötigen, und dann müßte ihn jemand von Grund auf neu trainieren.

Ein Bild von Nemos Kammer schwebte neben den Schaltplänen der KDs. Es hatte sich nicht verändert, seit der Kokon hart geworden war. Esther kannte es schon in- und auswendig. Sie verlangte nach Musik. Trash-Metal. Zumindest waren die Musikarchive von dem Systemabsturz verschont geblieben.

Esther widmete sich einem weiteren Gehirn.

Nach acht Stunden verfluchte sie Infinity. Der erste KD war ein seltener Glücksfall gewesen. Inzwischen hatte Esther insgesamt fünf geöffnet, und nur der erste besaß ein einigermaßen intaktes Gehirn. Achtzig Prozent Totalverlust. Esther stemmte die Hände in die Hüften und blickte auf Hunderte von Robotern, die noch auf sie warteten.

Sie fühlte sich wie eine Kreuzung aus Dr. Frankenstein und einer Putzfrau. Oder – wenn man ihr verschmiertes Hemd betrachtete – eher wie Dr. Frankensteins widerlicher Assistent Igor. Esther wischte sich nachdenklich einen Fleck vom Handgelenk. In den Filmen war der hübsche, weiße Laborkittel des Doktors nie mit Gehirnmasse verschmiert gewesen.

»Ich könnte etwas Hilfe gebrauchen, Jungs«, sagte sie zu den tauben, blinden und hirnlosen Robotern.

Esther konnte Infinity nicht um Hilfe bitten. Er hatte genug zu tun. Aber Esther kannte niemanden sonst an Bord. Außer Kolja Tscherenkow, und sie würde den alten Kosmonauten *mit Sicherheit* nicht darum bitten, ihr bei dieser Art von Arbeit zu helfen.

Esther war vor einem Monat zum ersten Mal zur *Starfarer* geflogen. Die meiste Zeit hatte sie Güter und Personen zwischen den O'Neill-Kolonien transportiert. Ein Flug zur *Starfarer* war immer eine willkommene Abwechslung gewesen.

Esther reiste viel. Sie blieb nie lange an einem Ort, und sie haßte es, allein zu schlafen. Wenn sie an Bord der *Starfarer* kam, war ihr einziger Gedanke, Infinity Kenjiro Yanagihara y Mendoza ins Bett zu zerren. Er war einer ihrer besten Liebhaber.

Aber das hatte Esther nicht viel Zeit gelassen, um andere Leute auf dem Sternenschiff kennenzulernen.

Esther bat Arachne, eine generelle Bitte um Unterstützung für morgen früh auszusenden. Sie reinigte ihre Werkzeuge und verstaute sie. Dann ließ Esther den Schaltplan verschwinden und warf einen letzten Blick auf Nemos Kammer. Während der letzten acht Stunden hatte sich der Kokon des Krakenschwärmers nicht verändert.

Esthers Hemd lag in einer kleinen Pfütze. Sie hatte zwar den meisten Dreck abgespritzt, aber sie würde es trotzdem nicht mehr anziehen.

Esther zuckte mit den Schultern, schnappte sich ihre Jacke und ließ das Hemd, wo es war. Draußen wäre es noch immer unerträglich warm. Sie würde weder ihre Jacke noch ihr Hemd brauchen.

Esther rannte die Treppe hinauf. Sie war müde und hungrig.

Als sie oben angekommen war, wurde sie von überraschend kühler Luft empfangen.

Die Kühle fühlte sich herrlich auf Esthers nackter Brust an. In letzter Zeit war es viel zu heiß gewesen. Esther machte sich fröhlich auf den Weg zu Infinitys Haus.

Eine kalte Brise traf sie wie ein Schlag. Gänsehaut bildete sich auf Esthers Armen, und ihre Brustwarzen wurden hart. Doch selbst jetzt weigerte Esther sich, ihre Jacke anzuziehen.

Sei kein Schlappschwanz, sagte sie zu sich selbst. *Es ist saublöd, jetzt zu frösteln, nur weil es vorhin so ungewöhnlich heiß gewesen ist.* Esther schlüpfte trotzdem in ihre reißerisch aufgemachte, grüne Satinjacke.

Arachne korrigiert das Wetter, dachte sie. *Wurde aber auch Zeit.*

Stephen Thomas kehrte verdreckt und durchnäßt nach Hause zurück. Es war sehr spät – oder sehr früh –, und er ging davon aus, daß Victoria und Satoshi bereits im Bett lagen.

Anstatt wie üblich zu duschen, befahl Stephen Thomas dem Haus, die Badewanne zu füllen. Während er das langsam ansteigende Wasser beobachtete, versuchte er sich zu erinnern, wann er zum letzten Mal ein Bad genommen hatte. Normalerweise duschte er nur, vorzugsweise mit einem oder beiden Partnern. Manchmal hockten sie anschließend noch zusammen und ließen sich von dem warmen Wasser aufweichen.

Stephen Thomas warf Shorts und Hemd auf den Boden und stieg in die azurblaue Badewanne.

Der Schlamm löste sich von seinen Füßen.

Oh, Scheiße, dachte er. *Ich hätte mich zumindest vorher abspritzen sollen …*

Aber das heiße Wasser fühlte sich gut an, während es um seine Hüften herum anstieg und ihm über Rücken und Bauch floß. Stephen Thomas brachte es nicht über sich, wieder von vorne zu beginnen. Er legte sich hin und entspannte sich.

Stephen Thomas spreizte die Hände auf der Wasseroberfläche. Die durchsichtigen Schwimmhäute zwischen seinen Fingern waren kaum zu erkennen. Heute besaß seine Haut die Farbe starken Tees. Stephen Thomas zog seine Hand durch das Wasser und bekam eine erste Vorstellung davon, wie kraftvoll er nun schwimmen konnte.

Nicht nur seine Hände und seine Haut veränderten sich, sondern auch seine Lunge. Bald würde er fähig sein, mehr Sauerstoff als ein normaler Mensch zu speichern. Falls das Wort ›normal‹ noch eine Bedeutung in Bezug auf Stephen Thomas hatte.

Wenn die Verwandlung beendet war, würde er eine Fähigkeit besitzen, die einmalig unter den Meeressäugern war: er würde Sauerstoff direkt aus dem Wasser aufnehmen können. In einem Notfall konnte es überlebenswichtig für ein Säugetier sein, wie ein Fisch zu atmen.

Stephen Thomas hatte erwartet, einen instinktiven Drang zum Meer zu verspüren, doch nichts dergleichen war geschehen.

Außer, dachte er, *daß ich ein Bad nehme.*

»Der Ruf der See«, murmelte Stephen Thomas sarkastisch. »Vielleicht sollte ich etwas Salz hinzugeben.«

Zev redete die ganze Zeit vom Schwimmen, doch das entsprang nur einer Gewohnheit. Es schadete nicht seiner Gesundheit, wenn er trocken blieb. Zev besaß keine Kiemen, die er ständig anfeuchten mußte.

Luftblasen verfingen sich in den feinen Härchen, die an Stephen Thomas' Armen und Beinen gewachsen waren. Es kitzelte. Wenn sich eine Blase löste und an die Wasseroberfläche trieb, platzte sie mit einem lustigen Geräusch. Stephen Thomas rieb mit der Hand über seinen ganzen Körper, um alle Blasen zu lösen.

Stephen Thomas' Haut juckte nicht mehr, seit der feine goldene Pelz nicht mehr weiterwuchs. Auch seine Gelenke schmerzten nicht mehr; nur die Schultern waren von der Arbeit am Grab verspannt.

Inzwischen glaubte Stephen Thomas, er habe die meisten inneren Schmerzen seiner Begegnung mit der Silberschnecke zu verdanken. Normalerweise hätten sie bereits nachlassen müssen, doch statt dessen wurden sie immer schlimmer. Sein Schambein wurde von einem stechenden Schmerz heimgesucht, der sich bis in den Penis fortpflanzte. Würde Stephen Thomas auch dort ein Fell bekommen? Das wäre verrückt.

Stephen Thomas wußte so viel – oder so wenig – über Taucher wie jeder durchschnittliche Mensch. Er war von ihnen nie so fasziniert gewesen wie J.D., und in seinen genetischen Studien hatte er sich nie mit Wechslern beschäftigt. Heutzutage beschäftigte sich niemand mehr mit Wechslern. Für eine derartige Forschung erhielt man keine Fördermittel. Außerdem war es in den USA illegal, einen Gestaltwechsel vorzunehmen.

Stephen Thomas befahl dem Haus, das Wasser aufzuwärmen. Sofort strömte warmes Wasser aus dem Hahn und über Stephen Thomas' Füße.

Schmerz schoß von seinem Fuß ins Bein. In der Annahme, das heiße Wasser hätte ihn verbrannt, riß Stephen Thomas schnell den Fuß zurück. Aber das Wasser war angenehm warm. Stephen Thomas setzte sich auf und hob den Kopf, um den Fuß genauer zu untersuchen.

Dunkle Flecken hatten sich an jeder Zehe gebildet, und die Nägel schienen locker. Stephen Thomas wackelte am Nagel des großen Zehs. Er verzog das Gesicht.

Es tat weh, und es schmerzte auf eine Art, die Stephen Thomas aus seiner Kindheit kannte. Es war der typische Schmerz eines lockeren Milchzahns.

Zevs Füße besaßen halbeinziehbare Krallen. Stephen Thomas hatte bis jetzt nicht daran gedacht, daß seine Zehennägel sich in Krallen verwandeln könnten, und er wollte auch jetzt nicht daran denken. Er hörte auf, an seinem Nagel herumzuspielen, und ließ den Fuß wieder ins warme Wasser sinken.

Die Vorstellung, unter Wasser atmen zu können, faszinierte Stephen Thomas. Er fragte sich, wie weit diese Veränderung bereits fortgeschritten wäre. Er sank langsam zurück, bis sein Kopf auf dem Wasser lag. Seine Haare trieben auf der Wasseroberfläche. Er ließ sich weiter sinken. Warmes Wasser strömte über sein Gesicht, bedeckte seine Lippen, seine Augen. Stephen Thomas konnte das Wasser kaum von der feuchten Luft im Wildniszylinder unterscheiden.

Als sein Kopf vollständig unter Wasser verschwunden war, atmete er tief durch.

Wasser füllte seine Lungen und drohte ihn zu erstikken. Keuchend tauchte er wieder auf. Stephen Thomas beugte sich über den Rand der Badewanne und hustete Wasser. Beinahe hätte er sich übergeben.

Schließlich hatte Stephen Thomas sich wieder unter Kontrolle und kauerte zitternd in dem sich abkühlenden Badewasser. Seine Brust schmerzte. Der Schmerz kroch abwärts und setzte sich im Bauch fest.

Anscheinend bin ich doch noch kein richtiger Taucher, dachte Stephen Thomas.

Er öffnete den Abfluß, stand auf und stieg triefend aus der Badewanne. Viele Tropfen hatten sich in seinem goldenen Pelz verfangen. Er rieb sie auf dieselbe Art ab wie die Luftblasen einige Minuten zuvor. *Ich brauche einen Striegel*, überlegte er, *so wie man ihn bei Pferden benutzt*.

Auf dem Weg in sein Zimmer trocknete sich Stephen Thomas mit einem Handtuch ab. An der Tür blieb er stehen. Stephen Thomas wandte sich von dem üblichen Chaos ab, das in seinem Zimmer herrschte, und ging den Flur hinab zu dem Raum, der für Merry bestimmt gewesen war, dem Raum, in dem Feral gewohnt hatte. Die Partnerschaft hatte ihn nie benutzt, bevor Feral zu Besuch gekommen war.

Der Futon war zusammengeklappt worden, und die Türen waren geschlossen. Es sah aus, als habe hier nie jemand gelebt ... als habe Feral nie existiert.

Stephen Thomas schob die Tür auf und betrachtete die Wandregale. Ferals wenige Kleider lagen sauber angeordnet auf einem Stapel.

Stephen Thomas schloß die Tür wieder. Er hängte sein Handtuch auf, stieg in Ferals Bett und rollte sich zusammen, um den Schmerz in seinem Schambein zu reduzieren. Wenige Augenblicke später war er eingeschlafen.

Kapitel 8

Schilf bedeckte die feinsandigen Dünen wie die Pinselstriche eines Aquarells, und hinter den Dünen lag das Meer der *Starfarer*.

J.D. wanderte über einen schmalen Trampelpfad, der nicht von Menschen geschaffen worden war. Sie fragte sich, wer oder was den Pfad getreten hatte ... und bemerkte einen winzigen Hufabdruck und einen Pferdeapfel. Das scharfe, harte Gras konnte die Mini nicht in Versuchung führen, aber vielleicht mochten sie das Salz und die Freiheit des Strandes.

J.D. stieg die Düne hinauf. Auf dem Gipfel hielt sie an, und ließ ihren Blick über das Ufer schweifen.

Der Ozean bedeckte das gesamte, naturbelassene Ende des Campuszylinders. Er war das Herz des Ökosystems der *Starfarer*. Eine leichte Brise trieb den salzigen Geruch des Meeres ans Ufer und ließ Sandkörner um J.D.s Füße tanzen. Durch den Druck des Wassers waren kleine Buchten entstanden, die von Landspitzen getrennt wurden, deren Oberfläche von der Brandung geglättet worden war. Weit oberhalb von J.D.s gegenwärtiger Position, jenseits der Sonnenrohre auf der anderen Seite des Zylinders, schützten Deiche die Salzmarschen vor dem Meer. Die Marschen dienten einer Vielzahl von Tieren als Nistplatz.

Am Horizont erhob sich der Hügel, der das Ende des Zylinders markierte. Er war auf der einen Seite von einem Gletscher bedeckt, und auf der anderen sprudelten heiße Quellen. Dort mischte sich warmes mit kaltem Wasser. Auf diese Weise wurde das Meerwasser umgewälzt, ein wesentlicher Bestandteil der Klimagenerierung.

Zev trat neben seine Freundin und blickte aufs Meer hinaus. Dann sah er mit leuchtenden Augen zu J.D.

»Geh schon voraus«, sagte J.D. liebevoll. »Ich möchte eine Minute mit Victoria allein sein.«

Zunächst zögerte Zev, doch dann stieß er einen Freudenschrei aus und lief in Richtung Meer. Zev rutschte die Düne hinab und ließ sein Badetuch fallen. Während er am Ufer entlanglief und Sand aufwirbelte, streifte er sein Hemd ab. Er hüpfte auf einem Bein, um seine Shorts auszuziehen.

Zev platschte ins Wasser, schwamm ein paar Meter und verschwand.

»Er scheint sehnlichst darauf gewartet zu haben«, sagte Victoria und trat neben J.D.

»Ich glaube, er hat Heimweh.«

»Aber er zeigt es nicht.«

»Er bläst keine Trübsal ... aber ... wenn man eine

gewisse Zeit bei den Tauchern verbringt, hat man eine Menge Körperkontakt. Sie berühren sich ständig. Das gibt es hier nicht.«

»Wirklich nicht?« erwiderte Victoria skeptisch. »Das soll wohl ein Witz sein?«

»Jedenfalls nicht so wie daheim.«

J.D. und Victoria wanderten über den trockenen, weißen Sand des Strandes. Nur ein schmaler Streifen gestrandeten Seegrases unterbrach das einheitliche Bild. Bald erreichten die beiden Frauen dunkles, weiches Watt, wo das Gehen angenehmer war. Überall sah man kleine Löcher, in die sich Muscheln bis zur nächsten Flut zurückgezogen hatten. Jedesmal, wenn J.D. auf eines dieser Löcher trat, spritzte Wasser hervor.

Zev tauchte in der Brandung auf, signalisierte den beiden Frauen, ihm zu folgen und verschwand wieder.

»Wirst du auch reingehen?«

»Gleich«, antwortete J.D. »Laß uns zu dem Treibholz dort drüben gehen.« Sie legte ihr Badetuch um den Nakken und dachte: *Treibholz?*

Ein großer, knorriger Baumstamm lag kurz oberhalb der Flutlinie am Ende einer Landzunge. Seine verwitterten Wurzeln ragten in die Luft. Der Stamm war im Durchmesser größer als J.D. Seine Spitze war zerfetzt, als hätte ihn ein mächtiger Windstoß entwurzelt und auseinandergerissen.

Wenn er jemals gelebt hatte.

J.D. berührte den Stamm. Er fühlte sich wie Holz an, und als sie gegen die Rinde klopfte, erklang das typische, hölzerne *Pock*.

»Es *ist* Holz! Ich hielt es für Steinschaum. Wie ...?«

Victoria grinste. »Sieht echt aus, nicht wahr? Zellulose, Lignin und Gott-weiß-was. Crimson hat ihn kreiert. Sie sagte, jeder Strand, der etwas auf sich hält, braucht Treibholz.«

»Er ist wunderschön«, sagte J.D. und strich über die verwitterte Rinde. »Ich vermisse die großen Bäume.«

»Es gibt ein paar im Wildreservat. Sie sind zwanzig Jahre alt und stammen von den O'Neills.«

»Zwanzig Jahre alt?« J.D. lächelte. Am zerbrochenen Ende des Stammes waren künstliche Jahresringe zu erkennen. »Dieser hier müßte Hunderte von Jahren alt sein.«

»Crimson ist ziemlich gut, findest du nicht? Sie hat ihn Schicht für Schicht konstruiert. Laut ihrer Aussage ist er so ›echt‹, daß er sogar einer C-14-Analyse standhalten würde.«

»Sie ist äußerst talentiert.« J.D. nahm ihren Rucksack ab, breitete das Badetuch auf dem Boden aus und setzte sich hin.

»Ich kann mich nicht daran erinnern, wann ich zum letzten Mal schwimmen war«, sagte Victoria. »Ich habe noch nie im Meer der *Starfarer* geschwommen.« Sie zog ihr rotes T-Shirt und die Sandalen aus. Darunter trug sie einen leuchtend blauen Bikini.

Zev war den beiden Frauen im Wasser gefolgt. Jetzt tauchte er wieder auf, winkte, schoß aus dem Wasser und vollführte einen waghalsigen Salto, bevor er wieder untertauchte.

»Mein Gott! Er wird sich noch das Genick brechen!« rief Victoria entsetzt.

»Keine Angst. Er weiß genau, wie tief das Wasser ist.«

»Sollen wir schwimmen gehen?«

»Ich möchte zunächst etwas mit dir besprechen.«

Victoria hockte sich neben J.D.

»Ich höre.«

Zev war daran gewöhnt, daß die Erwachsenen sich unterhielten, während die Jungen schwammen und spielten. Er war geduldig, und er wußte, daß J.D. ihm bald folgen würde. Zev freute sich, die beengenden Landsitten für einige Stunden ablegen zu können. Er wünschte nur, er hätte jemanden, mit dem er sich die Zeit vertreiben konnte. *Ob Victorias Anwesenheit bedeutet, daß wir weiter*

Landsitten anwenden müssen? fragte er sich. Victoria kannte bestimmt keine Tauchersitten.

Victoria besaß einen impulsiven Charakter, der Zev sowohl verängstigte, als auch faszinierte. Er wußte, daß sie seiner Anwesenheit an Bord des Schiffes kritisch gegenüberstand. Trotzdem hatte ihm Victoria gestattet, an den Außenmissionen des Fremdkontaktteams teilzunehmen. Also mochte sie Zev zumindest ein wenig.

Zev hatte sich bei den Tauchern für J.D. eingesetzt; vielleicht hatte J.D. im Gegenzug ein gutes Wort für ihn bei Victoria eingelegt.

Während er auf J.D. wartete, schwamm Zev immer weiter.

Der Zylinder drehte sich in eine bestimmte Richtung. Zev schwamm gegen den Spin. Es war ein Gefühl, als würde man einen Berg hinaufschwimmen, irgendwie lustig.

Zev bewegte sich parallel zum Ufer und umrundete eine Landzunge, wobei er seinen Kurs nur änderte, um den gefährlicheren Strömungen auszuweichen. Zev erkundete den Ozean mit Hilfe von Schall. Er schmeckte und hörte Polypen, Nacktschnecken und andere Bewohner der Küstengewässer. Weiter draußen zog eine Fischschule vorbei.

Auf der anderen Seite der Landzunge erstreckte sich ein weiter Strand. Einen halben Kilometer vor der Küste lag die Steilküste einer kleinen Insel. Zev schwamm durch die Meerenge, ohne unterzutauchen. Die Strömung hatte den Boden aufgewühlt, und das Wasser war schlammig. Der Geschmack von Algen und Kleinkrebsen drang in den Mund des jungen Tauchers. Zev schwamm Richtung Ufer, bis er stehen konnte. Er drückte die Füße in den schlammigen Untergrund und genoß das Gefühl des pulsierenden Lebens im Meeresboden. Dann stieß er sich rückwärts ab, schwamm wie ein Otter und blickte die Küste entlang.

Zev schwamm an der Insel vorbei. Eine weitere Landzunge trennte ein kleines Flußdelta von einem weiten

Strand. Als Zev die Landspitze umrundet hatte, kam er in kaltes, erfrischendes Wasser. Er tauchte bis zum Boden, drückte sich ab und schoß aus dem Wasser. Am höchsten Punkt seiner Flugbahn schlug er einen Salto und verschwand wieder unter den Wogen.

Vor sich hörte Zev das Geräusch eines anderen Schwimmers. Es handelte sich weder um Victoria noch um J.D., denn die beiden Frauen saßen noch immer weiter hinten am Ufer. Zev schwamm los. Endlich hatte er jemanden gefunden, mit dem er spielen konnte. Wenn J.D. ins Wasser kam, mußte sie nur seinen Namen rufen, und er würde wieder zurückkehren.

Zev ermahnte sich, weiter die Landsitten zu beachten, obwohl er im Wasser war. Dieser Ort gehörte normalen Menschen, und die Bräuche der Taucher galten hier nichts.

Selbst J.D. hatte einige Zeit gebraucht, um sich an Tauchersitten zu gewöhnen. In der ersten Woche hatte sie immer einen Badeanzug getragen, der den größten Teil ihres Körpers verborgen hatte. Manchmal hatte sie sogar einen Taucheranzug angezogen. Zev konnte sich nicht vorstellen, in Kleidern zu schwimmen. Inzwischen schwamm auch J.D. nackt. Sie hatte zwar nicht die Gestalt eines Tauchers, aber das war egal. Zev erinnerte sich an das erste Mal, als J.D. mit ihm und seinen Verwandten gespielt hatte; und an das erste Mal, als er unter J.D. geschwommen war, um ihren Körper zu erkunden. Zev liebte die Berührung ihrer Haut, das Gewicht ihrer Brüste und den Geschmack ihrer Zunge. Doch irgendwie war hier alles viel ernster als daheim. Vielleicht lag das daran, daß sie hier allein waren, keine anderen Taucher weit und breit.

Zev war aufgeregt, und sein Penis stülpte sich heraus.

Inzwischen hatte er den Versuch aufgegeben, alles zu verstehen. Ernste Liebe, spielerische Liebe: Zev mochte beides.

Vor ihm wühlte der andere Schwimmer das Wasser auf. Mittlerweile konnte Zev erkennen, daß es sich um eine Frau handelte. Er erinnerte sich an Chandras Überraschung, als sie den Unterschied zwischen männlichen Tauchern und normalen Männern entdeckt hatte, und so zog er seinen Penis wieder ein.

Zev berührte die Schwimmerin mit seiner Stimme. Keine Reaktion. Sie wußte nicht, wie man zuhörte.

Zunächst erkannte Zev sie nicht. Sie sah unter Wasser anders aus – wie die meisten Menschen. Doch inzwischen war er nah genug herangekommen, um sie deutlich zu sehen. Es war Ruth Orazio, die Senatorin. Zev wurde vorsichtig. Vielleicht hatte die Senatorin etwas mit der Entscheidung zu tun, die Taucher für militärische Aufgaben einzuspannen.

Zev behielt seine Position bei und bereitete sich darauf vor, schnell unterzutauchen oder der Senatorin freundlich zu begegnen – je nachdem, was die Situation erfordern würde. Zev stieß einen pfeifenden Laut aus, eine Begrüßung.

Ruth Orazio blickte über die Schulter, sah den jungen Taucher und hielt an. Während sie Wasser trat, hob sie zaghaft die rechte Hand zum Gruß. Zev tauchte unter, schwamm einen Zug und kam neben der Senatorin wieder an die Oberfläche. Unter Wasser hatte er die Frau mit seiner Stimme untersucht, damit er sie beim nächsten Mal sofort erkennen konnte. Ihr Badeanzug erschwerte zwar eine genaue Untersuchung, aber es war nicht unmöglich.

»Hi«, sagte die Senatorin. »Treiben Sie auch Frühsport?«

»Ich erkunde das Meer«, erwiderte Zev. Als er sich die nassen Haare aus dem Gesicht strich, traten seine Schwimmhäute deutlich hervor.

»Sie sind Zev, nicht wahr?«

»Ja. Und Ihr Name ist Ruth Orazio.« *Eine merkwürdige Art, sich miteinander bekanntzumachen, indem man den Namen des anderen ausspricht,* dachte Zev. Er überlegte, wie sich die Landmenschen einander vorstellten, wenn sie den Namen des anderen nicht kannten. Im Meer nannten Orcas und Taucher zunächst ihren eigenen Namen.

»Ruth reicht. Ich bin geschafft. Das Wasser ist heute eiskalt. Ich muß mich irgendwo hinsetzen, einverstanden?«

Zev folgte der Senatorin ans Ufer. Die Brandung war nur leicht, und bald konnte Ruth stehen. Sie wrang das Wasser aus ihren Haaren.

Zev watete neben sie. Als Ruth Orazio bis zur Hüfte aus der Brandung gestiegen war, drehte sie sich um und warf einen Blick auf das felsige Ende des Campuszylinders.

»Es ist wunderbar hier. Ich wundere mich, daß dieser Ort nicht vor Menschen wimmelt; daß man hier keine Häuser gebaut hat.«

Zev sank vor Ruth auf die Knie, umklammerte ihre Hüften und drückte sein Gesicht gegen ihren Bauch. Ruth Orazio versteifte sich erschrocken. Dann entspannte sie sich wieder und blickte neugierig auf den jungen Taucher.

»Was machen Sie ...?«

»Ich kann es noch nicht hören, noch nicht!« Zev lächelte Ruth Orazio an. »Es ist noch sehr klein.«

Die Senatorin wurde blaß. »Wie haben Sie ...?«

»Ich habe es gesehen. Darf ich ihm das Schwimmen beibringen?« Es wäre wundervoll, ein paar Junge an Bord zu haben. Zev vermißte seine kleine Schwester und seine Vettern. Er ließ sich rückwärts ins Wasser fallen und sah zu Ruth.

»Sie haben es *gesehen*?«

»Unter Wasser.«

Die Senatorin verstand Zev nicht.

»Alles ist *durchsichtig*«, erklärte er.

»Schall! Ja, natürlich.«

Zev war von Ruth' Gesichtsausdruck überrascht. Er hatte eine andere Reaktion erwartet, und fürchtete nun, etwas falsch verstanden zu haben. Er stand wieder auf.

»Wollen Sie ... Wollen Sie es nicht behalten? Ich ... Ich

dachte, weil sie doch so entschieden haben, würden Sie ...« Die Worte blieben ihm im Hals stecken.

Zev hatte zwar nicht ausführlich mit J.D. darüber gesprochen, aber er hatte sie darauf aufmerksam gemacht – wie es der Höflichkeit entsprach –, daß er sich noch nicht dazu entschlossen hatte, fruchtbar zu werden. Im Gegenzug hatte sie ihm versichert, daß auch sie die volle Kontrolle über ihre Reproduktion besaß. Also folgerte Zev, daß normale Menschen sich in nichts von den Tauchern unterschieden, wenn es um die Fortpflanzung ging ... Oder J.D. war noch außergewöhnlicher, als Zev bisher geglaubt hatte.

Vielleicht war auch etwas schiefgegangen, und Ruth mußte nun eine Entscheidung treffen.

Zev war verwirrt und beschämt. Er wollte doch nur seiner Freude über Ruth Orazios Kind Ausdruck verleihen.

»*Haben* Sie sich dafür entschieden?« fragte er.

»Ja ... natürlich habe ich das. Ich will es ...« Ruth hörte auf zu reden und atmete tief durch. »Zev, Sie müssen mir etwas versprechen.«

»Wenn ich kann.«

»Mein Liebhaber und ich bemühen uns schon seit langem um ein Kind. Ich hatte mehrere Fehlgeburten.« Sie zögerte. »Wissen Sie, was das bedeutet?«

»Ja. Es tut mir leid.« Taucher hatten eine wesentlich höhere Fehlgeburtsrate als normale Menschen, doch das machte den Schmerz nicht erträglicher.

»Es ist schwer, damit fertigzuwerden«, erklärte Ruth. »Und es wird noch schwerer, wenn jeder davon weiß, und man den Verlust bekanntgeben muß.«

Einem Taucher mußte man das nicht bekanntgeben. Es wäre offensichtlich.

Aber es wäre bestimmt hart, dachte Zev, *wenn jemand vorbeikommen würde, um zu dem freudigen Ereignis zu gratulieren, und du ihm von deiner Trauer berichten müßtest.*

»Ja«, erwiderte er lakonisch.

»Also ... bitte erzählen Sie niemandem, daß Sie davon

wissen. Jedenfalls nicht, bis ich sicher bin, daß es nicht wieder eine Fehlgeburt wird. Einverstanden?«

Zev wurde das Gefühl nicht los, daß Ruth etwas vor ihm verheimlichte – er wußte nur nicht, was.

»Einverstanden«, stimmte er zögernd zu. Zev blieb gar nichts anderes übrig. »Ich muß jetzt gehen. Ein Freund wartet auf mich.«

»Nur zu«, sagte Ruth. »Und ... vielen Dank, daß Sie mir Ihr Wort gegeben haben.«

Zev watete in tieferes Wasser. Als die Wellen seine Brust erreichten, blickte er zurück.

»Ich wollte ... ich wollte Sie nicht beunruhigen«, erklärte er. »Haben Sie Freunde hier?«

»Klar«, erwiderte Ruth schnell. »Natürlich habe ich Freunde. Gehen Sie schon.«

Zev schwamm durch die Brandung und tauchte unter.

J.D. fragte sich, warum man über ein Thema an Land nicht sprechen konnte, das im Wasser so natürlich war wie das Atmen. Warum war es so schwierig, mit Victoria darüber zu reden? J.D. fühlte sich zu Victoria hingezogen; sie hatte sie geküßt.

»Taucher und Menschen haben verschiedene Sitten«, begann J.D. »Zev verhält sich an Land anders als im Wasser. Genau wie ich, aber für mich ist es einfacher, weil ich die Landsitten gewohnt bin. Ich habe lange gebraucht, um mich an das Verhalten der Taucher auf der Erde zu gewöhnen. Sie spielen viel. Und ihre Spiele sind ... sehr sexuell.« Die Worte für Spiel und Sex unterschieden sich in der Wahren Sprache kaum voneinander, der Sprache, die die Taucher von den Orcas gelernt hatten.

»So?« fragte Victoria.

J.D. wandte sich zum Meer und blickte schräg nach oben. Die See bildete einen blauen, schimmernden Ring, der das Ende des Zylinders ganz umspannte. J.D. konnte fast drei Viertel des Rings erkennen. Genau über ihr verschwamm das Wasser gegen das Licht der Sonnenrohre. J.D. konnte nicht auf die andere Seite sehen.

»Falls es irgendwie unangenehm für dich ist«, fuhr J.D. fort, »wenn einer von uns dich beim Schwimmen berührt, werde ich Zev erklären, daß wir heute Landsitten im Meer befolgen müssen.«

»Es wäre mir nicht unangenehm, dich zu berühren«, antwortete Victoria. »Ganz im Gegenteil. Und Zev ... fasziniert mich. Die Frage ist: was willst *du*?«

»Ich will ... Ich freue mich aufs Spielen. Mit euch beiden.«

Victoria grinste. »Hört sich spaßig an.«

J.D. erwiderte das Lächeln. »Stimmt. Laß uns schwimmen gehen.«

J.D. trat ihre Sandalen von den Füßen, stand auf und knöpfte das Hemd auf. Sie trug keinen Badeanzug. Es war ihr peinlich, sich vor Victoria auszuziehen. J.D. drehte sich in Richtung Ozean und streifte ihre Hose ab. Sie besaß die mittelgroße und breitschultrige Figur einer Langstreckenschwimmerin. In ihrer Schulzeit hatte sie die 800 Meter geschwommen. Mittlerweile bestand J.D.s Ausdauertraining in dem Versuch, mit Tauchern und Orcas mitzuhalten. Das war härter als jeder Triathlon. J.D. atmete tief durch und ließ ihre Bluse fallen. Neben ihr warf Victoria den Badeanzug in den Sand.

»Los geht's!« Victoria sprintete laut lachend ins Wasser. Sie fühlte sich frei.

Zev hörte seinen Namenslaut. Es war J.D. mit ihrem merkwürdigen Akzent. Er antwortete. Zev vernahm J.D.s Stimme aus zwei Richtungen. Ohne den dämpfenden Effekt von Maschinenlärm konnte sich das Echo um den ganzen Zylinder herum ausbreiten. Zev hörte verschiedene Echos, eins schwächer als das andere.

J.D.s Stimme erreichte Zev zunächst von vorne und erst eine Sekunde später von hinten. Der junge Taucher war bereits halb um den Zylinder herumgeschwommen. Der kürzeste Weg zurück – und der amüsanteste – führte gegen den Spin. Zev stürzte voran. Je schneller er schwamm, desto stärker wurde das Gefühl, bergabwärts zu schwimmen. In kürzester Zeit würde er seinen Ausgangspunkt erreicht haben.

Plötzlich wurde Zev die drangvolle Enge der *Starfarer* bewußt, die ihn in seinen Bewegungen einschränkte. Zev fühlte sich eingesperrt. Orcas konnten einhundert Kilometer am Tag schwimmen. Zev war an Bord eines Schiffes, das lediglich einige Kilometer Umfang hatte und doppelt so lang war. Sein Meer war nicht mehr als ein enger Ring am Ende eines einzigen Zylinders.

Während Zev durch das Wasser eilte, um J.D. zu treffen, passierte er die Quelle der eisigen Strömung – einen kleinen Gletscher, der vom äußeren Ende des Zylinders bis ins Wasser reichte. Zev schwamm so schnell er konnte. Der Gletscher kalbte, und kleine Eisstücke trieben an der Oberfläche. Sie waren zu klein, um als Eisberg oder Eisscholle durchzugehen. Es waren lediglich Eiswürfel, die Luft und Wasser empfindlich abkühlten. Der Atem des Tauchers kondensierte vor seinem Mund.

Zev war nicht auf arktische Verhältnisse vorbereitet. Die Taucher hatten lange überlegt, sich an das Polarmeer anzupassen, doch Zev bevorzugte das gemäßigte Klima des Puget-Sunds. Das Wasser in seiner Heimat war zwar meist kalt, aber nicht *so* kalt. Zev war noch nie in derart kaltem Wasser geschwommen. Sein Metabolismus lief auf Hochtouren, um den Wärmeverlust auszugleichen.

Zevs Schwimmhäute erbleichten, als sich die Kapillaren zusammenzogen. Er trieb sich immer weiter voran, denn er konnte das Ende des eisigen Wassers bereits hören. Es war nicht sehr weit entfernt. Die darauffolgende Schicht reflektierte seine Stimme; die Schicht wurde durch eine warme Strömung erhitzt.

In der Ferne näherte sich J.D. Aber sie war langsamer als normal. Sie schwamm mit dem Spin. Für J.D. ging es bergaufwärts.

Zev fragte Arachne, ob die Strömung immer so kalt sei. Das Netz antwortete, es sei gerade im Begriff, das

Problem der ungewöhnlich hohen Lufttemperaturen zu regeln. Zev begann heftig zu zittern. Er rief nach J.D.

J.D. antwortete mit einem freundlichen Gruß und neckte Zev. Das gab ihm neue Kraft.

J.D. hörte Zevs verzweifelten Ruf. Sie streichelte ihn mit ihrer Stimme. Das Wasser hatte sich verändert. J.D. hielt an und blickte nach vorne. Die Oberflächenfarbe verwandelte sich von hell- in dunkelblau. Zev befand sich fünfzig Meter hinter der Grenze. J.D. wußte nicht, wodurch sich die beiden Schichten voneinander unterschieden, bis sie auf die kalte Strömung traf. J.D. hielt abrupt an, aktivierte ihren Stoffwechselbeschleuniger und pflügte durch das eiskalte Wasser.

Zev schwamm beharrlich weiter. Seine Schwimmzüge waren inzwischen hart und laut statt weich und leise.

»Joi«, sagte J.D. in der Wahren Sprache. »Das Wasser ist verdammt kalt!«

Als sie neben Zev ankam, vollführte sie eine Wende und paßte sich seiner Richtung und Geschwindigkeit an. J.D. stieß ein freudiges Lachen aus, als sie ihre Bewegungsrichtung gegen den Spin änderte und das unerwartete Gefühl wahrnahm, bergab zu schwimmen.

J.D. schwamm dicht neben Zev und zog ihn in ihrem Kielwasser mit sich. Zev legte die Arme an und ritt auf J.D.s Heckwelle über die Grenze.

Sie verließen die Kälte und erreichten eine tropische Strömung. Zev flötete erleichtert, rollte sich aus J.D.s Kielwasser und sank in die Tiefe.

J.D. ließ sich neben ihm sinken. »Bist du okay?«

»Mir ist nur ein wenig kalt«, antwortete Zev.

»Deine Hände sind ja halb erfroren!« J.D. rieb Zevs Finger, tauchte an seiner Seite wieder auf und atmete tief ein. Leider hatte J.D. die künstliche Lunge nicht mit an Bord gebracht, die ihr auf der Erde das Leben mit den Tauchern ermöglicht hatte. Sie hatte sie im Wildreservat zurückgelassen. Zev hatte die Lunge erst Chandra geliehen, und sie danach freigelassen.

J.D. umarmte Zev. Er klammerte sich an sie und legte

den Kopf auf J.D.s Schulter. Die beiden sanken wieder in die Tiefe.

»Du hast mir das Leben gerettet!« sagte Zev.

»Unsinn.« J.D. spie einen Wasserstrahl in seine Richtung. »Du warst nur noch dreißig Meter von der warmen Strömung entfernt.«

»Ich habe nicht gewußt, daß es so kalt war«, erklärte Zev. »Sonst wäre ich nicht den ganzen Weg herumgeschwommen.«

»Es war *wirklich* ziemlich kalt da drüben«, bestätigte J.D.

Zevs Körpertemperatur stieg rasch.

»Willst du dich etwas ausruhen?« fragte J.D. Sie war voller Energie. Das Schwimmen in dem eiskalten Wasser hatte sie noch mehr erregt.

»Nein«, antwortete Zev. Er grinste, und seine Augen leuchteten. »Es ist gut zu wissen, daß nicht alles an Bord der *Starfarer* perfekt ist.«

Die beiden tauchten wieder auf und kraulten einander zugewandt gegen die warme Strömung. J.D. ließ ihre Finger über Zevs Rücken bis zu seiner Leiste gleiten. Sie küßte ihn. Zev hatte das Küssen gerade erst gelernt. J.D.s warme, weiche Zunge strich über seine Lippen und die gefährlich scharfen Zähne. Zögernd löste sie sich von ihrem Geliebten.

»Komm. Laß uns zu Victoria schwimmen.«

»Müssen wir uns an Landsitten halten?« fragte Zev.

»Nein«, erwiderte J.D. »Nicht hier. Nicht im geringsten.«

Victoria war eine ausdauernde, aber unerfahrene Schwimmerin. J.D. wollte sie nicht kritisieren, doch ihre Freundin verschwendete durch ihren Stil eine Menge Energie. Victoria pflügte tapfer durch die Wellen. J.D. war beeindruckt, daß Victoria noch immer im tiefen Wasser schwamm, anstatt im Flachwasser auf ihre Rückkehr zu warten.

Zev tauchte ab. Seine Bugwelle streichelte J.D., als er

unter ihr hinwegtauchte. Er schwamm dicht unter Victoria.

Zev erschreckte Victoria. Sie hörte auf zu schwimmen und trat Wasser. Ihre Bewegungen waren hart und abgehakt. Zev tauchte wieder auf. Victoria grinste den jungen Taucher an. Zu J.D.s Überraschung vollführte sie einen Hechtsprung und tauchte unter ihr und Zev hindurch. Als Victoria wieder hochkam, spie sie Wasser. J.D. wandte sich ihrer Freundin erfreut zu. Victoria schnippte mit den Fingern ins Wasser und spritzte ihre Freundin naß. Zev umkreiste die beiden Frauen und berührte sie von Zeit zu Zeit mit seinen langen Fingern.

J.D.s Körper produzierte Energie, Hitze und Adrenalin. Sie tauchte unter. Als sie hinter Victoria wieder an die Oberfläche kam, streichelte sie über das Bein ihrer Freundin, ihren Hintern und ihren Rücken. Victoria wirbelte herum, um J.D. zu fangen, und die Körper der beiden preßten sich aneinander.

Die beiden Frauen sanken unter die Wasseroberfläche. Blasen stiegen aus J.D.s Nase und kitzelten Victorias Gesicht.

Victoria löste sich aus der Umarmung und strampelte wieder nach oben. J.D. und Zev erschienen neben ihr.

»Ist schon gut«, sagte J.D. »Wir sind ja bei dir.«

»Ich weiß«, entgegnete Victoria. Sie war besorgt, aber nicht in Panik. »Es ist zu tief für mich. Laßt uns näher ans Ufer schwimmen.«

»Ich wünschte, wir hätten künstliche Lungen«, seufzte J.D. Doch selbst mit künstlichen Lungen war man unter Wasser nicht so frei wie ein Taucher.

Victoria machte sich auf den Weg zu einer ruhigen, kleinen Bucht. Trotz ihres ungewöhnlichen Schwimmstils erreichte sie eine bemerkenswerte Geschwindigkeit. Zev schwamm rechts von ihr und J.D. links.

»Du mußt weicher schwimmen«, erklärte Zev und zeigte Victoria, was er damit meinte. »Dann wirst du nicht so schnell müde und lockst keine Haie an.«

»Haie!« Victoria nahm einen Mundvoll Wasser und

spuckte den Taucher an. »Es gibt hier keine Haie! Der größte Raubfisch an Bord der *Starfarer* ist der Thunfisch!«

»Dann könntest du vielleicht einen Thunfisch anlokken«, erwiderte Zev.

J.D. machte absichtlich einige unbeholfene Schwimmbewegungen. »Ich liebe Thunfisch«, sagte sie. »Ist das alles, was wir tun müssen, um einen zu bekommen?«

Zev tauchte verärgert ab. J.D. spürte, wie er unter ihr entlang schwamm. Kurz darauf hatte sich Victorias Schwimmstil positiv verändert.

Das Wasser wurde flacher. Es war nun blau, klar und warm. Am Boden konnte man Korallen und Fische erkennen.

»Es ist einfach wunderbar«, flüsterte J.D. Victoria ließ sich mit dem Gesicht nach unten im Wasser treiben. Sie hatte die Augen geöffnet und betrachtete die bunte Meereswelt. J.D. tauchte unter sie, so daß sie in Victorias Gesicht blicken konnte. Zögernd berührten sich ihre Hände. J.D. ließ sich langsam nach oben treiben und küßte Victoria. Zev gesellte sich zu den beiden Frauen und streichelte über Victorias Rücken, ihre kleinen Brüste und die dunklen Warzen. Er tauchte zwischen J.D. und Victoria und berührte sie mit Körper und Händen.

J.D. rollte sich zur Seite und tauchte wieder auf, um Atem zu holen. Das Wasser wurde immer flacher, und die Korallen wichen feinem, weißen Sand.

Die drei erreichten eine Stelle, wo Victoria stehen konnte. Das Wasser reichte ihr bis zur Schulter. J.D. kam hinter Victoria hoch. J.D.s schwere Brüste trieben auf der Wasseroberfläche. Sie nahm Victoria in die Arme. Victoria zog J.D. zu sich heran und küßte sie heiß und innig.

»Spielen so die Taucher?« flüsterte Victoria und preßte ihren Körper fest an J.D.

»Ja.«

»Ein sehr ernstes Spiel.« Victoria lächelte.

Zev tauchte hinter J.D. auf. Seine Hände glitten über ihre Schulter und folgten dem Schlüsselbein. Er knabberte an ihrem Nacken. Victoria legte eine Hand auf

Zevs, während die andere über J.D.s Hüfte streichelte und zwischen den Schenkeln ihrer Freundin verschwand. J.D.s Brustwarzen verhärteten sich, und ihr Puls raste.

Am Gartentor küßte Victoria J.D. und Zev. Im Gegensatz zu J.D.s kalten und weichen Lippen waren die von Zev außergewöhnlich warm. Victoria nahm J.D. in die Arme, und entspannte sich für einen Augenblick in der innigen Umarmung.

»Bis später.«

»Ja. Bis später.«

Victoria lächelte und blickte ihnen hinterher, wie sie Hand in Hand zu J.D.s Haus gingen. Arachnes holographische Projektion von Nemos Kammer erschien aus dem Nichts und folgte den beiden.

Victoria bat das Netz, ihr das gleiche Bild zu zeigen. Seit Nemos Kokon sich verhärtet hatte, war alles beim Alten geblieben.

Victoria drehte sich um und schritt durch die runde Öffnung in ihren Vorgarten. Überall blühten Nelken in den unterschiedlichsten Farben und erfüllten die Luft mit einem würzigen Duft. Krokusse und Schwertlilien bedeckten den Rasen. Diese Blumen waren Victorias erste Begegnung mit der Gärtnerei gewesen. Sie wurde jedesmal von einem unbändigen Stolz erfüllt, wenn sie die Pracht betrachtete, die sie selbst geschaffen hatte.

Victoria trat auf die Veranda, die von zotteligem Gras überwuchert war. Es sah aus, als hätte das Haus Augenbrauen.

Victoria war gut gelaunt, hungrig und von einer feinen Salzschicht bedeckt. Es war noch immer sehr früh. Sie betrat das Haus durch die französischen Türen ihres Zimmers. Satoshi lag in Victorias Bett und schnarchte leise vor sich hin. Er hatte sich nicht bewegt, seit Victoria an den Strand gegangen war. Sie warf einen Blick in Stephen Thomas' Zimmer: es war leer.

Jetzt machte Victoria sich wirklich Sorgen. Es war nicht ungewöhnlich, daß Stephen Thomas sich die Nacht in seinem Labor um die Ohren schlug, doch niemand hatte ihn seit gestern im Institut gesehen. Es war auch nicht ungewöhnlich für ihn, die Nacht mit jemand anderem zu verbringen. Aber es *war* ungewöhnlich, daß Stephen Thomas einfach verschwand, ohne eine Nachricht zu hinterlassen.

Außerdem war Feral die einzige Person, zu der er sich in letzter Zeit hingezogen gefühlt hatte. Ferals Tod hatte Stephen Thomas tief getroffen. Nach Merrys Tod hatte er sich schnell wieder erholt. Also würde er auch jetzt nicht zusammenbrechen.

Stephen Thomas ist besser mit Merrys Tod fertiggeworden als ich, dachte Victoria. *Sogar besser als Satoshi. Ich weiß nicht, wie er das geschafft hat, aber ich bin dankbar dafür.*

Während Victoria sich auf den Weg zur Dusche machte, beschloß sie, Arachne nach Stephen Thomas' Aufenthaltsort zu befragen, falls er bis Mittag nichts von sich hören lassen würde, obwohl Victoria selten von der Möglichkeit Gebrauch machte, jemanden durch das Netz aufspüren zu lassen.

Als Victoria ins Badezimmer trat, rutschte sie in einer Pfütze aus und fiel beinahe hin. *Genau, wie ich's mir gedacht habe*, seufzte sie innerlich. *Stephen Thomas ist hier gewesen. Die verdreckten Handtücher und die auf einem Haufen zusammengeworfenen Kleider sind Beweis genug.*

Victoria trat die schmutzige Wäsche verärgert beiseite und betrachtete die Spuren, die ihr jüngerer Partner hinterlassen hatte.

Verdammt noch mal! dachte sie. *Ich weiß, daß du aufgeregt, abgelenkt und Gott-weiß-was bist, aber das ist noch lange keine Entschuldigung für ...!*

Der obere Teil der Badewanne war voller Lehm. Jetzt war Victoria wirklich sauer. Das machte ihr den ganzen Morgen kaputt.

Und warum muß ich das Badezimmer zweimal schrubben? fluchte sie vor sich hin. *Weil Stephen Thomas es noch nicht mal ein einziges Mal schafft.*

Victoria spritzte die Badewanne aus, damit sie wenigstens an einem sauberen Ort stehen konnte.

Sie wusch sich die Haare und entfernte die Salzkruste. Die Badewanne war ausgesprochen luxuriös. Ihr Rand war breit genug, daß man darauf sitzen konnte, und ihre Heizung so stark, daß sie den Raum in kürzester Zeit in eine Sauna verwandeln konnte. Victoria fragte sich, ob es ausreichend Zedern an Bord der *Starfarer* gab, um sie als Bauholz zu verwenden. Oder vielleicht konnte man aus Crimsons künstlichem Treibholz ein paar Bretter schnitzen. Eine Sauna, die nicht nach Zedern roch, war keine Sauna.

Victoria stand nur noch ein einziges sauberes Handtuch zur Verfügung. Sie wollte verdammt sein, wenn sie eines der verdreckten, feuchten Dinger benutzen würde, die Stephen Thomas auf dem Boden hinterlassen hatte. Grollend sammelte Victoria alle Dreckwäsche auf, die sie finden konnte. Im Haus der Partnerschaft gab es keine Waschmaschine. Die KDs hatten sich immer um alles gekümmert.

Satoshi war mittlerweile aufgestanden und saß bei einer Tasse Kaffee im Wohnzimmer. Er benötigte morgens eine lange Anlaufzeit. Victoria deponierte die Wäsche an der Haustür und setzte Teewasser auf. Heute roch der Kaffee beinahe gut genug, um ihn zu trinken. Feral hatte einen hervorragenden Kaffee gekocht, und er hatte Stephen Thomas und Satoshi beigebracht, wie.

»Dusch nicht«, sagte Victoria zu Satoshi.

»Bitte?« Satoshi klang verschlafen – was nicht verwunderte, da er bis zwei Uhr früh im geographischen Institut gewesen war. Doch zum Glück war er bereits wach genug, um nicht grantig zu sein.

»Keine sauberen Handtücher.«

»Schon wieder?«

»Ja.«

»Er hat es doch versprochen.«

»Ich weiß.«

Satoshi seufzte. »Er hat versprochen, die Wäsche dem Haushälter zu geben. Kein Haushälter ...«

»Normalerweise würde ich auf seine Haarspalterei eingehen, aber er *hat* es uns fest versprochen. Außerdem war die ganze Badewanne versaut.«

»Soviel zum Studium der pittoresken japanischen Sitten«, sagte Satoshi. »Die von wegen ›zuerst abspritzen, dann einweichen‹ hat er wohl vergessen.« Stephen Thomas beschäftigte sich in seiner Freizeit mit dem ethnischen Hintergrund der Partnerschaft. Satoshis Mutter war japanischer Abstammung, doch ihre Familie hatte genauso lange auf Hawaii gelebt wie die Victorias in Kanada. Väterlicherseits war Satoshi Hawaiianer.

Victoria konnte sich ein Lachen nicht verkneifen. »Dieses Kapitel muß er übersprungen haben.«

Satoshi nippte an seinem Kaffe, während Victoria den Tee aufbrühte.

»Wir sollten nicht mit ihm streiten«, erklärte Satoshi. »Der letzte Streit hat uns alle ziemlich mitgenommen.«

»Du hast recht«, erwiderte Victoria. »Ich werde es versuchen.«

»Du bist heute morgen schon sehr früh aufgestanden.«

»Ich bin mit J.D. und Zev schwimmen gegangen«, antwortete Victoria. Sie war dankbar für den Themenwechsel. »Wenn ich gewußt hätte, wie amüsant es werden würde, hätte ich dich aus dem Bett geworfen, damit du uns begleitest.«

»Schwimmen im Morgengrauen und noch dazu zu dieser Jahreszeit hört sich nicht gerade amüsant an, eher *kalt*.«

Victoria brachte ihren Teekessel an den Tisch, setzte sich und wartete darauf, daß der Tee durchgezogen war.

»Wir sind in einem Golfstrom und in einer Lagune geschwommen. Taucher schwimmen nicht nur. Sie spielen.« Victoria rieb mit dem Fuß über Satoshis Bein. »Es ist eigentlich kein richtiger Sex. Es geht alles viel zu schnell. Aber es ist sehr erregend.«

»Schnell?« fragte Satoshi zweifelnd.

»Schnelle, kurze Berührungen über einen langen Zeitraum.« Victoria berührte Satoshis Schienbein mit ihren Zehen. Er blickte seine Partnerin fragend an. »Es wäre bestimmt amüsant, mit dir und Stephen Thomas schwimmen zu gehen und uns im Wasser zu lieben«, fuhr Victoria fort.

»Ich weiß nicht recht«, erwiderte Satoshi. »Ich habe das schon einmal versucht. Allerdings nicht sehr erfolgreich.«

»Warum nicht?«

»Salzwasser beeinflußt die natürliche Schmierung. Meine Partnerin ... nahm Anstoß daran.«

»Bei mir hat's funktioniert«, erklärte Victoria grinsend.

Satoshi legte seinen Fuß in Victorias Schoß. Sie massierte seine starken, festen Sehnen. Dann beugte Victoria sich herunter und lutschte an Satoshis Zeh. Satoshi jaulte überrascht auf.

»Ich bin am Verhungern!« sagte Victoria. »Gibt es hier irgendwo was zu essen?«

»Nicht viel«, antwortete Satoshi. »Ich habe etwas Reis gekocht.«

Victoria hatte sich nie an die hawaiianische Sitte gewöhnt, zu jeder Mahlzeit weißen Reis zu essen.

Sie sprang auf und öffnete den Kühlschrank.

»Nicht ...«

»Hier müßte doch noch eine Tomate sein«, sagte Victoria. »Ich könnte sie grillen.«

Sie nahm die Tomate auf – und das Gemüse zerfiel in ihrer Hand.

Angewidert schrie sie auf.

Alles Gemüse im Kühlschrank war welk und mit Schimmel überzogen. Der Haushälter hatte auch die Küche in Ordnung gehalten, und bevor Feral im Haus der Partnerschaft eingezogen war, hatten die drei nur selten verderbliche Ware aufbewahrt. Sie hatten nie Zeit gehabt, selbst zu kochen. Außerdem war keiner von ihnen ein besonders guter Koch. Statt dessen hatten sie ihre Mahlzeiten in der Cafeteria bestellt.

»Das ist ja ekelhaft«, sagte Victoria.

»Ich weiß.«

»Warum hast du es nicht einfach rausgeworfen?«

»Weil ich nicht weiß, ob und wann der Müll abgeholt wird. Dort, wo der Müllplan sein sollte, hat Arachne nur ein großes Loch. Also habe ich mir gedacht, daß das Zeug nicht so schlimm riechen würde, wenn wir es kühl lagern.«

»Oh«, erwiderte Victoria. Sie legte die faulige Tomate wieder zurück in den Kühlschrank. »Wir müssen uns etwas einfallen lassen. Weißt du, wie man einen Komposthaufen anlegt?«

»Theoretisch.«

»Vielleicht sollten wir es einfach mal versuchen. Aber zunächst brauche ich Frühstück. Ich gehe in die Cafeteria. Kommst du mit?«

»Sicher. Soll ich Stephen Thomas holen gehen?«

»Weißt du, wo er ist? Alles, was ich von ihm seit gestern gesehen habe, sind seine Dreckspuren in der Badewanne.«

Satoshi zögerte einen Augenblick. »Er schläft in Ferals Zimmer.«

»In *Ferals* Zimmer? Ist jemand bei ihm? Warum hat er nicht in seinem eigenen Zimmer geschlafen?«

»Er ist allein.«

Victoria starrte Satoshi ungläubig an.

Sie wanderte den Korridor entlang in Richtung des normalerweise leerstehenden Zimmers. Der Raum hätte eigentlich Merry gehören sollen, doch dazu war es nie gekommen. Victoria konnte ihn einfach nicht als *Ferals* bezeichnen. Feral war nur ein Gast gewesen, ein Bekannter, eine flüchtige Affäre von Stephen Thomas. Der junge Journalist hatte nicht zur Familie gehört – noch nicht.

Ich freunde mich nicht mit jemandem innerhalb von zwei Wochen an, dachte Victoria. *Selbst Stephen Thomas freundet sich nicht so schnell mit jemandem an.*

Victoria öffnete die Tür, ohne anzuklopfen, trat ans Fenster und zog die Vorhänge zurück. Dann hockte sie sich neben den Futon.

Als sie Stephen Thomas sah, sprang sie entsetzt zurück. Victoria verlor das Gleichgewicht und wäre beinahe gestürzt, wenn sie sich nicht im letzten Augenblick abgefangen hätte.

Victorias jüngerer Partner hatte seine Hand aufs Gesicht gelegt. Die durchsichtigen Schwimmhäute waren deutlich zu erkennen. Sie reichten bereits bis zu den zweiten Knöcheln. Und auch die Hände selbst schienen gewachsen zu sein. Stephen Thomas' Arme und Schultern waren von einem feinen, goldenen Pelz bedeckt. Die feinen Härchen schimmerten in der Morgensonne wie die Auren, die Stephen Thomas zu sehen behauptete. Seine ehemals helle Haut hatte die Farbe von Bernstein angenommen, ein dunkler Kontrast zu den nach wie vor goldenen Haaren.

»Stephen Thomas!«

Er nahm die Hand vom Gesicht und starrte seine Partnerin aus leeren Augen an. Victorias Besorgnis legte sich einen Augenblick. Absurder weise war sie darüber erleichtert, daß sich seine Augenfarbe nicht verändert hatte. Doch Stephen Thomas' ausdrucksloser Blick machte Victoria Angst.

Irgend etwas ist bei der Metamorphose schiefgegangen, dachte Victoria entsetzt. Er hat sich verändert ...

Victoria liebte Stephen Thomas, obwohl er sie oft genug zur Verzweiflung brachte. Falls die Metamorphose seine Persönlichkeit beeinflussen sollte ...

Stephen Thomas blinzelte und war plötzlich wieder er selbst.

»Was ist los?« fragte er. »Wieviel Uhr ist es?«

»Ungefähr acht.« Victoria beantwortete die einfachere Frage zuerst. Sie spürte erneut eine vorübergehende Erleichterung. »Was zum Geier machst du hier?«

»Ich versuche zu schlafen«, erwiderte Stephen Thomas und legte wieder seine merkwürdig veränderte Hand aufs Gesicht.

»Wach auf!« Die Angst um ihren Partner hatte Victoria noch wütender gemacht.

Satoshi erschien in der Tür. Er war ebenso besorgt um Stephen Thomas wie Victoria.

»Warum schläfst du hier drin? Und warum nicht in deinem eigenen Zimmer? Oder bei uns? Wo warst du?« Victoria hätte noch mehr Fragen auf Lager gehabt, wenn Satoshi sie nicht unterbrochen hätte.

»Immer mit der Ruhe«, sagte er. Erst einige Augenblicke später bemerkte Victoria, daß Satoshi mit ihr gesprochen hatte und nicht mit Stephen Thomas.

»Mir ist aber nicht danach, ruhig zu sein«, wandte Victoria sich an Satoshi. »Ich will sofort wissen ...«

»Welche Frage soll ich als erstes beantworten?« fragte Stephen Thomas.

»Egal!«

»Ich schlafe hier, weil ich es so will. Weißt du, ich habe nie ... oder vielleicht weißt du es auch nicht.«

»Mir ist egal, was du getan hast oder auch nicht, als Feral noch gelebt hat«, sagte Victoria wütend. »Aber jetzt ...«

»Ich war im Wildniszylinder. In einem Gewitter ...«

»Ein Gewitter!« Das war unmöglich.

»Ich habe ein Grab geschaufelt.«

»Ein Grab ..?« Victoria wußte nicht mehr, was sie sagen sollte. »Soll das heißen ... ich meine, hast du seine Leiche ganz allein dorthin geschleppt?«

Verzweiflung und Wut hielten sich bei Victoria die Waage. Sie konnte es nicht ertragen, daß Stephen Thomas allein mit seiner Trauer gewesen war, als er seinen Freund beerdigt hatte. Sie hätte auch dort sein sollen, um Feral Lebewohl zu sagen.

»Und was ist mit uns?« schrie Victoria. »Was ist mit seinen Freunden? Was ist mit J.D.?«

»Gerald hat eine offizielle Beerdigung abgelehnt«, erwiderte Stephen Thomas. »Er wollte Feral für alle Ewigkeit in der Leichenhalle liegen lassen. Ich konnte das nicht ertragen. Außerdem hat es sonst niemanden gekümmert.«

»Jetzt hör aber auf, Stephen Thomas. Das ist nicht fair«, sagte Satoshi.

»Aber keiner hat was getan. Es hat sich noch nicht einmal jemand die Mühe gemacht, in den Akten nach Ferals Testament zu suchen.«

Stephen Thomas stützte sich auf die Ellbogen. Der goldene Pelz bedeckte auch Bauch und Brust. Nur sein Gesicht und sein Hals waren noch kahl. Victoria fragte sich, wo Stephen Thomas seine Halskette gelassen hatte. Unmittelbar unter seinem Hals nahm ein feiner Streifen dunklen Haars seinen Anfang. Er lief bis zum Nabel, wurde dort kurz unterbrochen und begann einige Zentimeter weiter unten von neuem, bis er schließlich unter der Bettdecke verschwand.

Victoria setzte sich auf den Rand des Futons neben Stephen Thomas, und Satoshi gesellte sich zu ihnen.

»Wir hatten einfach keine *Zeit*«, rechtfertigte sich Victoria. »Wann hätten wir es deiner Meinung denn machen sollen?«

»Gestern«, antwortete Stephen Thomas. »Letzte Nacht. Und nicht nur wir. Jeder hätte sich um Ferals Testament kümmern können, während wir weg waren, aber niemand hat etwas unternommen.«

»Sein Tod war schrecklich.« Victoria fühlte sich ungerecht behandelt. »Eine Tragödie im wörtlichen Sinne. Wenn er sich an meine Anweisungen gehalten hätte ...«

»Das konnte er nicht! Ich wußte, daß er das nicht konnte. Warum hast du es nicht auch gewußt?«

»Woher wolltest du das wissen? Du versuchst, mir im nachhinein die Schuld zu geben?«

»Ich gebe dir nicht die Schuld. Ich versuche nur, dir zu erklären, wo ich war, was ich getan habe, und warum ich es getan habe.«

»Und warum ich für Ferals Tod verantwortlich bin?«

»Nein«, widersprach Stephen Thomas. »Nein. Ich mache dir keinen Vorwurf. Aber mich trifft auch keine Schuld. Er kannte die Risiken, und er hat sich ihnen gestellt. Ihm blieb gar nichts anderes übrig.«

Victoria blieb hartnäckig. »Wenn er meine Anordnungen befolgt hätte ...«

»… wären wir immer noch im Tau- Ceti-System«, ergänzte Satoshi.

»Wir hätten jederzeit eine zweite Annäherung durchführen können.«

»Hundert Lichtjahre hinter Europa und Androgeos«, sagte Stephen Thomas. »Wir hätten sie nie erwischt. Vielleicht wären wir dort sogar gestrandet.«

»Ich dachte, du *wolltest* dort bleiben«, bemerkte Victoria, »um den Planeten zu kolonisieren.«

»Und wenn es so war? Ich habe mich nicht gegen die Mehrheit gestellt. Feral hat versucht, *dir* bei *deinen* Plänen zu helfen. Haltet die Charta hoch und schnappt das außerirdische Schiff …«

»Was immer uns das auch genutzt haben mag!«

»Erzähl mir nicht, Feral sei umsonst gestorben!« brüllte Stephen Thomas. »Ich will das nicht hören!«

Er warf das Laken zur Seite und sprang mit der Eleganz eines Otters aus dem Bett. Victoria stand auf. Sie hatte nicht die Absicht, Stephen Thomas so einfach davonkommen zu lassen.

»Ahhh! Scheiße!« schrie Stephen Thomas schmerzerfüllt und sank wieder aufs Bett.

Er packte seine Zehen und schaukelte vor und zurück. Sein Gesicht war schmerzverzerrt. Victoria starrte Stephen Thomas überrascht an. Satoshi sprang an seine Seite, streckte den Arm aus, zögerte und legte schließlich die Hand auf Stephen Thomas' Schulter.

»Was …?«

»Nichts. Gar nichts«, erwiderte Stephen Thomas. »Nur daß meine scheiß Fußnägel ausfallen.«

Der Nagel seines kleinen Zehs war verschwunden, und der daneben hing nur noch an einem dünnen Hautfetzen. Stephen Thomas' Zehen waren mit Blutergüssen übersät, als habe er einen Felsbrocken auf den Fuß bekommen. Er wackelte am Nagel des großen Zehs, der ebenfalls locker war. Victoria war übel. Stephen Thomas nahm den hängenden Nagel zwischen Daumen und Zeigefinger.

»Nicht …«, warnte Satoshi.

Stephen Thomas riß den Nagel ab und legte ihn auf das schmale Regal am Kopfende des Futonrahmens. Dann beugte er sich über die Wunde und stocherte darin herum. Er schien Victoria und Satoshi völlig vergessen zu haben. Victoria fühlte sich elend und wütend zugleich. Stephen Thomas war sehr gut darin, einem Streit aus dem Weg zu gehen – nicht, ihn zu entschärfen wie Satoshi. Stephen Thomas kreierte einfach eine Situation, in der es unmöglich war, die Diskussion fortzuführen. Und so wurde das Problem nie gelöst.

In der Wunde begann sich eine kleine Einbuchtung zu formen, wo eine Kralle wachsen konnte. Das hätte Victoria vom wissenschaftlichen Standpunkt her durchaus interessiert – wenn es sich nicht am Körper eines Familienmitgliedes abgespielt hätte.

Trotz ihrer Wut spürte Victoria noch immer Stephen Thomas' außergewöhnliche sexuelle Anziehungskraft.

»Hast du jetzt genug getrauert?« Sie gab sich solche Mühe, entspannt zu wirken, daß ihre Stimme kalt und hart klang.

»Nein«, erwiderte Stephen Thomas. »Nein, ich glaube nicht.«

»Ich weiß, daß du Feral gemocht hast! Aber du hast ihn doch kaum gekannt. Ich kannte ihn besser als du und …«

»Du hast ihn *länger* gekannt. Nicht besser.«

»Wahrscheinlich behauptest du gleich das gleiche von Merry.«

Stephen Thomas blickte verwirrt zu Victoria. »Was hat denn Merry damit zu tun?«

»Nichts. Außer daß Merry unsere Partnerin war und Feral nur ein flüchtiger Bekannter, und es mir vorkommt, als trauertest du mehr um Feral.«

Stephen Thomas erhob sich vorsichtig und humpelte schweigend auf seinen wunden Füßen hinaus.

Victoria wollte schreien, oder sich entschuldigen, heulen wie ein kleines Kind – aber in Wirklichkeit wünschte sie nur, daß Stephen Thomas niemals dem Gestaltwechsel zugestimmt hätte, und daß Merry und Feral nie gestorben wären.

Sie folgte Stephen Thomas bis zur Tür. Er hatte bereits den halben Weg bis zu seinem Zimmer zurückgelegt. Im matten Licht des Korridors war sein goldener Pelz nicht zu erkennen.

Stephen Thomas verschwand in seinem Zimmer.

Victoria blickte zu Satoshi, und erwartete von ihm zu hören, sie sei zu hart zu Stephen Thomas gewesen.

»Ich sollte ihm nicht seine Gefühle zum Vorwurf machen«, erklärte sie, bevor Satoshi etwas sagen konnte. »Seine Gefühle sind seine Privatsache. Er kann sie nun mal nicht verbergen ...«

»Ich hasse, was mit ihm geschieht«, unterbrach Satoshi unvermittelt.

»Ich ... was?«

»Ich habe ihn so geliebt, wie er war«, fuhr Satoshi fort. »O Gott. Ich kann mir nicht vorstellen, daß sich meine Gefühle für jemanden ändern, nur weil er plötzlich anders aussieht ...«

»So sehr hat er sich doch gar nicht verändert«, erwiderte Victoria. »Jedenfalls nicht physisch ...«

»Er hat sich sogar *sehr* verändert«, widersprach Satoshi. »Und er wird sich noch viel mehr verändern. Ich kenne ihn kaum noch ... Oh, wie ich es hasse, das zu sagen!«

Satoshi faltete die Arme auf den Knien und versteckte sein Gesicht darin. Victoria setzte sich neben ihren Partner und nahm ihn in den Arm. Sie wollte Satoshi beruhigen, ihn trösten, doch es gelang ihr nicht. Victoria war daran gewöhnt, daß Stephen Thomas seinen Gefühlen freien Lauf ließ, während Satoshi immer ruhig und ausgeglichen war. Sie selbst bildete das Zwischenstück. Satoshis Schultern begannen zu zittern. Victoria konnte sich nicht erinnern ... Doch, auf Merrys Beerdigung hatte Satoshi geweint. Genau wie sie selbst. Stephen Thomas hatte keine Träne vergossen und seine beiden

Partner getröstet. Damals war sie froh gewesen, daß wenigstens einer nicht aus dem Gleichgewicht geraten war. Sie hatte sich nie gefragt, warum es ausgerechnet Stephen Thomas gewesen war.

Satoshi richtete sich wieder auf und atmete tief durch. Dann warf er sich rückwärts aufs Bett und wischte sich mit dem nackten Arm über die Augen. Er versuchte zu lächeln.

»Das ist verrückt«, sagte er.

»Was?«

»Ich bin wütend auf ihn, weil er etwas tut, das ich noch nicht einmal verstehen kann ... und du bist wütend auf ihn, weil er sich genauso benimmt wie immer.«

Während er sich anzog, verdrängte Stephen Thomas den Streit mit Victoria, die Schmerzen in seinem Körper und die Verluste, die er im Laufe der letzten Woche erlitten hatte. Im Laufe des letzten *Jahres*.

Normalerweise trug Stephen Thomas Laufschuhe für den Weg zum Institut, doch heute konnte er keine Schuhe ertragen. Er versuchte es mit seinen Sandalen, aber auch sie verursachten ihm Schmerzen. Statt sie anzuziehen, steckte Stephen Thomas sie in seinen Rucksack. Professor Thanthavong würde ihm die Zehennägel einzeln ausreißen, wenn er es wagen sollte, barfuß im Labor zu arbeiten ... natürlich im übertragenen Sinne. Aber sie würde es tun. Also mußte er die Sandalen zumindest tagsüber tragen.

Stephen Thomas wußte nicht, was er wegen des Streits mit Victoria unternehmen sollte. Er konnte ihre Fragen nicht besser beantworten, als er es bereits getan hatte. Aber Victoria wollte mehr – wenn er nur wüßte, *was*. Er würde es ihr sofort geben. Stephen Thomas hatte sich nach Merrys Tod beherrscht, weil die Partnerschaft damals ein klar denkendes Mitglied nötig gehabt hatte. Und kurz nach Ferals Tod ... Victoria hatte wirklich geglaubt, sie hätte ihn an einem sicheren Ort untergebracht. Stephen Thomas lächelte traurig. Ein Reporter verläßt nicht die Front, egal, ob jemand weiß, wo die Front ist, oder ob es überhaupt einen Krieg gibt.

Mit vorsichtigen Schritten – Humpeln nützte nichts, da beide Füße schmerzten – verließ Stephen Thomas sein Zimmer durch die französischen Türen.

Trotz allem war es noch sehr früh, als Stephen Thomas das Labor betrat. Weder Mitch noch Bay waren bereits hier, und Lehua Aki lag schlafend auf einer Couch im Vorraum der Biochemie. Ein kleines Bild von Nemos Kammer schwebte über ihr.

Es war offensichtlich, daß Stephen Thomas' Studenten bis spät in die Nacht gearbeitet hatten. In den Gloveboxen befanden sich mehrere neue Zellkulturen.

Stephen Thomas war stolz, daß seine Leute so viel erreicht hatten, obwohl er den ganzen gestrigen Tag abwesend gewesen war. Außerdem mußten sie in der Biochemie sowohl arbeiten als auch übernachten, da die Silberschnecken noch immer mit dem Wiederaufbau des Genetischen Instituts beschäftigt waren.

Schlimmer noch als der Verlust der Gebäude war der Verlust der Geräte und Daten, der Sonden und der genetischen Subroutinen, die über einen langen Zeitraum entwickelt worden waren. Alles war zerstört. Die Rakete hatte Stephen Thomas ein Jahr seines beruflichen Lebens gekostet.

Er überprüfte die Zellkulturen, die er tags zuvor angelegt hatte. Wenigstens etwas lief heute nach Plan. Stephen Thomas besaß nun ausreichend Material für eine neue Serie von Experimenten.

Unter normalen Umständen waren die Zellkulturen in diesem Stadium ungefährlich. Egal, wie virulent die Ursprungszellen auch gewesen sein mochten, jetzt waren sie tot, in ihre Einzelteile zerlegt. Zellwände. Mitochondrien. DNS. Aber diese Zellen waren außerirdischen Ursprungs. Stephen Thomas hatte keinen Beweis

– noch nicht einmal ein Indiz –, daß sie sich in ihre Bestandteile zerlegen würden, wenn er sie mit Ultraschall beschoß und zentrifugierte.

Stephen Thomas befürchtete nicht, die *Starfarer* mit irgendeiner exotischen Krankheit zu infizieren, die gleichermaßen Mensch und Tier befallen würde. Es war wahrscheinlicher, daß sich ein Tabakvirus auf den Menschen übertragen würde. Immerhin entstammten diese Pathogene demselben evolutionären Schema wie die Menschen. Aber es war Stephen Thomas gelungen, einen autotrophen Organismus aus Nemos Nest zu kultivieren. Eine Mikrobe, die sich ausschließlich von Licht, Wasser und molekularen Nährstoffen ernähren konnte, würde überall auf dem Schiff überleben.

Doch das wollte Stephen Thomas auf jeden Fall vermeiden.

Er befahl Arachne, ein Bild des Kokons zu projizieren.

»Warum wolltest du mir keine weitere Probe geben?« murmelte Stephen Thomas vor sich hin.

Stephen Thomas ging davon aus, daß die irdische Biosphäre früher oder später lernen mußte, mit außerirdischen Mikroben umzugehen, doch er wollte nicht für den ersten unkontrollierten Kontakt verantwortlich sein. Denn dann würde sich Professor Thanthavong nicht nur mit seinen Fußnägeln zufrieden geben. Sie würde Stephen Thomas auch noch das Herz bei lebendigem Leibe herausreißen. Trotz ihrer jahrelangen Forschungsarbeit hatte es eines Raketenangriffs bedurft, um ihr Labor zum ersten Mal zu kontaminieren.

»Verdammt!« rief Stephen Thomas plötzlich. Er hatte vergessen, die DNS-Sequenzierung der Bakterien von Europas Schiff einzuleiten. Eine komplette Sequenz würde ihm eine detailliertere Analyse der Mikrobe erlauben als ein einfacher genetischer Fingerabdruck. Er aktivierte die entsprechenden Geräte und setzte den Prozeß in Gang.

»Hi, Stephen Thomas.«

Satoshis junge Mitarbeiterin Fox stand verunsichert in der Tür und spielte verlegen an einer Haarsträhne.

»Hallo, Fox«, erwiderte Stephen Thomas.

»Kann ich Ihnen irgendwie helfen?«

»Warum? Wollen Sie die Fachrichtung wechseln?«

Fox' Gesicht hellte sich auf. »Geht das?«

»Nein.«

»Oh.«

»Haben Sie nichts in der Geographie zu tun?«

»Doch«, antwortete Fox. Sie ging wieder in den Vorraum, und Stephen Thomas dachte, die junge Frau hätte ihn verlassen.

Er wandte sich wieder seiner Arbeit zu und vergaß, daß Fox dagewesen war. Stephen Thomas steckte seine Hände in die Handschuhe, die ihm den Zugriff auf die Zellkulturen in der Glovebox erlaubten.

»Ich könnte ein paar Reagenzgläser spülen ...«

»Jesus!« schrie Stephen Thomas.

» ... oder irgend etwas anderes«, flüsterte Fox.

»Ich hätte das beinahe fallengelassen«, erklärte Stephen Thomas wütend. »Schleichen Sie sich nicht so an.«

»Das war nicht meine Absicht.«

»Es gibt hier nichts für Sie zu tun. Wir spülen keine Reagenzgläser, wir recyceln sie. Das ist der einfachste Weg, eine Kontamination zu vermeiden. Aber ist ja auch egal. Sie wollen bestimmt nicht den ganzen Tag mit den Händen in Zellschleim wühlen.«

»Das würde mir nichts ausmachen.«

»Trotzdem kann ich nichts für Sie tun.«

»Ich *kann nicht* zurück in die Geographie.«

»Ich habe Ihnen bereits gesagt, daß Satoshi nicht wütend auf Sie ist.«

»Haben Sie ihn gefragt?«

»Das hat sich nicht ergeben. Wenn er wütend auf Sie wäre, hätte er das gesagt. Fox, Satoshi wird niemals wütend. Er würde zuerst mit Ihnen reden. Aber für mich hört sich das eher an, als müßten *Sie* mit *Ihm* reden.«

»Er sollte wütend auf mich sein. Und das sollten Sie auch.«

Stephen Thomas beobachtete das Innere der Glovebox auf dem Überwachungsmonitor, stellte vorsichtig die Probe wieder in ihren Ständer und zog die Hände aus den Handschuhen. Seine Schwimmhäute juckten. Die Handschuhe hatten sie zu eng an seine Finger gepreßt.

Stephen Thomas verschränkte die Arme vor der Brust, lehnte sich zurück und blickte Fox tief in die Augen.

»Ich werfe Ihnen nicht vor, was mit mir geschehen ist. Aber wenn Sie wirklich meine Meinung hören wollen ... Ich denke, Sie haben uns mehr Ärger beschert, als wir gebrauchen können. Sie hätten an Bord des Shuttles sein müssen.«

»Was hätte das für einen Unterschied gemacht? Ich wäre immer noch hier!«

»Es hätte sehr wohl einen Unterschied gemacht. Die Leute im Shuttle waren juristisch gesehen frei. Vielleicht können Gerald, Esther und die beiden Senatoren sogar Schadensersatz geltend machen ... hm, bei Esther weiß ich das nicht so genau. Egal. Aber Sie und Zev sind in noch größeren Schwierigkeiten als wir.«

»Na und?«

»Und dem Präsidenten ist es vielleicht nicht möglich ...«

»Sie würden ihn doch nicht fragen!«

»Sie würden ihn gar nicht fragen *müssen*.«

»Stephen Thomas, ich will doch nur ein Teil dieser Expedition sein. Ich will nur helfen.« Fox' Lächeln gefror, während sie mit den Tränen kämpfte.

»Sie sind ein Teil der Expedition«, entgegnete Stephen Thomas sanft. »Und Sie beweisen uns, daß Sie wert sind, daran teilzunehmen, indem Sie sich die Finger wund arbeiten. Und zwar in Ihrer eigenen Abteilung.«

»Sind Sie sicher ...?«

»Ich weiß nicht ...« Stephen Thomas hielt inne. Es war nicht notwendig, Fox in die Probleme der Partnerschaft mit hineinzuziehen. Welchen Sinn hatte es, der jungen

Studentin zu sagen, daß Stephen Thomas seit Tagen mit Satoshi über gar nichts mehr gesprochen hatte?

»Satoshi ist das vernünftigste und sympathischste menschliche Wesen, das es gibt. Immerhin lebt er mit mir.« Stephen Thomas lächelte Fox aufmunternd zu. »Okay?«

»Ja«, sagte sie und erwiderte das Lächeln. »Danke.«

»Gut. Jetzt muß ich aber wieder an meine Arbeit.«

Stephen Thomas wandte sich wieder der Glovebox zu und machte Fingerübungen, um seine Schwimmhäute zu dehnen. Er hörte, wie Fox tief durchatmete. Vielleicht hatte sie gerade erst bemerkt, wie sehr Stephen Thomas sich verändert hatte, und die Veränderungen jagten ihr Angst ein. Stephen Thomas Gregory sah für einen Außenstehenden wahrscheinlich völlig verrückt aus, mit seinen Schwimmhäuten, dem goldenen Pelz und den verbeulten Zehen.

»Ich liebe Sie«, sagte Fox.

Oh Gott, nein, nicht schon wieder, dachte Stephen Thomas.

Zum dritten Mal drehte er sich zu der jungen Frau um. Stephen Thomas konnte nicht vorgeben, nichts gehört zu haben.

»Das ist Pech«, sagte er.

Fox gab vor, nichts gehört zu haben.

»Als Satoshi uns damals zum Abendessen eingeladen hat, und ich Sie zum ersten Mal gesehen habe ...«

»Fox. Nein.«

»Wollen Sie nicht erstmal darüber nachdenken? Ich weiß, daß Sie nicht monogam sind ...«

Der Kommentar haute Stephen Thomas um, und er lachte laut los.

Fox errötete. »Sie wissen genau, wovon ich spreche. Wie immer die Abmachung auch aussehen mag ... Sie haben zwei legale Partner und treffen sich trotzdem noch mit anderen. Was gefällt Ihnen nicht an mir?«

»Es ist nichts Persönliches.«

Diesmal war es an Fox, laut zu lachen. »Wieviel persönlicher kann es denn noch werden?«

»Ich fange nichts mit meinen Mitarbeitern an.«

»Aber ich bin nicht Ihr Mitarbeiter.«

»Vor fünf Minuten haben Sie sich noch auf den Posten beworben.«

»Ich habe meine Meinung geändert, okay?«

»Ich fange generell nichts mit *Studenten* an.«

»Warum nicht?« fragte Fox ehrlich erstaunt. Sie grinste. »Wir sind auch Menschen ... glauben Sie nicht? Also, warum nicht?«

»Warum nicht ...?« Stephen Thomas seufzte. »Weil früher jeder Lehrer auf mich stand.« Professor Thanthavong war der erste Vorgesetzte, gleich welchen Geschlechts, der niemals versucht hatte, mit Stephen Thomas zu schlafen.

»Wie hätten sie auch widerstehen können?« flüsterte Fox zärtlich.

»Sie hätten es *gemußt*.«

»Aber das hier ist anders.«

»Ist es nicht.«

»Ist es doch. Ich bin keiner von Ihren Studenten, und Sie sind nicht mein Lehrer.«

Die Diskussion drohte in ein unendliches ›Ist es doch-ist es nicht‹ auszuarten. Stephen Thomas versuchte, einen ernsten Gesichtsausdruck zu bewahren.

»Es ist egal, ob es das gleiche ist oder nicht. Die Antwort lautet: ›Nein‹!«

»Aber ...«

»Bitte akzeptieren Sie meine Antwort mit Würde.«

Fox akzeptierte sie nicht mit Würde, aber sie wurde auch nicht wütend oder brach in Tränen aus. Stephen Thomas wußte nie, wie er mit einer solchen Situation umgehen sollte. Mit Wut kam er besser zurecht als mit Tränen. Wenn jemand aufgrund unerwiderter Liebe zu einem anderen in Tränen ausbrach, nahm Stephen Thomas ihn in den Arm und bot ihm eine Schulter, um sich auszuweinen. Doch wenn er in diesem Augenblick Fox in die Arme nehmen würde, wäre das eine Katastrophe. Es fiel Stephen Thomas schwer, den Schmerz eines anderen zu ignorieren.

»Okay«, sagte Fox schließlich. »Falls Sie Ihre Meinung doch noch ändern sollten …«

»Das wird mit Sicherheit nicht passieren.«

Während Fox im Korridor verschwand, hörte Stephen Thomas, wie sie etwas vor sich hin knurrte, das eigentlich für ihn bestimmt gewesen war.

»Ich hätte doch besser nach Hause gehen sollen.«

»So ein Scheiß«, murmelte Stephen Thomas.

Er wandte sich wieder seiner Arbeit zu und versuchte, die Wut auf seine Vergangenheit und die Schuldgefühle gegenüber Fox zu vergessen. Sie hätte wirklich nach Hause gehen müssen – oder zumindest hätte sie es *versuchen* müssen. Falls Stephen Thomas irgend etwas mit Fox' Entschluß zu tun gehabt hatte, an Bord zu bleiben, so war das unabsichtlich geschehen. Und dann dachte er: *Sie ist unter Politikern aufgewachsen. Sie weiß, wie man den Zufall für die eigenen Zwecke nutzt.*

Mitch stürmte herein.

»Ist Fox okay? Was wollte sie? Sie hat noch nicht mal Hallo gesagt.«

Mitch hatte, seit Fox an Bord gekommen war, darauf gehofft, sie würde ihn grüßen – oder zumindest seinen Namen behalten. Bis jetzt hatte er kein Glück gehabt.

Mitch war linkisch und schüchtern. Er sah nicht schlecht aus. Dunkles, braunes Haar, rehbraune Augen, ein blasser Teint, klassische Gesichtszüge und ein scharfer Verstand.

Mitch verbrachte viel zu viel Zeit im Labor statt mit anderen Menschen. Stephen Thomas war froh, daß Mitch nichts von seinem Gespräch mit Fox mitbekommen hatte. Anderenfalls würde sich der Junge vollends zurückziehen. Es war schon schlimm genug, daß er Fox' Aufmerksamkeit nicht erregen konnte. Aber es wäre noch schlimmer, wenn er wüßte, daß sie hinter jemandem her war – und dieser jemand nicht Mitch wäre.

»Sie hat mich etwas über Satoshi gefragt«, antwortete Stephen Thomas wahrheitsgemäß. Er widmete sich wieder seiner Arbeit und vergaß Fox.

Mitch pfiff fröhlich vor sich hin.

Lehua kam ins Labor, wischte sich den Schlaf aus den Augen und kämmte ihr langes rotblondes Haar mit den Fingern. Wie üblich war sie außerordentlich gut gekleidet. Ihr steifes Hemd sah nicht danach aus, als hätte sie darin geschlafen. Besucher des genetischen Instituts hielten sie manchmal für den Professor und Stephen Thomas für den Laboranten.

Ein Bild von Nemos Kammer folgte Lehua. Es schwebte in den Raum und verschmolz mit dem identischen Hologramm, das Stephen Thomas angefordert hatte.

»Wie kommt es, daß die Sofas in der Biochemie so viel bequemer sind als die in der Genetik?« fragte Lehua und gähnte.

»Sehen Sie sich das mal an«, sagte Stephen Thomas.

Lehua und Bay gesellten sich zu Stephen Thomas und Mitch. Zusammen betrachteten sie das Hologramm von Stephen Thomas' neuester Probe.

»Was ist das? Ist es, was ich denke, daß es das ist?«

»Es könnte eine Menge sein. Aber ich halte es für eine Art dreidimensionaler, genetischer Information. Dendritische Moleküle.«

»*Dendritische* Gene?« fragte Bay ungläubig. Er trat näher an das Bild heran und kniff konzentriert die Augen zusammen. Sein krauses, schwarzes Haar fiel ihm über das kastanienbraune Gesicht. »Wie soll das funktionieren? Ich weiß nicht ...«

Stephen Thomas' Augenlider flackerten. Er klinkte sich in Arachne ein und sandte eine Nachricht an Professor Thanthavong.

Dann beobachtete er aufmerksam, wie die riesigen sphärischen Moleküle vibrierten.

Seit Ferals Tod hatten Schmerz, Trauer und Verzweiflung Stephen Thomas' Leben bestimmt. Doch jetzt verspürte er zum ersten Mal wieder so etwas wie Freude.

»Ich weiß es auch nicht, Bay«, sagte Stephen Thomas. Er wußte, daß er ein dummes Gesicht machte, aber es war ihm egal. »Ist das nicht großartig?«

Kapitel 9

Infinity Mendez schloß sich den anderen Besatzungsmitgliedern an, die sich auf dem Weg zur Plenarversammlung im Amphitheater befanden. Die regulären Treffen waren nur spärlich besucht. Dort traf man entweder auf Leute, die einfach bei allem und jedem mitreden mußten, oder auf fanatische Anhänger der Konsens-Idee. Beide Gruppen konnten eine Versammlung extrem langweilig gestalten.

Seit der Rebellion war kein Treffen langweilig verlaufen, und beinahe alle waren erschienen.

Auch das heutige Treffen war keine gewöhnliche Zusammenkunft. Jenny Dupre hatte eine Vollversammlung einberufen, um über das Schicksal von Kanzler Blades zu entscheiden.

Infinity hatte gehofft, Jenny würde die Sache auf sich beruhen lassen. Warum sollte man etwas an der gegenwärtigen Situation verändern, wenn Kanzler Blades damit zufrieden war, bis zu ihrer Rückkehr in seinem Haus eingesperrt zu bleiben? Was blieb ihnen auch anderes übrig?

Werden sie ihn töten? überlegte Infinity. *Es gibt Leute an Bord, die wütend genug sind, um zu einem solch drastischen Mittel zu greifen. Jenny. Stephen Thomas. Und Griffith würde Blades töten, sobald er auch nur vermutete, daß Kolja ihn tot sehen wollte.*

Infinity konnte nicht glauben, daß die Besatzung zu

einer solchen Tat fähig war ... aber er hätte dafür andererseits die Hand ins Feuer gelegt. Er erinnerte sich noch allzu gut an den Mob, den Jenny aufgewiegelt hatte, nachdem Blades' Sabotage entdeckt worden war.

Arachne stellte einen weiteren Unsicherheitsfaktor dar. Nachdem sie die Beweise von J.D. und Stephen Thomas gesichtet hatte, hatte sie Blades' Netzlink zerstört und sich gegen seine neurale Signatur immunisiert. Gleichzeitig hatten die Schnecken die Hardlinks im Haus des Kanzlers vernichtet. Ohne die Möglichkeit der elektronischen Kommunikation stellte Blades keine Gefahr für das Sternenschiff mehr dar.

Ohne seinen Link kommt Blades bestimmt um vor Langeweile, dachte Infinity. *Sein Haus ist wie eine Höhle. Alle Fenster sind mit Steinschaum versiegelt worden, und er hat keinen Strom ...*

Infinity hatte Arachne die Kontrolle über die Silberschnecken übertragen, damit niemand einen höheren Rang geltend machen konnte, um sie abzuziehen. Er wußte nicht, wie sich das Netz verhalten würde, falls auf dieser Versammlung die umgehende Bestrafung von Blades beschlossen werden sollte.

Ich muß eine einstimmige Entscheidung verhindern, entschied Infinity, *wenn es wirklich so weit kommen sollte.*

Esther setzte sich neben ihn. Infinity war überrascht, sie nicht schon früher bemerkt zu haben, denn sie trug wie üblich ihre fluoreszierende Baseball-Jacke.

»Ist das hier ein Gemeinwesen oder nicht?«

»Natürlich«, antwortete Infinity verwirrt. »Was ist los?«

»Ich habe gestern um Freiwillige gebeten. Gestern! Willst du wissen, wieviel Rückmeldungen ich bekommen habe?«

»Laß mich raten ... nicht genug.«

»Keine einzige!« Esther schnaubte verächtlich. »Gott verhüte, daß diese berühmten Wissenschaftler sich die Hände an verrottenden KD-Gehirnen schmutzig machen.«

Infinity hatte zwar nie einen KD geöffnet, um das Neuralgewebe auszutauschen, aber Esther hatte ihm die Prozedur detaillierter beschrieben, als ihm lieb war.

»Du hättest ...«

»... dich rufen sollen? Ich nehme an, du hast den ganzen Tag gefaulenzt?«

»Nicht ganz.«

»Habe ich auch nicht geglaubt. Ich wette, du warst die ganze Zeit draußen, und keiner hat dir geholfen.«

»Einige schon und ein paar Schnecken. Kolja zum Beispiel, aber dann ist er irgendwohin verschwunden.«

Kolja saß auf der anderen Seite von Esther.

»Kolja ist kotzen gegangen«, sagte der alte Russe.

»Kolja, Sie sehen fürchterlich aus! Was ist passiert?« Esther berührte die Hand des Kosmonauten. »Ihre Hände sind eiskalt!«

Sie zog ihre leuchtende Jacke aus und legte sie um Koljas Schulter.

»Stecken Sie Ihren Arm hier durch ...«

»Besser nicht. Ich würde sie zerreißen.« Kolja war schlank und außergewöhnlich groß für einen Kosmonauten, und auf jeden Fall war er wesentlich größer als Esther. Sie reichte ihm gerade bis zur Brust. Die Ärmel ihrer Jacke würden an seinen Ellbogen enden. Kolja zog die Jacke fest um die Schultern. »Das ist schon besser. Vielen Dank.«

»Was ist *passiert*?«

Kolja war leichenblaß. Schweiß glänzte auf seinen Lippen, seiner Stirn und seinen strähnigen, grauen Haaren. Und er roch merkwürdig, ein scharfer, unangenehmer Gestank.

»Im Grunde ist nichts passiert. Aber ich versuche, mit dem Rauchen aufzuhören.«

»Mit dem Rauchen?«

»Rauchen? Was rauchen?«

»Tabak natürlich«, erklärte er.

Esther rümpfte die Nase. »Ich hätte nicht gedacht ...«

»... daß das noch irgend jemand tut? Eine derart altmodische Droge. Wie Tütenschnüffeln.«

Die Ränge des Amphitheaters waren bereits zur Hälfte besetzt. Die Versammlung würde bald beginnen. Diesmal konnten sie darauf hoffen, daß sich das Licht nicht verändern würde. Während der letzten beiden Treffen hatte Blades die Lichtintensität ständig erhöht, um die Rebellion auf diese Weise zu beenden.

Kolja zog die Jacke fester um die Schultern.

»Als ich noch Kosmonaut war, habe ich nie geraucht. Aber später ...« Er zuckte mit den Schultern. »Es gab keinen Grund, es nicht zu tun. Es kann ... sehr entspannend sein.« Kolja lächelte. Seine Schneidezähne waren schief. »Ich habe nie damit gerechnet, so alt zu werden oder an einem Ort zu landen, wo es keinen Tabak gibt.«

Infinity war hin und her gerissen. Einerseits freute er sich, daß Kolja versuchte, aufzuhören, und andererseits wollte er ihm helfen. Kolja sah unglücklich, erschöpft und krank aus.

»Sie haben keine Zigaretten mehr?« fragte Esther mitfühlend.

»Sie sind mir von einem Augenblick zum anderen ausgegangen. Ich hatte meinen Vorrat in den Kühltruhen des Genetischen Instituts verstaut.«

»Oh.«

Die Kühltruhen waren zusammen mit dem Rest des Gebäudes zerstört worden.

»Vielleicht ist es ganz gut so«, sagte Esther. »Ich meine ... Rauchen ist wirklich ungesund, und jetzt müssen Sie es aufgeben, ob Sie wollen oder nicht.«

»Ich nehme an, Sie haben recht. Die Konstrukteure der *Starfarer* waren viel zu gesundheitsbewußt, um Tabakpflanzen an Bord zu bringen.« Kolja kicherte reumütig. »Ich habe Alzena sogar einmal danach gefragt. Sie war entsetzt.«

»Sie hat nur Pflanzen ausgewählt, die man essen oder weiterverarbeiten kann.« Infinity fühlte sich mitschuldig an Koljas Verzweiflung. »Oder Blumen.«

»Sehr einfühlsam«, erwiderte Kolja resigniert.

Seine Hände zitterten, und seine jugendliche Energie war verflogen.

»Ich habe schon früher versucht, aufzuhören«, erklärte der alte Russe. »Es ist mir nie gelungen. Ich bin einer der Unglücklichen, die in den Klauen des Nikotins hängen.« Er drückte dankbar Esthers Hand. »Es wird schon wieder.«

Unvermittelt verebbten die Privatgespräche.

Die Versammlung begann.

Niemand erhob sich, um das Wort zu ergreifen. Jenny war noch nicht eingetroffen, und auch Gerald Hemminge war nirgends zu sehen.

Eine Bewegung in einem der Zugangstunnel erregte Infinitys Aufmerksamkeit. Es war weder Jenny noch Gerald, sondern Stephen Thomas. Er erschien spät und wurde von einer Gruppe seiner Studenten begleitet. Stephen Thomas sah sich um und suchte nach einer geeigneten Sitzgelegenheit. Er war sich durchaus der Aufmerksamkeit bewußt, die er erregte, doch es kümmerte ihn nicht. Vorsichtig ging er auf seinen wunden Füßen zu einem Platz in den oberen Rängen des Amphitheaters.

Infinity vermißte noch eine weitere Person: Griffith. Er konnte Griffith nicht ausstehen, obwohl der Regierungsagent ihm inzwischen keine Angst mehr einjagte. Infinity fragte sich, wie Kolja über den Mann dachte. Schließlich hing Griffith meist wie eine Klette an dem Kosmonauten. Wenn er nicht gerade im Hintergrund verschwand, zeigte Griffith jedermann, daß er sich allen überlegen fühlte. Aber Kolja verehrte er abgöttisch.

»Warum hat Jenny dieses Treffen einberufen, wenn sie noch nicht einmal erscheint?« murrte Esther und rutschte nervös auf ihrem Sitz herum. Infinity wußte, wie sie sich fühlte. Es war schon schlimm genug, über jemandem zu Gericht sitzen zu müssen, aber daß man auch noch im Dunkeln darüber gelassen wurde, machte die Angelegenheit noch viel schlimmer.

Infinity nahm Kontakt zu Arachne auf. Das Computernetz akzeptierte seinen Zugangscode. Die Silberschnekken waren darauf vorbereitet, Kanzler Blades auf die Versammlung zu begleiten. Sie würden ihn vor dem Mob schützen – und sie würden Arachne vor ihm schützen.

Aber Kanzler Blades weigerte sich, den Schnecken zu folgen.

Infinity lachte ungläubig auf.

Jenny Dupre und Gerald Hemminge betraten das Amphitheater. Ohne den Kanzler. Jenny sah wütend aus. Gerald wirkte wie üblich ruhig und gelassen.

Jenny setzte sich nicht und nannte nicht ihren Namen, bevor sie sprach, wie es die Etikette verlangte.

»Er wird nicht herauskommen«, erklärte sie verärgert. »Er ist zu feige, seinem eigenen Prozeß beizuwohnen.« Die Segelmeisterin setzte sich mürrisch hin und verschränkte die Arme vor der Brust.

Gerald blieb stehen.

»Gerald Hemminge«, sagte er und wartete. Der Stellvertretende – und gegenwärtig Geschäftsführende – Kanzler wahrte immer die Form, selbst wenn er unhöflich war.

Niemand unterbrach ihn oder forderte ihn heraus.

»Kanzler Blades ...«, begann Gerald. »Der Kanzler spricht Ihnen das Recht ab, über ihn zu Gericht zu sitzen. Er ... bittet darum, daß wir zur Erde zurückkehren und ihn den Behörden übergeben.«

»Denselben Behörden, die ihn zu uns geschickt haben!« unterbrach Jenny verbittert.

Infinity wünschte, Jenny würde sich wenigstens an die Regeln halten. Schließlich hatte sie dieses Treffen einberufen.

»Ruth Orazio.«

Die Senatorin wartete länger als die meisten Leute, bevor sie weiterredete. Sie schien zu erwarten, daß jemand ihr den Mund verbieten würde.

»Ich weiß, daß Sie sich betrogen fühlen«, sagte sie schließlich. »Und um ehrlich zu sein ... ich auch. Was hier geschehen ist, konnte nur passieren, weil es in dunklen Hinterzimmern entschieden worden ist. Aber das Justizsystem der Vereinigten Staaten ist öffentlich. Wenn Sie zur Erde zurückkehren, wird der Kanzler einen fairen Prozeß bekommen …«

»Und was ist mit *uns*?« fragte Jenny.

Die Senatorin sprach weiter, als wäre sie nicht unterbrochen worden.

» … einen fairen Prozeß. Die Mächte hinter Blades werden ins Licht der Öffentlichkeit treten und sich für ihre Taten verantworten müssen.«

Jenny wollte die Senatorin erneut unterbrechen.

»Ms. Dupre«, sagte Gerald.

Jenny stand beleidigt auf. »Iphigenie Dupre«, sagte sie. »Wenn ich darf …?«

Infinity machte Jenny ihre Bitterkeit und Wut nicht zum Vorwurf. Aber es schmerzte ihn zu sehen, wie sehr sie sich verändert hatte. Als das Stellarsegel der *Starfarer*, ihre Kreation, zum ersten Mal gehißt wurde, hatte sie vor Freude gestrahlt. Stephen Thomas hatte eine Flasche Champagner entkorkt und die prickelnde Flüssigkeit in die Schwerelosigkeit des Segelhauses entlassen. Jenny hatte eine der schwebenden Blasen mit einem Kuß aufgesogen.

»Die Verfassung der Vereinigten Staaten billigt jedem Angeklagten das Recht zu, den Belastungszeugen gegenüberzutreten, und die *Starfarer* operiert unter dieser Verfassung. Gut. Aber wir sind hier. Wir wollen ihm gegenübertreten. *Ich* will ihm gegenübertreten. Es gibt kein Gesetz, das ihm befiehlt, sich uns zu stellen. Aber es gibt auch kein Gesetz, das uns verbietet, ein Urteil über ihn zu fällen, ohne daß er anwesend ist. Er muß sich nicht verteidigen. Wenn er sich überhaupt verteidigen *könnte*.«

»Er hat aber auch Anspruch auf einen Rechtsbeistand«, ergänzte Gerald. »Ist jemand bereit, ihn zu verteidigen?«

»Ich dachte, Sie würden diesen Job für sich in Anspruch nehmen.«

»Zunächst einmal«, erwiderte Gerald, »bin ich kein

Rechtsanwalt. Und zweitens würde es mit meinen anderen Verpflichtungen kollidieren, falls ich den Kanzler verteidigen sollte.«

»J.D. Sauvage.« Die Kontaktspezialistin legte eine kurze Pause ein. »Ich verstehe nicht, wie wir fortfahren können, wenn Mr. Blades nicht herauskommt. Vielleicht ist es legal, aber sollen wir es wirklich *tun*? Ich denke, nein.«

Infinity war dankbar, daß J.D. ausgesprochen hatte, was er dachte. Er wußte, daß er später selbst das Wort ergreifen mußte, und niemandem würde gefallen, was er zu sagen hatte.

»Denken Sie, wir sollten ihn ungeschoren davonkommen lassen?« fragte Jenny ungläubig. »Ich dachte, Feral war Ihr Freund!«

»Das war er«, entgegnete J.D. »Und ich will, daß ihm Gerechtigkeit widerfährt. *Gerechtigkeit*.«

»Kanzler Blades ist unschuldig«, warf Gerald ein.

Jenny lachte wütend, ebenso wie Stephen Thomas und einige andere.

»So viel zu Ihrer Erklärung, daß Sie ihn nicht verteidigen wollen«, sagte Jenny.

»Ich kann ihn nicht vor Gericht verteidigen«, erklärte Gerald. »Aber das hier *ist* kein Gericht. Ich habe nicht gesagt, daß ich mich nicht für ihn einsetzen würde.«

»William Derjaguin.« Der Senator von New Mexico stand auf.

Infinity hegte gemischte Gefühle für Derjaguin. Einerseits hatte ihn Derjaguins hartnäckiger Widerstand gegen die Expedition enttäuscht. Doch andererseits hatte der Senator sich vehement gegen die militärischen Tests gewandt, die in einer Katastrophe für den Südwesten geendet hatten. Er war einer der wenigen Männer, die sich für ein Land eingesetzt hatten, das andere als schön und nutzlos bezeichneten.

Niemand verbot ihm zu sprechen.

»Ich habe ebenfalls mit dem Kanzler geredet«, sagte Derjaguin. »Nicht, daß es mir leichtgefallen wäre mit einer Horde von Lithoblasten vor Augen, die mich in meine Einzelteile zerlegt hätten, wenn ich nur einen Schritt näher gekommen wäre.«

Das war Unsinn. Die Lithoblasten hätten dem Senator nur den Weg versperrt. Vielleicht hätten sie auch eine Barriere aus Steinschaum errichtet, wenn er hartnäckig genug gewesen wäre. Aber sie hätten ihn nicht ›in seine Einzelteile zerlegt‹. Sie konnten es auch gar nicht. Nur Lithoklasten produzierten eine entsprechende Säure, und alle Lithoklasten arbeiteten an der Außenhülle. Jeder dachte bei Reparaturen stets an Aufbau, doch die Beseitigung der Rückstände war genauso wichtig.

Ich sollte auch draußen sein, dachte Infinity.

»Der Kanzler sagte mir, er sei unschuldig«, fuhr Derjaguin fort. »Ich besitze eine hervorragende Menschenkenntnis. Ich glaube ihm.«

»Was für ein großer Haufen Scheiße!« rief Stephen Thomas.

»Er bezweifelt, daß er an Bord dieses Schiffes ein faires Verfahren erwarten kann. Nicht bei dieser Truppe.«

Infinity haßte es, wenn man militärische Begriffe im Zusammenhang mit der *Starfarer* benutzte – besonders wenn es aus dem Mund eines Politikers kam. Die *Starfarer* war kein Kriegsschiff, und Infinity war kein Soldat.

»Wenn er wirklich unschuldig ist, soll er vor uns treten und es uns selbst sagen«, erklärte Jenny.

Sowohl Gerald als auch der Senator reagierten mit Entrüstung auf diese Bemerkung.

»Sie haben den Mob angestachelt, der ihm an den Kragen wollte!« erwiderte Gerald. »Wer weiß, was geschehen wäre, wenn er nicht geflohen …!«

»Ich mußte dafür sorgen, daß er aus dem Netz verschwindet!« schrie Jenny. »Machen Sie mir daraus etwa einen Vorwurf? Hat schon mal jemand versucht, *Sie* umzubringen?«

Derjaguin zuckte zusammen. Er erinnerte sich an die Kugel eines Attentäters, der er nur knapp entkommen war.

»Ja«, antwortete der Senator.

Jenny kannte die Lebensgeschichte des US-Senators nicht. Seine Antwort verblüffte sie, doch sie sprach unbeeindruckt weiter.

»Und wie denken Sie über die Person, die versucht hat, Sie zu töten?«

»Diese Person ... ist immer noch auf freiem Fuß«, sagte Derjaguin.

»Wie edel von Ihnen«, entgegnete Jenny.

»Jag«, mischte sich Ruth Orazio ein, »Sie müssen ihre Gefühle verstehen.«

»Das tue ich.« Derjaguin wandte seine charismatische Persönlichkeit wieder Jenny zu. »Und ich verstehe auch Ihr Verlangen nach Rache. Ich hoffe, ich bekomme den Kerl nie in die Finger, der auf mich geschossen hat. Aus diesem Grund haben wir eine Justiz. Recht, nicht Rache.«

Der Senator war daran gewöhnt, daß die Menschen ihm zu Füßen lagen und alles Erdenkliche taten, ihm zu gefallen, wenn er sein Licht auf sie scheinen ließ. Aber Jenny war immun dagegen. Die Designerin des Stellarsegels war mindestens so berühmt wie Derjaguin und wahrscheinlich reicher. Sie schmeichelte sich bei niemandem ein. Die Menschen kamen zu ihr und nicht umgekehrt.

»Ich bin nicht davon überzeugt, daß Sie den Täter überführt haben«, fuhr Derjaguin fort. »Der Systemfehler könnte schon vor unserem Abflug einprogrammiert worden sein. Ein trojanisches Pferd.«

Jenny nahm den Fehdehandschuh auf.

»Haben Sie sich die Beweise angesehen, die Stephen Thomas und J.D. gefunden haben? Haben Sie wenigstens einen kurzen Blick darauf geworfen? Wenn Sie das getan hätten, würden Sie nicht solchen Unsinn reden.«

J.D. stand erneut auf.

»Jenny ... Infinity hat Blades von Arachne abgeschnitten. Ist das nicht schon genug Strafe für den Augenblick? Da Blades sich seiner Verbannung nicht widersetzt, sollten wir es dabei belassen. Wenn er schuldig ist, sind wir vor ihm sicher. Und falls er unschuldig sein sollte, haben wir keinen unumkehrbaren Fehler begangen.«

»Woher wissen Sie, daß wir vor ihm sicher sind?«

»Er ist vom Netz abgeschnitten ...«

»Woher *wissen* Sie, daß wir vor ihm sicher sind?«

J.D. sah Jenny mitfühlend an.

»Ich habe eine Menge Zeit im Netz verbracht. Ich verstärke meinen Link. Ich bin äußerst verwundbar, und ich denke, das Risiko ist gering genug.«

Jenny starrte J.D. einige Sekunden lang an. Dann drehte sie sich um und ließ ihren Blick über die Versammlung schweifen. Als sie sich wieder J.D. zuwandte, hatte die Segelmeisterin erkannt, daß diejenigen, die damals dem Mob angehört hatten, ihr heute nicht folgen würden. Sie konnte weder einen Konsens in bezug auf die Schuldfrage, noch auf die Bestrafung herbeiführen.

»Ich denke, Sie haben unrecht«, sagte Jenny. »Und ich denke, Sie werden es bei unserer nächsten Transition herausfinden. Ich werde mich nicht ins Netz einklinken. Wenn wir den Eintrittspunkt verfehlen, ist das eben Pech.« Jenny straffte die Schultern und warf den Kopf zurück. Die schillernden Perlen in ihren Zöpfen klimperten entschlossen.

Die Segelmeisterin stolzierte aus dem Amphitheater.

Als sich die Anwesenden erhoben, um die Versammlung zu verlassen, stand Infinity auf und nannte seinen Namen. Niemand hörte ihn außer Esther und Kolja.

Der junge Gärtner erhob seine Stimme. »Infinity Kenjiro Yanagihara y Mendoza.«

Eine derartige Versammlung erschöpfte jedermann. Als die Leute erkannten, daß Infinity eine Fortsetzung des Treffens wünschte, sanken sie resigniert auf ihre Plätze zurück.

»Wir müssen noch etwas anderes besprechen«, sagte Infinity.

»Das kann ja wohl warten«, unterbrach Gerald. »Ein

paar Tage vielleicht ...? Bis nach der Transition, wenn wir uns über unsere Situation im Klaren sind?«

»Das glaube ich nicht«, antwortete Infinity. »Wir haben einige Probleme. Da ist zunächst das Wetter.«

»Aber das Wetter ist außergewöhnlich gut«, entgegnete Gerald.

»Es ist *zu* gut«, korrigierte Infinity. »Es ist zu warm für diese Jahreszeit. Zuerst ist alles während der letzten Versammlung bestrahlt worden ...«

»Aber das war eine Anomalie«, unterbrach Gerald erneut. »Eine Fehlfunktion des Netzes, während es sich wieder aufbaute ...«

»Oder Sabotage«, wandte Stephen Thomas ein. »Lassen Sie Infinity ausreden.«

Gerald gab nach.

»Und nun diese Hitzewelle. Arachne versucht gerade, das Problem zu beheben. Vielleicht wendet sich ja alles zum Guten. Wir haben nicht die Vorräte, die wir eigentlich mitnehmen wollten. Möglicherweise bekommen wir durch diese Wetterverhältnisse eine längere Erntezeit. Aber ... die *Starfarer* ist nicht dafür gebaut worden, für längere Zeit in einem Sonnensystem wie dem des Sirius zu bleiben. Sie ist dafür entworfen worden, sich in der Nähe von Sternen aufzuhalten, die unserer Sonne ähneln.« Infinity blickte zu Victoria. »Bei unserer nächsten Transition ... wo werden wir dann landen?«

Untypischerweise zögerte Victoria einen Augenblick.

»Ich bin mir noch nicht vollkommen sicher«, sagte sie schließlich.

»O mein Gott!« schrie Gerald.

Ein Raunen ging durch das Amphitheater.

Victoria riß sich zusammen und stand auf. »Ruhe bitte! Das ist kein Geheimnis.« Sie klang beleidigt. »Der Algorithmus funktioniert nur, wenn ich Sichtkontakt mit dem Ziel habe. Jeder kann sich meine Berechnungen ansehen.«

Infinity wartete. Einige Leute in seiner Umgebung traten in eine Kommunikationsroutine ein.

»Wir sind bis jetzt davon ausgegangen, daß Europa zu einem System fliegt, in dem es von Kosmischen Strings nur so wimmelt«, erklärte Victoria. »Davon ist auch weiterhin auszugehen. Sie würde nie zu einem Ort fliegen, den sie nicht wieder verlassen könnte. Das erste Ergebnis des Algorithmus ist Beweis genug dafür. Und meine zweite Berechnung deutet darauf hin, daß sich ein weiteres derartiges Sonnensystem in der Nähe befindet.«

»Und das ist *alles*, was Sie wissen?« Senator Derjaguin beugte sich verärgert zu Victoria hinab. »Sie wissen weder, wohin wir fliegen, noch wie weit es ist, oder wie lange es dauern wird?«

»Meine dritte Berechnung wird die Antwort darauf liefern«, erwiderte Victoria. »Was die Zeitdauer betrifft ... nun, das ist immer unbestimmt, und die Entfernung ...«

»Was unsere Rückkehr angeht«, Avvaiyar erhob sich neben Victoria, »so ist es essentiell, daß wir ein System erreichen, das mehrere Kosmische Strings aufzuweisen hat.«

»Wann werden wir Antworten auf all unsere Fragen bekommen?« fragte Gerald.

»Ich weiß es nicht«, antwortete Victoria. »Irgendwann im nächsten Jahrtausend?«

Gerald merkte erst nach einigen Augenblicken, daß Victoria ihn verspottete.

»Die Antworten zu Ihrem verfluchten *Algorithmus*«, knurrte er.

»Keine Ahnung«, entgegnete Victoria. »Kurz vor der Transition ... glaube ich.«

»Also stecken wir fest«, murmelte Esther vor sich hin.

Sie hatte recht. Infinity hatte die Situation bereits erkannt, bevor Victoria ihre Erklärung abgegeben hatte. Sie konnten einen Rückzieher machen und warten, bis sie sich der Existenz eines geeigneten Sterns auf der anderen Seite der Transition sicher waren. Oder sie konnten verschiedene Kosmische Strings durchfliegen, bis sie einen sonnenähnlichen Stern erreicht hatten. Doch niemand wußte, wie lange das dauern würde. Arachne versuchte so schnell wie möglich, eine Lösung für ihr gegenwärtiges Problem zu finden. Würde man den Computer mit einer weiteren Berechnung belasten, so würde das alles nur verlangsamen.

»Und wenn wir unseren Kurs ändern«, fuhr Victoria fort, »würden wir das Ökosystem der *Starfarer* nicht nur länger der schädlichen Strahlung des Sirius aussetzen; wir würden auch die Chance verlieren, Europa einzuholen.« Sie blickte zu Infinity. »Ich habe nicht gewußt, daß unsere Umwelt so empfindlich ist«, sagte sie. »Ich wünschte, Sie hätten …«

»Ich habe es selbst nicht gewußt!« rechtfertigte sich Infinity. »Alzena war diejenige, die sich damit beschäftigt hat.«

»Warum in Gottes Namen haben Sie Europa gestattet, sie mit auf ihr Schiff zu nehmen?« wandte sich Gerald an J.D.

»Ich hatte Angst, Alzena würde sich sonst etwas antun«, antwortete J.D.

Obwohl sich Infinity nichts sehnlicher wünschte als einen Ökologen an Bord, so mußte er doch J.D.s Entscheidung akzeptieren. Auf Europas Schiff konnte Alzena weiterleben, hier nicht.

»Alzena ist nicht mehr hier«, erklärte Victoria, »und ich glaube, J.D. hat recht daran getan, sie ziehen zu lassen. Vielleicht gelingt es uns, sie zur Rückkehr zu überreden …«

»Aber wir müssen zunächst Europa finden, wenn wir Alzena finden wollen«, bemerkte Gerald sarkastisch.

»Sicher.«

»Das würde Ihnen so passen.«

»Wir haben uns sowieso schon darauf geeinigt!«

»Ich nicht«, widersprach Gerald. »Ich habe mein Veto eingelegt … und Sie haben Ihre eigenen Regeln gebrochen.«

Victoria griff sich mit beiden Händen in die Haare und kreischte frustriert.

»Gerald …!«

Professor Thanthavong erhob sich.

Es wurde vollkommen still im Amphitheater.

»Miensaem Thanthavong.« Sie legte die übliche Pause ein. »Ich trete meine Zeit an Infinity ab.«

Infinity war überrascht. Er holte tief Luft und fuhr fort. »Die Bienen sterben«, sagte er.

Einige lachten. Andere erkannten das Problem. Doch die meisten hatte Infinitys Äußerung nur verwirrt.

»Sie sind von *allergrößter* Bedeutung«, erklärte Infinity. »Direkt für die Pflanzen, und indirekt sind sie ein Indikator für den Zustand unseres Ökosystems. Wir werden wahrscheinlich keine weiteren Schwierigkeiten haben, wenn wir zu einem Stern fliegen, der unserer Sonne ähnelt. Falls nicht ...« Er zuckte unglücklich mit den Schultern.

»Wir können nur warten«, sagte Professor Thanthavong, als würde das alle Probleme lösen.

»Es tut mir leid, aber das ist noch nicht alles. Wir müssen Ernte und Aussaat organisieren. Wir sollten uns zuerst um den Spinat kümmern und die Orangen pflükken.«

»Freiwillige?« Professor Thanthavong wandte sich an die Versammlung.

Eine von Stephen Thomas' Studentinnen sprang auf und warf ihr langes, rotblondes Haar zurück.

»Ich kann mir Lehua als Orangenpflückerin schon lebhaft vorstellen«, flüsterte Esther. »Sie könnte sich ja einen Fingernagel abbrechen.«

»Es gibt nichts in der Cafeteria. Die KDs waren für die Küche und den Garten verantwortlich. Ganz zu schweigen von der Hausarbeit. Und ...? Wo sind sie?« Lehua blickte zu Gerald. Ihre dunklen Augen sprühten vor Zorn. »Wann lassen Sie sie wieder frei?«

Esther sprang auf. »Esther Klein.« Sie sprach weiter, ohne eine angemessene Pause einzulegen. »Liest hier denn *niemand* seine Nachrichten?«

Infinity lehnte sich wieder zurück. Er war dankbar, daß Esther sich des Problems der KDs annahm. Infinity haßte es, in der Öffentlichkeit zu reden. Er beobachtete seine Geliebte mit unverhohlener Bewunderung. Bald entschuldigten sich viele der Akademiker und nichtwissenschaftlichen Mitarbeiter und versprachen, sowohl bei der Instandsetzung der KDs als auch bei der Ernte zu helfen. Sie waren bereit, ›im Dreck zu wühlen‹, wie Gerald es ausgedrückt hatte. Gerald übernahm … die Verantwortung.

»Lehua hat recht, was die Cafeteria betrifft«, sagte Esther. »Die Fertiggerichte sind fast aufgebraucht. Haben wir zufällig einen Koch unter uns?«

Floris Brown erhob sich von ihrem Sitz in der vordersten Reihe. »Ich werde allerdings etwas Hilfe brauchen.«

»Florrie, sind Sie sicher …?«

»Ich habe Ihnen doch erzählt, daß ich früher einmal in einer Kommune gelebt habe«, erwiderte die alte Dame kratzbürstig wie immer.

Sie hat uns auch erzählt, daß es eine einzige Katastrophe war, dachte Infinity. *Aber vielleicht hatte das nichts mit ihren Kochkünsten zu tun … hoffe ich.*

J.D. schleppte eine Tasche Orangen zur Sammelkiste. Die Riemen schnitten ihr in die Schulter. Sie stellte die Tasche auf den Boden, wischte sich den Schweiß von der Stirn und versuchte, ihren Rücken zu entspannen. Es war heiß auf der Obstplantage. Die Hitze verstärkte den süßlichen Geruch der Orangenblüten. J.D. hatte noch nie in der Nähe von Orangenbäumen gelebt. Ein Baum, der zugleich blühte und Früchte trug, erschien ihr merkwürdig. Außerdem waren die reifen Früchte nicht orange, sondern grün. Laut Arachne ging alles seinen gewohnten Gang – außer daß alles zu früh geschah und die Bäume viel zu viele Blüten trugen.

Zu einer Zeit, in der der Boden feucht vom Frühlingsregen sein sollte, war die Erde knochentrocken. Nur wenige Bienen summten um die wohlriechenden Blüten. Überall lagen die toten Körper ihrer Artgenossen.

J.D. schüttete die Orangen vorsichtig in die Sammelkiste. Dann gestattete sie sich einen kurzen Blick auf ein Hologramm von Nemos Kammer.

Es hatte sich nichts verändert.

Satoshi trat neben J.D., warf ebenfalls einen kurzen Blick auf das Hologramm und entleerte sein Netz in die Sammelkiste. J.D. ergriff den unteren Teil des Netzes und hob es an, um auch noch die letzten Orangen herauszuschnüffeln.

»Ich bin froh, etwas zu tun zu haben«, sagte J.D. »Körperliche Arbeit, meine ich. Sie lenkt mich von meinen Sorgen ab.« Sie deutete auf das Bild von Nemos Kammer.

»Ich rufe mir immer wieder in Erinnerung, was Stephen Thomas gesehen hat«, bemerkte Satoshi.

»Ja ... ich wünschte, wir hätten eine WKM am Pool zurückgelassen ... Ob diese Kreaturen sich auch verwandeln?«

»Vielleicht fressen sie sich gegenseitig auf.«

J.D. und Satoshi kletterten wieder auf ihre Leitern, die einander gegenüber am selben Baum standen. Das Hologramm schrumpfte auf die Größe einer Orange und folgte ihnen. J.D. bewegte sich noch immer vorsichtig, obwohl sie sich schon wesentlich besser fühlte als gestern. Der Link wuchs zwar weiterhin, doch J.D.s Körper hatte sich inzwischen an die Veränderung gewöhnt.

Alles in allem, dachte sie, *würde ich jetzt lieber mit Zev und Victoria schwimmen gehen ...*

J.D.s Gedanken kehrten immer wieder zum gestrigen Morgen zurück. Selbst wenn sie hinaus ins All blickte, dachte sie an Zevs Haar in ihrer Hand und an den Geschmack von Victorias Lippen ...

Schluß mit der Träumerei! ermahnte sie sich streng.

Die Blätter kitzelten J.D.s Gesicht. Sie stand inmitten eines überwältigenden Duftes und einer Unzahl überreifer Früchte.

Die Leiter war nicht dafür gedacht, im Freien benutzt zu werden. Alles war für die Ernte improvisiert worden, von Haushaltsleitern, die man in irgendeiner Abstellkammer gefunden hatte, bis hin zu Tischdecken, die man zu Tragetaschen umfunktioniert hatte.

Während der ersten Stunden empfanden die meisten die Ernte als eine Art Abenteuer, eine unterhaltsame Unterbrechung des normalen akademischen Lebens. Doch nach zwei Stunden hörte der Spaß auf.

Früher haben Menschen damit ihren Lebensunterhalt verdient, dachte J.D., *und das Tag für Tag.* Sie hatte sich nie damit beschäftigt. Und wenn sie sich doch damit beschäftigt hätte, wäre sie mit Sicherheit zu falschen Ergebnissen gekommen. Jetzt *wußte* J.D., daß sie sich geirrt hätte, und sie hatte erst einen halben Tag gearbeitet.

Auf der anderen Seite eines überladenen Astes arbeitete Satoshi ohne Unterbrechung. Er pflückte jede Orange mit einer scharfen Bewegung seines Handgelenks.

»Wie ...« J.D. wollte ihn eigentlich nach Stephen Thomas fragen, doch dann änderte sie ihre Meinung. »Wie geht es euch?«

Satoshi blickte zu ihr hoch. Er war mit seinen Gedanken woanders gewesen.

»Victoria und ich haben uns dazu entschlossen, heute abend unser traditionelles Treffen mit den Studenten abzuhalten«, sagte er. »Zur Abwechslung wollen wir mal wieder etwas Normalität einkehren lassen.« Satoshi lachte kurz auf. »Was immer ›normal‹ auch heutzutage heißen mag. Wir haben uns nicht mehr getroffen seit ... seit vor deiner Ankunft, glaube ich. Willst du nicht auch kommen? Zev ist natürlich auch eingeladen.«

»Gerne«, erwiderte J.D. »Was gibt es sonst Neues?«

Lautes Schreien ertönte von einem der benachbarten Bäume. J.D. drehte sich um ... und erwischte gerade noch rechtzeitig einen Ast, um nicht das Gleichgewicht zu verlieren. Ein Streit? Oder gar ein Kampf?

Zev rannte wild schreiend an J.D. und Satoshi vorbei. Chandra war ihm dicht auf den Fersen. Im goldgrün schimmernden Licht der Plantage wirkten sie wie Faune.

Zev rutschte auf einer verfaulten Orange aus und konnte seinen Sturz gerade noch abfangen. Der junge Taucher wirbelte herum und schleuderte die verfaulte Frucht auf Chandra. Das Geschoß traf die Sinneskünstlerin mitten auf die Brust. Ihr Hemd war von oben bis unten mit einem orangen Schleim besudelt.

Chandra blieb abrupt stehen. J.D. wußte nicht, wie die Sinneskünstlerin reagieren würde. J.D. wußte *nie*, wie Chandra reagieren würde.

Chandra lachte laut, stürzte auf Zev zu und bombardierte ihn nun ihrerseits mit faulen Orangen. Doch Zev war bereits auf der Flucht. Trotzdem wurde er von einer Orange in den Rücken getroffen.

Wenige Augenblicke später waren sämtliche Erntehelfer in einen Obstkrieg verwickelt. Orangen zischten durch die Luft und trafen mit einem lauten *Platsch* auf Menschen, Bäume und Erde. Jeder nahm an der Schlacht teil, egal ob jung oder alt, außer J.D. Sie war damit zufrieden, die Kämpfe von ihrer Leiter aus zu beobachten.

Zev schien die Oberhand zu gewinnen. Er schaufelte faules Fruchtfleisch und schleuderte es auf seine Gegner, als hinge sein Leben davon ab.

Der junge Taucher blickte lachend zu J.D. hinauf.

»Komm runter!«

J.D. lachte ebenfalls. »Halt die Luft an!«

Zev blieb wie angewurzelt stehen und dachte über J.D.s Worte nach. Zu Hause hätte er sich nie darüber Gedanken gemacht. Im Meer *hielt* er die meiste Zeit die Luft an.

»Ich wollte damit sagen … Paß auf!«

Chandra hatte sich von hinten an Zev herangeschlichen und stopfte ihm nun ekligen Orangenschleim in den Kragen. Zev schrie überrascht auf und machte sich an die Verfolgung; doch Chandra hatte bereits einen gehörigen Vorsprung.

Chandra hätte beinahe Gerald Hemminge umgerannt. Gerald blieb stehen; Chandra blieb stehen; und Zev blieb hinter Chandra stehen. Der Taucher und die Sinneskünstlerin wirkten wie zwei Lausbuben, die vom Direktor erwischt worden waren.

»Ich dachte, ich könnte Ihnen vertrauen, Ihre Arbeit ordnungsgemäß zu erledigen«, sagte Gerald. »Zum Glück bin ich hergekommen, um ihre Fortschritte zu begutachten.«

»Um Gottes willen, entspannen Sie sich«, mischte sich J.D. ein. »Niemand hat irgend etwas beschädigt.«

»Wir dürfen keine Ressourcen vergeuden!« erklärte Gerald vehement.

Zev hob eine zerquetschte, stinkende Orange vom Boden auf. J.D. zuckte unwillkürlich zusammen. Sie rechnete damit, daß Zev sie auf den Geschäftsführenden Kanzler schleudern würde. Doch statt dessen streckte er nur seine Hand aus.

»Ich wollte nichts vergeuden«, sagte der junge Taucher. »Mit dieser hier habe ich nicht geworfen ... Sie können sie haben, wenn Sie wollen.«

»Nein, wie amüsant«, knurrte Gerald.

J.D. kicherte. Sie mußte sich an einem Ast festhalten, um nicht hinunterzufallen. Satoshi begann ebenfalls zu lachen, und bald lachte jeder außer Zev. Der junge Taucher blickte Gerald nur völlig unschuldig an. J.D. nahm an, daß Zev den Scherz sehr wohl verstanden hatte, aber Gerald trotzdem weiter verarschte.

Gerald hatte den Scherz auf jeden Fall verstanden, doch er fand ihn alles andere als witzig.

»Ich verstehe«, sagte Gerald, als das Lachen endlich aufhörte. »Es ist unheimlich komisch, wenn die Ernte auf den Bäumen verrottet und wir alle verhungern. Schrecklich witzig. Ich verstehe.« Er starrte J.D. mit finsterem Blick an. Offensichtlich hielt er sie für die Anführerin. »Warum verschwenden Sie meine Zeit?«

Infinity Mendez betrat die Lichtung, auf der die Sammelkisten standen. Er blickte in eine von ihnen und runzelte die Stirn. *Wahrscheinlich hält er uns für armselige Landarbeiter,* dachte J.D. *Wir haben den ganzen Nachmittag geschuftet und nur so wenig zustande gebracht.*

»Das wird wohl reichen«, sagte Infinity.

»Im Gegenteil«, widersprach Gerald. »Ich erwarte, daß die gesamte Plantage bis morgen früh gepflückt ist.«

»Warum?« fragte Infinity.

Gerald starrte ihn ungläubig an – ebenso wie alle anderen.

»Sie halten sich länger auf den Bäumen.« Infinity zögerte. »Sie haben das noch nie gemacht, oder?«

»Sicher nicht«, erwiderte Gerald.

»Man pflückt Orangen am besten dann, wenn man sie wirklich braucht«, erklärte Infinity. »Und solange wir keinen neuen Frost planen ...«

»Sie haben doch gesagt, wir *müßten* sie pflücken!«

»Ich habe gesagt, wir müßten die Ernte *planen*, um etwas zu essen zu haben.«

»Toll, daß Sie sich so präzise ausdrücken«, spottete Gerald. Er kehrte Infinity und den Erntehelfern den Rükken zu und stolzierte durch die Bäume davon.

»O Mann«, murmelte J.D.

Satoshi seufzte. »Ich werde mit ihm reden.«

Satoshi packte einen Ast, schwang sich auf den Boden und folgte Gerald aus dem Hain hinaus.

J.D. blickte zu Infinity. Er sah beschämt aus. J.D. hatte zunächst gedacht, Satoshi wolle mit Infinity reden und nicht mit Gerald.

J.D. kletterte die Leiter hinab.

»Tut mir leid«, sagte sie verlegen zu Infinity.

»Sie haben doch gar nichts getan«, murmelte der junge Gärtner.

»Ich habe wahrscheinlich nicht richtig zugehört. Ich erinnere mich jetzt wieder an Ihre Worte, und Sie haben nicht gesagt: ›Geht hin und pflückt alle Orangen‹.«

»Ich hatte eine Nachricht in seiner Mailbox hinterlegt. Termine und so'n Zeug ... Er hatte in letzter Zeit einfach zu viel zu tun. Ich hätte vorher mit ihm reden sollen.«

J.D. hielt es für wahrscheinlicher, daß Gerald Infinitys Nachricht entweder übersehen oder absichtlich beiseite geschoben hatte. Aber das würde sie Infinity bestimmt nicht sagen.

Satoshi wußte, daß Gerald ihn gehört hatte, doch der Geschäftsführende Kanzler stapfte unbeeindruckt weiter durch die Bäume und drosch wütend auf Äste ein, die ihm im Weg waren.

»Gerald!«

Satoshi holte den Geschäftsführenden Kanzler ein.

»Kommen Sie schon«, sagte er. »Das nützt niemandem etwas.«

Gerald ging noch einige Meter weiter, bevor er anhielt und sich Satoshi zuwandte.

»Nein, offensichtlich ist alles, was ich tue, vollkommen nutzlos.«

»Das habe ich nicht gemeint.«

»Aber *alle anderen* glauben das.«

»Gerald ...« Satoshi suchte nach beruhigenden Worten, doch viele Menschen empfanden Gerald in der Tat als unsympathisch. Seine Befürwortung der Außerdienststellung der *Starfarer* hatte ihm keine neuen Freunde gewonnen, dafür hatte sich Gerald durch sein Verhalten während des Systemabsturzes viele neue Feinde geschaffen. Satoshi glaubte seinen Beteuerungen, daß er nichts mit der Sabotage zu tun gehabt hatte, doch viele Leute waren anderer Ansicht.

»Was haben Sie eigentlich vor?« fragte Satoshi. »Es ist zu spät, um die Expedition aufzuhalten.«

»Ich versuche, dafür zu sorgen, daß wir *alle* überleben!« brüllte Gerald. Er erkannte sofort seinen Fehler und mied Satoshis Blick. »Alle, die noch übrig sind, heißt das natürlich.« Gerald wandte sich wieder Satoshi zu. »Ich bin mir absolut sicher – *absolut* –, daß niemand während des Systemabsturzes getötet werden sollte.«

»Hat Ihnen das der Kanzler gesagt?«

»Ich ... habe nicht direkt mit ihm darüber gesprochen. Trotzdem bin ich mir absolut sicher. Ich bedauere den Tod des Journalisten. Nach allem, was ich über ihn gehört habe, war er ein talentierter junger Mann.«

»Ja. Und er war äußerst sympathisch. J.D. und Stephen Thomas haben ihm am nächsten gestanden.«

Satoshi hatte nicht die Absicht, Gerald zu erzählen, daß Stephen Thomas Feral im Wildreservat begraben hatte.

»Beide würden sich besser fühlen«, fuhr Satoshi fort, »wenn Sie ihnen dasselbe sagen würden, was Sie mir gerade gesagt haben.«

»Ach, wirklich«, zischte Gerald. »Ich soll mir also von Ihrem Partner noch einmal eine runterhauen lassen. Nein, danke.«

»So wie Sie reden«, entgegnete Satoshi gelassen, »kann ich seine Reaktion verstehen.«

»Was soll ich denn Ihrer Meinung nach tun?« schrie Gerald. »Ich bin für die *Starfarer* verantwortlich, für jeden von Ihnen ...!«

»Unsinn!« sagte Satoshi.

» ... und ich verliere die Kontrolle ... Was haben Sie gerade gesagt?«

»Sie sind nicht Sir Francis Drake. Sie tragen keine Verantwortung für Leben und Tod der Mannschaft, und Sie besitzen auch nicht die entsprechende Macht. Sie verlieren nicht die Kontrolle.«

»Vielleicht erwecke ich diesen Eindruck.«

»Sie haben die Expedition nie unter Kontrolle gehabt«, sagte Satoshi sanft. »Wie könnten Sie sie dann verlieren?«

Gerald öffnete den Mund und schloß ihn wieder, ohne etwas gesagt zu haben. Er straffte die Schultern.

»Ich mußte die Aufgaben des Kanzlers übernehmen. Ich hatte keine andere Wahl.«

»Darum geht es nicht. Sie *können* die Expedition nicht kontrollieren. Allerdings gibt es einige Leute, die diese Aufgabe übernehmen könnten, wenn sie wollten.«

»Wer denn?« fragte Gerald streitlustig. »Meinen Sie etwa den Spion? Wahrscheinlich würde es ihm sogar gelingen ... durch Gewalt.«

»Griffith? Nein.«

Satoshi war überrascht, daß Gerald Macht mit Gewalt in Verbindung brachte. Satoshi hatte an *moralische* Autorität gedacht, und Griffith besaß nicht die Spur davon. Professor Thanthavong wäre eine geeignete Person gewesen, oder Kolja Petrowitsch. Beide konnten jederzeit die Führung der Expedition übernehmen. *Sie besitzen diese Macht, weil sie sie nicht in Anspruch nehmen,* dachte Satoshi.

»Sie versuchen, den Menschen Ihren Willen aufzuzwingen«, sagte Satoshi. »Erst sollen wir tun, *was* Sie wollen, und dann auch noch, *wie* Sie es wollen. Warum ist das so wichtig für Sie?«

»Irgend jemand muß dafür sorgen, daß die Arbeit erledigt wird.«

»Aber die Arbeit wird doch erledigt.«

»Aber nicht *richtig*.«

Satoshi hatte nicht die Absicht, diesen Punkt weiter zu diskutieren. Er wollte Gerald nicht daran erinnern, wie Infinity ihn vor wenigen Minuten vorgeführt hatte.

Gerald erkannte, worauf das Gespräch hinauslief.

»Ich tue mein Bestes«, erklärte Gerald ernst. »Wenn Sie irgendwelche Vorschläge haben, würde ich sie gerne hören.«

»Gut. Die Leute glauben, Sie stecken mit Blades unter einer Decke. Das ist nicht gut für Sie.«

»*Ich* ... mit Blades ...?«

»Sie, Derjaguin und sogar Orazio.«

»Nur weil wir die einzigen sind, die mit dem Mann *reden*? Ich betrachte ihn immer noch als meinen Vorgesetzten.«

»Das wird Ihnen nicht gerade neue Freunde verschaffen«, erwiderte Satoshi trocken.

»Ich bringe ihm dieselbe Sympathie entgegen wie jedem anderen unschuldigen politischen Gefangenen.«

»Unschuldig ...!«

»Zitieren Sie bloß nicht die falschen Beweise Ihres Partners! Er hat sie im Netz gefunden, und das Netz war zu diesem Zeitpunkt schwer beschädigt. Außerdem hatte Stephen Thomas ein Motiv, in Kanzler Blades den Schuldigen zu suchen.«

»Stephen Thomas mochte Blades«, widersprach Satoshi.

»Er mochte Feral mehr.«

Das mußte Satoshi zugeben. »Dank Infinity ist Blades in Sicherheit.«

»In Sicherheit? Er ist in Einzelhaft! Ich kann nicht zulassen, daß er in diesem Loch wahnsinnig wird.«

Nemos Schiff folgte weiterhin der *Starfarer*, doch der Krakenschwärmer meldete sich nicht. WKMs beobachteten den Außerirdischen, und J.D. beobachtete die Übertragungen der WKMs. Unter dem perlmuttfarbenen Kokon löste sich Nemos Gestalt langsam auf. Nur das eine Tentakel, das aus der verhärteten Seide herausragte, veränderte sich nicht.

Von Zeit zu Zeit betrat einer der Begleiter die Kammer, grub sich in den Kokon und verschwand. Die so entstandenen Löcher schlossen sich sofort wieder und sperrten die winzigen Wesen im Inneren ein. Sobald die Kreaturen sich Nemos Körper näherten, lösten auch sie sich auf.

J.D. saß am Fenster ihres Hauses und starrte auf die holographische Projektion von Nemos Kammer. Ihr Rükken schmerzte. Sie versuchte, ihre Trapezmuskeln zu massieren, doch abgesehen von der Schwierigkeit, daß man sich nicht selbst massieren konnte, schmerzten auch ihre Arme.

Zev blickte von dem Buch auf, das er gerade las.

»Müssen wir jetzt zu Victoria gehen?«

»Eigentlich schon«, antwortete J.D., »wenn ich es schaffe, aufzustehen.«

»Was ist los?« Zev sprang auf und trat zu seiner Freundin. Das Buch ließ er aufgeklappt auf dem Boden liegen. *Gott sei Dank sammele ich Bücher nur wegen der Worte und nicht wegen ihres Sammlerwertes*, dachte J.D.

»Ich habe nicht gewußt, daß die Orangenernte eine *so* harte Arbeit ist«, sagte J.D. reumütig. Sie konnte nicht einfach aufspringen wie der junge Taucher – selbst wenn ihr Leben davon abhängen würde. Schließlich war sie auch doppelt so alt wie Zev. »Ich dachte, ich wäre in Form, aber im Augenblick tut mir einfach nur alles weh.«

»Ich fand es lustig«, entgegnete Zev. »Es war einfacher als Muscheln zu sammeln.«

Er kniete sich neben J.D., um ihr die Schultern zu massieren. J.D. lehnte sich entspannt zurück und genoß die Massage.

»Das fühlt sich gut an.«

Zevs Finger glitten J.D.s Rücken hinab und massierten ihren Steiß.

»Du hast mehr Orangen gepflückt als ich«, sagte er.

J.D. kicherte.

»Das stimmt wohl. Aber du hast sie weiter *geworfen* als ich.«

»Zumindest habe ich sie *schneller* geworfen.«

Zev duftete noch immer nach Orangen. Er umarmte J.D. Sie streichelte seine Arme und spürte den weichen Pelz und die harten Muskeln.

»Du magst Victoria, oder nicht?«

»Ja«, antwortete Zev. »Heute morgen hatten wir viel Spaß.«

»Stimmt.«

»Es war fast wie daheim.«

Zev beugte sich herunter, um seine Nase an J.D.s Nakken zu reiben und seine Wange gegen ihr kurzes, braunes Haar zu pressen, das noch immer feucht vom Duschen war.

»Du magst sie auch.«

»Sehr.«

»Wird sie wieder mit uns schwimmen gehen?«

»Ich glaube schon. Vielleicht kommt sie sogar herüber und verbringt die Nacht mit uns.«

Zev zog sich ein Stück von seiner Freundin zurück.

J.D. drehte sich um. »Würde dir das nicht gefallen?«

»Ich weiß nicht«, erwiderte Zev zögernd. Seine eigene

Reaktion überraschte ihn. »Wird sie die Nacht mit dir verbringen?«
»Mit uns beiden.«
»Ich mag es ... nur mit dir allein zu schlafen. Zuerst war das merkwürdig, aber es ist ein schönes Gefühl, nur an dich denken zu müssen, an deine Wünsche, deine Bedürfnisse.«
J.D. küßte Zev. Sein Mund öffnete sich, und er entblößte die scharfen, gefährlichen Zähne. J.D. fragte sich, ob Zev eifersüchtig war. Aber ein eifersüchtiger Taucher? Das war absurd.
»Mir gefällt das auch«, erwiderte J.D. »Und daran werden wir auch nichts ändern. Aber manchmal können wir doch Victoria mit einbeziehen.«
»Okay.«
Zev knabberte zärtlich an J.D.s Ohrläppchen. »Ich habe Hunger!«
J.D. lachte. »Ich auch.«
»Aber ich will keine Orangen!«

Stephen Thomas hatte es sich im Wohnzimmer bequem gemacht und die Beine auf einen Stuhl gelegt. Seine Füße hatte er mit einem Handtuch umwickelt, um die Blutergüsse und die losen Nägel zu verbergen, und der Teller mit seinem Abendessen lag noch weitgehend unberührt in seinem Schoß.
Victoria wollte, daß wieder etwas Normalität einkehrte. Stephen Thomas konnte ihr keinen Vorwurf daraus machen. Und so fand heute das traditionelle Treffen mit ihren studentischen Mitarbeitern statt.
Normalerweise kamen nicht nur die Studenten zu einem solchen Treffen, sondern auch eine Menge anderer Leute. Stephen Thomas hatte Florrie Brown eingeladen, ohne zu wissen, warum. Er mochte die alte Dame. Leider traf das auf Victoria nicht zu, und das Gefühl beruhte auf Gegenseitigkeit. Beide Frauen hatten ihre Gründe dafür. Florrie hielt Victoria für eingebildet, und

Victoria empfand Florries Art als herablassend. Trotzdem glaubte Stephen Thomas, daß sie gut miteinander auskommen würden, wenn sie ihre erste Begegnung erst einmal vergessen hatten. Doch heute abend war es noch nicht soweit.

Stephen Thomas zuckte mit den Schultern. Es würde halt seine Zeit dauern.

Nicht weit entfernt hockten Lehua und Bay über einem Hologramm der neuen Zellkulturen. Mitch stand in einer dunklen Ecke und starrte sehnsüchtig auf Fox.

Stephen Thomas war froh, daß Fox gekommen war. Offensichtlich hegte sie keinen Groll, weil er sie abgewiesen hatte. Er war erleichtert, daß Fox seinen Standpunkt akzeptiert hatte. Sie hatte bis jetzt nicht mit Stephen Thomas gesprochen, aber das war verständlich. Fox hielt sich bereits den ganzen Abend auf der anderen Seite des Raumes auf. Stephen Thomas hatte außer ihrem Rücken nicht viel von ihr gesehen, und wenn er in ihre Richtung blickte, hatte er manchmal das Gefühl, sie hätte sich gerade erst umgedreht.

Stephen Thomas stocherte in den Überresten seines Abendessens herum und suchte nach etwas Schmackhaftem.

Vielleicht sollte ich einen Fisch fangen, dachte er, *und ihn roh essen … wie Zev.*

J.D. hatte Stephen Thomas eine Orange gebracht. »Die große Jägerin bietet dir einen Teil ihrer Beute an«, hatte sie gesagt, während sie Stephen Thomas die Frucht in die Hand gedrückt hatte.

Und wir dachten, uns würde ein intellektuelles Leben erwarten, als wir hier raufkamen.

J.D. hatte Geralds Auseinandersetzung mit Infinity nicht erwähnt. Dennoch wußte Stephen Thomas davon. Jeder wußte es. Infinity war nicht anwesend.

Haben wir ihn überhaupt eingeladen? fragte sich Stephen Thomas entsetzt. *Scheiße, ich glaube nicht.* Stephen Thomas nahm sich vor, seinen Fehler bei der nächsten sich bietenden Gelegenheit zu korrigieren.

Von seiner Orange war nur noch die Schale übrig. Stephen Thomas hätte sich ohne weiteres noch eine zweite Frucht holen können, aber seine Füße schmerzten.

Stephen Thomas hoffte, das Treffen würde bald enden. Und falls es doch länger dauern sollte, so war er selbst nicht ganz unschuldig daran. Früher hatte Stephen Thomas oft noch mit den Gästen geplaudert, wenn Satoshi und Victoria schon längst ins Bett gegangen waren.

Es war bereits kurz vor Mitternacht, und niemand machte Anstalten zu gehen. Die meisten Leute hatten sich um J.D. und Zev versammelt. Sie fragten nach Nemo – wie Kinder, die auf ihre Gute-Nacht-Geschichte warteten. Überall im Raum schwebten unterschiedlich große Hologramme, die die aktuellsten Bilder vom außerirdischen Sternenschiff zeigten.

Auf der anderen Seite des Raumes saßen Florrie Brown und Fox. Die beiden Frauen hatten ihre Köpfe zusammengesteckt und waren in ein ernstes Gespräch vertieft. Stephen Thomas verspürte ein leichtes Unbehagen. Doch außer seiner Eitelkeit gab es keinen Grund anzunehmen, daß Florrie und Fox über ihn redeten. Sie verbrachten viel Zeit miteinander. Fox war jedesmal bei Florrie gewesen, wenn Stephen Thomas vorbeigekommen war, um nach der alten Frau zu sehen.

Fox umarmte Florrie und lächelte dankbar. Dann ging sie an den Tisch und holte zwei Bier.

Toll, dachte Stephen Thomas. *Jetzt rennt bestimmt jemand zu unseren beiden Senatoren und erzählt ihnen, wir würden die minderjährige Nichte des Präsidenten mit illegalen Drogen abfüllen. Und aus* diesem *Grund landen wir bei unserer Rückkehr im Gefängnis.*

Ach, scheiß drauf! Ein wenig Bier wird sie schon nicht umbringen. Hat mir auch nicht geschadet, als ich in ihrem Alter war und Selbstgebrautes im Keller der Biochemie gesoffen habe.

Victoria und Satoshi standen hinter der offenen französischen Tür auf der Veranda und lachten leise. Der Anblick freute Stephen Thomas, und diese Freude durchbrach die tiefe Depression, die ihn seit Tagen vom Rest der Welt abgeschirmt hatte. Victoria streichelte mit ihrem Handrücken über Satoshis Wange – eine Geste, so liebevoll, so erotisch, daß Stephen Thomas mit den Tränen kämpfte.

Sein Körper reagierte auf die sexuelle Erregung mit einem derart starken Schmerz, daß Stephen Thomas beinahe in Ohnmacht gefallen wäre. Er hielt die Luft an und verkrampfte sich. Dann seufzte er, legte zitternd das hölzerne Besteck auf den Teller und löste seinen harten Griff um die Stuhllehne. Soweit Stephen Thomas sehen konnte, hatte niemand den Anfall bemerkt. Niemand kümmerte sich darum. Stephen Thomas zog sich einige Holzsplitter aus der Hand.

»Ich bin sehr enttäuscht von Ihnen, Stephen Thomas.«

Stephen Thomas blickte auf.

Florrie Brown starrte ihn wütend an. Ihre hohe Stimme war so scharf wie eine Rasierklinge.

»Enttäuscht?«

»Ich habe Sie nicht für einen solchen Idioten gehalten«, sagte Florrie.

Oh, Scheiße. Was hat Fox ihr erzählt?

Stephen Thomas beschloß, mit seiner Antwort keine unnötigen Risiken einzugehen.

»Florrie, wovon reden Sie eigentlich?«

»Das wissen Sie ganz genau.«

Bis jetzt hatte Stephen Thomas Florries kokette Art, einer konkreten Antwort auszuweichen, altmodisch und amüsant gefunden. Bis jetzt.

»Nein.«

»Sie machen Versprechungen, obwohl Sie nicht die Absicht haben, sie einzuhalten.«

»Versprechungen?« Was *hatte* Fox ihr erzählt. »Was für Versprechungen?«

»Zum einen haben Sie mir eine Teezeremonie versprochen.«

Gott sei Dank, wir reden doch nicht über Fox.

»O Mann, die Teezeremonie? Florrie, so etwas dauert

einen ganzen Tag. Außerdem muß man alles entsprechend vorbereiten. Sie können nicht einfach so damit anfangen. Wann hatte ich denn mal einen ganzen Tag frei, seit Sie an Bord gekommen sind?« Florries Begrüßungsparty schien Monate zurückzuliegen. Stephen Thomas hatte der alten Dame *wirklich* eine Teezeremonie versprochen. In Wahrheit hatte er es einfach vergessen. Trotzdem hatte er nach wie vor die Absicht, sie durchzuführen – wenn er sie erst erlernt hatte. Doch das wollte Stephen Thomas gegenüber Florrie nicht zugeben.

Die alte Dame blieb hartnäckig. »Sie sollten keine Versprechen machen, die Sie nicht einhalten wollen.«

»Ich *werde* es einhalten«, erwiderte Stephen Thomas. »Ich habe es nur *bis jetzt* nicht eingehalten. Da gab es noch diese Rebellion, erinnern Sie sich? Und dann gab es da noch ein paar Außerirdische ... Das hat meinen Terminkalender ziemlich durcheinandergebracht.«

»Und Sie flirten mit Leuten, ohne die Konsequenzen tragen zu wollen.«

Stephen Thomas mußte lachen. Er konnte nicht anders. Victoria und Satoshi neckten ihn immer wieder, weil er zu oft ›die Konsequenzen getragen hatte‹. Selbst Merry hatte ihn damit aufgezogen, obwohl es sonst nicht seine Art gewesen war, sich auf Kosten seiner Partner zu amüsieren.

Florrie schlug Stephen Thomas überraschend heftig auf den Unterarm.

»Aua ...!«

»Wagen Sie ja nicht, mich auszulachen!«

»Wofür war das? Ich habe Sie nicht ausgelacht. Ich habe nur ...«

»Wechseln Sie nicht das Thema!«

»Was *ist* das Thema?«

»Sie haben mit Fox' Gefühlen gespielt und ihr das Herz gebrochen.«

»Jetzt warten Sie mal einen Augenblick ...«

»Sie haben ihr geraten ...«

»*Geraten?* So ein Quatsch! Ich habe ihr zugehört, wenn sie wieder mal über ihre Familie hergezogen hat!«

»Und Sie haben sie an Ihren Seminaren teilnehmen lassen ...«

Stephen Thomas versuchte, sich an ein Seminar zu erinnern, an dem Fox teilgenommen hatte. Die improvisierte Diskussion auf dem Hügel? Egal. Es machte sowieso keinen Unterschied.

»*Jeder* darf an meinen Seminaren teilnehmen. Das ist der Sinn von Seminaren. Man nimmt an ihnen teil.«

»Behandeln Sie mich nicht so gönnerhaft!«

Florrie hob erneut die Hand.

Stephen Thomas hob beide Arme, um den Angriff abzublocken.

»Schlagen Sie mich nicht wieder!«

»Und warum nicht?« Florrie ballte ihre zierliche Faust. »Weil Sie zu gut sind, daß jemand Sie berührt?«

»Weil es weh tut!«

Die anderen Anwesenden hatten sich bis jetzt bemüht, den Streit zu ignorieren; doch das war zuviel. Als die Gespräche im Wohnzimmer verstummten, warf Victoria einen Blick herein. Einen Augenblick später rannten sie und Satoshi durch den Raum.

»Florrie! Hören Sie auf damit!« rief Satoshi. Er stellte sich zwischen Florrie und Stephen Thomas, wobei er die alte Frau unsanft beiseite drängte.

»Tante Florrie, was tust du da?« Fox hielt noch immer die beiden Gläser Bier in der Hand. Ihre Hände zitterten. Schaum lief über die Ränder und tropfte auf den Boden.

»Ich teile Mister Stephen Thomas meine Meinung mit.«

»Sie machen einen Narren aus sich, Ms. Brown.« Victorias Stimme klang hart und wütend.

»Florrie, wie konntest du nur?« kreischte Fox. »Ich habe dir erzählt, was ich dir erzählt habe, weil ... weil ...«

»Ich dachte, du wolltest meine Hilfe!«

»Ich wollte nur, daß du mir zuhörst. Wie hättest du mir auch helfen können? Er hat bereits nein gesagt!«

»Manchmal ...« Zum ersten Mal stockte Florrie. »Manchmal sagen die Menschen etwas, das sie nicht meinen.«

»Ich sage niemals etwas, wenn ich es nicht auch so meine«, erklärte Stephen Thomas. »Fox, ich dachte, Sie hätten verstanden, als ich sagte, Sie sollten es nicht persönlich nehmen.«

»Persönlich? Warum hätte ich es persönlich nehmen sollen? Sie haben mir doch nur gesagt: ›Verpiß dich und verrecke‹!«

»Ich habe Ihnen gesagt, daß ich nicht mit Studenten schlafe.«

»Und jetzt haben Sie mich in der Öffentlichkeit bloßgestellt ...«

»*Ich* nicht!«

Tränen rannen über Fox' Gesicht. Sie blickte sich verstört um. Überall standen ihre Kommilitonen, ihr Professor und die Partner ihres Professors, von denen sie einen liebte.

Lehua versuchte, das Thema zu wechseln. »Zeit, die Party zu beenden«, sagte sie. Die Gäste strömten zur Tür.

»Keiner muß wegen mir gehen«, rief Fox.

»Fox, Liebling, laß mich ...«

Fox wirbelte wütend herum. Sie versuchte zu sprechen, doch sie brachte kein Wort heraus. Bier schwappte aus einem Glas und klatschte vor Florrie auf den Boden. Florrie stieß einen spitzen Schrei aus und trat einen Schritt zurück. Das Glas glitt Fox aus der Hand und zerbrach auf dem Boden. Einige Tropfen spritzten auf Stephen Thomas' Wade.

Fox blickte auf Florrie, auf das zerbrochene Glas und auf das volle in ihrer anderen Hand. Nichts, was sie tun würde, konnte die Situation noch verschlimmern. Stephen Thomas wußte, was geschehen würde, doch er sagte nichts.

Fox schüttete Stephen Thomas den Inhalt des zweiten

Glases ins Gesicht, warf das Glas auf den Boden und stürmte hinaus.

»Wollen Sie sie einfach wegrennen lassen?«

Florrie war so außer sich, daß Stephen Thomas nicht wußte, ob sie wollte, daß jemand Fox hinterherrannte, um sie zu trösten oder um sie über ihre schlechten Manieren aufzuklären.

»Ich nehme an ...«

»Nein! Du bist barfuß!« unterbrach Satoshi. »Überall ist Glas.«

»Ich halte es nicht für eine gute Idee, wenn du ihr hinterherläufst«, sagte Victoria.

»Sie wollen das Kind also ganz allein hinaus in die Dunkelheit ...«

»Ms. Brown«, begann Victoria geduldig, »es gibt hier keine Wölfe.«

»Jetzt ist keine Zeit für Scherze. Sie sind eine äußerst grausame junge Frau.«

Victoria kehrte Florrie Brown den Rücken zu. »Satoshi?«

Satoshi war bereits auf dem Weg zur Tür. »Ich versuche, sie zu finden. Ich bin gespannt, ob sie noch mit mir redet ...«

»Ich komme mit«, sagte J.D.

»Danke.«

Stephen Thomas sank erleichtert in den wackeligen Bambusstuhl zurück. Er wußte nicht, was er Fox hätte sagen sollen, wenn er sie gefunden hätte. Er würde sich bestimmt nicht für etwas entschuldigen, das er für richtig hielt.

J.D. und Satoshi schritten durch den Vorgarten. Die Blüten auf dem Gras erschienen in der hellen Nacht der *Starfarer* als helle Schatten auf dunklen Schatten.

Am Gartenzaun zögerte J.D. Satoshi blieb neben ihr stehen.

»Hast du irgendeine Idee, wohin sie gegangen sein könnte?«

»Nach Hause, nehme ich an«, antwortete Satoshi. »Ich weiß es nicht.« Er klang resigniert. »Sie hat mich nicht in ihre Geheimnisse eingeweiht. Mich hat sie aufgegeben, als ich ihr keine Genehmigung verschaffen konnte, an Bord zu bleiben.«

»Ich habe nicht gewußt, daß überhaupt jemand unter einundzwanzig eine solche Genehmigung bekommen hat.«

»Hat auch keiner.«

»Doch, ich«, mischte sich Zev ein.

»Chandra hat einen neuen Namen für dich erfunden, einen neuen Beruf, eine neue Familie, und sie hat deine Rasse geändert!« rief Satoshi. »Wenn sie dich nicht auch fünf Jahre älter gemacht hat, ist sie noch dümmer, als ich dachte.«

»Oh«, entgegnete Zev. »Ja, ich glaube, das hat sie auch gemacht.«

»Fox' Familie ist unglaublich wohlhabend«, sagte J.D., »und so mächtig ... Wahrscheinlich ist sie daran gewöhnt, ihren Willen durchzusetzen. Aber bei der Expedition hat das nicht funktioniert.«

»Und bei Stephen Thomas.«

»Und bei Stephen Thomas.« J.D. wußte mehr oder weniger, wie Fox sich fühlte – obwohl sie ihr Problem nicht dadurch verkompliziert hatte, daß sie mit Stephen Thomas über ihre Gefühle sprach.

»Wir sollten es in ihrem Haus versuchen ...«

»Sie ist dort drüben«, sagte Zev und deutete nach vorne.

»Bist du sicher?«

»Ich kann sie hören.«

Die drei gingen den Weg entlang.

»Sie weint«, berichtete Zev.

»Fox?« rief J.D. leise.

Sie erhielt keine Antwort, doch einige Augenblicke

später kam ihnen jemand durch die Dunkelheit entgegen.

Einer von Stephen Thomas' studentischen Mitarbeiten – J.D. konnte sich nicht an den Namen erinnern – trat zwischen den Bäumen hervor. J.D. hatte ihn auf der Party gesehen, aber sie hatte nicht bemerkt, daß er Fox gefolgt war.

»Sie will niemanden sehen«, erklärte der Junge entschuldigend.

»Ich mache mir Sorgen um sie, Mitch«, sagte Satoshi.

»Ja. Sie ist ziemlich wütend ... und beschämt.«

Satoshi zögerte einen Augenblick. »Ich werde besser mit ihr reden.«

»Ich werde bei ihr bleiben. Ihr wird nichts geschehen. Das verspreche ich.«

»Ich bin sicher, daß das stimmt«, entgegnete Satoshi, »aber ich muß trotzdem mit ihr reden.«

Satoshi schritt um Mitch herum und trat in den tiefen Schatten des Baumes. Fox hatte sich vor eine Wurzel gehockt und ihr Gesicht in den Armen versteckt.

»Fox.« Satoshi kniete sich neben sie.

Die junge Frau hob den Kopf. Ihr Gesicht war fleckig und tränenverschmiert.

»Sie reden doch nicht mit mir«, sagte sie.

»Natürlich rede ich mit Ihnen ... obwohl Sie es mir in den letzten Tagen nicht gerade leicht gemacht haben.«

»Ich habe nicht gewollt, daß sie etwas unternimmt!« schrie Fox. »Ich wollte nur ... Ich wollte nur jemandem erzählen, wie ich mich fühle.«

»Ich weiß.«

»Ich liebe ihn wirklich.« Fox hörte plötzlich auf zu reden, als hätte sie erst in diesem Augenblick bemerkt, mit wem sie sprach. »Es tut mir leid, aber es ist so.«

»Ich weiß, daß Sie ihn lieben«, erwiderte Satoshi. »Es fällt schwer, es nicht zu tun.«

Fox lächelte verkrampft. »Sie haben so ein Glück. Sie und Victoria.«

Satoshi lenkte die Konversation wieder zurück zu Fox.

»Bitte verstehen Sie, wie er über Ihr Angebot denkt. Er würde es nie ... er *kann* es nie akzeptieren.«

»Er hat mir erklärt warum, doch ich sehe keinen Sinn darin. Ich habe keine Bedingungen daran geknüpft.«

»Nein, aber die Dinge können sich ändern.«

Satoshi wollte Fox sagen, daß Stephen Thomas' Entscheidung nur zu ihrem Besten war; aber das hätte sie nur beleidigt. Dann erwog er, ihr zu sagen, die Entscheidung richte sich nicht gegen sie persönlich, doch das hätte sie noch mehr verletzt.

Fox versteckte wieder ihr Gesicht in den Armen. Ihre Stimme klang gedämpft. »Es tut so weh«, jammerte sie, und ihre Schultern zitterten.

»Ich weiß«, entgegnete Satoshi. »Ich weiß.«

Er wartete, bis Fox aufhörte zu weinen.

»Ich denke, Sie sollten jetzt besser nach Hause gehen«, sagte er schließlich.

»Nein! Ich will heute nacht nicht mit meinen Mitbewohnern reden. Ich will mit *niemandem* reden.«

»Und ich will Sie hier nicht allein lassen.«

Fox lehnte sich gegen den Baum und sah Satoshi an.

»Was kann schon *passieren*?« schrie sie. »Ich will hier draußen bleiben, okay?«

Mitchs großer Schatten bewegte sich aus dem reflektierten Sternenlicht in die Dunkelheit.

»Ich konnte nicht vermeiden, deine letzten Worte zu hören.« Mitch zögerte. »Aber sonst habe ich nichts gehört. Doch als du geschrien hast ...« Seine Stimme wurde zu einem Flüstern. »Wie wäre es, wenn ich hierbliebe? Um dir Gesellschaft zu leisten, meine ich.«

Fox atmete tief durch, um ihre Stimme zu beruhigen.

»Das wäre gut«, sagte sie. »Ich ... Mir wird schon nichts passieren, Satoshi. Hey. Es ist nicht so, als wäre Stephen Thomas der erste, der mir einen Korb gegeben hat. Und ... ich freue mich, daß Sie immer noch mit mir reden.«

Satoshi nahm an, daß – trotz ihrer Beteuerungen –

Stephen Thomas der einzige war, der Fox jemals abgewiesen hatte. Dennoch wußte er ihre Äußerung zu schätzen.

»Jeder redet mit Ihnen«, entgegnete er. »Es ist nur … Es wird schon wieder werden.«

»Ja. Okay. Sicher. Aber jetzt will ich nicht mehr reden.« Fox kehrte Satoshi den Rücken zu und kauerte sich an den Baum. Es hätte eine tausendjährige Eiche sein sollen, deren knorrige Wurzeln sie umschlossen.

»Gut«, sagte Satoshi. Er stand auf. Mitch ging an ihm vorbei und hockte sich neben Fox.

Stephen Thomas hat eine hohe Meinung von Mitch, dachte Satoshi. *Er ist ein guter Junge. Er kann sich ebensogut um Fox kümmern wie jeder andere. Wer weiß, vielleicht sogar besser, als ich es je könnte.*

Mitch sah zu Satoshi hoch und hob die Hand in einer Geste des Verständnisses und des Abschieds.

Satoshi erwiderte den Gruß und ging zu J.D. und Zev zurück.

»Ist sie in Ordnung?« fragte J.D.

»Ich denke schon«, antwortete Satoshi. »Ich hoffe es zumindest.«

Schweigend gingen die drei zum Haus.

Mit kalter Höflichkeit wischte Victoria die schlimmsten Flecken von Florries Kleid. Die Antipathie zwischen den beiden Frauen hatte einen neuen Höhepunkt erreicht.

Victoria beauftragte Lehua und Bay, Florrie nach Hause zu begleiten. Endlich waren alle Gäste gegangen. Stephen Thomas und Victoria waren allein. Auch der Garten war menschenleer.

»Dieses fürchterliche Weib«, sagte Victoria.

Stephen Thomas fuhr sich mit den Fingern durch die Haare.

Victoria versuchte zu grinsen. »Wie sah denn ihre Aura heute nacht aus?«

»Ich weiß es nicht«, antwortete Stephen Thomas. »Es

gibt keine Auren. Du hattest die ganze Zeit über recht. Alles nur ein einziger, riesengroßer Blödsinn.«

Victoria blickte Stephen Thomas neugierig an. Trotzdem verzichtete sie auf einen Kommentar.

Victoria begann aufzuräumen. Das zerbrochene Glas machte ein nasses, kratzendes Geräusch, als sie es in einen Eimer schaufelte. Es gab noch nicht einmal einen Handfeger im Haus. Putzen fiel in den Aufgabenbereich der Haushalts-KD.

Nachdem Victoria mit der Arbeit fertig war, trat sie zu Stephen Thomas und streichelte seinen Arm. Ihre Finger glitten über den weichen, goldenen Pelz. Stephen Thomas verspannte sich, als ein leichter Schmerz durch seine Knochen zog, und Victoria zog ihre Hand zurück.

»Was für ein verfluchter Alptraum«, seufzte Stephen Thomas.

»Ich nehme nicht an«, sagte Victoria zögernd, »daß du sie etwas sanfter fallen lassen konntest?«

»Oh, Scheiße, Victoria!« brüllte Stephen Thomas. »Ich konnte sie nicht ›leichter fallenlassen‹, weil ich nie etwas mit ihr *gehabt habe*! Im einen Augenblick habe ich ihr noch erklärt, daß Satoshi nicht wütend auf sie sei, weil uns das Genetische Institut auf den Kopf gefallen ist, während wir ihr etwas Verstand beibringen wollten ...«

»Sehr überzeugend«, bemerkte Victoria trocken.

» ... und im nächsten gesteht sie mir ihre Liebe. Und dann habe ich ihr gesagt, was ich Studenten *immer* sage ...«

»Schon gut. Es tut mir leid«, unterbrach Victoria. »Mach, daß du in die Dusche kommst.«

Stephen Thomas stemmte sich hoch. Das Handtuch glitt von seinen Füßen, und er schrie vor Schmerz. Der Nagel seines rechten großen Zehs hatte sich in dem Handtuch verfangen und war herausgerissen worden. Stephen Thomas konnte kaum seine Füße auf den Boden stellen.

»Ich habe das Gefühl, meine Zehenknochen streben nach draußen.«

Victoria verzog mitleidig das Gesicht. Das war ekelhaft. Sie legte Stephen Thomas den Arm um die Hüfte. Stephen Thomas' kaltes, feuchtes T-Shirt erwärmte sich dort, wo Victorias Körper gegen den seinen drückte.

Unvermittelt begann Stephen Thomas zu lachen.

»Was ist?« fragte Victoria.

»Meine Knochen kommen *wirklich* vorne raus.«

»Hör auf damit«, entgegnete Victoria unsicher. »Bitte, hör auf damit.«

»Okay.« Stephen Thomas und Victoria erreichten das Badezimmer. »Es wird schon gehen. Ich werde mir nur die gröbsten Flecken abwaschen.«

»Kommst du ins Bett?«

»Ich weiß nicht ...«

»Ich will nur wissen, daß es dich noch gibt!« Victoria ergriff Stephen Thomas' Hand. »Es scheint eine Ewigkeit her zu sein, seit ich dich zuletzt berührt habe!«

Stephen Thomas zog seine Hand zurück. »Das wird bald vorbei sein«, sagte er. »Bald. Und dann ist wieder alles wie früher.«

Victoria ließ die Arme sinken.

Kapitel 10

Die Sonnenrohre hatten gerade begonnen, von Nacht auf Tag umzuschalten, von tiefster Schwärze, die nur vom vielfarbigen Licht der Sterne unterbrochen wurde, zu einem dunkelgrauen Leuchten.

Victoria, Satoshi und Stephen Thomas wanderten über die Dünen. Ein silbern schimmernder Strand lief um die wärmste Lagune der *Starfarer.* Der kalte Morgenwind verwandelte sich bei Kontakt mit dem Wasser in Nebel, und phosphoreszierende Wellen krochen wie lebende Tentakel über den Sand.

Stephen Thomas hatte Bedenken gegen diese Exkursion. Aber er hatte es nicht übers Herz gebracht, Victoria zu enttäuschen. Nicht schon wieder. Sie hatte sich etwas Entspannung verdient, etwas Spiel. Victoria hatte sogar Satoshi davon überzeugt, früh aufzustehen und sie zu begleiten.

Vielleicht würde es ja funktionieren. Stephen Thomas fühlte sich heute wieder ziemlich gut, besonders im Vergleich zu gestern. Sein letzter Zehennagel war mittlerweile ausgefallen, und seine Füße schmerzten nicht mehr ganz so schlimm. Dennoch rechnete Stephen Thomas damit, daß die Schmerzen bald zurückkommen würden. Er spürte bereits, wie sich die ersten Krallen bildeten.

Der stechende Schmerz, der gestern seinen Unterleib beherrscht hatte, war nicht wieder aufgetreten. Dieser Schmerz hatte Stephen Thomas Angst eingejagt. *Die Verletzungen, die mir die Silberschnecken beigebracht haben, müßten eigentlich langsam verheilt sein*, dachte er. *Vielleicht haben mich die Schnecken doch schlimmer erwischt, als ich zuerst gedacht habe. Möglicherweise ein Haarriß ... oder irgend etwas anderes, das im medizinischen Zentrum übersehen wurde.*

Victoria stand am Strand. Der Nebel waberte um ihre Beine. Sie zog ihr Hemd über den Kopf und entledigte sich eilig ihrer Jeans. Satoshi tat es ihr nach, langsam und bedächtig.

»Kommt schon«, rief Victoria. Ihre tiefe Stimme klang aufgeregt. Wasser kondensierte in ihrem Haar. Die Tropfen schimmerten im Morgenlicht wie durchsichtige Perlen. Victoria stürmte platschend ins Meer und verschwand im Nebel, der jedes Geräusch verschluckte.

Inzwischen war auch Satoshi nackt. Er faltete seine Hose und legte sie sorgfältig auf einem Stück Treibholz ab.

»Erinnert mich an das genetische Institut ...«, sagte er. »Während des Angriffs. Der Nebel ...«

»Mich nicht ...« Doch Stephen Thomas *erinnerte* sich

sehr wohl ... Die Rakete war eingeschlagen, und das Gebäude hatte gebebt und war über Stephen Thomas, Satoshi und Fox eingestürzt. Flüssiger Stickstoff war ausgetreten und hatte einen dicken, erstickenden Nebel gebildet. Ein Steinschaumsplitter hatte Stephen Thomas an der Stirn getroffen, und Blut war ihm in die Augen geflossen. Von diesem Zeitpunkt an hatte er alles nur noch durch einen roten Schleier wahrgenommen. Und als Stephen Thomas erkannt hatte, daß es sich um sein eigenes Blut handelte, war er ihn Ohnmacht gefallen ...

... Die Erinnerung verschwand, und Stephen Thomas zitterte.

Satoshi atmete tief ein. »Oh, Mann!« Er rannte über den feuchten Sand. Dann stieß er einen lauten Schrei aus und hechtete mit dem Bauch voran in die Wellen.

Stephen Thomas zog sich ebenfalls aus und warf seine Kleidung beiseite.

Der neue Taucher ging zum ersten Mal ins Meer.

Warmes Wasser umhüllte Stephen Thomas' Körper und richtete die feinen Haare seines Pelzes auf. Luftblasen verfingen sich in dem Fell. Stephen Thomas schwamm mit kräftigen Zügen ins Meer hinaus. Die Luftblasen lösten sich wieder, trieben an die Wasseroberfläche und zerplatzten dort mit einem leisen *Plop*. Das warme Wasser wirkte entspannend auf Stephen Thomas, doch er hätte kaltes, erfrischendes Wasser vorgezogen.

Er öffnete die Augen.

Stephen Thomas konnte perfekt sehen. Das Wasser war vollkommen klar, und der feine, weiße Sand am Grund war gut zu erkennen. Stephen Thomas' lange Haare rankten sich vor seinen Augen. Er machte einen kräftigen Schwimmzug, und die Bewegung verschaffte ihm wieder ein freies Sichtfeld.

Victoria schwamm mit kräftigen, gleichmäßigen Bewegungen auf Stephen Thomas zu, während Satoshi lautlos unter ihn glitt. Satoshi hätte Stephen Thomas berühren können, aber er hatte seine Arme angelegt, um seinem Körper einen stromlinienförmigen Umriß zu verleihen.

Victoria berührte Stephen Thomas. Während sie an ihm vorbeischwamm, streckte sie ihren Arm aus und fuhr mit der Hand über sein Fell. Ihre Finger glitten gegen den Strich über seine Oberschenkel, den Hintern und über das Rückgrat. Stephen Thomas verkrampfte sich, zitterte und entspannte sich wieder. Er tauchte unter und stieg unter Victorias Hand wieder an die Oberfläche. Der Wasserdruck und die Berührung ihrer Hand glätteten Stephen Thomas' Fell.

Als Victoria neben Stephen Thomas schwamm, drehte er sich zu ihr um und streichelte seine Partnerin. Er fragte sich, wo Satoshi abgeblieben war. Stephen Thomas tauchte unter und hörte das Echo seines Partners, der wenige Meter entfernt Wasser trat.

Als Stephen Thomas wieder die Wasseroberfläche durchbrach, stieß er explosionsartig die Luft aus; er atmete erneut ein und schwamm unter Victoria. Stephen Thomas berührte und neckte sie am ganzen Körper. Seine Hände – seine Schwimmhäute – legten sich auf ihre Brüste. Victorias Brustwarzen verhärteten sich, und sie strahlte eine angenehme Hitze aus. Stephen Thomas konnte Victorias Erregung riechen. Er konnte sie schmecken. Das gewohnte Gefühl wurde durch seine neugewonnenen Sinne noch verstärkt. Stephen Thomas öffnete den Mund und ließ Salzwasser über die Zunge strömen. Satoshi trieb nicht weit entfernt im Wasser. Sein Körper schmeckte kalt und desinteressiert.

Stephen Thomas atmete einen Strom von Luftblasen aus. Victoria berührte Stephen Thomas' Hand und schwamm zu Satoshi. Gemächlich folgte ihr Stephen Thomas. Seine Finger glitten erneut über Victorias Brüste, den Bauch hinab und verschwanden schließlich zwischen ihren Beinen. Er rieb ihre Klitoris im Rhythmus der Schwimmbewegungen. Victoria stöhnte auf, preßte die Beine zusammen und verlor ihren Schwung. Erschrokken zog Stephen Thomas die Hand zurück. Er fürchtete,

Victoria mit dem harten Rand seiner Schwimmhäute verletzt zu haben. Victoria packte sein Handgelenk.

»Ja«, sagte sie. »Das war genau richtig. Es ist … es ist, als würde man mit einem Seidenschal Liebe machen.«

Victoria, Stephen Thomas und Satoshi schwammen einander zugewandt in der warmen See. Victoria umarmte beide Männer und zog sie an sich, während sie Stephen Thomas' Hand mit ihren Beinen umklammert hielt. Sie küßte Satoshi und dann Stephen Thomas. Ihre Zunge spielte in Stephen Thomas' Mund, als hätte sie ihn nie zuvor geküßt, und er schmeckte Victoria mit einer neuen Intensität.

Die drei Liebenden sanken in die Tiefe. Aus Victorias Mund stiegen Blasen auf und kitzelten Stephen Thomas im Gesicht. Sie löste sich von ihren Partnern und strampelte zurück an die Wasseroberfläche.

»Laßt uns in seichteres Wasser gehen«, sagte sie. »*Ich* kann nicht unter Wasser atmen!« Victoria grinste und schwamm zwischen ihren Partnern hindurch in Richtung Ufer.

Stephen Thomas folgte ihr. Als er an Satoshi vorbeischwamm, berührte er mit seinem Körper den Bauch seines Partners. Er spürte keinerlei Erregung.

Victoria stand bis zur Brust im Wasser. Der sich langsam auflösende Nebel trieb wie ein Geist um sie herum, und ihre Brüste verschwanden von Zeit zu Zeit in der sanften Brandung. Als Stephen Thomas sie erreicht hatte, drückte Victoria ihn an sich und schlang ein Bein um seine Hüfte. Kurz darauf schwamm Satoshi hinter Stephen Thomas und berührte behutsam seine Schulter.

Stephen Thomas gab sich seinen Gefühlen hin, der Verführung des Wassers, den Wünschen seiner Partner und seinen eigenen.

Plötzlich schrie Victoria auf und sprang entsetzt zurück. Stephen Thomas und Satoshi verloren das Gleichgewicht und stürzten ineinander verkeilt unter Wasser. Wenige Augenblicke später hatten sie sich voneinander gelöst. Stephen Thomas tauchte hustend wieder auf. Er hatte Salzwasser geschluckt.

»Stephen Thomas, entschuldige. Ich dachte ...«

Victoria klopfte ihm auf den Rücken, bis er wieder zu Atem gekommen war.

»Ich kann auch nicht unter Wasser atmen«, keuchte Stephen Thomas. »Noch nicht. Was ... bist du okay? Habe ich dich verletzt?«

»Nein ... nicht wirklich. Als wir damit begonnen haben, war es wundervoll, doch dann ...« Victoria blickte reumütig zu Satoshi. »Ich glaube, du hattest recht.«

»Ja«, erwiderte Satoshi. »Ich glaube auch. Es tut mir leid.«

Victoria, Satoshi und Stephen Thomas standen beieinander in hüfttiefem Wasser. Es war bereits taghell, und der Nebel und der kalte Morgenwind waren verschwunden. Stephen Thomas zitterte.

»Stimmt«, sagte Victoria. »Es *ist* kalt.« Ihre Stimme klang enttäuscht und amüsiert zugleich. »Vielleicht sollten wir jetzt besser nach Hause gehen ... zurück ins Bett.«

»Ich kann nicht«, erwiderte Stephen Thomas. »Ich *muß* ins Labor.« Das letzte, wonach ihm im Augenblick zumute war, war Sex. Sein Penis schmerzte und juckte wie verrückt.

Na, toll, dachte Stephen Thomas. *Großartig. Ich kann den Menschen, die ich liebe, noch nicht einmal eine kleine Freude bereiten, und jetzt habe ich auch noch Sackratten.*

»Gestern – mit J.D. und Zev – war es unheimlich schön.«

»Vermutlich kennen Taucher ein paar besondere Sexpraktiken«, bemerkte Stephen Thomas ironisch. »Ich werde sie wohl erst beherrschen, wenn ich mich vollständig verwandelt habe. Vielleicht sind sie irgendwie genetisch eingebaut.«

»Vielleicht«, entgegnete Satoshi trocken. »Zev ist kleiner als du.« Er wandte sich an Victoria. »Das ist er doch, oder?«

»Ich habe nicht darauf geachtet«, antwortete Victoria. Ihre Partner blickten sie skeptisch an. »Nein, wirklich nicht. J.D. wollte mit mir reden, und Zev ist schon vorausgegangen. Und dann waren wir alle im Wasser. Er mochte es ... flüchtig berührt zu werden. Er ist mir immer wieder entschlüpft.« Victoria legte eine Pause ein und dachte nach. »Ich konnte nie einen genauen Blick auf ihn werfen, und ich habe ihm bestimmt nicht gesagt: ›Bleib stehen, Zev, damit ich dich ansehen kann. Ich will wissen, wie du im Vergleich zu meinen Partnern abschneidest.‹«

Sie wateten ans Ufer. Stephen Thomas war begierig, das Salzwasser zu verlassen. Er hoffte, dann würde das Jucken aufhören.

»Oh, mein Gott!« rief Satoshi. »Was ist denn mit dir passiert? Bist du vorwärts in den Sand gefallen? Du bist ja vollkommen zerkratzt.«

»Nein. Ich habe den Boden nie berührt.« Stephen Thomas blickte an sich herunter.

Das Blut wich aus seinem Gesicht.

Die dunkle Haut um seinen Penis hatte sich gelöst und in ein ungesundes Grau verwandelt. Sie hing in Fetzen an einem knallroten, häßlichen Schaft.

Stephen Thomas klopfte wie wild gegen J.D.s Tür. Keine Antwort. Er hämmerte mit der Faust auf den harten Steinschaum.

»Hey! Zev!«

Stephen Thomas stand kurz davor, seine guten Manieren zu vergessen und durch die Fenster zu blicken, als Zev die Tür öffnete.

»Hi ...«

»Warum hast du auf meine Nachricht nicht geantwortet?«

»Tut mir leid, aber ich war beschäftigt.«

»Beschäftigt!«

»Ja. J.D. und ich haben uns geliebt.« Zev trat zu Stephen Thomas hinaus auf die Veranda und schloß die Tür. »Schrei nicht so. Sie schläft.«

»Ich muß mit dir reden!«

»Pssst. Laß uns spazierengehen.«

Zev führte Stephen Thomas durch den Garten, weg von den offenen Fenstern des Hauses.

»Wachsen deine Krallen schon?« Zev blickte auf Stephen Thomas' Füße. Aufgrund der Blutergüsse konnte man schwer erkennen, was mit den Zehen geschah.

»Ja, und sie schmerzen wie blöd.«

»Das tut mir leid.«

»Hör auf, dich zu entschuldigen! Du entschuldigst dich die ganze Zeit.«

»Aber was mit dir geschieht, ist meine Schuld.«

»Nicht zu ändern. Anstatt dir ständig Vorwürfe zu machen, könntest du mir erklären, was ich zu erwarten habe.«

Zev betrachtete Stephen Thomas besorgt von oben bis unten.

»Du weißt doch, was dich erwartet. Du verwandelst dich in einen Taucher.«

»Ich will wissen, was normal ist und was nicht.« Stephen Thomas wandte sich wieder zu Zev und schrie: »Ist es normal, daß es so weh tut? Ist es normal, daß sich meine *Haut* abschält?«

Zev wich einen Schritt zurück. »Tut mir leid ...«

Stephen Thomas warf seine Arme verzweifelt in die Luft.

» ... aber ich kenne nicht alle Antworten. Deine Haut schält sich ab? Das hört sich nicht normal an. Hattest du einen Sonnenbrand?«

Zevs sorgenvolle Mine jagte Stephen Thomas Angst ein.

»Du *weißt* es nicht?«

»Wenn J.D. unsere Einladung angenommen hätte, wäre Lykos bei ihr gewesen. Meine Mutter weiß alles, was es über die Verwandlung zu wissen gibt. Ich nicht. Ich bin schon so geboren worden.«

»Großartig«, sagte Stephen Thomas angewidert.

»Ich ... ist ja auch egal.«

»Victoria, Satoshi und ich sind heute morgen schwimmen gegangen. Wir haben versucht, uns im Wasser zu lieben. Aber wir konnten nicht, weil ich Victoria Schmerzen zugefügt habe. Mit dir ist ihr das nicht passiert. Warum?«

Zev dachte einen Augenblick nach. »Vielleicht weil normale Männer größer sind als Taucher?« fragte er.

»Ich zeig dir meinen, zeigst du mir deinen«, knurrte Stephen Thomas.

»Was?«

Stephen Thomas zuckte mit den Schultern. »Nichts. Vergiß es.«

Stephen Thomas schritt wütend über den Pfad, der am Ufer des Flusses entlangführte. Ein leichter Schmerz hatte sich in seinem Unterleib breitgemacht – als würde jemand ein Messer dagegen halten und mit dem tödlichen Stich drohen. Stephen Thomas verlangsamte sein Tempo in der Hoffnung, dem Schmerz durch Vorsicht entgehen zu können. Zev hatte ihn bald eingeholt.

»Darf ich dich einmal ansehen, Zev? Ich weiß noch nicht einmal, wie ich aussehen werde, wenn das alles vorbei ist.«

»Du wirst wie Stephen Thomas aussehen, nicht wie ich.«

»Ich meine nackt.«

»Du kannst mich ansehen, wenn du willst. Darf ich dich auch ansehen? Ich habe noch nie ...«

Ein plötzlicher Schmerz schoß ohne Vorwarnung durch Stephen Thomas' Unterleib und raste den Rücken hinauf.

Er gab auf. Stephen Thomas sank zu Boden, zog die Beine an und umklammerte sie mit den Armen. Am ganzen Körper standen ihm die Haare zu Berge. Er zitterte und stöhnte.

»Verdammt noch mal, Zev. Was *geschieht* mit mir?«

Zev hockte sich hilflos und verzweifelt neben Stephen Thomas.

»Ich weiß es nicht.«

»Ich wünschte, du würdest aufhören, das zu sagen!«

»Ich rufe besser Victoria.«

»Nein.« Stephen Thomas packte Zevs Arm. Die Bewegung verstärkte den Schmerz, und er griff härter zu, als er beabsichtigt hatte.

Der junge Taucher zuckte zusammen, doch er wich nicht zurück. Er hatte Angst um Stephen Thomas, aber keine Angst vor ihm. Stephen Thomas war fest davon überzeugt, Zev könnte sich seinem Griff jederzeit ohne Mühe entziehen. Er ließ los.

»Bitte ruf weder Victoria noch Satoshi oder irgend jemand anderen. Ich brauche nur eine Minute.«

»Du wirst dich im Wasser besser fühlen. Kannst du aufstehen?«

»Ja.« Der stechende Schmerz verwandelte sich in ein kaum wahrnehmbares Pochen. Stephen Thomas blieb, wo er war. »Aber ich schaffe es im Augenblick nicht bis zum anderen Ende des Campus.«

»Das mußt du auch nicht. Du kannst im Fluß schwimmen.«

»Denkst du eigentlich nur ...« Stephen Thomas erwischte sich dabei, wie er Zevs Leidenschaft zum Wasser kritisieren wollte – genau wie Victoria ihn kritisierte, wenn er auf der Existenz von Auren bestand.

Außerdem würde Stephen Thomas sich *wirklich* im Wasser besser fühlen. Ein warmes Bad, eine erfrischende Abkühlung – Stephen Thomas würde alles dafür tun, um dem fürchterlichen Schmerz in seinem Unterleib zu entgehen und das unerträgliche Jucken aus seinen Genitalien zu vertreiben.

Er rappelte sich mühsam wieder auf. »Okay.«

Stephen Thomas und Zev trotteten über die Wildblumenwiese, einen pastellfarbenen Teppich aus allen Farben des Regenbogens. Stephen Thomas folgte Zev am

Flußufer entlang bis zu einer alten, vom Wasser abgeschliffenen Felsformation. Selbstverständlich war das alles unecht. Die Felsen bestanden aus Mondgestein, das man bei der Konstruktion des Schiffes sorgfältig neugestaltet und hier plaziert hatte.

An einer Flußbiegung war ein Loch in den Fels geschlagen worden, und Crimson hatte dort eine Lagerstätte für ihre künstlichen Fossilien angelegt. Ein Stück flußabwärts verengte sich das Flußbett, und der kleine, sanft dahingleitende Fluß wurde zu einem reißenden Strom.

Stephen Thomas streifte sein Hemd ab, zögerte einen Augenblick und entledigte sich dann auch seiner Shorts. Er bewegte sich übertrieben vorsichtig.

Zev beobachtete Stephen Thomas sorgenvoll. Er befürchtete, sein Freund würde erneut zusammenbrechen.

»Ist er geschwollen?« fragte Zev, als Stephen Thomas nackt vor ihm stand. »Tut es sehr weh?«

»Er ist nicht geschwollen. Er ist wund.«

Die Steine am Ufer klapperten, als Zev über sie hinwegschritt. Er zog sich aus und ging vorsichtig über den gefährlichen Untergrund in Richtung Fluß. Stephen Thomas folgte ihm langsam.

Zev stürzte sich in die reißende Strömung und wurde fünfzig Meter weit abgetrieben, bevor er unter den tosenden Wassermassen verschwand.

»Zev!«

Etwas weiter flußaufwärts, hinter den Stromschnellen, tauchte Zev wieder auf und winkte dem Freund zu, ihm zu folgen.

Der junge Taucher schien sich gut zu amüsieren. Stephen Thomas glitt behutsam in das wirbelnde Wasser am Ufer. Ein Sitzbad war das einzige, wozu er heute in der Lage war.

Das Bad verschaffte Stephen Thomas tatsächlich Erleichterung. Der Schmerz ließ nach, und die Strömung riß Stücke toter Haut von Stephen Thomas' Körper.

Zev schwamm auf ihn zu.

Stephen Thomas bekam nun zum ersten Mal die Gelegenheit, einen genauen Blick auf einen männlichen Taucher zu werfen.

Obwohl Stephen Thomas bestrebt war, ruhig zu bleiben, schlug er mit der flachen Hand aufs Wasser. Stephen Thomas hatte härter zugeschlagen, als es seine Absicht gewesen war, und so sandte er einen wütenden Impuls an Zev.

»Setz dich.«

»Hängt dein Penis die ganze Zeit so heraus?« fragte Zev unvermittelt.

Stephen Thomas rutschte unruhig auf den unbequemen Steinen hin und her. Er zitterte.

Anstatt auf die Frage des jungen Tauchers zu antworten oder seine eigenen zu stellen, begann Stephen Thomas zu lachen. Das Lachen besaß einen hysterischen Unterton, aber die Situation war in der Tat komisch. Stephen Thomas dachte, Zev sehe merkwürdig aus, und Zev hielt Stephen Thomas' Gestalt für ungewöhnlich.

Zev lächelte unsicher.

»Ja«, antwortete Stephen Thomas schließlich, »er hängt die ganze Zeit so heraus. Aber ich nehme an ... das wird nicht mehr lange so sein ... Wird er ...?« Er atmete tief durch. »Ich nehme an, du hast keine Ahnung, ob er in nächster Zeit abfallen wird, oder ob er verfault oder ...« Stephen Thomas hielt verwirrt inne. »Aber Victoria hat gesagt ...«

»Er wird weder das eine noch das andere tun«, erwiderte Zev. »Jedenfalls glaube ich das nicht. Er wird nur im Inneren verschwinden.«

Obwohl Zev nicht wußte, welche Stadien Stephen Thomas bei seiner Verwandlung durchlaufen mußte, so kannte er doch das Ergebnis – er war selbst ein Beispiel dafür. Der junge Taucher erklärte Stephen Thomas, was es mit seinen Genitalien auf sich hatte, und dann zeigte er es ihm.

»Es ist stromlinienförmiger«, sagte Zev. »Alle Meeressäuger sind so gebaut.«

»Genau wie einige landlebende Säugetiere«, entgegnete Stephen Thomas erstaunt. »Aber keine Menschen. Mir wäre nie in den Sinn gekommen ...«

Nun ergab der Schmerz wenigstens Sinn. Wenn Stephen Thomas' Körper sich darauf vorbereitete, Genitalien in seinem Inneren aufzunehmen ...

»Ihr Menschen unterscheidet euch noch viel mehr von einem Taucher, wie ich gedacht habe«, sagte Zev. »Ich wußte, daß ihr euren Hodensack außen tragt ... das ist sehr dumm, denn so ist es schwer, Fruchtbarkeit zu vermeiden ... aber ich habe nicht gewußt, daß ihr *alles* draußen tragt.« Er zuckte fröhlich mit den Schultern. »Ich habe auch nicht gewußt, daß männliche Menschen sich so stark von weiblichen Menschen unterscheiden. Bei uns Tauchern ist das anders.«

Stephen Thomas glitt tiefer ins Wasser, bis es seinen ganzen Körper bedeckte. Er fragte sich, ob er bereits unter Wasser atmen konnte. Stephen Thomas ließ es auf einen Versuch ankommen und tauchte unter.

Kurz darauf brach Stephen Thomas hustend und nach Luft schnappend durch die Wasseroberfläche – genau wie beim letzten Mal.

Zev beobachtete ihn amüsiert.

»Was tust du da?«

Stephen Thomas warf seine Haare zurück. »Ich versuche, unter Wasser zu atmen.«

»Warum?«

»Ich wollte wissen, ob es geht. Vielleicht will ich ja nicht mehr hochkommen.«

»Du solltest nicht unter Wasser atmen, wenn du nicht mußt«, sagte Zev.

»Warum nicht?«

»Deine Lungen laufen voller Wasser. Es ist harte Arbeit, und es ist nicht gut für dich. Wir atmen nur unter Wasser, wenn wir irgendwo hängenbleiben. So bekommt unser Gehirn genug Sauerstoff, bis uns jemand findet. Du kannst dir eine Lungenentzündung einfangen, wenn du nicht aufpaßt.«

»Großartig.« Stephen Thomas hustete erneut, um den Rest des Wassers aus seinen Lungen zu entfernen.

»Um auf deinen Penis zurückzukommen ...«, fuhr Zev fort. »Du solltest ihn zum Pinkeln ausfahren. Besonders an Land. Sonst juckt es dich überall.«

»Was ist mit Sex?«

»Dann kommt er natürlich von selbst heraus«, antwortete Zev mit feierlichem Ernst.

»Klar. Natürlich.« *O Gott*, dachte Stephen Thomas. *Ich werde ja knallrot*. »Warum habe ich Victoria wehgetan, als wir versucht haben, uns im Wasser zu lieben?«

»Ich weiß nicht ...« Zev unterbrach sich und dachte eine Minute lang nach. »Hast du es vielleicht zu früh versucht? Warst du bereit?«

»Natürlich war sie bereit«, erwiderte Stephen Thomas verwirrt. »Für was für ein Schwein hältst du mich eigentlich?« Es war ihm schon peinlich genug, den jungen Taucher um Rat gebeten zu haben, aber daß Zev sich wie ein Sextherapeut für Teenager aufführte ...

»Warst *du* bereit?«

»Offensichtlich«, entgegnete Stephen Thomas sarkastisch. Doch dann rief er sich den genauen Wortlaut von Zevs Frage ins Gedächtnis zurück und dachte einen Augenblick darüber nach. »Was meinst du mit ›bereit‹?«

»Sie ...«

»Nicht bei Victoria. Bei mir. Woher weißt *du*, wann du bereit bist?«

»Wenn ich glitschig bin, natürlich«, antwortete Zev.

»Oh«, sagte Stephen Thomas. »*Oh*.«

»Ist das bei männlichen Menschen nicht so?«

»Nein.«

»Und es ist dir noch nie zuvor passiert?«

»Nicht bis heute morgen.«

»Du verwandelst dich immer noch«, erklärte Zev und klopfte Stephen Thomas beruhigend auf den Arm. »Du mußt erst lernen, wie man seinen Penis einzieht und wieder ausfährt. Daran habe ich noch nie gedacht.« Zev sprang auf und stand knietief im Wasser. »Komm. Laß uns schwimmen.«

Stephen Thomas rappelte sich mühsam auf. »Im Augenblick geht das nicht, Zev.«

Zev warf einen wehmütigen Blick auf den Fluß. »Bist du in Ordnung? Kannst du ohne Hilfe gehen?«

»Sicher.«

Zev grinste, winkte Stephen Thomas zum Abschied zu und ließ sich rückwärts ins Wasser fallen. Er wurde von der Strömung erfaßt, und kurz darauf verschwand er unter dem schäumenden Wasser der Stromschnellen.

Stephen Thomas watete ans Ufer. Die Felsen waren unangenehm heiß. Er zog die Sandalen an und schüttelte sich. Tropfen flogen von seinem Körper. Im hellen Licht der aufgehenden Sonne schimmerte sein Pelz golden und bildete einen starken Kontrast zu seiner dunklen Haut.

Stephen Thomas schlüpfte in seine Shorts. Sehnsüchtig blickte er auf das angenehm kühle Wasser des Flusses. Er benötigte Zeit zum Nachdenken ... oder vielleicht benötigte er eine Ablenkung, weil er zu viel nachdachte.

Als Stephen Thomas den Weg hinaufstieg, kam ihm Crimson Ng mit einer Schubkarre entgegen.

»Hi«, sagte sie.

»Hi. Ihr neuestes Projekt?«

»Ja.« Crimson gestatte Stephen Thomas, einen Blick in die Schubkarre zu werfen. Er erwartete, die Knochen eines ihrer riesigen Raubtiere vorzufinden.

Doch der rauhe Stein enthielt die Überreste eines fremdartigen Wesens, versteinerte Knochen einer Kreatur, die keiner bekannten Tierfamilie entsprungen war. Tentakel schlangen sich umeinander, und die gefiederten Beine waren vor Äonen gewaltsam gebrochen worden.

»Das sieht wie ...«

»Es ist aus meinen Beobachtungen Nemos entstanden«, erklärte Crimson. Sie blickte an Stephen Thomas vorbei in Richtung Fluß. Die Künstlerin schien ihn kaum wahrzunehmen. »Es ist Zeit, daß es in die Erde kommt. Wollen Sie mir helfen?«

»Nein«, erwiderte Stephen Thomas, obwohl er ihr Angebot zu schätzen wußte. »Trotzdem, Danke. Ich muß ins Labor, und anschließend habe ich Esther versprochen, ihr mit den KDs zu helfen.«

»Ja«, entgegnete Crimson. »Das sollte ich wohl auch tun.« Sie packte die Schubkarre und zog ihres Weges. Von einem Augenblick zum anderen hatte sie Stephen Thomas vergessen und konzentrierte sich nur noch auf ihre Arbeit.

Die Zellen aus Nemos Schiff gediehen gut auf dem Nährboden. Stephen Thomas hatte damit begonnen, Proben für andere Abteilungen zu separieren.

Er versuchte, sich nicht mehr um die merkwürdigen Veränderungen in seinem Körper zu sorgen, nicht mehr an sie zu denken. Doch das war außerordentlich schwer, wenn man den schlimmsten Sonnenbrand der Welt an seinem Penis hatte. Es juckte wie verrückt. Stephen Thomas konnte den Anblick des rohen, geröteten Fleisches einfach nicht vergessen. Zevs Erklärung hatte ihm zwar geholfen, aber nicht viel.

Nach wie vor sah Stephen Thomas vor seinem geistigen Auge, wie sich seine Genitalien immer weiter zurückzogen.

Was für eine Scheißvorstellung, dachte er.

Stephen Thomas wußte, der Schmerz würde sofort wiederkehren, sollte er sich kratzen.

Ich würde den Schmerz diesem verdammtem Jucken jederzeit vorziehen, überlegte er; doch als Stephen Thomas sich des unerträglichen Stechens erinnerte, änderte er seine Meinung.

Stephen Thomas umgab sich mit Hologrammen: einem Bild von Nemos Kammer, einer Aufzeichnung des Zellwachstums und einer schematischen Darstellung der dendritischen Moleküle. Er vergrößerte das Bild des Zellwachstums und aktivierte den Zeitraffer.

Die Zellen besaßen das Aussehen von Schneeflocken, die in einem komplizierten Netz miteinander verbunden waren. Die zweidimensionale Darstellung war deutlicher als die dreidimensionale. In 3-D wurde das sonst deutlich erkennbare Muster durch die filigranen, ineinanderfließenden Schichten verdeckt.

Stephen Thomas verkleinerte das Bild wieder und widmete sich dem Modell des Polymers, das er für das genetische Material des Außerirdischen hielt.

Er wußte noch immer nicht, um was es sich genau handelte. Die magische Schönheit einer DNS-Helix entsprang der Tatsache, daß ihre Form die Art der Replikation implizierte: einfach, elegant, offensichtlich. Die doppelten Molekülketten; bei der Zellteilung wurde die fehlende Hälfte eines jeden Strangs neu generiert, wobei der Strang selbst als Vorlage genommen wurde.

Im Gegensatz dazu waren dendritische Moleküle sowohl komplizierter als auch einfacher: strukturell komplizierter, aber mit weniger Variationsmöglichkeiten. Stephen Thomas konnte herausfinden, wie sie sich formten; aber er konnte *nicht* herausfinden, wie sie sich replizierten. Und er konnte nicht erkennen, wie genetische Informationen in sie hinein- oder hinausgelangten.

Du hast alle Zeit der Welt, sagte er sich. *Was hast du nach dem Besuch auf zwei außerirdischen Schiffen vorzuweisen? Eine stinknormalen Pflanze und ein paar fremdartige Bakterien. Scheiße, Zeit ist* alles, *was du hast. Du kannst es dir leisten, eine Probe in ihre Atome zu zerlegen, wenn es etwas nützt.*

Stephen Thomas bereitete eine Nachricht vor, um seinen Kollegen mitzuteilen, daß ihre Proben bereitlagen. Er schloß die Augen und nahm Kontakt zu Arachne auf.

Das Netz gewährte ihm uneingeschränkten Zugang. Die beiden Systemabstürze schienen keine Narben hinterlassen zu haben. Arachnes wiedergewonnenes Selbstbewußtsein suggerierte Stephen Thomas, daß sich nichts verändert habe. Doch in Wahrheit hatten die Systemabstürze unsichtbare Löcher im Netz hinterlassen, die niemand zu schließen vermochte. Sie waren so verborgen und gefährlich wie schneebedeckte Gletscherspalten.

Stephen Thomas schickte seine Nachrichten ab. Dann fragte er impulsiv nach Ferals Daten.

Feral hatte sich darauf spezialisiert, über das Raumfahrtprogramm zu berichten. Sowohl Satoshi als auch Victoria hatten seinen Stil gemocht, doch Stephen Thomas hatte bis jetzt nur wenige seiner Artikel gelesen. Stephen Thomas mochte Feral um seiner selbst willen.

Feral hatte viel von seiner Arbeit im System gespeichert. Eine Sammlung von Artikeln, die er bereits auf der Erde geschrieben hatte. Bruchstücke einer Dokumentation. Eine Artikelserie, die er ›Logbuch des Lebens‹ genannt hatte. Die letzte Eintragung beschrieb seine Reise zur *Starfarer*. Der Artikel endete mit einer Beschreibung des Raketenangriffs und seiner Folgen für die Kommunikation des Schiffes mit der Erde. Danach folgten nur noch unfertige Stücke, die in privaten Dateien gesichert waren.

Irgend jemand sollte sich die Mühe machen, sie zusammenzusetzen und im Gedenken an Feral zu publizieren, dachte Stephen Thomas.

Die Namen der Dateien waren faszinierend. Der letzte Eintrag im ›Logbuch des Lebens‹. ›Resonanzen: *Starfarer*‹. ›Stephen Thomas‹.

Stephen Thomas befahl Arachne, ihm Zugriff auf diese Daten zu gewähren. Als seine Anfrage höflich abgelehnt wurde, zuckte er nur mit den Schultern. Er hatte nicht erwartet, daß es einfach sein würde.

Feral hatte kein offizielles Testament gemacht und keine Verwandten angegeben. Das konnte bedeuten, daß die Dateien auf ewig gesperrt blieben. Doch Stephen Thomas war noch nicht bereit, aufzugeben.

Er probierte verschiedene, allgemein gebräuchliche Paßwörter: Ferals Name, sein Geburtsdatum. Stephen Thomas versuchte es sogar mit seinem eigenen Namen.

Nichts.

Ich werde es schon herausfinden, dachte Stephen Thomas.

Zögernd stellte er die gesperrten Dateien wieder zurück und klinkte sich aus Arachne aus. Er hatte Esther Klein versprochen, ihr bei den KDs zu helfen. Wenn er dieses Versprechen heute noch einlösen wollte, mußte er sich langsam auf den Weg machen.

Mitch schlenderte herein. Er sah lächerlich glücklich aus.

»Tut mir leid, daß ich zu spät komme«, sagte er fröhlich und ohne Reue. Mitch zog einen Stuhl neben Stephen Thomas und setzte sich rittlings darauf.

Das sieht mir nicht mehr nach unerwiderter Liebe aus. Ich frage mich ...?

»Hören Sie zu, Mitch ...«, begann Stephen Thomas. »Was gestern hier geschehen ist ... als Fox hier war, meine ich ... Das kam alles wie aus heiterem Himmel.«

»Ich weiß. Sie hat mir alles erzählt. Und gestern nacht wollte sie einfach nur mit jemandem reden. Allerdings hat sie sich die falsche Person ausgesucht.« Mitch lachte leise. »O Mann, die ist vielleicht sauer auf Florrie.«

»Das ist wahrscheinlich der einzige Punkt, wo Fox und ich im Augenblick einer Meinung sind«, sagte Stephen Thomas. Es schmerzte ihn, daß Florrie die Beziehung so leichtfertig zerstört hatte, die sie gerade erst aufgebaut hatten – von der Stephen Thomas *gedacht* hatte, daß sie sie aufgebaut *hätten*.

»Sie ist auch ziemlich verlegen. Ich glaube, sie fürchtet, alle stünden auf Ihrer Seite.«

»Es gibt hier keine *Seiten*! Die Leute schlagen sich nicht auf irgendeine Seite! Oder doch?«

»Ich weiß es nicht. Ich kann es mir eigentlich nicht vorstellen. Oder vielleicht doch ein klein wenig.«

»Vielen Dank für Ihre präzise Analyse. Geht es Fox gut? Und Ihnen?«

»Sie ist verärgert wegen gestern nacht, aber ...« Mitch zuckte mit den Schultern und grinste unbeholfen, aber selbstzufrieden. »Ich habe ihre Schulter geklopft, bis sie eingeschlafen ist. Und dann habe ich die ganze Nacht neben ihr gesessen. Es war irgendwie ...«

»Romantisch?«

Mitch öffnete den Mund, um zu antworten, doch dann brach er in ein hohes, bellendes Gelächter aus.

»Es war eiskalt, und gegen Morgen ist auch noch Nebel aufgezogen. Wie kommt es, daß es in der Nacht so kalt ist und am Tag so heiß? Ich habe immer wieder darüber nachgedacht, ob ich sie wecken und nach Hause gehen sollte. Und dann habe ich mich gefragt, warum sie einschlafen konnte und ich nicht.«

»Vielleicht hätten Sie sie aufwecken sollen, um sie zu fragen, ob sie ihre Jacke mit Ihnen teilt.« *Die Liebe wird zwar immer noch nicht erwidert*, dachte Stephen Thomas, *aber Mitchs Chancen sind beträchtlich gestiegen.*

»Ich hoffe nur ...« Mitchs Stimme wurde zu einem Flüstern.

»... daß Sie keine Lungenentzündung bekommen?«

Mitch lachte erneut. »... daß sie nach dieser Nacht meinen Namen nicht so schnell wieder vergißt.«

»Ich glaube, darüber brauchen Sie sich keine Gedanken mehr zu machen«, erwiderte Stephen Thomas.

Victoria rammte den Spaten in den harten Lehmboden. Die *Starfarer* war noch nicht alt genug, um ausreichend Mutterboden entwickelt zu haben. Der Frühlingsregen hatte den Boden durchtränkt, und es herrschte eine hohe Luftfeuchtigkeit. Victoria drehte den Spaten um und schlug die Erde in Klumpen.

Sie hatte versprochen, den Morgen mit Gartenarbeit zu verbringen. Esther konnte nicht einschätzen, wie lange es dauern würde, bis sich die Gehirne der Landarbeiter wieder regeneriert hatten, und seit einer halben Stunde diskutierten Gerald und Avvaiyar über die Möglichkeit, einen Pflug zu bauen.

»Es gibt nichts einfacheres, als einen Pflug zu bauen«,

sagte Gerald. »Es ist nur schwer, ihn an einer Silberschnecke zu befestigen.«

Victoria lehnte sich auf ihren Spaten. »Infinity sagte, wir sollten sie nur noch hereinrufen, wenn es sich um einen Notfall handelt.«

»Ich verstehe«, entgegnete Gerald beleidigt. »Vielleicht sollte ich die Verantwortung an Mr. Mendez übergeben.«

Victoria hielt das für eine gute Idee, aber Gerald war so schlecht gelaunt und Infinity hatte ihn so sehr verunsichert, daß sie den Gedanken lieber für sich behielt.

»Ich denke, wir sollten ein paar Pferde fangen, und sie zur Abwechslung mal für ihr Futter arbeiten lassen«, sagte Avvaiyar.

»Sie sind *Schoßtiere*«, entgegnete Victoria. »Sind sie überhaupt in der Lage, einen Pflug zu ziehen?«

»Warum nicht? Wir könnten sie hintereinander anspannen, so wie Schlittenhunde.«

»Ich glaube, das funktioniert auch nur mit Schlittenhunden.«

»Die Silberschnecken sind nach wie vor die beste Wahl.« Gerald beharrte auf seinem Standpunkt. »Es sei denn, wir wollen den Pflug selbst ziehen.«

»Vergessen Sie's!« fauchte Victoria und rammte ihren Spaten in den Boden.

Ich werde jeden Quadratmeter der Starfarer eigenhändig umgraben, dachte Victoria wütend. *Ich werde mit bloßen Händen Fische fangen. Ich werde bis zu den Knien im Wasser stehen, um Reis zu pflanzen. Aber ich werde* keinen Pflug *ziehen!*

Infinity ging zu einem Tunnel, der zur Außenhülle der *Starfarer* führte. Er mußte für eine Weile raus: Draußen würde er wenigstens keine weiteren kalten Nachrichten von Gerald Hemminge erhalten, wie die, die er heute morgen im Netz vorgefunden hatte.

»Widersprechen Sie nie wieder meinen Anordnungen.«

So viel zum Thema ›Entscheidungsfindung durch Konsens‹.

Die nächstgelegene Luke befand sich hinter einem kleinen Wäldchen. Die Schatten der schnell wachsenden Bäume und die grüngoldene Kühle erfüllten Infinity mit Freude.

Ein kleines Wesen kreischte in panischer Angst. Nicht weit von Infinity entfernt schien sich ein Kampf auf Leben und Tod abzuspielen.

Infinity rannte los. Das Laub des vergangenen Jahres verschluckte das Geräusch seiner Stiefel.

Er blieb stehen.

Ein Vogel lag auf dem Boden, ein Spatz. Sein braunes Gefieder verschmolz mit der Farbe des Waldes. Infinity kniete sich neben das Tier und berührte es. Unter dem dichten Federkleid war der Körper noch warm, doch der Vogel war definitiv tot. Infinity drehte den Kadaver um. Blut troff feucht und rot auf den Boden.

Was auch immer den Spatz getötet hatte, jetzt war es verschwunden. Der Räuber hatte keine Fußspuren hinterlassen, nur einen Flecken aufgewühlter Erde.

Infinity hob den toten Vogel auf, trug ihn auf den Weg und legte ihn an eine Stelle, wo die Aasfresser der *Starfarer* ihn finden konnten.

Aber was hatte den Spatz getötet? Im Wildniszylinder lebten einige Falken und ein Adlerpaar, aber im Campuszylinder hatte Alzena keine Raubtiere ausgesetzt. Jedenfalls nicht, soweit Infinity wußte.

Und wenn sie doch ein paar kleinere Fleischfresser ausgesetzt hatte? Dann hatte sie vielleicht auch einen Bericht darüber angefertigt. Doch wenn dem so war, dann mußte Arachne die entsprechende Information während des Systemabsturzes verloren haben.

Neugierig folgte Infinity den aufgewühlten Blättern. Er überlegte, ob es sich tatsächlich um eine Spur handelte oder ob er sich das alles nur einbildete. Das feuchte, verrottende Laub glitzerte in der Morgensonne. An manchen Stellen lagen die Blätter auf einem Haufen, wie ein Teppich, den ein herumtollendes Kind zerknüllt hatte.

Mit jedem Schritt setzte Infinity einen modrigen Geruch frei, der von den verfaulenden Blättern stammte. Der junge Wald badete in der heißen Frühlingssonne. An allen Ästen sprossen goldgrüne Blätter. Über Infinity begann das Leben, und zu seinen Füßen endete es, ein kompletter Zyklus.

Alzena hatte das Ökosystem sorgfältig geplant. Zunächst hatte sie den Boden für die freilebenden Mikroben präpariert. Dann hatte sie sich um die Pflanzen gekümmert, die Wirbellosen und die Aasfresser. Anschließend führte sie kleinere Pflanzenfresser, Singvögel und Fledermäuse ein. Nachdem sich die einzelnen Stränge dieses ökologischen Netzwerks miteinander verbunden hatten, vervollständigte Alzena das komplexe Gefüge.

Sie hätte ohne weiteres ein räuberisches Säugetier aussetzen können, einen Marder oder einen Fuchs. Der Zeitpunkt wäre genau richtig gewählt gewesen. Ohne Raubtiere war das ökologische Gleichgewicht des Waldes gefährdet. Hatte sie noch Zeit gehabt, ihre Arbeit zu beenden? Infinity wußte es nicht.

Der junge Gärtner erreichte den Rand des Waldes, und die Bäume gaben den Blick auf eine große Wiese frei. Infinity blinzelte in der plötzlichen Helligkeit. Das Sonnenlicht wurde von der Wasseroberfläche eines sanft dahinplätschernden Flusses reflektiert.

Ein durchdringender Pfiff erfüllte die Luft.

Infinity hätte die schnelle Bewegung auf der Spitze einer kleinen Felsformation fast übersehen. Der schwarze Schwanz eines kleinen, pelzigen Tieres verschwand hinter den Steinen.

Infinity rannte ans Ufer. Kleine Steine lösten sich unter seinen Füßen, als er den steilen Abhang hinaufkletterte.

Auf dem Gipfel herrschte eine unheimliche Stille, die nur vom leisen Rauschen des Flusses unterbrochen wurde. Eine Libelle schwebte in der Luft, verschwand plötzlich und erschien kurz darauf fünf Meter entfernt wieder, als wäre sie dorthin teleportiert.

Infinity legte sich auf den nackten Fels. Er spürte die Hitze der von der Sonne erwärmten Steine durch seine Jeans hindurch. Gott sei Dank trug er seine Lederweste.

Lange Zeit rührte sich nichts.

Was immer es auch gewesen sein mag, ich habe es verloren, dachte Infinity. *Es ist ins Gebüsch geflohen oder am Ufer entlang entkommen ... und vielleicht hatte es überhaupt nichts mit dem toten Vogel zu tun. Vielleicht hat es sich nur gesonnt, als ich durch die Bäume gestürmt bin und es erschreckt habe. Aber* was *war es? Der Schwanz gehörte weder zu einem Eichhörnchen noch zu einem Murmeltier, und er war nicht nackt genug für eine Ratte ... Hoffe ich wenigstens. Wir sind in verdammt großen Schwierigkeiten, falls es Ratten auf dem Campus geben sollte.*

Die Steine unter Infinity waren noch nicht alt genug, um vom Wasser abgerieben worden zu sein. Sie waren scharf und rauh.

Genug Trapper gespielt, dachte Infinity. *Ich werde Arachne bitten, ein Auge auf diesen Fleck zu haben ...*

Plötzlich huschte ein Wesen mit eleganten, schnellen Bewegungen über die Felsen am Ufer. Als es den höchsten Punkt erreicht hatte, blieb es stehen und erhob sich auf die Hinterbeine, wobei es seinen Schwanz als Stütze verwendete. Das Tier hatte seine Vorderpfoten auf dem Bauch gekreuzt und beobachtete aufmerksam seine Umgebung. Offensichtlich hielt es nach Raubtieren Ausschau.

Dann sah das Wesen Infinity. Tier und Mensch starrten sich einige Sekunden lang gegenseitig an, einer überraschter als der andere. Die Augen des Wesens glänzten schwarz.

Das Tier stieß einen Warnruf aus, fiel auf alle Viere und floh zwischen den Felsen hindurch den Abhang hinab.

Es war eine von Europas Meerkatzen.

»Verdammt!« fluchte Infinity leise. Er stand auf. Jetzt machte es keinen Sinn mehr, sich zu verstecken.

Er sollte das Tier einfangen oder gar erschießen. Es hatte hier nichts zu suchen. Es gehörte nicht in diese Umgebung. Es war ein Wüstentier.

Warum hat Europa es hier zurückgelassen? überlegte Infinity. *Vielleicht hat sie es gar nicht absichtlich zurückgelassen. Vielleicht hat sie einfach nur vergessen, wieviele Meerkatzen sie mitgebracht hat, und diese hier hat sich verlaufen.*

Ankunft und Aufenthalt der außerirdischen Menschen waren hinreichend konfus verlaufen, um den Verlust eines so kleinen Tieres ohne weiteres zu übersehen.

Ich wünschte, wir hätten es schon früher bemerkt, dachte Infinity. *Wenn Alzena gewußt hätte, daß ein Wiesel durch ihr Ökosystem stromert, wäre sie an die Decke gegangen. Ich wette, sie wäre an Bord geblieben.*

Als Antwort auf Infinitys Anfrage stellte Arachne elektronische Wachen auf und begann eine Simulation, wie und mit welchen Folgen die Meerkatze das Ökosystem der *Starfarer* beeinflussen konnte. Infinity beschloß, nichts zu unternehmen, bevor Arachnes Analyse konkrete Ergebnisse hervorbrachte. Er wollte auch niemandem sagen, daß er die Meerkatze gesehen hatte. Irgend jemand würde sonst genug Angst bekommen, um den ungebetenen Gast zu jagen. Infinity hatte Mitleid mit der Meerkatze, gestrandet in einer ungastlichen Umgebung, ein Herdentier, aber einsam und allein.

J.D. stieg in den Keller des Verwaltungsgebäudes hinab. Ihre Hände und ihre Haare stanken nach flüchtigen Zitrusaromen. Sie hatte den ganzen Morgen damit verbracht, die gestrige Orangenernte einzulagern. Normalerweise mochte J.D. den Duft von Orangen, doch nach zwei Tagen Ernte war Orangenduft das letzte, was sie im Augenblick vertragen konnte.

Jedenfalls dachte J.D. das, bis sie den Keller betreten hatte.

J.D. hätte sich beinahe übergeben. Der Gestank verrottender KD-Gehirne erfüllte den höhlenartigen Raum, und die auf Hochtouren laufende Lüftung intensivierte den Geruch noch, anstatt ihn abzumildern. Esther mußte die Klimaanlage bis zum Anschlag aufgedreht haben, und dennoch überlagerte der ekelhaft süße Geruch alles – einschließlich des Orangendufts.

Einige KDs standen in einer Ecke des Raumes und hingen an Rehydrationsschläuchen. Eine weitere Gruppe stand aufgereiht an der Wand. Ihre geöffneten Gehäuse waren leer. Doch der weitaus größte Teil der KDs und mobilen KIs lag nach wie vor ungeordnet auf einem Haufen, der sich weit in die Dunkelheit erstreckte.

Esther blickte von ihrer Arbeit auf.

»Hi, J.D. Was gibt's?«

»Kann ich Ihnen behilflich sein?« J.D. atmete tief durch.

Esther lächelte verschmitzt. »Es ist ziemlich eklig, finden Sie nicht? Wir versuchen, das Gröbste zuerst zu erledigen, bevor es noch schlimmer wird. Immer noch interessiert?«

»Ich glaube, schon.«

Esther führte J.D. zu einer Ansammlung KDs, an denen bereits mehrere Freiwillige arbeiteten.

»Es ist nicht sonderlich schwer«, erklärte die Pilotin. »Nur widerlich.«

Stephen Thomas sah von einer KD auf, die ihn über und über mit grauem Schleim bespritzt hatte.

»Falls du einen Rat brauchst«, wandte er sich an J.D. »Ich betrachte mich mittlerweile als Experten. Stunden hautnaher Erfahrungen.«

Esther lachte leise. Sie öffnete das Gehäuse eines Haushalts-KDs und säuberte es von dem zerstörten Gehirn. J.D. sah aufmerksam zu und kämpfte mit ihrer Übelkeit.

»Das ist ja ekelhaft«, stöhnte sie. »Und ich habe einen verdammt starken Magen. Es hat mir nichts ausgemacht, rohe Muscheln zu essen ... oder rohe Seeigel und Seeschnecken.«

»Ganz zu schweigen von diesen komischen Viechern in Nemos Nest«, ergänzte Esther.

»Die waren eigentlich ganz gut«, erwiderte J.D. »Aber das hier ... Ich weiß nicht.«

Stephen Thomas schüttelte sich theatralisch. »Sie *zu essen*, gehört eigentlich nicht zu unseren Aufgaben.«

J.D. verzog das Gesicht. »Tut mir leid. Ich hätte daran denken müssen, wie sich das anhört.«

Inzwischen hatte Esther die Säuberung des KD beendet. »... und dann spülen Sie die Reste den Müllschlukker hinunter ...« Sie hielt inne. »Ich *wünschte*, die Dinger hätten einen anderen Namen.«

Alle lachten, wenn auch nur halbherzig. J.D. besiegte ihre Übelkeit, atmete tief durch und brach das Siegel des nächsten KD auf. Eine Wolke von Pilzsporen strömte aus dem geöffneten Gehäuse und bereicherte die stinkende Luft um eine weitere Nuance.

»Ich werde mein Bestes tun«, sagte J.D. Sie nieste.

Esther tätschelte J.D. mitleidig den Arm und ging weg. J.D. schnappte sich einen Vakuumsauger und machte sich an die Arbeit. Der Sauger arbeitete erstaunlich leise. Bereits nach kurzer Zeit war das Gehäuse von dem toten Gewebe befreit.

Stephen Thomas stand auf und streckte sich. Die Schwimmhäute zwischen seinen Fingern waren mittlerweile voll ausgebildet, und seine Haut hatte die typisch bronzene Färbung eines Tauchers angenommen.

»Wie geht es dir?« fragte J.D. Es war ihr unangenehm, einen Smalltalk mit ihm zu führen – besonders nach den Ereignissen der letzten Nacht.

»Ich bin fix und fertig«, antwortete Stephen Thomas.

»Oh ... Ich dachte, die Party wäre kurz, nachdem ...«

»Wir sind ziemlich früh aufgestanden«, unterbrach Stephen Thomas. Er zögerte einen Augenblick, und sprach dann weiter. In seiner Stimme schwang eine freudige Erregung mit, wie sie J.D. seit Ferals Tod nicht mehr bei ihm gehört hatte. »Ich habe Ferals Sachen gefunden. In Arachne, meine ich.«

»Seine Reportagen über das Raumfahrtprogramm?« fragte J.D. »Ja. Ich habe sie gelesen ...« Der Gedanke an Feral erfüllte sie mit Trauer. Sie hatte ihn gemocht. Der junge Reporter war sowohl sanft als auch lebhaft gewesen. Es hatte J.D. noch nicht einmal etwas ausgemacht, als er sie mit ihrer Zuneigung zu Stephen Thomas aufgezogen hatte. J.D. war auch nicht eifersüchtig gewesen, als sie erkannt hatte, daß Stephen Thomas Ferals Zuneigung erwiderte.

Nicht eifersüchtig, aber ein wenig neidisch, dachte sie wehmütig. *Das muß ich zugeben.*

»Nicht nur seine Reportagen«, fuhr Stephen Thomas fort. »Feral arbeitete noch an einem anderen Projekt. Er hat eine Menge Material zusammengetragen, J.D. ... Feral führte eine Art Tagebuch.«

»Was meinst du damit?«

»Nicht so wie Chandra. Dazu fehlten ihm die Möglichkeiten. Aber er hat einen ständigen Dialog mit dem Netz geführt. Er hat Notizen über alles mögliche hinterlegt, was er getan hat, seine Beobachtungen, seine Gespräche ...«

J.D. erinnerte sich an einige Dinge, die sie mit Feral diskutiert hatte. Sie konnte deutlich spüren, wie sie errötete. Ihre Haut war so hell, daß man es kaum übersehen konnte.

Wenn ich mich in einen Taucher verwandeln würde, dachte sie, *hätte ich dieses Problem nicht mehr.*

»Was ist los?« fragte Stephen Thomas.

»Nichts!« antwortete J.D. etwas zu schnell. »Ich meine ... Feral und ich haben über einige private Dinge geredet. Ich hatte nicht die Absicht ... Es ist für andere Leute vollkommen uninteressant. Ich bin sicher, daß er sich nicht die Mühe gemacht hat, darüber Buch zu führen.« Ihre Augen glänzten hoffnungsvoll.

»Er war Journalist«, erwiderte Stephen Thomas. »Du

hättest wissen sollen, daß er sich über alles und jeden Notizen macht.«

»Ich nehme an ...« J.D. war verlegen. Ferals Notizen konnten Stephen Thomas ihre innersten Gefühle offenbaren. Natürlich würde das nicht den Lauf der Welt verändern. Stephen Thomas war daran gewöhnt, mit Menschen umzugehen, an denen er nicht interessiert war. Die Ereignisse der letzten Nacht hatten das bewiesen. Dennoch würde J.D. es vorziehen, nicht in dieselbe Situation wie Fox zu geraten.

»Und folgendes solltest du auch wissen«, ergänzte Stephen Thomas. »Ich habe die Absicht, seine Notizen zu sichten und sie für ihn zu veröffentlichen.«

Sowohl Stephen Thomas' Worte als auch sein Tonfall verletzten J.D. Sie konnte sich die plötzliche Änderung in seinem Verhalten nicht erklären – es sei denn, er hatte Ferals Notizen über sie bereits gesehen und wollte J.D. nur fairerweise warnen.

»Ich bin sicher, das würde ihm gefallen«, sagte J.D. Sie hatte Mühe, gefaßt zu klingen.

»Aber?« fragte Stephen Thomas kampflustig.

»Aber nichts. Er hat dich geliebt. Er hätte dir auch sein Werk anvertraut.«

Stephen Thomas starrte J.D. mit einem unerklärlichem Blick an. Er war wütend, und doch waren seine Augen voller Tränen.

Stephen Thomas warf sein Handtuch auf den Boden, ließ alles stehen und liegen und stapfte aus dem Keller, ohne mit irgend jemandem zu reden.

Es wäre sinnlos, ihm nachzugehen; offensichtlich wollte er nicht mit J.D. reden. Und wenn sie Stephen Thomas darum bitten würde, sie nicht in der Öffentlichkeit bloßzustellen, würde das alles nur noch schlimmer machen. Was machte es schon, wenn jedermann wußte, daß sie Stephen Thomas für den schönsten Menschen der Welt hielt? J.D. war nicht allein mit dieser Meinung, und sie hatte sich nicht persönlich lächerlich gemacht.

Ich habe geglaubt, er würde einfach nur lachen, dachte J.D.

Wahrscheinlich hätte er sich gesagt: ›Scheiße, noch eine‹. Oder vielleicht hätte er mich auch einfach nur kalt auflaufen lassen. Und vielleicht hätte ich darauf geantwortet: ›Ich habe gewußt, daß nichts daraus wird, und deshalb habe ich es dir gar nicht erst gesagt. Wenn du ein Gentleman wärst, hättest du mich nicht darauf angesprochen‹.

J.D. stampfte entschlossen mit dem Fuß auf.

Sie hoffte, Stephen Thomas würde sich bald wieder beruhigen. Vielleicht wären sie dann wieder Freunde. Und hoffentlich würde ihr Streit nicht J.D.s Beziehung zu Stephen Thomas' Familie belasten, zu Victoria.

Stephen Thomas lief durch die heiße Nachmittagsluft nach Hause.

Durchnäßt von Schweiß und nach verfaulten KD-Gehirnen stinkend, betrat er den Vorgarten. Er ging schnurstracks ins Badezimmer, zog sich aus und warf die verdreckte Kleidung ins Waschbecken. Während das Becken voll Wasser lief, schnappte er sich ein sauberes Handtuch und schlang es sich um die Hüften.

Normalerweise kümmerte Stephen Thomas seine Nacktheit nicht, aber heute konnte er seinen eigenen Anblick nicht ertragen. Wenn die Verwandlung beendet war, würde eine hauchdünne Haut seinen Penis bedekken. Keine Schleimhaut, aber eine Haut, so empfindlich wie seine Lippen. Doch inzwischen pellte sich seine Haut weiterhin, und sein Penis und sein Hodensack zogen sich immer weiter in seinen Körper zurück. Stephen Thomas fühlte sich unter Druck gesetzt.

Er besaß noch keine Kontrolle über seine Genitalien. Es war, wie Zev gesagt hatte: Stephen Thomas mußte es erst lernen. Neue Muskeln hatten sich in seinem Körper gebildet – oder zumindest handelte es sich um Muskeln, von deren Existenz Stephen Thomas bisher nichts gewußt hatte. Auf jeden Fall schmerzten sie.

Das weiche Baumwollhandtuch rieb über seine feinen, goldenen Haare. Er riß das Handtuch weg und glättete seinen Pelz. Bevor Stephen Thomas seine Hüften erneut bedeckte, vergewisserte er sich, daß sein Pelz glatt bleiben würde. Jetzt verstand er, warum Zev so wenig Kleider wie möglich trug.

Stephen Thomas wusch sein Hemd und hielt es anschließend hoch, um es zu betrachten.

Die Flecken aus den bioelektronischen Eingeweiden der KDs verunstalteten nach wie vor die feine Seide.

»So eine gottverdammte Scheiße!« brüllte er. Das Hemd war ruiniert. Stephen Thomas schleuderte es wütend durchs Badezimmer. Mit einem lauten Klatschen prallte das Hemd auf die Fliesen und landete in einer Pfütze.

Das war Stephen Thomas' Lieblingshemd gewesen. Victoria hatte es ihm von ihrem letzten Flug zur Erde mitgebracht. Stephen Thomas hätte es zu seinen anderen Seidenhemden legen sollen, um es für eine besondere Gelegenheit aufzubewahren. Aber er mußte es ja unbedingt zuerst eine Weile tragen.

»Scheiße, Scheiße, Scheiße«, knurrte er.

Stephen Thomas hob das Hemd auf, wrang es aus und hängte es zusammen mit seinen Shorts zum Trocknen auf. Bis die *Starfarer* zur Erde zurückkehrte – *wenn* sie zurückkehrte – würde er wahrscheinlich für jedes Kleidungsstück dankbar sein. Egal, ob es ruiniert war oder nicht.

Stephen Thomas ließ das Handtuch fallen und stieg in die Dusche.

Gib's zu, sagte er zu sich selbst, während das Wasser an seinem Körper hinablief. *Du ärgerst dich nicht über dein Hemd. Doch, tust du*, widersprach ein anderer Teil von ihm. *Aber was dich wirklich verrückt macht, ist der Gedanke, daß J.D. mit Feral geschlafen hat und du nicht.*

Es war alles so offensichtlich. Als J.D. gehört hatte, daß Feral ihre Gespräche aufgezeichnet hatte, war sie von Kopf bis Fuß rot angelaufen. Obwohl sie ungewöhnlich zurückhaltend war – in bezug auf ihr Privatleben –, so war sie doch leicht durchschaubar, emotional und physisch.

Stephen Thomas verstand sich selbst nicht mehr. Welchen Unterschied machte das schon? Warum hätten Feral und J.D. nicht miteinander schlafen sollen? Schließlich waren sie auf demselben Schiff von der Erde zur *Starfarer* gereist. Feral war allein gewesen, und J.D. hatte nicht mehr daran geglaubt, Zev jemals wiederzusehen. Auch später hatten die beiden auf der Suche nach den Ursachen des Systemabsturzes viel Zeit miteinander verbracht. Wenn sie ihr Zusammensein genossen hatten, sollte sich Stephen Thomas eigentlich für sie freuen.

Hättest du mehr um Feral getrauert, fragte er sich, *wenn du mit ihm geschlafen hättest? Oder hättest du ihn weniger betrauert?*

Stephen Thomas antwortete sich selbst in seinem merkwürdigen Monolog: *Ich glaube, ich wäre wahnsinnig geworden. Es macht keinen Sinn, wütend auf J.D. zu sein … oder eifersüchtig.*

Genau wie damals bei Merrys Tod, so riß Stephen Thomas sich auch diesmal zusammen und verdrängte Wut und Trauer. Solche Gefühle waren sinnlos, und Stephen Thomas konnte sich weder damals noch heute leisten, an seiner Trauer zu zerbrechen.

Kolja fühlte sich hundeelend. Kaffee nützte nichts bei Nikotinentzug, ebensowenig wie Bier. Sie bewirkten nur, daß Kolja häufiger pinkeln mußte. Inzwischen stank er nicht nur wie die Pest, sondern rannte auch ständig auf die Toilette. Kolja hatte bereits genug Bier getrunken, um nicht mehr gerade stehen zu können, und genug Kaffe, um nicht mehr einschlafen zu können. Er hatte unglaubliche Mengen von Gerald Hemminges bestem englischen Stout verschwendet.

Kolja lag zusammengekauert in einem Sessel am Fenster. Die Vorhänge waren beiseite gezogen, und eine kühle Brise blies durch das geöffnete Fenster. Kolja suchte die Kälte, um sich von den Entzugserscheinungen abzulenken.

Jemand klopfte an die Tür. Kolja runzelte die Stirn. Er hatte nicht gehört, daß sich jemand seinem Haus genähert hatte. *So* betrunken war er noch nicht ...

Es klopfte erneut. Kolja verhielt sich vollkommen ruhig. Bald würden die ungebetenen Besucher aufgeben und verschwinden.

Die Tür öffnete sich einen Spalt. Kolja spannte die Muskeln an.

Das war lächerlich. Es gab keine Spione der Vorderasiatischen Allianz an Bord der *Starfarer.* Ansonsten hätten sie ihn bereits vor Monaten aufgesucht. In diesem Falle wäre Kolja inzwischen entweder tot – ein Opfer des Todesurteils, das vor Jahren über ihn gefällt worden war –, oder er hätte die Attentäter in Notwehr umgebracht.

Und es wäre doppelt lächerlich, sollte ihn die Allianz ausgerechnet in dem Augenblick aufstöbern, wenn er zum ersten Mal seit zwanzig Jahren besoffen war.

»Kolja?«

Kolja entspannte sich wieder. Dann rappelte er sich verärgert hoch und riß die Tür auf.

Griffith sprang verblüfft einen Schritt zurück. Für ein paar Sekunden sah der angebliche Buchhalter so gefährlich aus, wie er in Wirklichkeit war.

»Ich hätte es wissen müssen«, knurrte Kolja.

Griffith war der einzige auf dem Campus, der selbstbewußt – und unhöflich – genug war, um jemandes Haus uneingeladen zu betreten.

»Was *wollen* Sie?« zischte Kolja.

Erstaunt zögerte Griffith einen Augenblick.

»Wollen Sie was von mir?«

»Ich kann Sie einfach nicht verstehen«, antwortete Griffith.

»Paßt mir gut in den Kram«, erwiderte Kolja.

»In der einen Sekunde sind Sie ausgesprochen freundlich zu mir, und in der nächsten drohen Sie damit, mich zu töten. Dann entschuldigen Sie sich. Aber nur um mir kurz darauf den Kopf abzureißen.«

»Und Sie glauben nicht, daß Ihre Handlungen etwas mit meinen Reaktionen zu tun haben könnten?« entgegnete Kolja sarkastisch.

»Ich habe mir Sorgen um Sie gemacht. Sie sehen wie ausgekotzt aus, seit Ihnen die Zigaretten ausgegangen sind.«

»Vielen Dank auch, Marion. Ich bin Ihnen für Ihre Meinung äußerst dankbar.«

Griffith funkelte Kolja wütend an. Das tat er immer, wenn der alte Kosmonaut seinen Vornamen benutzte. Kolja konnte der Versuchung manchmal einfach nicht widerstehen, obwohl er genau wußte, daß er mehr Selbstdisziplin zeigen sollte. Doch heute machte es Kolja einfach keinen Spaß, Griffith zu ärgern.

Kolja seufzte und machte den Weg frei.

»Wenn Sie schon einmal hier sind, können Sie genauso gut hereinkommen.« Kolja hatte zwar keine Lust, mit Griffith zu reden, aber er hatte weder die Kraft, ihn hinauszuwerfen, noch, länger stehenzubleiben.

Kolja kroch wieder in seinen Sessel. Er hatte sich nie die Mühe gemacht, Stühle zu besorgen, denn er bekam nur selten Besuch. Griffith setzte sich klaglos auf den Boden.

Der Regierungsagent hatte seine Kleidung gewechselt. Als er an Bord gekommen war, hatte er die übliche Kleidung eines mittleren Angestellten der GAO getragen, weite Hosen, Hemd und Jacke. Inzwischen hatte Griffith aufgegeben, sich als Buchhalter auszugeben. Er trug eine offizielle Hose der Starfarer und ein militärisch wirkendes, grünes Hemd mit einem EarthSpace-Logo auf der Brust. Falls Griffith damit versuchen wollte, sich seiner Umgebung anzupassen, so hatte er sich geirrt. Niemand an Bord trug reguläre Anzüge, ohne sie zu verändern.

Doch am auffälligsten an Griffith' Kleidung war ihre Schlampigkeit. Griffith wirkte zerzaust, nicht korrekt und unauffällig wie sonst. Kolja konnte sich nicht daran erinnern, den Mann jemals ungekämmt gesehen zu haben – noch nicht einmal, als er ihn in einen Sack gesteckt hatte.

»Wo sind Sie gewesen?«

»Zelten«, antwortete Griffith. »Im Wildreservat. Ich mußte ... für eine Weile weg von hier. Ein wenig Überlebenstraining.«

Eine Nacht in einer Wildnis, die – soweit Kolja wußte – keine größeren Raubtiere beherbergte, sondern nur ein paar Plagegeister, hörte sich nicht sehr herausfordernd an. Doch andererseits ... Griffith kam aus der Stadt.

Koljas Lippen verzogen sich zu einem unfreiwilligen Lächeln. Griffith bemerkte die Reaktion, bevor der alte Kosmonaut sie unterdrücken konnte.

»Was ist so lustig daran?«

»Marion Griffith, Guerilla-Buchhalter.«

Kolja glaubte, er wäre zu weit gegangen. Er ging oft zu weit bei Griffith – manchmal sogar mit Absicht. Doch diesmal hatte er gesprochen, ohne vorher nachzudenken. Im Augenblick war Kolja jenseits aller Vernunft. Er zitterte unkontrolliert und wünschte sich eine Zigarette.

Griffith öffnete den Mund, um etwas zu erwidern. Doch statt dessen zuckte er nur mit den Schultern und verzog die Lippen zu einem verkrampften Lächeln.

»Stimmt mehr oder weniger«, sagte er.

Griffith hatte bis jetzt immer darauf bestanden, er sei ein einfacher Buchhalter, nicht mehr und nicht weniger.

»Wollen Sie eine Tasse Tee oder etwas ähnliches?« fragte er. »Wann haben Sie zum letzten Mal etwas gegessen?«

»Wer weiß? Ich will keinen Tee; ich will Nikotin.« Kolja zitterte am ganzen Körper, als er sich eine Zigarette vorstellte, und das Zittern hörte nicht mehr auf.

Griffith ging zur Kochnische, setzte Wasser auf und kochte zwei Tassen starken Tees. Dann reichte er Kolja eine davon und bestand darauf, daß der alte Mann sie trank. Es half wirklich. Kolja fühlte sich zwar noch immer hundeelend, aber das Zittern hörte sofort auf.

»Wie hieß Ihr Vater?« fragte Kolja.

»Peter«, antwortete Griffith sofort, doch dann machte sich seine übliche Paranoia bemerkbar. »Warum?«

»Dann wäre Ihre Vatersname Petrowitsch, genau wie meiner.«

»Kann sein. Und?«

»Aus Ihrem Vornamen läßt sich kein Diminuitiv bilden, das Ihnen gefallen würde. Mascha, vielleicht.«

»Sie haben recht. Das gefällt mir nicht.«

»Es ist Brauch unter Freunden, sich mit einem Kosenamen anzureden, und da Ihnen Mascha nicht gefällt, werde ich Sie Petja nennen.«

»Und wie soll ich Sie nennen?«

»Kolja.«

»Oh … okay.«

Die meisten Leute an Bord der *Starfarer* riefen den alten General bei seinem Kosenamen, obwohl keinem die eigentliche Bedeutung dieser Anredeform im Russischen bekannt war. Aber Kolja war das wesentlich lieber als mit Nikolaj Petrowitsch oder gar General Tscherenkow angeredet zu werden, und so hatte er jeden dazu aufgefordert, ihn so zu nennen. Dennoch hatte der Kosmonaut schon seit Jahren zu niemandem mehr eine Beziehung aufgebaut, die die Verwendung des Namens Kolja gerechtfertigt hätte.

»Und mir geht es gut, Petja«, sagte Kolja. »Danke für deine Sorge. Jede Minute denke ich, ich werde es nicht überleben, doch dann ermahne ich mich immer wieder, daß mir keine andere Wahl bleibt.«

»Was wäre, wenn du eine Wahl hättest?«

»Habe ich aber nicht! Also ist es müßig, darüber zu spekulieren.«

»Aber was wäre, wenn?«

Kolja glitt tiefer in seinen Sessel, bis er flach auf dem Rücken lag und die Beine gegen die Wand legen konnte. Seine Hüftmuskulatur verkrampfte sich. Kolja warf einen Arm über sein Gesicht, und kalter Schweiß durchtränkte den Ärmel.

»Ich würde für Tabak morden.«

»Das mußt du nicht. Hier.«

Kolja blickte unter seinem Arm hervor. Griffith hielt ein Büschel vertrockneter, grünbrauner Blätter in der Hand.

»Was ...!«

»Wenn ich mich recht erinnere, und wenn Arachne sich nicht irrt, dann ist das hier Tabak.«

Kolja rappelte sich auf. Er griff gierig nach den Blättern, zerdrückte sie in seiner Hand und hielt sie unter die Nase. Sie rochen nach Tabak. Grüner, feuchter Tabak. Allein der Geruch brachte Koljas Körper zum Erbeben.

»Alzena sagte, so etwas gäbe es nicht an Bord.«

»Vielleicht war Alzena nicht gerade der zuverlässigste Zeuge der Welt. Oder vielleicht«, ergänzte Griffith schnell, »hat ihn jemand anderes angepflanzt. Oder vielleicht habe ich unrecht, und Arachne hat unrecht und ...«

»Es *ist* Tabak.«

Jetzt, wo er die Blätter hatte, wußte Kolja nicht mehr, was er damit anfangen sollte. Er brach ein Stück ab, steckte es in den Mund und kaute darauf herum. Der grüne Tabak schmeckte fürchterlich, sauer, bitter und unglaublich stark.

Speichel bildete sich mit einer derartigen Geschwindigkeit, daß Kolja sich beinahe übergeben hätte. Sein Mund war mit einer widerlichen Flüssigkeit angefüllt. Der alte Russe mußte würgen. Er stieß Griffith beiseite, rannte hinaus auf die Veranda und spuckte über das Geländer. Ein grüner Ball zerkauten Tabaks klatschte auf den Rasen.

Der alte Kosmonaut hing über dem Geländer und schnappte nach Luft. Er hatte einen ekelhaften Geschmack im Mund.

»Oh Gott. Es tut mir leid«, sagte Griffith.

»Das muß es nicht«, entgegnete Kolja.

Merkwürdigerweise fühlte er sich bereits viel besser. Das Nikotin schien direkt in sein Gehirn gedrungen zu sein. Kolja brach ein weiteres Stück von den Blättern ab.

Victoria betrat erleichtert die kühlen, unterirdischen Räume des Physikalischen Instituts. Mit ihrem durchnäßten Ärmel wischte sie sich den Schweiß aus dem Gesicht. Sie war dreckig und verschwitzt. Ihre Schuhe waren mit Schlamm bedeckt; ebenso ihre Hose. Victoria warf sich dankbar in einen großen, weichen Sessel.

Natürlich waren die Instandsetzungsarbeiten von großer Bedeutung, aber Victoria *mußte* sich auch um ihre eigene Arbeit kümmern. Sie war sicher, daß sie den Algorithmus weiter verbessern konnte, wenn sie nur die Zeit dazu fände. Die *Starfarer* würde morgen in die Transition eintreten, und Victoria wußte noch immer nicht, wohin es ging.

Ich rede den Leuten immer wieder ein, daß sie sich um nichts sorgen müssen, dachte sie, *doch ich bin selbst auch ganz schön nervös. Was ist, wenn Europa weiß, daß wir ihr folgen, und wenn sie uns an einen Ort führt, wo sie überleben kann, wir aber nicht? Wäre sie dazu fähig? Stellen wir eine derartige Bedrohung dar, daß sie uns ausradieren würde?*

Die *Starfarer* schien resistenter zu sein als Europas Schiff. Das schloß das Ökosystem mit ein. Doch Victoria wußte nicht, welche verborgenen Fähigkeiten das Schiff der außerirdischen Menschen besaß, und Infinity hatte die Physikerin an die Anfälligkeit der *Starfarer* erinnert.

Nein, dachte Victoria, *Anfälligkeit ist das falsche Wort, aber auch die größte Widerstandsfähigkeit hat ihre Grenzen.*

Victoria nahm sich einen Augenblick Zeit, um die dreidimensionale Darstellung ihres multidimensionalen Algorithmus' zu genießen. Das komplexe, farbenfrohe Hologramm schwebte in einer Ecke des Büros und änderte ständig die Form.

Dann stand sie still.

Victoria sprang auf. Die verspannten Schultern und

die verschwitzten Kleider waren vergessen. Sie kontaktierte Arachne. Victoria erwartete ein Nein als Antwort, die Berechnungen seien noch nicht beendet; sie seien nur nicht mehr zu sehen, sondern liefen im Hintergrund ab.

Doch statt dessen präsentierte Arachne Victoria die Lösung.

Die *Starfarer* war auf dem Weg nach 61 Cygni.

Victoria stieß einen leisen Pfiff aus. 61 Cygni war verdammt weit weg. Dennoch würde die Transition nicht so lange dauern, wie die von Tau Ceti ins Sirius-System.

»Merkwürdig, merkwürdig«, murmelte Victoria.

Sie überprüfte das Spektrum. 61 Cygni A war ein Stern der Klasse K5, der irdischen Sonne nicht unähnlich. Victoria hoffte, das würde Infinity zufriedenstellen; sie hoffte, ein Wechsel in solähnliche Bedingungen würde das Ökosystem der *Starfarer* wieder stabilisieren. Victoria hinterlegte eine Nachricht in Arachne, die für jedermann einsehbar war.

Sie lief ins Nachbarbüro. J.D. saß mit angezogenen Beinen auf ihrem Stuhl und kritzelte auf einem Notizblock. Ein Hologramm von Nemos Kammer schwebte über dem Schreibtisch.

»J.D.! Der Algorithmus ist fertig!«

»Wirklich? Victoria, das ist wundervoll!«

J.D. wollte erfreut aufspringen, doch der Stuhl war zu niedrig und zu weich, und so mußte sie sich mühsam aufrappeln. Sie fluchte leise. J.D. haßte ihre Büromöbel. Ihr Vorgänger im Fremdkontaktteam hatte Stuhl und Tisch hier zurückgelassen, und J.D. hatte bis jetzt keine Gelegenheit gehabt, sie zu ersetzen.

Victoria fiel J.D. überglücklich um den Hals, und J.D. erwiderte die Umarmung.

Arachne projizierte eine Sternenkarte und eine Kopie des Algorithmus in die Mitte des Raumes.

»Es ist einfach wunderbar«, sagte J.D. »Wunderbar. Er hat sich verändert.«

»Sie unterscheiden sich alle voneinander«, erklärte

Victoria. »Aber ... du hast recht. Die anderen Lösungen haben sich visuell sehr geähnelt, doch diese hier ist vollkommen anders.«

»61 Cygni«, murmelte J.D. »Werden wir dort unsere Nachbarn finden?«

»Kann sein.«

J.D. und Victoria wußten, daß es noch weitere Wesen im Universum gab. Europa hatte von ihnen gesprochen. Doch leider hatte die Minoerin ihnen weder erzählt, wo diese Wesen lebten, noch, wie man mit ihnen in Kontakt trat.

J.D. setzte sich auf die Schreibtischkante und starrte auf die Lösung, die Sternenkarte und die Zeitangabe.

»Was ist?« fragte Victoria.

»Nemo.«

Victoria setzte sich neben ihre Freundin. »Wir haben immer noch Zeit. Wir treten nicht vor morgen Nachmittag in die Transition ein. Nemo weiß, was wir vorhaben. Wenn er ... sie ...?«

»Ich glaube nicht, daß unsere Pronomen auf Nemo anwendbar sind«, sagte J.D.

»Er hätte seine Metamorphose nicht begonnen und dich aufgefordert zurückzukehren, wenn nicht mehr genug Zeit gewesen wäre.«

»Ich hoffe, du hast recht. Aber was ist, wenn Nemo den Zeitpunkt der Metamorphose nicht selbst bestimmen kann? Wir geben vor, alles über unsere eigene Physiologie zu wissen. Trotzdem können wir den exakten Zeitpunkt der Geburt nicht vorhersagen ... oder den Tod.«

»Nemo wird uns durch die Transition folgen. Wir werden ihn auf der anderen Seite wiedersehen.«

»Wenn er dann noch lebt.« J.D. deutete auf die Zeitangabe. »Wenn er den Algorithmus der Zivilisation verwendet, braucht er wesentlich länger als wir.«

Victoria zögerte einen Augenblick, bevor sie fragte: »Willst du, daß ich ihm ...?«

»Ich …« J.D. lehnte sich zurück und packte die Tischkante. »Das ist deine Entscheidung.«

Die beiden Frauen saßen schweigend beieinander. Der Algorithmus besaß eine natürliche Schönheit, wie ein Wasserfall oder ein Bergpanorama.

Victoria ergriff J.D.s Hand.

»Es war sehr schön gestern«, sagte sie leise.

»Ja.«

J.D. hob Victorias Hand an die Lippen und küßte sie.

»Bleib heute nacht bei mir und Zev«, sagte J.D. »Hast du Lust?«

»Eigentlich schon«, antwortete Victoria, »aber Satoshi, Stephen Thomas und ich müssen vorher noch einiges ins Reine bringen. Ich verspreche dir, wir werden es nachholen.«

»Ist alles in Ordnung?«

Victoria zuckte mit den Schultern und lächelte so gut es ging. »Die Verwandlung in einen Taucher hat größere Nebenwirkungen, als Stephen Thomas gedacht hat. Und nicht nur für ihn.«

Stephen Thomas bereitete das Essen vor. Er war ein lausiger Koch, doch er wollte den Anschein eines normalen Lebens wahren. Stephen Thomas setzte Wasser auf und schüttete Reis hinein. Dann gingen ihm die Ideen und die Vorräte aus.

Er hätte ohne weiteres Fertiggerichte aus der Cafeteria besorgen können. Allerdings würde er dort Florrie Brown über den Weg laufen.

Victoria und Satoshi kamen lachend durch den Garten, und Stephen Thomas öffnete die Tür.

»Stephen Thomas! Der Algorithmus ist fertig!«

Stephen Thomas freute sich, Victoria wieder glücklich zu sehen – nach allem, was in letzter Zeit geschehen war. Auch Satoshi machte einen zufriedenen Eindruck, doch Stephen Thomas spürte nach wie vor, daß ihn etwas Unerklärliches von seinem Partner trennte.

Unerklärlich? dachte er. *Wie würdest du reagieren, wenn Satoshis Haut sich auf einmal abschälen würde?*

Stephen Thomas konnte die Frage nicht beantworten. Er wußte nicht, wie er reagieren sollte, wenn etwas ähnliches mit einem seiner Partner geschehen würde. Im Augenblick fürchtete sich Stephen Thomas vor sich selbst – die wunden Zehen und das geschwollene Fleisch seiner Genitalien … Im Augenblick konnte Stephen Thomas sich selbst nicht ansehen, geschweige denn berühren. Wie sollte er dann wissen, wie er auf eine entsprechende Veränderung bei Victoria und Satoshi reagieren würde?

Victoria trat hinter Stephen Thomas und schlang die Arme um seine Hüfte. Stephen Thomas' Körper schwankte zwischen Schmerz und Lust. Ein Schritt weiter würde Stephen Thomas in die eine oder andere Richtung treiben, doch er wußte nicht in welche. Er wollte sich umdrehen, Victoria in die Arme schließen und nie wieder loslassen. Aber Stephen Thomas hatte Angst. Angst vor dem Schmerz und Angst, jemanden zu verlieren, den er liebte.

»Ich habe mit Zev gesprochen«, sagte er. »Wenn die Verwandlung vorbei ist …« Stephen Thomas fühlte sich merkwürdig. Früher war es ihm nie peinlich gewesen, über Sex zu reden. Aber früher hatte er auch niemandem beim Sex Schmerzen zugefügt. »Ich werde dir nicht mehr wehtun«, erklärte er.

»Es hat mir nicht *wehgetan.*«

Stephen Thomas lachte skeptisch.

»Na, ja, ein wenig schon«, gestand Victoria. »Aber ich war eher überrascht …«

»Es wird nicht wieder vorkommen«, wiederholte Stephen Thomas entschlossener als beabsichtigt und löste sich von Victoria.

»Die Menschen sind nicht dafür gebaut, im Meer zu rammeln«, erklärte Satoshi.

»Das gilt nur für normale Menschen«, entgegnete Stephen Thomas. »Es wird funktionieren, wenn …«

»Vielleicht trifft das auf dich zu. Aber was ist mit mir?«

Victoria blickte unsicher zwischen ihren Partnern hin und her.

»Ich wollte keine so große Sache daraus machen«, mischte sie sich ein. »Es sollte nur ein Spaß sein.«

»Ja, ich weiß«, sagte Stephen Thomas.

Er und Satoshi starrten sich gegenseitig an. Schließlich wandte Stephen Thomas den Blick ab.

»Ich sollte wohl wieder ins Labor zurückgehen. Macht euch keine Sorgen, wenn ich erst spät nach Hause komme.«

»Es *ist* bereits sehr spät«, bemerkte Victoria.

»Kommst du wieder zurück?« fragte Satoshi.

»Was?«

»Kommst du wieder zurück?« wiederholte Satoshi und betonte jedes einzelne Wort.

»Was ist denn das für eine Frage?« schrie Victoria.

Satoshi antwortete nicht. Er blickte zunächst auf den Boden und dann zu Stephen Thomas. Stephen Thomas fragte sich, ob er das Haus rechtzeitig verlassen konnte, bevor Satoshi weitersprach.

Satoshi verzog keine Miene.

»Wirst du uns sagen ...« Er hielt inne. Ihm blieben die Worte im Hals stecken. Als Satoshi wieder zu sprechen begann, zitterte seine Stimme.

»Verläßt du uns? Und wenn ja ... hast du vor, es uns zu sagen?«

Satoshis Unfairneß entsetzte Stephen Thomas. Er war wütend. Ohne nachzudenken, antwortete er: »Keine Ahnung.«

Stephen Thomas floh.

Kapitel 11

Stephen Thomas stürmte durch den Garten. Überall blühten Blumen, und der Duft von Rosen erfüllte die Luft. Am Gartentor blieb Stephen Thomas stehen und holte tief Luft.

Wohin sollte er gehen? Stephen Thomas wollte die Nacht nicht im Labor verbringen, da er zu müde war, um zu arbeiten. Sein provisorisches Büro war leider zu klein, um darin zu schlafen, und er wollte verflucht sein, wenn er sich wie seine Studenten auf eins der Sofas im Foyer legen würde. Stephen Thomas wußte nicht, was sein Körper als nächstes machen würde, und er hatte nicht die Absicht, in aller Öffentlichkeit in Krämpfe zu verfallen.

Am besten wäre, ins Haus zurückzugehen, dachte Stephen Thomas, *und Satoshi und Victoria zu erklären, daß ich die Nacht alleine verbringen will.* Doch das war nicht so einfach – nicht nach allem, was Satoshi und Stephen Thomas sich an den Kopf geworfen hatten. Satoshis Frage hatte einen wunden Punkt bei Stephen Thomas getroffen.

Hat er recht? fragte sich Stephen Thomas. Er lehnte sich gegen die feuchtkalte, mit Efeu bewachsene Gartenmauer.

Wie würde es sich ohne Victoria und Satoshi leben? Noch vor wenigen Wochen wäre das unvorstellbar gewesen; doch jetzt stand ihre Beziehung vor einer Zerreißprobe. Stephen Thomas hatte Dinge zu Victoria gesagt, die er nun bereute; und er hatte sich seit dem Beginn der Verwandlung so weit von Satoshi entfernt, daß sie gar nicht mehr zusammenzuleben schienen.

Stephen Thomas blickte zum Haus zurück. Satoshi und Victoria standen im Wohnzimmer und hielten sich in den Armen. Stephen Thomas fühlte sich außen vorgelassen. Er war erschöpft. Heute nacht konnte er mit niemandem mehr reden.

Viele Leute auf dem Campus würden Stephen Thomas einen Platz zum Schlafen überlassen. Einige würden noch nicht einmal nach den Gründen für eine solche Bitte fragen. Aber die *Starfarer* besaß viele Charakterzüge eines kleinen Dorfes, positive und negative einschließlich einer gut funktionierenden Gerüchteküche.

Wie wäre es mit dem Gästehaus? dachte Stephen Thomas.

Feral hatte geplant, dort zu übernachten, bevor Stephen Thomas ihm Merrys Zimmer angeboten hatte. Soweit Stephen Thomas wußte, war das Gästehaus im Augenblick unbewohnt. Eine solche Zufluchtsstätte war genau das, was er jetzt brauchte.

Ein ekelhafter Gestank drang aus Koljas Ofen. Nicht der übelriechende Geruch von Tabak, sondern der gefährliche Duft zerriebener Tollkirschenblätter. Kolja fabrizierte seinen eigenen Kautabak.

Griffith schreckte vor dem Gestank zurück und lief zur Eingangstür, um sie zu öffnen.

»Laß das!« rief Kolja.

»Aber ...«

»Jemand könnte den Geruch bemerken.«

Griffith schoß hinaus und knallte die Tür hinter sich zu.

Kolja blickte mitleidig in den Topf. Ein Tabakblatt schmorte in seinem eigenen Saft.

»Das ist nicht gerade ein durchschlagender Erfolg«, murmelte Kolja.

Er trat zu Griffith auf die Veranda hinaus.

»Petja, du siehst verdammt grün aus.«

»Ich fühle mich auch so.«

Kolja lachte leise.

»Ich habe einmal an einer Zigarette gezogen«, erklärte Griffith, »und es hat mir nicht gefallen.«

»Die Blätter müssen erst noch verarbeitet werden. Der grüne Tabak hatte keinen Geschmack.«

»Ich weiß«, erwiderte Griffith.

Kolja warf seinem neuen Freund einen fragenden Blick zu. Griffith zuckte mit den Schultern.

»Ich habe eine Menge Dinge ausprobiert ... und wenn es nur ein einziges Mal war. Ich mochte Kautabak ebenso wenig wie Zigaretten.«

»Es riecht besser, wenn es fertig ist.«

»Du solltest das Zeug trocknen und fermentieren.«

»Fermentieren? Wie Bier?«

Griffith zuckte erneut mit den Schultern. »So steht es zumindest in den Datenbanken. Allerdings steht dort nicht, *wie* man das macht.«

»Ich wollte die Blätter einfach nur trocknen. Ich dachte, das würde reichen.«

»Du kochst nicht sonderlich oft, oder?« fragte Griffith.

»Selten. Warum? Kochst du viel?«

»Ja. Ein wenig. Ich glaube nicht, daß man Tabakblätter erfolgreich in einer Mikrowelle trocknen kann.«

»Warum hast du mir das nicht schon früher gesagt?«

»Ich wollte nicht ... Ich weiß es nicht.«

Kolja lächelte schief. »Ich habe nicht immer recht«, sagte er. »Hast du das nicht mittlerweile gelernt?«

»Anscheinend nicht.«

»Was schlägst du vor, sollen wir tun?«

Griffith blickte zum Haus zurück, und die Farbe wich aus seinem Gesicht. »Was meinst du mit ›wir‹?«

»Du hättest nicht ...« Kolja unterbrach sich. Falls er Griffith vorwerfen würde, daß er den Tabak herbeigeschafft hatte, würde er ihm wahrscheinlich keinen neuen mehr bringen, wenn dieser verbraucht war.

»Vielleicht sollten wir ihn rösten«, schlug Griffith vor. »Diese Methode ist wesentlich *sanfter.*«

Stephen Thomas betrat die Lobby des Gästehauses.

Niemand war für das Haus verantwortlich. Die zuständigen Leute hatten die *Starfarer* vor dem Abflug verlassen, und da die Haushaltsroboter außer Gefecht waren, hatte sich inzwischen überall Staub angesammelt.

Stephen Thomas ging in den ersten Stock. Er nahm an, der einzige Gast zu sein und daher sämtliche Zimmer für sich allein zu haben.

Stephen Thomas öffnete die Tür zu jenem Zimmer, das Feral beziehen wollte.

Er hatte Feral durch das Gästehaus geführt ...

Feral war mit demselben Shuttle auf der *Starfarer* angekommen, auf dem sich auch J.D. und Victoria befunden hatten. Stephen Thomas und Feral hatten sich kaum gekannt. Dennoch mochte Stephen Thomas den jungen Journalist von Beginn an.

Er und Feral hatten damals in der Tür gestanden. Der Raum war ihnen komfortabel und attraktiv erschienen. Er besaß mehr Möbel als Merrys Zimmer. Doch Stephen Thomas hatte nicht gewollt, daß Feral hier allein war.

»Du mußt nicht hierbleiben«, hatte Stephen Thomas gesagt. »Komm mit zu uns. Wir haben noch ein freies Zimmer.«

»Das wäre großartig«, hatte Feral lächelnd erwidert – ein phantastisches Lächeln. »Es ist schwer, sich in eine Gemeinschaft einzuleben, wenn man in einem Hotel wohnt. Danke.«

Stephen Thomas fragte sich noch immer, ob Ferals Verbindung mit dem Fremdkontaktteam – oder mit Stephen Thomas' Familie – zu seinem Tod beigetragen hatte.

Jemand hatte den Raum benutzt, seit Stephen Thomas zum letzten Mal hiergewesen war. Das Bett war nicht berührt worden, doch auf dem Schreibtisch lagen einige Fetzen Papier. Arachne projizierte ein kleines Hologramm in die Nähe des Fensters. Das Sonnenlicht wurde von der Projektion reflektiert, so daß Stephen Thomas sie von seinem Standpunkt aus nicht erkennen konnte.

Er ging zum Fenster, setzte sich an den Tisch und betrachtete das Hologramm. Sie zeigte ein Bild des Labyrinths, das die interstellare Gemeinschaft der *Starfarer* als Grußbotschaft im Tau-Ceti-System zugesandt hatte.

Stephen Thomas lächelte traurig. Viele Leute hatten

ein Bild des Labyrinths in ihren Wohnungen gehabt und versucht, dessen Bedeutung zu entschlüsseln. Bis die *Starfarer* auf Europa und Androgeos getroffen war, die ihnen erklärt hatten, die Einladung an die Menschheit sei zurückgezogen worden, war das Labyrinth nur ein Labyrinth gewesen.

Arachne erklärte Stephen Thomas, daß Feral das Hologramm ins Fenster gesetzt habe.

Feral hat dieses Zimmer als Büro genutzt, dachte Stephen Thomas.

Das ergab Sinn; alle Mitglieder der Partnerschaft besaßen Büroräume außerhalb des Familienhauses. Ein solches Büro machte es einfacher, das Private vom Berufsleben zu trennen.

Stephen Thomas wünschte, er hätte schon früher von diesem Ort erfahren. Doch er hatte keinen Grund gehabt, Feral danach zu fragen, und Feral hatte keinen Grund gehabt, Stephen Thomas davon zu erzählen. Trotzdem wünschte Stephen Thomas, er hätte von dem Büro gewußt.

Stephen Thomas griff nach den Papieren. Es handelte sich um eine Reihe persönlicher Notizen.

›Familie‹.

›Labyrinth‹.

Stichwörter, dachte Stephen Thomas. Feral hatte Stichwörter notiert, bis er sie auswendig gelernt hatte – eine Art Vokabelkasten.

Stephen Thomas fragte Arachne nach Ferals gesperrten Dateien.

Zunächst versuchte er ›Labyrinth‹ als Paßwort.

Es war ein gebräuchlicher Schlüssel. Natürlich war das nicht der Schlüssel selber – der war viel zu lang –, sondern ein Vektor, der zu dem Schlüssel führte.

Arachne gab eine Botschaft von Feral frei.

Bitte speichere deine Beobachtungen über die Expedition ab. Ich werde deine Antworten in dem Buch verarbeiten, das ich gerade schreibe. Ich hoffe, jeder wird seine Kommentare abzeichnen, aber du kannst natürlich anonym bleiben …

… aber wenn du anonym bleiben willst …

… wenn du darauf bestehst, daß …

Stephen Thomas runzelte die Stirn. Das führte nirgendwo hin. Er konnte eine Botschaft absenden, aber sie würde verschlüsselt werden und auf Nimmerwiedersehen in Ferals Dateien verschwinden. Außer Feral hatte niemand Zugang dazu. Stephen Thomas fragte sich, warum er nicht schon früher davon erfahren hatte.

Du hast nichts davon gewußt, weil es noch nicht fertig ist! dachte er. *Sonst ergeben die letzten Zeilen keinen Sinn. Feral stand kurz vor der Veröffentlichung, aber er mußte zwischen seinem Wunsch, bestätigte Berichte abzudrucken, und seinem Respekt vor der Privatsphäre abwägen. Leider bekam er nie die Gelegenheit, sein Projekt zu beenden. Er hat alles vorbereitet, aber er hat es nie vollendet, niemandem davon erzählt und niemals den öffentlichen Schlüssel freigegeben.*

»Scheiße«, knurrte Stephen Thomas. »So eine verdammte Scheiße. Was für eine Verschwendung …«

Ein öffentlicher Schlüssel beinhaltete einen privaten Schlüssel. Stephen Thomas sah auf das zweite Stück Papier. ›Familie‹.

Stephen Thomas hatte Angst, das Wort anzuwenden. ›Labyrinth‹ hatte ihm bereits einen verlockenden Einblick gewährt. Vielleicht war ›Familie‹ der private Schlüssel. Oder vielleicht bedeutete es auch gar nichts.

Stephen Thomas spielte mit dem Papier herum. Er hatte Angst, das Wort vor Arachne auszusprechen; Angst davor, daß er auf dieselbe unheimliche Leere treffen würde wie damals, als er von Ferals Tod erfahren hatte.

Stephen Thomas rieb sich die Augen. Dann hob er die Hand vors Gesicht, spreizte die Finger und betrachtete die Welt durch seine bernsteinfarbenen Schwimmhäute hindurch.

Stephen Thomas schloß erneut die Augen und sprach zu Arachne.

»›Familie‹ ist der private Schlüssel«, sagte er.

Arachne gewährte Stephen Thomas Zugang zu einem verborgenen Raum, einem Raum mit Ferals Tagebuch.

Stephen Thomas legte sich aufs Bett und begann, den Raum zu erkunden.

Feral hatte Listen angelegt. Listen der Orte, an denen er gewesen war, Listen seiner Artikel und Listen von Orten und Menschen, die er besuchen oder interviewen wollte.

Es gab auch eine Sammlung technischen Referenzmaterials; Fragen zur *Starfarer* und zu Arachne. Stephen Thomas' Dissertation war auch darunter.

Stephen Thomas lächelte traurig. Kein Wunder, daß sich sein Werk am unteren Ende der Liste befand. Es war sehr speziell und schwer zu verstehen, selbst für Fachleute.

Jetzt sind wir quitt, dachte Stephen Thomas. *Ich habe kaum etwas von ihm gelesen, und er hat meine Sachen nicht angerührt.*

Stephen Thomas ging die Liste der Referenzen weiter durch.

Professor Thanthavong Dankesrede, als sie den Nobelpreis für die Entwicklung der Viren-Depolymerase erhalten hatte. Das war ein bedeutendes, historisches Dokument, das bereits Jahre vor Ferals oder Stephen Thomas' Geburt geschrieben worden war. Leider war Feral nie dazu gekommen, es zu lesen. Aber vielleicht hatte er die Ansprache in einer Dokumentation über Professor Thanthavong gesehen. Feral hatte viel über sie gewußt; er hatte sie bewundert und respektiert.

J.D.s erster Roman. Feral hatte ihn ebenfalls nicht gelesen. Stephen Thomas konnte ein Gefühl der Befriedigung nicht unterdrücken. Der Roman war weder zu trokken noch zu technisch. Dennoch war er schwer verdaulich: obskur und verwirrend. Er war genauso schwer zu lesen wie Stephen Thomas' Dissertation, nur auf eine andere Art. Stephen Thomas hatte einmal versucht, den Roman zu lesen, aber nach der ersten Hälfte hatte er aufgegeben.

Stephen Thomas verließ die Liste der ungelesenen Bücher und widmete sich denen, die der junge Reporter gekannt hatte. Die Liste reichte bis in Ferals Jugend zurück. Sie beinhaltete sowohl technische als auch unterhaltende Werke. Zuletzt hatte Feral ein Buch über das Flechten von Zöpfen gelesen. Das erschien Stephen Thomas sehr merkwürdig. Ferals hellbraunes Haar war nur halblang und lockig gewesen. Zwar nicht so lockig wie Victorias, aber lockig genug, um Feral nicht ins Gesicht zu fallen.

Stephen Thomas forschte weiter, tiefer.

Er konnte Ferals Stimme in jedem Satz hören. Obwohl Stephen Thomas sich dazu zwang, ruhig zu bleiben, ließ ihn die Erfahrung nicht ungerührt.

Phantasien brachten Trauer und physischen Schmerz; Beobachtungen ließen Stephen Thomas manchmal lachen und manchmal weinen. Er sah sich selbst mit Ferals Augen.

Arrogant und charmant, physisch anziehend, seine Sexualität ist fordernd und unschuldig zugleich ...

Stephen Thomas gefiel das Wort ›unschuldig‹ nicht. ›Fordernd‹ vielleicht, obwohl er hoffte, sich im Umgang mit anderen Menschen zivilisiert zu verhalten. Jedenfalls glaubte er das von sich selbst. Stephen Thomas war durchaus fähig, eine Niederlage einzugestehen. Allerdings hatte noch niemand seine Offerten abgewiesen ...

Stephen Thomas ist verwundbar ...

Verwundbar? dachte Stephen Thomas. *Was zum Geier habe ich je zu Feral oder irgend jemand anderem gesagt, daß er mich für verwundbar hält? Verwundbar durch* was? *Große Scheiße.*

Stephen Thomas sah eine Reihe von Dateien, die sich mit J.D. beschäftigten. Stephen Thomas übersprang sie. Im Augenblick konnte er es nicht ertragen, sich mit ihnen zu beschäftigen.

Und dann sah Stephen Thomas ein Bild von sich selbst. Ein Bild, das von Arachne verändert worden war, und ihn mit mehreren Zöpfen zeigte. Die sonnengebleichte, obere Haarschicht war elegant mit den darunter liegenden, dunkleren Haaren verwoben.

Stephen Thomas beugte sich vor und starrte auf das Bild. Feral hatte in seiner Phantasie einzelne Strähnen aus Stephen Thomas' langem Haar herausgelöst, geglättet und geflochten. Stephen Thomas strich mit den Fingern über sein Haar. Er versuchte die Frisur auf dem Bild zu imitieren, aber es gelang ihm nicht. Seine Haare machten sich immer wieder selbständig.

Stephen Thomas stand kurz davor zusammenzubrechen. Er zog die Knie an und verbarg seinen Kopf in den Armen.

J.D. kuschelte sich an Zev und blickte hinaus auf das offene Feld. Der kleine Fluß, an dessen Ufern Crimson ihre künstlichen Fossilien vergrub, rauschte in der stillen Nacht.

Zev seufzte und rückte näher an J.D. heran. Er hatte sich inzwischen angewöhnt, im Schlaf konstant zu atmen, wenn er an Land war, statt wie unter Wasser nur gelegentlich. Der junge Taucher schlief tief und fest. Früher war er nur eingenickt wie ein Meeressäuger.

J.D. wünschte, sie könnte auch so gut schlafen. Doch Nemos langes Schweigen beunruhigte sie. Würde sie

Nemo jemals wiedersehen, wenn die *Starfarer* in die Transition eintreten würde, ohne daß der Krakenschwärmer sie vorher zu sich gerufen hatte? Wenn Nemo im Sirius-System zurückbleiben würde, müßte J.D. seinen Tod nicht mit erleben. Doch das bedeutete auch, daß Nemo alleine sterben mußte.

J.D. klinkte sich in Arachne ein und suchte nach einer Nachricht. *Wie dumm von mir,* dachte sie. *Wenn Nemo anrufen sollte, würde ich es als erste erfahren.*

Ein leichter Wind kam auf. Er blies an dem geöffneten Fenster vorbei und trug den Duft von Frühlingsblumen, jungem Gras und dem Meer ins Haus hinein.

Merkwürdig, sollte der Wind zu dieser Stunde nicht in Richtung See wehen?

Die Nacht wurde dunkler, als am Himmel Wolken aufzogen. Die Brise wurde stärker, und die Luft kühlte spürbar ab.

J.D. kuschelte sich tiefer in ihre Decke. Der schlafende Zev stieß einen fragenden Laut aus und rieb seine Wange an J.D.s Brust. Sie streichelte über Zevs feines, bleiches Haar. Sein Körper fühlte sich warm an.

Draußen verwandelte sich die Brise in einen kräftigen Wind, der über die Felder blies und die Fenster zum Klappern brachte. Er berührte J.D. mit eisigen Fingern und zerzauste ihr Haar.

Ich sollte aufstehen und die Fenster schließen, dachte J.D. Aber sie wollte Zev nicht wecken, und die Wolldecke schützte die beiden noch gut genug vor der aufkommenden Kälte. Es gab kein Anzeichen für Regen, nur den starken Wind. Er pfiff und heulte und rüttelte an einer Bambusstaude im Vorgarten.

J.D. hielt die ersten weißen Flocken für Blütenblätter. Einige landeten auf der Wolldecke und hinterließen einen dunklen, feuchten Fleck.

Schnee.

Der Schnee überraschte J.D., doch eine rasche Nachfrage bei Arachne ergab, daß es durchaus normal war, wenn es auf der *Starfarer* von Zeit zu Zeit schneite.

Nach wenigen Minuten fiel der Schnee immer dichter, und die Flocken wurden immer dicker. Der Wind trieb den Schnee waagerecht vor sich her. J.D. schlüpfte unter Zevs warmem Arm hervor und ging ans Fenster. Die frische Winterluft erregte sie fast so sehr wie das Meer. Bevor J.D. anfangen konnte zu zittern, schaltete sich ihr Stoffwechselbeschleuniger ein.

Zev trat zu J.D. ans Fenster, schlang einen Arm um ihre Hüfte, und J.D. legte ihm ihrerseits einen Arm auf die Schulter. So standen sie schweigend beieinander, beobachteten den Blizzard und bewunderten seine Schönheit.

Eine wohlbekannte Wärme breitete sich in J.D.s Hinterkopf aus.

J.D. schloß aufgeregt die Augen und akzeptierte die Nachricht.

»J.D.«, sagte Nemo, »es ist Zeit für dich, zu kommen und Zeuge meiner Metamorphose zu werden.«

»Ich rufe nur schnell meine Kollegen«, erwiderte J.D. »Wir werden in …«

»Komm allein in deinem Schiff«, unterbrach Nemo.

»Allein?«

J.D. hatte keine Angst, sie war nur enttäuscht. Victoria, Satoshi, Stephen Thomas – wie sollte sie ihnen beibringen, daß sie nicht mitkommen durften? Und Zev …? Der junge Taucher stand neben J.D. und blickte sie neugierig an. Ihre physische Anspannung verriet ihm, daß etwas Bedeutendes im Gange war.

»Nemo, bitte … sie werden so enttäuscht sein …«

»Du hast Angst.«

»Nein!«

»Ich werde alles übertragen. Du brauchst nicht zu kommen.«

J.D. glaubte, Bedauern in Nemos Stimme gehört zu haben. Sie mußte gehen. Allein. J.D. konnte Nemo nicht in der Stunde seiner Verwandlung … seines Todes allein lassen.

»Ich werde kommen«, entgegnete sie. »So schnell ich kann.«

Stephen Thomas fiel in einen erschöpften Schlaf. Vielleicht würde ihm der Schlaf helfen. Im Morgengrauen wachte er wieder auf, streckte sich ... und bemerkte, daß er keine Schmerzen mehr hatte. Vorsichtig ließ Stephen Thomas seine Hand zwischen die Beine gleiten.

Er sprang auf, warf die Bettdecke beiseite und riß die Shorts herunter.

Stephen Thomas' Genitalien hatten sich fast vollständig in seine Bauchhöhle zurückgezogen.

Obwohl Stephen Thomas gewußt hatte, was geschehen würde, fühlte er sich in diesem Augenblick krank und verängstigt. Er versuchte die neuen Muskeln dazu zu bewegen, den Penis aus- und wieder einzufahren. Nichts geschah. Stephen Thomas hatte erst drei Viertel des Weges vom Mensch zum Taucher zurückgelegt. Er trat unruhig von einem Fuß auf den anderen. Der angehende Taucher spürte keinen Schmerz, nur ein leichtes, unbestimmtes Unbehagen. Auf jeden Fall sah er zum Fürchten aus.

Was, zum Teufel, soll ich nur tun, dachte Stephen Thomas, *wenn ich nie lerne, es zu kontrollieren?*

Die Haut auf Stephen Thomas' Penis war weich und sehr empfindlich; so empfindlich, daß die leiseste Berührung sofort die Erinnerung an den Schmerz zurückbrachte.

»Leckt mich doch am Schwanz«, knurrte Stephen Thomas. »Oder besser doch nicht.« Er legte sich wieder hin und zog die Decke über den Kopf.

Als Arachne eine dringende Nachricht ankündigte, war Stephen Thomas versucht, sie zu ignorieren. Doch statt dessen rappelte er sich auf und nahm die Nachricht an.

»Was?«

J.D.s Bild erschien in Stephen Thomas' Zimmer.

»Victoria, Satoshi, Stephen Thomas«, sagte sie. Hatte er sich das nur eingebildet, oder hatte sie wirklich gezögert, bevor sie seinen Namen ausgesprochen hatte?

Während Stephen Thomas sprach, erschienen Hologramme von Victoria und Satoshi im Raum. Arachne ordnete die Bilder an, als säßen sich die Mitglieder des Fremdkontaktteams in einer Konferenz gegenüber. Stephen Thomas hätte ebenfalls sein Bild projizieren lassen können, um sich ihnen anzuschließen, doch er beschloß, unsichtbar zu bleiben.

»Nemo hat mich gerufen.«

»Wir sind sofort da!« rief Victoria aufgeregt.

»Da gibt es noch etwas«, fuhr J.D. fort.

»Was?« fragte Satoshi.

»Nemo hat mich gebeten ... allein zu kommen. Allein mit der *Chi* heißt das.«

Stephen Thomas sank ungläubig aufs Bett zurück.

»Tut mir leid«, sagte J.D. »Ich habe versucht ... Es tut mir wirklich leid.«

Zevs Bild erschien – wie üblich – links neben J.D.

»Ich darf auch nicht mitkommen«, erklärte er traurig. »Nemo will mich nicht dabeihaben.«

»Wie will er uns denn aufhalten?« fragte Stephen Thomas wütend.

J.D. blickte zu dem Platz, wo Stephen Thomas' Bild wäre, hätte er eins gesendet. Von J.D.s Standpunkt aus kam seine Stimme aus der Luft.

»Ich weiß es nicht«, erwiderte J.D. ruhig. »Aber ich will es auch gar nicht herausfinden.«

Victoria sah ebenfalls zu Stephen Thomas' nicht vorhandenem Bild.

»Wir werden es ganz bestimmt nicht ausprobieren«, sagte sie. »Das wären ... Das *sind* schlechte Manieren.«

»Verdammt, was macht das schon für einen Unterschied?« entgegnete Stephen Thomas. »Egal, was wir tun, wir werden nie den Maßstäben dieser Zivilisation gerecht werden. Also können wir uns genauso gut mies benehmen und unseren Vorteil daraus ziehen.«

»Nein.« Victoria wandte sich von Stephen Thomas ab. »Und wenn du schon unsichtbar sein willst, dann bleib es gefälligst auch.« Zu J.D. sagte sie: »Mach dich fertig.

Wir werden drüben sein, um dich zu verabschieden. Vielleicht können wir dir ja behilflich sein.«

»Ach, Victoria«, erwiderte J.D. »Es ist nicht nötig, daß ihr euch durch dieses Wetter quält.«

»Unsinn. Wir sehen uns in ein paar Minuten.«

»Na gut.« J.D. lächelte dankbar. »Danke.«

J.D.s Bild verschwand ebenso wie Victorias.

Welches Wetter? fragte sich Stephen Thomas. *Ein Sturm wie letztens im Wildniszylinder? Hab' ich so fest geschlafen, daß ich nichts gehört habe? Was zum Teufel ist hier eigentlich los?*

Stephen Thomas ging zur Balkontür und sah hinaus. Die Nacht war hell, und Schneeflocken fielen vom Himmel. An vielen Stellen hatte sich bereits eine dünne Schneedecke gebildet. Als Stephen Thomas die Tür aufschob, wurde er von einem Schwall kalter Luft empfangen. Sie fühlte sich lebendig an, wie Blasen in einem Champagnerglas. Die Schneeflocken landeten mit einem kaum wahrnehmbaren, knirschenden Geräusch auf der Erde.

»Stephen Thomas?«

Stephen Thomas wirbelte herum. Satoshis Bild schwebte noch immer in der Mitte des Raumes. Stephen Thomas' älterer Partner starrte ins Leere wie ein blinder Mann.

»Bist du noch da? Geht es dir gut? Wo steckst du?«

»Mir geht es gut.«

»Würdest du dich bitte verdammt noch mal zeigen!«

»Ich habe nichts an.«

Satoshi zögerte einen Augenblick. »Das ist mir egal. Ich will dich sehen.«

»Weshalb bist du so wütend?« fragte Stephen Thomas.

»Wütend? Warum sollte ich wütend sein? Du ziehst dich zurück; du verschwindest ...«

»Du kannst mich jederzeit finden, wenn du willst.«

»Daran habe ich auch schon gedacht; aber mir schien, du wolltest allein sein. Ich kann schließlich nicht deine Gedanken lesen, ich ...«

Aufgeregt und verwirrt hörte Satoshi auf zu sprechen.

»Ich kann deine Gedanken auch nicht lesen, Satoshi«, entgegnete Stephen Thomas ruhig.

»Nein«, erwiderte Satoshi. »Ich weiß, daß du das nicht kannst. Weißt du, es tut mir leid, daß ich ... Wir müssen miteinander reden. Ich habe Angst, du ...« Satoshi blickte zur Seite, um mit Victoria zu reden, die nicht im Bild zu sehen war. »Ich bin gleich da«, sagte er. »Treffen wir uns am Dock?« fragte er Stephen Thomas.

Stephen Thomas wußte nicht, wie er auf ein Wiedersehen mit J.D. reagieren würde. Ein Wutanfall in vierundzwanzig Stunden war genug.

Es ist nicht ihre Schuld, ermahnte er sich. *Nichts von alledem ist ihre Schuld. Oder Victorias, oder Satoshis.*

»Komm schon«, forderte Satoshi. Seine Stimme klang ungewöhnlich scharf. »So schlecht ist das Wetter gar nicht.«

»Okay«, antwortete Stephen Thomas nach kurzem Zögern. »Ich bin schon unterwegs.«

J.D. bat Arachne, die restlichen Bewohner der *Starfarer* von Nemos Botschaft zu informieren, doch sie kennzeichnete die Nachricht nicht als ›dringlich‹. Es machte keinen Sinn, jemanden aus seinem warmen Bett zu werfen, nur damit er vor einem Bildschirm oder Hologramm hockte, um auf J.D.s Landung auf dem Planetoiden zu warten. In ein oder zwei Stunden würden die anderen aufwachen, den Schnee bestaunen, eine gute Tasse Kaffee trinken und J.D.s Übertragungen betrachten.

J.D. stapfte durch den Schnee. Zev sprang leichtfüßig neben ihr her. Sie lächelte. J.D. liebte es, Zev zuzuschauen. Er nahm eine Handvoll Schnee vom Boden auf und warf ihn, wie er die Orangen geworfen hatte. Der Schneeball zerplatzte in J.D.s Haaren. J.D. verzichtete darauf, ihm zu zeigen, was ein richtiger Schneeball war. Sie war sicher, daß Zev es bald selbst herausfinden würde.

»Es hat früher einmal geschneit, als ich noch ein Kind war«, sagte Zev. »Aber es war nicht sehr viel.«

Zev trug seinen Anzug und Schuhe. Taucher mochten kaltes Wasser, doch Zev hatte sich nie an arktische Bedingungen gewöhnt. Der Schnee verfing sich in seinem Hosenaufschlag und bildete kleine Eiskristalle.

J.D. blickte nach oben. Sie hoffte auf eine Wolkenlücke, um auf die andere Seite des Zylinders sehen zu können. Doch sie konnte nur sehen, wie Schnee aus den leuchtenden, grauen Wolken fiel.

Arachne führte J.D. zu einer Luke. Sie war zur Hälfte von Schnee bedeckt, der sie herunterpreßte, so daß sie sich nicht automatisch öffnen konnte. J.D. trat den Schnee beiseite. Die Luke brummte und stöhnte in dem vergeblichen Versuch, sich zu öffnen.

»Hilf mir mal, Zev.« J.D. griff nach dem Nothebel und zog. Zev hockte sich neben sie und drückte auf der anderen Seite.

Die Luke sprang auf, und eine kleine Lawine stürzte in den Eingang. J.D. und Zev krochen in den warmen Wartungstunnel des Sternenschiffes. Diese Tunnel waren die Adern der *Starfarer*. Sie führten tief hinab zu den inneren Organen des Schiffes und hinaus auf die Haut. Als Zev und J.D. den Tunnel betraten, folgte ihnen der Schnee. J.D. wischte sich die letzten Flocken von der Schulter und tat bei Zev dasselbe. Dann stampfte sie mit den Füßen und hinterließ einen Klumpen Schneematsch auf dem Steinschaumboden des Wartungstunnels.

J.D. setzte ihren Weg zu den Anlegestellen fort. Während der Schnee auf ihren Schuhen schmolz, wurden ihre Füße immer kälter und nasser. J.D. beeilte sich. Sie konnte es kaum erwarten, bei Nemo zu sein, wenn er seinen Kokon verließ.

Wir hätten dort bleiben sollen, dachte J.D. *Wenn wir dort geblieben wären, könnte das ganze Fremdkontaktteam dem Ereignis beiwohnen.*

J.D. und Zev trafen niemanden auf ihrem Weg zur *Chi*. Kaum jemand war je hier unten anzutreffen. Infinity war manchmal hier – das wußte J.D. –, und Kolja, wenn er hinaus auf die Haut der *Starfarer* wollte. Doch selbst wenn die Wartungstunnel häufiger genutzt werden würden; jeder, der auch nur ein wenig Verstand hatte, schlief um diese Uhrzeit. J.D. hoffte, ihre Kollegen würden rechtzeitig aufwachen, um den Schnee zu bewundern. Er war wunderschön. Und sie hoffte auch, daß die weiße Pracht bis zu ihrer Rückkehr wieder geschmolzen war.

»Du kannst mir erzählen, wie die Starfarer aussieht«, sagte sie zu Zev, »wenn das Schneien aufgehört hat, aber bevor der Schnee schmilzt. Es wird bestimmt sehr hübsch aussehen ... alles weiß ...«

»Ich würde lieber mit dir kommen.«

»Ich weiß. Entschuldige.«

»Kraken machen *nie*, was man ihnen sagt«, seufzte Zev.

»Nein?«

»Nein. Sie sind fürchterliche Haustiere.« Zev dachte einen Augenblick nach. »Ich glaube, sie haben einfach Angst, gegessen zu werden.«

Als Zev und J.D. in den Warteraum vor dem Dock der *Chi* schwebten, waren Satoshi und Victoria bereits dort. Von Stephen Thomas war nichts zu sehen. J.D. fragte sich, ob er ihr noch immer aus dem Weg ging.

Victoria stieß sich von der Wand ab, trieb auf J.D. zu und umarmte sie. Während die beiden Frauen durch den Raum glitten, klammerte sich J.D. an ihre Freundin und legte ihr den Kopf auf die Schulter. Als sie sich endlich voneinander lösten, küßte J.D. Victorias Wangen und Lippen. Victoria nahm J.D.s Kopf in die Hände und blickte ihr tief in die Augen.

»Viel Glück«, sagte sie. »Ich hoffe ... Ich weiß nicht. Einfach nur viel Glück.«

»Ich wünschte, ihr könntet mitkommen«, erwiderte J.D. »Ich verstehe nicht ...«

»Ich würde es auch nicht mögen, wenn mich Leute belagern, während ich meine Gestalt ändere«, erwiderte

Satoshi. Im selben Augenblick schoß Stephen Thomas durch die Tür.

»Ich weiß nicht recht«, sagte Stephen Thomas mit schwacher Stimme. Seine saphirblauen Augen hoben sich deutlich von der bronzefarbenen Haut ab. »Als Lebenserfahrung hat es einiges zu bieten.«

»Ich habe nicht gemeint ...«, entgegnete Satoshi nervös. »Ich habe von Nemo gesprochen.«

Stephen Thomas zuckte mit den Schultern und hielt an der Wand an. Seine dünne, durchnäßte Kleidung klebte am Körper. Er wischte sich eine Locke aus dem Gesicht, und um die Haare weiter aus seinem Gesicht zu halten, zwirbelte er zwei Haarsträhnen an den Schläfen und band sie am Hinterkopf zusammen.

»Du frierst dich noch zu Tode!« schimpfte Victoria.

Stephen Thomas sah zu Satoshi. »Was sollte das heißen – ›das Wetter ist nicht *so* schlecht‹? Wie mies hättest du 's denn gern?«

»Wenn du etwas mehr als Unterwäsche angezogen hättest ...«

»Früher hat dir meine Kleidung gefallen.«

»J.D.«, sagte Nemo in J.D.s Kopf.

Nemos Stimme glitt geschmeidig über ihren verstärkten Netzlink. Sie folgte einer vierdimensionalen Melodie, bis sie die fünfte Dimension erreichte.

»Es ist Zeit.«

»Ich muß gehen.« J.D. konnte nur flüstern. Nemos Melodie hielt sie noch immer in ihrem Bann. »Tut mir leid ...«

»Wie lange wirst du weg sein?« fragte Victoria.

»Keine Ahnung.«

»Wir werden in wenigen Stunden in die Transition eintreten! Du mußt vorher zurückkommen.«

»Aber ...« J.D.s Stimme wurde schwächer. Sie blickte ihre Freunde nacheinander an, von Victoria zu Satoshi, zu Stephen Thomas – und schnell weiter zu Zev. »Ich muß ...«

»Nemo wird unser Problem verstehen«, erklärte Stephen Thomas bestimmend. »Vielleicht kann er den Prozeß beschleunigen ...«

J.D. starrte ihn wütend an. »Er soll sich *mit dem Sterben* beeilen?«

Stephen Thomas hielt den Mund. J.D. wünschte, sie hätte Stephen Thomas' Kommentar ignoriert. Er hatte es sicher nicht so rücksichtslos gemeint.

»Entschuldige ...«, sagte J.D.

»Kein Grund, sich zu entschuldigen.« Stephen Thomas' Stimme klang hart, wie gestern, als er wütend aus dem Keller des Verwaltungsgebäudes gestürmt war. »Du hast natürlich recht.«

»Ich muß jetzt gehen«, sagte J.D. »Ich wünschte, ihr könntet mich begleiten. Aber das wißt ihr ja.«

»Natürlich wissen wir das«, erwiderte Victoria besorgt. Sie stieß sich sanft von der Wand ab, trieb auf J.D. zu und nahm ihre Freundin erneut in den Arm. Die beiden Frauen trennten sich nur widerwillig. Satoshis Umarmung war freundlich, Stephen Thomas' kurz und kalt. Zev drückte J.D. fest an sich, küßte ihre Wangen, ihre Lippen und ihren Hals.

Und dann schloß sich die Schleuse hinter J.D., und sie war alleine an Bord der *Chi*.

J.D. eilte in den Panoramaring und schnallte sich an.

Die Luftschleuse wurde mit einem lauten, mechanischen ›Klang‹ abgekoppelt. Arachne beendete die Startvorbereitungen und übergab die Kontrolle über die *Chi* an den Bordcomputer. Der Autopilot würde J.D. zu Nemo bringen und wieder zurück, ohne daß sie ein einziges Mal eingreifen mußte. Als J.D. zum ersten Mal mit ihren Kollegen zum Planetoiden des Krakenschwärmers geflogen war, hatte sie überhaupt nicht darüber nachgedacht, doch jetzt machte sie sich Sorgen.

Wie dumm von mir, dachte sie. *Es gibt keinen Piloten im Fremdkontaktteam. Wenn der Computer versagt hätte, wären wir alle zusammen in Schwierigkeiten gewesen.*

Soweit J.D. wußte, war Esther Klein die einzige Person an Bord der *Starfarer,* die ein Raumschiff fliegen konnte.

In der Vergangenheit hatten bestimmte Leute immer wieder versucht, menschliche Piloten aus dem Shuttlegeschäft zu verdrängen. Es war ihnen nicht gelungen. Jetzt verstand J.D. auch, warum.

Das Dock glitt am großen Fenster des Panoramarings vorbei.

Die *Chi* war unterwegs.

Die *Starfarer* zeichnete sich gegen den sternenübersäten Himmel ab, zunächst die Felsenhaut, dann war auch die gewaltige Stützkonstruktion zu sehen. J.D. blickte von hinten auf die beiden mächtigen Zylinder aus Mondgestein, die gegenläufig rotierten. Auf einer Seite schimmerte das riesige Stellarsegel. Es beschleunigte die *Starfarer* aus dem Sirius-System hinaus und auf den Kosmischen String zu, in die Transition.

Die Triebwerke der *Chi* erbebten, und ein sanftes Brummen erfüllte das Schiff. Die Beschleunigung preßte J.D. in die Andruckliege. Kurz darauf drehte sich die *Chi* von der *Starfarer* weg, und das große Sternenschiff war nicht mehr zu sehen. J.D. wurde zunächst nach vorne gedrückt, dann zur Seite. Schließlich ließ der Druck nach. Die Andruckliege hatte sich inzwischen zu einem Stuhl aufgerichtet.

J.D. konnte Nemos dunklen, kleinen Planetoiden noch nicht erkennen. Sie fühlte sich einsam.

Auf ihren letzten beiden Flügen mit dem Scoutschiff war J.D. oft allein in den Panoramaring gegangen, um die Sterne zu betrachten. Die Dunkelheit und die Schönheit des Alls hatten sie beruhigt. Doch jetzt, wo sie allein auf dem Schiff war und ihre Kollegen an Bord der *Starfarer,* jagte ihr die Einsamkeit Angst ein. J.D.s früheres Selbstvertrauen war verschwunden, dennoch bewies sie Mut.

J.D. konnte die Gegenwart ihrer Kollegen spüren, die ihre Übertragungen im Netz verfolgten. Sie befahl dem Computer, die Außenbordkameras auf Nemos Schiff zu richten. Dann legte sie das Bild auf einen öffentlichen Kanal. J.D. lehnte sich entspannt zurück. Sie war erleichtert, nicht mehr im Mittelpunkt der öffentlichen Aufmerksamkeit zu stehen.

Der öffentliche Kanal projizierte ein Bild von Nemos Planetoiden in die Mitte des Panoramarings. Das grelle, weiße Licht des Sirius wurde von den mit Seide bedeckten Kratern reflektiert und verlieh der felsigen Oberfläche ein reliefartiges Aussehen.

Victorias Bild erschien vor J.D. Die Milchstraße schimmerte durch das transparente Hologramm, und der Effekt verstärkte J.D.s Gefühl, in einem Geisterschiff zu fliegen.

»Kannst du etwas Gesellschaft gebrauchen?« fragte Victoria.

»Ja.«

»Was Stephen Thomas betrifft ...«, begann Victoria. »Es tut mir leid. Es gibt keine Entschuldigung für sein Verhalten.«

J.D. konnte sich eine Menge Gründe für Stephen Thomas' Verhalten vorstellen. Es überraschte sie, daß sich Victoria für ihn entschuldigte, anstatt ihn zu verteidigen. Aber natürlich kannte Victoria nicht den wahren Grund. J.D. hätte ihr davon erzählen sollen, aber sie brachte es einfach nicht über sich.

»Er steht unter Streß.« J.D. wollte taktvoll sein, doch statt dessen redete sie um den heißen Brei herum.

Victoria lachte laut auf. »Stephen Thomas *lebt* von Streß. Wenn er nicht genug bekommen kann, schafft er sich welchen.«

J.D. lächelte. »Eine nützliche Charaktereigenschaft. Ich wünschte, ich könnte auch so leicht mit Streß fertig werden.«

»Es wird schon alles gut gehen«, sagte Victoria. »Ich vertraue auf deinen Instinkt, was Nemo betrifft. Schließlich hattest du auch bei Europa und Androgeos den richtigen Riecher.«

»Scheint so«, erwiderte J.D. »Doch ich wünschte, ich hätte mich geirrt.«

J.D. hatte als erste erkannt, daß Europa Victorias Algorithmus um jeden Preis haben wollte. Die außerirdische Menschenfrau war sogar bereit gewesen, ihn zu stehlen.

»Würdest du mir einen Gefallen tun?« fragte J.D.

»Natürlich.«

»Würdest du Zev bei dir wohnen lassen, während ich weg bin? Taucher verbringen nur wenig Zeit getrennt von ihren Familien.«

J.D. erinnerte sich an ihre eigene Einsamkeit an Bord der *Starfarer*, bevor Zev erschienen war – und bevor Victoria sie geküßt hatte. Sie war seelisch verhungert.

»Ist so gut wie erledigt«, antwortete Victoria.

»Danke.«

»J.D. ...«, sagte Victoria.

»Hmmm?«

»Bitte komm zurück, bevor die *Starfarer* in die Transition eintritt.«

»Wenn ich kann.«

»Du *mußt*! Das Risiko ist zu groß. Irgend etwas könnte schiefgehen, und du könntest Gott weiß wo landen.«

»Victoria, du jagst mir Angst ein. Ich werde mein Bestes tun. Das verspreche ich.«

»Ich weiß.«

Victoria sah aus, als würde sie jeden Augenblick in Tränen ausbrechen. Ihr Gesichtsausdruck veränderte sich so rasch und unerwartet, daß J.D. instinktiv die Hand nach Victoria ausstreckte, nach ihrem Bild. J.D. kam sich wie eine Idiotin vor und zog die Hand schnell wieder zurück. Es hätte sie nicht überrascht, eine derartige Konversation mit Zev zu führen ... aber mit Victoria?

Victoria wischte sich durch die Augen, und ihr Kinn hörte auf zu beben.

»'tschuldigung«, sagte sie und versuchte zu lächeln. »Das wollte ich eigentlich gar nicht. Ich vermisse dich jetzt schon. Ich kann mir einfach nicht vorstellen ...«

»Dann denk auch gar nicht erst daran«, schimpfte J.D. freundlich. »Stell dir lieber vor, wie ich wieder zurückkehre.«

Als Infinity die Ausstiegsluke des Wartungstunnels öffnete, erwartete er tiefe Dunkelheit, doch statt dessen traf er auf einen Whiteout.

Schnee fiel durch den Eingang und auf Infinitys Gesicht. Infinity war so überrascht, daß er in den Tunnel zurücksprang und die Luke wieder zuwarf.

Schnee? Die Jahreszeit war bereits zu weit fortgeschritten, als daß es noch hätte schneien dürfen. Wenn es an Bord der *Starfarer* schneite, legten sich die Flocken wie Zucker über die Erde, und beim ersten Kontakt mit Sonnenlicht verwandelten sie sich in Eis.

Infinity wischte sich den Schnee von der Schulter. Dann nahm er Kontakt zu Arachne auf und verlangte nach einer Erklärung für den plötzlichen Wetterwechsel.

Welch ein Chaos, dachte Infinity, als er die Antwort sah. Arachne hatte versucht, die Temperatur nach unten zu regulieren, doch jetzt geriet das Klima von einem Extrem ins andere. *Wir stecken in Schwierigkeiten. Wenn wir nicht bald nach 61 Cygni kommen und vorerst dort* bleiben ... *werden wir alle sterben.*

Arachne konnte das Licht des Sirius verstärkt in die Sonnenrohre leiten, um den Campus zu erwärmen. Das Ergebnis wäre ein Monsun. Regen und schmelzender Schnee würden das Land überfluten. Erosion und Schlammlawinen wären die Folge.

Infinity konnte Arachne auch befehlen, die gesamte Wärmezufuhr zu unterbinden. Doch das würde eine enorme Kältewelle verursachen. Vielleicht sogar einen Eissturm. Mit Sicherheit würde es jedoch den Tod für viele Pflanzen und Tiere bedeuten.

Soweit Infinity es beurteilen konnte, würde es am wenigsten Schaden verursachen, wenn man den Dingen einfach freien Lauf ließ. Irgendwann hätten die Wolken sich leer geschneit.

Der Gärtner war froh, daß die Aussaat gerade erst begonnen hatte. Die meisten Pflanzen hatten noch nicht gekeimt und würden daher den plötzlichen Wintereinbruch gut überstehen.

Aber sie überleben nur, wenn das nicht noch einmal passiert, dachte Infinity. *Arachne muß die Möglichkeit erhalten, das Wetter zu stabilisieren.*

Infinity kletterte aus der Luke und in den Schnee.

Die Orangen. Die verdammten Orangen ... Wenn sie erfrieren, wird mir Gerald sein dämliches ›Ich hab's Ihnen doch gesagt‹ unter die Nase reiben.

Der Schnee fiel dicht und schnell. Infinity war nur fünfzig Meter von seinem Haus entfernt, aber ohne Arachnes Hilfe hätte er nicht mehr nach Hause zurückgefunden.

Er stolperte hinein und schloß schnell die Tür hinter sich. Esther schlief und schnarchte leise. Die Lichter gingen an.

»Nicht so hell!« flüsterte Infinity.

Esther wachte auf und blinzelte in das Zwielicht.

»Hi«, sagte sie verschlafen. »Was ist passiert? Du bist vollkommen durchnäßt.«

»Es schneit.«

Infinity begann zu zittern. Esther sprang auf, schnappte sich das Bettlaken und eilte zu ihrem Freund. Sie zog Infinity das Hemd aus, während er mit den Knöpfen seiner Jeans beschäftigt war. Obwohl Infinity nur kurz draußen gewesen war, hatte die Kälte seine Finger taub werden lassen. Esther schob die Hände ihres Geliebten beiseite und half ihm sich auszuziehen. Anschließend wickelte sie das Bettlaken um sie beide.

»Du bist ja eiskalt!« Esther rieb Infinitys Rücken und wärmte seine Hände mit ihrem Körper. »Komm ins Bett und wärm dich erst mal auf.«

»Das geht nicht«, erwiderte Infinity. »Wir müssen die anderen benachrichtigen und die Schnecken hereinholen ...«

Infinity unterbrach sich lange genug, um Arachne zu befehlen, Alarm auszulösen.

»Wir müssen die Pflanzen vom Schnee befreien. Sonst werden die Äste unter dem Gewicht brechen. Die Zitronenbäume ... Wenn wir die Wartungstunnel öffnen, damit warme Luft hereinströmen kann, können wir sie vielleicht vor dem Erfrieren retten.«

Esther legte den Kopf auf Infinitys Brust. Sie hatte den ganzen gestrigen Tag im Keller des Verwaltungsgebäudes verbracht.

»Wir sollen *alle* Wartungstunnel öffnen?« fragte sie. »Was ist mit den Sonnenrohren? Du könntest sie wie einen Scheinwerfer auf die Orangenplantage richten.«

»Ich wünschte, es wäre so einfach«, seufzte Infinity.

Der junge Gärtner zeigte Esther Arachnes Bericht. Esther warf einen kurzen Blick darauf und stieß einen überraschten Pfiff aus. Wenn man die Energie der Sonnenrohre auf einen bestimmten Punkt konzentrieren würde, wäre das Resultat kein Monsun – sondern ein Tornado.

»Verdammt«, seufzte sie. »Ich bin seit einer Stunde immer wieder aufgewacht und habe mich über die Kälte gewundert. Aber ich habe nur daran gedacht, wie schön es wäre, wenn du nach Hause kommen würdest, um mich zu wärmen.«

Infinitys Hände waren inzwischen wieder warm. Er legte den Arm um seine Freundin und drückte sie fest an sich. Sein langes, feuchtes Haar berührte ihre Wange. Ein Tropfen eiskalten Wassers löste sich von einer Locke und fiel auf Esthers Gesicht.

»Wenn das vorbei ist, können wir den ganzen Tag im Bett liegen.«

Esther kicherte.

»Was?«

»Ich habe mir heute Nachmittag frei genommen, um drinnen arbeiten zu können.« Esther zitierte einen Aphorismus, wie er unter Shuttlepiloten üblich war. »Paß auf, was du dir wünschst; du könntest es bekommen.«

Ein paar Minuten später hatte Infinity sich so warm angezogen wie möglich. Esther trug eines von Infinitys Flanellhemden unter ihrer Jacke. Gemeinsam eilten die beiden durch den tiefen Schnee. Arachne führte sie zu einem Wartungstunnel. Der fallende Schnee bildete einen Vorhang, der genauso undurchdringlich war wie die tiefste Finsternis. Die Schneeflocken waren mittlerweile scharf, hart und trocken. Vielleicht war es doch besser, eine Flutkatastrophe zu riskieren, bevor der Schnee gefror.

Infinity wußte nicht, was er tun sollte.

Als er mit Esther durch den Garten stapfte, dachte Infinity an seinen Kaktus – ob er wohl überleben würde?

Infinitys Nachricht verbreitete sich wie ein Lauffeuer in der Nacht der *Starfarer*. Überall empfingen die Menschen seine Bitte um Hilfe und wurden über die Gefahren der weißen Pracht informiert.

Stephen Thomas folgte einer mittelgroßen Silberschnecke zu den Apfelbäumen. Die Äste der Bäume beugten sich unter der ungewohnten Last. Infinity hatte empfohlen, einen Baum vom Schnee zu befreien, falls er zu brechen drohte.

Die Schnecke kroch voran und türmte den schweren, feuchten Schnee zu beiden Seiten des Weges auf. Stephen Thomas schritt über den freigeschaufelten Pfad. Er war froh, den Schnee nicht selbst wegräumen zu müssen. Er trug seine wärmste Kleidung – was nicht viel bedeutete.

Immerhin hatte es mittlerweile zu schneien aufgehört.

Stephen Thomas folgte der Silberschnecke in respektvollem Abstand und näherte sich langsam den Setzlingen. Wenn er nur leicht an den am meisten herausragenden Ästen ziehen würde, könnte er die kleinen Bäume vom Schnee befreien, ohne von einer Lawine verschüttet zu werden. Stephen Thomas konnte nicht erkennen, ob die Knospen beschädigt worden waren.

Die Nähe der Silberschnecke bereitete Stephen Thomas Kopfschmerzen. Er wußte natürlich, daß diese hier keinen Grund hatte, ihn anzugreifen. Diejenige, die ihn zu Boden gedrückt hatte, wollte Kanzler Blades isolieren. Aber wenn – *wenn* – die Silberschnecke trotzdem angreifen sollte, würde diesmal nicht plötzlich Professor Thanthavong erscheinen, um Stephen Thomas zu retten.

In der Ferne brach ein Ast mit lautem Krachen, und der Schnee prallte mit einem dumpfen Geräusch auf dem Boden auf.

Während Stephen Thomas in der Plantage arbeitete, kehrte er in Gedanken zu Ferals Daten zurück. Er vermied noch immer die Notizen über J.D. Stephen Thomas mochte J.D., und er wollte diese Zuneigung nicht wegen seiner Eifersucht aufs Spiel setzen.

Feral würde noch immer leben, wenn nur einer von mehr als einem Dutzend Zufällen etwas anders verlaufen wäre. Wenn er nicht so tief im Netz gewesen wäre. Wenn er auf J.D.s Warnung gehört hätte, oder auf Victorias. Wenn Stephen Thomas nicht Ferals Gastzugang zu Arachne reaktiviert hätte.

Feral hatte einen Bericht darüber abgefaßt, wie man ihm den Zugang zum Netz abgenommen hatte. Das war ein derart ungewöhnlicher Vorgang gewesen, daß Stephen Thomas es zunächst beiseite schob, um sich später damit zu beschäftigen, wenn er ihm volle Aufmerksamkeit widmen konnte.

Die Silberschnecke kroch zwischen den Apfelbäumen hindurch in Richtung einer Wiese. Stephen Thomas war versucht, die Schnecke zurückzurufen, damit sie ihm einen Weg durch die Birnenbäume ein paar Felder weiter freischaufelte. Sicher standen Infinity genug KDs zur Verfügung, um die Wartungstunnel freizulegen.

Stephen Thomas stapfte mit seinen kalten Füßen. Infinity hatte allen geraten, sich nicht zu lange im Schnee aufzuhalten. Also entschloß sich Stephen Thomas, für eine Weile hineinzugehen und sich aufzuwärmen. Vielleicht konnte er irgendwo eine neue Silberschnecke organisieren, wenn er wieder herauskam.

Die ganze Welt war schwarz und weiß, silbern und grau, regungslos. Stephen Thomas reckte sich. Die Wolken hatten sich ausgeschneit. Der Himmel war klar mit

Ausnahme einiger kleiner Wolken, die sich an den Sonnenrohren festgesetzt hatten.

Schräg über Stephen Thomas, auf der gegenüberliegenden Seite der *Starfarer,* liefen schwarze Ströme durch die weiße Ebene. Ein stecknadelgroßer, schwarzer Fleck erschien, als jemand einen Baum vom Schnee befreite.

Zev mühte sich von einem verschütteten Setzling zum nächsten. J.D.s Übertragung von Nemos Planetoiden folgte ihm.

Zu Hause, wenn seine Familie aus ihrem Winterquartier zurückkehrte, war das Wasser noch immer eiskalt. Im Meer ließ der Sommer auf sich warten. Aber Zev hatte in der See noch nie so gefroren wie jetzt. Unter seinem dicken Wollanzug trug er ein Sweatshirt von J.D., und trotzdem zitterte er.

Im Augenblick beneidete Zev Victoria, obwohl er wußte, daß sie gegenwärtig ihr Leben riskierte. Sie war ins Segelhaus gegangen, um Jenny Dupre dabei zu helfen, die *Starfarer* auf Kurs zu bringen – dieselbe Aufgabe, die Feral bei seinem Tod erfüllt hatte. Zev wußte, daß sich Victoria in Gefahr befand; doch es war amüsanter, ein solches Risiko einzugehen, als bei diesem Wetter draußen zu sein.

Zevs Hände waren fast taub. Er besaß keine Handschuhe. Statt dessen hatte er seine Hände mit einem Tuch umwickelt und trug ein Büschel Bambus bei sich, um damit den Schnee von den Ästen zu fegen. Wenn er die Hände nicht eingewickelt hätte, wären seine Schwimmhäute bereits grau gewesen vor Kälte.

Zev schlug mit dem Bambus gegen die gebeugten Äste eines immergrünen Strauchs. Die Stöcke trafen mit einem knirschenden Geräusch auf das Eis, und der feuchte Schnee unter der dünnen Eisdecke fiel zu Boden. Die vom Schnee befreiten Äste des Strauchs schnellten nach oben. Zev sprang nicht schnell genug beiseite, und ein Schauer von Eis und Schnee spritzte auf seinen Nakken und rutschte den Hals hinab.

Zev wischte den Schnee und die Eissplitter ab. Sein feuchtes, kaltes Haar klebte an den Ohren. Eiswasser floß ihm in den Kragen.

Zev starrte auf einen kleinen Schneehügel. Er fragte sich, ob überhaupt eine Pflanze darunter war. Ihm war kalt, und die Arbeit machte ihm keinen Spaß. Aber fast jeder war draußen und versuchte, entweder Tiere vor der Kälte zu retten oder Setzlinge von der unerträglichen Last des Eises zu befreien.

Zev bahnte sich einen Weg zu Satoshi, der auf der anderen Seite des kleinen Wäldchens seiner Arbeit nachging. Er hatte gerade eine kleine Lawine ausgelöst, indem er versehentlich gegen einen Ast schlug

Zev trat zu Satoshi und arbeitete von nun an neben seinem Freund.

»Mir ist sehr kalt. Du siehst auch sehr kalt aus, Satoshi.«

»Mir geht es ganz gut«, erwiderte Satoshi, doch sein Zähneklappern sprach eine andere Sprache.

»Ich denke, wir sollten hineingehen und uns aufwärmen.«

»Gleich«, antwortete Satoshi stur. »Geh schon mal voraus. Es gibt noch viel zu tun.«

Zev beschloß weiterzuarbeiten, bis Satoshi ebenfalls aufhörte. Er wollte ihn nicht allein im Schnee zurücklassen. Der Taucher fragte sich, ob Unterkühlung an Land weniger gefährlich war als unter Wasser. Er bezweifelte es, und er glaubte, daß Satoshi nicht mehr weit davon entfernt war.

Satoshi und Zev gingen zu einer Hecke aus Fliederbüschen und stießen die vereisten Äste beiseite. Unter dem Eis kamen die grünen Blätter und die violetten Blüten der Pflanzen zum Vorschein. Die Luft duftete nach einer eigenartigen Mischung aus Schnee und Flieder.

»Infinity hat gesagt, wir sollen nicht so lange draußen

bleiben.« Es widerstrebte Zev, einem Älteren zu widersprechen. Unter Tauchern galt das als unhöflich. Aber das hier war etwas anderes. Unterkühlung konnte die Gedanken der weisesten und erfahrensten Wesen der Welt verwirren.

»Wir sind aber noch nicht sehr lange draußen«, entgegnete Satoshi.

»Du zitterst.«

»Willst du, daß die Pflanzen sterben?« Satoshis Stimme klang härter, als Zev sie je zuvor vernommen hatte.

»Nein, aber du willst doch auch nicht sterben.«

»Ich werde schon nicht sterben.«

»Hörst du das?« Bevor Satoshi antworten konnte, war Zev bereits zwischen den Sträuchern verschwunden und hatte eine Wolke aus Schnee und Fliederblüten hinterlassen.

Nicht weit entfernt stand Chandra nackt auf einer kleinen Lichtung. Sie hatte die Arme ausgebreitet und starrte in den Himmel. Ihr Zähneklappern hatte Zevs Aufmerksamkeit erregt. Chandras Kleider lagen durchnäßt auf einem Haufen, und in den Falten bildete sich bereits Eis.

»Chandra!«

Die Sinneskünstlerin senkte den Kopf und starrte Zev mit ihren unheimlichen grauen Augen an. Sie antwortete nicht. Ihre Finger waren bereits blau vor Kälte, und auf ihrem ganzen Körper waren geschwollene Nervenknoten zu sehen.

»Wie lange bist du schon hier draußen?«

Satoshi betrat kurz hinter Zev die Lichtung.

»Was ist los mit ihr?«

Chandra versuchte, etwas zu sagen, doch ihre Zähne klapperten so stark, daß sie kein Wort herausbrachte.

»Ich glaube, sie nimmt eine Erfahrung auf«, erwiderte Zev. »Aber ich glaube auch, wir sollten sie besser hineinbringen.«

»Was ist mit den Bäumen?« Satoshi sah zu den schneebedeckten Fliedersträuchern. »Mir tun die kleinen Dinger leid.«

Stephen Thomas hörte Wiehern und das dumpfe Trappeln kleiner Hufe. Die Herde der Minipferde brach aus dem Wald heraus. Sie stürzten auf die Wiese und wirbelten Schnee auf. Die schlanken, walnußbraunen Gestalten der Tiere hoben sich deutlich von der öden Landschaft ab.

Vor Freude wiehernd galoppierten die Pferde durch den tiefen Schnee auf eine Person zu, die unsicher am Rand der Wiese stand.

Es war Florrie Brown. Florrie war der letzte Mensch, den Stephen Thomas im Augenblick sehen wollte – außer Fox.

Stephen Thomas dachte kurz daran, sich zwischen den Bäumen zu verstecken, aber er war größer als die Setzlinge.

Die Herde stürmte an Florrie vorbei, wendete und galoppierte wieder zu der alten Dame zurück. Florrie rührte sich nicht von der Stelle, sondern zog nur ihren Poncho enger um die Schultern. Sie zuckte jedesmal zusammen, wenn die Herde an ihr vorbeilief.

Stephen Thomas fragte sich, wovor Florrie solche Angst hatte. Sie saß oft auf ihrer Veranda und warf den Pferden allerlei Leckereien zu. Manchmal kam sogar eins der Pferde zu ihr hinauf.

Stephen Thomas schritt über das Feld. Schnee sammelte sich an seinem Hosenaufschlag.

»Macht, daß ihr wegkommt, schhht!« rief er.

Der Appaloosa-Hengst warf den Kopf zurück und blähte die Nüstern. Stephen Thomas' Geruch war ihm unbekannt. Das Tier wieherte laut auf, trat aus und die ganze Herde verschwand im Gebüsch.

Florrie stand zitternd zwischen den Hufspuren.

»Mußten Sie ihnen eine solche Angst einjagen?« fragte

sie vorwurfsvoll. »Ich dachte, sie würden mich über den Haufen rennen.«

Stephen Thomas blieb stehen.

»Ich dachte, Sie wollten, daß sie verschwinden«, antwortete er.

Die alte Dame blickte über das Feld zurück zu ihrem Haus, das etwa fünfzig Meter entfernt war.

»Es ist so rutschig hier draußen. Ich hatte Angst zu stürzen.«

»Warum sind Sie dann überhaupt rausgekommen?«

»Ich gehe natürlich zur Arbeit. Zur Cafeteria. Die Menschen brauchen was zu essen.« Florrie blinzelte und sah zu Stephen Thomas hoch. »Sind Sie Stephen Thomas?«

»Natürlich bin ich das«, erwiderte er verblüfft.

»Sie sehen so anders aus. Ich habe Sie zuerst gar nicht erkannt.«

»*So* viel anders sehe ich nun auch nicht aus.« *Jedenfalls nicht dort, wo Sie es sehen könnten,* fügte er in Gedanken hinzu. »Wollen Sie meine Hilfe, oder ist es Ihnen lieber, wenn ich wieder verschwinde?«

»Ich habe Angst, zu stürzen«, wiederholte Florrie.

Stephen Thomas faßte diese Antwort als typisches Beispiel für Florries ausweichende Art auf. Wenn Florrie etwas von jemandem wollte, sagte sie es nie geradeheraus. Er konnte die alte Dame nicht auf dem Feld zurücklassen, also bot er ihr seinen Arm an.

»Ich werde sie 'rüberbringen«, sagte er.

Florrie zögerte eine Sekunde, bevor sie Stephen Thomas' Ellbogen mit beiden Händen packte. Eine Zeitlang gingen sie schweigend nebeneinander her.

»Sie hätten uns nicht so provozieren dürfen«, sagte Florrie unvermittelt. »Mich und Fox.«

»Ich – Sie – provozieren!«

»Sie haben mit uns geflirtet, ohne sich was dabei zu denken.«

»Ich flirte mit niemandem, wenn ich es nicht ernst meine. Und ich habe nie mit Fox geflirtet. Hat sie das etwa behauptet?«

»Sie sagte ... daß sie sich in Sie verliebt hätte. Sie haben ihre Gefühle verletzt, und ich dachte, Sie würden das gleiche mit mir tun.«

»Vielen Dank auch.« Stephen Thomas blickte zu Florrie. »Also haben sie beschlossen, mich für einen verdammten Dreckskerl zu halten.«

»Wie hätte ich mich denn sonst verhalten sollen?«

»Gott sei Dank weiß ich jetzt, wie tief unsere Freundschaft geht«, erwiderte Stephen Thomas verbittert.

»Ich dachte, Sie würden mich *mögen*!« brüllte Florrie.

»Und ich dachte, daß Gefühl beruhe auf Gegenseitigkeit«, entgegnete Stephen Thomas. »Warum haben Sie Ihre Meinung so plötzlich geändert?«

»Das habe ich Ihnen doch bereits gesagt. Ich dachte, Sie würden es nicht ernst meinen.«

»Warum haben Sie mich nicht einfach gefragt, anstatt wie eine Furie auf mich loszugehen?«

»Weil ich so wütend war. Wegen Fox. Und jetzt sind Sie wütend auf mich, genau wie Fox.«

Stephen Thomas seufzte.

Sie näherten sich der Cafeteria. Die Silberschnecken hatten bereits einen Großteil des Weges freigelegt. Lediglich ein kleines Stück war noch schneebedeckt, und dort war der Schnee unter dem Druck hunderter Füße zu Eis geworden. Jemand hätte sich darum kümmern müssen, aber wahrscheinlich gab es an Bord der *Starfarer* keine einzige Schneeschaufel.

Stephen Thomas setzte vorsichtig einen Fuß vor den anderen, während sich Florrie Brown an ihm festklammerte. Falls er ausrutschen und stürzen sollte, würde sie mit ihm fallen.

»Sind Sie das nicht?« fragte Florrie. »Ich meine, wütend.«

»Ich wünschte, Sie hätten unserer Freundschaft genug Bedeutung beigemessen, um mich vorher nach meiner Version der Geschichte zu fragen.«

Sie erreichten die Veranda der Cafeteria. Stephen Thomas half der alten Dame hinauf. Hier war der Boden nicht mehr vereist, sondern nur noch feucht und schlüpfrig. Wärme und der Geruch frisch gekochten Essens drang aus der Cafeteria. Stephen Thomas knurrte der Magen. Er war halb verhungert. Er konnte sich weder daran erinnern, wann er zuletzt gegessen hatte, noch, wann er zum letzten Mal so hungrig gewesen war. Inzwischen konnte Stephen Thomas sich sogar vorstellen, einen Fisch zu fangen und ihn roh zu verspeisen – genau wie Zev es gestern getan hatte.

Doch Stephen Thomas war so kalt, daß ihm allein der Gedanke an das eiskalte Wasser Schauer über den Rükken jagte.

»Mehr war es also nicht«, zischte Florrie sarkastisch. »Freundschaft. Wie schmeichelhaft.«

Stephen Thomas starrte die alte Dame überrascht und verwirrt an. Das Wort ›Freundschaft‹ war für ihn von großer Bedeutung. Er nahm es nicht auf die leichte Schulter. Stephen Thomas hatte in seinem Leben weniger enge Freunde als Liebhaber gehabt.

»Es hätte eine Freundschaft daraus werden können«, erwiderte er.

Florrie richtete sich wütend auf. »Dann war es Ihnen also *niemals* ernst.«

Wenn Florrie in einem so herrischen Tonfall redete, fiel es Stephen Thomas leicht, hinter die Fassade ihres Alters zu blicken, hinter ihre pergamentartige Haut und selbst hinter die Veränderungen ihres Charakters, die die Zeit mit sich gebracht hatte. Und dann sah er eine junge Frau von unglaublicher Schönheit vor sich. Kein Wunder, daß Florrie von den Menschen erwartete, daß sie sich ihr zu Füßen warfen; und kein Wunder, daß die meisten es auch wirklich taten. Florrie Brown zog die Menschen in ihrer Umgebung magisch an.

Sie fixierte Stephen Thomas mit einem feindseligen Starren.

»Das habe ich mir schon gedacht.«

Sie ließ seinen Arm los und eilte auf ihre Helfer zu, die

Florrie freudig zuwinkten und sofort herbeieilten, um ihr zu helfen.

Ich habe ihr gesagt, *was ich fühle, und sie hat mir nicht geglaubt*, dachte Stephen Thomas. *Ich will verdammt sein, wenn ich es ihr noch einmal sage. Soll ich ihr ein zweites Messer in die Hand geben, wenn sie mir schon mit dem ersten die Eingeweide rausgerissen hat? Scheiß drauf.*

Stephen Thomas' Füße waren inzwischen so kalt, daß er sie kaum noch spüren konnte. Es war Zeit, Infinitys Empfehlungen ernst zu nehmen und ins Warme zu gehen. Aber nicht hier. Der Geruch frischen Kaffees machte ihn krank.

Stephen Thomas schnappte sich einen der Frühstücksbeutel, die auf der Veranda auslagen und machte sich auf den Weg nach Hause.

Vielleicht würde Satoshi auch bald nach Hause kommen. Dann könnten sie gemeinsam frühstücken und miteinander reden, während sie sich aufwärmten.

Satoshi hatte recht. Sie *mußten* miteinander reden.

»Hier rüber!« rief Zev.

Das knirschende Geräusch menschlicher Schritte kam immer näher. Infinity Mendez erschien am Rand der Lichtung.

»Wie geht es euch, Jungs ...« Dann sah er Chandra.

»Satoshi will nicht reingehen«, erklärte Zev. »Und ich glaube, Chandra auch nicht.«

»Die Bäume ...«, begann Satoshi.

»Ich bin noch nicht fertig.« Chandra zitterte so heftig, daß ihre Worte kaum zu verstehen waren. »Nehme ich etwas auf? Mein Gehirn ist so kalt.«

»Ich habe *allen* gesagt ...!« Infinity unterdrückte seine Wut und fuhr ruhiger fort: »Kommen Sie schon, Chandra. Sie sind schon viel zu lange draußen gewesen. Das gleiche gilt für Sie, Satoshi.«

Infinity zog seinen Mantel aus und wollte ihn gerade über Chandras Schultern legen, als er seine Meinung änderte. Statt dessen gab er der Künstlerin sein Sweatshirt. Nachdem Infinity den Mantel wieder angezogen hatte, griff er in seine Tasche, als habe er Angst, etwas verloren zu haben.

»Wo wohnt sie?«

»Keine Ahnung«, antwortete Zev. »Aber Satoshis Haus ist gleich da drüben. Es gibt dort eine große Badewanne.«

Infinity machte ein sorgenvolles Gesicht. »Verdammt noch mal. Wenn die Leute mir nicht richtig zuhören ...«

Infinitys Augenlider flackerten, als er sich in Arachne einklinkte. Zev spürte einen warmen Fleck in seinem Hinterkopf, das Signal für eine Dringlichkeitsmeldung. Er griff danach in der Hoffnung, die Nachricht stamme von J.D. Der junge Taucher wandte sich zu dem Hologramm von Nemos Planetoiden um, das ihm gehorsam durch die Fliederbüsche gefolgt war.

Doch die Dringlichkeitsmeldung stammte nicht von J.D. Es handelte sich um Infinitys wiederholte Warnung, nicht zu lange im Freien zu bleiben.

Chandra hatte die Nachricht offensichtlich auch gelesen.

»Das haben Sie mir doch gerade erst gesagt«, sagte sie trotzig, während Infinity sie über das Feld führte. Zev folgte den beiden mit Satoshi im Schlepptau.

Bald erreichte die kleine, durchgefrorene Gruppe das Haus der Familienpartnerschaft. Drinnen wurden sie von einer wohligen Wärme empfangen. Trotzdem wünschte Zev, er könnte in einer der heißen Quellen baden, in denen die Taucher des Puget-Sunds sich erholten und spielten.

Stephen Thomas saß am Küchentisch. Er trug einen roten Kimono und trank einen Becher Tee. Seine nassen Kleidungsstücke lagen auf einem Haufen neben der Tür und hatten bereits eine Pfütze auf einer von Satoshis Bodenmatten hinterlassen.

»Ich wäre gleich losgegangen, um euch zu suchen«, sagte Stephen Thomas sanft zu Satoshi. Dann kam Infinity mit Chandra herein. »Ach du grüne Neune! Was ist denn mit der passiert?«

»Haben Sie noch etwas Tee?« fragte Infinity.

Stephen Thomas war bereits aufgesprungen, um weitere Becher zu holen. Satoshi starrte auf das Wasser, das von seiner Kleidung auf die Fußmatte tropfte, die er selbst geknüpft hatte. Er trat von der Matte und stolperte. Stephen Thomas fing ihn auf und drückte Satoshi einen heißen Becher in die Hände. Mit der Hilfe seines Partners trank Satoshi einen Schluck.

Zev rannte zum Badezimmer und riß sich die nassen Kleider vom Leib. Als er die blaue Glasbadewanne erreichte, hatte der Haushaltscomputer bereits auf Stephen Thomas' Befehle reagiert. Heißes Wasser strömte in die Wanne, und der Fußboden wurde beheizt. Zev fühlte sich nackt schon viel besser. Die warme Luft streichelte seine Haut, und der warme Stein vertrieb die Kälte aus seinen Füßen.

Infinity und Stephen Thomas folgten Zev ins Badezimmer, und schleppten Chandra und Satoshi hinter sich her.

»Ich habe einige tolle Sachen aufgenommen.« Chandra klang benommen. Zev hatte diesen Satz bereits früher einmal gehört, als Chandra beinahe ertrunken wäre, bevor er sie zu der künstlichen Lunge gebracht hatte.

»Nicht einschlafen!« Infinity rieb Chandras Hände. »Sie zeigen erste Anzeichen von Erfrierungen«, erklärte er. »Sie haben verdammtes Glück gehabt.«

Stephen Thomas half Satoshi in die große Badewanne. Infinity versuchte, Chandra ebenfalls dorthin zu dirigieren, doch sie sträubte sich.

»Ich *mag* kein Wasser!« rief sie.

Zev sprang in die Wanne. Das heiße Wasser brannte an seinen unterkühlten Füßen.

»Ist schon gut, Chandra«, sagte er. »Erinnerst du dich? Es ist dir nichts passiert, als du mit mir geschwommen bist.«

Zev ergriff Chandras kalte Hand und zog sie zu sich.

Zunächst sträubte Chandra sich, doch dann gab sie nach und stieg vorsichtig über den Rand in das warme Wasser.

Die Badewanne war groß genug für drei Leute. Vielleicht mochten Landmenschen Badewannen, in denen sie fast schwimmen konnten. Das erschien Zev merkwürdig. Was wollte man mit einem Ort, der nur *fast* groß genug zum Schwimmen war? Er dachte nicht mehr weiter darüber nach und ließ sich neben Chandra ins Wasser sinken. Sie zitterte nicht mehr. Statt dessen hielt die Sinneskünstlerin ihren Teebecher vors Gesicht und atmete den aromatischen Dampf ein.

Satoshi kam langsam wieder zu sich. Er lag zwischen Chandra und Zev, doch seine Füße deuteten in die entgegengesetzte Richtung. Stephen Thomas saß auf dem Rand. Zev fragte sich, wie weit die Verwandlung bereits fortgeschritten war. Inzwischen zeigten sich schon die ersten Krallen an den Zehen.

»Ich glaube einfach nicht, daß ich einen derartigen *Unsinn* geredet habe«, sagte Satoshi. »Mir tun die kleinen Bäume leid. O Gott!«

»Unterkühlung wirkt sich auch auf den Verstand aus«, erklärte Infinity. Er war der einzige im Raum, der noch alle Kleidungsstücke trug, und er war der einzige von ihnen, der längere Zeit draußen gewesen war, ohne vollkommen durchnäßt zu sein. Er zuckte mit den Schultern.

»Sind Sie okay?« fragte Stephen Thomas.

»Ja«, antwortete Infinity rasch. »Sicher. Warum?«

»Sie scheinen sich nicht wohl zu fühlen.«

»Es ist zu heiß hier drin.« Seine Augenlider flackerten. »Esther, Kolja und Griffith sehen gerade nach dem Rechten«, sagte Infinity, nachdem er wieder die Augen geöffnet hatte. »Ich mache mich besser auf den Weg und helfe ihnen. Kommen Sie zurecht?«

»Ich glaube, Sie sind gerade noch rechtzeitig gekommen«, erwiderte Satoshi. »Wir werden Chandra im Auge behalten. Danke.«

Infinity ging. Zev schien es, als hätte er ebenso verärgert sein können anstatt sich nur unwohl zu fühlen, doch niemand sagte etwas dazu. Stephen Thomas massierte Satoshis Schulter. Satoshi lag bis zum Hals im Wasser und starrte auf den Dampf. Und Chandra … wer wußte schon, was Chandra dachte oder fühlte?

Satoshi hatte Zevs Warnungen noch nicht einmal wahrgenommen, und das verletzte Zev. Der Taucher atmete tief ein und verschwand vollständig in dem warmen Badewasser. Seine Atmung setzte sofort aus.

Plötzlich war Zev von Schreien und Platschen umgeben. Als er wieder auftauchte, schwappte Wasser über den Rand.

»Was ist los?«

»Ich dachte, du wärst bewußtlos geworden!« rief Satoshi. »Ich dachte, du würdest ertrinken!«

»Ich ertrinke nicht«, erwiderte Zev. »Es ist einfach nur wärmer, okay?

»Okay«, antwortete Satoshi zweifelnd.

Zev ergriff Satoshis Hand und tauchte erneut unter. Er hielt die Hand weiterhin fest, damit Satoshi nicht mehr glaubte, er würde ertrinken.

J.D. blickte durch die transparenten Wände des Panoramarings. Nemos Planetoid war mittlerweile von einem winzigen Lichtpunkt zu einer deutlich erkennbaren Scheibe angewachsen. Hinter dem Schiff des Außerirdischen erstreckte sich der weite Sternenhimmel, ein farbenfrohes, dimensionsloses Feld. Das Sternenschiff kam schnell näher. Es sah anders aus als bei J.D.s letztem Besuch.

J.D. blickte zu dem Bild des Planetoiden und befahl dem Computer, es zu vergrößern.

»Oh, mein Gott!«

Die Seide in den Kratern war nicht mehr länger nach innen gebogen, sondern bildete weiße Kuppeln. Nur der eine, durch den J.D. bei ihrem ersten Besuch hinabgestiegen war, besaß noch seine alte Form.

Nachrichten schwirrten durch das Netz der *Starfarer.*

Ein aufgeregtes Flüstern, als J.D.s Kollegen die Veränderungen diskutierten und immer wieder neue Spekulationen den bestehenden Theorien hinzufügten.

»Nemo!« J.D. sandte den Ruf direkt, ohne sich über die Konsequenzen Gedanken zu machen, die ein solcher Ruf mit sich bringen konnte. Sie hatte noch nie mit einem anderen Wesen – oder einem anderen Menschen – direkten Kontakt aufgenommen.

»Ich bin hier, J.D.«

»Dein Schiff ... dein Körper ... verändert sich.«

»Mein Körper verändert sich«, bestätigte Nemo.

»Ich bin bald da.«

»Ich erwarte sehnlichst deine Ankunft.«

Die *Chi* näherte sich dem Planetoiden mit erhöhter Geschwindigkeit. J.D. ging damit das Risiko ein, ihren Treibstoff frühzeitig zu verbrauchen.

Kapitel 12

Die *Chi* landete in der Nähe von Nemos Krater. Der seidene Schlauch lag noch immer dort, wo er bei J.D.s letztem Besuch gewesen war. Als das Scoutschiff gelandet war, erhob sich das Gebilde wie eine Schlange und dockte an der Luftschleuse an. J.D. wartete ungeduldig, bis der Andockvorgang abgeschlossen war. Sobald sich die Luke geöffnet hatte, lief sie in Nemos warme, verschmutzte Luft, rutschte den Abhang hinab und folgte dem verschlungenen Pfad. J.D. orientierte sich anhand ihres Gedächtnisses und den Resten der Führungsleine.

Gespannt erwartete J.D. die Berührung von Nemos Stimme durch ihren neuen Netzlink. Sie konnte beinahe – aber eben nur beinahe – die multidimensionalen Räume rekonstruieren, die Nemo ihr beim letzten Mal gezeigt hatte. Vorsichtig tastete sie nach ihnen, doch die Bilder blieben außer Reichweite.

»Nemo, ich komme.«

»Ich erwarte sehnlichst deine Ankunft«, wiederholte Nemo.

J.D. stürmte in das helle, warme Licht von Nemos Kammer. Ihre Kehle brannte.

Es war totenstill. Nichts rührte sich. Die Seidenbeutel hingen noch immer so, wie J.D. sie zurückgelassen hatte. WKMs saßen auf den Vorhängen und beobachteten und analysierten den irisierenden Kokon.

J.D. näherte sich vorsichtig Nemos Schale. Das einzelne, freie Tentakel zuckte. Sein Fell war gesträubt.

»Ich bin hier«, sagte J.D. Ihr Kommentar verwandelte sich in Nemos Welt in eine geschmeidige, seidene Oberfläche.

Anstelle einer gesprochenen Antwort spürte J.D. ein Gefühl der Dankbarkeit, einen Ausdruck des Willkommens. Sie ließ sich neben dem Kokon nieder ...

... und wartete.

Der Kokon regte sich. Die Bewegung war zunächst willkürlich, doch dann verwandelte sie sich in eine rhythmische Wellenbewegung, die von hinten nach vorne verlief. Eine zweite Welle bildete sich und lief der ersten entgegen. Die beiden Wellen trafen sich in der Mitte des Kokons und trieben in verschiedene Richtungen wieder auseinander.

Die langsamen Bewegungen wurden gelegentlich durch Ruhephasen unterbrochen, in denen sich gar nichts bewegte – es erinnerte an Wehen.

Das Bild des Willkommens in J.D.s Kopf erzitterte, zersprang und hinterließ nur Leere.

»Nemo?«

Stille.

Einer der perlmuttfarbenen Ringe an Nemos Seite löste sich auf. Eine schillernde Flüssigkeit floß wie Blut aus der Öffnung. Winzige, ausgefranste Anhängsel tasteten vorsichtig durch das neu entstandene Loch.

Eine kleine Kreatur kam heraus. Einer nach dem anderen schmolzen die Perlmuttscheiben und tropften zu Boden. Nun schleppten mehrere Wesen ihre formlosen Körper von Nemos Kokon weg. Dann fielen sie in eine der perlmuttfarbenen Pfützen und wälzten sich kreischend darin herum.

J.D. sah fasziniert und verängstigt zu. Sie wünschte, sie könnte helfen. Sie wünschte, sie würde den normalen Ablauf der Verwandlung kennen, um auf alles gefaßt zu sein. Waren die Neuankömmlinge Begleiter, oder waren sie Parasiten, die sich von Nemos Fleisch ernährten?

Die neuen Wesen wuschen sich in der Perlenflüssigkeit. Ihre Körper verhärteten sich wie organische Edelsteine. Dann krochen sie unter Nemos pulsierenden Kokon.

J.D. griff instinktiv nach Nemos freiem Tentakel. Erst als sie bereits die von ihm ausgehende Wärme spürte, hielt sie inne. J.D. zögerte, die Bewegung zu vollenden, aus Angst, ihre Berührung könnte die Verwandlung beeinflussen.

Die gegeneinander laufenden Wellen auf der seidenen Oberfläche wurden immer stärker. Nemos Kokon bewegte sich heftig.

Die Schale zerbarst mit einem hohen Kreischen. J.D. zwang sich, Ruhe zu bewahren. Ihr Herz raste.

Der Kokon zerbrach in Hunderte regenbogenfarbener Teile und entblößte eine zerknautschte, eckige Masse.

Das einzelne Tentakel schlängelte sich um J.D.s Handgelenk. Es war so heiß wie eine elektrische Leitung, durch die man zuviel Strom gejagt hatte. J.D. packte das Tentakel und hielt es fest, um Nemo zu trösten und ihn zu beruhigen. Sie selbst hatte keine Kinder; auch war J.D. nie bei einer menschlichen Geburt dabei gewesen, aber sie hatte einmal gesehen, wie ein Orca ein Junges zur Welt gebracht hatte; die Taucher und die Orcas hatten ihr erlaubt, an dem freudigen Ereignis teilzunehmen. J.D. hoffte, Nemo hatte die gleiche Absicht.

Die eckige Masse bewegte sich. Mehrere Stäbe erhoben sich aus dem zerstörten Kokon. Sie zogen einen feinen, gemaserten Film hinter sich her. Er sah aus wie eine Seifenblase, wie die Schwimmhäute eines Tauchers. Die Stäbe teilten sich zu einem fächerförmigen Gerüst. Weitere folgten. Die Maserung wurde stärker, und der feine Film verlor seine Transparenz. Er schimmerte nun in unzähligen Farben. Filigrane Schuppen formten sich zu einem Muster, so komplex und verführerisch wie das außerirdische Labyrinth. Die neuen Flügel waren unglaublich dünn. J.D. hätte das wunderbare Schauspiel eine Ewigkeit betrachten können.

Zögernd und verwirrt schloß sie die Augen.

J.D. hatte Angst.

Wenn ich mich in Nemo getäuscht habe, dachte sie, *ist es jetzt sowieso zu spät.*

Sie zitterte. Sie ermahnte sich immer wieder: *Das ist mein Job.*

Es *war* ihr Job, und sie konnte die Art nicht mehr ändern, wie sie ihn erledigte. Vielleicht würde sie es später bereuen. Doch jetzt hatte J.D. beschlossen, die Sache durchzustehen und alles zu ertragen, was noch geschehen würde.

Schließlich erschien der Kopf des verwandelten Krakenschwärmers zwischen den zerfetzten Überresten des Kokons. Regenbogenfarbene Schuppen aus Chitin bildeten die Haut der Kreatur, schillernd wie der Panzer eines Käfers.

Doch die Augen gehörten Nemo, ein Ring von Facettenaugen, der von einem beweglichen Lid geschützt wurde, das träge zwinkerte.

Nemos Flügel überragten J.D. um zehn, fünfzehn Meter. Die Spitzen berührten die Decke der riesigen Kammer. Insgesamt besaß der Krakenschwärmer fünf Paar Flügel, und ein sechstes Paar schien dort versteckt zu sein, wo Nemos Körper im Boden verschwand.

Die Flügel flatterten. Inzwischen waren sie getrocknet und raschelten wie die einer Motte. Jetzt verstand J.D. Europas Bezeichnung für Nemos Spezies. Europa hatte den Namen als Beleidigung verwendet. Sie hatte nie seine wahre Bedeutung erfahren. Beim Anblick der wunderschönen Flügel empfand J.D. Mitleid für die außerirdischen Menschen. Sie hatten die Vorurteile der Zivilisation vorbehaltlos akzeptiert, anstatt sich eingehender mit Nemos Volk zu beschäftigen.

J.D. empfand das neugewonnene Wissen als bedrükkend und ermutigend zugleich. Sie war mit der Hoffnung in den Weltraum gezogen, eine utopische Gesellschaft zu finden, die sie und die gesamte Menschheit erretten würde. Doch gleichzeitig fürchtete sie die Perfektion. J.D. mißtraute einfachen Antworten.

Es gibt keine einfachen Antworten, dachte J.D. *Und die Zivilisation ist nicht die perfekte Gesellschaft, als die Europa sie dargestellt hat. Vielleicht hat sie das Recht über uns zu urteilen ... aber nicht, ohne uns vorher anzuhören!*

»Nemo?«

»Ich bin hier, J.D.«

»Ich bin froh, daß du wieder da bist«, sagte J.D.

»Ich bin froh, daß die Verwandlung beendet ist.«

J.D. wußte nicht, was sie darauf antworten sollte, denn das Ende der Verwandlung bedeutete, daß Nemo bald sterben würde.

Weitere Perlenwesen krochen unter Nemos Bauch hervor und zogen Stücke der zertrümmerten Hülle mit hinaus. Eine der Kreaturen packte eins der Stücke und stopfte es sich ins Maul. Das schillernde Fragment knitterte wie Papier und verschwand.

Die winzigen Tiere wirkten wie eine Horde pelziger Ameisen, als sie Nemos Flügel hinaufkletterten, um sie zu pflegen.

»Ich habe dich bereits vor deiner Metamorphose für wunderschön gehalten«, sagte J.D., »doch jetzt bist du noch viel schöner.«

Nemos Flügel schwangen in sanftem Bogen auf J.D. herab und streichelten ihr Gesicht. Ihr Flattern erzeugte ein Geräusch, das an das Rascheln von Blättern erinnerte. Die Flügel des Krakenschwärmers waren wesentlich beweglicher als die von Motten oder Schmetterlingen. Ihr feingliedriges Gerüst verlieh ihnen die Elastizität von Vogelschwingen.

Das Tentakel um J.D.s Handgelenk löste seinen Griff. J.D. hatte es vollkommen vergessen. Sie schüttelte die Hand, um die Durchblutung anzuregen. Nemo strich mit der Spitze des Tentakels über J.D.s Schulter und ihre Wange.

Eine Vielzahl verschiedener Lebewesen kroch aus den Seidenbeuteln an den Vorhängen heraus. Lebewesen, die sich deutlich von Nemos früheren Begleitern unterschieden.

Eine Gruppe größerer Begleiter – fast so groß wie Hauskatzen – krabbelte aus einem Loch im Boden. Sie besaßen kurze, schlanke Hinterbeine und ein Büschel dicker, kräftiger Vorderbeine. Die Kreaturen erinnerten J.D. an Borkenkäfer. Jedesmal, wenn eines der Wesen gegen ein anderes rannte, wurden sie kurz langsamer, bis sie sich schließlich zu einer einzigen Masse vereinigten.

J.D. richtete ein paar WKMs auf die Kreaturen, damit sie Daten über die neuen Begleiter sammeln konnten. Ihre Augenlider flackerten. In der Hoffnung, detailliertere Informationen über die Wesen zu erhalten, nahm J.D. über Arachne direkten Kontakt mit den WKMs auf.

Plötzlich brach die Verbindung zusammen. J.D. riß verwirrt und verängstigt die Augen auf.

Die Begleiter huschten hektisch umher. Einige kletterten zu den WKMs hinauf und hüllten sie ein. Sie waren so eifrig, daß manche zu Boden stürzten.

Nemos flehende Stimme drang durch den gestörten Link. »J.D., hör auf, hör auf.«

J.D. viel nichts Besseres ein, als die WKMs abzuschalten. Die Maschinen gehorchten und verharrten regungslos unter den Begleitern.

»Nemo, was ist passiert?« J.D. zitterte. Die Störung des Links erinnerte sie an den Systemabsturz, der Feral das Leben gekostet hatte. »So habe ich auch deine Metamorphose beobachtet … Ich dachte, das würde dir nichts ausmachen!«

»Aber, J.D., ich bin jetzt anders«, erwiderte Nemo, »genau wie meine Begleiter.«

»Es tut mir so leid.«

J.D. wußte nicht, was sie sonst sagen sollte. Sie schaltete nur die passiven Sensoren der WKMs wieder ein, damit sie die Geschehnisse aufzeichnen konnten.

»Was ist mit meinem Link zur *Starfarer*?«

Nemo zögerte einen Augenblick. »Er ist sehr stark und sehr nah …«

J.D. verstand den Wink. Sie sandte eine kurze Nachricht an das Sternenschiff: *Ich bin okay. Aber ich werde die Verbindung für eine Weile unterbrechen.*

Victoria drückte ihr Verständnis aus, Zev protestierte lautstark und Stephen Thomas fluchte. Der Link verstummte.

»Habe ich dir Schaden zugefügt?« fragte J.D. »Bist du verletzt?«

»Ich bin unverletzt, aber wir haben nicht mehr viel Zeit.«

Nemos griff mit seinem Tentakel nach einem Seidensack und zog ihn zu sich heran. Die Bewegung schien ihm sehr schwer zu fallen.

»Was soll ich tun? Kann ich dir irgendwie helfen?«

»Du kannst helfen«, antwortete Nemo.

J.D. hoffte, daß der Krakenschwärmer dasselbe im Sinn hatte wie sie. Sie nahm den Sack auf und hielt ihn vor Nemo. Er war erstaunlich schwer.

»Was passiert als nächstes?«

»Ich vereinige mein genetisches Material mit dem des juvenilen Elternteils meines Nachkommen.«

Das lange Tentakel wickelte sich um den Sack. Nemo riß den Kopf hoch, öffnete sein großes, zahnloses Maul und schob den Sack mit Hilfe des Tentakels hinein.

Im Gegensatz zu seinem schwerfälligen juvenilen Körper war Nemos adulte Form schlank und beweglich. Die dünnen Beine und die großen Flossen waren verschwunden – hatten sie sich in Flügel verwandelt? Oder war diese Erklärung zu simpel?

»Nemo, was ...?«

»Ich kann jetzt nicht mit dir sprechen, J.D.«

Nemo begann, mit den Flügeln zu schlagen. Die wellenförmige Bewegung der riesigen Schwingen beförderte den Sack durch den Körper des Krakenschwärmers. Die durchscheinende Haut dehnte sich, wo der Sack vorbeikam und zog sich anschließend wieder zusammen. Dabei änderten sich die Farben von rot zu orange, gelb, grün, blau und schließlich zu violett.

Als der Eiersack am letzten Flügelpaar angekommen war, traf er auf einen zweiten, kleineren Sack. Die beiden Umrisse berührten sich, verschmolzen miteinander, und dann driftete der neu entstandene Sack weiter.

Nemos Flügel bewegten sich immer schneller und erzeugten ein surrendes Geräusch. Die ›Borkenkäfer‹ lösten sich voneinander und umringten Nemos hinteres Ende. Sie schoben den Eiersack mit ihren kräftigen Vorderbeinen weiter voran, bis er im Boden verschwunden war. Die Flügel hörten auf zu schlagen und erschlafften. Die Begleiter huschten eine Weile orientierungslos umher, bis sie wieder in einer pulsierenden Masse zusammenlagen.

»Du kannst helfen«, wiederholte Nemo.

J.D. rannte zu den Vorhängen und holte einen weiteren Sack. Nemo verschlang ihn ebenso wie den ersten. Die Flügel erhoben sich und nahmen wieder ihr langsames Schlagen auf, um den Sack durch den Körper zu pumpen.

J.D. holte einen dritten Sack.

»Noch nicht, noch nicht«, sagte Nemo.

J.D. hielt an.

Vielleicht ist das alles instinktbedingt, dachte J.D. *Vielleicht ist das Tentakel deshalb so langsam. Es hängt vom richtigen Timing ab.*

Unter Nemos hinterem Flügelpaar entstand ein neuer Wulst. Als der Eiersack die Stelle erreichte, war der Wulst bereits voll ausgebildet. Wieder verschmolzen die beiden Behälter miteinander, und die Begleiter preßten das Endprodukt in den Boden.

Die Zeit verging.

J.D. reichte Nemo weiter Eiersäcke, damit das Tentakel seine Energie aufsparen konnte, um sie in den riesigen Mund zu befördern. Nemo sprach während der ganzen Prozedur kein Wort. Seine Augen waren geschlossen, und sein Körper bebte vor Erschöpfung.

J.D. staunte über die Energie, die Nemo aufwenden mußte. Selbstverständlich konnte der Krakenschwärmer im Augenblick nicht mit ihr reden; doch die Stille hinterließ in J.D.s verstärkten Link ein Gefühl der Leere. Sie fragte sich, ob die Verstärkung sinnlos gewesen war, ob sie nur einen flüchtigen Blick auf Nemos Kommunikation werfen konnte.

J.D. half und wartete mehrere Stunden. Inzwischen würden sich ihre Freunde bereits Sorgen um sie machen.

Nach dem fünften Eiersack erschlafften Nemos Schwingen. J.D. streichelte über den großen Kopf des Krakenschwärmers. Nemos Tentakel rollte sich zusammen, und die Flügel richteten sich wieder auf.

J.D. holte einen weiteren Sack und brachte ihn zu dem Tentakel.

Ich werde auch schon müde, dachte sie. *Die Dinger werden immer schwerer und schwerer.*

Das Tentakel packte den Eiersack und schob ihn erschöpft in den Mund. J.D. sah besorgt zu, als sich das riesige Maul wieder schloß. Die schillernden Flügel sanken zu Boden, und ihre Farben begannen zu ermatten. Kurz nach der Metamorphose hatte Nemos Körper schlank und wohlgenährt ausgesehen, doch jetzt schien er zu schrumpfen. Der Eiersack zeichnete sich deutlich unter Nemos eingefallener Haut ab. Die riesigen Schwingen nahmen ihre Arbeit behäbig wieder auf, und selbst die Begleiter bewegten sich nur noch langsam.

Wieder vereinigten sich die beiden Eiersäcke und verschwanden. Die Begleiter strömten auseinander, als die Flügel erneut erbebten.

Das Tentakel glitt aus Nemos Mund und tastete suchend umher. J.D. beeilte sich, einen siebten Sack zu holen. Nemo verschluckte ihn genau wie die anderen zuvor, doch das erste Flügelpaar bewegte sich nur noch mit erschreckender Langsamkeit.

Es waren noch sechs Eiersäcke übrig. J.D. wurde nervös. Nemo konnte sie unmöglich alle verschlingen, bevor die *Starfarer* in die Transition eintrat. Außerdem brauchte sie ungefähr eine Stunde, um zurückzukehren.

Nemo zitterte. Er war vollkommen erschöpft. J.D. streichelte seine Flanken und das Tentakel.

Die Schwingen sanken zu Boden, flatterten und erhoben sich mühsam wieder.

Der Flug zurück zur Starfarer *dauert mindestens eine Stunde*, dachte J.D. *Wenn ich mich beeile ...*

Sie nahm Kontakt zu Nemo auf. »Ich bin sofort wieder zurück.« J.D. drückte zärtlich die pelzige Spitze des Tentakels. Sie hoffte, der Krakenschwärmer konnte sie hören, sie verstehen. J.D. rannte zurück zur *Chi*.

An Bord der *Starfarer* erwachten die Sonnenrohre zu neuem Leben und überzogen den Campus mit dem Licht der Morgendämmerung. Die Lufttemperatur stieg langsam an. Überall begann der Schnee zu schmelzen. Tropfen bildeten sich an den Spitzen der Äste und fielen zu Boden; kleine Bäche strömten die Hügel hinab und flossen schließlich in einen der Flüsse.

Infinity ging durch den Schlamm. Bei jedem Schritt knirschten die verbliebenen Eiskristalle unter seinen Stiefeln.

Schließlich erreichte Infinity die Orangenplantage und sah sich um.

Die Notmaßnahmen hatten die meisten Bäume gerettet. Anders verhielt es sich mit den Früchten. Ungefähr die Hälfte der reifen Orangen war zu Boden gefallen, und sämtliche Blüten und Knospen waren abgestorben.

Infinity seufzte.

Diesmal habe ich mich wohl ziemlich geirrt, dachte er.

Die Innentasche seines Mantels drückte gegen Infinitys Brust.

Er öffnete den Mantel und griff hinein.

»Aua!« Infinity riß die Hand erschreckt zurück und betrachtete den verwundeten Finger.

»Ist das der Dank dafür, daß ich dich vorm Erfrieren gerettet habe?« fragte er laut.

Die Meerkatze zog sich tiefer in die Tasche zurück, wobei sie ihre Krallen in den Stoff bohrte.

»Was willst du von mir?« Infinity hatte versucht, die Meerkatze in der Nähe ihres Bau's auszusetzen, doch sie wollte nicht gehen.

Ich wette, dieses Vieh ist Europas persönliches Kuscheltier. Und ich wette, es will viel lieber in einem schönen, warmen Haus leben.

Besonders, da sie bald Junge zur Welt bringen wird.

Jemand näherte sich Infinity durch den tiefen Schlamm. Infinity erhaschte einen kurzen Blick auf Gerald Hemminge auf der anderen Seite des Orangenhains.

Geralds ›ich hab's ja gleich gesagt‹ war das Letzte, was Infinity im Augenblick gebrauchen konnte. Doch wenn Gerald etwas von der Meerkatze erfahren würde, wäre das noch viel schlimmer.

J.D. eilte zurück zur *Chi*. Die Kommunikation zwischen *Chi* und *Starfarer* hatte Nemo nicht gestört, also würde sie ihren Link dort benutzen.

Zevs Bild erschien.

»J.D.! Wir dachten schon … Ich hatte Angst …«

»Mir geht es gut, Zev. Wieviel ist zu euch durchgekommen, bevor ich den Stecker rausgezogen habe?«

J.D. holte ein Sandwich aus dem Schrank und setzte Kaffee auf.

Victorias Bild erschien neben Zev.

»Genug, um uns eine Heidenangst einzujagen. Wir haben uns solche Sorgen um dich gemacht!« Victoria trieb im Segelhaus und half bei der Ausrichtung der *Starfarer* für die Transition. Jenny traute Arachne noch immer nicht. Sie *konnte* es nicht. Also mußte Victoria den Puffer für die Segelmeisterin spielen. Die Chefin des Fremdkontaktteams erfüllte dieselbe Aufgabe, die Feral bei seinem Tod erfüllt hatte.

»*Du* machst dir Sorgen um *mich*?« fragte J.D. Sie schlang einen Bissen des Sandwichs hinab.

»Zumindest weiß jeder, wo ich bin«, antwortete Victoria.

»Jetzt bin ich genau hier«, erwiderte J.D. »Ich gehe in ein paar Minuten wieder runter.«

Satoshi erschien, eingerahmt von den komplizierten Instrumenten des Observatoriums. »Wie wütend ist Nemo?«

J.D. biß ein weiteres Stück von ihrem Sandwich ab.

»Sofern ich das beurteilen kann, ist Nemo überhaupt nicht wütend.« Sie blickte auf das projizierte Bild von Nemos Planetoid. In weiteren Kratern hatte sich die Seide aufgebläht.

»Du bist nicht in Gefahr?« fragte Victoria.

»Mit Sicherheit nicht.«

Esther Klein erschien im Raum. »Ich kann Ihnen mit dem Shuttle zu Hilfe kommen. Es ist startklar.«

»Vielen Dank, Esther, aber das ist nicht nötig. Wirklich nicht. Ich mache mich jetzt wohl besser wieder auf den Weg.«

»Wie lange noch?« fragte Victoria.

»Kann ich nicht sagen.«

»Dir rennt die Zeit davon!«

»Daran kann ich auch nichts ändern.«

»Aber was *tust* du?« mischte sich Zev ein.

»Ich glaube ... Ich glaube, ich bin so eine Art Hebamme. Ich muß jetzt los. Zev, ich liebe dich. Beobachtet die anderen Krater. Ich denke ...« J.D. lächelte plötzlich. »Ich weiß zwar nicht warum, aber ich denke, ihr solltet sie im Auge behalten.«

J.D. rannte wieder durch den engen Seidentunnel. Die Vorhänge lösten sich immer mehr auf. J.D. folgte ihrer eigenen Spur, tiefen Abdrücken in der Seide, zu Nemos Kammer.

Infinity breitete Handtücher auf dem Boden des Schranks aus. Die Meerkatze stand wachsam in der Ecke und hielt die Pfoten über dem Bauch gekreuzt. Aufmerksam beobachtete sie Infinity.

»O mein Gott«, erklang Esthers Stimme in Infinitys Rücken.

»Mach ihr keine Angst«, mahnte Infinity.

»Ich kann nicht glauben, daß Europa sie hier zurückgelassen hat! Das war echt mies von ihr.« Esther kniete sich neben Infinity und versuchte, die Meerkatze zu streicheln, doch das Tier schnappte nach ihr. Esther riß schnell die Hand zurück.

»Ich glaube, wir lassen sie besser in Ruhe.«

Infinity setzte sich auf die Fersen. Die Meerkatze watschelte ein paar Schritte auf ihren Hinterbeinen, dann fiel sie auf alle Viere und sprang in die Handtücher.

Irgend jemand klopfte an die Tür. »Sind Sie fertig?« fragte Kolja.

Infinity schloß schnell die Schranktür, um die Meerkatze zu verbergen.

»Wir sind soweit.«

Infinity und Esther traten zu Kolja auf die Veranda hinaus.

»Das wird endlich mal eine richtige Tradition«, sagte Esther. »Die Transition draußen mitzuerleben …« Sie hörte auf zu sprechen, als sie Griffith bemerkte. »Oh … Sie kommen auch mit?«

»Ich habe die Raumanzüge überprüft«, erwiderte Griffith, um sich zu rechtfertigen.

»Ich habe ihn eingeladen, uns zu begleiten«, erklärte

Kolja. »Er steht inzwischen auf unserer Seite. Das sollten wir akzeptieren.«

Infinity zuckte mit den Schultern. »Wie Sie meinen.«

»Fühlen Sie sich heute besser?« fragte Esther. »Jedenfalls sehen Sie besser aus.« Sie umarmte den alten Russen und zog sich sofort wieder zurück.

Kolja stank nach Tabak. Es war nicht jener scharfe Schweißgeruch, der von ihm ausgegangen war, als er nichts mehr zu rauchen hatte. Es war definitiv der Geruch von Zigarettenqualm.

»Sie haben doch gesagt, Sie hätten keine Zigaretten mehr«, sagte Infinity.

»Hatte ich auch nicht«, erwiderte Kolja verschämt. »Aber ... ich habe eine neue Quelle entdeckt. Es gibt wilden Tabak auf dem Schiff. Mein Freund Petja hat ihn entdeckt.« Er deutete auf Griffith.

»Aber Sie waren doch schon fast darüber hinweg!« Infinity blickte vorwurfsvoll zu Griffith. »Sie sind ein *toller* Freund!«

»Kümmern Sie sich um Ihre eigenen Angelegenheiten«, knurrte Griffith.

»Das *ist* meine ...«

»Nein, ist es nicht«, unterbrach Kolja sanft. »Ich weiß Ihre Fürsorge zu schätzen, mein Freund. Und Sie haben recht. Ich wäre wirklich besser dran, wenn ich das Rauchen aufgeben würde. Aber ich habe mich hundeelend gefühlt, und jetzt fühle ich mich nicht mehr hundeelend. Lassen Sie es einfach dabei bewenden.«

Kolja ging an Infinity vorbei in Richtung der nächstgelegenen Wartungsluke. Griffith folgte ihm. Er mußte rennen, um Kolja einzuholen.

Infinity blickte den beiden hinterher. Esther ergriff seine Hand. »Komm schon«, sagte sie. »Er hat recht. Es geht uns wirklich nichts an.«

Ohne zu antworten, schritt Infinity mit Esther durch den Garten. Sie mieden die Ecke, in der der Kaktus wuchs. Infinity befürchtete, daß das Schmelzwasser ihn weggerissen hatte.

Der Pfad stand unter Wasser. Ein nahegelegener Fluß hatte sein Bett verlassen und eine Wiese in einen See verwandelt. Auch die Wartungsluke war überflutet. Kolja und Griffith blieben am Ufer des Sees stehen.

»Wir müssen uns eine andere Luke suchen; eine, die höher liegt«, erklärte Kolja.

»Können Sie nicht dafür sorgen, daß der Wasserpegel sinkt?« wandte sich Griffith an Infinity.

»Nein.«

»Aber ...«

»Ich *kann* es nicht«, unterbrach Infinity wütend. »Es hat zuviel geschneit. Und dann ist der Schnee auch noch viel zu schnell geschmolzen. Das Wasser kann nirgendwo anders hin. Die Flüsse sind überfüllt.«

»Sie hätten Wasser ins All ableiten können.«

»Wir haben schon genug verloren, als uns Ihre verdammte Rakete getroffen hat!«

»Es war nicht *meine* Rakete!«

»Die *Starfarer* ist ein geschlossenes Ökosystem. Wenn wir zuviel Wasser verlieren, verwandelt sie sich in eine Wüste.«

»Okay. Aber gibt es hier keine Reservoirs, die Sie füllen könnten? Oder vielleicht kann man den Ozean tiefer legen?«

»Das geschieht bereits«, erwiderte Infinity. Inzwischen versuchte er noch nicht einmal, seinen Ärger zu verbergen. »Was soll ich Ihrer Meinung nach tun? Es mit einem Eimer ausschöpfen?«

»Petja«, wandte sich Kolja an Griffith, »die Flüsse fließen in den Ozean und in die Reservoirs. Schneller geht es nun mal nicht.«

Griffith zuckte mit den Schultern. »Lausige Planung.«

»Ich gehe rüber ins Wildreservat«, erklärte Infinity. »Der Rest von euch kann tun, was er will.«

Infinity steckte die Hände in die Taschen und ging mit hochgezogenen Schultern davon. Ein paar Sekunden später hatte ihn Esther eingeholt.

»Dieser Griffith kann ein richtiges Arschloch sein«, sagte sie.

Infinity antwortete nicht.

»Okay, was stimmt nicht?« Esther platschte durch eine Pfütze. »Es ist *wirklich* Koljas Angelegenheit, ob er raucht oder nicht.«

»Ich habe ihn angepflanzt«, murmelte Infinity.

»Was?«

»Ich habe *den Tabak* angepflanzt!«

Infinity blieb stehen. Esther sah ihn erstaunt an.

»Ich habe ihn angepflanzt. Was war schon dabei? Ich habe nicht geglaubt, daß ihn jemand nutzen würde … oder daß ihn überhaupt jemand *finden* würde.«

»Warum?«

»Weil … weil er hierhin gehört. Er gehört ins Ökosystem. Außerdem ist er Teil der Tradition … Ich weiß, das ergibt keinen Sinn …«

Esther schlang den Arm um Infinitys Hüfte und drückte ihn an sich.

»Natürlich ergibt das einen Sinn«, sagte sie.

Als J.D. Nemos Kammer betrat, kämpfte der Krakenschwärmer mit einem weiteren Eiersack. J.D. eilte an Nemos Seite und half dem Tentakel, den Sack für die Reise durch Nemos Körper auszurichten.

Mit jedem neuen Eiersack schritt Nemos Verfall weiter voran. Die Flügel verteilten schimmernde Schuppen überall in der Kammer. Es schien zu schneien, nur waren die Flocken bunt. Das Tentakel zuckte krampfhaft. Der gesamte Körper des Krakenschwärmers schrumpfte. Die schillernde Haut legte sich mehr und mehr in Falten, und die Gelenke der Flügel stachen kraß hervor.

J.D. nahm den letzten Eiersack. Sie trug ihn zu Nemo; doch bevor sie ihn absetzte, zögerte sie.

»Es reicht, Nemo«, flüsterte J.D., ohne ihren Link zu benutzen. »Ist es noch nicht genug?«

J.D. atmete tief durch, kniete sich nieder und reichte dem Krakenschwärmer den Sack.

Nemo reagierte nicht.

»Nemo ...!« schrie J.D. Sie hatte Angst, Nemo wäre gestorben, ohne Lebewohl gesagt zu haben.

»Es ist vollbracht«, sagte der Krakenschwärmer. »Der letzte ist vergeudet. Ich habe nichts mehr, was ich ihm geben könnte.«

J.D. war erleichtert. Erschöpft starrte sie auf den Eiersack. Nicht die Arbeit hatte J.D. geschwächt, sondern ihre Sorge um den Außerirdischen. Langsam regte sich ihr Verstand wieder, und sie erkannte die Bedeutung von Nemos Worten.

J.D. legte den Eiersack in einiger Entfernung ab und kehrte an Nemos Seite zurück. Die Augenlider des Krakenschwärmers öffneten sich. Die vormals glänzenden Facettenaugen waren nun matt und trocken.

»Was geschieht als nächstes?« fragte J.D.

»Dank deiner Hilfe bleibt uns noch Zeit zu reden.«

Wenn ich mich sofort auf den Weg mache, dachte J.D., *kehre ich immer noch rechtzeitig zur* Starfarer *zurück, bevor sie in die Transition geht.*

Wenn ich zurückgehe ...

Im selben Augenblick, da sie das Problem erkannt hatte, hatte J.D. bereits die Entscheidung getroffen. Nemo hatte sie gebeten zu bleiben; also würde sie bleiben.

J.D. setzte sich auf den ausgefransten Seidenboden.

Sie fragte sich, wie lange sie hier allein bleiben würde.

Die großen Schwingen legten sich auf den Rücken des Krakenschwärmers. Die feine Membran bedeckte Nemos verschrumpelte Haut wie ein Schleier.

»Ich habe meinen Link verstärkt«, sagte J.D. »Vielleicht kann ich dich jetzt besser verstehen. Wirst du es noch einmal mit mir versuchen?«

»Das werde ich«, erwiderte Nemo.

Undeutliche Muster erschienen in J.D.s Kopf.

Nemo überschüttete sie mit Informationen.

Die Welt verschwand.

J.D. schnappte nach Luft. Sie wußte, daß sie die Augen nicht geschlossen hatte – aber sie konnte weder sehen noch spüren, ob ihre Augen geöffnet oder geschlossen waren. Sie konnte die verschmutzte Luft von Nemos Nest nicht riechen, und sie konnte das Huschen der Begleiter nicht hören. J.D. war blind und taub. Ihr Tast- und ihr Geruchssinn waren verschwunden.

Bevor J.D. in Panik verfallen konnte, erschien ein Punkt. Die einfachste geometrische Form. J.D. umkreiste ihn.

Der Punkt verwandelte sich in eine Linie. J.D. hatte die Linie von ihrem Ende aus betrachtet ... nein, von innen heraus, eine unendliche Linie aus unendlich vielen, eigenständigen Punkten. Eine fraktale Linie in einer fraktalen Dimension, weder die dimensionslose Form eines Punktes noch die eindimensionale Einheit einer Linie.

J.D. umkreiste die Linie, und die Form verwandelte sich erneut. Sie wand und drehte sich, doch alles in derselben Dimension. Immer mehr Raum wurde von der geometrischen Form ausgefüllt, obwohl sie keine Tiefe besaß. Sie existierte irgendwo zwischen einer eindimensionalen Linie und einer zweidimensionalen Ebene.

Nemo umkreiste die Ebene. J.D. fand sich in einer zerklüfteten Landschaft wieder. Berge und Täler entstanden, als die Ebene langsam eine dreidimensionale Gestalt annahm – nicht mehr zweidimensional, doch auch noch nicht fest, sondern wieder irgendwo dazwischen.

Der Raum rotierte erneut. J.D. hielt erwartungsvoll die Luft an. Sie tauchte zu der Form hinab, die Nemo geschaffen hatte.

Jetzt wußte J.D., wie ihr mathematisch begabter Freund es geschafft hatte, eine Sphäre um eine Ebene kreisen zu lassen.

Es war leicht. Nemo führte J.D. mit kaum wahrnehmbaren Schritten durch die Dimensionen. Manchmal konnte J.D. die Unterschiede nicht sehen, doch sie konnte sie riechen oder spüren. Nemo schuf eine Form, die nach Zitronen in einem Schneesturm schmeckte.

J.D. geriet beim Zählen der Dimensionen durcheinander. Sie benötigte mehr Sinne, als ein Mensch besaß. Und so verschwand J.D. im Kommunikationslabyrinth des Krakenschwärmers.

J.D. verschwand, aber sie kam sich nicht verloren vor. Die Labyrinthe von Europa und Androgeos hatten die Kontaktspezialistin verwirrt. Doch in Nemos Labyrinth fand sie sich selbst ... Sie fand den Ort, der sie in Nemos Universum repräsentierte. Sie fand Nemo. J.D. fand neue Ecken, die Nemos höchste Kunstform darstellten, eine Verlängerung des Wissens und des Verstehens – und sie fragte sich, ob eine Form in unendlichen Dimensionen überhaupt Ecken besaß.

Die Kommunikation endete mit unerbittlicher Klarheit. J.D.s Sinne kehrten zurück, und sie war wieder in ihrem Körper.

Nemo lag vor J.D. Die mächtigen Flügel waren in einem gefleckten Seidenkokon verschwunden. Ein paar Begleiter huschten um den reglosen Körper des Krakenschwärmers und zogen Seidenfäden hinter sich her.

»Nemo ...?«

J.D. erhielt keine Antwort. Die Welt verschwand erneut, als J.D. vorsichtig über ihren Link nach Nemo tastete, und sie von der Erinnerung an Nemos Kommunikation überwältigt wurde; doch der Krakenschwärmer schwieg.

J.D. fühlte sich, als hätte ihr jemand das Gehirn herausgerissen. Sie schüttelte den Kopf und versuchte erneut, Kontakt mit Nemo aufzunehmen. Als das Schwindelgefühl verschwand, erwartete J.D., daß ihre Erinnerung an Nemos multidimensionale Kommunikation ebenso verschwinden würde.

Doch zu ihrer Verwunderung waren die Erinnerungen so klar wie zuvor.

»Ich möchte dir etwas schenken«, sagte Nemo.

»Ein Geschenk …!«

Beinahe hätte J.D. abgelehnt. Sie wollte dem Krakenschwärmer erklären, daß er ihr bereits genug geschenkt hatte. Das Wissen um seine Denkweise wog jedes physische Geschenk auf.

Und dann dachte sie: *J.D., bist du bescheuert?*

J.D. streichelte Nemos Tentakel. Die Flügel erbebten entspannt.

»Ich nehme dein Geschenk dankbar an«, erwiderte sie.

»Du bist nicht neugierig, um was für ein Geschenk es sich handelt.«

»Ich bin sogar ziemlich neugierig.«

»Du hast keine Angst vor meinem Geschenk.«

»Nein, ich habe keine Angst. Ich vertraue dir.«

»Du bist nicht besorgt, daß mein Geschenk dich verändern könnte.«

J.D. zögerte. *Ich wäre nicht ins All gezogen, wenn ich Angst vor Veränderungen gehabt hätte*, dachte sie zuerst. *Aber wenn ich wirklich so furchtlos wäre, wie ich mir gerne einbilde, hätte ich das Angebot der Taucher angenommen und auf die Konsequenzen gepfiffen. Ich wünschte, ich hätte mich damals anders entschieden …*

… aber ich werde denselben Fehler nicht zweimal machen. »Ich bin nicht so besorgt, daß ich es ablehnen würde.«

»Ich schenke dir mich selbst«, sagte Nemo.

»Ich … ich verstehe nicht.« Doch dann fügte sie erfreut hinzu: »Heißt das, du wirst leben …? Nemo, das ist ja wunderbar!«

»Nein, ich werde sterben.«

»Dann … dann verstehe ich dich wirklich nicht.«

»Ich gebe dir die anorganischen Teile, die ich zurücklasse.«

Langsam wurde J.D. bewußt, wovon Nemo sprach.

»Du meinst den Teil von dir, den ich als Schiff bezeichnet habe …«, sagte sie.

»Ich gebe dir mein Schiff«, bestätigte Nemo.

J.D. versuchte zu antworten, doch sie brachte kein Wort heraus. Sie konnte kaum atmen. Nemos Schiff!

Das Tentakel zog sich langsam aus J.D.s Hand zurück und glitt über ihren Körper. Die pelzige Spitze streichelte über J.D.s Gesicht – sie hinterließ einen schimmernden Staub.

»Du sagst nichts.«

»Weil ich sprachlos bin«, erwiderte J.D. »So reagieren Menschen, wenn sie überrascht werden.«

»Du nimmst mein Geschenk an.«

»Ja, Nemo. Ja, ich nehme an. Vielen Dank.« J.D.s Hände zitterten. »Aber ... wie soll ich es fliegen? Habe ich noch Zeit, es zu lernen, bevor ... bevor ...«

»... bevor ich sterbe.«

»Ja«, flüsterte sie.

»Mein Leben war lang und erfüllt. Ich bereue meine Entscheidung nicht«, erklärte Nemo.

»Ich werde dennoch um dich trauern«, entgegnete J.D. »Ich wollte mehr Zeit mit dir verbringen und alles über dich erfahren.«

»Meine Nachkommen werden alles wissen, was ich weiß.«

»Sie werden wie du sein?«

»Sie werden sich getrennt voneinander entwickeln, und jeder wird mein Wissen und das seines juvenilen Elternteils besitzen.«

»Aber sie werden nicht wie du sein.«

»Jeder wird unverwechselbar sein«, erklärte Nemo.

»Ich freue mich darauf, deine Kinder kennenzulernen«, sagte J.D. »Aber ich werde dich trotzdem vermissen.« Es fiel ihr schwer, sich vorzustellen, daß die Kinder eines Krakenschwärmers mit dem gesamten Wissen eines langen, hingebungsvollen Lebens zur Welt kamen. Auch Nemo hatte bei seiner Geburt das gesammelte Wissen seiner Vorfahren besessen ... wieviele Jahrtausende, wieviele Generationen?

»Gibt es etwas, das du nicht weißt?« fragte J.D. ehrfurchtsvoll.

»Die Form meines Wissens ist so unvollständig«, antwortete Nemo, »daß meine Kinder und deren Kinder sie nicht vervollständigen werden.«

J.D. rief Nemos Kommunikationsform ab. Der Krakenschwärmer hatte recht. Jetzt wußte J.D., wonach sie suchen mußte, und sie fand die Stellen, die noch erweitert werden konnten. Sie konnte *sehen*, wo ein Defizit bestand. Wie merkwürdig: Beim ersten Mal hatte J.D. die Form als unendlich empfunden.

»Wenn ich nur die Details der multidimensionalen Oberfläche kennen würde ...«

»Du wirst mein Wissen ebenso erweitern wie meine Nachkommenschaft.«

J.D. brachte ein Lächeln zustande. »Macht mich das zu deiner Tochter?«

»Der Gedanke gefällt mir«, erwiderte Nemo.

Das Tentakel streichelte J.D. erneut, ihr Haar, ihre Wange. Dann erzitterte es, rutschte J.D.s Arm hinab und rollte sich unordentlich auf dem Boden zusammen.

Weitere schillernde Schuppen lösten sich von den mächtigen Flügeln. Winzige Wesen, die an Einsiedlerkrebse erinnerten, räumten die Schuppen weg. Ihre Spuren formten sich zu leuchtenden, unlesbaren Hieroglyphen.

Plötzlich erzitterte J.D. Falls diese neue Generation von Begleitern die Funktion hatte, Nemo zu zerstükkeln ... sie konnte den Anblick nicht ertragen. Dennoch würde J.D. Nemo nicht allein sterben lassen.

»Nemo, was geschieht jetzt?« fragte sie erneut. »Wie werde ich lernen, dein Schiff zu fliegen? Was ist mit deinen Kindern? Solltest du es nicht einem von ihnen vererben?«

»Meine Kinder können nichts von dem verwenden, was ich zurücklasse.«

»Aber wie soll *ich* es verwenden? Ich hätte Esther mitnehmen sollen, um mir zu helfen. Jetzt ist keine Zeit mehr dafür und ...«

Das Tentakel richtete sich mühsam auf und umschlang J.D.s Handgelenk. J.D. verstummte.

»Du hast die Mittel, um zu lernen.«

Nemo führte J.D. in seine innere Realität.

J.D. schrie.

Sie *war* das Schiff. Sie *war* Nemo. Sie spürte die Schwäche seines organischen Körpers und die Stärke seines geistigen, dessen, der überleben würde. Nemo führte J.D. zu den für die Steuerung des Planetoiden relevanten Verbindungsstellen der multidimensionalen Form. Sich von einem Ort zum anderen zu bewegen, war so leicht wie denken. J.D. konnte den Transitionspunkt erkennen, und den langen, gewundenen Weg hindurch.

»Wir müssen *dorthin*«, sagte sie und deutete nach vornc.

J.D. konnte auch eine alternative Route nach 61 Cygni sehen, doch sie war durch einen tiefen Graben von ihr getrennt. Vielleicht war das der Weg, den die *Starfarer* einschlagen würde. Obwohl die Formen Victorias Algorithmus ähnelten, konnte J.D. sie nicht zusammenfügen.

Nemos Route war kompliziert, verschlungen und wunderschön.

Es war ein Labyrinth, doch Nemo zeigte J.D. den Weg hindurch.

»Es ist ein weiter Weg«, sagte Nemo, »und ich fürchte, du wirst dich einsam fühlen.«

»Einsamkeit hat mir nie etwas ausgemacht«, erwiderte J.D. »Jedenfalls nicht sehr viel. Ich werde dich vermissen.« Sie öffnete die Augen und schloß sie rasch wieder. In J.D.s Kopf erschien Nemo als ätherisches Wesen. Nemos zerfallender Körper und die eingesponnenen Flügel erinnerten J.D. nur daran, wie wenig Zeit ihnen noch blieb. Sie kniff die Augen zusammen, um die Tränen zurückzuhalten. Ihre Kehle brannte.

Stephen Thomas versuchte, die unangenehmen Nebenwirkungen des Gestaltwechsels zu ignorieren. Solange er sich vollkommen ruhig verhielt, spürte er nichts. Doch jede Bewegung erinnerte ihn auf schmerzhafte Weise an das Geschehen in seinem Körper.

Die *Starfarer* näherte sich dem Transitionspunkt. J.D. hatte sich bis jetzt erst einmal gemeldet und danach nichts mehr von sich hören lassen. Victoria und Satoshi mußten während der nächsten Stunden arbeiten, aber Stephen Thomas hatte nichts zu tun.

Während der ersten Transition der *Starfarer* hatte Stephen Thomas bewußtlos unter den Trümmern des Genetischen Instituts gelegen. Als sie sich der zweiten Transition genähert hatten, hatte er in Arachne nach den Ursachen für den Systemabsturz gesucht und Blades Neuralknoten als Ausgangspunkt der Schwierigkeiten lokalisiert.

Ich will *die Transition sehen*, dachte Stephen Thomas. *Ich muß irgendwo hin, wo ich das kann.*

Stephen Thomas sprang auf.

Seine Genitalien zogen sich zusammen, und er blieb reglos stehen. Vorsichtig sank er zurück in den Stuhl. Ihm war übel.

»So eine gottverdammte Scheiße«, knurrte er. Stephen Thomas besaß keine Kontrolle über Muskeln, die für Zev selbstverständlich waren. Er hatte den letzten Schritt seiner Verwandlung von einem Menschen in einen Taucher noch nicht getan.

Stephen Thomas legte die Arme auf den Tisch, schloß die Augen und klinkte sich in Arachne ein.

Die Biofeedback-Routinen reagierten, als hätte er sie um einen Auffrischungskurs in Körperkontrolle gebeten – Bartunterdrückung, Fruchtbarkeitsregulierung. Stephen Thomas bat Arachne, ihm die Verwendung von Muskeln beizubringen, die kein normaler Mann besaß.

Da Arachne keine moralischen Vorbehalte gegen Stephen Thomas' Anfrage hatte, bearbeitete sie das Problem. Das Netz suchte die neuen Nervenknoten, die Stephen Thomas mittlerweile besaß und verstärkte sie.

Während Arachne arbeitete, nahm Stephen Thomas seinen Körper kaum noch wahr; doch sein Bewußtsein blieb wach. Sowohl gelangweilt als auch besorgt suchte er nach einer Beschäftigung.

J.D. war nach wie vor isoliert. Stephen Thomas hätte beinahe eine Nachricht an seine Partner gesandt, doch dann überlegte er es sich anders. Sie waren beschäftigt, und Stephen Thomas wußte weder, was er ihnen hätte sagen sollen, noch, ob sie überhaupt mit ihm reden wollten.

Er rief Arachnes Bericht über die Annäherung an die Transition ab. Ein Hologramm der Telemetrie erschien.

Nemos Schiff folgte der *Starfarer*; der Kosmische String wand sich unsichtbar vor dem Sternenschiff, und Arachne schien sicher zu arbeiten.

In den letzten Minuten seines Lebens hat Feral genau das gleiche getan, dachte Stephen Thomas.

Er klinkte sich aus Arachne aus, sprach Ferals Paßwort und trat in eine neue Kommunikationsroutine ein, die auf Ferals Gästekonto lief.

Eine ungewöhnliche Resonanz erwartete ihn, die sich rasch zurückzog. Stephen Thomas versuchte, das Phänomen zu erfassen, doch es entzog sich seinem Zugriff. Hatte er sich das alles nur eingebildet?

Verunsichert blickte Stephen Thomas sich um und wartete auf die Transition.

Victoria war tief in Arachne versunken. Die Aussicht aus den transparenten Wänden des Segelhauses vermischte sich in ihrem Kopf mit Arachnes Analysen des gesamten Sternenschiffes. Diesmal funktionierte alles wie geplant. Das riesige Segel richtete die *Starfarer* auf den Transitionspunkt aus. Keine Kriegsschiffe verfolgten sie und feuerten Raketen auf das Schiff ab; kein Saboteur – jedenfalls glaubte Victoria das – agierte im Hintergrund, um das

Netz im ungeeignetsten Augenblick zum Absturz zu bringen; und der Kosmische String bewegte sich gleichmäßig, obwohl er sich aus dem Sirius-System zurückzog. Das Sternenschiff hatte ihn beinahe eingeholt.

Jenny blickte kurz von ihrem Hardlink auf. Sie gab irgend etwas im Einfingersuchsystem ein. Niemand tippte heutzutage noch etwas ein. Eine Tastatur war ein Anachronismus, ein untergeordnetes Sicherheitssystem.

Arachne projizierte ein Hologramm über die Tastatur, das dem in Victorias Kopf glich.

Avvaiyars Bild erschien zwischen Victoria und Jenny. Die Astronomin war ebenso wie die beiden Frauen im Segelhaus an den Vorbereitungen für die Transition beteiligt, aber sie arbeitete im Observatorium.

»Sie wissen, was ich von Ihnen will?« fragte Avvaiyar.

»Was?«

»Wir müssen einen Nexus finden. Eine Kreuzung. Einen wirklichen Sammelpunkt, wie wir ihn bereits im Tau-Ceti-System gefunden haben. Einen Nexus, der so bedeutend ist, das man ihn nicht wegen ein paar ungebetenen menschlichen Besuchern aufgeben wird. Sie würden nur wegen ein paar Touristen nie ihr ganzes Transportsystem in die Luft jagen.«

Victoria konnte ein Lachen nicht unterdrücken.

»Soll mir recht sein«, erwiderte sie. »Wenn es nicht anders geht, werde ich von einem Nexus zum nächsten springen und mir die Kehle heiser schreien, bis die Zivilisation uns anhört.«

Victoria wandte sich dem Bild von Nemos Schiff zu. Ein Dutzend seidener Blasen hatte sich auf der felsigen Oberfläche des Planetoiden gebildet.

»Sollten Sie nicht versuchen, mit J.D. in Kontakt zu treten?« fragte Jenny.

»Besser nicht. Sie ist der friedfertigste Mensch der Welt, aber wenn man sich in ihre Arbeit einmischt, kann sie zur Furie werden.«

»Sie hat nicht mehr viel Zeit.«

»Ich weiß«, entgegnete Victoria so ruhig wie möglich.

Sie sehnte sich danach, mit J.D. zu sprechen und sie zu überzeugen – oder ihr zu befehlen –, nach Hause zurückzukehren. Es kostete Victoria viel Mühe, stillzuhalten.

»Sie kommt nicht zurück«, erklärte sie. »Jenny, sie wird Nemo nicht verlassen. Und wenn das bedeutet, in einem außerirdischen Raumschiff in die Transition zu gehen, dann wird J.D. genau das tun.«

»Wie weit wird sie hinter uns zurückfallen?«

»Ich weiß es nicht.« Victorias Stimme wurde zu einem Flüstern. »Sie könnte ... sie könnte verdammt lange unterwegs sein.«

»Wissen Sie, Victoria ...« Avvaiyars Bild hing an einem festen Platz im Raum, während Jenny und Victoria in der Schwerelosigkeit des Segelhauses drifteten. »Sie könnten ...«

»Ich weiß!« schrie Victoria. »Glauben Sie bloß nicht, ich hätte noch nicht darüber nachgedacht. Aber ... wenn ich J.D. den Algorithmus schicke, wird er auch in Nemos Verstand gelangen ... oder was auch immer der Krakenschwärmer als Computernetz benutzt. Das wäre das gleiche, als würden wir ihn der Zivilisation übergeben.«

»Bedingungslos«, ergänzte Avvaiyar ironisch.

Was würde J.D. von mir erwarten? überlegte Victoria.

Sie blieben nur noch ein paar Minuten. Ihr blieb keine Zeit mehr, eine Versammlung einzuberufen und die Angelegenheit mit den anderen zu besprechen. Ihr blieb noch nicht einmal die Zeit, die Sache mit einem einzigen ihrer Kollegen zu erörtern.

Gib's doch zu! sagte Victoria zu sich selbst. *Du hast Angst, jemanden um Rat zu bitten. Du hast Angst, jemand würde dir keine Wahl lassen. Satoshi würde dir raten, ihn 'rüberzuschicken; Gerald und die Senatoren würden das Gegenteil verlangen. Und Stephen Thomas ...* Victoria konnte sich nicht vorstellen, was Stephen Thomas sagen würde. Der Gedanke erschreckte sie.

Victoria atmete tief durch. Arachne arbeitete ruhig.

Die *Starfarer* näherte sich dem Transitionspunkt, und das Stellarsegel rollte sich langsam wieder zusammen.

»Avvaiyar«, sagte Victoria. »Jenny ...«

»Ja«, erklärte Avvaiyar ernst.

»Ich stimme auch zu.« Jenny nickte bestätigend. »Ich habe mir schon gedacht, daß Sie zu dieser Entscheidung kommen würden.«

J.D. spürte die stille Kraft von Nemos Körper. Sie konnte sehen, fühlen, wie sie ihn bewegen konnte. Die Steuerung erschien ihr so natürlich wie das Gehen. J.D. verstand den Antrieb ebensowenig wie ein Kind eine komplizierte mathematische Formel. Ihr Gehirn war an die Beschäftigung mit Gravitationswellen oder dem Masseaustausch subatomarer Partikel gewöhnt; doch Nemos Energiesystem blieb ein Mysterium.

J.D. konnte Nemos Sinne nutzen und das Universum um sich herum aufbauen. Die Oberfläche des Planetoiden bildete ihre Haut, und die Eiersäcke preßten sich gegen sie.

In der Ferne raste die *Starfarer* auf den Kosmischen String zu, um in die Transition einzutreten. Das gewaltige Segel warf einen letzten, silbernen Schimmer und wurde eingeholt.

»Lebt wohl!« schrie J.D.

Die *Starfarer* verschwand.

J.D. schloß instinktiv die Augen, als das helle Licht der Transition das Planetensystem erfüllte. Mehr ließ das Sternenschiff nicht zurück.

J.D. öffnete die Augen und brach ihre Verbindung mit der Welt außerhalb der Kammer ab. Die seidenen Vorhänge hingen schlaff herab. Sie waren zerrissen wie alte Spinnweben. J.D. war umgeben von den leisen Geräuschen der Symbionten.

»Sie sind weg, Nemo«, flüsterte J.D.

»Schau«, sagte Nemo, »meine Nachkommen sind frei.«

Gemeinsam betrachteten J.D. und Nemo die Oberfläche des Planetoiden.

Die seidene Kuppel auf einem der Krater hatte sich zu einer Sphäre entwickelt. Sie dehnte sich immer weiter aus, wie eine Seifenblase. Bald überstieg ihr Durchmesser den des Kraters, dennoch klebte sie an ihm wie ein Ballon an einer Gasflasche.

Die Sphäre löste sich.

Dann sank sie. Die Atmosphäre des Planetoiden war zu dünn, als daß sie in der Luft schweben konnte. Doch plötzlich öffnete sich ein kleines Loch an der Unterseite der seidenen Kugel, und Gas strömte hinaus, das die Sphäre von der Oberfläche katapultierte.

J.D. lachte befreit auf.

Der Ballon stieg schweigend und frei in den Weltraum hinauf.

In schneller Folge wurde ein halbes Dutzend weiterer ›Ballons‹ von dem Planetoiden abgestoßen. Elastische Hüllen bedeckten merkwürdige, verlockende Gestalten. Bald waren sie nur noch als undeutliche Punkte am Himmel zu erkennen. J.D. – Nemo – hatte alles für sie getan, was sie konnten. Jetzt waren sie sich selbst überlassen. J.D. wünschte ihnen alles Gute, aber sie würde nicht …

J.D. besann sich wieder auf sich selbst. Vielleicht *würde* sie sie in der Zukunft wiedersehen. Sie war *nicht* Nemo. Sie bereitete sich *nicht* auf ihren Tod vor.

J.D. aktivierte ihren Link, um Nemo zu gratulieren.

Sie fand nur Leere.

J.D. versuchte verzweifelt, mit dem Krakenschwärmer in Kontakt zu treten, doch sie entdeckte nur einen matten Funken inmitten unendlicher Dunkelheit. Der Funke flackerte. Er hieß J.D. willkommen. Nemos Tentakel zuckte zaghaft in ihrer Hand.

Plötzlich erstarb jedes Geräusch.

Der Funke bewegte sich. Er dehnte sich aus, bis er die gesamte Oberfläche von Nemos Wissen bedeckt hatte, aber gleichzeitig wurde sein Licht immer schwächer. Das schwache Licht verschwand so langsam, daß sich J.D.

über den genauen Zeitpunkt seines endgültigen Verschwindens nicht im Klaren war.

»Oh, Nemo ... Leb wohl.«

Die Oberfläche des Wissens änderte sich. Sie wurde kalt und fest. Als sich Nemos Persönlichkeit auflöste, verlor die Oberfläche eine große Zahl ihrer unendlichen Dimensionen. J.D. wollte den Vorgang zunächst stoppen, doch dann entschied sie anders. Es hätte nichts genutzt.

Nemo war gegangen.

J.D. fühlte sich unendlich einsam. Und sie *war* tatsächlich einsam – einsamer als je ein Mensch zuvor. Nemos Kinder waren trotz ihres Potentials nicht mehr als Zygoten, die an einem gewaltigen Dottersack des Wissens hingen. Sie waren noch nicht einmal Embryos.

J.D. war das einzige intelligente Wesen in diesem Sonnensystem.

Sie zitterte.

Überall um sie herum erwachten die Aasfresser. Geräusche der Zerstörung erfüllten die Kammer von einer Ecke zur anderen. Kurz darauf gesellte sich ein neues Geräusch zu dieser Kakophonie; das Geräusch reißender Kabel. Der Boden unter J.D.s Füßen gab nach.

Nemos Tentakel zuckte. J.D. fuhr überrascht zusammen. Sie wurde von einem kurzfristigen Glücksgefühl erfüllt, das sich jedoch sofort in Entsetzen verwandelte. Sie ließ das Tentakel fallen.

Zwei Symbionten stritten um den Besitz des Tentakels, indem sie mit den Skorpionschwänzen aufeinander schlugen, die aus ihren Rückenpanzern ragten.

Der verbliebene Eiersack, der nicht befruchtet worden war, rutschte über den Boden. Unsichtbare Kreaturen bewegten sich in seinem Inneren. Die Seide riß und kräftige Klauen schossen heraus.

Nemos Körper ereilte das gleiche Schicksal, das auch für J.D.s Überreste bestimmt war, wenn sie begraben werden würde – egal ob an Land oder im Meer. Es war nur natürlich.

Trotzdem konnte J.D. nicht hinsehen.

J.D. streichelte über Nemos Lid und schloß das Auge des Krakenschwärmers. Sie stand auf und verließ zitternd Nemos zerfallendes Netz.

Kapitel 13

J.D. kletterte so schnell wie möglich aufwärts. Sie kümmerte sich nicht um den Schaden, den sie verursachte. Das Nest fiel auseinander. J.D. war in Panik, denn sie hatte ihren Raumanzug an Bord der Chi zurückgelassen. *Wie selbstgefällig von mir ...!*

Die Tunnelwände erbebten, als J.D. hindurchkletterte. Unbekannte Kreaturen, Symbionten und Aasfresser stritten um die Überreste des seidenen Gewebes. Lichtführende Stränge hingen zerfetzt von den Wänden herab. Einige waren bereits erloschen, während andere noch ein schwaches Glühen ausstrahlten.

Nemo konnte die gefährliche Strahlung des Sirius nicht mehr in nutzbare Energie verwandeln oder Nährstoffe aus dem Felsen ziehen, die für den Bestand des Ökosystems von essentieller Bedeutung waren. Die Symbionten würden das Netz entsorgen, die größeren Begleiter würden sich von den Symbionten ernähren, und die Aasfresser würden die Überreste vertilgen. Schließlich wären nur noch anorganische Materialien übrig – Staub und ein paar vereinzelte Bakterien.

Nemos Körper starb.

Der Tunnel zur *Chi* türmte sich vor J.D. auf. Das Gewicht der Wände kämpfte mit dem Innendruck und gewann langsam die Oberhand. Der Tunnel drohte zu kollabieren.

Langsam entwich die Luft durch die porös gewordenen Seidenwände. J.D. rang nach Atem und kämpfte sich Stück für Stück zu dem Scoutschiff voran. Falls sich der Tunnel von der Luftschleuse lösen sollte …

Erinnerst du dich an diese Geschichten, wo jemand zwanzig oder dreißig Meter durchs Vakuum zurückgelegt hat … ohne Raumanzug …? dachte J.D. *Vielleicht findest du bald heraus, ob etwas Wahres dran ist …*

Allerdings konnte J.D. auf dieses Experiment genausogut verzichten.

Die einstürzenden Wände behinderten ihre Sicht, und so rannte sie mit dem Kopf gegen die Außenhülle der *Chi*. J.D. schrie schmerzerfüllt auf und warf die Seide in die Höhe, um die Luke zu finden.

Mehrere von Nemos Begleitern hockten an der Luftschleuse und entzogen der Seide eine klebrige Flüssigkeit, die den Tunnel mit dem Scoutschiff verband. Zum Glück waren die Wesen erschöpft. Dennoch deutete ein Zischen darauf hin, daß bereits Luft entwich.

J.D. hielt den Atem an und stürmte durch die Luftschleuse.

»Versiegeln!« rief sie durch ihren Link, um Atem zu sparen.

Die *Chi* gehorchte. Ein Stück Seide hatte sich um J.D.s Fuß gewickelt und blockierte den Eingang. J.D. riß das Gewebe entzwei, und die Seide zerfiel in ihren Händen wie alte Spinnweben.

Leise glitt die Luke zu. Die Bewegung brachte das Deck kaum zum Vibrieren, und die Luft war zu dünn, um Schall zu übertragen. Als sich die Schleuse schloß, glaubte J.D., ein Stück Himmel zu erkennen, das weder durch Seide noch durch Glas von ihr getrennt war.

Ein warmer Luftstrom drang aus dem Inneren der *Chi* auf J.D. ein. Hundemüde legte sie sich auf den Boden. Sie atmete langsam und tief durch. Wieder einmal dankte sie dem Schicksal, daß sie ihren Stoffwechselbeschleuniger nicht hatte veröden lassen.

Die innere Luke glitt auf. J.D. blieb, wo sie war und sammelte Energie.

Im Augenblick hatte sie keine dringenden Aufgaben

zu erledigen. Nemos Hülle war auf dem Weg zu Europas Transitionspunkt. J.D. konnte die Bewegungen des Planetoiden kontrollieren, doch sie wollte nicht in Nemos Navigation eingreifen, bevor sie die *Starfarer* nicht eingeholt hatte. Sie fragte sich, wie lange das wohl dauern würde.

Krallen kratzten an Metall.

J.D. sprang erschrocken auf.

Mehrere von Nemos Symbionten huschten über den Boden des Scoutschiffes und bearbeiteten die Ausstiegsluke mit ihren kräftigen, kleinen Beinen.

J.D. blickte liebevoll auf die Kreaturen hinab.

Sie kniete sich nieder und sammelte die Wesen in einem Seidenfetzen ein.

J.D.s Hände glitzerten. Winzige Schuppen von Nemos Flügeln hatten sich auf ihrer Haut verfangen und lagen überall verstreut auf dem Boden.

Die *Starfarer* war in der Transition.

Arachne ging wie gewohnt ihrer Arbeit nach, ohne sich darum zu kümmern, daß das Sternenschiff soeben das normale Raum-Zeit-Kontinuum verlassen hatte. Victoria atmete erleichtert aus.

»Das Netz ist in Ordnung«, erklärte sie.

Jenny starrte hinaus in die Transition. Ihr standen die Tränen in den Augen, und jedesmal, wenn sie blinzelte, kullerte eine die Wange hinab.

»Es ist vorbei«, flüsterte Jenny. »Endlich. Wir sind in Sicherheit.«

»Das hoffe ich«, erwiderte Victoria.

Und dann lächelten die beiden Frauen sich an, und Jenny lachte, obwohl ihr die Tränen über die Wangen liefen. Sie räusperte sich und zog ein Taschentuch aus ihrer Hosentasche, um sich die Tränen aus den Augen zu wischen und sich zu schneuzen.

»In Sicherheit!« rief Jenny. »Wir haben bereits die Hälfte unseres Weges zurückgelegt und werden in kurzer Zeit an einem Punkt herauskommen, den zu besuchen uns verboten worden ist. Soweit wir wissen, werden sie uns sofort vom Himmel pusten, sobald wir dort ankommen.«

»Das ist ihnen nicht gestattet«, widersprach Victoria. »Ihre einzige Waffe ist der Boykott.«

»Es sei denn, sie sind verzweifelt genug, daß sie ihre eigenen Regeln brechen, um uns aufzuhalten. *Ich* glaube, die Zivilisation wird eine besonders *edle* Form des Drucks auf uns ausüben.«

»Ich nehme an, das sollte kein Kompliment sein.«

»Richtig geraten. Um andere davon zu überzeugen, was sie für richtig, heilig oder sonst was halten, tun die Menschen alles. Der Zweck heiligt die Mittel, und ich bezweifle, daß es bei den Außerirdischen anders ist.«

Victoria antwortete nicht. Sie wollte nicht darüber nachdenken, welche Mittel hier welchen Zweck rechtfertigten, denn Jennys Aussage deckte sich zu sehr mit ihren eigenen Befürchtungen.

Die *Starfarer* befand sich nun zum dritten Mal in einer Transition, doch diesmal zeichnete Arachne alles auf, und Victoria hatte endlich die Gelegenheit, das Spektakel mit eigenen Augen zu verfolgen. Während der Reise von Sol nach Tau Ceti hatte sie Satoshi geholfen, Stephen Thomas aus den Trümmern des Genetischen Instituts zu befreien. Und während der Reise von Tau Ceti nach Sirius hatte sie versucht, Ferals Leben zu retten – und versagt.

Die bisherigen Aufzeichnungen wurden der Transition nicht gerecht. Sie zeigten lediglich einen formlosen, grauen Nebel. Doch eine Transition war viel mehr als das.

Victoria bezweifelte, daß sie es jemals in Worte fassen konnte. Ob Arachne anschließend fähig war, eine visuelle Reproduktion anzufertigen?

Das Segelhaus hing isoliert inmitten eines silbernen Funkenregens. Von Zeit zu Zeit durchzog ein farbiger Streifen den glitzernden Sturm, nur um kurz darauf wieder zu verschwinden. Victoria wußte nicht, ob ihre Eindrücke real waren oder ob es sich nur um eine Art Fata Morgana handelte, die von den Veränderungen der sie umgebenden Matrix geschaffen wurde.

»Es ist ein Labyrinth«, sagte Victoria. »Wir haben bis jetzt immer geglaubt, es gäbe ein Muster, aber es gibt keines. Es ist nur ein Labyrinth.«

Victoria fühlte sich einsam. Es gab nur sie und Jenny. Die beiden Frauen konnten noch nicht einmal einen der beiden Zylinder der *Starfarer* durch den Sturm hindurch erkennen.

Victoria versuchte sich vorzustellen, wie einsam J.D. sich fühlen mußte.

›Lebt wohl‹ hatte J.D. in jener letzten Sekunde gesagt, bevor die *Starfarer* in der Transition verschwunden war.

Es hatte so endgültig geklungen.

J.D. ging in das kleine biologische Labor der *Chi* und steckte Nemos Kreaturen in Probenbehälter. Sie mußte sie einzeln unterbringen, damit sich die Wesen nicht gegenseitig auffraßen. Anschließend teilte J.D. die Überreste des seidenen Gewebes unter ihnen auf.

Wahrscheinlich würden die Wesen bald sterben. Sie waren nicht dafür geschaffen worden, Nemos Tod lange zu überleben; sie waren ein Teil des sterbenden Körpers. Stephen Thomas oder Professor Thanthavong hätten bestimmt einen Weg gefunden, sie am Leben zu erhalten. Vielleicht würden die Symbionten noch solange leben, bis J.D. die *Starfarer* eingeholt hatte.

Wie lange das wohl dauern mag? fragte sich J.D. *Wie lange werde ich hier allein sein?*

Nemo konnte mit Sicherheit die Dauer einer Transition berechnen. Oder hat Zeit keine Bedeutung für jemanden, der mehrere Jahrtausende alt ist?

J.D. suchte nach der Oberfläche von Nemos Wissen. Sie fand sie – und erneut wurde J.D. von ihrem verstärkten Link in einen unfaßbaren Raum geführt, der die

Fähigkeiten ihrer Sinne überstieg. Sie hing im Nichts und suchte nach der Antwort, die sie so dringend brauchte.

Es war überwältigend. J.D. glitt über die Oberfläche, ohne in ihre Tiefen vordringen zu können. Überall lenkten sie Spuren von Nemos Erfahrungen ab.

Als sie wieder zu sich kam, hatte J.D. noch immer keine Antwort auf ihre Frage gefunden. Schlimmer noch; sie wußte nicht, *wo* sie danach suchen sollte.

Vielleicht war es Nemo egal, wie lange es dauert, dachte J.D. *Außerdem ... will ich die Antwort wirklich wissen?*

Die *Chi* war gut ausgerüstet, dennoch waren ihre Vorräte begrenzt. Sollte die Transition Wochen oder gar Monate dauern, dann hatte J.D. ein Problem. Die *Chi* besaß einige organische Systeme, doch sie war nicht dafür gebaut worden, einen Menschen über längere Zeit zu versorgen.

J.D. lachte leise vor sich hin. Hätte sie Victoria erlaubt, Androgeos den Algorithmus zu geben, dann hätte Nemo ihn ohne Zweifel auch bekommen.

»Diesmal hast du dich selbst ausgetrickst«, murmelte J.D. und versuchte, ihre Angst zu unterdrücken.

›Lebt wohl‹ – was für ein Abschied. Das sagte gar nichts. J.D. wünschte, sie hätte sich von ihren Freunden auf eine bessere Art verabschiedet. Mit Sicherheit sorgten sie sich um J.D., denn sie wußten auch nicht, wie lange sie vom Sirius nach 61 Cygni unterwegs sein würde. Sie wußten nur, daß J.D. mehr Zeit benötigte als die *Starfarer.*

J.D. überließ Nemos Symbionten der Erkundung ihrer neuen Umgebung und ging in den Panoramaring.

Verblüfft und erfreut blieb sie im Eingang stehen.

Die elegante Form von Victorias Algorithmus drehte sich in der Mitte des Raums.

J.D. nahm ihren Platz im Panoramaring ein. Der Transitionsalgorithmus schwebte vor ihren Augen, Victorias letzte Botschaft, ihr letztes Geschenk.

Nemos Hülle näherte sich dem Transitionspunkt. J.D.

blieben nur wenige Minuten, um eine Entscheidung zu treffen.

Erwartungsvoll schloß sie die Augen und öffnete ihren Link so weit wie möglich, um die multidimensionale Oberfläche von Nemos Wissen mit dem Bordcomputer der *Chi* zu verbinden, dann verglich J.D. Victorias Algorithmus mit Nemos Berechnungen.

Sie passen tatsächlich zueinander, dachte sie. *Zwar nicht ganz genau, aber ...*

Was geschieht, wenn ich einen Fehler begehe? Vielleicht lande ich dann auf der anderen Seite der Galaxis.

J.D. drehte den Algorithmus solange, bis er den Abgrund überbrückte, der sie noch vor kurzem von einem Teil der Oberfläche getrennt hatte.

Der Algorithmus fügte sich in die Oberfläche ein; rauhe, harte Schönheit verband sich mit jahrtausendealter Eleganz. Der Algorithmus war wie ein ungeschliffener Eiskristall auf der Oberfläche eines uralten Gletschers. Die kristallinen Ecken verschmolzen miteinander. Dennoch hob sich der Algorithmus nach wie vor deutlich von Nemos multidimensionaler Oberfläche ab.

Hätte Nemo noch gelebt, wäre der Algorithmus nahtlos eingefügt worden. Es war so viel verlorengegangen, als Nemos Persönlichkeit gestorben war. J.D. schaltete ihren Link ab. Jetzt konnte sie nur noch warten.

J.D. blickte durch die transparenten Wände des Panoramarings auf Nemos Krater. Die Überreste des Zugangstunnels lagen zwischen Schiff und Krater wie eine alte Schlangenhaut.

Die seidenen Wände von Nemos Nest kollabierten, und der erschlaffte Zugangstunnel wurde von der Luftschleuse der *Chi* losgerissen.

Das Nest verschwand in den Tiefen des Kraters.

Nemos Hülle trat in die Transition ein. J.D. registrierte den Vorgang als einen veränderten Winkel auf der Wissensoberfläche, von einer sanften Schräge zu einem steilen Abhang.

J.D. mußte sich *jetzt* entscheiden: Würde sie dem sanften Gefälle von Nemos Berechnungen folgen oder sich in das gefährliche Terrain des neuen Algorithmus' wagen?

Sie führte Nemos Hülle in das neue Gebiet.

J.D. fühlte sich wie ein Nautilus, der mit seinen Tentakeln vorsichtig den Meeresboden erkundete, ohne zu wissen, wohin sein Weg ihn führen würde. Der Planetoid fand den Weg, den J.D. bestimmt hatte und ging auf Kurs.

J.D. war sowohl gut gelaunt als auch verängstigt. Sie hoffte, den Spuren der *Starfarer* zu folgen ... aber sie war sich nicht sicher.

Als J.D. an das Sternenschiff dachte, glaubte sie, es zu sehen, zu hören und zu spüren ... Sie benutzte einen von Nemos Sinnen, der den Menschen unbekannt war. Eine Anomalie zeigte sich während der Transition auf der multidimensionalen Oberfläche. Von Zeit zu Zeit verschwand sie wieder, nur um kurz darauf wieder aufzutauchen – wie ein Zug, der durch ein Gebirge tuckerte und dann und wann in einem Tal verschwand.

Die Anomalie lenkte J.D. ab. Sie wollte sie einholen, um sich zu vergewissern, daß sie wirklich der *Starfarer* folgte. J.D. *wußte*, daß ihr das nicht gelingen würde, und das überraschte sie. Die *Starfarer* hatte nie versucht, ihre Vektoren zu ändern, nachdem sie in die Transition eingetreten war.

J.D. mäßigte sich. Ein Experiment war vorläufig genug.

Sie wandte ihre Aufmerksamkeit wieder Nemos Hülle zu. J.D. zitterte vor Aufregung. Die mit Kohlenwasserstoffen angereicherte Luft drang in ihre Nase, und sie mußte niesen.

Ich muß dringend etwas wegen der Atmosphäre unternehmen, dachte sie. *Nemo kontrolliert sie nicht mehr. Wird es mir gelingen, die Oberfläche des Planetoiden so zu verändern, daß eine erdähnliche Umgebung entsteht? So wie auf Europas Schiff? Wie hat Europa ihr Sternenschiff bekommen? Und wie hat sie es ihren Wünschen angepaßt? Sicherlich boomt das Geschäft mit Sternenschiffen in der Zivilisation.*

Sallys Gebrauchte Sternenschiffe. Gorts Sternenschiff-Tuning.

J.D. lachte. Sie lachte, und dann weinte sie.

Die Kontaktspezialistin richtete ihre Aufmerksamkeit auf die Ränder von Nemos Hülle und auf das, was jenseits davon lag ...

... und sie entdeckte, daß sich auch die verbliebenen beiden Eiersäcke gelöst hatten und verschwunden waren. Sie waren in die Transition eingetreten, während J.D. mit ihren Gedanken woanders gewesen war.

J.D. richtete jeden ihrer neugewonnenen Sinne auf ihre Umgebung, um eine Spur der Eiersäcke zu finden; doch nirgendwo in den unzähligen Dimensionen der Transition war etwas von ihnen zu sehen. Die Anomalie der *Starfarer* war das einzige, was die einheitliche Form der Wissensoberfläche störte.

»Nemo, es tut mir so leid ...«

J.D. hatte versagt. Sie hätte es mit Sicherheit irgendwie schaffen können, die beiden Eiersäcke festzuhalten, bis sie wieder in den Normalraum zurückgekehrt war.

Doch jetzt waren sie verschwunden.

Obwohl sie genau in die Transition blicken konnte, fühlte sich Victoria blind. Der Schiffsradar funktionierte in dieser Umgebung nicht. Sie hätten genauso gut ohne Sonar durch trübes Wasser tauchen können. Natürlich besaß die *Starfarer* keine Sonargeräte, aber hätte sie welche gehabt, dann hätte Victoria sie ausprobiert.

Ich kann mir gut vorstellen, was Senator Derjaguin gesagt hätte, wenn wir die Starfarer *mit Sonar ausgerüstet hätten,* sagte Victoria zu sich selbst.

Die *Starfarer* sammelte Proben während der Transition,

doch Victoria rechnete nicht damit, daß dies irgendwelche Materialien zutage fördern würde, die auf Sonar reagierten.

Die Quelle des Lichtsturms stellte ein weiteres Mysterium dar.

Jenny schwebte in der Nähe. Sie war vor wenigen Minuten ins Segelhaus zurückgekehrt. Seit die *Starfarer* das irdische Sonnensystem verlassen hatte, hatte Jenny nicht mehr so gut ausgesehen. Auch ein paar andere Leute waren ins Segelhaus gekommen, um die Transition zu sehen. Victoria wünschte, Satoshi und Stephen Thomas wären bei ihr. Aber Satoshi befand sich im Observatorium und wartete darauf, einen ersten Blick auf das neue Sonnensystem werfen zu können ... Victoria hatte keine Ahnung, wo sich Stephen Thomas herumtrieb. Das war in letzter Zeit eher die Regel als die Ausnahme.

Urplötzlich fiel die *Starfarer* aus der Transition.

Victoria schrie triumphierend und erleichtert auf. Sie nahm sofort Kontakt mit Arachne auf. Die *Starfarer* befand sich nach wie vor in Gefahr: Europas Schiff konnte überall sein. Bei ihrer letzten Transition war es kurz hinter der *Starfarer* aufgetaucht. Das Stellarsegel verlieh dem Schiff zwar eine gewisse Mobilität, trotzdem konnte man die *Starfarer* nicht als beweglich bezeichnen. Es war Europas Schiff gewesen, das kurz vor einer Kollision ausgewichen war.

Arachne registrierte eine nahegelegene Anomalie: eine blaugrüne Kugel, die von einer Atmosphäre umgeben war. Das Objekt war viel zu schwer für seine Größe. Geologisch gesehen handelte es sich um einen Asteroiden, doch biologisch war es so gestaltet worden, daß es Menschen Lebensraum bieten konnte.

Arachne analysierte die Anomalie: Europas Sternenschiff.

Wir haben verdammt viel aufgeholt, dachte Victoria. *Verdammt viel.*

Die *Starfarer* setzte Segel. Die metallene Membran entfaltete sich und schimmerte silbern im Licht der neuen Sonne.

Jenny befand sich nicht in der Nähe des Hardlinks. Ihre Augenlider hörten auf, zu flattern, und sie wandte sich grinsend Victoria zu. Die Segelmeisterin zuckte entschuldigend die Schultern, als wolle sie sagen: ›Ich konnte Arachne einfach nicht mehr widerstehen‹, und trat in eine neue Kommunikationsroutine ein.

Satoshis Bild erschien.

»Hast du Zeit, dir den astronomischen Bericht anzusehen?« Seine Stimme klang aufgeregt.

»Sicher.« Victoria betrachtete die Informationen, die Arachne über 61 Cygni A und seine Planeten gesammelt hatte.

Das ganze System quoll über vor elektronischer Kommunikation. Als Victoria die Planeteninformationen studierte, schnappte sie erstaunt nach Luft.

61 Cygni A wurde von nicht weniger als *vier* Planeten umkreist, die ideale Voraussetzungen für kohlenstoffbasiertes Leben boten: zwei Paare Zwillingsplaneten, je einer in Sonnennähe und der andere am äußeren Rand des Sonnensystems.

Auf allen vier Welten waren deutliche Anzeichen von Leben zu erkennen. Mehr noch … alle vier Welten beherbergten eine Zivilisation.

Sorge und Freude hielten sich bei Victoria die Waage.

»Wow«, sagte sie.

»Lassen Sie sich bloß nicht von ihren Gefühlen übermannen«, bemerkte Avvaiyar trocken.

Satoshi lachte. »Das war schon eine recht emotionale Reaktion … für eine Kanadierin.«

Victoria und Satoshi grinsten sich an. Dann wurde Satoshi wieder ernst.

»Wir können hier nicht bleiben.«

Victoria studierte die Karte des Systems. Sie wollte Satoshi etwas entgegenhalten, doch sie wußte, daß er recht hatte. Wenn sie blieben, würden sich die Kosmischen Strings zurückziehen. Die Anwesenheit der *Star-*

farer würde 61 Cygni – und all seine Bewohner – von der interstellaren Gemeinschaft abschneiden. Wie konnten sie es verantworten, andere Zivilisation der Bestrafung auszusetzen, der sie selbst entgehen wollten?

»Aber das Ökosystem der *Starfarer* ...« Victoria unterbrach sich. »Du hast recht. Ich weiß, daß du recht hast.«

Zögernd beauftragte Victoria Arachne, eine weitere Berechnung anhand ihres Algorithmus durchzuführen.

»Wir sollten den Namen des Schiffes ändern«, schlug Satoshi vor.

»In *Murphys Gesetz*«, erwiderte Victoria und wiederholte damit einen von Stephen Thomas' dummen Sprüchen.

»Ich dachte eher an *Fliegender Holländer*.«

»Verdammt noch mal! Europa mußte sich doch des Risikos bewußt gewesen sein. Warum hat sie uns hierher geführt?«

»Um unseren guten Willen auszunutzen und uns dadurch zur Umkehr zu bewegen?«

»Das ergibt ... einen gewissen, perversen Sinn.« Victoria lachte verbittert. »Glaubt Europa *tatsächlich*, wir seien derart gut gewillt?«

»Vielleicht brauchte sie Verstärkung, um uns zu vertreiben«, sagte Jenny, die noch immer neben Victoria schwebte.

Das war natürlich auch eine Möglichkeit. Eine Möglichkeit, die eher dem Charakter der außerirdischen Menschen entsprach.

Infinity stand auf dem Inspektionsnetz unter einem Riß in der Außenhülle des Wildniszylinders. In der Nähe hing eine Silberschnecke an der Außenhaut und untersuchte den Schaden. Der KD berührte die schillernde Masse am Rand des Risses und zog sich sofort wieder zurück. Die Schnecke glitt verunsichert hin und her.

Der Sternenhimmel drehte sich hinter und unter Infinity, während der durch eine Geschwulst verunstaltete Zylinder über ihm aufragte.

»Was denkst du?« fragte Esther.

Sie war noch immer benommen von der Transition und starrte geistesabwesend in den Himmel.

Infinity sandte sein Bild und einen Bericht über die Fortschritte bei den Reparaturarbeiten an Victoria ins Segelhaus.

»Wir haben während der Transition etwas Merkwürdiges aufgesammelt«, sagte er.

Es folgte ein langes Schweigen.

»Es war vorher noch nicht da«, ergänzte Infinity.

»Sind Sie sicher?« fragte Victoria.

»Sie können sich die Scans ansehen, wenn Sie mir nicht glauben!« fauchte Infinity.

Esther sah ihren Geliebten verwundert an. Infinity wandte beschämt über seinen eigenen Wutausbruch den Blick ab.

»Ich habe nicht gemeint ...«, stotterte Victoria. »Ich bin nur überrascht.«

»Willkommen im Club.«

»Vielleicht ist es nur interstellarer Müll«, schlug Esther vor. »Sie wissen schon ... Zivilisationsschutt?«

Diesmal war es an Infinity, Esther einen skeptischen Blick zuzuwerfen. Die Pilotin zuckte nur mit den Schultern und grinste den Gärtner an.

»War ja nur so 'ne Idee«, sagte sie.

Esther streckte sich und legte die behandschuhte Hand auf das Geschwulst.

»Sei vorsichtig!« mahnte Infinity.

»Es ist heiß«, erklärte Esther. »Und es *bewegt* sich!«

»Es ist eins von Nemos Eiern!« Zevs Stimme erklang aus dem Nichts. Kurz darauf erschien sein Bild.

»So ein Unsinn«, widersprach Victoria.

»Aber es *stimmt*.«

»Wie sollte das denn wohl möglich sein? Es sieht ihm vielleicht ähnlich, aber Nemos Eier befinden sich immer noch im Sirius-System.«

Griffith' Bild materialisierte sich. Er und Kolja hingen im Inspektionsnetz des Campuszylinders.

»Ich denke, wir sollten es loswerden«, sagte Griffith. »Ich komme rüber und reiß es runter ...«

»Nein!« unterbrach Victoria energisch. »Sie tun *gar nichts*! Verstehen Sie mich? Kolja, sagen Sie ihm ...!«

»Es könnte das Schiff zerstören!« schrie Griffith. »Das ist ein Risiko, das ich ...!«

»Petja, Victoria hat recht.«

»Es ist eins der Eier«, wiederholte Zev. »J.D. wird uns hassen, wenn wir es töten.«

»Wir töten nichts und niemanden«, erklärte Victoria. »Was auch immer es sein mag, wir sollten es eine Weile beobachten, bevor wir eine Entscheidung treffen. Ich wünschte, J.D. ...« Für einen Augenblick unterbrach sie sich. »Infinity, würden Sie bitte Arachne beauftragen, es zu überwachen? Weder Sie noch Esther sollten sich in unnötige Gefahr begeben!«

»Wir werden vorsichtig sein«, erwiderte Infinity.

J.D. konnte die *Starfarer* nicht mehr wahrnehmen.

Sie schnappte entsetzt nach Luft, doch dann keimte neue Hoffnung in ihr auf. Die *Starfarer* mußte bereits wieder in den Normalraum zurückgekehrt sein.

J.D. wartete gespannt auf das Ende der Transition.

Anstatt zu fliehen, bremste das außerirdische Sternenschiff ab. Die *Starfarer* würde es bald eingeholt haben. Die Details der Oberfläche wurden immer deutlicher. Arachne analysierte das Muster der Land- und Wassermassen, was die Identität des fremden Schiffes bestätigte.

Es sei denn, dachte Victoria, *die interstellare Gemeinschaft produziert nur ein paar unterschiedliche Schiffstypen*.

Arachnes warme Berührung setzte Victoria von einer

Dringlichkeitsmeldung in Kenntnis. Sie nahm die Nachricht entgegen.

Das Labyrinth der außerirdischen Menschen formte sich mit derselben Schönheit und Komplexität wie auf Tau Ceti – und mit derselben Inhaltslosigkeit.

Ich hasse dieses Labyrinth. Victoria war selbst erstaunt über ihre heftige Reaktion.

Das Labyrinth verschwand, und Europas Bild erschien an seiner Stelle. Die Minoerin war ausgesprochen schön. Ihre zimtfarbene Haut war trotz ihres hohen Alters perfekt; ihre glänzenden, schwarzen Augen wurden durch dezenten Lidschatten noch betont, und das silbergraue Haar trug sie zu kunstvollen Zöpfen geflochten.

»Langsam wird es hier drin ein wenig überfüllt«, bemerkte Jenny sarkastisch.

Die außerirdische Frau, die eine der beiden letzten Überlebenden der minoischen Kultur war, strich ihren selbstgenähten Rock glatt und lächelte Victoria an, als sei sie ein geliebtes, fehlgeleitetes Kind.

»Hallo, Victoria«, sagte Europa. »Ich freue mich, dich zu sehen.«

»Hallo, Europa«, erwiderte Victoria erstaunt. »So eine herzliche Begrüßung hätte ich nicht erwartet.«

»Wir haben einiges zu besprechen.«

Androgeos erschien neben seiner Lebensgefährtin. Er war genauso schön wie Europa, allerdings hatte er ein wesentlich jüngeres Aussehen für sich ausgewählt. Beide waren sehr klein – ungefähr so groß wie Victoria –, schmal und muskulös, besonders an den Hüften. Victoria fragte sich, ob sie Stierspringen praktizierten.

»Geht es Alzena gut?« fragte Victoria.

»Alzena geht euch nichts mehr an«, knurrte Androgeos. Sein Tonfall war nicht annähernd so freundlich wie der von Europa. »Alzena existiert für euch nicht mehr.«

»*Geht es ihr gut?*«

»Sie will allein sein«, erwiderte Androgeos. »Könnt ihr das nicht verstehen?«

»Natürlich kann ich das. Vielen Dank, daß du meine Frage beantwortet hast.«

»Und jetzt beantworte meine Frage«, verlangte Androgeos. »Habt ihr die Absicht, die Vier Welten in ein leeres System zu verwandeln, so wie ihr es mit dem Sirius getan habt? Hier gibt es *Lebewesen*, nicht nur Krakenschwärmer.«

Zev schoß ins Segelhaus, verfehlte Jenny nur um Haaresbreite, schwebte unhöflich durch die Hologramme der außerirdischen Menschen, berührte eine der transparenten Wände und hielt elegant neben Victoria an.

»Was ist mit ...?« brüllte Zev.

»Pssst!« befahl Victoria.

Zev packte verängstigt ihre Hand. Es kostete Victoria viel Mühe, einen gelassenen Gesichtsausdruck zu bewahren. Sie drückte die Hand des Tauchers, um ihn zu trösten. Auch Victoria sorgte sich um J.D. Wenn Androgeos die Wahrheit gesagt hatte, und J.D. nicht rechtzeitig in die Transition eingetreten war, bevor sich der Kosmische String zurückgezogen hatte, dann war sie gestrandet. Ohne ein funktionierendes Ökosystem und ohne Vorräte ... mußte sie sterben.

»Wenn ihr so besorgt um die Vier Welten seid«, fragte Satoshi, »warum habt ihr uns dann hierher geführt?«

»Das werde ich euch erklären, wenn wir uns treffen«, antwortete Europa. »Darf ich an Bord kommen? Ich würde gerne von Angesicht zu Angesicht mit euch reden.«

Der künstlich geformte Planetoid näherte sich der *Starfarer* und änderte mühelos seinen Kurs, um das Sternenschiff in ein Orbit zu bringen. Jenny drehte das Segel, so daß der Lichtdruck nicht mit der Anziehungskraft in Konflikt geriet.

»Noch vor wenigen Tagen konntet ihr nicht schnell genug von uns wegkommen. Warum habt ihr plötzlich eure Meinung geändert?«

»Falls ihr vorhabt, Andro und mich bis ans Ende des

Universsums zu verfolgen, müssen wir zu einer Übereinkunft kommen.«

»Hat jemand Einwände?« fragte Victoria. Fast jeder an Bord hatte die Konversation verfolgt.

Ein langes Schweigen folgte.

»Ich glaube«, sagte schließlich Gerald Hemminge, »daß ein erneutes Treffen ... eine hervorragende Idee wäre.«

»Also gut.« Diesmal hatte Victoria nicht die Absicht, Gerald die Kontrolle über das Treffen zu überlassen. »Europa, ihr dürft an Bord kommen.«

Stephen Thomas kämpfte sich aus der Kommunikationsroutine. Sein Gehirn schmerzte. Er klinkte sich aus Ferals Gästekonto aus und zog sich in die Sicherheit seines eigenen Neuralknotens zurück.

Jetzt *wußte* er, daß Ferals Ermordung geplant worden war.

Doch Stephen Thomas wußte nicht, wie er das beweisen sollte, ohne jemand anderen denselben Erfahrungen auszusetzen, die er soeben gemacht hatte.

Stephen Thomas hatte Glück gehabt. Wenn er Ferals Profil mehr geähnelt hätte, und wenn Arachnes unbewußte Search-and-Destroy-Routine stärker ausgeprägt gewesen wäre, hätte er den Ausflug nicht überlebt.

Er atmete tief durch und stand auf; er erwartete eine weitere Welle Schmerz und Übelkeit.

Stephen Thomas' Körper reagierte. Der Schmerz hatte nachgelassen. Die neuen Krallen juckten. Das schmerzhafte Stechen im Unterleib war fast vollständig verschwunden, und die merkwürdigen, peinlichen Krämpfe waren kaum noch zu spüren.

Behutsam und erwartungsvoll knöpfte Stephen Thomas die Hose auf und ließ sie an den Hüften hinabgleiten.

Stephen Thomas sah nicht mehr länger wie ein normaler Mann aus – oder wie eine normale Frau. Eine Tasche hatte sich im Inneren seines Körpers gebildet, die die Genitalien aufnahm. Stephen Thomas sah aus, als würde er einen String-Tanga tragen, aber ohne String. Die dünne Linie goldenen Haars, die unter seinem Nabel begann, verbreiterte sich zu einem seidigen Fleck und verschwand zwischen den Beinen.

Die neuen Muskeln gehorchten Stephen Thomas' Kommandos. Sein Penis, rosa und empfindlich, drang vorsichtig durch den seidigen Pelz.

Die Schmerzen – und selbst die Angst davor – lösten sich in Nichts auf.

Stephen Thomas war versucht, seine neuen Fähigkeiten intensiver zu testen, dennoch entspannte er sich, und der Penis zog sich wieder ins Innere des Körpers zurück.

Stephen Thomas zog die Hose wieder an und warf einen Blick auf Arachnes Display.

Er wurde mit Informationen überflutet, so daß er seine eigenen Veränderungen vergaß. Ein neues Sonnensystem. Vier bewohnte Planeten. Technologisch hochstehende Zivilisationen. Und ... Europas Beiboot näherte sich der *Starfarer* und würde in wenigen Minuten andokken. Die außerirdischen Menschen kehrten zurück und die Hälfte des Fremdkontaktteams war nicht anwesend, um sie zu begrüßen. J.D. war entschuldigt – sie hatte die *Starfarer* noch nicht eingeholt. Nemos Schiff war nirgends zu sehen.

Stephen Thomas stürmte aus dem Labor.

Victoria bringt mich um, wenn ich zu spät komme, dachte er. *Und wenn sie herausfindet, daß ich mich als Feral im Netz herumgetrieben habe ... reißt sie mir vorher noch die Augen raus.*

Aus Gewohnheit warf Stephen Thomas einen Blick auf den DNS-Sequenzer, bevor er das Labor verließ. Die Maschine hatte ihre Arbeit beendet. Stephen Thomas erwartete Ergebnisse, die genauso verwirrend waren wie die anderen zuvor.

Er blieb abrupt stehen.

Alles war plötzlich sonnenklar – all die unvereinbaren Erkenntnisse, die Stephen Thomas bei der Analyse irdischer und außerirdischer Bakterien gewonnen hatte.

Die außerirdischen Proben verhielten sich völlig normal.

Doch diejenigen Proben hatten sich verändert, die Stephen Thomas erst vor kurzem zu Vergleichszwecken auf die *Starfarer* genommen hatte. Sie waren kontaminiert worden.

Stephen Thomas projizierte sein Bild in den Warteraum des Raumschiffdocks. Er stand still, während die anderen Anwesenden in der Schwerelosigkeit schwebten. Das Hologramm des Warteraums drehte sich kurz vor Stephen Thomas' Augen, so daß ihm schwindelig wurde. Stephen Thomas fühlte sich, als hätte er zuviel getrunken.

Der Andockvorgang war beinahe beendet, und die Luke öffnete sich bereits.

»Laßt sie nicht rein!« schrie Stephen Thomas.

Europa schwebte in die *Starfarer*. Androgeos folgte ihr. Gerald Hemminge schüttelte den beiden außerirdischen Menschen zur Begrüßung die Hand, während Europas Meerkatzen in den Warteraum strömten.

»Oh, *Scheiße*!« knurrte Stephen Thomas.

»Was für eine charmante Begrüßung, Stephen Thomas«, erwiderte Europa ironisch. »Ich freue mich auch, dich wiederzusehen. Seit wann bist du so braungebrannt?«

»Ihr habt uns kontaminiert!« brüllte Stephen Thomas.

Alle Blicke waren auf ihn gerichtet.

»Kontaminiert ...?« stotterte Victoria verwirrt. »Aber wir haben doch ausführliche Tests ...«

Stephen Thomas strich sich die Haare aus dem Gesicht und glättete sie mit seinen Schwimmhäuten.

»Bist du auch ein Ichthyocentaurier?« fragte Europa überrascht. »Warum habe ich das nicht schon früher bemerkt?«

»Die *Chi* war bei ihrer Rückkehr sauber«, erklärte Stephen Thomas. »Aber ... ich komme selbst zu euch hoch.« Sein Bild verschwand.

Stephen Thomas schritt den Pfad entlang, der zur Nabe des Campuszylinders führte. Er durchquerte knöcheltiefen Schlamm und watete über eine überflutete Brücke. Dann begann er zu rennen. Die Wut auf Europa und die Freude über seinen neuen Körper trieben ihn an.

Als Stephen Thomas in den Warteraum schwebte, erwartete ihn eine visuelle Kakophonie von Menschen, real und als Hologramm. In dem überfüllten Raum herrschte atemlose Spannung. Die Meerkatzen schwebten nebeneinander und hatten eine wachsame Haltung angenommen.

»Erklären Sie sich, Stephen Thomas«, verlangte Professor Thanthavong. Stephen Thomas hatte die Nobelpreisträgerin noch nie so verstört gesehen.

»Die Bakterien haben sich verändert«, erklärte Stephen Thomas. »Die freilebenden Bakterien aus unseren Gärten. Irgendwann im Laufe der letzten Woche ...«

»Nach dem Raketenangriff«, unterbrach Professor Thanthavong. »Was meinen Sie mit ›verändert‹?«

»Ihre genetischen Fingerabdrücke sind immer noch dieselben. Das hat mich lange Zeit irregeführt.«

Jeder – mit Ausnahme von Professor Thanthavong und Europa – war verwirrt.

»Wenn eine DNS mutiert, ändert sich der genetische Abdruck. Es ist fast unmöglich, eine Veränderung vorzunehmen, ohne den Abdruck zu beeinflussen.« Stephen Thomas blickte mit widerwilliger Bewunderung zu Europa. »Eine beeindruckende Leistung ... so viel zu modifizieren, ohne auch den Fingerabdruck zu verändern. Schlau. Subtil. Mutwillig. Ich habe nichts gefunden, bis ich eine komplette Sequenz hatte.«

»Du solltest dich nicht aufregen«, erwiderte Europa mit sanfter Stimme. »Ich habe euch nur das traditionelle Geschenk der Zivilisation gegeben.«

»Tolles Geschenk!« knurrte Stephen Thomas.

»Es schützt euer Ökosystem!«

»Das ist unverzeihlich«, erklärte Miensaem Thanthavong.

»Ich würde es begrüßen«, zischte Victoria mit angespannter Stimme, »wenn mir jemand erklären würde, worum es eigentlich geht.«

»Sie haben unsere Bakterien aufgeladen«, antwortete Stephen Thomas.

Die Umstehenden sahen ihn an, als sei er verrückt. *Wir haben zu viele Fachidioten,* dachte Stephen Thomas. *Ich wette, J.D. hätte verstanden, wovon ich rede.*

»Deshalb können außerirdische Bakterien hier nicht überleben«, sagte er.

»Ihr solltet uns dankbar sein«, forderte Europa. »Ihr solltet den Göttern ein Opfer darbringen, um ihnen für dieses einmalige Geschenk zu danken. Wir haben ein ernstes Problem für euch gelöst.«

»Sie hätten uns darüber Bescheid geben *müssen*!« fauchte Professor Thanthavong. »Sie hätten uns fragen müssen! Wie konnten sie es wagen, eine biologische Substanz einzuführen, die ...!«

»Die veränderten Bakterien fügen euch keinen Schaden zu! Sie unterscheiden sich nicht von den euch bekannten Formen. Sie sind nur stärker. Solange sie an Bord sind, werden keine außerirdischen Autotrophen hier gedeihen.«

»Können wir sie aufhalten?« fragte Thanthavong.

»Natürlich nicht. Das war ja der Zweck der Übung.«

»Euer Zorn ist verständlich«, sagte Androgeos. Er schien enttäuscht zu sein. »So *primitiv.* Könnt ihr nicht verstehen, was wir für euch getan haben?«

»Ihr habt alles so geregelt, daß es uns unmöglich ist, der interstellaren Gemeinschaft beizutreten ...«

»Dafür seid ihr selbst verantwortlich!«

»... und vielleicht können wir auch niemals nach Hause zurückkehren.«

»Einen Augenblick.« Infinitys Bild erschien. Im Hintergrund waren der Sternenhimmel und das Inspektionsnetz zu sehen. »Andro hat *recht*. Ich wünschte, die Europäer hätten dieselbe Voraussicht bewiesen. Ihre Krankheiten töteten mehr als neunzig Prozent der Bewohner der Neuen Welt ... Europa und Androgeos haben uns keine Krankheiten gebracht. Sie brachten Schutz.«

»Ich bin froh, daß hier wenigstens einer vernünftig ist«, sagte Androgeos.

»Wir sind keine Monstren«, erklärte Europa. »Wir existieren *nur*, um euch den Beitritt zur interstellaren Zivilisation zu ermöglichen. Könnt ihr uns nicht zumindest etwas entgegenkommen?«

»Ihr hättet es uns sagen *müssen*«, beharrte Professor Thanthavong. »Vielleicht hat Infinity recht. Vielleicht habt auch *ihr* recht. Aber ihr hättet *uns* die Entscheidung überlassen sollen.«

»Es tut mir leid.« Europa schien ihre Worte ernst zu meinen.

»J.D. wird sich ganz schön aufregen, wenn sie davon erfährt«, sagte Stephen Thomas.

»Ich glaube, ihr seid alle verrückt!« Androgeos konnte sich nicht mehr länger beherrschen. »Ihr beschwert euch über Bakterien, wo euer ganzes Schiff voller Parasiten ist! Ich habe euch doch gesagt, ihr solltet die Krakenschwärmer meiden!«

»Parasiten?« fragte Stephen Thomas. »Was für Parasiten?«

»Das Ei des Krakenschwärmers«, antwortete Androgeos.

Victoria tippte Stephen Thomas auf die Schulter und deutete auf einen nahegelegenen Bildschirm.

»Ach du heilige Scheiße«, knurrte Stephen Thomas. Das Ding bewegte sich und kuschelte sich immer tiefer in seine felsige Wiege.

»Die Krakenschwärmer machen sich nicht die Mühe, ihre eigenen Kinder aufzuziehen«, erklärte Europa. »Es wird euch viel Schweiß kosten, es von dort loszubekommen.«

»Vielleicht habt ihr Glück, und es stirbt einfach«, sagte Androgeos.

»Das glaube ich kaum«, erwiderte Infinity. »Es verändert sich bereits. Es wächst, und – ich weiß nicht, wie ich es sagen soll – es bohrt eine Art *Fühler* in den Fels.«

»Großartig.«

»Wir sind noch nicht in Gefahr«, fügte Infinity rasch hinzu. »Es ist erst einen halben Meter tief eingedrungen, und in der Nähe befinden sich keine lebenswichtigen Aggregate.«

»Ihr solltet es zerstören«, schlug Androgeos vor.

»Nein«, entgegnete Victoria. »Zev hat recht. J.D. würde uns nie verzeihen, wenn wir es vernichten.« Zumindest teilweise lag Victorias Beschützerdrang darin begründet, daß es Androgeos war, der das Ei loswerden wollte. »Was wird geschehen, wenn wir es lassen, wo es ist?«

»Wie ihr sehen könnt ...« Andro deutete auf den Bildschirm.

Die ›Fühler‹ drangen eine weitere Handbreit in die Außenhülle des Wildniszylinders ein.

»Ich meine, wie groß wird es?«

Andro zuckte mit den Schultern. »Wer weiß das schon? Wir haben wichtigeres zu tun, als uns mit dem Lebenszyklus eines Krakenschwärmers zu beschäftigen.«

»Ich möchte hierüber reden«, sagte Europa.

Die Minoerin griff in eine tiefe Tasche ihres Rocks und zog einen verwitterten Kieferknochen von beunruhigenden Proportionen hervor. Er hatte all seine Zähne verloren mit Ausnahme eines großen, scharfen Reißzahns.

»Das Kunstprojekt«, stöhnte Gerald Hemminge.

Europa blickte liebevoll zu Gerald. »Eure Intelligenz läßt mich für eure Spezies hoffen. Bevor ich es näher untersucht habe, hätte ich beinahe an euer Kunstprojekt geglaubt. Es war sehr schlau von euch, es so offen zu verbergen.« Sie lächelte Stephen Thomas an. »Genau wie mit den Bakterien. Aber dieser Knochen hier ist echt. Er ist sehr alt, und er ist von essentieller Bedeutung für die Zivilisation. Ich muß den Ort sehen, wo ihr ihn gefunden habt.«

Gerald wollte etwas sagen, doch Stephen Thomas fiel ihm ins Wort.

»Warum?«

»Ich glaube, ihr habt eine Spur der Anderen entdeckt«, antwortete Europa. »Derjenigen, die vor uns kamen und die verschwunden sind. Sie haben uns nur ihre Sternenschiffe hinterlassen ... und die Kontrolle über die Kosmischen Strings.«

»O Gott«, sagte Stephen Thomas und dachte: *Was nun?*

»Wenn ihr mir bitte folgen würdet«, sagte Gerald Hemminge. »Ich werde sie zu ... zu der Lagerstätte führen.«

Auf dem Weg zum Ufer beschleunigte Europa ihren Schritt. Sie hatte das Aussehen einer älteren Frau gewählt, doch sie besaß die Energie eines Teenagers. Ihre Meerkatzen folgten ihr auf den Fersen oder kletterten schnell einen Hügel hinauf, um nach Räubern Ausschau zu halten.

Victoria hatte Mühe, mit der Minoerin Schritt zu halten.

»Was erwartest du von der Fossilienlagerstätte?« fragte sie Europa. Victoria hatte ihre Worte sorgfältig gewählt.

»Ich erwarte nichts«, antwortete Europa. »Ich *hoffe* ... auf eine Spur, die mich zu ihrem Ursprung führt.«

»Wenn wir herausfinden, woher sie kamen«, ergänzte Androgeos, »entdecken wir vielleicht, wie die Kosmischen Strings funktionieren.«

Victoria blickte zu Stephen Thomas. Er rollte mit den Augen. Victoria war froh, daß die Lagerstätte nur eine Fälschung war. Was auch immer geschehen mochte, Andro würde nicht noch größere Macht in seine Finger bekommen.

»Und wir könnten die Nachwirkungen der Gier der Krakenschwärmer überwinden«, fuhr Andro fort.

»Die Krakenschwärmer!« sagte Victoria. »Warum haßt ihr sie so sehr? Sie haben auf mich keinen gierigen Eindruck gemacht … ganz im Gegenteil.«

Victoria ergriff Partei für die Krakenschwärmer. Europa und Androgeos respektierten Victoria, weil sie glaubten, sie stamme von den Pharaonen ab. Denselben Stammbaum nahmen sie auch für sich selbst in Anspruch. Aber in Wahrheit waren Victorias Vorfahren entflohene Sklaven gewesen. Ihre Familiengeschichte handelte von Mißbrauch und Diskriminierung, nicht von Macht und religiöser Verehrung.

»Wir hassen sie nicht!« erwiderte Europa. »Aber … sie sind eine sehr alte Rasse. Nur weil sie die Ältesten sind, haben sie den meisten Besitz der Anderen geerbt, der ersten Sternenreisenden.«

Satoshi runzelte die Stirn. »Was für Besitz? Die Krakenschwärmer sind keine Drachen, die einen Schatz horten! Wir haben einen von ihnen getroffen und mit ihm gesprochen. Wir haben gesehen, wie er lebt. Wenn ihr ganzer Besitz wirklich von einer früheren Zivilisation stammen sollte … dann waren das Spartaner.«

»Sie haben ihre *Sternenschiffe* hinterlassen«, entgegnete Europa und beobachtete die Reaktion von Satoshi und Victoria. »Ihr versteht. Die Krakenschwärmer bewohnen die Sternenschiffe der Anderen. Die Zivilisation bekommt nur, was übrig bleibt. Wir sind von ihren abgelegten Schiffen abhängig.«

»Einige Krakenschwärmer reisen nie zu einem anderen Stern«, erklärte Androgeos. »Sie könnten genauso gut auf jedem x-beliebigen Stück Fels leben.« Er deutete in Richtung des Wildniszylinders. »Und einige von ihnen sind anscheinend nicht besonders wählerisch.«

»Sie nutzen das volle Potential der Schiffe nie aus. Und sie verkaufen nicht! Es gibt nichts, das sie wollen!«

»Wie kommt ihr dann in den Besitz eines Sternenschiffes?«

»Als Aasgeier.«

»Wir *bergen* sie«, korrigierte Androgeos.

»Manchmal findet man ein verlassenes Schiff«, sagte Europa. »Vielleicht sterben die Krakenschwärmer einfach. Wer weiß das schon?«

»Wenn du das Glück hast, zum richtigen Zeitpunkt am richtigen Ort zu sein ...« Die Augen des jungen Minoers funkelten wie die eines Raubvogels. Plötzlich grinste Androgeos und entblößte seine Zähne. »Jedesmal, wenn wir nach Tau Ceti zurückgekehrt sind, haben wir gehofft, das Sternenschiff leer vorzufinden. Das hätte uns ein Vermögen eingebracht.«

Was bedeutet das für J.D.? fragte sich Victoria besorgt. *Was ist, wenn ihr jemand auflauert, um Nemos Schiff zu stehlen ... und wenn J.D. ihm dabei im Weg steht?*

»Ihr habt doch bereits ein Sternenschiff«, sagte Satoshi. »Warum wollt ihr noch ein zweites?«

Androgeos blickte ihn verärgert an. Satoshi stellte dem außerirdischen Menschen immer wieder Fragen, die er nicht beantworten wollte.

»Es geht nicht darum, ob wir es brauchen oder nicht«, mischte sich Europa ein. »Wie Andro schon gesagt hat: Die Sternenschiffe sind sehr wertvoll. Wenn sich uns eine Gelegenheit bietet ... warum sollten wir sie nicht ergreifen?«

Europa sah zu Victoria und lachte leise vor sich hin.

»Ach, Victoria, meine Liebe, du hast eine so schlechte Meinung von uns. Am Anfang unserer Beziehung gab es einige Probleme, und jetzt fragst du dich, ob diese archaischen Minoer wirklich warten, bis ein Schiff leer ist. Vielleicht sind wir ja Piraten.«

»Der Gedanke ... war vorübergehend vorhanden.«

»Leider geht das nicht«, sagte Androgeos. »Sonst wären wir viel reicher.«

»Was wollt ihr denn noch?« brüllte Satoshi. »Ihr habt ein Sternenschiff, eine eigene Welt, völlige Freiheit ...!«

»Respekt«, entgegnete Europa. »Wir wollen Respekt. Bis jetzt habt ihr nicht viel dazu beigetragen, unsere Stellung in der Zivilisation zu verbessern.« Sie blickte auf den Knochen in ihrer Hand und strich mit dem Zeigefinger über den Reißzahn.

»Seid ihr Piraten?« fragte Zev.

Europa lachte. »Nein, junger Zev, mein kleiner Ichthyocentaurier. Wir sind zivilisiert. Wir bringen uns nicht gegenseitig um. Außerdem können sich die Krakenschwärmer sehr gut verteidigen. Sie geben gerne vor, nur harmlose Beobachter zu sein. Aber auf ihre eigene Art sind sie sehr mächtig.«

»Und hinterhältig und egoistisch«, ergänzte Androgeos.

»Das sagt der Richtige«, spottete Stephen Thomas.

Androgeos funkelte Stephen Thomas wütend an, doch Europa lächelte dem Genetiker gutmütig zu. »Es gibt Geschichten, sehr, sehr alte Geschichten über Leute, die ... nicht so moralisch wie wir waren und die die Krakenschwärmer durch die Transition verfolgt haben, um ihre Schiffe zu erbeuten. Die Krakenschwärmer sind wieder aufgetaucht. Die Jäger nicht.«

Die kleine Gruppe erreichte den Canyon, der hinab zum Ufer führte.

Crimson Ng hockte allein auf einem Fels und starrte in die Strömung.

Der Fluß führte Hochwasser. Schmutziges, braunes Wasser rauschte an den Felsen vorbei, und Wasserspritzer empfingen die Neuankömmlinge.

Auf dem gegenüberliegenden Ufer riß die reißende Strömung Steine aus der Felswand und spülte sie den Fluß hinab.

Das Hochwasser erzeugte ein besonderes Geräusch. Das dumpfe Brüllen der Strömung mischte sich mit dem Donnern herabstürzender Felsbrocken.

Die Strömung war auch unter normalen Umständen stark genug, die kleineren Steine im Flußbett mitzureißen. Victoria kam oft hierher, um dem sanften Klicken der Kiesel zu lauschen. Doch jetzt veränderte sich der

Fluß vor dem Hintergrund einer Symphonie für Kesselpauken.

Irgendwann würde der Pegel wieder sinken, und Stromschnellen und Tümpel hätten ihre Gestalt geändert. Gleiches galt für das Ufer, in dem die Fossilien lagerten.

Europa starrte auf das Wasser. Dann blickte sie schmerzerfüllt zu Crimson.

»Wir hatten in letzter Zeit ziemlich mieses Wetter«, erklärte Crimson ruhig.

»Aber die Fossilien ...! Die Anderen ...!«

»Ist alles den Fluß hinuntergespült worden«, erwiderte Crimson. »Wir werden sie wohl oder übel wieder auf die gute, alte Art bergen müssen.«

Europa saß untröstlich neben Crimson am Flußufer. Crimson deutete auf jene Stelle in dem schlammigen Wasser, wo die Fossilien gelegen hatten. Androgeos trat gegen den Felsen, als wolle er auf diese Art eine weitere Lagerstätte entdecken. Professor Thanthavong diskutierte leise und ernst mit Stephen Thomas. Victoria und Satoshi standen nebeneinander, Zev nicht weit davon entfernt. Gerald schlich um Europa und Crimson herum. Er beharrte nicht mehr darauf, daß es sich bei den Fossilien um ein Kunstprojekt handelte. Die Meerkatzen huschten über das Ufer und wühlten auf der Suche nach Insekten die Erde auf. Eine von ihnen kletterte auf einen Busch und quiekte erschrocken, als sie von den zurückschnellenden Ästen mit Regentropfen eingedeckt wurde.

»Ich glaube das einfach nicht«, sagte Satoshi.

Victoria legte die Hand auf den Mund. Anderenfalls hätte sie laut losgelacht.

Plötzlich wurde die Landschaft von einem kurzen Blitz erhellt – der regenbogenfarbenen Spektralsignatur einer Transition. Kurz darauf projizierte Arachne das Bild von Nemos Schiff, das soeben 61 Cygni erreicht hatte.

»J.D.!« Zev war der erste, der J.D. willkommen hieß. Er pfiff leise in der Wahren Sprache und verzog das Gesicht. »In der Luft hört es sich irgendwie nicht richtig an.«

Die Gravitation von Europas Schiff hatte die *Starfarer* beiseite gezogen, so daß die Gefahr einer Kollision gebannt war. Victoria war überglücklich.

»Bist du in Ordnung?« fragte sie. »Das bist doch du ...?«

Sie warteten ungeduldig, bis die Nachricht das Ziel erreicht hatte. Die Zeitverschiebung betrug nur wenige Sekunden.

J.D.s Bild erschien.

»Ich bin hier, Zev. Ich habe dich verstanden. Mir geht es gut. Hi, Victoria.«

»Ich bin ja so froh, daß dir nichts passiert ist. Was ... was ist mit Nemo?«

»Nemo ist tot.«

»J.D. ... das tut mir leid.« Victoria wünschte, sie könnte ihre Freundin in den Arm nehmen.

»Es ist irgendwie merkwürdig ... Ich bin zwar traurig, aber ... Ist das Europa neben dir?«

»Hallo, J.D.«, sagte Europa. »Du hast einen Freund verloren? Das tut mir leid.«

»Danke«, erwiderte J.D. lakonisch.

»Wie hast du den Krakenschwärmer dazu überredet, dich hierherzubringen?« fragte Europa.

»Das habe ich nicht. Der Krakenschwärmer ... Nemo ... ist tot.«

Androgeos lief das Ufer hinauf. Sein Kilt flatterte um die muskulösen Beine, und seine Füße waren bis zu den Knöcheln mit Schlamm bedeckt.

»Ich erhebe Anspruch auf das Treibgut!« schrie er.

»Treibgut?« fragte J.D. »Wovon redest du?«

»Das Schiff ist verlassen. Ich erhebe Anspruch darauf.«

»Mein *Freund* ist gestorben und hat mir das Schiff hinterlassen«, erklärte J.D. mit eiskalter Stimme. »Es ist *nicht* verlassen.«

»Sei nicht so egoistisch«, bettelte Androgeos. »Es ist vollkommen nutzlos für dich.«

Seine übliche, verächtliche Art wandelte sich in Verzweiflung. Er sprach genauso wie damals, als er Victoria um den neuen Algorithmus gebeten hatte.

»Ich werde rüberkommen und es übernehmen«, sagte Androgeos. »Sonst werden die Vier Welten eine Bergungscrew schicken. Was nützt es dir schon? Du kehrst sowieso zur Erde zurück!«

»Wenn ich je zur Erde zurückkehren sollte«, erwiderte J.D., »dann nehme ich Nemos Schiff mit.«

»Und wie willst du das anstellen? Willst du es auch mit so einem jämmerlichen Segel ausstatten?«

Das Segelhaus bebte. Ein kurzer Kontakt mit Arachne zeigte jedem, wie Europas Schiff seinen Kurs änderte, als wolle es die *Starfarer* unsanft aus dem Orbit schleudern.

»Hey, sei vorsichtig!« rief Infinity.

»Warum sollte ich das?« zischte Androgeos. »Ihr kümmert euch doch noch nicht einmal selbst um euer Schiff. Sonst hättet ihr es schon längst von der Brut des Krakenschwärmers befreit!«

J.D. verzog verwirrt das Gesicht. Victoria übertrug die Aufzeichnungen der Silberschnecken an die *Chi*, damit J.D. sie betrachten konnte.

J.D. grinste von einem Ohr zum anderen. »Unternehmt nichts! Victoria, bitte ... Nemos andere Kinder sind im Sirius-System gestrandet.«

»Mach dir keine Sorgen. Wir werden ihm nichts antun.«

»Bereite dich auf meine Ankunft vor«, wandte sich Androgeos an J.D.

»Wenn du versuchst, hier zu landen«, erwiderte J.D. todernst, »werfe ich dich ins All, und du kannst zu Fuß nach Hause gehen!«

Androgeos lachte. »Es ist leicht, jemandem zu drohen, aber es ist wesentlich schwerer, diese Drohungen auch wahr zu machen.«

»Andro«, sagte Europa langsam, »du bist derjenige,

der hier leere Drohungen macht. J.D. hat die Taktiken der Krakenschwärmer bereits gelernt. Schau.«

»Sie kann doch nicht …« Androgeos verstummte.

Nemos Sternenschiff begann, langsam zu rotieren.

J.D. versetzte Nemos Hülle in eine sanfte Rotation. Es war mehr als nur eine Demonstration für Androgeos – es war die erste Stufe des Terraforming. Die Rotation würde mit der Zeit die extremen Temperaturen ausgleichen, die Nemo bevorzugt hatte, eiskalte Dunkelheit, die stufenlos in sengende Hitze überging.

J.D. bewegte die Hülle vorsichtig in Richtung *Starfarer*. Inzwischen war die Zeitverschiebung bei der Nachrichtenübermittlung nicht mehr wahrnehmbar. J.D. hielt einen ausreichenden Abstand ein, um die *Starfarer* keiner weiteren Belastung durch die Gravitation von Nemos Hülle auszusetzen. Europas Schiff hatte das Sternenschiff bereits genug durchgeschüttelt.

Merkwürdigerweise schwiegen Europa und Androgeos. Amüsiert betrachtete J.D. ihre überraschten Gesichter.

Also kann man euch auch noch nach fast viertausend Jahren aus der Fassung bringen, dachte J.D. *Das tröstet mich doch über einiges hinweg.*

Androgeos riß sich zusammen. Als er wieder zu sprechen begann, klang seine Stimme übertrieben freundlich, und nicht mehr gereizt wie noch wenige Augenblicke zuvor.

»J.D., Europa und ich wissen, wie man ein verlassenes Schiff umbauen muß, um es navigieren zu können …«

»Bettle nicht, Andro«, unterbrach Europa.

»Aber wir könnten uns zusammentun …«

»Hör zu! Schau's dir an! Sie *kontrolliert* es, Andro!«

J.D. wandte sich an Victoria. »Danke«, sagte sie, ohne den Algorithmus direkt zu erwähnen. Europa und Androgeos betrachteten Nemos Hülle als einen wertvollen Gegenstand. Nicht auszudenken, was sie unternehmen würden, wenn sie wußten, daß Victorias Algorithmus an Bord war.

»Ich freue mich, dich zu sehen«, sagte Zev. »Wann kommst du wieder nach Hause?«

»Ich weiß es nicht«, antwortete J.D. »Wenn man die Umstände bedenkt ... Ich glaube nicht, daß ich Nemos Schiff in nächster Zeit verlassen werde.«

»Jetzt ist es dein Schiff«, korrigierte Zev, »die *Nautilus*.«

Die Nautilus. *Natürlich. Es kommt gar kein anderer Name in Frage,* dachte J.D. und lächelte Zev an.

»Ich bin erleichtert, daß du wieder bei uns bist«, sagte Victoria. »Ich hätte es mir beinahe wieder anders überlegt ... kurz bevor wir dich zurückließen ...« Sie hätte mehr gesagt, wenn Europa nicht neben ihr gestanden hätte.

Inzwischen begegneten alle den außerirdischen Menschen mit Mißtrauen. Auch J.D. war beunruhigt, doch ließ sie nicht zu, daß die Sorgen über ihre Freude triumphierten: der erste erfolgreiche Flug der *Nautilus*, die Entdeckung des verlorenen Eis, ein Sonnensystem voller bewohnter Planeten ...

»Ich hatte hier eine verdammt spannende Zeit«, sagte J.D. »Ich freue mich schon, euch davon zu erzählen.«

Sie fragte sich, wie lange die *Starfarer* in dem System bleiben konnte, bevor sich der Kosmische String wieder zurückzog. J.D. nahm Kontakt zu der multidimensionalen Form von Nemos Wissen auf ...

»Victoria ... der Kosmische String ist stabil!«

Bereits zweimal zuvor hatte der Kosmische String in dem Augenblick den Rückzug angetreten, da die *Starfarer* das System erreicht hatte. Diesmal blieb er stabil. Ein Raunen ging durch Arachne.

»Woher weißt du das?« fragte Victoria verblüfft. »Arachne analysiert immer noch ...«

»Von der *Nautilus*«, antwortete J.D.

Victorias Augenlider flackerten, als sie Kontakt mit dem Netz aufnahm. Kurz darauf öffnete sie die Augen wieder. »Ich glaube, du hast recht ...«

»Hat man uns vergeben?« wandte sich J.D. an Europa. »Ist das unsere zweite Chance?«

»Ich ... ich weiß es nicht.« Europa klang erschüttert und verwirrt. »Das ist ... äußerst ungewöhnlich.«

J.D. konnte zwei vorherrschende Meinungen bei ihren Kollegen erkennen.

Wir können endlich nach Hause gehen.

Jetzt können wir bleiben.

»Ihr solltet uns besser folgen«, sagte Europa, »um Repräsentanten der Vier Welten zu treffen. Es gibt viel zu bereden.«

J.D. lächelte. Sie kämpfte mit ihren Tränen.

»Ich bin sicher, das stimmt«, erwiderte sie. »Aber ihr müßt euch gedulden, bis wir untereinander über unsere weitere Vorgehensweise entschieden haben.«

J.D. ließ den Blick über die Mitglieder der Expedition schweifen: Victoria, Satoshi und Stephen Thomas, Infinity und Esther, Crimson und Jenny, Chandra und Florrie Brown und Avvaiyar, Professor Thanthavong und Kolja Petrowitsch und Griffith, Fox und Mitch und Lehua und Bay, Senator Derjaguin und Senator Orazio und Gerald Hemminge.

Und schließlich Zev. J.D. sehnte sich danach, wieder mit ihm vereint zu sein. Ihre Blicke trafen sich.

»Das mit Nemo tut mir wirklich leid«, sagte Zev. »Aber ich will noch *richtig* mit dir darüber sprechen.«

»Das will ich auch«, erwiderte seine Geliebte.

J.D. sah ein Meer vor ihrem geistigen Auge, einen kleinen Ozean mit unergründlichen Tiefen, wo sie und Zev in der Sprache der Taucher miteinander reden konnten, in der Wahren Sprache.

ENDE